HEYNE BÜCHER

SCIENCE FICTION

Herausgegeben
von Wolfgang Jeschke

Ein Verzeichnis weiterer Bände dieser Serie
finden Sie am Schluß des Bandes.

JUDITH & GARFIELD REEVES-STEVENS

DIE ERSTE DIREKTIVE

Ein STAR TREK-Roman

Deutsche Erstausgabe

WILHELM HEYNE VERLAG
MÜNCHEN

HEYNE SCIENCE FICTION & FANTASY
Band 06/5051

Titel der amerikanischen Originalausgabe
PRIME DIRECTIVE
Deutsche Übersetzung von Andreas Brandhorst

3. Auflage

Redaktion: Rainer Michael Rahn

Printed in Germany 1994
Umschlaggestaltung: Atelier Ingrid Schütz, München
Umschlagbild: Pocket Books/Simon & Schuster
Technische Betreuung: Manfred Spinola
Satz: Schaber Satz- und Datentechnik, Wels
Druck und Bindung: Ebner Ulm

ISBN 3-453-06623-5

Für Peggy

Für unser zweites Zuhause in New York City.
Und dafür, dortgewesen zu sein, als die Inspiration kam.

L. L. & P.

Ewig ist das Weltall,
Ohne Anfang und Ende,
Und alles darin
Beginnt gerade erst.

KOAN DES VULKANISCHEN KINDES

HISTORISCHE ANMERKUNG

Die in diesem Buch geschilderten Ereignisse finden im letzten Jahr der ersten fünfjährigen Mission der *Enterprise* statt.

PROLOG

LE RÊVE D'ÉTOILES

Auszug aus *Eine historische Analyse der fünfjährigen Forschungsmissionen* von Admiral Glynis Kestell Tabor, Verlag Stellares Institut, Paris, Erde.

Aus den damaligen Aufzeichnungen wissen wir: Von den ursprünglich zwölf Raumschiffen der Constitution-Klasse, die am visionären Programm der fünfjährigen Forschungsmissionen beteiligt wurden, gingen fünf in den Diensten der Vereinten Föderation der Planeten verloren. Die USS *Constellation* wurde das letzte Opfer eines uralten Krieges; die *Intrepid* erwischte es im System Gamma 7A; Kriegsspiele zerstörten die *Excalibur,* der tholianische Annex die *Defiant;* der Zwischenfall von Talin IV sorgte dafür, daß auch der Name *Enterprise* auf die Verlustliste geriet.

Hunderte von Besatzungsmitgliedern starben, und hinzu kam die Vernichtung von wertvollem Material. Doch bei den Dutzenden von Planungskommissionen, die Richtlinien für langfristige Ziele der Föderation festlegten, herrschte nie Zweifel daran, daß die fünf Jahre dauernden Missionen mit neuen Schiffen und neuen Besatzungen fortgesetzt werden sollten. Jene Forschungen erforderten einen hohen Preis, aber sie brachten dem interstellaren Völkerbund einen noch viel größeren Nutzen.

In nur vier Standardjahren wurden Tausende von fremden Welten und Hunderte von neuen Zivilisationen entdeckt. Die Grenzen der Föderation schoben sich immer weiter in den Kosmos hinaus, bis sie das fünffache

Raumvolumen umfaßten als bei Sternzeit 00.1. Angesichts solcher Resultate fand man immer eine Möglichkeit, weitere Raumschiffe in Dienst zu stellen, und was ihre Besatzungen betraf: In ihnen verbarg sich das Geheimnis der unglaublichen Kraft von Starfleet und der Föderation.

Es handelte sich um ein Geheimnis, das alle großen politischen Bewegungen in der Geschichte von tausend Welten teilten. Die Föderation wurde nicht mit Gewalt gegründet, und sie verdankte ihre Existenz auch nicht allein den Geboten der Zweckmäßigkeit oder einer Gefahr. Sie basierte vielmehr auf einem Traum — auf dem Traum von Gemeinschaft und Zusammenarbeit, von Frieden und Harmonie. Auf dem Traum, mehr Wissen zu sammeln, die Grenzen des Erforschbaren zu erreichen und sich jenseits von ihnen umzusehen.

Man sprach in diesem Zusammenhang von *le rêve d'étoiles* — der Traum von den Sternen.

Ein besonderer Reiz ging davon aus, und dieser Tatsache waren sich die Planer in der Föderation durchaus bewußt. Sie erkannten den Traum in den mehr als zwölftausend Personen, die sich in jedem Jahr um einen Studienplatz an der Starfleet-Akademie bewarben. Sie spürten ihn in sich selbst.

Doch Träume allein genügten nicht, um die Ziele der Föderation zu erreichen, und zum Glück hatten sich die Planer auch dieser Erkenntnis gestellt. Ihnen war klar: Auf den vielen Welten des Völkerbunds gab es Individuen, in denen das Licht des Traums besonders hell strahlte, die nur zu den glitzernden Punkten am Nachthimmel emporzublicken brauchten, um zu wissen, was das Schicksal für sie bereithielt. In jeder Sprache lauteten die Worte: der Traum von den Sternen. Er beschränkte sich nicht darauf, zu ihnen zu fliegen oder zwischen ihnen zu reisen; er weckte den Wunsch, immer weiter vorzustoßen.

Wer sich von dem Traum leiten ließ und die Starfleet-

Akademie besuchte, bekam es dort mit sorgfältig vorbereiteten Herausforderungen zu tun. Nur die Besten arbeiteten sich ganz nach oben und wurden damit ihrer Bestimmung gerecht, erhielten den Rang des Captains.

Die Raumschiffkommandanten stellten eine Verkörperung des Traums von den Sternen dar und bildeten das Fundament der Föderation und ihrer Zukunft.

Es war kein perfektes System. Als es zur Tragödie von Talin IV kam, wußten die Planer bereits: Für jeden Robert April oder Christopher Pike brachte die Akademie auch einen Ron Tracey oder James T. Kirk hervor. Aber so etwas ließ sich nicht vermeiden, wenn man es mit außergewöhnlichen Personen zu tun hatte, deren komplexe Verhaltensmuster keinen ›normalen‹ Kategorien zugeordnet werden konnten. Im großen und ganzen funktionierte das System, obgleich es ihm an Logik und Rationalität mangelte, wie die Vulkanier feststellten.

Auf diese Weise bestimmten die Planer der Föderation den Weg in die Zukunft. Sie sorgten dafür, daß neue Raumschiffe gebaut wurden, daß man sie mit neuen Missionen ins All schickte. Die Erfahrung lehrte: Nie fehlte es an Freiwilligen, die sofort ihre Bereitschaft erklärten, fremde Welten zu entdecken und zu erforschen. Wenn der Traum von den Sternen erwachte, konnte man ihn nicht leugnen.

Aber damals, kurz nach der Katastrophe von Talin IV, ahnten die Planer noch nicht: Wer den Traum von den Sternen akzeptierte und zu seinem Lebensinhalt machte, konnte ihn später unmöglich vergessen.

Die Föderation strebte neues Wissen an, und diesem Prinzip waren auch die Planer unterworfen. Das von ihnen strukturierte System hatte einen Mann geschaffen, der ihnen eine wichtige Lektion erteilen würde ...

ERSTER TEIL

Konsequenzen

KAPITEL 1

Menschen, dachte Glissa, als sie den unverkennbaren Geruch wahrnahm. *Man kann weder mit noch ohne sie leben, aber eins steht fest: Man kann sie riechen.*

Die kleine tellaritische Schichtleiterin wandte den Blick vom Bildschirmdiagramm ab, kniff die tief in den Höhlen liegenden schwarzen Augen zusammen und spähte in die Ferne. Um sie herum summte es in der dünnen Luft, die den ausgehöhlten Asteroiden vom Typ S füllte: der Pulsschlag von Maschinen und Arbeitern, die hier eine Welt schufen, ein neues Heim für Tausende. Glissa gab sich gern entsprechenden Vorstellungen hin und fand großen Gefallen an ihrer Tätigkeit. Deshalb bereitete ihr der unerwartete Geruch von Menschen Unbehagen. Sie fürchtete, daß die angenehme Aufregung stumpfsinniger Schufterei wich, wenn Terraner kamen.

Die Tellaritin rümpfte ihre breite, schnauzenartige Nase, als sie schnüffelte und sich bemühte, der Witterung zusätzliche Informationen zu entnehmen. Der dichte Dunst auf ihrer Heimatwelt lichtete sich fast nie und begünstigte eine Evolution, die keinen großen Wert auf gutes Sehvermögen legte. Als erwachsenes Exemplar ihrer Spezies hatte Glissa längst die Fähigkeit verloren, jenseits einer Distanz von zwei Metern Details zu erkennen. Dafür konnte sie besser hören als selbst die meisten Vulkanier. Und sie war imstande, durch die Luft übertragene Aromen und Pheromone mit einer Genauigkeit zu analysieren, die der Präzision eines Tricorders kaum nachstand.

Die Nase bestätigte Glissas Befürchtungen: Der Geruch stammte tatsächlich von diesen schrecklichen Allesfresser-Menschen, von Terranern, die vermutlich zur zweiten Schicht gehörten. Zwar zeigten ihr die Augen nur ein verschwommenes Bild, aber sie bemerkte den gelben Sicherheitsstrang zwischen den schemenhaften Gestalten. Er führte an den ebenfalls gelben Warnmarkierungen vorbei, die auf Überlappungen der künstlichen Schwerkraftfelder hinwiesen. Durch Rotation erzeugte, zentripetale Pseudo-Schwerkraft hätte das Arbeiten im Innern des Asteroiden sicher erleichtert, doch es waren noch nicht alle Stützgerüste montiert, und die Ingenieure wollten zusätzliche Belastungen für die aus Felsgestein bestehende ›Hülle‹ vermeiden. Aus diesem Grund hatte man auf der Oberfläche Gravitationsgeneratoren installiert, die im Innern sowohl Bereiche erhöhter Schwerkraft als auch Null-G-Zonen schufen. *Dadurch entstehen sicher genug Belastungen für die Stabilität der Hülle,* dachte Glissa.

Sie seufzte, und in ihrer Kehle erklang dabei ein heiserer, gutturaler Laut, wie der Auftakt zu einigen besonders erfrischenden Beschimpfungen. Aber hinter diesem Seufzen verbarg sich keine derartige Freude. Glissa hatte gar nicht gemerkt, daß die erste Schicht bereits zu Ende gegangen war — und die Pfeiler für das Süßwasserbecken fehlten nach wie vor. Sie hatten noch nicht einmal auf der Plattform des großen Frachttransporters am Rand der Baustelle Substanz gewonnen. *Wenn wir auch weiterhin so sehr hinter dem Zeitplan bleiben ...* Glissa stellte sich vor, die Arbeitsperiode um einen zusätzlichen Zehntag zu verlängern, bevor sie endlich Gelegenheit bekam, sich im Gemeinschaftsbad der Freizeit-Station zu suhlen. Schlimmer noch: Der Geruch deutete darauf hin, daß sie den nächsten Zehntag in Gesellschaft von Menschen verbringen mußte.

Es gab keinen konkreten Anlaß für Glissas Abneigung Terranern gegenüber, aber da sie nicht zu Mirachts Botschafter-Stämmen gehörte, fühlte sie sich in der Nähe von Menschen alles andere als wohl. Immerhin konnten die Bewohner des Planeten Erde nicht zwischen altehrwürdigen, konstruktiven Beleidigungen und unangemessenen Verunglimpfungen in Hinsicht auf die Abstammung unterscheiden. Nur Vulkanier hatten noch weniger Humor. Andererseits: Gerade die Vielfalt machte das Universum so interessant, und das war einer der Gründe, der Glissa hierhergebracht hatte.

Sie seufzte erneut und strich mit der sensitiven Unterseite eines Hufs über das Kontrollsegment des Bildschirms — eine von mehreren Dutzend Projektionsflächen, die den Arbeitsbereich säumten. Als das Diagramm von dem zwei mal ein Meter großen Display verschwand, schnüffelte die Tellaritin erneut, um festzustellen, welche Menschen sie diesmal ertragen mußte.

Die zwölf Monteure waren noch zu weit entfernt, um individuelle Merkmale zu erkennen — Glissa sah nur die gelben Sicherheitsharnische und Helme. Aber in den meisten Fällen genügte ihr der Geruch, um einzelne Terraner zu identifizieren. Sie dankte den Monden: Sieben der zwölf Personen stellten sich als Tellariten heraus — Arbeiter aus der Quäker-Gemeinde, die Interworld Construction beauftragt hatte, diesen Asteroiden in eine Lagrange-Kolonie zu verwandeln. Mehr als die Hälfte der Arbeiterschaft stammte aus der Gemeinde, und dadurch sparten die Quäker eine Menge Geld.

Der Geruch verriet die fünf anderen als Menschen, und Glissas Kummer wuchs: Sie hielt Terraner und Asteroidenmontage für eine unglückliche Kombination.

Die Neustrukturierung von Asteroiden zählte zu den wenigen gefährlichen Tätigkeiten in der Föderation, die nicht von Maschinen ausgeführt werden konnten. Dieser Umstand fand sogar Niederschlag in entsprechenden Vorschriften und Gesetzen. Wenn der Föderationsrat jemals beschloß, das Verbot der Sklaverei zu lockern und es synthetischen Selbstsphären — früher als ›künstliche Intelligenz‹ bezeichnet — zu erlauben, Roboter zu steuern ... Dann begann für diesen speziellen Industriesektor eine regelrechte Revolution. Aber bis das geschah, blieb die sogenannte Asteroidenmontage zwei Arten von Arbeitern überlassen: den Auftraggeber-Monteuren, die mit viel Engagement kamen und sich über die Chance freuten, mit bloßen Hufen eine neue Welt zu schaffen, und den Leuten, die sich an Interworld wandten, weil es woanders keinen Platz mehr für sie gab.

Was die Menschen betraf, die der zweiten Gruppe zugerechnet werden mußten: Einige von ihnen waren vor irgend etwas auf der Flucht, und sie alle wurden von Verzweiflung begleitet. In Hinsicht auf Ehre und Eifer hätte es sich Glissas Meinung nach ebensogut um Klingonen handeln können. Für Tellariten galt die Konstruktion neuer Welten als ehrenvolle Arbeit, aber sie brachte erhebliche Probleme mit sich, und deshalb akzeptierte Interworld auch Menschen mit ihrer sonderbaren Mischung aus vulkanischer Logik und andorianischer Leidenschaft. Was für Glissa und die übrigen Schichtleiter bedeutete, daß sie mit ihren Worten vorsichtig sein mußten.

Als sie den Bildschirm wieder aktivierte, um die aktuellen Arbeitspläne abzurufen, ertönten die akustischen Signale des Schichtwechsels. Das Schrillen klang aus den Lautsprechern der Lichtmasten, die am Rand der fünfhundert Meter durchmessenden Baustelle aufragten. Glissa blickte zum vier Kilometer entfernten Felsenhimmel empor und sah die vagen Flecken der Lichtmasten, die im atmosphärelosen Teil des Asteroiden glühten: Ihr Flackern wies ebenfalls auf den Schichtwechsel hin und war für die in Schutzanzüge gekleideten Arbeiter bestimmt, die das Heulen nicht hören konnten.

Verwundert überprüfte die Tellaritin ihr Chronometer und stellte fest, daß die akustischen und visuellen Signale genau zum richtigen Zeitpunkt erfolgten. Woraus folgte: Die Monteure der zweiten Schicht trafen pünktlich ein. Glissa war schon seit Jahren für Interworld tätig und wußte daher: Die hiesigen, von Verzweiflung geprägten Menschen kamen immer zu spät — es schien eine Art Religion für sie zu sein.

Einige Sekunden lang empfand die Schichtleiterin Besorgnis angesichts dieser neuen Entwicklung, die sich über alte Traditionen hinwegsetzte und eine vertraute Ordnung zu bedrohen schien — für einen Tellariten gab es kaum Schlimmeres als ungelöste Rätsel. Sie schnüffelte einmal mehr, und der charakteristische Geruch bestätigte die Präsenz von Menschen in der Gruppe. Ein neuerliches und noch aufmerksameres Schnuppern brachte schließlich die Antwort.

Glissa hob den Huf und winkte damit der verschwommenen Gestalt des Menschen zu, der den Trupp anführte. »Sam?« knurrte sie. »Sam Jameson?«

Der Terraner streckte einen viel zu langen und dürren Arm, um den Gruß zu erwidern, und jähe Hoffnung entstand in Glissa. Wenn Sam Jameson befördert worden war und nun die zweite Schicht leitete ... Dann mochte es möglich sein, die verlorene Zeit aufzuholen. Erst seit vier Zehntagen gehörte er zu Interworld, aber er hatte bereits erstaunliche Eigenschaften unter Beweis gestellt.

»Dachte ich mir doch, daß ich den fauligen Gestank Ihrer haarlosen Haut gerochen habe!« blökte die Tellaritin ohrenbetäubend laut, als Sam näher kam.

»Es grenzt an ein Wunder, daß Sie durch Ihr schleimverkrustetes *Skrak*-Fell überhaupt irgend etwas riechen können!« rief der Mann.

Glissa grunzte erfreut. Hier war die Ausnahme von der Regel: ein kultivierter Mensch, der die subtilen Nuancen der Höflichen Sprache verstand. Sie glaubte schon, den warmen Schlamm des Gemeinschaftsbads zu spüren, als sie daran dachte, den Zeitplan zu erfüllen.

Erneut hob sie den Huf, und Sam Jameson griff ohne zu zögern danach, berührte die Sensorknoten an der Unterseite in der richtigen Reihenfolge — was ihm mit den klobigen Fingern sicher nicht gerade leicht fiel. Manchmal wunderte es Glissa, daß Menschen überhaupt mit Werkzeugen umgehen konnten. An den ›Händen‹ jeweils fünf Extremitäten, die sich unabhängig voneinander bewegten … Wie sollte man damit komplizierte Dinge bewerkstelligen?

Die übrigen Monteure der zweiten Schicht lösten den Sicherheitsstrang von ihren Harnischen, und Glissa beschloß, mit einigen Worten aus der Höflichen Sprache auf ihre Freude darüber hinzuweisen, mit Sam zusammenzuarbeiten. Sie musterte den Menschen, strich nervös den goldenen Pelz ihres Bartes glatt und hoffte, daß ihr die richtige Aussprache gelang.

»Verdammt, Sam, beim Teufel in der Höhle: Warum bestraft man mich damit, daß Sie in meiner Abteilung tätig sind?«

Ein Lächeln huschte über Sams Lippen — offenbar war mit der Formulierung irgend etwas nicht in Ordnung. Glissa fand es seltsam, daß man den Gesichtsausdruck dieses Menschen so leicht deuten konnte. Das lange braune Haar und der dichte Bart erwiesen sich in diesem Zusammenhang als vorteilhaft, denn dadurch wirkte er weniger wie eine tellaritische Baumschnecke und mehr wie ein intelligentes Wesen. Häßlich blieb die mickrige, nach unten geneigte Nase. Ganz zu schweigen von den Augen: kleine braune Punkte, umgeben von Weiß — wie bei der mehrere Tage alten Leiche eines Tellariten. Glissa mußte sich sehr beherrschen, um nicht zu schaudern.

Sam senkte nun den Kopf, beugte sich vor und sprach so leise, daß ihn nur die Schichtleiterin hörte.

»Hölle«, hauchte er. »Sie meinen keine Höhle, sondern die Hölle.«

Glissa nickte nachdenklich, dankbar dafür, daß Sam ihren Fehler flüsternd korrigierte. »Welcher Begriff steht für den Ort des Verderbens?«

»Hölle. Höhlen empfinden Menschen nicht als besonders schlimm. Dieses Wort eignet sich kaum für Beleidigungen in der Höflichen Sprache.«

Glissa ahnte, daß sie sich bald Notizen machen mußte, wenn sie Sam gegenüber nicht ins Hintertreffen geraten wollte. »Aber das *Verdammt...*«

»Perfekt.« Der Mensch flüsterte noch immer. »Genau an der richtigen Stelle im Satz, genau die richtige Betonung, sehr eindrucksvoll...« Er unterbrach sich, blickte wieder auf und fügte laut hinzu: »Wenn man berücksichtigt, daß Sie ein Bier saufendes, dickbäuchiges Warzenschwein sind.«

Glissas Wangen blähten sich auf, als sie entzückt schnaubte. Fand Sam vielleicht Gefallen an Schlammbädern? Die Tellaritin spielte mit dem Gedanken, ihn zum Suhlen einzuladen. Doch zuerst wartete Arbeit auf sie; geistreiche Konversation und Höfliche Gespräche mußten auf später verschoben werden. Erleichterung durchströmte die Tellaritin: Bei der Kooperation mit Sam durfte sie hoffen, sich die Aufregung angesichts der Konstruktion einer neuen Welt zu bewahren. Und er stellte nicht nur das in Aussicht, sondern noch mehr: echte Freundschaft.

Diesmal dauerte die Arbeitseinteilung nicht annähernd so lange wie sonst — Sam konnte den menschlichen Mitgliedern seiner Gruppe das Schicht-Soll besser erklären als Glissa —, und kurz darauf summte der Frachttransporter. Das Surren klang dumpfer als bei anderen Transportersystemen, denn in diesem Fall handelte es sich um eine Anlage, die im unteren Frequenzbereich funktionierte. Dadurch wurden Kosten eingespart, was jedoch nicht ohne Folgen für die Sicherheit blieb:

Mit dem Frachttransporter durften nur Objekte transferiert werden, keine Lebewesen. Glissa beobachtete, wie mehrere zwanzig Meter lange, aus schwarzem Kunststoff bestehende Pfeiler materialisierten, und plötzlich zweifelte sie nicht mehr daran, daß wenige Schichten genügten, um den Erfordernissen des Zeitplans zu genügen. Sam Jameson würde sie gewiß nicht enttäuschen.

Er trieb die tellaritischen Arbeiter mit passenden höflichen Beschimpfungen an, benutzte bei seinen menschlichen Kollegen einen behutsameren Tonfall und half ihnen, die Pfeiler mit kleinen Antigrav-Einheiten auszustatten. Die Plattform des Frachttransporters war in Rekordzeit leer. Glissa staunte darüber, wie bereitwillig die Monteure Sams Befehle ausführten. Vielleicht bestand sein Geheimnis darin, jede Person ein wenig anders zu behandeln, mit individuellem Respekt. Vielleicht lag es daran, daß er im Gegensatz zu anderen Gruppenleitern keine schwere Arbeit scheute. Wie auch immer die Erklärung lautete: Glissa war sowohl beeindruckt als auch betrübt. Denn ganz gleich, was Sam gewesen sein mochte, bevor er nach Interworld kam — er hatte bestimmt nicht als Asteroidenmonteur gearbeitet.

Bis zur Pause für die Hauptmahlzeit war unter Sams Anleitung bereits das Werk einer ganzen Schicht vollbracht. Und die Arbeiter schienen versessen darauf zu sein, noch mehr zu erledigen. Diesmal konnte Glissa *Tak* und Blutschwarten genießen, ohne in Panik zu geraten, weil die Arbeitszeit so schnell verstrich. Sie wünschte sich Sams Gesellschaft — die Tellaritin hatte sich inzwischen eine besonders unflätige Beschimpfung einfallen lassen und hoffte auf eine schlagfertige Antwort —, aber er nahm die Mahlzeit abseits der anderen ein, und irgend etwas in seiner Haltung verkündete, daß er nicht gestört werden wollte.

Die übrigen Menschen saßen zusammen und sprachen miteinander, blickten gelegentlich zu Sam, der mit dem Rücken an einem Felsen lehnte. Die Tellariten hingegen standen, starrten in die Ferne und schnupperten immer wieder. Einer der vielen visuellen Sensoren, die den Projektionsflächen Bilder übermitteln, zeigte Glissa, was die Aufmerksamkeit ihrer Artgenossen geweckt hatte.

Zwei tellaritische Kinder — sie schienen geradewegs aus der Wurf-Suhle zu kommen — watschelten über den Sicherheitspfad und folgten einem etwa hundert Zentimeter langen Transportwagen mit Schüsseln und Tellern, der sie durch das Gewirr aus Grav-Warnungen geleitete. Auf dem Bildschirm vor Glissa waren deutlich die Sicherheitsleinen zwischen den Harnischen und dem Wagen zu sehen.

Die Mutter der Kinder gehörte zu Sams Gruppe und begrüßte ihre beiden Sprößlinge stolz, als diese den tellaritischen Monteuren Essen brachten. Mit großem Ernst trugen sie die Halstücher der Gemeinde, deren Rot einen auffallenden Kontrast zum weißen Flaum an ihren rundlichen Leibern bildete. Glissa verglich sie mit kleinen Wolken, die blaue Overalls trugen.

Sie blickte noch immer auf den Schirm, als sie das Geräusch vertrauter Schritte hörte. Sam näherte sich.

»Sind unsere Kinder für Menschen ebenso niedlich wie für uns?« fragte Glissa, als sie bemerkte, daß auch Sam die jungen Tellariten beobachtete.

»Babys sind immer niedlich, ganz gleich, aus welchem Volk sie stammen«, erwiderte Jameson. »Aber ich finde es sehr bedauerlich, daß diesen beiden Exemplare als Erwachsene ebenso häßlich sein werden wie Sie.«

Glissa brummte fröhlich und forderte den Mann mit einer Geste auf, neben ihr Platz zu nehmen. »Nie zuvor bin ich einem Menschen wie Ihnen begegnet.« Sie sprach jetzt ohne den Tonfall der Höflichen Sprache.

Sam zögerte kurz, bevor er sich setzte, die Arme auf die Knie stützte und den Helm hin und her baumeln ließ, während er zu den Kindern sah. Sie rauften jetzt, quiekten und schnauften dabei. »Ich schätze, dann kennen Sie nicht sehr viele Menschen.«

Glissa erinnerte sich daran, daß manche Terraner mit Übelkeit auf den Anblick von Blutschwarten reagierten. Sie klappte ihr Tablett zusammen. »Ich bin hier vielen Menschen begegnet. Sie unterscheiden sich von ihnen.«

Sam zuckte mit den Schultern und schwieg, hob stumm den Kopf und prüfte die Zeitanzeige eines Bildschirms. Ihnen blieben noch einige Minuten bis zum Ende der Pause.

»Warum sind Sie hier, Sam Jameson?«

Diesmal veränderten sich die Züge des Mannes auf eine Weise, die Glissa nicht zu deuten vermochte. »Warum sind *Sie* hier?«

»Um neue Welten zu bauen«, erwiderte sie stolz.

Erneut kam Bewegung in Sams Miene, und Glissa erkannte so etwas wie Kummer. »Als gäbe es nicht schon genug davon«, murmelte er.

Mit diesen Worten wußte die Tellaritin kaum etwas anzufangen. »Sie sind nicht auf der Flucht«, sagte sie.

Der Mensch lächelte traurig, und seine Züge offenbarten auch noch andere, weitaus rätselhaftere Empfindungen. »Was veranlaßt Sie zu einer solchen Vermutung?«

»Interworld stellt nicht viele Fragen, wenn jemand Arbeit sucht. Jene Menschen, die zu uns kommen ... Sie scheinen fast bereit zu sein, mit einem orionischen Frachter durchs All zu fliegen.« Der Tellaritin fiel plötzlich ein, wie wenig Humor Terraner hatten. »Vielleicht sollte ich dem Wort Frachter eine sarkastische Betonung verleihen, damit der Witz logischer wird.«

Sam wandte den Blick von ihr ab, und der Feuchtigkeitsgehalt seiner Augen schien zuzunehmen, was ihn nachdenklicher erscheinen ließ.

»Ist alles in Ordnung mit Ihnen?« fragte Glissa.

»Ja.« Jameson lächelte, während in seinem Gesicht ein Schatten von Melancholie verharrte. »Sie haben mich nur an jemanden erinnert, den ich kannte, vor langer Zeit.«

»Ein guter Freund?«

»Ich glaube schon. Obgleich er es nicht zugegeben hätte.«

»Die hiesigen Menschen erwecken den Eindruck, überhaupt keine Freunde zu haben, Sam.«

Der Terraner atmete tief durch und starrte zum massiven ›Himmel‹ empor. Doch sein Blick reichte noch viel weiter in die Ferne. »Vor einigen Jahrhunderten gab es auf der Erde eine Organisation, die Interworld ähnelte.«

»Eine Organisation, die Dinge baute? Bestimmt wurden damals noch keine Welten konstruiert, aber vielleicht Kontinente?«

»Es handelte sich um eine militärische Institution.«

»Typisch für Menschen. Womit ich Ihnen nicht zu nahe treten möchte«, fügte Glissa hastig hinzu, denn dies war kein Höfliches Gespräch.

»Schon gut«, sagte Sam. »Der Name lautete *La Légion étrangère* — die Fremdenlegion. Sie nahmen Personen auf, für die es sonst nirgends einen Platz gab. Sie stellte keine Fragen und ließ es sogar zu, daß man falsche Namen verwendete.«

»Manchmal ... scheint so etwas wünschenswert zu sein«, kommentierte Glissa so diplomatisch wie möglich. »Ist es wünschenswert für Sie?«

Jamesons Gesichtsausdruck blieb undeutbar für die Tellaritin. »Keine Fragen«, wiederholte er.

»Schade. Ich halte Sie für jemanden, der viele Antworten hat.«

Er schüttelte den Kopf. »Eine Antwort würde genügen, Glissa. Und sie fehlt mir.« Er hob den Helm. »Deshalb bin ich hier. Deshalb gehöre ich zu den Verzweifelten und Ausgestoßenen.«

Die Schichtleiterin legte ihm tröstend den Huf auf die Schulter. Nach welcher Antwort suchte dieser Mensch? Was mochte ihn hierhergebracht haben? »Wenn ich Ihnen irgendwie helfen kann, Sam ...«

Der Asteroid erbebte.

So fühlte es sich jedenfalls an. Instabilität erfaßte das Schwerkraftfeld im Bereich der Baustelle, und Glissa sah, wie die Lichtmasten flackerten, als lokale Gravitationskonstanten jäh fluktuierten. Sie hielt sich am Felsgestein fest, glaubte dabei zu spüren, wie sie auf einer imaginären Woge tanzte. G-Alarm heulte aus hundert Lautsprechern, und das Schrillen hallte durch den ganzen Asteroiden.

»Was ist passiert?« knurrte die Tellaritin.

Sams starke Arme schoben sie zwischen zwei kleine Stahlgerüste. Er hatte instinktiv die Füße unter einen Träger geschoben, als die Vibrationen begannen. »Harmonische Interferenzen«, erklärte er. »Offenbar ist einer der Gravitationsgeneratoren ausgefallen, und die anderen konnten nicht schnell genug kompensieren.«

Jameson schlang eine Sicherheitsleine um die nächste Gerüststrebe und befestigte das andere Ende an Glissas Harnisch. »Keine Sorge. Die Sache bringt sich selbst in Ordnung. Nach einigen weiteren Fluktuationen stabilisieren sich die einzelnen Schwerkraftfelder.«

»Die Kinder ...«, quiekte Glissa. Sie konnte nicht den Kopf drehen, um zu den Bildschirmen zu sehen — ihr Gewicht schien sich plötzlich zu verdreifachen und preßte sie an den Boden.

Sam reckte den Hals und sah dorthin, wo die Tellariten aus der Gemeinde ihre Mahlzeit eingenommen hatten. »Es ist alles in Ordnung mit ihnen. Ihre Sicherheitsleinen sind noch immer mit dem Wagen verbunden.« Er griff nach Glissas Arm, als ihn Niedrigschwerkraft erfaßte und einen halben Meter aufsteigen ließ. »Na bitte. Es ist schon nicht mehr so schlimm.«

»Wieso kennen Sie sich so gut mit künstlichen Schwerkraftfeldern aus?« fragte die Tellaritin.

Sam bekam gar keine Gelegenheit, darauf zu antworten. Neuerliche Vibrationen schüttelten den Asteroiden, als ein weiterer Gravitationsgenerator versagte — und dann noch einer. Die übrigen Felder zerrten den ausgehöhlten Himmelskörper in zwei verschiedene Richtungen. Ein dumpfes Knirschen erklang, und das Knacken von berstendem Metall gesellte sich hinzu. Sam sah in die entsprechende Richtung und riß die Augen auf. »Das Fundament des Sees!«

Innerhalb eines Sekundenbruchteils reifte eine schreckliche Erkenntnis in Glissa heran. »Die Pfeiler müssen erst noch installiert werden. Der See ...«

Neuerliches Heulen übertönte die G-Warnungen: Druckalarm.

»Nein!« Sam beobachtete etwas, das die Schichtleiterin nicht sehen konnte.

»Was ist?«

»NEIN!« Der Mensch wandte sich von Glissa ab und zog die Füße unter dem Träger hervor.

»Was ist los, Sam?«

»Die Kinder!« Jameson sprang über die Tellaritin hinweg, und gleichzeitig begann der Wind.

Glissa versuchte, sich aufzusetzen. Die um sie herum immer lauter zischende Luft konnte nur eins bedeuten: Aufgrund der Gravitationsfluktuationen waren im Fundament des Sees Risse entstanden, und dahinter gab es nur ... die Leere des Alls.

Sie hörte, wie sich die Schreie der Arbeiter mit dem Fauchen der entweichenden Luft und dem Heulen der Sirenen vermischten. Entschlossen klopfte sie mit dem Huf auf das Kontrollsegment des nächsten Bildschirms und rief verschiedene Szenen ab, bis sie einen Sensor fand, der ihr den See zeigte.

»Bei Kera«, flüsterte sie, als sie die Kinder sah: Sie hingen am Ende ihrer Sicherheitsleinen, nur zehn Meter von einem Loch im Boden des geplanten Sees entfernt. Das Vakuum saugte Luft und diverse Objekte in den Weltraum. »Bei Phinda!« entfuhr es der Tellaritin, als sie Sam Jameson bemerkte: Er kauerte an einer dicken Stahlstange und befestigte eine Leine daran.

Glissa aktivierte das Kom-Modul des Senders, um die

Bilder der Frachtsektion zu übermitteln. Der Transfer im unteren Frequenzbereich war zweifellos riskant — aber jenseits des Risses im Fundament des Sees lauerte der Tod. Die Tellaritin hoffte inständig, daß die Sicherheitsleinen der beiden Kinder hielten, daß Sam an Ort und Stelle blieb.

Doch die Stränge waren an einem kleinen Wagen befestigt, der dem Sog nachzugeben begann. Und ganz gleich, wie wenig Glissa über den wahren Sam Jameson wußte: Er würde bestimmt nicht tatenlos zusehen, wie die Kinder ins All gezerrt wurden.

Die Schichtleiterin nannte der Frachtsektion die Koordinaten, als Sam den relativen Schutz der Stahlstange verließ und sein Leben der Leine anvertraute, die sich hinter ihm spannte.

Die Gravitation war inzwischen wieder stabil, aber das änderte nichts an dem enormen Sog. Der Mensch stapfte durchs Chaos, näherte sich langsam den Kindern. Steine und andere Dinge flogen an ihm vorbei. Einige trafen ihn. Er achtete nicht darauf, ignorierte auch das Blut, das aus kleinen Wunden quoll. Bisher hatte Glissa nicht genau feststellen können, was der Mensch empfand, aber als sie ihn nun beobachtete, war sie ganz sicher, daß keine Furcht in ihm wohnte: Er widmete seine ganze Willenskraft der Aufgabe, die beiden Kinder zu retten.

Schließlich erreichte Sam den Wagen. Die Aktivitätssensoren leuchteten nicht mehr — der Apparat hatte seine ganze Energie dabei vergeudet, dem Wind Widerstand zu leisten. Jameson schlang die Arme um das Steuerungsmodul und trachtete danach, die Maschine festzuhalten. Glissa schaltete auf eine andere Übertragungskomponente um und sah, daß sich die Leine des Menschen nicht noch weiter dehnen konnte. Sams Arme zitterten, als er sich bemühte, das Bewegungsmoment des Wagens zu neutralisieren, aber der Sog erwies sich als stärker: Die Distanz zwische den quiekenden Kindern und der hungrigen Leere verringerte sich.

Es blitzte in Sams Augen, und Glissa wußte: Jetzt brodelte Zorn in dem Mann. Er tastete nach einer bestimmten Stelle seines Harnisches und löste die Leine. Entsetzen prickelte in der Tellaritin, und aus einem Reflex heraus beugte sie sich vor, um eine Warnung zu rufen, die Sam überhaupt nicht hören konnte.

Der Wagen ruckte einen Meter in Richtung Loch, als Jameson ihn losließ und an den Sicherheitsleinen entlangkroch. Er gelangte zu den Kindern, als sie nur noch drei Meter von dem Riß im Boden trennten — von einer Öffnung, die allmählich breiter wurde. Wann setzte die Frachtsektion endlich den Transporter ein?

Die Entfernung zum Loch schrumpfte auf zwei Meter, als Sam die beiden kleinen Tellariten umarmte. Er stemmte sich dem Sog entgegen ... Wohin wandte er sich jetzt? Wenige Sekunden später verstand Glissa die Absicht des Terraners: Ein Vorsprung aus Metall befand sich in unmittelbarer Nähe. Mit schier übermenschlicher Kraft drückte Jameson die Kinder dagegen — wenn sie sich nicht von der Stelle rührten, waren sie dort sicher, solange es genug Luft zum Atmen gab. Aber der Vorsprung bot keinen Platz für ihn.

Glissa stöhnte unwillkürlich, als sie beobachtete, was der Mann nun unternahm. Er streifte seinen Harnisch ab — ohne ihn hatte er praktisch keine Überlebenschance —, wickelte ihn um die Kinder und zog die Riemen fest.

»Nein, bitte ...« Die Schichtleiterin betete zu den Zwei Monden, als sie sah, wie Sams Finger an dem metallenen Vorsprung nach Halt suchten. Sie betete zum Dunst und zum Schlamm, zu allen Würfen des Himmels — doch gerade der Himmel war es, der nun Anspruch auf Jameson erhob.

Zentimeter um Zentimeter rutschte er fort, ohne die Möglichkeit, dem Sog noch länger standzuhalten. Er fiel dem Riß entgegen, dem Weltraum, der tödlichen Leere zwischen den Sternen.

Am Rand der Öffnung klammerte er sich fest und gewann auf diese Weise eine letzte Gnadenfrist.

Glissa veränderte die Justierung des Sensors, und Hunderte von Bildschirmen im Innern des Asteroiden zeigten eine Nahaufnahme vom Gesicht dieses heldenhaften Mannes — niemand sollte seine Selbstaufopferung vergessen.

Das Erstaunen der Tellaritin wuchs immer mehr, und sie fragte sich, was für ein Mensch Jameson war, was für ein *Wesen.* Es gab keine Hoffnung mehr für ihn, aber trotzdem kapitulierte er nicht, kämpfte weiter. Der endlose Sturz durch die ewige Nacht des Alls stand nun unmittelbar bevor, doch Sams Gesicht zeigte *noch immer keine Furcht.*

Tränen strömten Glissa aus den kleinen Augen, denn sie begriff nicht, was sich ihren Blicken darbot. Der Mann trotzte dem Tod mit einer für die Tellaritin völlig unverständlichen Mischung aus Tapferkeit und Starrsinn. *Man sollte diese Welt nach dir benennen,* fuhr es ihr durch den Sinn. *Ich schwöre dir, daß ich einen entsprechenden Vorschlag unterbreiten werde, Sam. Sam Jameson. Mein Freund.*

Die Hände des Terraners glitten am Rand des Risses ab.

Die Sterne errangen den Sieg.

Doch ganz plötzlich verklang das Heulen der entweichenden Luft, und ein fast ohrenbetäubend lautes Transportersurren übertönte den noch immer schrillenden Druckalarm.

Glissa starrte auf den Bildschirm, als sich Sam von der Öffnung fortrollte. Im Innern des Loches spiegelte sich das Funkeln eines Transferfelds an silbrig glänzenden Metallwänden wider. Die Frachtsektion hatte nicht etwa Sam und die tellaritischen Kinder fortgebeamt, sondern Versiegelungsmasse transferiert.

Die Schichtleiterin dankte den Monden, indem sie sich mit den Hufen an die Stirn klopfte. Dann löste sie die Sicherheitsleine vom Harnisch und eilte zum Fundament des Sees, um Sam zu seinem zweiten Leben zu beglückwünschen. Doch andere erreichten ihn vor ihr, und verblüfft sah sie Abscheu in den Mienen der übrigen Personen.

Die schluchzenden Kinder befanden sich bereits in der Obhut ihrer Mutter und einiger Monteure. Der Riß im Boden präsentierte sich jetzt nur noch als eine lange Narbe aus dem gehärteten blauen Schaum der Versiegelungsmasse. Sam hockte an dem stählernen Vorsprung, der die kleinen Tellariten geschützt hatte: Seine Arbeitskleidung war an mehreren Stellen zerfetzt, und Blut tropfte aus einem Dutzend Wunden. Doch die Menschen in der Nähe boten ihm keine Hilfe an, flüsterten nur miteinander.

Glissa bahnte sich einen Weg durch die Menge und trat zu Sam.

»An Ihrer Stelle würde ich ihm nicht helfen«, brummte einer der Terraner. Er war größer und schwerer als Sam; am Arm zeigte sich eine Tätowierung, die darauf hinwies, daß er einige Jahre in einer Strafkolonie verbracht hatte.

»Was soll das heißen?« erwiderte Glissa. Sie kniete nieder und griff mit den Hufen nach Jamesons Händen. »Er hat die Kinder gerettet.«

»Haben Sie keine Augen im Kopf?« Diese Worte stammten von einer Frau, die fast ebenso groß war wie der Mann mit der Tätowierung. »Oder hatten Sie keine Gelegenheit, ihn auf den Bildschirmen zu sehen?«

»Doch, natürlich«, entgegnete Glissa unsicher.

»Und trotzdem erkennen Sie ihn nicht? Sein Gesicht erschien immer wieder in den Holo-Nachrichten. Allerdings ohne Bart.«

Die Tellaritin wandte sich an Sam. »Was hat das zu bedeuten?«

Die Frau trat einen Stein in Jamesons Richtung. »Na los. Sagen Sie ihr, was es zu bedeuten hat. Oder fehlt Ihnen der Mumm dazu?«

»Sam?«

»In Wirklichkeit heißt er anders, Boß«, ließ sich ein dritter Mensch vernehmen. Er war kleiner und breiter, stammte ganz offensichtlich von einem Planeten mit hoher Schwerkraft. Seine Bewegungen wirkten sehr kraftvoll, als er näher kam, vor Sam und Glissa stehenblieb. Er starrte auf den verwundeten Terraner und die Tellaritin neben ihm herab.

»Sie sind Kirk, nicht wahr?« fragte er. Glissa schnaubte unwillkürlich, als sie diesen schrecklichen Namen hörte. »Früher Kommandant der *Enterprise*, stimmt's?«

Die Schichtleiterin musterte Sam, sah ihm tief in die Augen. »Nein«, hauchte sie. »Nein ...«

Sein Schweigen genügte als Antwort.

Glissa zog die Hufe zurück.

»Mörder!« Die Frau trat einen weiteren Stein zum Verletzten.

»Schlächter!« Der kleine Mensch spuckte auf Sams Stiefel.

Glissa rang mit ihrer Bestürzung und erinnerte sich daran, daß Arbeit und Pflicht an erster Stelle kamen. »Das genügt!« brummte sie und maß die Monteure mit warnenden Blicken. »Es liegt noch eine halbe Schicht vor uns, und ich möchte, daß Sie *jetzt sofort* an die Arbeit zurückkehren.«

Sie zögerten, doch das Knurren der Schichtleiterin genügte als Hinweis — Menschen und Tellariten schlurften fort, verließen das Fundament des Sees.

Der Mann, den Glissa als Sam Jameson gekannt hatte, sah zu ihr auf und schien etwas sagen zu wollen, doch sie kam ihm zuvor, indem sie den einen Huf hob. *Man hat eine Welt nach diesem Ungeheuer benannt.* »Weitere Worte erübrigen sich. Ich werde dafür sorgen, daß Sie den noch ausstehenden Lohn bekommen, und außerdem buche ich Ihnen einen Platz an Bord des nächsten Shuttles. Sie sollten ... Sie sollten so schnell wie möglich von hier verschwinden. Bevor noch mehr Leute herausfinden, wer Sie sind.« Die Tellaritin wandte sich halb ab. »Interworld kann Ihre Sicherheit nicht garantieren.«

Der Mensch gab keinen Ton von sich. Glissa stand auf und ging zu den Quäker-Arbeitern, um die jüngsten Ereignisse jenen Monteuren zu erklären, die kein Standard verstanden — obgleich der Name Kirk kaum eine Übersetzung erforderte. Er war auf Hunderten von Welten als Fluch bekannt.

Während Glissa und die übrigen Tellariten leise miteinander sprachen, näherten sich die beiden Kinder dem Verletzten. Sie beobachteten ihn besorgt, als er mühsam aufstand und sein Blut zu Boden tropfte.

Einer der beiden kleinen Tellariten schien etwas mutiger zu sein als der andere, trat vor und löste das Tuch vom Hals. Mit winzigen Hufen bot er es dem Menschen an, der zögerte und sich offenbar fragte, ob er ein solches Geschenk annehmen konnte.

»Bitte«, sagte der Tellarit. »Ich möchte helfen.«

Der Mann zuckte zusammen, und blickte so in die ernsten Augen des Kindes, als sähe er dort eine ganz andere Person, als hörte er Worte, die jemand anders an ihn gerichtet hatte, irgendwann in der Vergangenheit. Er antwortete mit sanfter, leiser Stimme, nahm das Halstuch entgegen und hielt es an eine Wunde. Dann drehte er sich um, ging mit hoch erhobenem Kopf und sicheren Schritten fort.

Glissa fühlte, wie ihr unerwartete Tränen über die Wangen rollten, als sie dem Menschen nachsah. Sie zweifelte nicht daran: Für James T. Kirk gab es keinen Ort mehr, an dem er Ruhe finden konnte.

KAPITEL 2

Die *Enterprise* war nicht auf eine ehrenvolle, saubere Weise gestorben. Wenn der Chefingenieur an ihr Ende dachte, hatte er sich häufig vorgestellt, wie sie von einer Nova verschlungen wurde, oder vielleicht von den unergründlichen Tiefen eines schwarzen Lochs. Er dachte daran, wie sie sich selbst opferte, um Leben zu retten.

Statt dessen wurde sie hingeschlachtet: Sie verlor Energie und Geschwindigkeit, mußte es hinnehmen, zwischen den entgegengesetzten Unendlichkeiten des Normalraums und der Cochrane-Teilmenge deformiert zu werden. Ein großer Teil des Schiffes existierte noch, aber Herz und Seele waren verloren.

Gelegentlich bedauerte Montgomery Scott, daß die *Enterprise* nicht ganz gestorben war — und er mit ihr.

Er stand jetzt in der Beobachtungskammer — so früh am ›Morgen‹ hielt sich außer ihm niemand in ihr auf — und lehnte die Stirn ans glatte Panoramafenster. Nach einigen Sekunden schloß er die Augen und dachte an damals, als es genügt hatte, irgendeinen Teil des Raumschiffes zu berühren, um den Pulsschlag des Materie-Antimaterie-Wandlers zu spüren. Jetzt blieben Vibrationen aus; es steckte kein Leben mehr im Schiff. Die wenigen hier und dort installierten Notlichter an Bord bezogen ihre Betriebsenergie aus Batterien. Ab und zu kam es zu Erschütterungen, aber sie gingen nicht auf kurze Schubphasen der Manövrierdüsen zurück; mangelndes Geschick der Schlepper-Piloten trug die Verantwortung dafür.

Nach einer Weile hob Scott die Lider. Sein Atem kondensierte an der Scheibe, und die dunstige Patina aus Feuchtigkeit glänzte silbrig-weiß, als die *Enterprise* über den Terminator des Mondes glitt, den sie umkreiste — das reflektierte Licht der Sonne von Talin gleißte ihr entgegen, und einmal mehr sah der Chefingenieur die luftlose Wüste fünfhundert Kilometer unter dem Schiff. Auch diesmal ging ein blendendes Schimmern von ihr aus und entriß die Außenhülle des Schiffes der Nacht.

An vielen Stellen zeigten sich dunkle Streifen: Sie stammten von energetischen Entladungen, die überlastete Deflektoren durchdrungen hatten, um sich in den Rumpf des Raumschiffs zu fressen. Eine Zeitlang beobachtete Scott die kleinen, käferartigen Wartungsshuttles, die notdürftige Reparaturen vornahmen, damit die *Enterprise* zum Raumdock der Starbase 29 geschleppt werden konnte. Erst dort sollte entschieden werden, ob sich eine komplette Instandsetzung lohnte.

Der Chefingenieur blickte zum sekundären Rumpf, betrachtete die alles andere als elegante Anordnung aus Druckplatten und Verbindungselementen. Solche Unvollkommenheit veranlaßte ihn dazu, eine Grimasse zu schneiden. Kein Besatzungsmitglied hätte es gewagt, die *Enterprise* auf diese Weise zu behandeln, so rücksichtslos und unaufmerksam, als sei sie nur eine Ansammlung aus Metall und Kunststoff, nicht mehr als eine komplexe Maschine. Manchmal vertraten neue Fähnriche eine solche Einstellung, während der ersten Wochen an Bord. Aber nach etwa einem Monat mußten nicht einmal die grünsten Rekruten darauf hingewiesen werden, welches Verhalten das Schiff erforderte. Sie spürten und wußten es, im Gegensatz zu den Starbase-Mechanikern, die von Job zu Job eilten und jetzt in sowie an der *Enterprise* arbeiteten. Von der ursprünglichen Besatzung waren nur Scott und einige andere übrig.

Der Steuerbord-Verbindungsstutzen hatte sich um mindestens acht Grad zur Seite geneigt, und der Chefingenieur seufzte, als die stählernen Greifarme der Wartungsshuttles die schwarzen Platten von Traktorstrahlkollektoren daran befestigten. Die Mechaniker wollten den Stutzen *biegen,* um dem Schiff Warp-Balance zurückzugeben — damit es mit Überlichtgeschwindigkeit abgeschleppt werden konnte. Aber Scott sah keinen Sinn darin. Die Steuerbord-Warpgondel existierte nicht mehr — Spock hatte sie rechtzeitig abgesprengt. Im Gegensatz zur Backbord-Gondel.

Jene Einheit war der Grund dafür, warum sich die *Enterprise* noch immer im Orbit von Talins Mond befand — damit sie dort untersucht werden konnte, mit dem gleichen Eifer, den Leichenkäfer von Karunda beim Sezieren einer Leiche entfalteten. Kein anderes Schiff hatte den Warptransfer diesseits der Danylkiw-Grenze eines planetaren Gravitationsschachtes eingeleitet und ein solches Manöver zumindest teilweise überstanden. Noch vor dreieinhalb Monaten war Scott der Ansicht gewesen, daß sich so etwas unmöglich bewerkstelligen ließ. Ein duales Warptriebwerk mußte sorgfältig justiert und balanciert werden, bevor man es wagen konnte, damit innerhalb eines Sonnensystems — geschweige denn in der Nähe eines Planeten der Klasse M — in den Transit zu gehen. Zwar wurden die Kalibrierungsverfahren ständig weiterentwickelt und verbessert, aber nach Scotts Schätzung würde es noch mindestens zehn Jahre dauern, bis ein Warptransfer in der Nähe eines Sterns stattfinden konnte, ohne daß der betreffende Raumer riskierte, in ein Einsteinsches Wurmloch zu fallen oder in eine Danylkiw-Singularität zu geraten.

Nun, moderne ÜL-Triebwerke konnten durchaus innerhalb eines Gravitationsschachtes aktiviert werden, wobei die minimale Entfernung vom Planeten der Höhe eines Standardorbits entsprach, doch es blieb unvorstellbar, mit dem Warptransfer innerhalb einer *planetaren Atmosphäre* zu beginnen. Aber genau das war geschehen, damals, vor dreieinhalb Monaten. Die *Enter-*

prise hatte den Transit in der Atmosphäre von Talin IV eingeleitet. Darauf wiesen die alptraumhaften Reste der Backbord-Gondel deutlich hin.

Ihr vorderes Segment war noch immer in Ordnung. Kurz vor dem Zwischenfall hatte man das gewölbte Entladungselement auf eine Routinewartung vorbereitet, und daher existierte es nach wie vor. Doch dreißig Meter dahinter zeigten sich die ersten Deformationen in der zylindrischen Masse. Nach noch einmal zwanzig Metern sah die Gondel aus wie gedehntes Toffee — wie jene Süßigkeiten, die Sulu sechs Monate lang verwendet hatte, um kleine Vögel und Drachen aus ihnen zu modellieren. Nach sechzig Metern schien sich die Gondel einfach aufzulösen: Vermutlich war sie dort zu einem Punkt zusammengepreßt, im Innern einer multidimensionalen Sphäre, die sich jenseits des Normalraums erstreckte, in jenem Bereich, der Warpgeschwindigkeiten zuließ.

Man diskutierte noch immer darüber, wo sich der Gondelrest tatsächlich *befand*. Zwölf Fachleute vom Cochrane-Institut auf Centaurus hatten zusammen mit Starfleet-Spezialisten der Abteilungen Wissenschaft, Technik und Sicherheit umfangreiche Analysen durchgeführt. Zwei Wochen lang fanden sorgfältige Sensorsondierungen statt und führten zu folgendem Ergebnis: Die Gondel wurde nach wie vor in den Warpraum gezogen, mit einer Geschwindigkeit von einem Atomdurchmesser pro Tag. Scott hielt diese Interpretation der Untersuchungsergebnisse für unsinnig: Jedes Kind wußte, daß der Warptransit in Nullzeit erfolgte — man war entweder hier oder dort, aber nie auf halbem Wege dazwischen. Er versuchte, die angeblichen Experten davon zu überzeugen, daß die Phänomene mit den energetischen Entladungen in Verbindung standen, oder vielleicht mit dem rätselhaften Subraum-Impuls, der alle Transtator-Schaltkreise im Schiff zerstört hatte. Die Reaktion der Spezialisten bestand darin, daß sie bei ihren nächsten

Besprechungen auf die Präsenz des Chefingenieurs verzichteten und auch weiterhin das langsame Verschwinden der *Enterprise* maßen, Molekül um Molekül.

Daraufhin konnte Scott zwar nicht mehr feststellen, worüber sich die Starfleet-Fachleute berieten und was sie planten, aber Gerüchte und Indiskretionen vermittelten folgende Botschaft: Bei der gegenwärtigen Debatte ging es um die Frage, ob die Backbord-Warpgondel vom Rest der *Enterprise* gelöst werden konnte, ohne dadurch einen Katapult-Effekt auszulösen, der das Wrack zerstörte. Oder sollte das Schiff aufgegeben, außer Dienst gestellt und in ein wissenschaftliches Opferlamm verwandelt werden, um zu beobachten, wie es allmählich im Nichts verschwand?

Scott rieb sich die Wangen und versuchte, seine Gedanken zu ordnen. Zorn quoll in ihm empor, wenn er an die unwissenden, bornierten und eingebildeten Hampelmänner dachte, die nun über das Raumschiff *Enterprise* entschieden. Nie zuvor hatte er sich so hilflos gefühlt. *Wenn ich doch nur auf der Brücke gewesen wäre,* dachte er einmal mehr. *Dann hätte ich die Sache ebenso hinter mir wie der Captain. Armer Kerl. Wo er jetzt wohl sein mag?*

Der Chefingenieur strich mit den Fingerkuppen über die Scheibe des Panoramafensters — nur wenige Zentimeter trennten ihn vom Vakuum des Alls. James Kirk weilte irgendwo dort draußen, ebenso weit entfernt wie die Sterne.

Hinter Scott öffnete sich das Schott der Beobachtungskammer mit einem leisen Zischen. Er seufzte erneut, als er bereits vertraut gewordene Schritte hörte — ein Geräusch, in dem er Arroganz zu erkennen glaubte.

»Guten Morgen, Mr. Scott. Die Arbeiten kommen zügig voran, nicht wahr?«

Scott atmete tief durch, um die Beherrschung zu wahren. Das Panoramafenster zeigte ihm ein Spiegelbild des verdammten Offiziersstöckchens: Lieutenant Styles schwang es mehrmals hin und her, klemmte es sich dann unter den Arm. Vielleicht handelte es sich tatsächlich um eine Trophäe, die Styles beim Zweikampf mit einem Klingonen gewonnen hatte, aber der Chefingenieur konnte das Ding nicht ausstehen. Seiner Meinung nach bewies es das eitle, selbstgerechte und aufgeblasene Wesen des Lieutenants.

»Aye, ich glaube schon.« Scott brachte es nicht fertig, den Mann anzusehen, der nun den Befehl über die *Enterprise* führte. Das Kommando stand allein James T. Kirk zu.

Styles blieb neben Scott am Fenster stehen und wippte zweimal auf den Zehen. Dann legte er die Hände auf den Rücken und drehte den Stock, als wollte er imaginäre Fliegen verscheuchen. Der Chefingenieur dachte an Transporterstrahlen, die auf maximale Dispersion justiert waren.

»Das klingt nicht sehr erfreut.«

Scott betrachtete das Spiegelbild und haßte das zufriedene Lächeln in den Mundwinkeln des Lieutenants.

»Dieses Schiff hat es verdient, auf eine ganz bestimmte Weise behandelt zu werden«, erwiderte er.

Styles klopfte mit dem Stöckchen ans Fenster, deutete damit auf die Wartungsshuttles am Steuerbord-Verbindungsstutzen. »Glauben Sie, daß die Jungs dort draußen dieses Schiff falsch behandeln?«

»Ich habe bereits meine Berichte und Empfehlungen vorgelegt.«

Styles wandte sich dem Chefingenieur zu, und dadurch blieb Scott keine andere Wahl, als ihn anzusehen. Schockiert riß er die Augen auf, als er feststellte: Der Lieutenant trug nun nicht mehr die Kometen-Insignien der USS *Monitor* am goldgelben Kommando-Pulli, sondern das Abzeichen der *Enterprise*.

»Gefällt es Ihnen?« fragte Styles, als er die Verblüffung in Scotts Zügen bemerkte.

»Ich ... verstehe nicht ganz.«

»Was soll daran so schwer zu verstehen sein? Starfleet hat mir neue Order übermittelt. Ich bin jetzt Kommandant der *Enterprise.*«

Von wegen, dachte Scott. »Ein Raumschiff braucht einen Captain, Lieutenant.«

Styles lächelte zu strahlend. »Ein *voll einsatzfähiges* Schiff braucht einen Captain, Mr. Scott. Und derzeit gehört die *Enterprise* nicht in diese Kategorie.«

»Haben die Experten inzwischen eine Entscheidung getroffen?«

Styles wippte erneut auf den Zehen. »In gewisser Weise. Sie haben beschlossen, die Reste der Backbord-Gondel vom Schiff zu lösen. Natürlich wird die *Enterprise* zuerst in den interstellaren Raum geschleppt, nur für den Fall ...«

Scott blickte wieder durchs Fenster. *Man setzt auch den Rest des Schiffes aufs Spiel.* »Für den Fall, daß sie vom Katapult-Effekt in den Warptransit geschleudert wird? Will man ihr endgültig den Garaus machen?« Alles in ihm drängte danach, seiner Meinung über die Starbase-Mechaniker deutlichen Ausdruck zu verleihen, aber er widerstand der Versuchung — er war noch immer Starfleet-Offizier.

Styles hob den Stock und klopfte sich damit an den Hals. Er schien Scotts Ärger überhaupt nicht zu bemerken. »Wenn es tatsächlich zum Katapult-Effekt kommt, so bewirkt er vermutlich einen ungerichteten Transfer. Die Cochrane-Experten haben spektakuläre optische Begleiterscheinungen prophezeit, was die Repräsentanten des Amtes für Erstkontakte zum Anlaß nahmen, uns auf folgendes hinzuweisen: Wenn tatsächlich ein Transit erfolgt, so darf er von Talin IV aus nicht zu beobachten sein. Die Erste Direktive ist hier oft genug mißachtet worden, oder?« Styles lachte leise. »Obwohl bezweifelt werden muß, daß die Bewohner von Talin Zeit und Mühe an die Astronomie vergeuden.«

»Und wenn der Katapult-Effekt ausbleibt?« *Und er wird ausbleiben,* dachte Scott. *Es ist weitaus wahrschein-*

licher, daß der Enterprise *plötzlich Flügel wachsen, mit denen sie bis zur nächsten Starbase fliegt.*

Die Fröhlichkeit des Lieutenants war unerträglich. »Nun, zufälligerweise gibt es im terranischen Raumdock zwei Warpgondeln, die sich für ein Schiff der Constitution-Klasse eignen ...«

»Sie sind für die *Intrepid II* bestimmt«, warf Scott ein. Er las die Produktionsberichte.

Styles schüttelte den Kopf. »Ich bitte Sie, Mr. Scott. Es würde mehr als ein Jahr dauern, um ein neues Schiff zu bauen. Aber mit neuen Triebwerksgondeln und einer genügend großen Schar Konstruktionsdrohnen könnte die *Enterprise* schon nach zwei Monaten für neue Missionen bereit sein.«

Der Chefingenieur begriff plötzlich den Grund für die gute Laune des Lieutenants, und er starrte ihn groß an. »Dann braucht sie natürlich einen neuen Captain, stimmt's?«

Styles klopfte Scott auf die Schulter. »Danke für Ihr Vertrauen. Ich fürchte allerdings, daß ich mich zunächst mit dem Posten des Ersten Offiziers begnügen muß. Aber später ... Irgendwann gehört die *Enterprise* mir. O ja: Und dann wird sich herausstellen, was sie unter dem Kommando eines wirklich tüchtigen Kommandanten zu leisten vermag.«

Scott rang mit sich selbst und entschied schließlich, Styles nicht mit einem Fausthieb zu Boden zu schicken. Es gab ehrenvollere Wege zum Status des Zivilisten. Obgleich gewisse Leute eine andere Ansicht vertraten, zum Beispiel ein gewisser Dr. McCoy.

»Lieutenant Styles, Sir?«

»Ja?«

»Wenn die Backbord-Gondel vom Stutzen getrennt wird ...«

»Fahren Sie fort.«

»Mit allem Respekt, Sir: Ich hoffe, der Katapult-Effekt schleudert Sie bis zur Hölle.«

Styles' Gesicht verfärbte sich, und Scott straffte die Schulter, verließ die Beobachtungskammer mit langsamen Schritten. Er *mußte* gehen. Weil der Wunsch, Styles zu schlagen, immer größer wurde.

Später, allein in seinem Quartier, sah Scott auf den Mitteilungsschirm. Ein gelbes Blinken in der oberen rechten Ecke wies ihn auf eine gespeicherte Nachricht hin, aber derzeit war er nicht in der richtigen Stimmung, um sie entgegenzunehmen. Wahrscheinlich handelte sich es um die Anfrage eines Wartungstechnikers, und Scott wollte keine weiteren Beiträge dazu leisten, die *Enterprise* dem blasierten, eingebildeten und hochmütigen Styles in die Hände zu spielen.

Neben dem Schirm stand eine große, grüne und ungeöffnete Glasflasche mit echtem Single Malt von der Erde. Bei ihrem Anblick glitten Scotts Gedanken in die Vergangenheit ... Während der langen Wartezeit im Orbit von Sarpeidon war es Uhura gelungen, Spocks Geburtstag herauszufinden. Beim nächsten Geburtstag wollte Scott den Vulkanier mit einem typisch schottischen Produkt überraschen: Er zweifelte nicht daran, daß selbst Spock bei dieser Gelegenheit einen Schluck Alkohol trinken würde — und sicher hatte er nichts dagegen, wenn sich Scott, McCoy, Jim Kirk und einige andere Auserwählte den Rest genehmigten. Doch bevor sie die Möglichkeit bekamen, jenen Geburtstag zu feiern, flog die *Enterprise* nach Talin IV. Das Schicksal trennte die Freunde, und alles deutete darauf hin, daß sie sich nie wiedersehen würden.

Scott griff nun nach der Flasche und dachte daran, sie ganz allein zu leeren, genug zu trinken, um Styles und den Ruin der *Enterprise* zu vergessen. Um sich vorzustellen, daß seine Gefährten auf der anderen Seite des Tisches saßen, daß sie die Mission fortsetzten, für immer. Aber der Chefingenieur war viel zu sehr Realist, um sich solche Träume zu gestatten, und außerdem wußte er, daß Alkohol keinen Ausweg bot.

Er blickte aufs Etikett der Flasche, las vom Ort und den viele Jahrhunderte alten Traditionen der Herstellung. Wie oft hatte er zusammen mit dem Captain ein Glas Whisky getrunken? Wie oft hatten sie dabei über noch zu entdeckende fremde Welten gesprochen?

»Nein, du bist Mr. Spocks Geburtstagsgeschenk, und ich werde dich erst öffnen, wenn wir wieder alle zusammen sind. Ob in Uniform oder nicht.« Er nahm die Flasche und legte sie seitlich auf die Koje, damit sie nicht durch Erschütterungen zu Boden fallen und zerbrechen konnte. Es gab noch immer einige Pflichten, um die er sich kümmern mußte, selbst als Chefingenieur eines nicht mehr einsatzfähigen Schiffes. »Schirm ein.«

Das Projektionsfeld erhellte sich sofort und zeigte das am vergangenen Abend angeforderte Info. Der Text unter dem Bild identifizierte die Quelle: Sensorsatellit zwei, einer von insgesamt acht. Die *Enterprise* hatte sie im Auftrag von Starfleets Erstkontakt-Amt im Orbit von Talin IV zurückgelassen, eine halbe Million Kilometer vom Mond entfernt.

Der betreffende Satellit schwebte in einer geostationären Position über dem Hauptozean des Planeten und hatte drei Monate zuvor Bilder von Schiffen mit Atomantrieb übermittelt. Trotz der Höhe von achtunddreißigtausend Kilometern reichte die Auflösung, um einzelne Talin auf den Decks zu erkennen, und dadurch konnte das EKA zwischen schwimmenden Fischfabriken, Frachtern und Passagierschiffen unterscheiden. Auf anderen Wellenlängen — zum Beispiel im elektromagnetischen Bereich — orteten die Satelliten Wärmespuren von Unterseebooten und nutzten Differenzen in Hinsicht auf Konstruktionsstruktur und Bewaffnung, um sie den jeweiligen Staaten zuzuordnen.

Jetzt gab es keine Schiffe mehr, die auf oder in den Meeren von Talin IV verkehrten. Die von den einzelnen Nationen im Lauf der Zeit angesammelten Waffen hatten ihr Vernichtungspotential freigesetzt und den ganzen Planeten in eine geschlossene Wolkendecke gehüllt. Manchmal bildeten sich hier und dort für kurze Zeit kleine Lücken darin, und sie gewährten den Blick auf einen Ozean, der jetzt nicht mehr blau schimmerte, sondern purpurn. Eine bisher noch unbekannte Mutation in einem einzelligen, algenartigen Organismus hatte sich in den Meeren ausgebreitet und beherrschte ein Ökosystem, das aufgrund der radioaktiven Strahlung aus den Fugen geriet. Zweifellos spielten sich auf Talin IV auch noch andere ökologischen Dramen ab.

»Szenenwechsel«, sagte Scott leise. Das Bild auf dem Schirm flackerte kurz, und ein Kontinent in der gemäßigten Klimazone erschien im Projektionsfeld. Der Chefingenieur erkannte ihn von früheren Aufnahmen wieder, und die südliche Küstenlinie wirkte noch immer vertraut. Der Rest hingegen ... Die wichtigsten landwirtschaftlichen Regionen waren verbrannt und ebenso schwarz wie die Kampfnarben am Leib der *Enterprise*. Das Getreide jener weiten Anbauflächen hatte einst viele Millionen Talin ernährt.

Voller Kummer und Abscheu starrte Scott auf den Schirm. An der Starfleet-Akademie erfuhren die Kadetten von Welten, deren dominante Spezies sich selbst in den Untergang getrieben hatten, mit Kriegen oder Öko-Katastrophen. Es waren bittere Lektionen, und sie bestätigten das Grundprinzip der Föderation, den Grundsatz, Leben in jeder Form zu achten. Sogar die Klingonen wußten, daß nur großes Glück es ihnen ermöglicht hatte, trotz der vielen Kriege die Raumfahrt zu entwickeln und andere Planeten zu erreichen. Die Besatzungsmitglieder der *Enterprise* waren oft mit verheerten Welten konfrontiert worden und wußten daher: Das Leben stellte eine Kostbarkeit dar, die unbedingt geschützt werden mußte. Diesem Zweck diente die Erste Direktive.

Scott verstand noch immer nicht, wie ein derartiges Ideal zu der Tragödie führen konnte, die er nun auf dem Bildschirm betrachtete. Alles in ihm sträubte sich gegen die Vorstellung, daß jemand wie Kirk dafür die Verantwortung trug.

Doch andere Leute schienen von der Schuld des früheren Captains der *Enterprise* überzeugt zu sein. Der Chefingenieur las den Text unterm Bild: SENSORSATELLIT FÜNF / 310° LÄNGE / 205° BREITE / 00:91:24 / KIRKS WELT.

Scott hieb mit der flachen Hand auf den Aus-Schalter, so heftig, daß die ganze Konsole wackelte. »Zum Teufel mit den verdammten ...« Er verschluckte den Rest. Die Mechaniker von der Starbase hatten den Namen mehrmals verwendet, und allem Anschein nach waren einige von ihnen dreist genug gewesen, ihn auch dem Datenbanksystem hinzuzufügen. Der Chefingenieur nahm sich vor, einen speziellen Computervirus zu programmieren, der alle Speicherbänke nach der Bezeichnung ›Kirks Welt‹ durchsuchte und sie mit ›Talin IV‹ ersetzte. *Und wenn wir schon einmal dabei sind ...*, dachte er. *Ich sorge dafür, daß Styles' Name von der Offiziersliste verschwindet. Es dürfte eine echte Überraschung für ihn sein, wenn er plötzlich für den Küchendienst eingeteilt wird. Ja, eher säe ich Chaos im ganzen Schiff, bevor ich zulasse, daß sie ...*

»Ach, was hat's für einen Sinn?« brummte Scott. Er hatte hinzufügen wollen: *Bevor ich zulasse, daß sie gewinnen.* Aber sie hatten bereits gewonnen — so lautete die bittere Wahrheit.

Der Mitteilungshinweis blinkte noch immer. *Schlimmer kann's kaum kommen,* überlegte Scott und gab sich einen inneren Ruck.

»Computer: Ich rufe die gespeicherte Nachricht hiermit ab.«

»Bestätigung«, ertönte eine Stimme, die von einer Frau zu stammen schien. Aufgrund seiner guten Abschirmung war der Backup-Speicher nicht von dem Subraum-Impuls beeinträchtigt worden, der das zentrale Elaborationssystem lahmgelegt hatte. Die Installation von Standardkomponenten während der ersten Reparaturphase führte zu einer Wiederherstellung der vollen Computerkapazität, doch eine bestimmte Datenlücke ließ sich nicht schließen: Sie betraf die Sensorsondierungen unmittelbar vor dem fatalen Impuls und war eins Komma fünf Sekunden lang — so lange dauerte es, um den Inhalt vom dynamischen Speicher in ein Bakkup-Medium zu sichern. Die *Enterprise* mochte tödlich verletzt sein, aber sie blieb ein prächtiges Schiff.

Das Projektionsfeld zeigte nun einen nicht codierten KomSys-Mitteilungsschirm — diese Übertragungsmethode wurde häufig verwendet, um Starfleet-Angehörigen persönliche Botschaften zukommen zu lassen. Oben stand Scotts Name vor dem Hintergrund des Emblems der Vereinten Föderation der Planeten. Die angegebene Sternzeit wies darauf hin, daß die Nachricht vor einer knappen Stunde empfangen worden war, und ganz offensichtlich bestand sie nur aus einer Bildschirmseite. Trotzdem fehlten Informationen über den Absender.

Scott versuchte, nicht zu sehr zu hoffen, daß es sich um eine Botschaft vom Captain handelte, als er den Computer zu einer entsprechenden Projektion aufforderte. Das Bild wechselte und präsentierte schwarzen Text auf weißem Grund. Der Chefingenieur beugte sich vor und las:

> Kommando-Kommuniqué: Fähnrich Spock (S179-276SP), wissenschaftlicher Spezialist, Sektion Logistik, San Francisco (Erde), hat mit sofortiger Wirkung (aktuelle Sternzeit) den Dienst quittiert. Der betreffende Antrag wird hiermit bestätigt. Admiral Raycheba, Starfleet-Logistik.

Scott fluchte. »Man hat Spock zum *Fähnrich* degradiert? Gibt es in diesem Universum überhaupt keinen Anstand mehr? Wie konnte so etwas ...«

Auf dem Bildschirm blinkte ein Zeichen, das noch mehr Text in Aussicht stellte.

»Weiter«, sagte der Chefingenieur, und sofort veränderte sich die Darstellung im Projektionsfeld.

Spock hat als letzter der sogenannten *Fünf von der* Enterprise den Dienst quittiert. Das Informationsbüro von Starfleet Command wendet sich mit einer Verlautbarung an alle Starfleet-Angehörigen und fordert sie auf, aus dem tragischen Zwischenfall von Talin IV zu lernen und den Bürgern der Föderation mit dem eigenen Verhalten zu beweisen, daß Verantwortungslosigkeit bei Offizieren keineswegs die Regel ist …

»Schirm *aus,* Computer. Das reicht mir, verdammt!«

Der Text verschwand.

»Computer: Wer hatte die Frechheit, mir eine solche Mitteilung zu schicken?« Scotts Stimme vibrierte so sehr, daß er sie selbst kaum wiedererkannte.

»Absender unbekannt.«

Der Chefingenieur hob langsam die Faust und schlug mehrmals auf den Tisch. »Aye, kann ich mir denken. Feiglinge!« Er wollte irgend etwas zertrümmern und so laut schreien, daß man ihn auch bei Starfleet Command hörte. Er wollte die Aufmerksamkeit von tausend Welten auf die empörende Ungerechtigkeit lenken …

Aber McCoy hatte recht.

Der Arzt versuchte alles, um vors Kriegsgericht gestellt zu werden. In der Starbase 29 — dorthin war er versetzt worden, ebenso wie Spock — ließ er sich sogar dazu hinreißen, Vizeadmiral Hammersmith einen Fausthieb in den Bauch zu verpassen, noch dazu vor Zeugen. Zu jenem Zeitpunkt schickte McCoy dem Chefingenieur einen Subraum-Brief, in dem es hieß, daß sie nicht mit einem Verfahren irgendeiner Art — geheim oder öffentlich — rechnen durften. Starfleet Command ging es in erster Linie darum, den Schaden für die

Flotte in Grenzen zu halten, und deshalb war man dort bestrebt, Aufsehen zu vermeiden. »Sie haben bessere Möglichkeiten, uns in Zivilisten zu verwandeln.« So lauteten Leonards Worte.

Und dann legte der Arzt als erster die Uniform ab — ohne für die Tätlichkeiten einem vorgesetzten Offizier gegenüber zur Rechenschaft gezogen zu werden. Was McCoys Meinung nach bewies, daß Starfleet ihnen keine Gelegenheit geben wollte, den Fall in der Öffentlichkeit darzulegen. Kirk folgte seinem Beispiel, als man Uhura ins Gefängnis steckte. Sulu und Chekov beschlossen gemeinsam, ihre bisherige berufliche Laufbahn zu beenden. Spock hielt zunächst an der Entschlossenheit fest, den Kampf im Innern des Systems fortzusetzen, aber offenbar konnte nicht einmal ein Vulkanier auf Dauer einem Druck widerstehen, der nicht nur von Starfleet stammte, sondern auch vom Föderationsrat. Damit erfüllte sich McCoys Prophezeiung: Die ›Fünf von der *Enterprise*‹ waren tatsächlich in Zivilisten verwandelt worden, ohne ein Gerichtsverfahren, ohne Aufsehen. Und damit gingen praktisch alle Wünsche Starfleets in Erfüllung.

Warum bin ich immer noch hier? dachte Scott und öffnete die Faust, blickte auf eine nutzlose Hand hinab. *Es gibt nichts mehr, das den Kampf lohnt. Zumindest nicht hier.*

»Computer.«

»Bereitschaft.«

»Bereite eine Mitteilung für Lieutenant Styles vor, USS … Nein, besser für Vizeadmiral Hammersmith, Starbase 29.« Scott wollte Styles nicht als Kommandanten des Schiffes anerkennen. Das nächste Verwaltungszentrum der Föderation war die Starbase 29, und dort wurde auch darüber entschieden, wie mit der *Enterprise* verfahren werden sollte. Die Logik gebot also, daß Scott den Vizeadmiral als Empfänger für seine Nachricht wählte. *Sicher wäre auch Spock dieser Ansicht.*

»Von Scott und so weiter. Text: Ich quittierte mit sofortiger Wirkung den Dienst ...«

»Klarstellung.«

»Was ist denn?«

»Starfleet-Kommandovorschrift 106, Paragraph 1: Darin wird die Rolle des Chefingenieurs beschrieben und betont, daß Rechte und Pflichten des Leiters der technischen Abteilung speziellen Bestimmungen unterworfen sind ...«

»Könntest du dich etwas klarer ausdrücken, Computer?«

»Der Chefingenieur darf nicht den Dienst quittieren, während in bezug auf die *Enterprise* Instandsetzungsmaßnahmen der Klasse 2 stattfinden.«

Scott stützte die Ellenbogen auf den Tisch und überlegte. Offenbar hatten es nicht nur Leute wie Styles auf ihn abgesehen, sondern auch die Starfleet-Vorschriften. Aber er kannte den einen oder anderen Trick und erinnerte sich an Kirks Überredungskunst in Hinsicht auf Computer. »Computer, ich quittiere den Dienst mit *sofortiger* Wirkung, und das bedeutet: Ich bin gar kein Chefingenieur mehr, wenn Vizeadmiral Hammersmith meine Nachricht bekommt. Deshalb hat er auch gar nicht die Möglichkeit, irgendwelche Einwände zu erheben.«

Der Computer zögerte nicht einmal eine Mikrosekunde. »Eine solche Argumentation ist sinnlos.«

»Dann laß es mich folgendermaßen ausdrücken: Wenn du dich weigerst, die Nachricht Hammersmith zu übermitteln, nehme ich dich auseinander, um deine Einzelteile für den Bau eines Lebensmittelsynthetisierers zu verwenden.«

Diesmal ertönte keine Antwort.

»Nun, Computer? Hat es dir die Sprache verschlagen?«

»Ich überprüfe die gespeicherten Daten in bezug auf Montgomery Scott, um Korrelationen vorzunehmen und festzustellen, ob das technische Wissen der genannten Person ausreicht, um duotronische Komponenten für die Synthetisierung organischer Materialien zu benutzen.«

»Und ...?«

Der Computer führte eine Rejustierung der Audio-Schaltkreise durch — es klang wie ein Räuspern. »Bisher gespeicherter Text für die Nachricht: ›Ich quittierte mit sofortiger Wirkung den Dienst ...‹ Bitte fahren Sie fort.«

Scott seufzte. »Danke, Computer.« Er hatte einen kleinen Sieg errungen, und derzeit erfüllten ihn selbst solche banalen Erfolge mit Zufriedenheit. Bestimmt dauerte es eine Weile, bis er noch einmal einen derartigen Triumph genießen konnte — wenn überhaupt. Er sah zur Kommode an der Wand: Darüber hing der traditionelle Dudelsack. Und zwanzig Meter dahinter erstreckte sich das All mit Myriaden Welten. Auf irgendeiner davon befand sich der Captain. Und McCoy. Ebenso die anderen Freunde und Kollegen, deren wahre Heimat *Enterprise* hieß. Vielleicht kam Spocks Entscheidung, den Dienst zu quittieren, einem Hinweis darauf gleich, daß Leonard McCoy den richtigen Weg eingeschlagen hatte. Es war gewiß nicht logisch zu hoffen, daß man die wirklichen Gründe für den Zwischenfall von Talin IV herausfinden konnte, indem man mit Starfleet rang. Vielleicht gab es einen ganz anderen Gegner als Starfleet. Und vielleicht gab es eine Möglichkeit, ihn zu besiegen.

Scott wandte sich wieder dem geduldigen Bildschirm zu, der noch immer die von ihm diktierten Worte zeigte. Es fiel ihm sehr schwer, sich dieser Erkenntnis zu stellen: Maschinen reichten nicht aus. Sein Platz war nicht mehr an Bord der *Enterprise*. Ihre Besatzung und der Captain hatten sie in etwas Besonderes verwandelt. Wenn die Brückencrew wieder zusammensein konnte, so weilte auch der Geist des Schiffes bei ihr.

Und wir werden *wieder zusammensein,* dachte Scott. Neue Entschlossenheit erfaßte ihn.

Er lächelte, zum erstenmal seit einigen Monaten. Einige Sekunden später sprach er den Rest der Mitteilung, formulierte Worte, die ihn von Starfleet befreien würden, damit er seine Pflicht erfüllen konnte, wie Spock, Kirk, McCoy und die anderen.

KAPITEL 3

»Die Leute müssen verrückt gewesen sein, finden Sie nicht, Mister?« Das Mädchen runzelte wie mißbilligend die Stirn. Es mochte etwa acht Standardjahre alt sein, war jedoch recht groß, was bedeutete: Wahrscheinlich stammte es aus einer der kleineren marsianischen Kolonien, deren Bewohner die natürliche Schwerkraft bevorzugten. Doch die Kleidung — ein Lacrosse-Trikot der Intersystem-Meisterschaft über einem weiten Overall, dazu Skorcher-Mokassins — entsprach der anderer Kinder: Sie war in den Kuppeln der Venus ebenso gebräuchlich wie in den Hohlzellen von Triton. Das Sol-System hatte einst mit Abenteuern gelockt, doch inzwischen stellte es eine große Stadt dar, die nur eine Millionstel Subraum-Sekunde durchmaß.

Leonard McCoy kratzte sich an sechs Wochen alten Stoppeln, die allmählich zu einem Bart zusammenwuchsen. Es war eine Sache, wieder daheim zu sein und in einer Blockhütte zu wohnen, umgeben von der wie unberührt wirkenden Natur eines Schutzgebietes, aber dies hier ... Die Zivilisation weckte Unruhe in ihm, und er fragte sich, wann der Mond so sehr ausgebaut und zivilisiert worden war. Vor einigen Jahrzehnten hatte hier alles ganz anders ausgesehen.

»Finden Sie nicht, Mister?« ertönte es noch einmal.

McCoy sah zu dem Kind, das neben ihm am Geländer stand. »Hat dir deine Mutter nie gesagt, daß man nicht mit Fremden reden soll?«

Das Mädchen blinzelte kurz. »Sie sind kein Fremder,

Mister«, behauptete es. »Ich habe einmal mit einem Andorianer gesprochen. Sie hören durch die Fühler-Dinger auf ihren Köpfen. Sehen aus wie zwei blaue Würmer, die sich durch die Schädeldecke gebohrt haben.« Das Kind schüttelte den Kopf. »Andorianer sind seltsam. Auf sie trifft die Bezeichnung ›Fremde‹ zu.«

»Nun, junge Dame ... Andorianer halten uns für seltsam, weil unsere Ohren flach an der Seite des Kopfes sitzen. Sie fragen sich, wie wir überhaupt etwas hören können. Und im Vergleich mit ihnen hören wir kaum etwas.« McCoy ersparte dem Kind einen Hinweis auf den Frequenzbereich der akustischen Wahrnehmung von Andorianern.

»Meine Güte ...!« staunte das Kind. »Kennen Sie einige Andorianer?«

Das Mädchen ließ sich offenbar von dem Umstand beeindrucken, daß McCoy den einen oder anderen Extraterrestrier kennengelernt haben mochte. Leonards Reaktion darauf bestand aus einem Hauch Niedergeschlagenheit. Was war die Bekanntschaft einiger Andorianer im Vergleich mit der Bedeutung, die diesem Ort zukam? Sie standen hier am Aussichtsgeländer des Parks der Ruhe. Fünfzig Meter jenseits der Wand aus transparentem Aluminium erhob sich die fragil anmutende zweite Stufe des ersten bemannten Raumschiffs, das den Mond der Erde erreicht hatte: Schon seit zweihundert Jahren reflektierte sie ungefilterten Sonnenschein. Der Boden unter den Füßen McCoys und des Mädchens hatte einst absolutes Neuland dargestellt, eine letzte Grenze, die mit Abenteuern lockte, maßgeblichen Einfluß auf die Träume mehrerer Generationen hoffender Menschen ausgeübt hatte.

Jene Pioniere flogen zu einer toten, sterilen Welt, benutzten dabei ›Schiffe‹, die mit chemischen Triebwerken ausgestattet waren und von binären Computern kontrolliert wurden, deren Leistungsvermögen kaum über das Elaborationspotential eines Abakus hinausging. Sie kamen hierher, obwohl sie nicht länger als einige Stunden bleiben konnten — und obwohl ihnen keine Technik zur Verfügung stand, die sich sinnvoll auf dem Mond einsetzen ließ. Aus welchem Grund? Um einige Minuten lang in klobigen Schutzanzügen umherzuhüpfen, die aus Dutzenden von einzelnen, per Hand zusammengenähten Schichten bestanden. Um mehrere Kilogramm schwere Bodenproben zu nehmen, Steine und Staub, deren Auswahl dem Zufall überlassen blieb. Tausende von Menschen hatten zusammengearbeitet, um es Armstrong und Aldrin zu ermöglichen, den Mond zu erreichen. Inzwischen waren rund zweieinhalb Jahrhunderte vergangen, und der Landeplatz von Apollo 11 wurde zu einem Ausflugsort insbesondere für Hochzeitsreisende und Schüler von der Erde.

Zivilisation, dachte McCoy betrübt. *Tod aller Träume.* Er sah auf das Kind hinab und kniff die Augen zusammen. »Wie heißt du?«

»Glynis.«

»Na schön, Glynis. Weißt du, um was es sich bei dem Objekt handelt, das dort draußen neben der alten Fahne steht?«

Das Mädchen nickte sofort. »Es ist die untere Stufe des Lunar Excursion Module *Eagle*«, verkündete es. »Der Start fand am 16. Juli des Jahres eins neun sechs neun der alten Zeitrechnung statt. Es war die erste von insgesamt zwölf erfolgreichen Mondlandungen vor dem Bau von Basis Eins. Die zuständige Behörde hieß National Space ... nein, National Aeronautics and Space Administration. Der entsprechende Staat trug die Bezeichnung Vereinigte Staaten von Nord ... von Amerika.« Glynis lächelte fröhlich. »Kommandant: Neil A. Armstrong. Pilot des Landemoduls: Edwin E. Aldrin. Pilot des Zentralmoduls: Michael Collins. Motto: ›Wir kommen in Frieden — für die ganze Menschheit.‹«

McCoy hob verblüfft die Brauen. Es erstaunte ihn nicht, wenn Kinder die Namen aller Lacrosse-Spieler im

Sol-System kannten, außerdem ihre jeweiligen Vorlieben in Hinsicht aufs Frühstück und dergleichen. Er hatte sich auch daran gewöhnt, daß Jungen und Mädchen in Glynis' Alter alle Einzelheiten der neuesten Holo-Serien kannten. Aber dieses Kind schien seine Erinnerungskapazität vor allem dem Studium der Geschichte gewidmet zu haben. »Ausgezeichnet«, lobte er. »Woher weißt du das alles?«

Das Lächeln im Gesicht des Mädchens wich würdevollem Ernst. »Ich benötige solche Kenntnisse.«

»Warum denn?«

»Man muß über diese Dinge Bescheid wissen, wenn man die Akademie besuchen möchte.«

»Meinst du die Starfleet-Akademie?«

Glynis nickte und blieb ernst.

»Wie alt bist du?« fragte McCoy.

»Fast neun.«

»Und du hast dich bereits definitiv für Starfleet entschieden?«

Das Mädchen musterte den Mann verwirrt und schien nicht zu verstehen, worauf er hinauswollte. »Natürlich.«

»Warum ›natürlich‹?«

Glynis straffte die Gestalt, und jetzt zeigte sich Stolz in ihren Zügen. »Ich werde an Bord eines... Raumschiffs arbeiten.«

McCoy hörte deutlich das kurze Zögern und wußte, daß es nicht etwa auf Unsicherheit zurückging, sondern auf Respekt. Einerseits verstand er, aber andererseits ...

»Du möchtest also an Bord eines Raumschiffs arbeiten? Obgleich du die Mond-Pioniere für ›verrückt‹ hältst?«

Glynis blickte durchs Panoramafenster und sah zum Landemodul in der ansonsten leeren grauweißen Landschaft. »Das Ding da draußen hat keine große Ähnlichkeit mit einem Raumschiff, oder? Es ist zu klein. Ihm fehlen Strahlenschilde und künstliche Gravitation. Außerdem brauchten die Bordsysteme einfache Elektrizität, um richtig zu funktionieren. Und ...«

McCoy ging neben dem Kind in die Hocke, sah ihm tief in die Augen und brachte es zum Schweigen, indem er den Zeigefinger hob. »Vielleicht gelingt es den Technikern irgendwann, Erde und Mond mit einem Wellenleiter zu verbinden, und dann können sich Besucher hierherbeamen. Dann dauert die Reise nicht mehr zwei Stunden, sondern nur noch zwei Sekunden. In hundert Jahren sprechen Kinder vielleicht von *uns* und meinen, wir seien verrückt gewesen, weil wir altmodische Impulsshuttles benutzten, um nach Luna zu fliegen.«

Glynis wirkte skeptisch. »Glauben Sie?«

»Ja«, bestätigte McCoy. Er deutete zur Landefähre. »Wenn du das Objekt dort draußen betrachtest ... Du darfst keine primitive, strahlentransparente Maschine darin sehen.«

»Nein?«

McCoy schüttelte den Kopf. »Wenn vor zweieinhalb Jahrhunderten die Kinder zur *Eagle* sahen, so erkannten sie ihr *Raumschiff* darin. Und sie träumten davon, damit zu den Sternen zu fliegen — so wie du von den heutigen Schiffen träumst.«

Glynis blickte erneut durchs Panoramafenster des Parks der Ruhe. »Die damaligen Menschen hatten nichts Besseres, oder?«

»Als sie den *Adler* starteten, war er das Beste.«

»Und in hundert Jahren sind die heutigen Raumschiffe veraltet?«

McCoy nickte.

»Aber was wir jetzt haben ... Es ist das Beste, nicht wahr?«

»Ja, das stimmt.« Plötzliche Trauer durchflutete McCoy, und sie überraschte ihn nicht.

Glynis überlegte eine Zeitlang, und Leonard konnte fast beobachten, wie sie die Fakten miteinander verglich, wie sie etliche altmodische Raumkapseln hochmodernen Sternschiffen der Constitution-Klasse gegenüberstellte.

»Wie die Menschen damals wohl gelebt haben…«, murmelte sie schließlich.

McCoy richtete sich wieder auf. »Genauso wie heute.« Er lächelte, als er das Erstaunen im Gesicht des Mädchens sah. »Raumschiffe verändern sich, aber Menschen nicht. Diese Weisheit gehört zu den Dingen, die man an der Akademie lehrt.«

Er lauschte dem mentalen Echo der eigenen Stimme und stellte fest, daß er ebenfalls gezögert hatte, vor dem Wort ›Akademie‹ — es schien mehr für ihn zu sein als nur eine Summe von Silben.

Die kurze Pause entging der Aufmerksamkeit des Mädchens nicht. »He, Mister … Welchen Beruf üben Sie aus?«

McCoy kratzte sich einmal mehr am Bart. »Ich? Oh, gar keinen. Ich habe mich in den Ruhestand zurückgezogen.«

»Und vorher?«

Leonard kaute auf der Unterlippe. Fünf Minuten mit diesem Kind waren lehrreicher als zwei Wochen im Yosemite-Tal von Kalifornien — er hatte sie damit verbracht, den Bäumen beim Wachsen zuzusehen. »Vorher gehörte ich zu Starfleet.«

Glynis' Kinnlade klappte nach unten, und sie riß die Augen auf. »Warum? Warum sollte jemandem daran gelegen sein, ausgerechnet … Starfleet zu verlassen?« Sie konnte es nicht fassen.

McCoy starrte über die Mondlandschaft hinweg. Hinter dem, was einst die ›letzte Grenze‹ gewesen war, ragten nun die Kuppeln des zivilen Raumhafens auf. Ihr weißer Glanz bildetet einen scharfen Kontrast zum Schwarz des lunaren Himmels, an dem zahllose Sterne glühten.

»Warum, Mister?« fragte Glynis erneut. »Warum haben Sie sich in den Ruhestand zurückgezogen? So alt sind Sie doch noch gar nicht, oder? Warum haben Sie Starfleet verlassen? Warum?«

Aber darauf hatte McCoy keine Antwort. Zumindest jetzt noch nicht.

KAPITEL 4

Der schwarze Umhang des Richters wies nicht nur den goldenen Stern von Starfleet Command auf, sondern auch ein kleines UMUK-Symbol: Es bedeutete, daß er an einer vulkanischen Universität Jura studiert hatte. Aber diesen Dingen brachte Uhura nicht das geringste Interesse entgegen. Nur eins war wichtig: Sie hatte recht und Starfleet unrecht — allein darauf kam es an.

»Fähnrich Uhura«, sagte der Richter, und seine Stimme hallte von den Wänden des Verhandlungssaales im Lunaren Gericht wider. »Bitte treten Sie näher.«

Uhuras Anwältin Alise Chavez nickte. Die nervös wirkende junge Frau bekleidete den Rang eines Junior-Lieutenants in der Justizabteilung von Starfleet und trug einen mindestens zwei Nummern zu großen roten Uniformpulli. Einige Strähnen ihres langen Haars hatten sich aus einer nicht richtig befestigten Spange gelöst. Vor ihr lagen insgesamt zwanzig Datenscheiben, und nur eine davon betraf den aktuellen Fall. Deshalb nahm Uhura an, daß sie von ihrer Pflichtverteidigerin nicht mehr Unterstützung erwarten durfte als dieses kurze Nicken. Sie schritt zum Platz des Richters und hörte das laute Knistern ihres Häftlingsoveralls.

»Fähnrich Uhura ...«, betonte der Richter noch einmal. »Wissen Sie, warum man Sie heute hierhergebracht hat?«

»Ja, Sir.« *Weil seit der Verhandlung auf den Tag genau drei Monate vergangen sind,* dachte sie. *Na los, bringen wir's hinter uns.*

»Dann brauche ich Sie sicher nicht an Ihren Eid als Starfleet-Offizier zu erinnern ...«

Ich bin jetzt Fähnrich, du blöder, hirnloser ...

»Und ich kann mir auch den Hinweis darauf sparen, daß Sie verpflichtet sind, die Gesetze der Vereinten Föderation der Planeten zu achten.«

»Ich weiß um die Bedeutung des Eids, Sir, und auch meiner Pflichten bin ich mir bewußt.«

Der Richter blickte auf einen elektronischen Notizblock und kritzelte etwas. *Wahrscheinlich hakt er einen Punkt seiner Liste ab,* dachte Uhura. *Für ihn ist dies ein Fall unter vielen.*

Der Mann im schwarzen Umhang räusperte sich. »Fähnrich Uhura, die Vorschriften verlangen von mir, Ihnen folgende Frage zu stellen: Haben Sie noch einmal über Ihre Weigerung nachgedacht, das Dokument zu unterzeichnen, dessen Text nun im Projektionsfeld vor Ihnen erscheint?« Er betätigte eine Taste, und direkt vor Uhura erhellte sich ein Bildschirm.

»Ja, Sir«, sagte sie förmlich. »Ich habe noch einmal über meine Weigerung nachgedacht.«

Der Richter blinzelte überrascht. »Wie bitte?«

»Ich habe sogar sehr sorgfältig darüber nachgedacht.«

»Tatsächlich?« Er beugte sich vor, und beide Hände ruhten am Rand des mit dem Hauptcomputer verbundenen Notizblocks. Elfmal war Uhura vor anderen Richtern erschienen, und immer hatte sie die obligatorische Frage mit einem kategorischen Nein beantwortet. »Und ...?« hakte er nach.

»Nach den gründlichen Erwägungen bin ich zu dem Schluß gelangt, erneut eine Unterschrift abzulehnen, weil die Angaben nicht den Tatsachen entsprechen und ...«

Der Richter berührte den Unterbrechungssensor — auch ›Hammer-Knopf‹ genannt —, und lautes Rauschen drang aus den Lautsprechern. Es verhinderte, daß Uhuras Bemerkungen vom Aufzeichnungscomputer zu Protokoll genommen wurden. Uhura setzte ihre Ausführungen trotzdem fort.

»Sind Sie jetzt fertig, Fähnrich?« fragte der Richter, als Uhura schließlich schwieg.

»Falls ich meinen Standpunkt nicht deutlich genug dargelegt haben sollte, Sir — ich bin gern bereit, weitere Erklärungen hinzuzufügen.«

Dünne Verärgerungsfalten fraßen sich in die Stirn des Richters, und seine Finger tasteten zum UMUK-Symbol. Uhura beobachtete, wie sich die Lippen bewegten, als er lautlos vulkanische Phoneme formulierte und sich auf das Ruhe-Prinzip besann, um nicht die Beherrschung zu verlieren.

»Nun gut, Fähnrich. Da Sie ganz offensichtlich beschlossen haben, Ihrem Eid keine Beachtung mehr zu schenken ...«

Das wollte ihm Uhura nicht durchgehen lassen — dafür bedeutete ihr der Starfleet-Schwur zuviel. »Ich erhebe Einspruch, Euer Ehren.«

Der Richter schüttelte den Kopf und sah zur überarbeiteten Pflichtverteidigerin. »Lieutenant Chavez, bitte erinnern Sie Ihre Mandantin *noch einmal* daran, daß sie die Angeklagte ist und daher keinen Einspruch erheben kann.«

Chavez stand auf, aber Uhura warf ihr einen so finsteren Blick zu, daß sie keinen Ton hervorbrachte und sich wieder setzte. Seit drei Monaten kannte sie Uhura und wußte inzwischen: Wenn sich die Kommunikationsspezialistin etwas in den Kopf gesetzt hatte, so hielt sie unter allen Umständen daran fest. Derzeit wirkte ihre sture Entschlossenheit unerschütterlicher denn je.

»Fähnrich Uhura«, begann der Richter erneut, »dieses Gericht ist von Starfleet Command beauftragt worden, Ihren Fall zu untersuchen, und es stellt hiermit fest, daß Sie Ihren Treue-Eid verletzen.« Er legte eine kurze Pause ein, aber diesmal schwieg Uhura. »Außerdem zeichnet sich Ihr Gebaren durch permanente Respektlosigkeit aus.«

Da hast du verdammt recht, fuhr es Uhura durch den Sinn.

Der Richter klopfte mit einem Finger an die Seite des elektronischen Notizblocks, und die Frau in der Sträflingskleidung fragte sich, was seine vulkanischen Dozenten von diesem Zeichen der Unruhe gehalten hätten.

»Drei Monate lange haben Sie die Autorität dieses Gerichts mißachtet, Fähnrich. Zuerst durch die Weigerung, beim Untersuchungsverfahren in Hinsicht auf den Zwischenfall von Talin IV auszusagen ...«

»Das Urteil stand schon vorher fest!«

In den Augen des Richters blitzte es kurz, als er fortfuhr: »Und jetzt lehnen Sie es erneut ab, das Dokument zu unterzeichnen und damit zu bestätigen, daß die Logbuchdaten Ihr Verhalten zum fraglichen Zeitpunkt dem Sachverhalt entsprechend beschreiben. Dieser Ungebühr verdanken Sie drei Monate Haft. Nun, unglücklicherweise sind in Ihrem Fall nicht die Bestimmungen des Kriegsrechts anwendbar. Mit anderen Worten: Das Gericht kann keine Verlängerung Ihres Arrests anordnen.«

Der Richter maß Uhura mit einem durchdringenden Blick. »Ist Ihnen klar, daß es von jetzt an kein Zurück mehr gibt?«

»Die Angaben im Dokument sind falsch«, beharrte die Angeklagte. »Und deshalb führen sie zu falschen Schlußfolgerungen.« Sie sprach schnell genug, um dem Richter zuvorzukommen, der erneut die Hand nach dem Unterbrechungssensor ausstreckte.

»Na schön.« Der Mann in Schwarz schrieb seinen Namen auf den Datenblock und proklamierte mit monotoner Stimme: »Miß Uhura, im Namen von Starfleet Command und auf der Grundlage der in Friedenszeiten geltenden allgemeinen Starfleet-Bestimmungen erklärt dieses Gericht hiermit: Sie verlieren mit sofortiger Wirkung alle Rechte, Pflichten und Privilegien eines Starfleet-Offiziers. In Ihrer Personalakte wird ausdrücklich auf die unehrenhafte Entlassung hingewiesen. Ansprüche auf Sold, Pension und Ausbildungsbonus sind verfallen. Es ist Ihnen verboten, in den zivilen Sektoren von Starfleet zu arbeiten. Außerdem ist es Ihnen untersagt, in den zivilen Bereichen der Föderation sowie der Verwaltungsabteilungen ihrer Mitgliedswelten tätig zu werden. Diese Einschränkungen sind auf zehn Jahre befristet. Das Gericht erinnert Sie noch einmal an den Schwur, der Sie verpflichtet, Sicherheitsklassifikationen unterliegende Informationen nicht in mündlicher, schriftlicher oder irgendeiner datentechnischen Form weiterzugeben. An diesen Eid bleiben Sie gebunden. Falls Sie ihn verletzen, müssen Sie mit zivil- oder strafrechtlichen Konsequenzen rechnen.« Erneut schrieb der Richter seinen Namen. »Damit ist die Verhandlung beendet.«

Er klemmte sich die Notiztafel unter den Arm und verließ den Gerichtssaal, ohne noch einmal den Blick auf die Angeklagte zu richten. Uhura kehrte zum Tisch der Verteidigung zurück, wo Lieutenant Chavez gerade ihre Datenscheiben einpackte.

»Und jetzt?« fragte sie.

Die Anwältin zuckte mit den Schultern und sah auf die Chronometeranzeige ihres mobilen Computers. »Sie gehen zum Quartiermeister und holen Ihre Sachen. Danach liegt alles bei Ihnen. Sie haben jetzt bekommen, was Sie wollten, nicht wahr? Sie sind Zivilist.« Sie sprach hastig — vermutlich mußte sie noch andere Termine wahrnehmen.

»Wenn ich das verdammte Dokument unterschrieben hätte, wäre mir nichts anderes übriggeblieben, als den Dienst zu quittieren. Danach habe ich sechs Monate Zeit, um die Entscheidung zu überdenken. Aber was nützt mir diese Option? Niemand gäbe mir die Möglichkeit, noch einmal eine Starfleet-Uniform anzuziehen. Was die unehrenhafte Entlassung betrifft ... Wenigstens kann ich sie anfechten.«

Chavez seufzte, als sie auch den kleinen Computer in ihrer Tasche verstaute. »Ich bitte Sie ... Sie wissen doch, was Ihnen dann bevorsteht. Wenn Sie Berufung einlegen, weist man Ihnen einen Pflichtverteidiger zu, der noch weniger Erfahrung hat als ich.« Sie stand auf, um zu gehen.

Uhura legte ihr die Hand auf den Arm. »Ich lasse mich von jemandem vertreten, der sein Handwerk versteht.«

»Wollen Sie sich an einen zivilen Anwalt wenden und ihn beauftragen, einen Prozeß gegen Starfleet zu führen? Wissen Sie, wieviel so etwas kostet? Denken Sie an das doppelte Verbot: Sie können von Glück sagen, wenn Sie in einem Umkreis von zehn Parsec Arbeit finden, um sich den Lebensunterhalt zu verdienen.«

»Ich lasse mich von jemandem vertreten, der zur Flotte gehört.«

Chavez verzog das Gesicht. »Haben Sie mir in den vergangenen drei Monaten nie zugehört? Für die Admiralität existieren Sie überhaupt nicht mehr. Der Talin-Zwischenfall, die Fünf von der *Enterprise* ... Alles ist erledigt und vergessen.«

»Dann sorge ich dafür, daß sich die Admiralität wieder erinnert«, sagte Uhura trotzig.

»Sie sollten sich endlich dazu durchringen, die Fakten zu akzeptieren. Sie waren Kom-Offizier an Bord des besten Schiffes in der ganzen Flotte. Zwei Admiräle von Starfleet Command begannen ihre Karriere ebenfalls als Kommunikationsoffiziere. Sie konnten eine makellose berufliche Laufbahn sowie ausgezeichnete Leistungen vorweisen, und außerdem durften Sie mit dem Wohlwollen von zwei Kom-Kollegen ganz oben rechnen. Trotzdem stehen Sie jetzt im wahrsten Sinne des Wortes mit leeren Händen da.« Chavez klopfte sich an die

Brust. »Sehen Sie nur, wie die Justizabteilung mit Ihnen umgesprungen ist! Ich bin ein unerfahrener, unwichtiger Junior-Lieutenant, der das letzte Jahr damit verbracht hat, übermütige Starfleet-Jungs zu verteidigen, die während ihres Landurlaubs Schlägereien in irgendwelchen Bars und Kneipen veranstalteten. Verstehen Sie? In der Flotte gibt es niemanden mehr, der irgend etwas mit Ihnen zu tun haben möchte. Einzig und allein Sie selbst tragen die Verantwortung für Ihr Verhalten — Sie bekamen keine Anweisungen vom Captain. *Sie* haben den Knopf gedrückt, der dazu beitrug, eine Welt zu vernichten. Eine ganze Welt.« Chavez trat beiseite, und dadurch rutschte Uhuras Hand von ihrem Arm. »Es ist vorbei. Niemand in Starfleet wird Berufung für Sie einlegen.«

»Abgesehen von Spock«, sagte Uhura.

»Meinen Sie den Vulkanier?«

»Er ist zur Logistik-Abteilung in San Francisco versetzt worden und wird mir helfen.«

Chavez griff nach Uhuras Hand; so etwas wie Mitgefühl zeigte sich in ihrer Miene.

»Er hat den Dienst quittiert.«

»Was?«

»Gestern. In den KomSys-Nachrichten wurde darauf hingewiesen. Der letzte aus der ›Fünf von der *Enterprise*‹ genannten Gruppe. Als Zivilist kann er keinen Fall vor einem Starfleet-Gericht verhandeln. Es sei denn, er hat einen akademischen Grad in Jura. *Und* eine Akkreditierung fürs Sol-System.«

»Aber ...«, begann Uhura fassungslos. Ihr letztes Gespräch mit Spock lag nur einen knappen Zehntag zurück. Er hatte ihr von Anfang an dabei geholfen, ihre Strategie zu planen: Sie sollte eine unehrenhafte Entlassung erzwingen, damit anschließend Berufung eingelegt werden konnte — was zu einem öffentlichen Verfahren führte. »Spock würde mich bestimmt nicht im Stich lassen ...«

Chavez klopfte auf Uhuras Hand. »Sie und die anderen Offiziere der *Enterprise* müssen ein neues Leben beginnen. Das dürfte auch dem Vulkanier klar sein. Indem er sich von Ihnen abwendet und Sie einfach vergißt, trifft er eine ... logische Entscheidung.«

Uhura zog die Hand fort. Sie lehnte den falschen Trost der Anwältin ebenso ab wie die Verantwortung für die Geschehnisse auf Talin IV. »Er heißt nicht ›der Vulkanier‹, sondern Spock. Und er gehört zu den ehrenvollsten Personen, die ich kenne.«

Chavez nickte — sie wollte keine Auseinandersetzung. »Ehre und Logik stehen oft im Gegensatz zueinander. Das sollten gerade Sie verstehen — immerhin haben Sie lange mit einem Vulkanier zusammengearbeitet.« Sie griff wieder nach ihrer Tasche.

»Ich verstehe eine ganze Menge!« entfuhr es Uhura zornig. »Zum Beispiel verstehe ich weitaus besser als ihr sturen, bornierten Starfleet-Typen, was hier vor sich geht und was auf Talin passiert ist! Ihr habt überhaupt keine Ahnung ...«

Chavez wandte sich um, und ihre Anteilnahme verwandelte sich in Mitleid. »Aber außer einigen Studentengruppen ist niemand mehr an Talin interessiert. Die Leute wollen die Sache vergessen. Finden Sie sich damit ab. Dann wird Ihr Leben leichter.«

Uhura ballte instinktiv die Fäuste. »Die Wahrheit — nur damit finde ich mich ab.«

Chavez schüttelte den Kopf und schritt zur Tür, die sich vor ihr öffnete. Bevor sie den Verhandlungsraum verließ, blieb sie noch einmal stehen und drehte sich um. »Eins ist mir nach wie vor ein Rätsel. Seit Jahren gehören Sie zu Starfleet und wissen daher gut über Struktur und Organisation der Flotte Bescheid. Anders ausgedrückt: Sie kennen das System und die Gründe für sein gutes Funktionieren. Warum glauben Sie trotzdem, eine Chance zu haben? Warum kämpfen Sie gegen das Unvermeidliche?«

»Weil ich Mitglied von Captain James T. Kirks Crew gewesen bin.« Uhuras feste Stimme hallte laut durch den Saal. »Weil ich an Bord des besten Schiffes gearbeitet habe. Und dorthin werde ich zurückkehren, zusammen mit Kirk. Gott stehe den Admirälen bei, die sich mir in den Weg stellen.«

»Viel Glück«, sagte Chavez mit unüberhörbarem Sarkasmus und trat durch die Tür. Für sie war dieser Fall erledigt.

Für Uhura begann er erst.

Das Lunare Gericht der Stadt namens Meerblick zählte zu jenen Regierungsgebäuden, die sich nicht durch einen speziellen Stil auszeichneten — ließ man einmal Monumentalismus außer acht. Inzwischen war das Bauwerk fast hundert Jahre alt, und es stammte aus einer Epoche, in der das Centaurische einen erheblichen Einfluß auf die Kultur der Erde ausgeübt hatte. Die damaligen Architekten planten und errichteten es unter den Bedingungen natürlicher Mondschwerkraft — in den Geschäftsbereichen der Stadt herrschte längst eine verstärkte Gravitation, die der Erdnorm entsprach —, und dieser Umstand führte zu besonderen Inspirationen. Man veränderte die Proportionen der tragenden Bögen, die üblicherweise so elegant wirkten. Außerdem: Die ausgedehnten Dachgärten erstreckten sich nur fünf Meter unterhalb der grünen Druckkuppel. Es fehlte ein weiter blauer Himmel, und dadurch wuchs die Distanz zu den centaurischen Idealen eines offenen, postharmonischen Defensivismus.

McCoy stand auf dem Platz vor dem gräßlichen Gebäude und überlegte: Wie konnte sich jemand für den Architekturstil eines Volkes begeistern, das den größten Teil seiner Zeit damit verbracht hatte, *unterirdisch* zu bauen, um nicht von hypothetischen Feinden im All entdeckt zu werden? Die Centaurier verwendeten sogar im Boden verlegte Glasfaserkabel für die Datenübertragung — um zu vermeiden, daß Signale in den Weltraum abgestrahlt wurden. Die erste interstellare Expedition der Erde ahnte nichts von der Existenz einer hochentwickelten Zivilisation in unmittelbarer Nähe. Bis die Shuttles den Landeanflug begannen. *Die Föderation hat es immer zu eilig damit, neues Leben zu entdecken,* dachte McCoy. *Doch wenn wir es finden, halten sich zunächst alle davon fern.* Vielleicht war das der Grund für die Geschehnisse auf Talin. Möglicherweise kam als wahre Ursache nicht etwa Tollkühnheit des Captains in Frage, sondern übertriebene Vorsicht — ein Vorwurf, den sich auch und gerade das Erstkontakt-Amt gefallen lassen mußte.

»Doktor McCoy?«

Der Arzt drehte sich um und sah Uhura, die ihm entgegentrat und seinen Bart betrachtete. In ziviler Kleidung bot sie ein seltsam ungewohntes Erscheinungsbild: Sie trug einen braunweißen Kaftan, der bis fast zu den Füßen hinabreichte. *Zweifellos biete ich einen ebenso erstaunlichen Anblick,* dachte McCoy. Ein gestreiftes Hemd und eine fürs Wandern geeignete Hose ersetzten bei ihm die blaue Uniform der wissenschaftlichen Abteilung.

»Wie lange sind Sie schon hier?« fragte Uhura. Ihre Aufmerksamkeit galt auch weiterhin dem Bart.

»Bin gerade erst eingetroffen«, erwiderte Leonard. Er strich mit den Fingern über die Stoppeln. »Kein Wunder, daß Sie so starren. Enthält eine Menge Weiß, nicht wahr? Auch ich bin ziemlich überrascht gewesen.«

»Es geht mir nicht um die vielen weißen Haare, Doktor. Mich verblüfft der Bart an sich. Zuerst habe ich Sie gar nicht erkannt. Ich dachte schon, Sie verpaßt zu haben.« Uhura sah genauer hin. »Aber ich muß Ihnen zustimmen: Es ist tatsächlich viel Weiß drin.«

McCoy lachte und schloß Uhura in die Arme. »Freut mich, Sie wiederzusehen. Himmel, und *wie* es mich freut!«

»Mir geht's genauso.« Uhura erwiderte die Umarmung, wich dann ein wenig zurück. »Warum sind Sie so spät dran? Gibt es einen besonderen Grund dafür?«

Leonard lächelte. »Nein, eigentlich nicht. Heute morgen habe ich den Park der Ruhe besucht, und dort bekam ich Gelegenheit, ein sehr interessantes Gespräch mit einer jungen Dame zu führen.«

Uhura schmunzelte. »Ich verstehe.«

»Die ›junge Dame‹ war ein achtjähriges Mädchen«, sagte McCoy. »Mit ein wenig Glück steht es in fünfzig Jahren vielleicht an der Spitze von Starfleet.« Er deutete zu einer Passage einige hundert Meter westlich des Gerichtsgebäudes. »Ich kenne ein Restaurant in der Park-Kuppel. Vor einigen Jahren war's nicht übel. Was halten Sie von einer zivilen Mahlzeit, die zu Ihrer zivilen Kleidung paßt?«

Uhura nickte. »Klingt gut.« Sie seufzte. »Ich kann mich noch immer nicht daran gewöhnen ...«

»Mir fällt es ebenso schwer«, gestand McCoy. Uhura hakte sich bei ihm ein, als sie in Richtung Park schritten.

Eine Zeitlang gingen sie schweigend, und dann fragte der Arzt: »Wie lief die Verhandlung heute morgen?«

»Erwartungsgemäß«, antwortete Uhura. »Sie endete mit meiner unehrenhaften Entlassung.«

»Ich bin froh, daß man Sie gehen ließ.« McCoy sah zu einer Gruppe aus drei Offizieren, die goldgelbe Kommando-Pullis trugen. Sie bemerkten ihn und Uhura ebenfalls, zeigten jedoch keine Reaktion. Offenbar ahnten sie nicht, wem sie begegneten — was McCoy angesichts der häufigen Berichterstattung in den Medien überraschte.

»Ihnen blieb gar nichts anderes übrig, Doktor«, sagte Uhura. »Die Bestimmungen des Kriegsrechts konnten nicht auf mich angewandt werden, und deshalb beschränkte sich die Haft wegen Mißachtung des Gerichts auf maximal drei Monate.«

McCoy drückte ihre Hand. »Da Sie jetzt nicht mehr

hinter Gittern sitzen... Vielleicht interessiert es Sie zu erfahren, daß es in jenen Gesetzen eine Riesenlücke gibt. Starfleet hätte die Anklage gegen Sie einen Tag vor Ablauf der Frist fallenlassen können, um dann irgendein eher unwichtiges Vergehen zu erfinden und deshalb eine Haftverlängerung um vierundzwanzig Stunden anzuordnen. Im Anschluß daran wäre es möglich gewesen, Sie erneut wegen Mißachtung des Gerichts zu verurteilen — zu weiteren drei Monaten Arrest.«

»Was?« Uhura blieb stehen. Andere Fußgänger wichen ihr und McCoy aus.

»Diese Methode wird nicht oft benutzt«, fuhr der Arzt fort. »Aber eins steht fest: Sie hätten auch viel mehr als nur die drei Monate im Gefängnis verbringen können.«

»Ich schätze, es ist ein Beweis dafür, daß meine Pflichtverteidigerin recht hat: Starfleet möchte die ganze Angelegenheit zu den Akten legen.«

McCoy zog an Uhuras Arm, und sie setzten sich wieder in Bewegung. »Starfleet kehrt nichts unter den Teppich — wenn Sie das meinen. Die Voruntersuchung fand in aller Öffentlichkeit statt, und die Medien gingen ausführlich darauf ein. Nichts deutet darauf hin, daß Starfleet irgend etwas zu vertuschen versucht.«

»Tatsächlich nicht? Die Flotte wollte unbedingt vermeiden, ein Verfahren gegen Sie einzuleiten ...«

»Weil ich mit dem Zwischenfall angeblich nichts zu tun habe. Aber ich befand mich an Bord. Und ich hätte ...« Leonard unterbrach sich, als er spürte, wie neuerliche Wut in ihm zu brodeln begann.

»Man verzichtete auch darauf, den Captain und die anderen vor Gericht zu stellen. Starfleet zwang uns, den Dienst zu quittieren. Ich bilde die einzige Ausnahme.«

»Seien Sie jetzt vorsichtig«, warnte McCoy, als sie den Rand des administrativen Sektors erreichten. Ein großes Schild wies darauf hin, daß hier eine Zone natürlicher Schwerkraft begann. Der plötzliche Wechsel zu einem Sechstel der Erdnorm war nicht so schlimm wie völlige Schwerelosigkeit, doch McCoy rechnete trotzdem damit, daß ihm sein Magen Probleme bereitete. Selbst null Komma neun G hielt er für zuwenig — geschweige denn null Komma eins sieben.

Er ließ Uhuras Hand los, damit sie sich beide an dem Geländer festhalten konnten, das für Touristen und alte Leute bestimmt war — den letzten Hinweis nahm Leonard mit einer Mischung aus Verlegenheit und Ärger zur Kenntnis. Er beobachtete einige Kinder und Jugendliche, die ausgelassen durch den Tunnel zwischen den Kuppeln sprangen, verglich sie mit zu groß geratenen Hasen, die eine Überdosis Cordrazin erhalten hatten. Die Sprachprozessoren des automatischen Sicherheitssystems teilten den Mädchen und Jungen immer wieder mit, daß sie sich zu schnell bewegten.

Der Arzt setzte langsam einen Fuß vor den anderen und dachte an die alten zweidimensionalen Dokumentarfilme, die von den ersten Astronauten angefertigte Originalaufnahmen enthielten. Sie betrafen auch den Bau der Basis Eins, und immer zeigten sie Gestalten, die wie in Zeitlupe hüpften, die gleichen Sprünge vollführten wie diese Kinder. In den Bereichen mit Normalschwerkraft war eine derartige Fortbewegungsmethode noch heute üblich. Einmal mehr staunte McCoy über die Anpassungsfähigkeit des menschlichen Körpers, nicht nur hier auf dem Mond, sondern auch auf tausend anderen Welten. Die Natur schien den Leib dazu bestimmt zu haben, jeden Ort aufzusuchen, den das Bewußtsein interessierte — die jeweiligen Umstände spielten dabei keine Rolle. Erneut dachte er an das achtjährige Mädchen.

»Halten Sie das nicht für verdächtig, Doktor?« fragte Uhura. »Ich meine, daß uns Starfleet auf diese Weise loswerden wollte?«

McCoy zog sich behutsam am Geländer entlang und

warf einen kurzen Blick über die Schulter. »Versetzen Sie sich in die Lage der Admiralität, Uhura. Hätten Sie nicht ebenfalls versucht, die schlechte Publicity eines Kriegsgerichtsverfahrens zu vermeiden, das die Brükkencrew des berühmtesten Schiffes in der ganzen Flotte betrifft? Wäre es nicht auch Ihnen lieber gewesen, andere und weniger auffällige Mittel einzusetzen, um Ihr Ziel zu erreichen?« Er legte eine kurze Pause ein und schnappte nach Luft. Warum schien das Gehen in niedriger Schwerkraft anstrengender zu sein als in hoher? »Die Geschehnisse auf Talin IV sind eine Tatsache, an der sich nichts mehr ändern läßt. Es handelt sich um ein abgeschlossenes Kapitel. Es geht Starfleet nicht darum, irgend etwas zu vertuschen; es sollen nur keine alten Wunden aufgerissen werden.«

Uhura sprang, landete neben dem Arzt und griff nach seinem Arm, zog ihn mit sich unter die hohe Geländerstange — dort konnten sie verharren, ohne ein Hindernis für die anderen Fußgänger zu bilden. »Doktor McCoy...« Ihre Stimme war ein zorniges Flüstern. »Glücklicherweise kenne ich Sie gut. Sonst könnte ich glauben, daß Sie den Standpunkt Starfleets teilen. Das ist doch nicht der Fall, oder?«

McCoy hob die Hände zur Unterseite der Geländerstange und streckte die Arme, gab sich auf diese Weise ein Pseudo-Gewicht, das einen Teil der Unruhe aus seinem Bauch vertrieb — dort schien etwas davon überzeugt zu sein, daß er sich in einem außer Kontrolle geratenen Turbolift befand, dessen Transportkapsel jeden Augenblick das untere Ende des Schachtes erreichen mochte. »Ich bin der Ansicht, daß sich Starfleet irrt. Immerhin habe ich alles miterlebt. Andererseits: Ich verstehe, warum die Flotte so und nicht anders agiert. Was keineswegs heißen soll, daß ich nicht versuchen werde, etwas daran zu ändern. Gestatten Sie mir bitte, in diesem Zusammenhang das Lieblingswort eines gemeinsamen Bekannten zu zitieren: Das Gebaren von Starfleet ist *logisch.*« McCoy schnitt eine Grimasse. »Meine Güte, ich hätte es nie für möglich gehalten, daß ich den Klang dieses Wortes vermisse ...«

Uhura wartete einige Sekunden lang, während sich der Arzt wieder faßte. »Wußten Sie, daß Mr. Spock den Dienst quittiert hat?«

Die Bestürzung in McCoys Zeugen verriet, daß er erst jetzt davon erfuhr.

»Bis vor kurzer Zeit wußte ich ebenfalls nichts davon«, fügte Uhura hinzu. »Meine Anwältin wies darauf hin. Die Meldung kam gestern in den KomSys-Nachrichten.«

»Spock sollte Ihnen doch beim Berufungsverfahren helfen«, sagte McCoy. »Nur deshalb haben Sie es ertragen, drei Monate im Kittchen zu verbringen.«

»Ja.«

»Hat er sich mit Ihnen in Verbindung gesetzt oder eine Mitteilung geschickt?«

Uhura schüttelte den Kopf. »Als Sie sich verspäteten ... Ich dachte, Sie kämen vielleicht mit Spock.«

»Seit der Besprechung mit Hammersmith in Starbase 29 habe ich ihn nicht mehr gesehen.«

Uhura lachte, aber es klang nicht sehr humorvoll. »Man kann so etwas wohl kaum als ›Besprechung‹ bezeichnen.«

McCoy lächelte schief. Und dann runzelte er plötzlich die Stirn.

»Stimmt was nicht?« fragte Uhura.

»Während der vergangenen Wochen habe ich festgestellt, wie gut es uns allen an Bord der *Enterprise* ging. Es gab praktisch keine Kom-Beschränkungen: Die Subraum-Kanäle gestatteten es uns, mit jeder beliebigen Person Kontakt aufzunehmen.«

»Das ist auch jetzt möglich, Doktor.«

»Wissen Sie, wie lange man nach einer Kommunikationsanfrage warten muß, um auch nur einen Text nach Centaurus zu übertragen? Und das ist eine *lokale* Sendung. Himmel, das Schiff ermöglichte uns unbegrenzten Datentransfer. Und wir hatten persönliche Kommunikatoren. Und Shuttles. Der Computer war immer einsatzbereit. Ebenso wie der Transporter.« McCoy stöhnte. »Ist das zu glauben? Jetzt vermisse ich sogar den Transporter.«

»Jene Technik steht auch hier zur Verfügung. Es gibt sie fast überall.«

»Ja. Aber hier müssen wir Reisepapiere vorweisen, Schlange stehen, die übliche Routine beachten ... An Bord der *Enterprise* gab es eine viel größere Handlungsfreiheit. Niemand weiß, wo sich Spock aufhält? Mit einer Sensorsondierung dauert es höchstens fünf Sekunden, um ihn zu lokalisieren.« McCoy ließ die Geländerstange los und breitete die Arme aus. »Hier sind wir geradezu hilflos. Selbst die einfachsten Dinge werden schwierig.«

»Soll das heißen, Sie ... geben auf?« fragte Uhura besorgt.

Leonard beobachtete drei Kinder, die mit weiten Sprüngen durch den Tunnel sausten, in der Luft Purzelbäume schlugen und die Warnungen des Sicherheitssystems ignorierten. »Heute morgen, an Bord des Shuttles, habe ich darüber nachgedacht und alles in Zweifel gezogen. Aber hier auf dem Mond ... Damals riskierten die Menschen ihr Leben, um hierherzufliegen. Sie mußten sich dabei auf eine vergleichsweise primitive Technik verlassen. Aber sie trotzten der Gefahr und stießen ins All vor.«

Uhura nickte stumm, als weitere Kinder vorbeikamen und fröhlich hüpften. Für die Jungen und Mädchen war der Mond ein Ort wie jeder andere, aber damals, vor rund zweihundertfünfzig Jahren, hatte er das Fremde und Unbekannte symbolisiert.

»Was führte sie hierher?« fuhr McCoy fort, während Menschen und verschiedene Extraterrestrier durch den Tunnel wanderten. »Sie kamen nicht allein deshalb, weil sie die Mittel dazu besaßen. Es ging ihnen auch nicht nur darum, den Beweis dafür zu erbringen, daß es *möglich* war, zu anderen Welten zu fliegen. Es gab noch einen anderen Faktor ...« Der Arzt zuckte mit den Achseln, da ihm die richtigen Worte fehlten.

Uhura ließ erleichtert den angehaltenen Atem entweichen. »Ich weiß«, sagte sie leise. »Ja, ich weiß genau, was Sie meinen.«

»Um Ihre Frage zu beantworten, Lieutenant: Nein, ich ...«

Uhura legte McCoy die Hand auf die Schulter. »Danke, Doktor.«

»Wofür?«

»Sie haben mich ›Lieutenant‹ genannt. Es ist schon eine Weile her, seit mich zum letztenmal jemand mit meinem früheren Rang angesprochen hat.«

McCoy holte tief Luft. Während der vergangenen Monate hatten sich viele fragmentarische Gedanken angesammelt, und nun verbanden sie sich miteinander, formten eine Erkenntnis — die er dem Gespräch mit einem achtjährigen Mädchen verdankte.

Er sah sich selbst am Ende einer Kette, die aus Tausenden und Millionen von Menschen bestand — sie alle hatten hart gearbeitet, um das Gegenwärtige zu erreichen. Glynis' Frage nach dem Warum hatte er nicht beantworten können. Weil es gar keine Antwort gab. Weil die Frage ohne eine konkrete Grundlage blieb: Zwar trug er keine Starfleet-Uniform mehr, aber er hatte die Flotte keineswegs aufgegeben.

»Nun, hören Sie gut zu, Lieutenant. Um es ganz klar zu sagen: Nein, ich gebe nicht auf. Es ist nur ... Ich weiß nicht, was es jetzt zu unternehmen gilt.«

»Oh, keine Sorge, Doktor. Überlassen Sie das mir.« Uhura duckte sich unter der Geländerstange hinweg.

»Was haben Sie vor?«

Die Kommunikationsspezialistin lächelte und sprang mit zwei jeweils vier Meter langen Sätzen zu den Pfaden, die für den Fußgängerverkehr in Richtung Verwaltungskuppel bestimmt waren.

McCoy brummte etwas Unverständliches, wandte sich vom Geländer ab und schloß zu Uhura auf, vermied dabei nur um Haaresbreite eine Kollision mit einem Jungen, der wie ein lebendes Geschoß durch die Passage raste. »Was machen wir jetzt, Lieutenant?«

»Wir kehren zurück.«

Leonard blickte durch den Tunnel, und durch die ferne Öffnung sah er einen Teil des Gerichtsgebäudes. »Zu Starfleet?« erkundigte er sich verwirrt.

Uhura schüttelte den Kopf. »Wir kehren dorthin zurück, wo alles begann, Doktor. Wo sich die Antworten befinden.« Sie lächelte zufrieden, als sich McCoys Gesichtsausdruck veränderte. »Ja, genau«, bestätigte sie. »Wir fliegen nach Talin IV.«

»Soweit ich weiß, wird nicht einmal dieses Sonnensystem in regelmäßigen Abständen von Ausflugsschiffen angesteuert. Wie sollen wir es erreichen?«

Uhura klopfte auf den Arm des Arztes. »Wie ich eben schon sagte: keine Sorge. Bestimmt finden wir jemand, der uns zum Ziel bringt.«

»Über Talin IV wurde eine Blockade verhängt, Teuerste. Und es gibt nur zwei Arten von Leuten, die den Versuch wagen, eine Starfleet-Blockade zu durchbrechen: Verbrecher und Piraten.«

Uhura nickte. »Ich weiß.«

McCoy sah sich um und senkte die Stimme. »Was schlagen Sie vor?«

Die dunkelhäutige Frau lächelte entwaffnend. »Ich weiß, wo wir billig ein gutes Raumschiff bekommen«, lautete ihre Antwort.

KAPITEL 5

Es hing nur ein klingonisches Ohr über der Kasse an der Wand, was bedeutete: Dies war nicht die gefährlichste Taverne, die Sulu auf Rigel VIII besucht hatte. Aber als er einem Diburnium-Barhocker auswich, einen Schlag nach rechts vortäuschte und statt dessen nach links trat, gelangte er zu dem Schluß, daß dieses spezielle Etablissement den zweiten Platz auf der Liste der übelsten Kneipen belegte. Was den ersten betraf, beschränkten sich seine Erinnerungen darauf, daß er die nächsten drei Tage in der Krankenstation verbracht hatte.

Sulus Fuß traf den angreifenden Orioner an der Seite des Kopfes und schleuderte den grünhäutigen Humanoiden auf einen Tisch — bis vor einigen Minuten hatten dort noch mehrere Gäste gesessen, doch jetzt standen sie in einer Ecke und beobachteten das Geschehen aus sicherer Entfernung. Rigelianische Möbel-Legierung splitterte mit lautem Krachen, und anschließend blieb es einige Sekunden lang still. Der Barkeeper blieb hinter einem verchromten Spirituosenschrank verborgen, und einige Leute nutzten die Unterbrechung des Kampfes, um sich in die rückwärtigen Zimmer zurückzuziehen. Ein Mann — er trug einen schwarzen Umhang — hastete zum Zapfhahn und füllte sein Glas, ohne dafür zu bezahlen.

Die Kontrahenten starrten sich an.

Sulu duckte sich in einer defensiven *Tesare*-Haltung. Die vulkanische Methode der Selbstverteidigung erschien ihm jetzt angemessen, denn es gab natürlich keine Chance für ihn, sich drei erwachsenen Orionern gegenüber durchzusetzen. Wie dem auch sei: Manchmal zählten andere Dinge mehr als ein Sieg.

»Sinnlos, Mensch«, sagte Krulmadden ruhig. Der große, schwergewichtige orionische Kapitän saß noch immer am Ende der Theke, die Hände gefaltet, den einen Ellenbogen neben eine Flasche Ganymed-Grün gestützt. Er lachte, und die Edelsteine in seinen Zähnen blitzten ebenso wie die Kristalle an insgesamt acht Ringen. Das Licht stammte von einer kleinen Sonnenkugel, die ihre Energie aus der Verschmelzung von Molekülen gewann und fünf Meter über dem Orioner schwebte. Es verlieh Krulmaddens Haut und den smaragdgrünen *Destin*-Schuppen des Umhangs einen schimmernden Glanz.

Sulu neigte den Kopf wie ein Fechter, der seinen Gegner grüßte. »Dann verliere ich eben.« Er sah wieder zu Lasslanlin, der den Tisch unter sich zermalmt hatte. Der Bursche stand auf und schüttelte wie benommen den Kopf. Dadurch klirrten seine Ohrringe und schufen eine fast angenehm klingende Musik, die einen auffallenden Kontrast zu dem hundertfünfzig Kilo schweren Mann bildete. Sulu atmete tief durch und schob den rechten Fuß ein wenig zur Seite, um auf den unvermeidlichen Angriff vorbereitet zu sein.

Hinter der Theke kam ein Kopf zum Vorschein: Artinton. Sulu hatte ihn erfolgreich abgewehrt und beobachtete nun orangefarbenes Blut im dichten schwarzen Bart des zweiten Orioners. Der Kerl grinste und schnaufte wie ein Tellarit, als er noch mehr Blut und mindestens zwei Zähne spuckte.

Das ist nicht fair, dachte Sulu. *Es sollte mir doch gelingen, mindestens einen von ihnen ins Reich der Träume zu schicken.*

»Lasslanlin, nicht kämpfen.« Artinton legte zwei große Hände auf die Theke. Sie bestand aus einem Block Eisenholz, und Sulu schluckte, als er hörte, wie sie unter dem Gewicht des Orioners knirschte. »Für Zähne er bezahlen muß.«

Sulu riß die Augen auf: Sein zweiter Gegner setzte so mühelos über die Theke hinweg, als sei er schwerelos. Die Landung fand nur zwei Meter vor ihm statt.

Großartig. Während der letzten fünf Minuten hat er nur mit mir gespielt. Er hätte mich sofort fertigmachen können ...

Artinton sprang. Aus einem Reflex heraus sank Sulu aufs eine Knie und beugte sich vor, um das Bewegungsmoment des Orioners mit Schultern und Rücken abzulenken. Aber sein Widersacher hatte eine solche Reaktion von ihm erwartet, hob das Knie, rammte es an den Hals des Menschen und brachte ihn dadurch aus dem Gleichgewicht.

Sulu fiel auf den Metallboden, und das Gewicht des Orioners preßte ihm die Luft aus den Lungen. Er konnte nicht mehr atmen und versuchte, sich auf die Seite zu rollen und fortzukriechen. Doch Artintons riesige grüne Hand schloß sich um den Kragen von Sulus Jacke und drückte ihn erneut auf die Stahlplatten hinab.

Dunkelheit wogte heran, und die Nieten des Bodens bohrten sich in die Wangen des Terraners. Er trachtete danach, dem Orioner keine Beachtung zu schenken, sich ganz darauf zu konzentrieren, die Lungen wieder mit Luft zu füllen. Nur ein Atemzug, oder ein halber ...

Irgend etwas riß ihn jäh in die Höhe und wirbelte ihn herum. Artintons Hand war wie eine Zange an Sulus Hals, hob ihn immer höher, bis die Stiefelspitzen des Menschen nicht mehr den Boden berührten.

Der noch immer am Ende der Theke hockende Krulmadden klatschte, als er den Kampf für beendet hielt. Sulu sah zur Seite, als Lasslanlin näher kam und neben seinem Kameraden stehenblieb — die Orioner lachten schallend. Artinton grölte so laut, daß er am ganzen Leib bebte, und die Vibrationen erfaßten auch den Arm, an dem Sulu baumelte. Der Mensch versuchte erneut zu schlucken, aber die fest um seinen Hals geschlossene Hand hinderte ihn daran. *Soviel zur Zweckmäßigkeit vulkanischer Verteidigungsmethoden,* dachte er. *Vermutlich funktionieren sie besser, wenn man fünfzig Jahre lang Zeit hatte, sie zu erlernen.*

Sulus Ansicht nach gab es jetzt nur noch eine Möglichkeit.

Er schloß die Augen und ächzte lautlos, als Artinton auch weiterhin lachte und ihm stinkenden Atem ins Gesicht blies.

»Seht nur kleines Insekt!« donnerte der Orioner. »Schlafen es möchte, um zu vergessen bösen Traum!«

Sulu hielt die Augen geschlossen und spürte, wie sich Artinton zu ihm vorbeugte. »Aber es kein Traum sein, kleines Insekt. Und es nicht vorbei!«

»Da hast du vollkommen recht«, zischte Sulu und neigte den Kopf mit Warp zehn nach vorn. Eine Sekunde später konnte er sich über drei Dinge freuen: Seine Stirn hämmerte die Nase des Orioners platt; die grüne Hand löste sich vom Hals, und Artinton gab einen ebenso verblüfften wie schmerzerfüllten Schrei von sich.

Sulu wahrte das Gleichgewicht, als der Orioner zurücktaumelte, gegen die Theke stieß und zusammensackte wie eine 5-Atü-Sonde, die es plötzlich mit fünfzig Atmosphären Druck zu tun bekam.

Lasslanlin packte Sulu an der Schulter und drehte ihn um. »Du meinen Freund hast verletzt, kleine Insekten-Zygote.«

»Wenn du schon Standard reden willst, solltest du wenigstens die richtigen Wörter kennen!« rief Sulu, als er zum Schlag ausholte. »Ich bin ein *Säugetier,* kapiert? Ein Säuge ...«

Lasslanlins große Hand schloß sich um Sulus Faust, hielt sie ebenso unverrückbar fest wie ein Traktorstrahl einen Meteor. Der Unterarm des Orioners erzitterte nicht einmal, schien fest in der Luft verankert zu sein. *Wirklich schade, daß ich von jemandem durch die Mangel gedreht werde, der so wenig von Biologie versteht,* dachte Sulu kummervoll. *Nun, wenigstens habe ich einen von ihnen erwischt.*

Lasslanlin hob die andere Hand, und ein Messer erschien zwischen den Fingern — die Klinge funkelte blau im Licht des Sonnenballs.

Sulu wußte, daß er keinen Widerstand mehr leisten konnte. Er fragte sich, ob der Barkeeper wenigstens dafür sorgen würde, daß die Orioner seine Ohren *über* dem des Klingonen an die Wand nagelten.

»Zuerst Ohren«, knurrte Lasslanlin. »Und dann, *Säugetier,* deine beiden ...« Der Orioner zuckte zusammen und unterbrach sich mitten im Satz. Das grüne Gesicht zeigte Erstaunen. Unmittelbar darauf erzitterte er noch einmal, als ihn etwas am Rücken traf, und er ließ die Faust seines menschlichen Gegners los.

Sulu taumelte zurück, bereit dazu, aus der Taverne zu stürmen und durch die Gassen des heruntergekommenen Raumhafenviertels zu fliehen. Lasslanlin versuchte nicht, ihn aufzuhalten. Er drehte den Kopf und blickte über die Schulter — gerade rechtzeitig genug für seine noch immer überrascht wirkende Miene, um mit einem Barhocker Bekanntschaft zu schließen. Das Messer fiel ihm aus der Hand, und die blau glänzende energetische Klinge verflüchtigte sich, bevor das Heft auf den Boden prallte.

»*Stator rell ...?*« stöhnte der Orioner. Fünf Hiebe massierten die grüne Visage, und den Abschluß bildete ein wuchtiger Kinnhaken.

Lasslanlin rollte mit den Augen, und seine Knie gaben nach. Neben dem bewußtlosen Gefährten sank er auf die Stahlplatten. Eine Gestalt trat näher, strich den schwarzen Umhang glatt und bedachte Sulu mit einem triumphierenden Lächeln. »Karate«, sagte er. »Eine russische Erfindung, die von den Chinesen gestohlen wurde.«

Sulu seufzte erleichtert. »Sie sollten schon vor einer *Stunde* eintreffen.«

Chekov deutete zu einem kleinen Tisch, auf dem ein nun leeres Glas stand. »Ich bin hiergewesen. Die ganze Zeit über.«

Jäher Zorn quoll in Sulu empor. »Und warum haben Sie mir nicht geholfen?«

»Weil Sie bis eben keine Hilfe brauchten.«

Sulu schüttelte den Kopf und umarmte seinen Freund. Hinter ihm erklang einmal mehr Krulmaddens Applaus.

Die beiden Terraner wandten sich dem orionischen Kapitän zu.

»Wie rührend«, kommentierte Krulmadden. »Zwei *F'deraxt'la,* und noch dazu sentimentale Exemplare.«

Chekov sah Sulu an. »Bedeutet *F'deraxt'la* das, was ich glaube?«

»Ich denke schon: drei Eltern, alle miteinander verwandt. Und es reimt sich mit dem Wort für ›Föderation‹ im Händlerdialekt.«

»Dafür hat der Typ einen Denkzettel verdient.«

»Da bin ich ganz Ihrer Meinung.«

Die beiden Menschen traten auseinander. Sie kannten sich so gut, daß einige stumme Gesten genügten, um eine Strategie zu vereinbaren. Dies war nicht ihre erste Auseinandersetzung in einer Taverne.

Krulmadden lächelte und ließ die Hand sinken, um sich am weit vorgewölbten Bauch zu kratzen. Doch als er sie wieder hob, hielten die Finger einen mit Edelsteinen und Platin geschmückten Intervaller. »Schlage vor, daß Menschen treten zurück. Test vorbei.«

»Test?« wiederholte Sulu.

Der orionische Kapitän winkte, und die Kristalle in seinen Zähnen und an den Ringen glänzten so sehr, daß ihr Schimmern Sulu blendete. »Dies alles Vorstellung. Nicht echt. Darsteller Freunde des Kapitäns.« Er schürzte die Lippen und schüttelte den Kopf, als er zu Lasslanlin und Artinton blickte. »Kapitän selbst ...« Sulu hielt unwillkürlich den Atem an, als sich Krulmadden mit dem Lauf des Intervallers an die Brust klopfte. »Und zwei Weltenmörder. Theater.«

»Warum nennen Sie uns ›Weltenmörder‹?« fragte Chekov.

Krulmadden wölbte die Unterlippe vor und gestikulierte mit dem Strahler. »Warum wir nicht sollten ganz offen sein, Chekov Mister?« Er sah Sulu an und grinste. »Und Sie Sulu Mister. Beide *Enterprise,* nicht wahr? Krulmadden alles weiß. Ein guter Kapitän ist Krulmadden.«

»Aber in diesem Fall irrt sich der gute Kapitän«, sagte Sulu ruhig.

Mit der freien Hand tastete Krulmadden nach einem Zahn, der fast ganz aus einem glitzernden Smaragd zu bestehen schien. Einige Sekunden lang schien er über Sulus Worte nachzudenken, zuckte dann mit den Achseln und betätigte den Auslöser des Intervallers — ein Energiestrahl zuckte, fraß sich dicht vor Sulus Füßen ins Metall.

»Krulmadden nicht gut beherrschen Standard«, grollte der Orioner. »Einige Dinge Sie falsch verstehen. Und einige Dinge, die Sie sagen ...« Diesmal klopfte er sich mit dem Lauf des Strahlers an die Schläfe und stand auf.

»Ich noch einmal betonen: Sulu und Chekov Schiffskameraden, aber ohne Schiff.« Der Kapitän kam näher, und die metallenen Beschläge an den Stiefelsohlen klackten auf den stählernen Platten. Bei jedem Schritt schwang der Intervaller vor und zurück. »Oh, es schon stimmen: Sie *F'deraxt'la*-Schiffskameraden. Aber andere *F'deraxt'la* nicht wollen Sie. Also kein Schiff.« Der Orioner blieb vor den beiden Terranern stehen und grinste vom einen Ohr bis zum anderen — sein Mund wirkte wie eine Höhle, in der ein Regenbogen schillerte. »Doch *Krulmadden* hat Schiff!« Er schob den Intervaller in eine breite, burgunderrote Schärpe am Bauch. »Deshalb ich sagen: Vorstellung vorbei, Test bestanden.« Er klopfte den Terranern auf die Schulter. Sulu zuckte zusammen. »Sie wieder haben ein Schiff.«

»Ich ... ich bin nicht sicher, ob ich das richtig verstehe«, brachte Chekov besorgt hervor.

Erneut sauste eine orionische Pranke auf Sulus Schulter herab, und er roch einen schon vertrauten Gestank, als sich Artinton von hinten vorbeugte. Seine Stimme klang näselnd.

»Kapitän meinen folgendes, Säugetierchen ...«, brummte Artinton, und seine Finger bohrten sich in Sulus Oberarmmuskeln. »Ihr *angeheuert.*«

KAPITEL 6

Erstaunlicherweise war es nicht bei allen Zivilisationen üblich, Raumschiffen einen Namen zu geben. Die Gelehrten vermuteten, daß der entsprechende Instinkt zum Beispiel bei Klingonen und Menschen auf konfliktintensive Konzepte wie Territorialdenken und Rivalität basierte. Allerdings hielten es selbst Vulkanier für logisch, Schiffe zu benennen, um verdienstreiche Personen und bedeutungsvolle Orte zu ehren — oder um die Besatzung daran zu erinnern, an welchen Qualitäten sie sich ein Beispiel nehmen sollte.

Andere Völker hingegen übernahmen diese Tradition, ohne ihre Bedeutung voll und ganz zu verstehen. Sie gaben ihren Raumern nicht etwa Namen, die aus der eigenen Kulturgeschichte stammten, sondern wählten bei anderen Kulturen gebräuchliche Bezeichnungen.

Andorianische Piloten steuerten große Truppentransporter durchs All, die *Robert E. Lee* und *Surak* hießen. Tellariten reisten an Bord von Kreuzern namens *Rhode Island* und *Kralle des Ehrenretters* zwischen den Sternen. Die Centaurier nannten ihr erstes Warpschiff *Dädalus*.

Aus diesem Grund war Pavel Chekov nicht überrascht, als er den aus verschnörkelten Lettern bestehenden Namen an der Außenhülle von Krulmaddens Schiff las, das in einem hohen Orbit über Rigel VIII parkte. Zwar bestand es ganz offensichtlich aus Komponenten, die von mehreren Welten stammten, und außerdem verfügte es über eine rigelianische Registrierungsnummer, aber Chekov hielt es keineswegs für sonderbar, daß es

RRN *Queen Mary* hieß. Er kannte weitaus exotischere Schiffsnamen.

»Entfernung zu den äußeren Schilden zweihundert Meter, Position konstant«, meldete Sulu und nahm die letzte Kurskorrektur mit Hilfe der Manövrierdüsen vor. Es beeindruckte Chekov sehr, wie gut sein Freund und Kollege mit den Kontrollen des eher primitiven Orbitalshuttles zurechtkam — es war schon eine Weile her, seit sie mit etwas durchs All geflogen waren, das keinen Gravitationsgenerator besaß. *Ich fürchte, daran müssen wir uns jetzt gewöhnen,* dachte er kummervoll. *Von der modernsten Technik haben wir uns verabschiedet, als wir beschlossen, auf die Starfleet-Uniformen zu verzichten.*

»Nun, Steuermann, was halten Sie von meinem schönsten Juwel?« In der kleinen Pilotenkabine des Shuttles wurde es noch enger, als Krulmadden hereinschwebte. Chekov stellte fest, daß der orionische Kapitän jetzt viel besser Standard sprach als in der Taverne auf dem Planeten.

Sulu sah durchs Fenster und betrachtete die Konfiguration der *Queen Mary.* Das Schiff wirkte gut ausbalanciert, aber es mangelte ihm an Eleganz — typisch für eine Warp-Einheit, die nicht für Flüge innerhalb von Atmosphären vorgesehen war. Der zentrale Rumpf durchmaß dreißig Meter, und ein marsianisches Diskussegment erstreckte sich unter einer elliptischen Warpgondel aus dem Rigel-System — ein kurzer Stutzen verband sie mit dem Diskus. Auf der Gondel saß ein andorianisches Impulsmodul aus militärischen Restbeständen — man sah auf den ersten Blick, daß es dem Schiff erst später hinzugefügt worden war.

Neben Sulu nahm Artinton den Platz des Copiloten ein, löste nun die Gurte des Beschleunigungsharnischs und stieß sich ab. Er glitt an Krulmadden vorbei in Richtung Frachtkammer und grinste kurz, als er Chekov am Zugang der Kanzel passierte.

»*Sehr* gut, Säugetierchen«, lobte Krulmadden. Er lächelte, doch im matten Licht der Kabine funkelten die Edelsteine in seinen Zähnen nicht annähernd so hell wie in der Taverne. Die blauweißen Glutbälle der zwei rigelianischen Hauptsonnen sowie ihre beiden Begleiter befanden sich derzeit hinter dem Planeten. Krulmadden sparte nicht nur Geld, indem er bei seinem Shuttle auf künstliche Gravitation verzichtete. Er hatte selbst darauf hingewiesen: Warum sollte er Energie für Strahlenschilde vergeuden, wenn er das Schiff im immerwährenden Schatten der Ringe von Rigel VIII zurücklassen konnte? Das vom ersten Mond des Planeten reflektierte Licht genügte für die Navigation. Chekov beobachtete, mit welcher Mühelosigkeit sich der große, dicke und sicher sehr schwere Kapitän in der Mikrogravitation bewegte — vermutlich gab es noch einen anderen Grund für das Fehlen künstlicher Schwerkraft.

Krulmadden deutete zum Fenster vor Sulu. »Das andorianische Impulsmodul dient nur dazu, um Vorschein zu erwecken.«

»Vorschein?« wiederholte Sulu verwirrt. »Meinen Sie vielleicht ›Anschein‹?«

»Was auch immer. Das Gehäuse enthält kein einfaches I-Triebwerk, sondern eine moderne Magnetopuls-Feldspule mit einer künstlichen Singularität.« Er betonte jedes einzelne Wort, wie ein stolzer Vater, der die Namen seiner Kinder nannte. »Beschleunigung von Relativgeschwindigkeit null auf halbe Lichtgeschwindigkeit in knapp einer Sekunde. Mit voller Fracht werden neunundneunzig Prozent *c* in weniger als dreißig Sekunden erreicht.«

Sulu pfiff beeindruckt. »Ich dachte, die Verwendung künstlicher Singularitäten ist auf Starfleet und einige planetare Verteidigungseinheiten beschränkt.«

»Sie haben recht.« Krulmadden versuchte, in der Schwerelosigkeit mit den breiten Schultern zu zucken. Es gelang ihm recht gut. »Und für solche Beschränkungen gibt es einen guten Grund. Sie sollen verhindern, daß skrupellose Burschen schneller sind als die *F'deraxt'la*-Grenzpatrouille. Oh, die Schiffe der Bösewichte *müssen* langsamer sein.« Der Kapitän klatschte in die Hände und lachte — der ruckartig entweichende Atem verlieh ihm ein zusätzliches Bewegungsmoment.

Sulu warf Chekov einen kurzen Blick zu, als Krulmadden nach Halt suchte. Der andere Terraner nickte. Offenbar war das orionische Schiff besser ausgerüstet, als sie zu hoffen gewagt hatten, und das bedeutete: Bei der Ausführung ihres Plans ergaben sich weniger Probleme.

»Und nun?« fragte Sulu.

Der Gesichtsausdruck des Kapitäns veränderte sich abrupt und zeigte undeutbaren Ernst. Offenbar mochte er es nicht, wenn man ihm Fragen stellte. »Jetzt bittet Artinton mein kleines Juwel höflich, die Schilde zu senken und das Shuttle nicht in einen Haufen Schlacke zu verwandeln. Und anschließend kann ich einen Eindruck von Ihrem Geschick beim Andocken gewinnen.«

Chekov runzelte besorgt die Stirn. Diese Worte des Kapitäns ließen den Schluß zu, daß die *Queen Mary* über ein automatisches Verteidigungssystem verfügte, das immer dann aktiv wurde, wenn Krulmadden und seine Leute das Schiff verließen. Den Menschen mußte es irgendwie gelingen, den ID-Code herauszufinden, den Artinton sendete, um das Shuttle den Computern der *Queen Mary* gegenüber als freundliche Einheit zu identifizieren. Wenn ihr Plan Erfolg haben sollte, brauchten sie eine Möglichkeit, entsprechende Signale zu übermitteln.

Krulmadden griff nach Sulus Arm, um nicht zur Seite zu schweben. »Halten Sie die relative Position in bezug auf das Schiff, und zwar *genau,* Steuermann. Wenn die Abweichung größer ist als ein halbes *Sateen,* so schulden Sie Artinton mehr als nur einige Zähne.«

Chekov rechnete das Händler-Maß in für ihn vertraute Begriffe um. *Drei Zentimeter.* Er fragte sich, warum das Shuttle seine Position so exakt halten mußte, um einen ID-Code zu senden. Und weshalb sollten größere Abweichungen für Artinton gefährlich sein? Die Antwort auf diese beiden Fragen war ebenso offensichtlich wie überraschend.

In der Pilotenkabine glühte es plötzlich gelb und orangefarben — das Licht stammte aus dem achtern gelegenen Frachtabteil, und ein leises Surren begleitete es. Artinton beamte sich zur *Queen Mary.* Aber wie?

»Ist das nicht ziemlich riskant?« erkundigte sich Sulu. »Immerhin sind die Schilde des Schiffes nach wie vor stabil.«

Krulmadden sah durchs Fenster ins All. »Es besteht keine Gefahr für ihn — solange Sie die Position so genau halten, wie ich es Ihnen eben gesagt habe.«

Vermutlich beamt sich Artinton durch eine Interferenzlücke in den Deflektoren, dachte Chekov. *Durch eine Lücke, die gerade breit genug ist, um eine Transporter-Trägerwelle hindurchzulassen. Außerdem müssen die Schilde an der betreffenden Stelle tiefer gestaffelt sein, damit der Transferstrahl das Schiff nur aus einer bestimmten Richtung erreichen kann.* Erneut bildeten sich dünne Falten in der Stirn des Russen. Es existierte gar kein ID-Code, den es herauszufinden galt: Artinton beamte sich zur *Queen Mary,* um das Verteidigungssystem manuell auszuschalten.

Es war gerade noch schwieriger geworden, das orionische Schiff zu stehlen.

Einige Lichter flackerten an der Warpgondel der *Queen Mary,* und wenige Sekunden später leuchteten auch welche am Diskussegment.

Sulu blickte auf das taktische Display. »Die Schilde sind desaktiviert.«

»Der Shuttle-Hangar befindet sich im Diskus, auf der anderen Seite des Warpstutzens«, sagte Krulmadden.

Sulu schaltete die Manövrierdüsen auf Bereitschaft. »Das entspricht nicht der üblichen Konfiguration.«

Der Kapitän lachte. »Das ganze Schiff weicht von der Standard-Konfiguration ab. Ein kluges Säugetier sollte immer daran denken.« Er drehte sich halb um — sein Hinweis galt auch Chekov. »Auf diese Weise lassen sich ... nutzlose Zwischenfälle vermeiden.«

Sulu schenkte den Anzeigen der Konsole keine Beachtung, als er das Shuttle am Diskussegment der *Queen Mary* vorbeisteuerte und es zu dem Licht lenkte, das den Hangar markierte. Das Andocken fand ohne irgendeine Erschütterung statt, und Krulmadden sah aufs Pult, um festzustellen, ob die beiden Schleusen tatsächlich miteinander verbunden waren. »Ausgezeichnet, Säugetier. Ein gutes Manöver, so sanft wie eine Skla ... Nun, Sie sind ein *F'deraxt'la,* und daher wissen Sie nichts von solchen Dingen.«

Krulmadden zog sich über die Kontrollen des Copiloten und schwebte dort. Zwischen seinen Lippen zeigte sich die Spitze einer orangefarbenen Zunge. »Ihre Aufgabe ist erfüllt. Den Rest erledige ich.« Er betätigte einige Tasten, und in Chekovs Ohren knackte es, als sich das Schott des Shuttles öffnete und ein Druckausgleich erfolgte.

Mehrere blaue Kontrollampen leuchteten auf der Konsole des Kapitäns, und er nahm einige Justierungen vor: Die gegenwärtigen Systemeinstellungen wurden gespeichert und blockiert. Chekov nahm an, daß ein Sicherheitscode erforderlich war, um die elektronische Verriegelung rückgängig zu machen. Dabei handelte es sich um einen weiteren Aspekt des zivilen Lebens, an den sich Sulu und er erst noch gewöhnen mußten: ein Mangel an Vertrauen, der sich in den Strukturen privater Raumschiffe widerspiegelte. An Bord eines Starfleet-Kreuzers hingen Leben und Tod manchmal von der Möglichkeit eines Besatzungsmitglieds ab, innerhalb weniger Sekunden zu reagieren; deshalb gab es kaum Sicherheitssysteme, die wichtige Kontrollen vor Unbefugten schützten. Man ging dabei von folgendem Prinzip aus: Wer an Bord eines Starfleet-Schiffes arbeitete, besaß alle notwendigen Qualifikationen und verdiente volles Vertrauen. Deshalb war es gar nicht nötig, das Funktionspotential von irgendwelchen Geräten und Anlagen mit Codesequenzen abzuschirmen. Ein so offenes System ermöglichte ein hohes Maß an Effizienz und Flexibilität — obgleich es einem *im* Schiff tätig werdenden Feind viele Ansatzpunkte bot. Was die Orioner betraf … Allein das Shuttle deutete darauf hin, daß die *Queen Mary* völlig anders organisiert war. Krulmadden schien ständig damit zu rechnen, daß jemand sein Schiff zu stehlen versuchte.

In diesem besonderen Fall irrt er sich nicht, dachte Chekov.

Der Kapitän wandte sich von der Station des Copiloten ab und sah zu Chekov. »Helfen Sie dabei, Lasslanlin zur Medo-Abteilung zu bringen.« Der Russe löste die Gurte und glitt fort, um seinen ersten Auftrag zu erledigen. Diese spezielle Aufgabe erschien ihm angemessen: Immerhin hatte er selbst dafür gesorgt, daß Lasslanlin jetzt medizinische Hilfe benötigte.

Der Bewußtlose befand sich im Frachtabteil, ruhte dort in einem Transportkokon, mit einem am Kopf befestigten Schlaf-Induktor. In der Taverne hatte der Barkeeper einen vom Schwarzmarkt stammenden Medo-Tricorder benutzt, um den Zustand des Orioners zu diagnostizieren: gebrochene Nase, gebrochener Unterkiefer, Gehirnerschütterung. An Bord der *Enterprise* hätte Dr. McCoy solche Verletzungen in einer halben Stunde behandelt, aber in der Krankenstation der *Queen Mary* gab es nur computergesteuerte Rekonvaleszenzsysteme, und deshalb würde es zwei oder drei Tage dauern, bis sich Lasslanlin wieder erholte. Chekov hoffte inständig, daß die Geschichten von orionischen Vergeltungsschwüren übertrieben waren.

Die Luftschleuse befand sich in der *Oben*-Wand des Frachtabteils — eine neuerliche Abweichung von der normalen Konfiguration. Eigentlich gehörte es in die rückwärtige Wand. Während Chekov die elastischen

Riemen löste, die Lasslanlins Kokon während des Flugs an Ort und Stelle gehalten hatten, versuchte er festzustellen, ob das Shuttle noch weitere Besonderheiten aufwies. Er schätzte das Volumen der Frachtkammer und erinnerte sich an die externen Ausmaße der Fähre — eigentlich hätte dieser Raum größer sein sollen. Der Unterschied belief sich auf eine Länge beziehungsweise Breite von zwei bis drei Metern, und Chekov spekulierte: Wahrscheinlich hatte Krulmadden noch einige technische Überraschungen installiert.

Für einen eventuell vorhandenen Gravitationsgenerator kamen eigentlich nur die Bereiche hinter der *Unten*-Wand in Frage, und deshalb tippte Chekov auf eine kleine Warp-Einheit — vielleicht Faktor eins Komma fünf oder 2 — oder zusätzliche Lebenserhaltungsanlagen. Beide Optionen waren durchaus sinnvoll für jemanden, der rasch fliehen oder sich irgendwo einige Monate lang verstecken mußte. Chekov beschloß, auch an Bord der *Queen Mary* nach Anzeichen für Umbauten und zusätzliche Installationen Ausschau zu halten. Er hielt es für wichtig, diesbezügliche Informationen zu sammeln.

Artinton erschien in der Luftschleuse der *Queen Mary*, blickte ins Frachtabteil des Shuttles und streckte die Hände aus. »Schieben Sie Lasslanlin ganz vorsichtig durch die Öffnung, damit der Wechsel keine Erschütterungen oder Vibrationen verursacht.«

»Wechsel?« fragte Chekov, als er den Kokon so drehte, damit er durchs geöffnete Schleusenschott paßte. »Gibt es Gravitation an Bord der *Queen Mary*?«

Der Kapitän starrte ihn groß an. »Möchten Sie ohne Schwerkraft in dreißig Sekunden auf neunundneunzig Prozent der Lichtgeschwindigkeit beschleunigen? Krulmadden kennt Leute, die sich Ihre Reste gern aufs Brot schmieren würden.«

Chekov richtete den Kokon aus, stützte sich an der *Unten*-Wand ab und schob das Transportmodul Artinton entgegen. »Ich bin nur überrascht, daß Sie den Gravitationsgenerator selbst dann eingeschaltet lassen, wenn sich niemand an Bord befindet.«

Krulmadden schüttelte den Kopf. »Sie sollten keine voreiligen Schlüsse ziehen. Wie kommen Sie darauf, daß sich während unserer Abwesenheit niemand an Bord aufhielt?«

»Nun, äh, ich dachte nur ...«

»Ich bin der Kapitän. Ich denke für meine Crew.«

Chekov schwieg und dirigierte den Kokon durch die Schleuse, folgte ihm und griff nach der Führungsstange, die im All kalt geworden war — trotz der Isolierung. Kurz darauf spürte er das Zerren der Schiffsgravitation.

Während er durch den ungefähr einen Meter langen Tunnel kroch, dachte er über Krulmaddens Hinweise nach und fühlte sich von ihnen beunruhigt. Sulu und ihm mochte es gelingen, drei Orioner zu überwältigen — beziehungsweise zwei, solange Lasslanlin in der Krankenstation lag. Aber wenn sich noch andere Leute an Bord befanden ... *Dann haben Sulu und ich vielleicht den größten Fehler unserer kurzen zivilen Karriere gemacht.*

Als sich die volle Wirkung des Schwerkraftfelds entfaltete, stellte Chekov erstaunt fest, daß er während der Monate als Zivilist offenbar einen nicht unerheblichen Teil seines Muskeltonus eingebüßt hatte. Das plötzliche Ende der Mikrogravitation kam einem Schock gleich und bereitete weitaus mehr Mühe als erwartet. Wenige Sekunden später wurde ihm klar, daß Sulu und er mit einem zusätzlichen Problem konfrontiert waren: Die künstliche Schwerkraft an Bord der *Queen Mary* entsprach der Gravitation von Rigel VIII: fast zwei G.

Chekov verharrte in der zweiten Luftschleuse — sie öffnete sich im Boden eines Korridors —, um ein wenig zu verschnaufen. Bevor er sich wieder in Bewegung setzen konnte, packte ihn Artinton an den Armen und zog ihn ohne sichtliche Anstrengung nach oben. In dieser hohen Schwerkraft bewegte sich der Orioner ebenso flink und geschmeidig wie in den Bereichen der ›Touristengravitation‹, die in weiten Teilen des Raumhafensektors herrschte.

Als Sulu in der Schleuse erschien, zerrte ihn Artinton ebenfalls empor und genoß die Verblüffung im Gesicht des Menschen, als die Füße des Steuermanns erstaunlich schnell und fest auf den Boden herabkamen. Chekov bemerkte die Sorge in Sulus Zügen und kannte auch den Grund dafür. Nach einigen Tagen in dieser Gravitation würden sie sich kaum mehr auf den Beinen halten können und die Hoffnung aufgeben müssen, das Schiff unter ihre Kontrolle zu bringen.

Artinton ging in die Hocke, befestigte ein Antigravmodul an dem Kokon, richtete sich wieder auf und steuerte die nun masseneutrale Transporteinheit mit einer Hand. »Sie warten hier auf den Kapitän. An Bord eines so großen Schiffes könnten Sie sich … verirren.« Er grinste, und seine Zunge tastete kurz nach den Zahnlücken. Dann wandte er sich um und stapfte mit dem Kokon fort.

Sulu trat neben der Luftschleuse von einem Bein aufs andere. »Das sind mindestens eins Komma acht G.«

»Fühlt sich wie fünf an«, erwiderte Chekov, lehnte sich an die Korridorwand und blickte in die Richtung, in der Artinton verschwunden war. Es schien eine zentrale Passage zu sein, die sich durchs ganze Schiff erstreckte: schmal, auf Nützlichkeit ausgerichtet. Hier und dort zeigten sich transparente Wartungsplatten, die es erlaubten, kritische Schaltkreise zu überprüfen. Der Anblick erinnerte Chekov an die alten Schiffe der Klasse J; sie wurden von Starfleet verwendet, um Kadetten auszubilden.

»Dies ist ein gutes Beispiel dafür, daß der äußere Schein trügt«, kommentierte Sulu. »Ich habe nicht mit einem so modernen Schiff gerechnet.«

»Das Licht …«, ächzte Chekov. Er kämpfte gegen die Schwerkraft an, als er die Hand zu den Augen hob. Von den Leuchtplatten in der Korridordecke ging ein blendender Glanz aus. Die Helligkeit entsprach ebenso wie die Gravitation der Norm von Rigel VIII. »Wir müssen Augenfilter benutzen.«

Chekov bekam keine Gelegenheit, das Jammern fortzusetzen. Krulmadden kletterte aus der Luftschleuse, beugte mehrmals die Knie und schlug sich mit der Faust so heftig an die Brust, daß die metallenen Schuppen des Umhangs klirrten. »Ah, endlich bekommen die Muskeln wieder etwas zu tun!« Er gab Sulu einen begeisterten Stoß, und dadurch wurde der Steuermann an die Wand geschleudert.

Krulmadden schüttelte mißbilligend den Kopf, als Sulu taumelte. Er wandte sich an Chekov. »Nach einigen Monaten in ordentlicher Schwerkraft verhalten Sie sich wie wahre Schiffskameraden. In der Zwischenzeit brauchen Sie ... Bewegung! *Ur'eon* Bewegung!« Er lachte, als er das Unbehagen in den Mienen der beiden Terraner sah. »Übrigens: Das ist ein Befehl.«

Der Kapitän marschierte mit langen Schritten durch den Korridor, und die Menschen versuchten, nicht den Anschluß zu verlieren. Chekov entsann sich dabei an seine Ausbildung — er hatte die Zeit als Kadett gehaßt. Seiner Ansicht nach zeichnete sie sich nur durch einen einzigen positiven Aspekt aus: Früher oder später endete sie mit der Beförderung zum Fähnrich. *Jetzt sind wir wieder Kadetten,* dachte er betrübt. *In Krulmaddens privater Flotte. Er will zeigen, daß er uns völlig unter Kontrolle hat.*

Aber man konnte es auch übertreiben. »Entschuldigen Sie bitte«, keuchte Chekov, als sie die dritte Leiter erreichten. »Gibt es hier keine Turbolifte?«

»Der Platz an Bord genügt nicht für Transportkapselröhren, und außerdem verbrauchen solche Anlagen zuviel Energie!« Krulmadden griff nach der ersten Sprosse. »Hat die *F'deraxt* ihren Säugetieren nicht nur Hirn und Herz genommen, sondern auch das Rückgrat?« Er *sprang* fast die Leiter hoch und sang dabei in einer Sprache, die Chekov noch nie zuvor gehört hatte.

Der Navigator sah den Steuermann an. »Vielleicht handelt es sich um eine Foltermethode, die wir bisher noch nicht kennengelernt haben.«

Sulu blickte die Leiter hoch. »Ich fürchte, wir brauchen einen neuen Plan.«

Oben erklang Krulmaddens Stimme. »Ich *waaarte*, Säugetierchen!«

Sulu begann mit dem Aufstieg. Chekov geduldete sich, bis sein Gefährte sicher das Ende der Leiter erreicht hatte — er wollte nicht riskieren, von einem Sulu zermalmt zu werden, der mit einer Geschwindigkeit von neunzehneinhalb Metern in der Sekunde fiel. Schließlich kletterte er ebenfalls nach oben und glaubte schon nach wenigen Sprossen zu spüren, wie sich Blasen an seinen Fingern bildeten.

In der nächsten Etage wies ein gewölbtes oberes Korridorsegment darauf hin, daß sie sich nun auf dem obersten Diskus-Deck befanden. Krulmadden konnte wohl kaum beabsichtigen, die beiden neuen Besatzungsmitglieder zur Warpgondel zu führen — warum hatte er sie bis hierher gebracht?

Der Kapitän ging nun langsamer und wandte sich der Backbordseite zu. Chekov versuchte, wieder zu Atem zu kommen, und dicht hinter sich hörte er Sulus Schnaufen. Krulmadden hingegen schwitzte nicht einmal, als er in der Nähe von zwei Türen stehenblieb und sich zu den Terranern umdrehte.

Er lehnte sich an eine der beiden Türen und wartete, bis Sulu und Chekov zu ihm aufschlossen. »Nun, Säugetierchen ... Haben Sie eine Ahnung, in welchem Teil meines Juwels wir hier sind?«

»Oberstes Deck, primärer Rumpf«, stöhnte Chekov. Er stützte die Hände an den Knien ab, um den Rücken zu entlasten.

»Backbordseite«, fügte Sulu hinzu. »Außerdem haben wir fast zwei Runden auf dem Deck unter uns gedreht.«

»Sie passen gut auf.« Krulmadden betrachtete den Öffnungsmechanismus der Tür, richtete den Blick dann wieder auf die Menschen. Er lächelte jetzt nicht mehr. »Ist Ihnen sonst etwas ... Ungewöhnliches an diesem Schiff aufgefallen?«

»Abgesehen davon, daß es hier keine Turbolifte gibt?« fragte Chekov.

»Ich habe nur wenige Türen bemerkt«, sagte Sulu. »Ist der Hüllenbereich hohl?«

Chekov beobachtete aufmerksam Krulmaddens Reaktion. Wenn die *Queen Mary* weniger massiv war, als das Volumen vermuten ließ ... Daraus ergab sich ein höheres Beschleunigungsvermögen, als ein potentieller Feind glauben mochte. Doch ein solcher Trick funktionierte nur einmal, und hinzu kam: Mit einer gründlichen Sensorsondierung konnte eine verdächtige Diskrepanz zwischen Masse und Volumen festgestellt werden.

»Ganz im Gegenteil«, antwortete der Kapitän. »Hülle und Rumpf sind ausgesprochen massiv. Aber was jene Sektionen enthalten, geht Sie nichts an. Nur eins sollten Sie wissen: Hier ist nicht alles das, was es zu sein scheint. Dem Unachtsamen droht Gefahr ...« Krulmadden legte eine kurze Pause ein, aber seine menschlichen Zuhörer schwiegen. »Bleibt festzustellen, ob *Sie* sind, was Sie zu sein scheinen.«

Eine Drohung, fuhr es Chekov durch den Sinn. Was auch immer jetzt geschah: Der Orioner hatte dafür gesorgt, daß die Terraner zu erschöpft waren, um zum Shuttle-Hangar zu fliehen. Sie mußten sich fügen.

»Ich verstehe nicht«, entgegnete Sulu. »In der Taverne haben Sie gesagt, daß Sie uns kennen.«

Krulmaddens Zunge glitt über einen Diamanten, der in einem Schneidezahn glänzte. Er sprach langsam, und sein Standard war fehlerfrei. »Ich bin ein Kapitän, der zusätzliche Crewmitglieder braucht, und Sie benötigen ein Schiff. Erscheint es Ihnen nicht seltsam, daß uns der ›Zufall‹ auf einem großen Planeten in einer großen Galaxis zusammenführt?« Er kratzte sich am Auge. »Warum waren Sie in der Bar, so weit von Ihrer Heimat entfernt?«

Chekov und Sulu wechselten einen Blick — Entscheidungen bezüglich der Strategie standen dem Russen zu.

»Wir suchten nach einem Schiff.«

»Warum?«

»Weil wir keins haben.«

»Und warum haben Sie keins?«

Chekov schnitt eine Grimasse. »Weil wir nicht mehr zu Starfleet gehören.«

Krulmadden blinzelte nicht einmal, bedachte ihn mit einem durchdringenden Blick. »Warum nicht?«

»Weil man uns als Weltenmörder bezeichnete!« entfuhr es Chekov verärgert. »Ich dachte, der große Krulmadden wüßte alles.«

»Man bringt Dinge in Erfahrung, indem man Fragen stellt. Hier ist die letzte: Sind Sie Weltenmörder?«

Chekov zögerte. Welche Besatzungsmitglieder zog ein orionischer Kapitän an Bord seines Schiffes vor? Zwei skrupel- und gewissenlose Kriminelle, von Starfleet *de facto* verurteilt, oder zwei Offiziere, denen man Dinge zur Last legte, für die sie keine Verantwortung trugen, die sich in ihrer Ehre verletzt fühlten? Chekov wußte es nicht, und deshalb entschied er sich für die Wahrheit.

»Nein. Uns trifft keine Schuld.«

Krulmadden hob buschige schwarze Brauen. »Starfleet irrt sich?« Es klang sarkastisch.

»Nein«, erwiderte Chekov. »Starfleet weiß nur nicht, was wirklich geschehen ist.«

Der Kapitän trommelte mit den Fingern an die Tür. »Und was wollen Sie in dieser Hinsicht unternehmen?«

Chekov hatte den strategischen Pfad gewählt, und Sulu folgte seinem Verlauf. »Wir können nichts mehr ändern. Als uns das klar wurde, haben wir den Dienst quittiert.«

»Was halten Sie davon, von Starfleet so ungerecht behandelt worden zu sein?«

Chekov verzog das Gesicht. »Nicht viel. Deshalb suchten wir nach einem Schiff.«

Sulu biß die Zähne zusammen und nickte.

»Nach irgendeinem Schiff?« erkundigte sich der Orioner. »Oder nach einem besonderen?«

»Wir suchten nach jener Art von Raumschiff, wie man es nur in einer Taverne auf Rigel VIII finden kann.«

Krulmadden wandte sich von der Tür ab. Offenbar hatte er eine Entscheidung getroffen. »Das Verlangen nach Rache kann ebenso erfrischend sein wie ordentliche Schwerkraft. Hiermit heiße ich Sie als Besatzungsmitglieder meines Juwels willkommen.«

»Ich dachte, Sie hätten uns schon nach dem Kampf in der Kneipe angeheuert«, sagte Sulu argwöhnisch.

»Jene Auseinandersetzung wies mich nur darauf hin, ob Sie es ernst meinten. Ihr Zorn auf Lasslanlin und Artinton spielte eine weitaus geringere Rolle als der Groll auf Starfleet. Zu viele Spione haben versucht, sich in meine Crew einzuschleichen ...«

»Und wenn Sie zu dem Schluß gelangt wären, daß wir Spitzel sind?« fragte Chekov. Er ahnte die Antwort.

»Dann hätte ich euch durch diese Tür hier geschickt, Säugetierchen.« Krulmadden strich sich über den Bart und deutete auf den anderen Zugang. »Statt dessen gehen wir durch die dort. Kommen Sie.« Der Orioner hob die Hand zur Brust und sang wieder, als er zum Schott stapfte.

Als Chekov die Tür passierte, an der Krulmadden bis eben gelehnt hatte, warf er einen Blick auf das Markierungssymbol. Leider verstand er die Schriftsprache der orionischen Händler nicht. Im Gegensatz zu Sulu. »Recyclingraum«, übersetzte der Steuermann.

Der Kapitän verharrte vor dem zweiten Schott und

gab einen Sicherheitscode ein, stand dabei so, daß Chekov und Sulu nicht erkennen konnten, aus welchen Zeichen die Kombination bestand.

»Und dieses Symbol?« Chekov deutete auf das Zeichen an der zweiten Tür.

Sulu zuckte mit den Schultern. »Ich glaube, es bedeutet ›Frachtkammer‹.«

Die beiden Schotthälften glitten auseinander, und warme Luft wehte den Terranern entgegen. Sie rochen Zimt und andere, exotischere Gewürze. Ein ziemlich großer Raum erstreckte sich vor ihnen.

»Sie lesen die Händlersprache gut«, sagte Krulmadden und wich beiseite, damit seine beiden Begleiter eintreten konnten. »Nun, dies gehört zur kostbaren Fracht meines Juwels, und ich biete Ihnen die Möglichkeit, sich damit zu vergnügen.«

Sulu trat als erster durch die Tür, und Chekov sah, wie der Steuermann schon nach wenigen Schritten erstarrte. Der Kapitän lachte. »O ja, ein beeindruckender Anblick, nicht wahr?«

Chekov trat ebenfalls vor und spürte das Gewicht von Krulmaddens Hand auf dem Rücken.

»An Bord der *Queen Mary* geht es anders zu als bei Starfleet«, verkündete der Orioner fröhlich. »Erst der Lohn und dann die Arbeit!«

Chekov spähte über Sulus Schulter hinweg in den großen Raum. »Was ist los?«

»Hier bekommen Sie die in Aussicht gestellte Bewegung!« Krulmadden lachte einmal mehr. »Wahre *Ur'eon*-Bewegung! Kommt, kommt! Ihr seid jetzt keine *F'deraxt'la* mehr.«

Dann sah Chekov den Grund dafür, warum Sulu so plötzlich stehengeblieben war. Von einer Sekunde zur anderen begriff er die wahre Natur des Ungeheuers, mit dem sie sich einlassen mußten, um nicht für immer die Bürde der Schande zu tragen.

Die gegenüberliegende Wand der großen Frachtkammer enthielt viele kleine Nischen, und darin ruhten mehr als zwanzig orionische Frauen. Grüne Haut glänzte, und langes schwarzes Haar schimmerte im bläulichen Glühen der Schirmfelder in den einzelnen Zugängen. Jene energetischen Barrieren hielten die Orionerinnen auf ebenso unmenschliche Weise gefangen wie Fesseln oder Ketten.

Krulmadden war kein x-beliebiger orionischer Pirat, gehörte vielmehr zur schlimmsten Sorte von Kriminellen. Seine Verbrechen galten auf jeder Föderationswelt als abscheulich, und für einen derartigen Frevel hätte es in einer hochentwickelten interstellaren Gesellschaft gar keinen Platz mehr geben dürfen. Aber vielleicht ließ sich das Böse schwerer ausrotten, als man in der Föderation glaubte.

Kapitän Krulmadden war Sklavenhändler.

Und wir sind nun seine Komplizen, dachte Chekov bestürzt.

KAPITEL 7

Kirk erinnerte sich an die *Farragut,* das erste große Raumschiff seiner beruflichen Laufbahn — ein Kreuzer der Constitution-Klasse, wie die *Enterprise.* Als junger, unerfahrener Lieutenant hatte er zur Besatzung der *Farragut* gehört, und sie brachte ihn zum erstenmal in die Tiefen des Weltraums. Eine endlose Woche trennte die Übermittlung der Einsatzorder von deren Eintreffen an Bord, und Kirk verbrachte die Zeit des Wartens mit Träumen von aufregenden Abenteuern: die Entdeckung fremder Welten, Auseinandersetzungen mit den Klingonen, Rettungsmissionen im Bereich von Kolonialwelten, das Sichern der Föderationsgrenzen. Unmittelbar im Anschluß an diese Vorstellungen lernte Jim etwas kennen, das sein Vater als ›die neue Flotte‹ bezeichnete: Während der ersten sechs Monate an Bord der *Farragut* verstaute und sortierte er Transportmodule in der Frachtsektion. In gewisser Weise hielt er es für angemessen, daß er nun zu dieser Tätigkeit zurückkehrte.

Er bediente die Kontrollen eines Traktornetzes vom Typ Mark IV und stellte erstaunt fest, daß er einen großen Teil des vor fünfzehn Jahren erworbenen Geschicks bewahrt hatte: Es fiel ihm nicht schwer, Dutzende von Kisten für den Frachter SS *Ian Shelton* in Empfang zu nehmen. Als Vorteil für ihn erwies sich dabei der Umstand, daß dieser alte Mark IV praktisch identisch war mit dem Modell an Bord der *Farragut.* Seinen damals erworbenen Fähigkeiten verdankte er es, daß er den Stauer-Job bekommen hatte und sich nun um den Frachttransfer zwischen dem kommerziellen Raumdock von Intrator II und dem zweihundert Meter entfernten Frachtschiff kümmerte.

Während Kirk an den Kontrollen hantierte, drang die Stimme des Orbitaltransfer-Controllers aus dem Kom-Lautsprecher des Mark IV. »Wie sieht's bei euch aus, *Shelton?*«

»Der gegenwärtige Status ...« Kirk unterbrach sich. »Alles bestens.« Er mußte sich noch immer darauf konzentrieren, nicht in die alten Sprechgewohnheiten zurückzufallen. Es lag ihm nichts daran, daß man ihn erneut durchschaute und seine wahre Identität erkannte, so wie es bei den Asteroidenmonteuren geschehen war. Andererseits ... Er durfte nicht damit rechnen, auf Dauer unerkannt zu bleiben — der Bart und das längere Haar stellten eine eher unvollkommene Tarnung dar. *Es ist erstaunlich, wie klein das Universum sein kann,* dachte er. *Früher oder später läuft man jemandem über den Weg, der einen gewissen James T. Kirk kennt ...*

»Sind Sie sicher, daß wir keine Pause einlegen sollen?«

»Schickt mir die Dinger auch weiterhin rüber«, erwiderte Kirk.

Er glaubte, das Lächeln in der Stimme des Controllers zu hören. »Na schön. Mal sehen, ob wir einen neuen Rekord aufstellen.«

Die zeitlichen Abstände zwischen den Kisten, die durchs offene Frachtschott der *Ian Shelton* schwebten, betrugen nicht mehr zwanzig Sekunden, sondern nur noch zehn. Es handelte sich um gewöhnliche Behälter für interstellare Fracht: Polyeder, die in Mikrogravitation ebenso leicht zu handhaben und zu verstauen waren wie die noch immer auf Planeten gebräuchlichen würfelförmigen Container.

»He, *Shelton* ...«, erklang erneut die Stimme des Controllers. »Was halten Sie davon, wenn wir eine Pause einlegen, damit Ihr Computer übernehmen kann?«

»Eine Pause?« wiederholte Kirk und gab sich überrascht. »Ich warte noch immer darauf, daß Sie mehr Dampf machen.«

Die Hauptprojektoren des Mark IV waren zu beiden Seiten der Schleuse und an einer Wand positioniert, um ein dreidimensionales Gitter aus Traktorstrahlen zu schaffen, das die Kisten bewegte. Ein fürs Trägheitsmoment zuständiger Prozessor wies Kirk auf die Masse jedes einzelnen Behälters hin, und daraufhin entschied er, wo es die entsprechende Kiste unterzubringen galt. Es kam auf eine gleichmäßige Verteilung an, um Schub- und Beschleunigungsbalance der *Shelton* zu gewährleisten. Wenn sich die einzelnen Frachtkomponenten nicht voneinander unterschieden, wenn jeder Behälter einen ID-Transponder besaß, der über den Inhalt Auskunft gab, wenn Sensoren Masse und Größe rechtzeitig genug ermitteln konnten, um es einem Computer zu ermöglichen, das Verteilungsmuster sich ständig verändernden Werten anzupassen ... Unter solchen Voraussetzungen hätte Kirks Arbeit von einem automatischen System erledigt werden können. Aber die Realität des interstellaren Handels kannte keine so gut geordnete Struktur, und deshalb war die fast grenzenlose Flexibilität eines organischen Bewußtseins erforderlich. Und das völlige Fehlen von Ablenkungen.

Kirk versteifte sich unwillkürlich, als er hörte, wie sich hinter ihm das Innenschott der Frachtsektion öffnete. Er wagte es nicht, sich umzudrehen, dachte nur daran, sich die Positionen von fast sechzig Kisten zu merken und ihre Anordnung so zu verändern, daß genug Platz für die zusätzlichen Behälter blieb, die immer schneller hintereinander kamen. Wenn er auch nur um einen Sekundenbruchteil zu spät reagierte, bestand die Gefahr, daß zwei Kisten kollidierten, Fracht verlorenging und vielleicht sogar die Außenhülle des Schiffes beschädigt wurde. *Warum bringe ich mich dauernd in solche Situationen?* fragte er sich. Es war eine Sache, sich alles abzuverlangen, wenn es um die Crew oder das Schiff ging, aber für zehn Credits in der Stunde ...

»Lassen Sie sich nicht stören«, sagte jemand hinter Kirk. Er erkannte die Stimme: Sie gehörte Anne Gauvreau, Captain dieses Schiffes und seine Arbeitgeberin. Aus den Augenwinkeln sah er, daß sie neben der Konsole stand und durchs Fenster in die Frachtkammer starrte.

»Als mir die Transferkontrolle mitteilte, daß wir alle zehn Sekunden eine Kiste aufnehmen ... Ich hielt es zunächst für einen Scherz.«

Kirk brummte unverbindlich. Die Anzeigen vor ihm wiesen darauf hin, daß die Behälter jetzt in Abständen von acht Sekunden kamen. In höchstens einer Minute gab es nur noch zwei Möglichkeiten für ihn. Die erste bestand darin, daß er die Kisten verstaute, ohne auf ihre Masse zu achten. Vielleicht hatte er Glück: Vielleicht entstand allein durch Zufall ein ausgewogenes Verteilungsmuster. Wenn nicht, brauchte er anschließend Stunden, um die Massen-Balance wiederherzustellen, und während dieser Zeit mußte der Frachter im Orbit bleiben.

Die Anzeige eines Displays veränderte sich: eine Kiste alle sieben Sekunden. Kirk gestand sich ein, daß er seine Leistungsgrenze erreicht hatte. Ob es ihm gefiel oder nicht — er mußte sich für die zweite Möglichkeit entscheiden, die Niederlage eingestehen. *Es ist nur ein Job,* dachte er. Trotzdem spürte er Bitterkeit.

»Transferkontrolle, bitte kommen«, sagte er ins Mikrofon des Kommunikators.

»Schon gut, *Shelton.* Sie müssen es uns nicht auch noch unter die Nase reiben.«

Kirk schwieg — mit dieser Antwort hatte er nicht gerechnet. Die Monitor-Daten teilten ihm mit, daß keine weiteren Behälter kamen, obgleich noch einige hundert ausstanden.

»Transferkontrolle«, sagte Kirk und hoffte, daß seine

Vermutung stimmte. »Haben Sie irgendwelche Probleme?«

Diesmal antwortete der Controller nicht sofort. »Äh, der Steuerungssensor unseres Frachtkatapults ist durchgebrannt.«

Der Kom-Kanal beschränkte sich auf Audio-Signale, und deshalb konnte sich Kirk ein Lächeln leisten. Jetzt fiel ihm wieder ein, warum er sich in solche Situationen brachte.

Gauvreau beugte sich zum Kommunikator der Konsole vor. »Transferkontrolle, hier spricht Captain Gauvreau. Ist Ihnen der Grund für das Durchbrennen des Steuerungssensors bekannt?«

Der Controller klang zerknirscht. »Das Ding fiel aus, weil wir die Kisten nicht mehr so schnell liefern konnten, wie sie bei Ihnen verstaut wurden.«

Gauvreau trommelte mit den Fingern aufs Pult. »Wenn ich nicht spätestens in zweieinhalb Stunden starte, wird für Ihr Büro die vertraglich vereinbarte Verzugszahlung fällig. Und das ist eine Menge Geld.«

»Sie hören von uns, sobald die Reparaturarbeiten beendet sind«, erwiderte der Controller kummervoll.

Ein leises Klicken wies auf die Unterbrechung der Verbindung hin. Kirk zwang das Lächeln aus seinem Gesicht und musterte Gauvreau mit aufrichtiger Besorgnis. Einige Sekunden lang zeigte die Miene des Captains so etwas wie strengen Ernst. »Um ganz ehrlich zu sein, Leonard: Ich glaube, Sie hatten Glück.« Dann lachte die Frau, und Kirk stimmte mit ein.

In der Frachtsektion hätte fast eine Katastrophe stattgefunden, aber Kirk spürte, wie die Anspannung rasch nachließ. *Es ist noch einmal alles gutgegangen.*

»So wie ich die Sache sehe ...«, sagte Gauvreau. »Ich schätze, es dauerte nur noch zwei Sekunden bis zum Beginn einer Kettenreaktion, die hier zu völligem Chaos geführt und vielleicht sogar Kisten durch die Wände des Schiffes geschickt hätte.«

»Nun, nicht unbedingt zwei Sekunden«, wandte Kirk ein.

»Durch die Wände *meines* Schiffes, um ganz genau zu sein«, betonte Gauvreau.

Kirk versuchte mit nur wenig Erfolg, ein Schmunzeln von seinen Zügen fernzuhalten. »Als ich mich an die Transferkontrolle wandte ... Ich wollte aufgeben, den Controller bitten, die Behälter langsamer zu liefern.«

»Alle acht Sekunden eine Kiste, und das mit einem alten Mark IV.« Gauvreau schüttelte den Kopf und blickte wieder durchs Fenster. »Wenn wir die Umlaufbahn nicht zum vorgesehenen Zeitpunkt verlassen, wird für die Kontrolle eine vertraglich vereinbarte Strafe fällig. Deshalb bin ich ziemlich sicher, daß es nicht lange dauern wird, bis das Frachtkatapult repariert ist. An Ihrer Stelle würde ich die Zeit nutzen, um das Verteilungsmuster zu überprüfen und Fehler zu korrigieren.«

Kirk konzentrierte seine Aufmerksamkeit wieder auf die Konsole. Jetzt brauchte er nicht mehr alle sieben oder acht Sekunden nach Platz für einen neuen Behälter Ausschau zu halten, und deshalb dauerte es nur ein paar Minuten, die Kisten zu einer idealen Masse-Balance anzuordnen. Einige besonders schwere oder leichte Container hielt er in der Warteposition, und für den Rest wählte er eine endgültige Lagerungskonfiguration.

Anschließend verweilten Kirks Hände in unmittelbarer Nähe der Kontrollen. Er wäre nicht sonderlich überrascht gewesen, wenn der Controller die Fortsetzung des Transfers nur eine Sekunde vor dem Eintreffen des nächsten Behälters meldete. Nun, es spielte kaum mehr eine Rolle. Inzwischen hatte er Gelegenheit gefunden, in der Frachtkammer Ordnung zu schaffen, und das bedeutete: Selbst wenn die Kisten in Abständen von nur noch fünf Sekunden kamen — er konnte sie einfach in Empfang nehmen und später sortieren. Der Platz dafür genügte.

Gauvreau las die Massen-Anzeige der gelagerten

Container und nickte anerkennend. »Eine gute Anordnung«, lobte sie. »Wie haben Sie so schnell ein so gutes Verteilungsmuster gefunden?«

»Das ist mein Job«, entgegnete Kirk.

Gauvreau setzte zu einer Antwort an, überlegte es sich dann aber anders und sagte statt dessen: »Wie kommt es, daß ein junger Mann wie Sie mit einem Mark IV umgehen kann und trotzdem über die neusten Verladestrategien Bescheid weiß?«

Der Umstand, daß man ihn als ›jungen Mann‹ bezeichnete, entlockte Kirk ein weiteres Lächeln. Gauvreau war vermutlich nur einige Jahre älter als er — es zeigte sich kaum Grau in ihrem lockigen rotblonden Haar. *Es gibt nur wenige so junge Kommandanten kommerzieller Frachter,* fuhr es ihm durch den Sinn. Dann erinnerte er sich: *Ich galt als ein sehr junger Starfleet-Captain.*

»Ich bin älter als Sie glauben. Vor langer Zeit hatte ich die Möglichkeit, mit einem Mark IV Erfahrungen zu sammeln. Und von neuen Verladestrategien weiß ich nichts.« Kirk war nicht geneigt gewesen, sich mit entsprechender Lektüre zu befassen, nachdem ihn Captain Garrovick aus der Frachtabteilung der *Farragut* geholt hatte.

Gauvreau deutete aufs Masse-Display. »Ein solches Verteilungsmuster sehe ich jetzt zum erstenmal. Und ich kenne die neuen Verladestrategien — das ist *mein* Job.«

Irgend etwas in ihrem Tonfall riet Kirk zu Vorsicht — sie schien ihn auf die Probe zu stellen.

»Spielen Sie dreidimensionales Schach?« fragte er.

»Sehr gern sogar.«

»Dann sehen Sie sich das Muster noch einmal an. Und denken Sie dabei ans Mittelspiel.«

Gauvreau verglich die Darstellungen der verschiedenen Bildschirme, die über Struktur, Größe, Dichte, Masse und so weiter Auskunft gaben. »Die Siryk-Variationen …?«

Kirk nickte. Es handelte sich um eine eher konservative Taktik beim 3-D-Schach, bevorzugt von Spielern, die lieber abwarteten, bis dem Gegner ein Fehler unterlief, der einen guten Ansatzpunkt bot. Bei den vom vulkanischen Großmeister Siryk entwickelten Variationen ging es darum, die Figuren zu miteinander verwobenen Mustern aus Stärke und Schwäche anzuordnen: Sie boten kaum Spielraum für eine plötzliche Offensive, schufen jedoch eine fast undurchdringliche Verteidigungsbarriere.

Gauvreau lachte, als sich die vermeintliche neue Verladetechnik als eine vierhundert Jahre alte Spielstrategie herausstellte. »Die Kisten mit geringer Masse sind Bauern, und die schweren Behälter stellen die wichtigeren Figuren dar.«

»Ja«, bestätigte Kirk. »Und ich merke mir die jeweiligen Positionen, indem ich mir die Frachtkammer als einen Schachwürfel vorstelle.«

»Sehr einfallsreich.« Gauvreau setzte sich auf die Kante der Konsole und verschränkte die Arme. An den Ärmeln ihrer Jacke zeigten sich Abzeichen aus Dutzenden von Sonnensystemen, und der Rücken präsentierte noch mehr. Eine erstaunliche Leistung für jemanden, der zur Handelsflotte gehörte: Bei den meisten Frachtern ging das Warppotential nicht über Faktor zwei hinaus, was bedeutete, daß der Flug von Stern zu Stern Monate dauern konnte.

»Ich nehme an, Sie sind ein guter Spieler«, sagte die Kommandantin. »Haben Sie Großmeisterpunkte?«

»Ich habe nie an irgendwelchen Turnieren teilgenommen.«

»Aber Sie kennen die Siryk-Variationen gut genug, um die hiesige Fracht entsprechend zu strukturieren.« Gauvreau ließ keinen Zweifel an ihrer Skepsis.

»Ich hatte einen ... guten Gegner. Einen Großmeister.« Der jähe Schmerz hätte Kirk eigentlich nicht überraschen sollen — er gehörte zu den wenigen Dingen, auf die er ohne Einfluß blieb. Etwas in ihm schien zu glauben, daß er seine Freunde nie wiedersah. »Er schätzte die vulkanischen Strategien.«

»Ist es Ihnen jemals gelungen, ihn zu besiegen?«

Kirk erinnerte sich und lächelte unwillkürlich. »Oft genug, um ihn zu beunruhigen. Die, äh, kompromißlose Logik des Spiels scheint manchmal durch ... plötzliche Wechsel in der Taktik aus den Fugen zu geraten.«

Gauvreau nickte langsam, als sie versuchte, zwischen den verbalen Zeilen zu lesen. »Plötzliche Wechsel in der Taktik? Auf der Basis völliger Verzweiflung?«

Kirk gab seine Geheimnisse nicht gern preis, aber diese Frau war sehr aufmerksam. »Nun, nicht unbedingt ›völlige‹ Verzweiflung.« Aber sie hatte oft genug ausgereicht, um ihn zu veranlassen, alles auf eine Karte zu setzen und Spocks langfristig geplanten Angriffe völlig durcheinanderzubringen — ein Umstand, der Spock mit Ehrfurcht den Fähigkeiten des Captains gegenüber erfüllte. Er schien nie ganz zu verstehen, daß ein großer Teil von Kirks Spielgeschick darin bestand, seine Panik zu verbergen.

Der Massen-Alarm ertönte, und jenseits des Fensters schwebte die erste Kiste durchs offene Außenschott. Gauvreau blickte auf die Anzeigen. »Ha! Der zeitliche Abstand zwischen den Kisten beträgt jetzt zwanzig Sekunden. Den Leuten von der Transferkontrolle liegt offenbar nichts mehr daran, Sie noch einmal herauszufordern, Leonard. Jetzt können Sie ruhig auf Automatik umschalten.«

Kirk fluchte lautlos. Zehn Credits pro Stunde waren nicht viel, aber er brauchte das Geld. Die Reisekosten in den peripheren Bereichen der Föderation hatten ihn geradezu verblüfft. *Ich habe zu viele Dinge als selbstverständlich erachtet,* dachte er. *Jetzt bezahle ich dafür, im wahrsten Sinne des Wortes.*

Gauvreau legte ihm die Hand auf die Schulter, als er die ersten Kisten durch den großen Frachtraum dirigierte. »Machen Sie sich keine Sorgen wegen der Credits für diesen Job.« Es erstaunte Kirk einmal mehr, mit welcher Mühelosigkeit sie einen Eindruck von seinen Empfindungen gewinnen konnte. »Wenn Sie interessiert sind ... Die *Shelton* braucht einen Frachtaufseher.«

Kirk zögerte an den Kontrollen, und daraufhin wurde der Computer aktiv, fügte der permanenten Konfiguration einen Behälter hinzu. »Dieses Schiff ist nur einige Jahre alt und vollkommen automatisiert. Ich bin überrascht, daß es überhaupt einen Captain benötigt.«

»Wie ich schon sagte, Leonard: Die *Ian Shelton* ist mein Schiff. Sie *gehört* mir.«

Kirk hob beeindruckt die Brauen. Es gab nicht viele Personen, die ein so großes und teures Warpschiff als ihren persönlichen Besitz bezeichnen konnten. Für gewöhnlich waren solche Schiffe das Eigentum von interstellaren Konsortien, die Kosten und Risiken auf die Finanzsysteme von vier oder fünf Welten verteilten.

»Wie dem auch sei ...«, sagte Kirk schließlich. »Traktornetze halten die einmal verstauten Container an Ort und Stelle. Also brauchen Sie einen Frachtaufseher nur dann, wenn Sie einen Raumhafen oder eine Orbitalstation ansteuern. Und dort herrscht für gewöhnlich kein Mangel an Leuten, die Arbeit suchen.« Das wußte er aus eigener Erfahrung. Fünf Tage hatte er bei der Arbeitsvermittlung von Intrator II gewartet und dabei die Demütigung hingenommen, für Nahrungsmittel, Wasser und Sauerstoff zu bezahlen.

»Hören Sie, Leonard ... Ich bin nicht daran gewöhnt, daß ich jemanden zu einem Job an Bord der *Shelton* überreden muß. Meistens sehe ich mich gezwungen, den Leuten meine Ablehnungsgründe zu erläutern.«

Das konnte sich Kirk gut vorstellen. Weshalb zögerte er? Lag es an der Aura dieser Frau? Sie war bemerkenswert jung für einen Frachterkapitän und kannte die Siryk-Variationen. Darüber hinaus wußte sie, daß er es in Hinsicht aufs Verlade-Intervall übertrieben hatte und nicht in der Lage gewesen wäre, auch weiterhin alle sieben oder acht Sekunden eine Kiste zu verstauen. So aufmerksame und intelligente Leute waren selten. Es überraschte Kirk fast, daß er noch nie etwas von Gauvreau gehört hatte. *Andererseits ... Sie glaubt, daß ich Leonard Scott heiße. Wer weiß, wie* ihr *richtiger Name lautet?*

»Das nächste Ziel der *Shelton* ist Hanover. Zweieinhalb Lichtjahre in Richtung der Arme von Avalon. Mit Warp vier sind wir in knapp fünfzehn Tagen dort.«

»Ihr Schiff ist zu Warp vier imstande?«

Gauvreau schien allmählich die Geduld zu verlieren. »Ja, und ich habe nicht nur das Triebwerk ausgesucht, sondern auch die Farbe der Wände. Hanover, Leonard. Sagt Ihnen das nichts?«

Kirk überlegte, während er auch weiterhin Kisten in Empfang nahm. Zweieinhalb Lichtjahre nach Hanover ... Dadurch kam er Starbase 29 ein Lichtjahr näher, ohne für eine Passage bezahlen zu müssen. Trotzdem: Es gab Formalitäten, selbst hier am Rand der Föderation. »Ich habe weder Handelsflotten-Zertifikate noch persönliche Leistungspapiere.« *Zumindest fehlen mir Dokumente* ohne *meinen wahren Namen.*

Gauvreau stemmte die Hände an die Hüften und musterte den Mann verblüfft. »Habe ich Papiere von Ihnen verlangt?«

»Nein.«

»Warum stellen Sie sich dann so an? Möchten Sie den angebotenen Job oder nicht?«

Gauvreau brauchte keinen Frachtaufseher. Vielleicht ging es ihr nur um Gesellschaft an Bord. Oder sie erhoffte sich einige Schachpartien. Was auch immer der Grund sein mochte: Die *Shelton* flog in die richtige Richtung.

»Ich beiße nicht, Leonard — falls Sie sich davor fürchten.«

Kirk warf der Frau einen kurzen Blick zu. *Und ob du beißt,* dachte er. *Und nicht nur das. Du reißt jeden in Stücke, der es wagt, dir in den Weg zu treten.* Er verstand diese Einstellung und hatte bereits das Gefühl, Gauvreau gut zu kennen.

»Na schön. Ich übernehme den Job.«

»Gut.«

»Ja.«

Gauvreau trat zum Schott, das sich vor ihr öffnete. »Alles klar«, sagte sie und trat in den Korridor, bevor Kirk versuchen konnte, das letzte Wort zu behalten. Er ahnte, daß ihm zwei interessante Wochen bevorstanden.

Die *Ian Shelton* war ein schmuckloser Zylinder mit einem mittschiffs angeflanschten Brückenturm, der wie eine nachträgliche Erweiterung anmutete. Ein relativ kleiner Teil des Rumpfes wurde vom Warp- und Impulstriebwerk beansprucht — der Rest diente zum Transport von Fracht. Der Turm enthielt nicht nur die ›Kommandozentrale‹ — der Raum war kaum größer als Kirks Quartier an Bord der *Enterprise* —, sondern auch fünf Kabinen für Besatzungsmitglieder und Passagiere sowie Lebenserhaltungssysteme, Sensoren und Computer. Jim hielt sich lieber im Kontrollraum auf als in seiner Kabine, die kaum größer zu sein schien als ein Schrank. Auch die Brücke bot nur wenig Platz, aber wenigstens konnte er die Sterne auf den Bildschirmen betrachten.

Allerdings mußte er dort die Präsenz von Katzen hinnehmen.

Inzwischen waren sie seit einem Tag unterwegs, und der Autopilot flog das Schiff mit Warp vier. Zwei von Captain Gauvreaus orangefarbenen und schwarzen Katzen schliefen im Sessel vor der Impulsstation. Die dritte befand sich in irgendeinem anderen Teil des Schiffes — offene Schächte verbanden die einzelnen Abteilungen, und ihr vergleichsweise geringer Neigungswinkel erlaubte es den Tieren, ganz nach Belieben zwischen den verschiedenen Sektionen zu wechseln.

Kirk genoß den derzeitigen Frieden — obgleich es nur eine Frage der Zeit war, bis die Katzen neuerliche Aktivität entfalteten —, saß an der technischen Konsole, trank Kaffee und beobachtete, wie die Sterne vorbeiglitten. Die Reichweite der bugwärtigen Sensoren genügte nicht, um auch Talins Sonne zu erfassen, aber Jim wußte, daß er sich ihr und dem Planeten näherte. Und damit auch den Antworten.

Nach einer Weile hörte er lautes Klacken an der Leiter, die zur Brücke emporführte. Entweder ähnelte die dritte Katze jenem Wesen, das er auf Pyris VII gesehen hatte (in dem Fall wäre ein bemerkenswerter Zuwachs an Masse notwendig gewesen), oder Gauvreau kehrte in den Kontrollraum zurück. Außer ihnen hielten sich keine anderen Personen an Bord auf.

»Ich dachte mir, daß Sie vielleicht an einer Partie Schach interessiert sind«, sagte sie und kontrollierte die Anzeigen der drei Stationen. Die Kommandantin trug erneut ihre Jacke mit den vielen Abzeichen, dazu eine lohfarben und schwarz gemusterte Hose. In der rechten Hand hielt sie ein Objekt, das etwa so groß war wie ein Buch.

»Bald ist die erste Kurskorrektur erforderlich«, erwiderte Kirk. »Ich wollte mich davon überzeugen, daß alles in Ordnung ist. Im Anschluß daran ... Ja, es wäre mir ein Vergnügen, mit Ihnen Schach zu spielen.« Er trank den Rest Kaffee — beziehungsweise eine Flüssigkeit, die diese Bezeichnung trug. Als er am Ausgabegerät in der Kombüse die entsprechende Taste gedrückt hatte, bekam er einen kleinen getrockneten Würfel, den er selbst in heißem Wasser auflösen mußte. Erst jetzt wußte er die Synthetisierer an Bord der *Enterprise* zu schätzen.

»Die Kursdaten sind im Computer gespeichert, Leonard. Seit einem Jahr verkehrt die *Shelton* zwischen Intrator II und Hanover. Wenn die Kurskorrektur nicht den Navigationsparametern entspricht, wird ein Alarm ausgelöst. Und dort draußen ... Ganz gleich, in welche Richtung man sich wendet: Wir sind mindestens eine Tagesreise von Dingen entfernt, mit denen wir kollidieren könnten.«

Kirk nickte, blieb jedoch sitzen. »Irgendwie möchte ich mir den Lohn verdienen.«

Gauvreau zuckte mit den Schultern, ging vor der Impulsstation in die Hocke und streichelte die beiden Katzen. Sie schnurrten, öffneten jedoch nicht die Augen, um festzustellen, wem sie die Wonne verdankten.

Hunde sind mir lieber, dachte Kirk. Aber er wußte: Man schuf gute Beziehungen zu anderen Personen, indem man versuchte, ihre Interessen zu teilen. Das fiel Jim nicht schwer: Er interessierte sich praktisch für alles, manchmal sogar für Katzen. »Die Tiere stammen von der Erde, nicht wahr?« fragte er.

»Ja«, bestätigte Gauvreau, und Kirk hörte die unverkennbaren Anzeichen von Begeisterung in ihrer Stimme. Offenbar hatte sie viele Parsec mit ihren miauenden Gefährten zurückgelegt. »Früher bezeichnete man sie als Hauskatzen.«

Kirk hatte von sogenannten Scheunenkatzen gehört und erinnerte sich an zwei Exemplare auf der Farm in Iowa. Aber unter ›Hauskatzen‹ verstand er etwas anderes. »So heißen doch die Geschöpfe auf Meridian, oder?«

»Die meridianischen Hauskatzen bekamen ihren Namen, weil sie so groß sind wie Häuser. Und aufgrund ihrer Symbiose mit kleineren Wesen, die *in* ihnen leben und eine wichtige Rolle bei ihrer Fortpflanzung spielen.« Eine der beiden Katzen streckte die Pfote und biß verspielt in Gauvreaus Hand. »Deshalb spricht man heute von ›irdischen Katzen‹ — um sie von anderen katzenartigen Lebensformen zu unterscheiden.«

»Handelt es sich um eine spezielle Subspezies? Oder sind sie vielleicht geclont?« Als Kinder hatten sich Kirk und sein Bruder Sam eines besonderen Spielkameraden erfreuen können, eines Golden Labrador namens Lady. Jim war immer fest entschlossenen gewesen, sich noch einmal einen solchen Hund zuzulegen, vielleicht dann, wenn er sich in den Ruhestand zurückzog. Aber jetzt … Schon seit einigen Monaten gehörte er nicht mehr zu Starfleet, und morgens erwachte er noch immer als Captain. Er fragte sich, ob ihn dieses Gefühl für den Rest seines Lebens begleiten würde.

»Nein«, antwortete Gauvreau. »Das ist das Wundervolle daran. Diese Tiere sind das Ergebnis einer altmodischen natürlichen Kreuzung. Heutzutage eine Seltenheit.«

Als Lady zu alt geworden war und der Veterinär gerufen werden mußte, hatten Jim und Sam ihre Eltern gebeten, den Hund zu clonen, damit sie ihn noch einmal bekommen konnten. Aber George Kirk lehnte ab. Am Cloning gab es nichts auszusetzen, solange es Vieh und Transplantationskomponenten betraf, teilte er seinen Söhnen mit, aber ein Individuum durfte nicht wie ein Ding behandelt werden. Lady verdiente Respekt, fügte er hinzu; und einen solchen Respekt brachten sie zum Ausdruck, wenn sie ihren Tod beklagten. Der Tierarzt erlöste Lady für immer von ihren Schmerzen, und die beiden Jungen weinten tagelang.

Erst nach Jahren begriff Kirk, worauf ihn sein Vater an jenem Tag hingewiesen hatte: Niemand kann dem Tod entrinnen, und gerade diese Tatsache ist es, die das Leben so kostbar macht. Es gab keinen letztendlichen Sieg, und aus dieser Erkenntnis zog Kirk folgenden Schluß: Der Sinn des Lebens bestand darin zu kämpfen, nicht aufzugeben. Und die wenigen Siege, die man errang, boten nur Gelegenheit, ein wenig auszuruhen, bevor man sich der nächsten Herausforderung stellen mußte.

Vor fünfzehn Jahren waren Captain Garrovick und die Besatzung der *Farragut* auf eine schreckliche Weise gestorben: Die roten Blutkörperchen verschwanden aus ihren Körpern. Zunächst glaubte Kirk, dafür verantwortlich zu sein. Er entsann sich daran, was ihm sein Vater nach Ladys Tod gesagt hatte, und nur dadurch fand er die Kraft, nicht schon damals den Dienst zu quittieren. Es galt, die Vergangenheit zu akzeptieren und sich an die Toten zu erinnern, aber die Mission mußte weitergehen.

Mehr als ein Jahrzehnt später, an Bord der *Enterprise*, stellte Kirk schließlich fest, daß ihn in bezug auf die *Farragut*-Tragödie keine Schuld traf. Daraufhin bedauerte er nur noch eins an dem Zwischenfall: Er hatte die Lektion seines Vaters zu spät verstanden, um ihm dafür zu danken. Er fand genug Kraft, um die Situation zu akzeptieren — zwar mit Trauer, aber ohne sich deshalb schuldig zu fühlen —, denn sie war Teil der Vergangenheit. Seine Aufmerksamkeit mußte in erster Linie dem Hier und Heute gelten, der Gegenwart.

Gauvreau berührte eine bestimmte Stelle an der Flanke einer Katze, und daraufhin rollte sich das Tier auf den Rücken. »Ein Geschöpf, das man ins Herz geschlossen hat, kann man nicht clonen«, sagte sie so wehmütig, als hätte sie Kirks Erinnerungen geteilt.

»Wie heißen Ihre Katzen?« fragte Jim, um eine Atmosphäre aufzulockern, die von schwermütigem Ernst geprägt wurde.

»Wenn ich vorstellen darf ... Komack und Fitzpatrick. Nogura ist unten und schläft auf dem Massenkonverter.«

Kirk wiederholte die Namen langsam, um ganz sicher zu sein, daß er sie richtig verstanden hatte. »Komack, Fitzpatrick und ... Nogura?«

Gauvreau lächelte — sie hatte gerade eins ihrer Geheimnisse enthüllt.

Kirk begriff, daß er ihrem Beispiel ohne bewußte Absicht gefolgt war und ebenfalls ein Geheimnis entschleiert hatte: mit seiner Reaktion. »Wie lange waren Sie bei Starfleet?«

Gauvreaus Katzen trugen die Namen von Flottenadmirälen.

»Einundzwanzig Jahre«, erwiderte die Kommandantin der *Shelton,* und ein Hauch Kummer kehrte in ihre Stimme zurück.

»*Ein*undzwanzig?« wiederholte Kirk. Nach zwanzig Jahren konnte man sich mit voller Pension in den Ruhestand zurückziehen. Starfleet-Angehörige quittierten entweder dann den Dienst oder nie.

»Es hat noch ein Jahr länger gedauert, bis ich herausfand, daß meine Wünsche nicht in Erfüllung gingen.«

Kirk sah Gauvreau in die Augen. Die nächste Frage brauchte er nicht zu stellen — er kannte die Antwort bereits.

»So etwas«, fuhr die Frau fort und klopfte auf die Konsole der Impulsstation. »Ein eigenes Schiff.«

»Und deshalb haben Sie eins gekauft.«

Gauvreau nickte. »Eigentlich hatte ich mir etwas anderes vorgestellt, als ich acht Jahre alt war und überlegte, was ich mit meinem Leben anfangen sollte. Nun, wenigstens gehört die *Shelton* mir. Und Komack, Fitzpatrick und Nogura können keine Einwände erheben.«

»Welchen Dienstgrad haben Sie erreicht?« erkundigte sich Kirk. Er fand es erstaunlich, daß es jemand mit Gauvreaus Fähigkeiten nicht bis zum Kommando-Rang gebracht hatte. Plötzlich begriff er, warum sie ihm so vertraut erschien: *Sie ist wie ich.*

»Commander.«

Diese Auskunft verwirrte Kirk: Sie *hatte* es also bis zum Kommando-Rang geschafft. »Es gibt mehr als tausend Schiffe in Starfleet.« *Warum hat man ihr keins gegeben?*

Gauvreau richtete sich auf. »Als ich die Uniform ablegte, gab es nur dreizehn, die mir etwas bedeuteten.«

»Oh«, murmelte Kirk. *Sie ist* genau *wie ich.*

»Ich bin Erster Offizier der *Yorktown* gewesen, unter dem Kommando von Decker. Das brachte mich auf den

Geschmack. Als man ihn zur *Constellation* versetzte, war ich sicher, seine Nachfolge antreten zu können. Ich kannte das Schiff und brachte alle notwendigen Voraussetzungen mit. Es fehlte mir nicht an Erfahrung und so weiter. Aber Command gab den Befehlsstand Holtzbrinck. Mir bot man die *Hawking* an.«

Kirk nickte und verstand. Die *Hawking* war ein Schiff der wissenschaftlichen Sektion von Starfleet, mit einer Besatzung von gut hundert Personen. Anders ausgedrückt: Ihre Einsätze beschränkten sich auf Welten ohne intelligentes Leben beziehungsweise auf Planeten mit Kulturen, die bereits Kontakt mit der Föderation hatten. Wenn's brenzlig wurde, zogen sich wissenschaftliche Kreuzer entweder zurück, damit ein Raumschiff der Constitution-Klasse das Problem lösen konnte, oder sie kamen *nach* solchen Schiffen, um begonnene Forschungen fortzusetzen. Für Wissenschaftler oder technische Spezialisten waren solche Missionen ideal, denn sie gaben ihnen die Möglichkeit, in aller Ruhe detaillierte Analysen vorzunehmen. Doch ein Forscher mußte sich dazu verurteilt fühlen, nie der erste zu sein.

»Ich habe protestiert«, sagte Gauvreau und beobachtete die Sterne auf dem Bildschirm.

Dazu gehört Mumm, dachte Kirk.

»Ich habe praktisch jeder Starbase Subraum-Mitteilungen geschickt und Command zu einer Überprüfung der Angelegenheit aufgefordert.«

Das grenzt an Tollkühnheit.

»Und nach ›reiflichen Überlegungen‹ bla-bla-bla änderte sich nichts.« Die Kommandantin wandte sich wieder an Kirk. »Decker bot mir an, mich zur *Constellation* mitzunehmen. Aber ich wollte nicht erneut den zweiten Platz in der Kommando-Hierarchie belegen. Die späteren Ereignisse ließen den Schluß zu, daß ich damit die richtige Entscheidung traf. Decker war ein guter Offizier, aber ...«

Die ganze Besatzung der *Constellation* kam ums Leben. Das Streben nach Rache führte Decker in den Tod und vernichtete das Schiff. »Ich weiß«, sagte Kirk. »Auch ich bin einmal Starfleet-Offizier gewesen«, fügte er hinzu, um über den verbalen Ausrutscher hinwegzutäuschen.

Gauvreau musterte ihn und schien eine Entscheidung zu treffen. »Das ist mir klar, Captain Kirk.«

Einige Sekunden lang saß Jim wie erstarrt und erwartete eine neuerliche Konfrontation, die mit zornigen Vorwürfen begann. Die *Shelton* war seit einem Tag unterwegs, und sie befanden sich jetzt mitten im Nichts, zwei Wochen von Hanover entfernt. Wenn Gauvreau ebenso dachte wie einige der Asteroidenmonteure, wenn sie ihn ebenfalls für schuldig hielt und die Ansicht vertrat, daß er eine härtere Strafe verdiente ... »Seit wann wissen Sie Bescheid?« Leugnen hatte keinen Sinn. Er mußte sich irgend etwas einfallen lassen, um die Kommandantin zu überwältigen, ohne sie zu verletzen — falls sich eine Auseinandersetzung nicht vermeiden ließ.

»Seit ich Sie in der Arbeitsvermittlung von Intrator II gesehen habe. Man munkelte, Sie seien für Interworld tätig gewesen und dort erkannt worden. Ich hielt es für wahrscheinlich, daß Sie noch immer in der Nähe weilten.«

Tief in Kirk krampfte sich etwas zusammen, als er zu ahnen begann, daß Gauvreau nach ihm *gesucht* hatte. *Sie hat mich aus einem ganz bestimmten Grund an Bord ihres Schiffes geholt,* dachte er und starrte in den leeren Becher. Der seltsame Geschmack des Kaffees ... Gift? *Fang jetzt bloß nicht an, Gespenster zu sehen,* ermahnte er sich. *Überleg statt dessen: Was könnte diese Frau von dir wollen?*

»Und nun?« fragte Kirk.

»Zuerst einmal: Entspannen Sie sich. Es liegt mir fern, Sie auf irgendeine Art und Weise zu lynchen.«

»Worum geht es Ihnen dann? Warum haben Sie mich ›angeheuert‹?«

»Um es Ihnen zu ermöglichen, nach Talin zu gelangen.«

Kirk verbarg seine Überraschung nicht.

»Dorthin sind Sie unterwegs«, sagte Gauvreau. Es klang wie eine Feststellung.

»Wie kommen Sie darauf?«

»Ich versuche, mich in Ihre Lage zu versetzen.« Sie gab Kirk keine Gelegenheit, weitere Fragen zu stellen. »Ich kenne Sie. Oh, nicht Sie persönlich, aber Ihre Denkweise. Ihr Empfinden. Ihre Natur. Sie sind wie ich — jene Art von Offizier, die dafür sorgt, daß Admiräle graue Haare bekommen. Wenn man so weit von Starfleet Command entfernt ist, daß es Wochen dauert, um Anfragen und Befehle zu übermitteln ... Dann braucht man jede Menge Einfallsreichtum, um mit allen Problemen fertig zu werden. Doch wenn man Anweisungen bekommt, so muß man sich an sie halten, ob sie einem gefallen oder nicht. Es ist eine fast unmögliche Kombination, so wie Materie und Antimaterie. Um bei diesem Beispiel zu bleiben: Starfleet ist ein Schirmfeld, das eine fatale Kettenreaktion verhindert. Aber Sie wissen auch, daß solche Abschirmfelder instabil werden können.«

»Worauf wollen Sie hinaus, Captain?« Kirk spürte, wie seine Nervosität zunahm. Er wollte endlich Gauvreaus Motive herausfinden.

»Sie mögen stur und hartnäckig sein, und vielleicht neigen Sie manchmal dazu, mit dem Kopf durch die Wand zu gehen — solche Eigenschaften *braucht* ein Captain —, aber eins sind Sie gewiß nicht: ein Weltenmörder. Ich weiß, wie schwer es für Sie war, die *Enterprise* zu bekommen.« Gauvreau hielt Daumen und Zeigefinger einen Zentimeter auseinander. »Ich habe praktisch *alles* versucht, um so nahe an ein eigenes Kommando heranzukommen. Und ich weiß, daß Starfleet den Rang eines Captains keinen Wahnsinnigen verleiht. Ich halte die Flotte nicht für perfekt, aber ich muß zugeben, daß ihr System funktioniert.«

»Es erfüllte Ihnen nicht Ihren Wunsch.« Kirk fragte sich, ob Gauvreau wirklich die Wahrheit sagte — beziehungsweise etwas zum Ausdruck brachte, das sie für die Wahrheit hielt —, oder ob sie ihn aus irgendeinem Grund zu täuschen versuchte.

»Inzwischen gibt es fünfzehn oder sechzehn Raumschiffe der Constitution-Klasse, Captain Kirk. Und wie viele tausend Starfleet-Offiziere träumen davon, in ihren Kommandosesseln Platz zu nehmen? Ich erhielt eine Chance, und ich habe sie so gut wie möglich genutzt — leider ohne Erfolg. Das System funktioniert wie ein Filter und läßt nur die Besten der Besten passieren, damit sie Anspruch auf jene Schiffe erheben können. *Und* es erzeugt Offiziere, die sich nicht damit begnügen, an zweiter Stelle zu kommen oder das Kommando von Forschungskreuzern wie der *Hawking* zu akzeptieren.«

»Ich verstehe noch immer nicht ganz, was Sie meinen.« Die Sternkonstellationen auf dem Bildschirm verschoben sich ein wenig nach Backbord, als das Navigationssystem die geplante Kurskorrektur durchführte. An Bord der *Shelton* war nicht die geringste Vibration zu spüren — die Trägheitsabsorber verhinderten Fluktuationen im künstlichen Schwerkraftfeld. »Wenn das System tatsächlich so gut funktioniert wie Sie sagen — warum glauben Sie dann, daß der Untersuchungsausschuß in Hinsicht auf den Talin-Zwischenfall zu den falschen Ergebnissen gelangte?«

Gauvreau nahm vor der Navigationskonsole Platz und überprüfte den neuen Kurs. Wie eigenständige Wesen huschten ihre Finger über die Tasten — ein Vermächtnis der Starfleet-Ausbildung. »Meiner Ansicht nach sind die meisten Ermittlungsresultate richtig. Auf Talin IV gab es eine hochentwickelte Zivilisation, der in wenigen Jahrzehnten ein Erstkontakt bevorstand. Die *Enterprise* flog zum Talin-System — und fünf Tage später war der Planet ein gewaltiger Friedhof.«

»Trotzdem halten Sie mich für unschuldig.«

Gauvreau sah von der Konsole auf. »Sind Sie es?«

»Ja.« Dieses eine Wort hörte sich an wie eine himmlische Proklamation. Nicht der Hauch eines Zweifels erklang darin; es vermittelte eine unerschütterlich feste Überzeugung.

Gauvreau lächelte. »Warum überrascht es Sie dann, daß ich Ihre Meinung teile?«

»Weil Starfleet Command zu dem Schluß gelangt ist, daß ich für die Katastrophe von Talin IV verantwortlich bin.«

»Inzwischen dürften Sie wissen, was ich von Command halte. Das System funktioniert — da bin ich sicher. Aber die gegenwärtige Admiralität taugt kaum etwas.« Gauvreau drehte den Sessel und beugte sich vor. »Sie brauchen sich nicht in die Defensive gedrängt zu fühlen. Ich bin auf Ihrer Seite. Deshalb habe ich Sie an Bord geholt. Weil ich mir dachte, daß Sie einige Tage Ruhe brauchen, ohne ständig zu befürchten, die ganze Galaxis hätte es auf Sie abgesehen. Außerdem vermutete ich, daß Sie wahrscheinlich nichts dagegen haben, die Entfernung nach Talin IV um einige Lichtjahre zu verringern.«

Kirk beobachtete erneut die Sterne und dachte nach. Wie hätte er sich verhalten, wenn er nach der Schlacht von Ghioghe zu einem anderen Patrouillenschiff versetzt worden wäre, anstatt die *Enterprise* zu bekommen? Hätte er sich mit einem anderen Posten begnügt und auf eine neue Chance gewartet — obgleich er wußte, daß der Karrierepfad eines Offiziers so gut wie festgeschrieben war, sobald Starfleet Command gewisse Entscheidungen getroffen hatte? Oder wäre er bereit gewesen, ebenso die Konsequenzen zu ziehen wie Gauvreau und Starfleet zu verlassen? Er lachte plötzlich, als ihm die Antwort einfiel.

»Sie haben die Regeln geändert«, sagte er.

»Wie bitte?«

»Das von Starfleet Command für Sie vorbereitete

Szenario gefiel Ihnen nicht, und deshalb haben Sie die Spielregeln geändert.« Er sah sich auf der Brücke um. »Was Ihnen zum Sieg verhalf.«

Gauvreau schnitt eine Grimasse. »Wie man's nimmt. Dies ist nicht die *Yorktown.*«

»Aber auch nicht die *Hawking.*« Kirk ließ seinen Blick noch einmal durch den Kontrollraum wandern und bemerkte Einzelheiten, die ihm zuvor nicht aufgefallen waren. Er hörte das leise Summen des Cochrane-Generators einige Decks weiter unten, spürte den sanften, vom Lebenserhaltungssystem erzeugten Luftzug. Wenn ihm Starfleet nicht zum richtigen Zeitpunkt das Kommando über ein Schiff wie die *Enterprise* angeboten hätte, so wäre auch er nicht mehr bereit gewesen, sich an die üblichen Spielregeln zu halten. Dann hätte auch er beschlossen, ziviler Kapitän zu werden und nach den einzigen Regeln zu gewinnen, auf die es wirklich ankam: nach den eigenen.

»Wir ähneln uns tatsächlich sehr«, sagte Kirk. An Gauvreaus Stelle hätte auch er einem geächteten Captain geholfen. Nicht etwa deshalb, um Starfleets Irrtum oder das Pech einer anderen Person zum Anlaß zu nehmen, sich hämisch zu freuen, sondern weil er sich mit Gauvreau ... verbunden fühlte. Sie waren zwei Mitglieder einer kleinen Familie in einer riesigen Galaxis.

»Gut«, erwiderte die Frau und warf Kirk das buchgroße Objekt zu. Er öffnete es und fand ... Rasierzeug. »Ich dachte mir, daß Sie sich vielleicht von dem Bart befreien möchten. Als Tarnung hat er kaum mehr einen Sinn: In den Subraum-Kanälen werden Bilder übertragen, die Sie als bärtigen Asteroidenmonteur zeigen. Was das Haar betrifft ... Ich bin Ihnen gern dabei behilflich, es zu schneiden.«

Kirk kratzte sich am Bart. Es hatte keinen Sinn mehr, sich dahinter zu verstecken — nicht so dicht vor dem Ziel. »Danke«, sagte er.

»Aber ...?« Sie ahnte eine Frage.

»Wieso sind Sie so sicher, daß ich wirklich unschuldig bin? Sie wissen doch gar nicht, was auf Talin IV geschehen ist.«

Gauvreau drehte sich zum Navigationspult um. »Aber ich werde davon erfahren, nicht wahr? Bestimmt möchten Sie jemandem die ganze Geschichte erzählen. Und eins steht fest, Kirk: Zwei Wochen im Weltraum, an Bord eines voll automatisierten Schiffes, können sehr lang sein.«

Nicht so lang wie meine fünf Tage im Talin-System, dachte Jim.

Aber Gauvreau hatte recht: Es wurde Zeit für ihn, seine Geschichte zu erzählen.

ZWEITER
TEIL

Die letzte Mission

KAPITEL 1

CAPTAINS LOGBUCH: NACHTRAG

Unser Flug zur Basis des Erstkontakt-Amts auf dem Mond von Talin IV dauert jetzt schon drei Tage. Die niedrige Reisegeschwindigkeit zum Talin-System ist uns vom EKA vorgeschrieben worden. Der Grund: radioastronomische Einrichtungen auf dem Planeten. Zwar sind die Talin-Astronomen nicht imstande, die *Enterprise* über eine so große Entfernung hinweg visuell zu entdecken, aber sie könnten die von den Navigationsschilden verursachten Strahlungsphänomene bemerken: Sie entstehen, wenn Meteoriten beziehungsweise interplanetarer Staub von den Deflektoren aus unserer Flugbahn verdrängt werden. Derartige Anomalien böten den Talin vielleicht einen Hinweis darauf, daß ein fremdes Raumschiff durch ihr Sonnensystem fliegt — was einer Verletzung der Ersten Direktive gleichkäme. Deshalb müssen wir langsam genug sein, um die Schilde nicht zu benötigen.

Sulu versteht es ausgezeichnet, das Schiff zu steuern, obwohl er nicht an so niedrige Geschwindigkeiten gewöhnt ist. Für einige Angehörige der Crew sind die vergangenen drei Tage des Bereitschaftsdienstes und der Kommunikationssperre eine willkommene Ruhepause gewesen. Doch andere Besatzungsmitglieder ...

Kirk beugte sich zum Computerterminal in seiner Kabine vor, betätigte eine Taste und unterbrach damit die Aufzeichnung des Logbuch-Nachtrags. Er wollte zukünftigen Generationen nicht mitteilen, daß es an Bord der *Enterprise* Personen gab, die auf dem besten Wege waren, ›die Wände hochzugehen‹. Außerdem hätte es kaum der Wahrheit entsprochen: Abgesehen vom Captain schien niemand Anstoß an der Phase erzwungener Inaktivität zu nehmen. Selbst Chekov offenbarte keine Anzeichen von Unruhe, obwohl er nicht mehr doppelt soviel leisten konnte, wie es die Norm vom Navigator verlangte. Vielleicht hatte er zuviel Zeit in der Gesellschaft von Spock verbracht und sich dadurch eine für ihn ganz und gar untypische Gelassenheit angeeignet. Oder vielleicht stimmten die alten Akademie-Legenden, und der Bordarzt fügte dem Trinkwasser *tatsächlich* ein Beruhigungsmittel hinzu …

Kirk wies den Computer an, einen internen Kom-Kanal zur Krankenstation zu öffnen. Wenige Sekunden später erschien Christine Chapels Gesicht im Projektionsfeld.

»Ja, Captain?«

»Ich möchte mit Leonard sprechen.« *Ein Raumschiff wie die* Enterprise *braucht eine Bar,* dachte Kirk. *Einen hübsch eingerichteten Gesellschaftsraum, vielleicht irgendwo im Vorderdeck, um eine gute Aussicht durch die Panoramafenster zu gewährleisten. Einen gemütlichen Ort, wo man sich nach dem Dienst hinsetzen und entspannen kann.* Vielleicht sollte er in seinem nächsten Bericht einen entsprechenden Vorschlag unterbreiten. Starfleet Command suchte immer nach Möglichkeiten, die Einsatzdauer der einzelnen Schiffe zu verlängern, und ein Treffpunkt an Bord mochte eine nützliche Erweiterung der Freizeitsektion sein.

»Derzeit hält sich Dr. McCoy nicht in der Krankenstation auf, Captain. Wenn ich ihm etwas ausrichten kann …«

»Er ist nicht da?« Meistens befand sich der Arzt selbst nach Dienstschluß in seinem Büro, brachte elektronische Krankenblätter auf den neuesten Stand oder las Fachzeitschriften.

»Er nimmt an der A-und-A-Info teil, Sir. Soll ich ihm mitteilen, daß Sie ein Gespräch mit ihm wünschen?«

»Nein, schon gut, Schwester. Es handelt sich nicht um eine wichtige Angelegenheit.« Kirk streckte die Hand aus, um den Interkom-Kanal zu schließen.

»Entschuldigen Sie bitte, Captain, aber da ich Sie schon einmal auf dem Schirm habe: Ihre nächste Routineuntersuchung ist längst fällig, und ...«

»Nicht jetzt, Schwester Chapel. Später.«

»Captain ...«

»Danke, Schwester.« Kirk schaltete ab, seufzte und trommelte mit den Fingerspitzen auf die Konsole. Es standen ihm noch zwei weitere Tage dieser Art bevor ... Auf seine Anordnung hin stellte der Computer eine Verbindung zur Brücke her.

Diesmal zeigte ihm das Projektionsfeld Fähnrich Leslie. »Hier Brücke.«

»Wo steckt Uhura?« Kirk wußte, daß er nicht sehr höflich war, aber Uhura hätte tatsächlich im Dienst sein sollen.

Leslie wirkte nervös. »Äh, angesichts der Kommunikationssperre meinte sie, daß es kaum einen Sinn hätte, ständig am Kom-Pult zu sitzen. Sie forderte mich auf, die Notfrequenzen zu überwachen.«

Diese Auskunft überraschte Kirk, aber er konnte Mr. Leslie wohl kaum für eine Entscheidung zur Rechenschaft ziehen, die von Uhura stammte. Außerdem wußte er, daß er in dieser Hinsicht einen Präzedenzfall geschaffen hatte: Die Brückenoffiziere durften selbst darüber befinden, wo sie ihre Pflichten am besten wahrnehmen konnten. Natürlich galt eine derartige Flexibilität nur in einem sehr eingeschränkten Maße für so wichtige Funktionen wie Navigation und Kommunikation. *Auch der Umstand, daß wir eine Kom-Sperre beachten müssen, ändert kaum etwas daran.*

»Und wo *ist* Uhura jetzt, Mr. Leslie?«

»Äh, ich glaube, sie wollte die A-und-A-Info besuchen, Sir. Wenn ich ihr Bescheid geben soll ...«

»Schon gut. Ich ... spreche später mit ihr. Geben Sie mir Spock.«

»Auch Mr. Spock zählt nicht zu den derzeit anwesenden Brückenoffizieren, Sir.«

Diesmal war Kirk nicht nur überrascht, sondern geradezu verblüfft. »Wir fliegen durch ein fremdes Sonnensystem, und Spock verzichtet darauf, die Kontrollen der wissenschaftlichen Station zu bedienen?« *Hat die ganze Crew beschlossen, sich einen Tag freizunehmen?*

»Sir, seit acht Jahren gewinnt das EKA Daten in bezug aufs Talin-System, und da wir die Hauptsensoren nicht verwenden dürfen, sind für die meisten Untersektionen der wissenschaftlichen Abteilung routinemäßige Wartungsarbeiten angeordnet worden.«

Kirk seufzte einmal mehr. »Ich verstehe. Kennen Sie zufälligerweise Mr. Spocks gegenwärtigen Aufenthaltsort?«

»Ja, Sir. Er hört sich die Vorträge der ...«

»... A-und-A-Info an. Warum auch nicht? Alle anderen sind ebenfalls dort. Da fällt mir ein: Sind Sie ganz allein auf der Brücke, oder leistet Ihnen dort jemand Gesellschaft?«

Der sarkastische Tonfall verwirrte den Fähnrich. »Nun, äh, Dr. M'Benga ist hier, und ...«

Kirk spürte einen willkommenen Adrenalinschub. »Was macht der Doktor im Kontrollraum? Kam es zu einem Unfall?« Er stand ruckartig auf, dazu bereit, sofort zur Brücke zu eilen.

»Nein, Sir«, antwortete Leslie ruhig. »Keine Sorge. Es ist nur ...« Er sah kurz zur Seite. »Nun, da wir nicht sehr schnell fliegen, gibt Mr. Sulu interessierten Besatzungsmitgliedern die Möglichkeit ...«

Kirk hob die Hände. »Nein, bitte, behalten Sie den Rest für sich. Ich möchte nichts davon wissen.« Einer seiner schlimmsten Alpträume wurde Wirklichkeit: Die *Enterprise* hatte sich in ein Kreuzfahrtschiff verwandelt.

Das Bild auf dem Schirm wechselte und zeigte den Navigationsbereich der Brücke. Der Steuermann setzte sich gerade, und ein verlegen lächelnder M'Benga stand hinter ihm. »Hier Sulu, Captain. Es ist alles unter Kontrolle, Sir.«

»Freut mich, daß Sie eine solche Ansicht vertreten.«

»Im Ernst, Sir. Ruder und Navigation gehören zum Programm für Notfall-Bereitschaft, aber es geschieht nur sehr selten, daß die allgemeine Situation Übungen für PNB-Personal zuläßt. Unsere gegenwärtige Kombination aus Kurs und Geschwindigkeit schafft in diesem Zusammenhang ideale Bedingungen.«

Dies ist nicht einer von jenen *Tagen,* dachte Kirk. *Es ist einer von* jenen *Monaten.* »Ich habe uneingeschränktes Vertrauen zu Ihnen, Mr. Sulu.«

»Danke, Captain.«

»Wenn Sie mir eine Frage gestatten ...«

»Selbstverständlich, Sir.«

»Warum sind nicht auch *Sie* beim A-und-A-Forum?«

Sulu lächelte. »Chekov und ich haben gelost. Ich hatte Pech.«

»Verstehe. Nun, weitermachen, Mr. Sulu — beziehungsweise Dr. M'Benga. Bitte versuchen Sie, Kollisionen mit dem Planeten zu vermeiden.«

Der Arzt beugte sich vor, damit seine Stimme vom Konsolenkommunikator übertragen werden konnte. In seiner Miene zeigte sich würdevoller Ernst, als er sagte: »Ich passe auf, Captain.« Dann grinste er ebenso wie Sulu.

Kirk gestikulierte vage und suchte nach geeigneten Worten, um auf den Scherz einzugehen — die Besatzung ahnte bereits, daß die letzten drei Tage ihren Captain in einen nervösen Schwarzseher verwandelt hatten, und er wollte die entsprechenden Vermutungen nicht bestätigen. Doch ihm fiel nichts Passendes ein, und daher brummte er nur ein knappes ›Kirk Ende‹ und schaltete ab. *Wenigstens ist die Moral gut,* dachte er. *Bei den anderen.*

Eine Zeitlang starrte Kirk an die Wände der Kabine, bis sie den Eindruck erweckten, sich langsam näher zu schieben. »Mir reicht's«, brummte er und stand auf. »Ich brauche dringend eine Abwechselung.« Mit langen, entschlossenen Schritten verließ er sein Quartier, um die A-und-A-Info zu besuchen.

Lieutenant Carolyn Palamas war seit dem Anfang der fünfjährigen Mission A-und-A-Offizier des Schiffes. Sie hatte sich mehrmals den von Kirk geleiteten Landegruppen angeschlossen, unter anderem bei dem fast katastrophalen Einsatz auf Avalon und der Konfrontation mit den über eine Million Jahre alten Kriegerrobotern, die durch Ausgrabungen auf dem Asteroiden Tessel aktiv wurden. Sie war auch auf Pollux IV zugegen gewesen, als die *Enterprise* einem fremden Wesen begegnete, das die Menschen der Antike als den griechischen Gott Apollo kennengelernt haben mochten. Mit anderen Worten: Es mangelte Palamas nicht an Erfahrung, und Kirk erinnerte sich gut an sie — eine attraktive Blondine mit blauen Augen, von ihren Kollegen sehr geschätzt. Vor einigen Jahren hatte Scott versucht, engere Beziehungen zu ihr herzustellen, entsann sich Jim, aber offenbar blieben diese Bemühungen ohne konkretes Ergebnis.

Nun, die Wissenschaftlerin mochte sehr beliebt sein, aber es erstaunte Kirk trotzdem, daß mehr als hundert Besatzungsmitglieder ihrer Einladung zu einem Vortrag über Talin IV gefolgt waren. Er hielt es für unwahrscheinlich, daß plötzlich so viele Personen an Bord Palamas Leidenschaft für Anthropologie und Archäologie teilten.

Der Captain betrat den Saal und winkte stumm ab, als mehrere Angehörige der Crew aufstanden und ihm ihren Platz anboten. Er lehnte sich lieber an die hintere Wand, um jederzeit gehen zu können, wenn sich das Referat als langweilig erwies. Schon nach wenigen Sekunden bemerkte er Spock in der zweiten Reihe, und erstaunlicherweise saß McCoy neben ihm. Die beiden Männer flüsterten immer wieder miteinander, und der Arzt wirkte recht zufrieden. Kirk beschloß, sich später nach Leonards Gespräch mit Spock zu erkundigen, wandte seine Aufmerksamkeit von ihnen ab und konzentrierte sich auf Lieutenant Palamas.

»Der Schirm zeigt nun ein vom Computer bearbeitetes Bild von typischen Exemplaren der auf Talin IV dominanten intelligenten Spezies.« Sie betätigte einen Schalter auf dem Podium, und das politisch-kartographische Display des Planeten wich einer anderen Darstellung, die zwei Erwachsene mit rötlicher und ein Kind mit grüner Haut zeigte. Neben ihnen lag etwas, das wie eine unvollständige Larvenform eines Talin aussah. Der Maßstab wies auf folgendes hin: Das rundliche, grauweiße Objekt war ebenso groß wie die beiden Erwachsenen, ragte etwa zweieinhalb Meter weit auf.

Die Gesichter der Talin entsprachen der Form eines glatt gewölbten und ein wenig nach vorn geneigten Eies, das im unteren Drittel einen langen Riß aufwies: ein lippenloser Mund mit kleinen, spitzen Zähnen. Kirk hielt vergeblich nach einer Nase Ausschau und vermutete, daß für den Geruchssinn zuständige Wahrnehmungsorgane zu den asymmetrischen Hörmembranen gehörten, die auf beiden Seiten des Kopfes wuchsen, im Bereich der Kiefergelenke. Jedes Individuum verfügte über zwei gelbe Augen, die etwa doppelt so groß sein mochten wie bei Menschen und kleine schwarze Zentralpupillen aufwiesen. Beim Kind ließen sich einige Unterschiede erkennen: Der Neigungswinkel des Gesichts war geringer, und die Augen schienen noch größer zu sein. Darüber hinaus fehlten Zähne.

Palamas drehte das Computerbild um volle 360 Grad, und eine Bewegungssequenz demonstrierte die Flexibilität von Armen und Beinen der Talin. Bei den Erwachsenen fiel Kirk ein lätzchenartiges Etwas auf, das von einer Art Schlaufe am Hals ausging und zu einer zweiten Schlinge reichte, die offenbar zwischen den Beinen geknüpft war, unter einer kleinen Vorwölbung am verlängerten Rücken. Er nahm an, daß es sich um einen rudimentären Schwanz handelte.

»Wie Sie sehen können, sind die Talin echsenartige Zweibeiner«, erklärte Palamas einem interessierten Publikum. »Ihre Körperstruktur ist völlig anders als die der gornaranischen Archosaurier. Sie scheinen vielmehr einige Charakteristiken der irdischen Eidechsen und Vögel zu teilen, was unter anderem in der fleckigen Haut und einem feinknochigen Skelett zum Ausdruck kommt. Wie auf mehr als neunzig Prozent aller Planeten der Klasse M gibt es auch auf Talin zwei Geschlechter: Der weibliche Elternteil bringt das neue Leben zur Welt. Die Ergebnisse erster Fauna-Analysen deuten darauf hin, daß die Vorfahren der Talin Eier legten.«

Eine junge Frau — sie trug einen roten Uniformpulli — hob die Hand, und Palamas nickte ihr zu. »Jenes grauweiße Gebilde auf dem Bild ... Ist es ein Ei? Es erscheint mir ziemlich groß.«

»Nein, es ist kein Ei, aber Ihre Frage gibt mir das Stichwort. Sie sehen hier den Hibernationskokon eines Erwachsenen. Wir halten ihn für ein evolutionäres Erbe einer früheren Spezies, aus der die heutigen Talin hervorgegangen sind. Viele Lebensformen in den Äquatorialzonen des Planeten sind imstande, eine für Flüssigkeiten undurchlässige Substanz abzusondern, die sich zu einem Schutzpanzer verhärtet. Eine derartige Hibernation beginnt während langer Trockenperioden, wenn das Wasser praktisch ganz aus den Äquatorwüsten verschwindet. Die Talin haben sich diese Fähigkeit bewahrt, obgleich ihnen eine relativ hochentwickelte Technik zur Verfügung steht — ich möchte in diesem Zusammenhang umfangreiche Bewässerungsprojekte, Klimaanlagen in Wohnungen und rationelle Landwirtschaft erwähnen. Daher bleibt die Hibernation bei ihnen auf Fälle schwerer Traumata oder ernster Erkrankungen beschränkt. In den wichtigsten Staaten gibt es in diesem Zusammenhang sogar kulturelle Vorurteile — man hält die Kokons für eine Erinnerung an die animalische Vergangenheit. Uns ist folgendes aufgefallen: Wenn in Unterhaltungssendungen auf den Hibernationskokon sowie den Geruch der ausgeschiedenen Substanz hingewiesen wird, so haftet den Bemerkungen etwas an, das wir als ›derben Humor‹ bezeichnen würden.«

»Wie kann man männliche von weiblichen Talin unterscheiden?« fragte ein anderes Besatzungsmitglied. Kirk betrachtete die Gestalten auf dem großen Bildschirm. Die beiden Erwachsenen unterschieden sich kaum voneinander, doch er vermutete, daß der etwas größere Schädelkamm den ›Mann‹ identifizierte. Offenbar bestand er aus dichten, etwa zehn Zentimeter langen Haarbüscheln, die im Bereich der Kopfmitte begannen, über den Nacken hinwegreichten und erst in der Mitte des Rückens endeten. Beim zweiten erwachsenen Talin war der Kamm nur halb so hoch und verschwand schon am Nacken. Nun, in den vergangenen Jahren hatte Kirk so viele exotische Lebensformen gesehen, daß er sich hütete, voreilige Schlüsse zu ziehen. Er hielt es durchaus für möglich, daß sich das kleine grüne Wesen als Mann herausstellte.

»Noch eine gute Frage«, kommentierte Palamas. »Es existieren nur wenige Unterschiede in der Körperstruktur, und allem Anschein nach differenzieren die Talin in erster Linie mit Hilfe des Geruchs. Das EKA vermutet auch Interaktionen in Hinsicht auf Pheromone, aber die

Talin-Biologen haben noch nicht das Konzept von Hormonen formalisiert, die außerhalb des Körpers wirken. Aus diesem Grund gibt es weder Literatur noch gesendete Daten, die Starfleet analysieren könnte.« Palamas blickte zum großen Projektionsfeld und fuhr fort: »Die Talin sind in der Lage, ihre Hautfarbe zu ändern — so wie vulkanische Askors und terranische Chamäleons —, und auch hierbei spielte das Geschlecht eine wichtige Rolle. Bei Männern reicht das Spektrum weit ins Rote, bei Frauen ins Blaue. Vielleicht betreffen diese Veränderungen nicht nur den sichtbaren Spektralbereich, aber die Talin haben diesen Aspekt ihrer Existenz noch nicht gründlich untersucht, und deshalb sind wir auf Spekulationen angewiesen.

Wie Sie hier sehen, haben Talin-Kinder eine grüne Haut. Sie bekommen erst später die Möglichkeit zu farblichen Veränderungen. Wir glauben, daß dieses Phänomen auf einer Mischung aus bewußter und autonomer Kontrolle beruht, vergleichbar mit unserer Atmung. Das EKA kann leider nicht behaupten, die Bedeutung des Farbwechsels voll und ganz zu verstehen — gemeint sind hier insbesondere die jeweiligen sozialen Umstände und Anlässe sowie Tabuisierungen. Der Grund dafür: Diese Angelegenheit steht in unmittelbarem Zusammenhang mit Paarung und Fortpflanzung. Wie ich zu Anfang schon sagte: Die derzeitige Entwicklungsstufe ähnelt der terranischen Epoche von etwa 1975 bis 2000 der alten Zeitrechnung. Es galt als unfein, Bilder von Paarungsmethoden und so weiter zu senden oder auf andere Weise einem breiten Publikum zugänglich zu machen. Und das Erstkontakt-Amt ist vor allem auf jene Medien angewiesen, um Informationen zu sammeln.«

»Weil es bisher auf die *Enterprise* verzichten mußte!« rief jemand, und daraufhin ertönte lauter Applaus. Kirk belächelte den Enthusiasmus seiner Crew und dachte an die Erläuterungen des Einsatzbefehls: Die *Enterprise* sollte unter anderem EKA-Spezialisten auf dem Planeten absetzen, und zwar an Orten, wo zusätzliche Informationen gesammelt werden konnten.

Palamas sah auf ihren elektronischen Notizblock und wartete, bis es im Saal wieder still wurde. »Nun, ich glaube, das wär's für heute ... Ja, Dr. McCoy?«

Der Bordarzt war aufgestanden. »Noch eine letzte Frage, Lieutenant. Sie wiesen eben darauf hin, daß sich die derzeitige Entwicklungsstufe der Talin durch deutliche Parallelen zum letzten Viertel des zwanzigsten Jahrhunderts auf der Erde auszeichnet.«

»Ja.«

Kirk sah, wie sich Spocks Lippen bewegten, doch Leonard ignorierte die geflüsterten Worte des Vulkaniers. »Mit anderen Worten: Die Talin stehen unmittelbar vor einem technologischen Innovationsschub und an der Schwelle zum Raumfahrtzeitalter. Darüber hinaus haben sie ein globales Kommunikationsnetz geschaffen und damit begonnen, die wichtigsten Krankheiten zu besiegen.«

Palamas dachte kurz nach. »Im großen und ganzen haben Sie recht, Doktor.«

McCoy hob den Zeigefinger, und Kirk wußte, daß der Arzt nun zum entscheidenden verbalen Schlag ausholte. »Und um es klarzustellen: Jene Wesen haben Gefühle, stimmt's? Und sie versuchen nicht, ihre Emotionen zu unterdrücken, oder?«

Palamas warf Spock einen kurzen Blick zu. »Die Talin sind keine Andorianer, Doktor, aber sie verfügen über eine komplexe Gefühlswelt, die einen integralen Bestandteil ihrer Kultur bildet.«

McCoy sah zu dem Vulkanier und lächelte, bevor er sich wieder an Palamas wandte. »Danke, Lieutenant. Große Leistungen — emotional offen. Ich wollte nur, daß in diesem Punkt kein Zweifel besteht.«

Er setzte sich, und der Mann neben ihm stand auf.

»Ja, Mr. Spock?« fragte die Wissenschaftlerin am Rednerpult. Kirk deutete ihren Gesichtsausdruck: Offenbar ahnte sie, daß sie nicht so leicht davonkommen würde. Nach fast fünf Jahren an Bord der *Enterprise* wußten die meisten Besatzungsmitglieder: Wenn McCoy und Spock mit einer ihrer ›Diskussionen‹ begannen, so befand sich der sicherste Ort an Bord eines anderen Schiffes. Oder in einem anderen Sektor.

»Eine zusätzliche Klarstellung, wenn Sie gestatten, Lieutenant. Es wurde auf Parallelen zwischen dem aktuellen Entwicklungsniveau der Talin und der Situation auf Terra während des späten zwanzigsten Jahrhunderts hingewiesen. Besteht eine dieser Gemeinsamkeiten nicht darin, daß auf Talin ein thermonuklearer Weltkrieg droht?«

Jetzt wußte Kirk, worüber Spock und McCoy während des Vortrags gesprochen hatten. Ihre Fragen boten einen deutlichen Anhaltspunkt.

»Das ist richtig, Sir«, erwiderte Palamas. Die kritische Situation auf Talin war einer der wichtigsten Gründe für diese Mission der *Enterprise.*

»Darüber hinaus gibt es viele Anhaltspunkte dafür, daß der gegenwärtige Konflikt nicht etwa auf irgendeine Art von Not zurückgeht, sondern allein auf ideologischen Differenzen beruht«, sagte Spock.

»Darauf deutet alles hin, Sir.«

»Könnte man die Natur dieser ideologischen Differenzen als emotional bezeichnen?«

McCoy wollte sich keineswegs geschlagen geben. »Soll das ein Witz sein, Spock? Sie können doch nicht ernsthaft glauben, daß eine seit hundert Jahren auf Talin stattfindende Debatte mit einer *emotionalen* Kontroverse identisch ist.«

Vulkanier hatten Gefühle — sie gestatteten es sich nur nicht, sie offen zu zeigen oder das eigene Verhalten von ihnen bestimmen zu lassen. Trotzdem glaubte Kirk, in Spocks steinerner Miene so etwas wie kühle Überheblichkeit zu erkennen. »Dr. McCoy, die historischen

Entwicklungen von tausend Welten bieten genug Beweise dafür, daß praktisch alle politischen Konflikte letztendlich emotionaler Natur sind, ganz gleich, wie gut man sie mit ideologischer Rhetorik tarnt.«

»Lieber Himmel, Spock: Die Talin streiten sich darüber, wer das Recht hat, die Kinder zu erziehen, wer die Wasserreserven kontrolliert, welche Entscheidungen von Regionalregierungen getroffen werden dürfen ...«

»Den Talin geht es um die Feststellung, wer stärker und besser ist, Doktor. Alles andere ist nebensächlich.«

McCoy verschränkte die Arme. »Gesunde Konkurrenz hat noch niemandem geschadet. Ich glaube, diese Erkenntnis teilt man selbst auf Vulkan.«

»Konkurrenz kann stimulierend wirken«, räumte Spock ein. »Doch wenn es dabei um den Bau von immer leistungsfähigeren Massenvernichtungswaffen geht ...«

Palamas beugte sich zum Mikrofon des Rednerpults vor und sprach laut genug, um die Stimme des Ersten Offiziers zu übertönen. »Damit ist der heutige Vortrag beendet — ich danke Ihnen allen für Ihre Aufmerksamkeit. Morgen beschreibe ich einige der einzigartigen Charakteristiken in bezug auf die Talin und ihren Planeten. Damit meine ich jene speziellen Merkmale, durch die es — zumindest in diesem Fall — so einfach war, die kulturelle Richter-Skala anzuwenden.« Der große Bildschirm über Palamas wurde dunkel, und McCoys Antwort auf Spocks Bemerkung verlor sich im Klatschen des Publikums.

Kirk bewegte sich gegen den Strom von Leuten, die den Saal verlassen wollten, trat zu Spock und McCoy. Vulkanier und Arzt standen nun am Podium, unterhielten sich dort mit Palamas, die gerade ihre Sachen zusammenpackte. Als der Captain näher kam, hörte er, wie die Wissenschaftlerin von der ›SGV-Abschreckung‹ sprach.

»SGV?« wiederholte Kirk, als er sich Spock und McCoy hinzugesellte.

»Sichere gegenseitige Vernichtung«, erklärte Palamas. »Die am Konflikt auf Talin IV beteiligten Staaten verfügen über genug Waffen, um den Gegner auszulöschen — es spielt dabei keine Rolle, wer als erster angreift. Die SGV-Theorie wurde auf der Erde entwickelt und geht von folgender Annahme aus: Wenn der Erstschlag keine nennenswerten Vorteile bringt, bleibt der Frieden stabil. In dem Fall eskaliert der Konflikt nicht über den Punkt ohne Wiederkehr hinaus.«

»Eine für Menschen typische Theorie«, kommentierte Spock.

McCoy sah an Kirk vorbei, um dem Vulkanier einen finsteren Blick zuzuwerfen. »Auf der Erde hat sie funktioniert, Spock.«

Der Erste und wissenschaftliche Offizier hob die Brauen. »Ungefähr sechzig Jahre lang, Doktor. Bis Ihr Colonel Green zu dem ebenso emotionalen wie unlogischen Schluß gelangte, daß der Angriff *doch* gewisse Vorteile ...«

Kirk hob die Hand. »Meine Herren, ich glaube nicht, daß wir dem A-und-A-Offizier eine Lektion in irdischer Geschichte erteilen müssen.« Er sah Palamas an und lächelte. Aus irgendeinem Grund hatte er vergessen, wie reizend blaugraue Augen sein konnten.

»Danke, Captain«, erwiderte die Anthropologin und Archäologin. Sie zögerte kurz und fügte hinzu: »Eigentlich haben Dr. McCoy und Mr. Spock recht.«

Leonard deutete eine Verbeugung an. »Herzlichen Dank, Lieutenant.«

»Sie sagte, daß wir *beide* recht haben«, betonte Spock.

»Wie meinen Sie das?« fragte Kirk.

»Die historischen Daten in bezug auf den Planeten Erde teilen uns folgendes mit: Als die Spannungen zwischen den Machtblöcken wuchs, entschieden die Verantwortlichen, keine Fusionswaffen zu verwenden — weil sie fürchteten, damit eine fatale Eskalation auszulösen, die eine globale Katastrophe nach sich ziehen mußte. Nun, jene Erfahrungen lehren uns: Wenn beide Seiten glauben, daß sie gleich stark sind, funktioniert die SGV-Abschreckung.«

»Solange es beide Seiten *glauben*«, sagte Kirk. »Das ist der springende Punkt, nicht wahr?«

Spock nickte. »Wenn sich einer der Gegner dem anderen gegenüber im Vorteil glaubt, so beschließt er vielleicht einen Angriff, um sich dadurch in eine dominante Position zu bringen. Um bei dem Beispiel von Colonel Green zu bleiben: Den Ausschlag gab der Umstand, daß es Hanson Smith gelang, den Partikelschirm zu entwikkeln, obwohl die wissenschaftliche Gemeinschaft damals der Überzeugung war, daß solch eine Entwicklung noch mindestens zehn Jahre Forschungsarbeit benötigen würde.«

McCoy legte Kirk die Hand auf die Schulter, um ihn daran zu hindern, ihm zuvorzukommen. »Sie vergessen dabei nur eins, Spock: Selbst beim Dritten Weltkrieg kamen keine Fusionswaffen zum Einsatz. Was beweist, daß die Abschreckungstheorie wenigstens teilweise funktionierte.«

»Doktor, die Eugenischen Kriege in den neunziger Jahren des zwanzigsten Jahrhunderts bekamen ihren Namen erst drei Jahrzehnte später, und zwar von Historikern. Damals war die Welt voller Unruhe, und nur wenige Menschen begriffen, daß hinter den Kulissen die sogenannten genetischen Übermenschen kämpften. Das stellte sich im Lauf der Jahre hinaus und veranlaßte die Geschichtswissenschaftler, neue Beurteilungen und Klassifikationen der entsprechenden Epoche vorzunehmen. Eine der Konsequenzen bestand darin, daß man das Ende des Zweiten Weltkriegs in die neunziger Jahre verlegte. Unmittelbar im Anschluß daran folgten jene Ereignisse, die man willkürlich als ›Dritten Weltkrieg‹ bezeichnete. In einem Punkt haben Sie recht: Es handelte sich nicht um einen offenen Konflikt zwischen zwei Streitkräften. Er betraf vielmehr die Wissenschaft und

Politik, fand im Verborgenen statt. Und seine Grundlage bestand aus Emotionen.«

Palamas wandte sich an McCoy und lächelte versöhnlich. »Ich fürchte, da hat er recht, Doktor. Aber wer weiß? Vielleicht gibt es in hundert Jahren neue Interpretationen.«

»Geschichte ist Geschichte«, brummte McCoy.

»Und sie wird vom Sieger geschrieben«, stellte Kirk fest. Bevor Spock oder McCoy etwas erwidern konnten, fügte er hinzu: »Ist die Situation auf Talin wirklich so kritisch, Lieutenant? Wir haben einen beunruhigenden Bericht vom EKA bekommen, aber andererseits sind uns mindestens ein halbes Dutzend Welten bekannt, die noch größere politische Spannungen überstanden, ohne daß ein verheerender Krieg ausbrach. Darüber hinaus macht die Talin-Kultur einen recht stabilen Eindruck.«

Palamas runzelte die Stirn. »Wir kennen auch Planeten, die das Äquivalent von Talins gegenwärtiger Krise *nicht* überstanden, Captain. Und ich glaube, das ist der Grund, warum die Crew so großen Anteil an unserer Mission nimmt.«

»Das trage ich für Sie.« Kirk streckte die Hand aus, um den elektronischen Notizblock und diverse Datenmodule von der Wissenschaftlerin entgegenzunehmen. Er ignorierte jenen Blick, den McCoy und Spock in dem Glauben wechselten, daß er seiner Aufmerksamkeit entging. *Wenn mein Verhalten so offensichtlich ist, kann es wenigstens nicht falsch verstanden werden,* dachte er. »Was halten Sie davon, wenn wir dieses Gespräch bei einem Drink in Dr. McCoys Kabine fortsetzen?« Scott war noch immer damit beschäftigt, die Sensorsatelliten zu modifizieren, um sie den EKA-Spezifikationen anzupassen. Das bedeutete: Die besten Getränke gab es derzeit im Quartier des Arztes.

»Danke, Captain, Doktor. Ich nehme die Einladung an.« Palamas machte keine Anstalten, dem Captain ihre

Unterlagen zu geben. »Und ich kann meine Bücher selbst von der Schule nach Hause tragen.«

Kirk schenkte diesen Worten keine Beachtung und konzentrierte sich statt dessen auf das Lächeln der Wissenschaftlerin. Vielleicht war es gar nicht so schlecht, zwei weitere Tage lang nichts zu tun zu haben — vorausgesetzt, er konnte diese Zeit in angenehmer Gesellschaft verbringen. Als er seine Begleiter aus dem Saal führte, wandte er sich erneut an Palamas. »Sie wollten uns gerade erklären, warum die Crew in Hinsicht auf diese Mission besonderes Engagement zeigt.«

»Dafür gibt es mehrere Gründe, Captain. Wir alle hoffen, daß die Talin ihre Probleme lösen, so wie damals die Menschen auf der Erde. Da viele Besatzungsmitglieder von der Erde oder ihren Kolonien stammen, fühlen sie sich fast persönlich betroffen.«

Kirk schritt dem großen Schott des Saals entgegen, und die beiden Hälften glitten vor ihm auseinander. »Um ganz ehrlich zu sein, Lieutenant: Ich kenne keine Mission, von der sich die Crew *nicht* direkt betroffen fühlte.«

»Da haben Sie zweifellos recht, Sir. Dieser Besatzung mangelt es gewiß nicht an der Fähigkeit, Anteil zu nehmen. Aber ...«

»Fahren Sie fort«, sagte Kirk, als sie durch den Korridor zum nächsten Turbolift gingen.

»Ich glaube, einige Leute an Bord hoffen, daß uns ein Erstkontakt-Einsatz bevorsteht, Sir.«

Spock verharrte fast ebenso abrupt wie Kirk. McCoy merkte erst nach einigen Schritten, daß die anderen stehengeblieben waren.

Dünne Falten bildeten sich in der Stirn des Captains. »Warum sollte jemand glauben — oder hoffen —, daß es im Verlauf unserer Mission zu einem Erstkontakt kommt?« Während ihrer Reisen war die *Enterprise* vielen fremden Zivilisationen begegnet, aber in den meisten Fällen fanden die Kontakte zwischen Forschern statt. Die Talin hingegen hatten kaum ihren Planeten verlassen, und das EKA schirmte sie vom Rest des Universums ab.

Palamas zuckte mit den Achseln. »Wenn man im Bericht über die politische Situation auf Talin zwischen den Zeilen liest, Sir … Die Wahrscheinlichkeit für einen thermonuklearen Weltkrieg innerhalb der nächsten sechs Monate ist größer als fünfzig Prozent.«

»Vierundsechzig Komma fünf Prozent«, warf Spock ein.

»Was hat das mit unserer Mission zu tun?« fragte Kirk.

Palamas gestikulierte verlegen. »Nun, Sir, die Mitgliedschaft in der Föderation kann einen … beruhigenden Einfluß auf regionale Konflikte entfalten. Hier und dort vertritt man die Ansicht, daß wir …«

»Daß wir uns den Talin zu erkennen geben sollten, um ihren Planeten zu retten?« brachte Kirk erstaunt hervor.

»Ja, Sir. Etwas in der Art.«

Jim sah den Vulkanier an. »Wenn man die bisherigen EKA-Analysen berücksichtigt: Wann finden die Talin heraus, daß es mehrere raumfahrende Völker in ihrer stellaren Nachbarschaft gibt?«

»Offenbar existierten in bezug auf Talin einige Besonderheiten, die genaue Berechnungen entsprechender Zeitfaktoren erschweren, Captain. Nach einer minimalen Schätzung sind die Talin noch zwanzig oder dreißig Jahre von den erforderlichen technischen Durchbrüchen entfernt.«

Kirks Blick glitt wieder zu Palamas. »Zwanzig oder dreißig Jahre, Lieutenant. Wer auch immer den Erstkontakt durchführt — wir bestimmt nicht. Und es überrascht mich, daß die Crew anscheinend keinen Gedanken an die Erste Allgemeine Direktive vergeudet …«

»Oh, sie ist sich der Direktive durchaus bewußt, Captain. Aber sie bezweifelt den Sinn des Nichteinmischungsprinzips, wenn es ein ganzes Volk dem Verderben ausliefert.«

McCoy trat näher. »Du kannst den Leuten wohl kaum ihre Hoffnungen vorwerfen, Jim. Niemandem von uns fällt es leicht, einer sich anbahnenden Katastrophe zuzusehen und nichts dagegen zu unternehmen. Das sollte auch dir klar sein.«

»Captain ...«, sagte Palamas. »Alle Besatzungsmitglieder halten an der Entschlossenheit fest, bei der Mission ihre Pflicht zu erfüllen. Sie sind nur der Meinung, daß Starfleet und der Föderationsrat angesichts einer so ernsten Situation eine Ausnahme zulassen sollten.«

Spock legte die Hände auf den Rücken. »Sobald eine Ausnahme gemacht wird, kann nicht mehr von einer *Ersten* Direktive die Rede sein, Lieutenant. Wenn eine mächtigere Kultur versucht, Maßstäbe für schwächere zu setzen, so sind Tragödien die Folge — dafür gibt es viele historische Beispiele. Die Föderation blüht und gedeiht, weil sie auf den Prinzipien freier Entscheidung und gleichberechtigter Zusammenarbeit beruht. Wir dürfen uns nicht das moralische oder ethische Recht anmaßen, den Entwicklungsweg anderer Völker zu bestimmen. Um zu vermeiden, irgendeine Art von Einfluß auszuüben, treten wir neuen Zivilisationen erst gegenüber, wenn sie ein bestimmtes evolutionäres Niveau erreicht haben. Sie müssen in der Lage sein, unsere Angebote abzulehnen; sie dürfen nicht den Eindruck gewinnen, zu einer kulturellen Kapitulation gezwungen zu sein, um unsere Technologie und unser Wissen zu bekommen. Deshalb — und auch aus anderen Gründen — ist das Prinzip der Nichteinmischung logisch und notwendig.«

Kirk beobachtete, wie es in den Augen der Wissenschaftlerin zu funkeln begann, als sie Spocks Monolog zuhörte. »Sie erwähnten eben historische Beispiele. Wie ist es hiermit: Zu Beginn des zwanzigsten Jahrhunderts verhinderte eine unbemannte vulkanische Sonde, daß ein Kometenfragment Zentraleuropa vernichtete — ihr Eingreifen sorgte dafür, daß die kosmische Bombe über einem unbewohnten Gebiet von Sibirien explodierte. Dadurch änderte sich die Zukunft des ganzen Planeten.«

»Es handelte sich um eine vermeidbare Naturkatastrophe, die keineswegs von der damaligen Menschheit verursacht worden wäre«, erwiderte Spock. »In solchen Fällen fordert uns die Erste Direktive sogar zu einer Intervention auf, wobei wir verpflichtet sind, unsere Identität geheimzuhalten. Die *Enterprise* ist oft auf diese Weise aktiv geworden.«

Diesem Argument hatte Palamas nichts entgegenzusetzen, und sie stellte sich einer Erkenntnis, die McCoy nicht teilen konnte oder wollte: Wer sich auf eine Debatte mit Spock einließ, zog früher oder später den kürzeren. Ärger brodelte in ihr, aber sie versuchte, sich nichts anmerken zu lassen. »Ich glaube, daß man einen atomaren Weltkrieg durchaus als eine Art Naturkatastrophe definieren kann, aber solche Entscheidungen stehen mir nicht zu, Mr. Spock. Eins steht fest: Es würde mich sehr traurig stimmen, wenn wir tatenlos zusehen müssen, wie ein ganzes Volk Selbstmord begeht.«

»Das gilt auch für mich, Lieutenant«, entgegnete Spock. Es erstaunte Kirk, daß der vulkanische Erste Offizier ganz offen die Möglichkeit einer emotionalen Reaktion einräumte, noch dazu einer Person gegenüber, die er kaum kannte.

Palamas musterte Spock einige Sekunden lang und schien die Bedeutung seiner letzten Worte im vollen Ausmaß zu begreifen. Dann wandte sie sich an Kirk und nickte. »Vielleicht sollten wir den gemeinsamen Drink auf ein anderes Mal verschieben, Captain. Ich ... muß den Vortrag für morgen vorbereiten.«

Jim gab sofort nach und versuchte nicht, die Wissenschaftlerin umzustimmen — obgleich er es bedauerte, während der nächsten Stunden auf ihre Gesellschaft verzichten zu müssen. »Ich freue mich schon darauf, ihn zu hören.«

Palamas verabschiedete sich und kehrte in die Richtung zurück, aus der sie kamen.

McCoy sah ihr nach, imitierte dabei unbewußt Spocks Haltung und legte ebenfalls die Hände auf den Rücken. »Nun, wenigstens gibt es jemanden an Bord, der unserem Job Gefühle entgegenbringt.«

Spocks Gesichtsausdruck blieb neutral. »Und glücklicherweise läßt sich die betreffende Person von den Gefühlen nicht bei der Ausübung ihrer Pflicht behindern.«

Kirk beobachtete, wie sich McCoy und Spock mit einem herausfordernden Blick maßen. Eine neuerliche verbale Konfrontation bahnte sich an. »Meine Herren ...«, sagte er rasch. »Wir waren zur Kabine des Doktors unterwegs. Vielleicht können wir unsere Diskussion über Geschichte dort fortsetzen.« Er ging zum Turbolift und hörte hinter sich die Schritte seiner beiden Freunde. Es herrschte wieder Frieden, wenn auch nur vorübergehend: Sicher gab es noch andere Personen an Bord, die wie Palamas eine Intervention für gerechtfertigt hielten, um zu vermeiden, daß sich eine ganze Welt selbst vernichtete.

Es wird nicht zu einer globalen Katastrophe kommen, dachte Kirk. *Es* darf *nicht dazu kommen.*

Er war ein Starfleet-Captain, Kommandant der *Enterprise.*

Er würde nicht zulassen, daß sich die Talin umbrachten.

KAPITEL 2

Als Menschen ins Weltall vorstießen, erwarteten sie dort seltsame und verblüffende Entdeckungen, und zu den sonderbarsten von ihnen gehörte vielleicht die Tatsache, daß es praktisch überall Leben gab.

Dieses Wissen wuchs langsam, mit jedem Schritt in den Kosmos: Leben auf der Erde; Fossilien auf dem Mars; Organismen, die sich im Sonnenwind treiben ließen; Pflanzen-Analogien auf Titan; und dann der überraschende Erstkontakt der *Ikarus* mit den Centauriern, dem kurze Zeit später die Feststellung folgte, daß noch viele andere raumfahrende Völker existierten.

Zuerst konnten viele Bewohner des Planeten Erde kaum glauben, daß nicht etwa die *Existenz* von Leben eine Ausnahme darstellte, sondern sein *Fehlen*. Hier und dort fand man Anzeichen dafür, daß ein geheimnisvolles Volk — inoffiziell ›Bewahrer‹ genannt — auf verschiedenen Welten Biokeime gesät hatte, und deshalb ließ sich die wahre Häufigkeit von unabhängig entstandenem Leben kaum berechnen. Doch sorgfältige Analysen führten oft zu folgendem Ergebnis: Das Leben war praktisch ein unvermeidliches Nebenprodukt der planetaren Entwicklung überall in der Galaxis. Da die Planeten ein unvermeidliches Nebenprodukt der Entwicklung von Sternen darstellten, überraschte es die zeitgenössischen Wissenschaftler, wenn sie in einem neu entdeckten Sonnensystem *kein* Leben fanden.

Eine weitere bemerkenswerte Feststellung kam hinzu: Offenbar zeichnete sich das Leben überall in der Galaxis — vielleicht sogar überall im Universum — durch eine verblüffende Kongruenz aus. Wenn die Atmosphäre eines Planeten dicht genug war, so entstanden Geschöpfe, die fliegen konnten. Wenn es genügend große Wasserflächen gab, so formte die Evolution Wesen, die schwammen und Sauerstoff durch kiemenartige Vorrichtungen aufnahmen. Und wenn auf einem Planeten die Umweltbedingungen lange genug konstant blieben, wenn es nicht zu ökologischen Traumata irgendeiner Art kam ... Dann brachte die betreffende Welt intelligentes Leben hervor. Nach den letzten Schätzungen der Föderation gab es Millionen solcher Welten in der Galaxis. Und wenn man an die vielen Millionen oder gar Milliarden von anderen Galaxien dachte, die sich jenseits der großen Barriere am Rand der Milchstraße im unermeßlich weiten All drehten ... Solche Überlegungen veranlaßten selbst den logischsten und rationalsten Vulkanier zu ehrfürchtigem Staunen.

Die Vielfalt des intelligenten Lebens ermöglichte es der Föderation nicht nur, zusätzliches Wissen zu sammeln, sondern bürdete ihr auch eine große Verantwortung auf. Für jede Zivilisation, die einen höheren Entwicklungsstand erreicht hatte als die Kulturen des interstellaren Völkerbunds, gab es hundert andere, die erst noch den Weg ins All finden mußten. Jede dieser nicht so hoch entwickelten Welten hätte durch die Begegnung mit der weit überlegenen Föderation einen profunden Schock erlitten, der ihr nicht nur die Selbstachtung zu nehmen drohte, sondern auch die Identität des betreffenden Volkes zerstören konnte. Drastische Maßnahmen waren nötig, um so etwas zu verhindern.

Um den interstellaren Frieden zu wahren, die Einzigartigkeit jeder Kultur ohne Vorurteile irgendeiner Art anzuerkennen und das Recht aller intelligenten Lebensformen auf Selbstbestimmung zu respektieren, gab sich die Föderation ihr wichtigstes und ehrenvollstes Gesetz: die Erste Allgemeine Direktive Starfleets.

Der Grundsatz lautete: Die Föderation wollte sich nicht anmaßen, eine fremde Kultur zu be- oder gar zu verurteilen. Fremde Zivilisationen erfuhren erst dann von der Existenz des interstellaren Völkerbunds, wenn sie einen angemessenen Entwicklungsstand erreicht hatten.

Die Föderation ermächtigte Starfleet, eine spezielle Organisation zu schaffen, um die Entwicklung fremder Völker zu beobachten und zu entscheiden, wann der richtige Augenblick kam, um das Schweigen zu beenden. Jene Organisation bezeichnete man als Erstkontakt-Amt, und ihre Angehörigen waren die Hüter der Ersten Direktive.

Kirk glaubte, nie zuvor soviel Erleichterung in der Stimme des Steuermanns gehört zu haben, als Sulu verkündete, daß die *Enterprise* in den Standardorbit des Mondes von Talin IV geschwenkt war. Offenbar teilten die übrigen Brückenoffiziere Sulus Empfinden, denn sie alle applaudierten — Spock bildete die einzige Ausnahme.

»Gut gemacht, Mr. Sulu.« Kirk drehte den Kommandosessel. »Wann können wir eine Verbindung zum EKA herstellen, Lieutenant Uhura?«

»In drei Minuten erreichen wir den Kom-Horizont, Captain. Ein Subraum-Richtstrahl ist vorbereitet, um zu senden und zu empfangen.«

»Ausgezeichnet.« Kirk wandte sich wieder dem Wandschirm zu und genoß es zu fühlen, wie das Schiff um ihn herum Aktivität entfaltete. Noch nie zuvor waren ihm fünf Tage an Bord so lang erschienen. »Zeigen Sie uns ein bißchen Landschaft, Mr. Chekov.«

»Aye-aye, Captain.« Das Bild wechselte und zeigte die vom Sonnenlicht erhellte Oberfläche von Talins Mond, etwa achthundert Kilometer unter dem Schiff. Der Anblick entsprach dem eines typischen Himmelskörpers ohne Atmosphäre: überall Krater, die Flanken der Berge kantig und unverwittert, weite ›Meere‹ aus uralter Lava. *Wie Luna,* dachte Kirk. *Wie der Mond der Erde, bevor man dort Industrien ansiedelte und Städte baute.* Nun, Luna war das letzte Opfer einer derartigen Gedankenlosigkeit. Vielleicht dauerte es noch lange, aber die Erfolge der Föderation zeigten, daß der Mensch sein Verhalten ändern konnte, das individuelle ebenso wie das kollektive.

Chekov sah plötzlich von seinem Pult auf. »Captain, ein Raumschiff nähert sich uns. Entfernung noch dreitausend Kilometer, Sir. Und sie verringert sich schnell.«

»Spock? Ein EKA-Shuttle?«

Der Vulkanier blickte in den Sichtschlitz des Scanners — die von den Sensoren ermittelten Daten wurden ihm dort direkt präsentiert, in holographischer Form. »Schwer zu sagen, Captain. Derzeit können wir nur die passiven Sensoren für Ortungszwecke verwenden. Nichts deutet auf ein Impulstriebwerk hin.« Er sah auf. »Es existieren überhaupt keine Antriebsemissionen.«

»Vielleicht ein Meteor?« spekulierte Kirk.

»Nein, Sir«, widersprach Chekov. »Das Reflexionsmuster im sichtbaren Spektrum zeigt eine regelmäßige Struktur, die zweifellos künstlichen Ursprungs ist.«

»Ein von den Talin konstruierter Mondsatellit?« Kirks Finger trommelten auf die Armlehne des Sessels.

»Das Objekt befindet sich nicht in der Umlaufbahn«, erwiderte Spock. Er richtete seine Aufmerksamkeit einmal mehr auf die Anzeigen des Scanners. »Allerdings läßt die Flugbahn Talin IV als Startort vermuten.«

Kirk verließ den Befehlsstand und sah über Chekovs Schulter zum Deviationsdisplay. »Wir wissen, daß die Talin drei Expeditionen zu ihrem Mond geschickt haben. Gibt es eine Möglichkeit, ohne aktive Sensoren festzustellen, ob sich eine Crew an Bord jenes Schiffes befindet?«

»Es läßt sich nicht mit Gewißheit verifizieren, Captain«, sagte Spock. »Dazu ist die Entfernung noch zu groß. Ich nehme gerade eine Datenkorrelation in Hinsicht auf die bekannten Konfigurationsmuster von bemannten und unbemannten Talin-Schiffen vor.«

Kirk drehte sich zur Kommunikationsstation um. »Wie lange dauert's noch bis zum EKA-Richtstrahl, Uhura?«

»Die Distanz zum Kom-Horizont ist auf eine Flugminute geschrumpft, Sir. Wenn Sie mir eine Bemerkung gestatten: Falls es sich tatsächlich um ein Talin-Schiff handelt, so hätte uns das Erstkontakt-Amt sicher mit einem Notfall-Impuls gewarnt.«

»Vorausgesetzt, das EKA weiß von dem Objekt da draußen, Lieutenant. Spock? Mir genügt eine gut fundierte Vermutung.«

»Ich kann Ihnen mehr bieten, Captain: Der Computer hat es gerade bestätigt — wir haben es eindeutig mit einem Raumschiff von Talin IV zu tun.«

»Mit oder ohne Besatzung?«

»Diese Frage läßt sich derzeit noch nicht beantworten. Ich führe eine thermische Sondierung durch, um ...«

»Captain!« entfuhr es Chekov. »Ich registriere ein Strahlungsmuster.«

Kirks Hände schlossen sich fest um die Rückenlehne von Chekovs Sessel. Wenn sich ihnen ein unbemanntes Schiff näherte, gab es keinen Grund, sich Sorgen zu machen. Wenn jedoch das Risiko bestand, daß ein Talin-Astronaut die *Enterprise* sah ... In dem Fall blieb Kirk nichts anderes übrig, als zu befehlen, den Orbit unverzüglich zu verlassen. Doch dann konnten sie sich nicht mehr per Richtstrahl mit der EKA-Basis in Verbindung setzen und mußten eine ›offene‹ Frequenz benutzen, wodurch sie riskierten, daß die Signale von den Talin empfangen und vielleicht sogar entschlüsselt wurden. Jim brauchte zusätzliche Informationen, um eine Entscheidung zu treffen. »Stammt das Strahlungsmuster von einem Energiegenerator, Chekov?«

»Es ist nicht stark genug ausgeprägt, wenn man die Menge von spaltbarem Material an Bord berücksichtigt.«

»Spock?«

»Im Innern des Objekts gibt es große, mit Gas gefüllte Hohlräume. Ich habe eine Wahrscheinlichkeit von siebzig Prozent dafür berechnet, daß eine Talin-Crew existiert und ...«

»Sulu! Steuern Sie uns sofort aus dem Orbit. Verwenden Sie maximale Impulskraft unter der Bedingung, daß wir auch weiterhin nicht die Deflektoren aktivieren dürfen.«

Die Finger des Steuermanns tanzten über Tasten, und der Wandschirm zeigte plötzlich Sterne, als Talins Mond jäh schrumpfte. Sulu hatte den Kurs mit vergleichsweise geringer Geschwindigkeit geändert, und deshalb war es gar nicht notwendig, daß die Trägheitsabsorber Andruckkräfte kompensierten. Die *Enterprise* glitt geschmeidig durchs All, und an Bord spürte man nicht einmal eine Vibration.

»Das Talin-Schiff behält den Kurs bei. Die Entfernung beträgt dreitausendfünfhundert Kilometer und nimmt zu.«

Kirk kehrte zum Befehlsstand zurück. »Uhura, wie lange dauert es, bis wir wieder in Richtstrahl-Reichweite der Basis sind?«

Die Kommunikationsspezialistin sah von ihrer Konsole auf und hielt sich mit der einen Hand das Kom-Modul ans Ohr. »Bevor wir den Orbit verließen, bestand für mehrere Sekunden eine Verbindung.«

»Und ...?« drängte Kirk. Uhuras Gesichtsausdruck bereitete ihm Unbehagen.

»Hören Sie sich die Aufzeichnung an, Sir.« Die dunkelhäutige Frau drückte eine Taste.

Statisches Rauschen drang aus dem Lautsprecher, und dann ertönte die zornige Stimme eines Mannes. »... *Enterprise*. Ändern Sie den Kurs! Sie sollen den

Kurs ändern! Ein bemanntes Talin-Schiff nähert sich Ihnen! Verdammt, *Enterprise!* Warum kontrollieren Sie nicht die Notruf-Kanäle? Verlassen Sie die Umlaufbahn! Ver ...« Neuerliche Statik überlagerte die Stimme.

»Mehr haben wir nicht empfangen, Sir.«

Kirk stützte sich am Kommandosessel ab. »Was ist mit den Notruf-Kanälen?«

»Sie *sind* überwacht worden, Sir. Aber seit fünf Tagen wurde uns auf jenen Frequenzen nicht ein einziges Signal übermittelt.«

Kirk trat zu Uhuras Station. »Und der Vorwurf, den wir gerade gehört haben?«

»Ich weiß nicht, was ich davon halten soll, Sir.«

»Überprüfen Sie die Kanäle.«

Uhura betätigte einige Tasten, und anschließend herrschte Stille.

Kirk sah auf die Anzeigen ihres Pults. »Mit den Geräten ist alles in Ordnung.«

Die Kommunikationsspezialistin versteifte sich. »Zweifeln Sie an meinen Fähigkeiten, Captain?«

»Nein, Lieutenant«, erwiderte Jim in einem beschwichtigenden Tonfall. »Aber während der vergangenen Tage haben Sie Ihren Posten mehrmals weniger erfahrenen Personen überlassen. Vielleicht wurde dabei etwas ... übersehen.«

Mit dieser Erklärung gab sich Uhura nicht zufrieden. »Ich habe dieses System selbst programmiert, Captain. Signale auf den Notruf-Frequenzen werden automatisch aufgezeichnet — ganz gleich, wer an diesem Pult sitzt. Anschließend hätte der Computer sofort den diensthabenden Kommandanten und mich verständigt.«

Spock blieb hinter Kirk stehen. »Uhuras Programm ist fehlerlos, Captain. Bevor sie ihre Station Junior-Offizieren überließ, bat sie mich, die codierten Anweisungen zu analysieren. Wenn das Kom-Logbuch keine Hinweise auf den Empfang von Notfall-Mitteilung enthält, so bedeutet das: Uns haben keine derartigen Signale erreicht.«

»Vielleicht liegt ein Defekt bei den Kommunikationsgeräten der EKA-Basis vor, Captain«, vermutete Uhura. »Bestimmt werden sie nur selten verwendet, und deshalb fallen Fehlfunktionen nicht sofort auf.«

Spock nickte. »Eine Möglichkeit, die sich nicht ausschließen läßt.«

Kirk akzeptierte diese Einschätzung der Situation. Er sah keinen Grund, die Meinung von Spezialisten in Frage zu stellen, erst recht nicht die seiner eigenen. »Na schön. Aber wir wissen, daß die Richtstrahl-Technik der Basis funktioniert.« Er wandte sich von Uhuras Konsole ab. »Mr. Sulu, wie schnell können Sie uns in Kom-Reichweite der Basis bringen?«

Der Steuermann sah zum Ersten Offizier. »Mr. Spock, kann ich volle Impulskraft einsetzen, solange sich die *Enterprise* hinter dem Mond von Talin befindet?«

»Um diese Frage zu beantworten, muß ich zunächst die Dauer des von den Deflektoren hervorgerufenen Ionisierungseffekts berechnen und sie mit der Rotationsdauer des lunaren Trabanten vergleichen.« Der Vulkanier schwieg drei Sekunden lang. »Ja, Sie können das volle Impulspotential benutzen. Vorausgesetzt, Sie kehren siebenhundertdreiundachtzig Kilometer vor dem Ortungshorizont der Talin zum niedrigen Impulsniveau zurück und wahren einen Mindestabstand von fünftausend Kilometern zum fremden Raumschiff.«

Sulu sah auf sein Pult hinab. »Das sind fünfzehn Minuten, um zur Rückseite des Mondes zu gelangen, zwanzig Sekunden für einen halben Orbit, noch einmal sechs Minuten ... Captain, es dauert etwa dreiundzwanzig Minuten, bis wir wieder in Richtstrahl-Reichweite sind. Ich muß uns in eine polare Umlaufbahn steuern, um zu verhindern, daß wir uns dem Talin-Schiff zu sehr nähern.«

Kirk bedachte Spock und Sulu mit anerkennenden

Blicken. »Geben Sie die notwendigen Daten ein, Mr. Sulu. Und Uhura: Überwachen Sie auch weiterhin die Notfrequenzen. Falls man in der Basis die Fehlfunktion der Kom-Geräte bemerkt und behebt«, fügte er hinzu.

Uhura lächelte. »Aye-aye, Captain.«

Dreiundzwanzig Minuten später kam es wieder zu einem Kommunikationskontakt zwischen der *Enterprise* und dem EKA-Stützpunkt. Erneut drang eine zornige Stimme aus dem Lautsprecher.

»*Enterprise?* Melden Sie sich endlich, *Enterprise.* Hier ist EKA-Basis 47 per Richtstrahl ...«

»Basis Siebenundvierzig, hier spricht Captain Kirk von der *Enterprise.* Offenbar gibt es bei Ihnen einige technische Pro ...«

Doch davon wollte das Erstkontakt-Amt nichts wissen. Es war nur an einer Sache interessiert: »Hat man Sie gesehen, Kirk?« fauchte die Stimme.

»Meinen Sie das Talin-Schiff?« vergewisserte sich der Captain.

»Was denn sonst? Geben Sie mir Ihren wissenschaftlichen Offizier. Ich verlange alle Daten in Hinsicht auf die Begegnung. Und eines versichere ich Ihnen: Wenn durch Ihre Inkompetenz die Gefahr besteht, daß man unseren Außenposten entdeckt ...«

»Wer spricht da?« Kirk blickte zum Wandschirm, der noch immer die pockennarbige Oberfläche des Mondes zeigte, und Unmutsfalten bildeten sich in seiner Stirn — der Ton des Fremden gefiel ihm ganz und gar nicht. »Identifizieren Sie sich.«

»Dafür haben wir jetzt keine Zeit, *Enterprise*«, erwiderte der Mann scharf. »Übermitteln Sie uns die Daten, damit wir feststellen können, wie groß der von Ihnen angerichtete Schaden ist. *Stator rel!*«

Kirk hob überrascht die Brauen — ein EKA-Beamter, der in der orionischen Händlersprache fluchte? Mit einer sehr knappen Geste bedeutete er Uhura, seine nächsten Worte nicht zu senden. »Könnte uns die Talin-

Crew gesehen haben, bevor wir den Kurs änderten, Spock?«

»Eine Sichtung ohne Instrumente halte ich für nahezu ausgeschlossen. Um uns zu bemerken, hätten die Talin direkt in unsere Richtung sehen und dabei teleskopartige Geräte verwenden müssen. Allerdings besteht eine Wahrscheinlichkeit von zwei Prozent dafür, daß eine automatische Navigationskamera ein Bild der *Enterprise* aufzeichnete. Wenn das tatsächlich der Fall sein sollte, so finden die Talin schlimmstenfalls nach ihrer Rückkehr zum Planeten heraus, daß sie ein fremdes Raumschiff fotografiert haben. Bestenfalls gelangt man zu dem Schluß, daß eine chromatische Aberration zu der Aufnahme führte.«

»Wenn keine schlimmeren Folgen zu befürchten sind ...« Kirk gab Uhura ein zweites Zeichen. »Basis Siebenundvierzig, identifizieren Sie sich.«

Der bisher noch namenlose Mann wußte natürlich, daß die Kom-Verbindung von der *Enterprise* unterbrochen worden war, und er klang jetzt noch wütender als vorher. »Übermitteln Sie uns die angeforderten Daten, und zwar *sofort!*«

Kirk nahm im Kommandosessel Platz und lehnte sich zurück. »Basis Siebenundvierzig, die Vorschriften fordern, daß Sie sich identifizieren — als Bestätigung dafür, daß Sie nicht von einer fremden Macht übernommen worden sind.«

»Die Zeit ist zu knapp, um ...«

Jim gab dem Mann keine Gelegenheit, den Satz zu beenden. »Wenn Sie sich nicht identifizieren, sind wir befugt, dieses Sonnensystem zu verlassen, um eine ungestörte Entwicklung der hiesigen Kultur zu gewährleisten.«

Die Stimme überschlug sich fast: »Verdammt, ich werde Sie melden und ...«

»*Ich* melde *Sie*«, unterbrach Kirk den Unbekannten. »*Enterprise* Ende.«

Er wartete einige Sekunden lang, wandte sich dann Uhura zu und hob kurz die linke Hand. Sie verstand sofort und öffnete den Kanal wieder. Einmal mehr erklang die Stimme, aber jetzt vibrierte nicht mehr soviel Zorn in ihr wie vorher. »Nun gut, Captain Kirk von der *Enterprise* ...« Jim hörte, wie der Mann zögerte und offenbar versuchte, seinen Zorn zu unterdrücken. »Für Ihr Logbuch: Ich bin Dr. Alonzo Richter, Sonderberater des EKA.« Er legte eine Pause ein, damit sich seine Zuhörer über die Bedeutung des Namens klarwerden konnten.

Kirk sah zu Spock, und der Vulkanier wölbte beide Brauen.

Die Lippen des Captains formulierten eine lautlose Frage — »Wußten Sie davon?« —, und der Erste Offizier schüttelte stumm den Kopf.

»Und nun, Captain ...«, fuhr Richter fort. »Wären Sie vielleicht so freundlich, Ihren wissenschaftlichen Offizier zu veranlassen, die *Karskat*-Daten der Begegnung mit dem Talin-Schiff zu übermitteln?«

»Transferbeginn«, sagte Spock knapp und ignorierte den Umstand, daß Richter seine Anfrage durch einen andorianischen Fluch erweitert hatte.

»Wurde auch höchste Zeit«, entgegnete Richter. »In einer Stunde erwarte ich Sie hier, Captain. In *höchstens* einer Stunde! Das Thema unseres Gesprächs hängt von der Analyse Ihrer Daten ab: Entweder erörtern wir Ihre Mission für das EKA — oder wir suchen nach einer Antwort auf die Frage, warum ich Ihnen in meinem Bericht für Starfleet Command *keine* Verletzung der Ersten Direktive vorwerfen sollte. Richter Ende.«

Kirk saß noch immer zurückgelehnt im Kommandosessel, rieb sich das Kinn und betrachtete Erinnerungsbilder. Als Kadetten hatten Gary Mitchell und er den Brücken-Simulator der Akademie manipuliert: Wenn jemand eine Übung im Andocken befahl, sollten stattdessen Kampfmanöver unter Hochschwerkraft-Bedingungen beginnen. Sie konnten damals nicht ahnen, daß ausgerechnet Konteradmiral Chan den Simulator benutzen würde. Nun, Chan hatte bereits den hundertzehnten Geburtstag hinter sich, aber zum Glück war er während der romulanischen Kriege zum Admiral geworden. Er zeigte großes Geschick bei den Kampfmanövern und verlangte keine Ermittlungen, um festzustellen, auf wen die veränderte Programmierung zurückging. Doch die für Taktik zuständigen Ausbilder wußten, daß nur zwei Kadetten in Frage kamen; schon einen Tag später begann für Gary und Jim ein ganz besonderer individueller Gymnastikkurs, der einen ganzen Monat dauerte.

Alonzo Richters Reputation ließ sich allerdings kaum mit dem Ruf von Konteradmiral Chan vergleichen. Kirk fragte sich, ob er während der Besprechung einen Ergschild zur Abwehr von Phaserstrahlen tragen sollte ... Aber wenn Richter wirklich so schlimm war, wie man ihm nachsagte, so gab es keinen Schutz für den Captain der *Enterprise.*

Nie zuvor hatte es Kirk mit einer so vollständigen Kommunikationsblockade zu tun bekommen. Die *Enterprise* durfte nicht einmal ihre Transporter benutzen, während sie über die Talin IV zugewandte Seite des Mondes flog — obgleich der Grund dafür ein Rätsel blieb. Es bedeutete, daß zumindest während der nächsten zehn Tage der Verkehr zwischen Schiff und Basis allein mit Hilfe von Shuttles erfolgen konnte. Um Transitzeit zu sparen, beschloß Kirk, eine komplette Landegruppe mit zwei Raumfähren zum Stützpunkt zu bringen. Dadurch konnten mehr EKA-Spezialisten zur *Enterprise* transportiert werden, wenn es Zeit wurde, mit dem Einsatz auf Talin IV zu beginnen.

Sulu steuerte die *Galileo,* und außer ihm befanden sich Uhura, Chekov und Carolyn Palamas an Bord. Kirk saß an den Kontrollen des zweiten Shuttles namens *John Burke;* Spock und McCoy begleiteten ihn.

Der Captain berichtete dem Arzt vom Kom-Kontakt mit dem EKA-Außenposten, und daraufhin brachte auch Leonard Überraschung darüber zum Ausdruck, daß sich Richter in der Basis aufhielt. Doch bei ihm hatte die Verwunderung einen anderen Grund.

»Ist er nicht längst tot, Jim?«

»Sie haben gerade vom Captain gehört, daß er mit Dr. Richter gesprochen hat, Doktor. Angesichts dieser Tatsache muß Ihre Frage als extrem unlogisch bezeichnet werden.«

»Ich lasse mich gern belehren, Spock.«

»Damit haben Sie eine ganz neue Eigenschaft entwikkelt.«

»Um es besser und genauer auszudrücken: Ich lasse mich sehr gern von Leuten belehren, die es besser wissen.«

Mit geringer Impulskraft dauerte es dreißig Minuten, um die Bergkette zu erreichen, unter der man die EKA-Basis errichtet hatte. Kirk befürchtete, daß ihm eine sehr lange und unangenehme halbe Stunde bevorstand, wenn Spock und McCoy die ganze Zeit über versuchten, sich rhetorisch zu übertreffen.

»Wie kommst du darauf, daß Richter tot sein könnte, Pille?« fragte er, um seine beiden Freunde aus dem Rhythmus zu bringen.

»Während des Medizinstudiums habe ich einen wahlfreien Kurs belegt: Geschichte der theoretischen Kulturdynamik. Wenn ich mich recht entsinne, befaßten wir uns mit der kulturellen Richter-Skala — und ihr Entwickler Alonzo Richter war schon damals ziemlich alt. Inzwischen müßte er weit über hundert sein.«

»Er ist hundertsieben Jahre alt«, sagte Spock. »Ich kenne seine Arbeit, und daher weiß ich: Trotz des fortgeschrittenen Alters zeichnet er sich noch immer durch eine bemerkenswerte Leistungsfähigkeit aus.«

Kirk hörte die Herausforderung in McCoys Stimme, als der Arzt sagte: »Nun, da Sie seine Arbeit so gut kennen ... Verstehen *Sie* die sogenannte Richter-Skala der Kultur?«

»Die Skala identifiziert und quantifiziert miteinander vergleichbare Organisationsprinzipien unterschiedlicher Zivilisationen, wobei eine systematische Folge von ...«

»Ja oder nein, Spock«, brummte McCoy.

»Die kulturelle Richter-Skala ist kein Ja- oder Nein-System, Doktor. Gerade aus diesem Grund ...«

»Er meint folgendes, Jim«, unterbrach Leonard den Vulkanier, und Kirk sah aus den Augenwinkeln, wie sich der Arzt vorbeugte. »Er versteht sie ebensowenig wie ich.«

»Gibt es überhaupt jemanden, der sie versteht?« Kirk erwiderte McCoys Lächeln. Die Richter-Skala der Kultur war mehr Kunst als Wissenschaft, aber bisher hatten die vereinten Wissenschaften von Geschichte, Anthropologie, komparative Techtronistik, Exopsychologie, Soziologie und nichtmenschliche Ethnologie keine bessere Methode hervorgebracht, um die Entwicklung fremder Zivilisationen einzuschätzen.

Seit ihrer ersten Publikation vor inzwischen mehr als sechzig Jahren war die Skala von Dr. Richter immer wieder verbessert worden und stellte jetzt das wichtigste Instrument der Föderation dar, um festzustellen, wann einem bestimmten Volk gegenüber auf die weitere Anwendung der Ersten Direktive verzichtet werden konnte. Unglücklicherweise hatten jene sechs Jahrzehnte auch dazu geführt, daß die Skala immer komplizierter wurde — bis nur noch wenige Experten imstande waren, sie auf Kulturen anzuwenden, deren Entwicklungsstand sich nicht mehr auf die erste Phase der Bronzezeit beschränkte, von der Skala mit dem Ausdruck ›A.345-34010-1 dr.1‹ beschrieben.

Den meisten Nichtspezialisten fiel es relativ leicht, die einfachen Skala-Bewertungen zu erkennen, indem sie sich an den insgesamt dreiundvierzig aus Buchstaben bestehenden Markierungskomponenten orientierten. Sie reichten von AA — ›kein Gebrauch von Werkzeugen‹ — bis hin zu Q: ›keine Technik, die höher entwikkelt ist als ihre Äquivalente beziehungsweise die betreffenden wissenschaftlichen Theorien in der Föderation.‹ Das Interesse der aus Laien bestehenden Öffentlichkeit galt insbesondere der vierundvierzigsten Kategorie, die Starfleet gelegentlich erhebliche Sorgen bereitete: XX — *anscheinend* ein Volk, das *anscheinend* über eine Technik verfügte, die *anscheinend* nicht mit den aktuellen wissenschaftlichen Erkenntnissen der Föderation erklärt oder gedeutet werden konnte.

Qualifizierte Personen, die sich mehr als zwei Jahre lang mit theoretischer kultureller Dynamik beschäftigt hatten, konnten detailliertere Bewertungen interpretieren. In manchen Fällen bestanden sie aus drei Markierungskomponenten, kombiniert mit einundzwanzig erläuternden Qualifikationsziffern, denen fünf Ausnahme-Buchstaben und zwölf philosophische Vergleichszeiger folgten. Wenn es jedoch darum ging, eine neue technologische Zivilisation zu analysieren und ihr eine Richter-Skala-Bewertung zu geben ... In der ganzen Föderation gab es höchstens tausend Personen, die dazu in der Lage waren. Die meisten von ihnen arbeiteten für das Erstkontakt-Amt, und deshalb hielt es Kirk für um so erstaunlicher, daß man ausgerechnet Alonzo Richter gebeten hatte, ins Talin-System zu kommen, um eine Zeitlang in einem vergleichsweise spartanisch eingerichteten Stützpunkt zu leben und zu arbeiten.

»Eigentlich ist die kulturelle Richter-Skala nicht so schwer zu verstehen, Captain«, sagte Spock.

Kirk nickte. »Mag sein.« Ein guter Bibliothekscomputer konnte die genaue Definition einer vollständigen Richter-Bewertung liefern. »Ich glaube, Pille bezog sich auf eine andere Problematik: Es ist ziemlich schwierig, eine entsprechende Einstufung zu erstellen.«

»Da haben Sie recht, Captain«, entgegnete Spock.

Kirk wußte: Selbst wenn McCoy die gleichen Worte formuliert hätte — ihm hätte der Vulkanier sicher nicht so ohne weiteres zugestimmt.

Stille schloß sich an, und Kirk genoß sie einige Sekunden lang, bevor er wieder daran dachte, daß er sich vielleicht in erhebliche Schwierigkeiten gebracht hatte. Alonzo Richters Einfluß beim Föderationsrat und Starfleet Command galt als legendär. »Spock, da Sie sich mit Dr. Richters Arbeit beschäftigt haben — kennen Sie den Grund für seinen Aufenthalt in der Basis?«

»Es gibt keine offensichtliche Antwort auf diese Frage, Captain, und ihr Fehlen veranlaßt mich zu folgender Vermutung: Ich nehme an, Starfleet hat Dr. Richters Präsenz im hiesigen Sonnensystem geheimgehalten.«

»Aber das ergibt doch keinen Sinn«, wandte McCoy ein. »Wir sind einige hundert Lichtjahre von umstrittenen stellaren Territorien entfernt, und daher dürfte es sehr unwahrscheinlich sein, daß hier Klingonen oder Romulaner aktiv werden. Die Talin stellen keine militärische Gefahr für die Föderation dar. Warum also sollte die Tätigkeit des EKA geheimgehalten werden?«

»Nicht die Tätigkeit des Erstkontakt-Amts an sich, Doktor. Nur Dr. Richters Gegenwart.«

»Und der Grund?« fragte Kirk, als er die Flugbahn des Shuttles änderte. Mit einem Blick auf die Kontrollen stellte er fest, daß Sulu sofort eine Kursanpassung vornahm: Die *Galileo* blieb genau zwei Kilometer entfernt und flog hinter der *John Burke.*

»Da Dr. Richters Präsenz bisher in keinem Bericht erwähnt worden ist, mangelt es verständlicherweise auch an Erklärungen. Daher bin ich hinsichtlich der Gründe für seine Anwesenheit auf Spekulationen angewiesen.«

Kirk hörte, wie McCoy hin und her rutschte. »Meine Güte, Spock, beantworten Sie endlich die Frage.«

»Es sind *mehrere* Antworten denkbar«, betonte Spock. McCoy nahm diesen Hinweis zum Anlaß, verächtlich zu schnauben. »In diesem Zusammenhang sehe ich für folgenden Aspekt eine besonders hohe Wahrscheinlichkeit: Vielleicht sind einige Faktoren entdeckt worden, die eine Neueinstufung von Talin IV in Hinblick auf die Kultur-Skala erfordern; möglicherweise kam es zu einem Disput, den Dr. Richter schlichten soll.«

»Aber verschiedene Interpretationen von Richter-Bewertungen sind doch keineswegs selten, oder?« erkundigte sich Kirk. »Insbesondere dann, wenn es sich um relativ hochentwickelte Zivilisationen handelt.«

»In der Tat, Captain. Einige Debatten dauerten Jahrzehnte und betrafen geringfügige Unterschiede bei den philosophischen Vergleichszeigern und Qualifikationsziffern. Aber welche Diskussionen auch immer in Hinsicht auf die Richter-Bewertungen von Talin IV stattfinden — sie dürfen nicht mehr als eine gewisse Zeit in Anspruch nehmen.«

»Weil die Gefahr besteht, daß eine globale nukleare Katastrophe die Zivilisation der Talin auslöscht?« fragte McCoy.

»Nicht unbedingt, Doktor. Richter-Klassifikationen sind auch bei nicht mehr existierenden Kulturen möglich. Das EKA beobachtet Talin schon seit einigen Jahren, und ich bin sicher, daß angesichts der vielen gesammelten Daten auch dann eine Skala-Einstufung vorgenommen werden kann, wenn die Bewohner des Planeten kollektiven Selbstmord begehen.«

Kirk steuerte das Shuttle in den Schatten eines lunaren Gebirges und aktivierte den Autopiloten — manuelle Kontrollen wurden erst wieder notwendig, wenn der Landeanflug begann. Und selbst jene Flugphase hätte der Bordcomputer zuverlässig kontrollieren können — Kirk liebte nur das Gefühl, die Raumfähre selbst zu fliegen. Doch jetzt erschien es ihm wichtiger, Spocks Ausführungen die notwendige Beachtung zu schenken.

»Wenn es nur darum ging, eine bereits vorgenommene Skala-Klassifikation zu modifizieren ... Das hätte Dr. Richter auch erledigen können, ohne das Richter-Institut auf dem Mars zu verlassen. Seine Präsenz in der EKA-Basis deutet auf die große Bedeutung des Zeitfaktors hin, was wiederum den Schluß zuläßt, daß die Kriegsgefahr auf Talin IV größer ist als bisher angenommen.«

»Einen Augenblick«, warf Kirk ein. »Wissen Sie noch, was Carolyn — Lieutenant Palamas — vor einigen Tagen sagte? Angeblich hoffen einige Besatzungsmitglieder, daß sich unser Einsatz in eine Erstkontakt-Mission verwandelt.«

McCoy lächelte. »Ja, ich erinnere mich daran, daß *Carolyn* davon sprach.«

»Und wenn das EKA solche Hoffnungen teilt?«

»Das wäre im höchsten Maße unangemessen, Captain. Nach der Richter-Einstufung von Talin IV...«

»Darum geht es ja gerade, Spock! Vielleicht wird derzeit die ursprüngliche Einschätzung überprüft, aus der hervorgeht, daß es erst in einigen Jahrzehnten zu einem Kontakt zwischen den Talin und der Föderation kommen darf. Für eine so weit fortgeschrittene Zivilisation könnte die Neueinstufung bedeuten, daß sich plötzlich die Tür für den Erstkontakt öffnet.«

Spock blieb skeptisch und schüttelte den Kopf. »Ich gebe zu: Die Vorstellung, einen Weltkrieg zu verhindern, übt großen Reiz aus. Aber die Erste Direktive schreibt eine technologische Schwelle vor, die überschritten sein muß, bevor die Föderation einen direkten Kontakt herstellen darf, und die Talin sind noch nicht soweit.«

»Und wenn sie *ganz dicht* vor der Schwelle stehen, Spock?«

Der Vulkanier musterte den Captain nachdenklich. »Sie meinen vermutlich: Was wäre, wenn Talin IV die Kontaktschwelle nicht erst in einigen Jahrzehnten erreicht, sondern schon in einigen Monaten oder gar Wochen?«

»Genau.« Kirk sprach schneller, als seine Überzeugung wuchs, daß er die Erklärung für Richters Präsenz in der EKA-Basis und die besonderen Umstände dieser Mission gefunden hatte. »Denken Sie an die Kom-Blokkade. Es ist durchaus üblich, auf die Deflektoren zu verzichten, wenn man durch ein Sonnensystem fliegt, in dem die Technik der Radioastronomie existiert. Aber wie oft hat man uns aufgefordert, auf aktive Sensoren und Subraum-Kommunikation zu verzichten?«

»Solche Beschränkungen beziehen sich normalerweise auf die Gefechtsbereitschaft«, erwiderte Spock sofort. »Abgesehen davon habe ich keine Präzedenzfälle erlebt, weder unter Ihrem Kommando noch unter dem von Captain Pike.«

»Wie oft hat man uns die Verwendung von Transportern in der Nähe eines Planeten verboten, für den die Erste Direktive gilt?«

Spock dachte kurz nach. »Mir ist kein Beispiel dafür bekannt, daß man irgendeinem Starfleet-Schiff jemals eine solche Anweisung gab. Ich muß mich wiederholen: Solche Order betreffen allein Kampfsituationen.«

»Und was folgt daraus?« Es war eine rhetorische Frage — Kirk kannte die Antwort bereits.

Das galt auch für McCoy. »Auf Talin IV existiert nicht nur die Möglichkeit, Strahlungssignale im elektromagnetischen Spektrum zu entdecken. Die Bewohner des Planeten sind auch imstande, Subraum-Impulse zu empfangen.«

»Unmöglich«, sagte Spock. »Die mir bekannten Berichte über den technischen Entwicklungsstand der Talin enthalten nicht den geringsten Hinweis darauf, daß erste Transtatoren konstruiert wurden — ganz zu schweigen von der Anwendung multidimensionaler Mathematik, die entsprechende Funktionen beschreibt. Ohne Transtator-Technik steht jenes energetische Subraum-Spektrum, das wir für ÜL-Kommunikation, aktive Sensorsondierungen und Materietransmission benutzen, nicht zur Verfügung.«

Einige Sekunden lang war in der *John Burke* nur das leise Summen des Impulstriebwerks zu hören, das kaum zwei Prozent seines Leistungspotentials entfaltete. »Ob Sie es für unmöglich halten oder nicht, Spock ...«, murmelte Kirk. »Die ungewöhnliche Kom-Blockade sowie Alonzo Richters Präsenz im EKA-Stützpunkt deuten meiner Ansicht nach darauf hin, daß es irgendwo auf Talin IV ein Gerät gibt, das Subraum-Signale registrieren kann. Vielleicht ist es das erste seiner Art. Vielleicht handelt es sich um den primitiven Prototyp eines Transtators, so groß wie dieses Shuttle. Aber er existiert und befindet sich dort unten. Eine andere Erklärung gibt es nicht.«

Für einen Sekundenbruchteil zeigte sich Unbehagen in Spocks Gesicht. »In Ihren Worten kommt Logik zum Ausdruck, Captain. Gleichzeitig können sie unmöglich der Wahrheit entsprechen.«

»Gibt es etwas Schlimmeres als einen sturen Vulkanier?« stöhnte McCoy und sah wie flehentlich zu einem imaginären Himmel.

»Viele Dinge, Doktor«, entgegnete der Vulkanier. »Unter anderem Ärzte, die ...«

Kirk hob die Hand. »Im Ernst, Spock: Kommt eine andere Erklärung in Frage?«

»Derzeit fällt mir keine ein, doch die Unfähigkeit, eine Alternative zu formulieren, ist kein Beweis für ihre Nichtexistenz.«

»Aber wenn ich wirklich recht habe ...«, sagte Jim. »Wenn es auf dem Planeten tatsächlich einen Signaldetektor gibt, der auf Transtatorbasis funktioniert ... Sie wissen sicher, was das bedeutet.«

Spock nickte und bestätigte damit die Stichhaltigkeit von Kirks Argumenten. »Wenn die Talin über ein solches Gerät verfügen, dauert es höchstens noch einige Tage, bis sie Subraum-Signale empfangen und herausfinden, daß ein großes interstellares Kommunikationsnetz existiert.«

»Welche Konsequenzen ergäben sich daraus?« fragte der Captain.

Spocks Antwort bezog sich auf die Präambel der EKA-Charta — offenbar wollte er vermeiden, Kirks Theorien durch persönliche Bemerkungen zusätzliches Gewicht zu verleihen. »In dem Fall gelangen die Talin durch ihre eigenen Bemühungen zu der Erkenntnis, daß viele andere Planeten intelligentes Leben hervorgebracht haben. Damit überschreiten sie jene technologische Schwelle, die in der Ersten Direktive als Minimalbedingung für einen Erstkontakt genannt wird. Dann ist das EKA befugt, sich mit einer Grußbotschaft an die bis dahin isolierte Welt zu wenden und einen auf dem Prinzip der Gleichberechtigung basierenden Dialog mit den Talin zu beginnen.«

Kirk lehnte sich zufrieden zurück. »Und das könnte innerhalb der nächsten Tage passieren.«

Spocks Gesichtsausdruck veränderte sich nicht. »Ebenso möglich ist eine nukleare Katastrophe, die den ganzen Planeten ins Verderben führt.«

Kirk bekam keine Gelegenheit zu einem Kommentar: Der Navigationscomputer löste den programmierten Alarm aus — ein rhythmisches Summen — und wies damit auf den unmittelbar bevorstehenden Landeanflug hin. Jim beugte sich vor und betätigte die Kontrollen.

Genug der Spekulationen, dachte er. *Jetzt wird es Zeit, zwei verschiedene Theorien zu testen — Spocks und meine.* Zwar fand er großen Gefallen an solchen Herausforderungen und an der Vorstellung, in dieser Hinsicht einen Sieg zu erringen, aber Spock gegenüber war er auch bereit, eine Niederlage hinzunehmen.

Als Kirk das Shuttle zum EKA-Stützpunkt lenkte, fiel ihm ein, daß sich in keinem Fall eine Niederlage ankündigte. Was auch immer sie in der Basis feststellten: Es brachte entweder ihm selbst oder Spock den Sieg. Jim lächelte stumm und gab sich diesem angenehmen Empfinden hin, das ihm nicht völlig unvertraut war.

Wenige Sekunden später leuchtete die Bereitschaftsanzeige und bestätigte, daß der Außenposten des Erstkontakt-Amts Landeerlaubnis erteilt hatte. Kirk steuerte die *John Burke* zu einem großen, schattenumhüllten Felsvorsprung und hörte das entsetzte Keuchen des Arztes, als er das Shuttle in den Berghang flog.

KAPITEL 3

»Ich hasse Hologramme«, klagte McCoy, als die *John Burke* erschütterungsfrei landete. »Die verdammten Dinger wirken immer realistischer. Was ist aus der guten alten Zeit geworden, als man aus den Augenwinkeln ein Flimmern an ihren Rändern entdecken konnte?«

Spock stand auf und nahm zwei Taschen aus dem Gepäckfach: Sie enthielten Datenmodule für die EKA-Computer. Durch die Kom-Blockade war es nicht möglich, einen Subraum-Kommunikationskanal zu öffnen, um innerhalb weniger Sekunden einen Download vorzunehmen, der Hunderte von Gigabyte umfaßte. »Wenn die holographische Projektion eines Bergs durch Flimmern oder Flackern auffiele, Doktor, so hätte sie als Tarnung für den Stützpunkt kaum einen Sinn.«

»Der *Zweck* ist mir völlig klar, Spock. Was jedoch nicht bedeutet, daß ich an so etwas Gefallen finden muß, oder?« McCoy schob sich an dem Vulkanier vorbei — der Mittelgang zwischen den Sitzen bot nur wenig Platz — und packte die Medo-Sachen zusammen. Er wollte den allgemeinen Starfleet-Vorschriften genügen und während seines Aufenthalts in der Basis möglichst viele Angehörige des EKA-Personals untersuchen. Da er Medikamente und dergleichen von der *Enterprise* zum Stützpunkt beamen lassen konnte, hatte er jene Dinge mitgenommen, die erfahrungsgemäß häufig gebraucht wurden — dadurch ergab sich eine recht große Ausrüstung.

Kirk sah durchs Bugfenster und beobachtete, wie die

Galileo durch eine scheinbar massive Felswand schwebte und ebenfalls landete. Unmittelbar im Anschluß daran glitten die beiden Hälften eines großen Schleusenschotts aufeinander zu. Die Landekammer der Basis schien nur ein wenig größer zu sein als der *Enterprise*-Hangar.

Als sich das riesige Schott geschlossen hatte, vernahm Kirk ein dumpfes, rasch lauter werdendes Zischen — Luft strömte in die Kammer. Wenige Sekunden später knackte es im Lautsprecher der externen Kommunikation — die Basis verfügte über eine spezielle Abschirmung, die dafür sorgte, daß keine Kom-Signale nach draußen gelangten. Die Stimme einer Frau erklang: »Es dauert zweiundzwanzig Sekunden, um vollen atmosphärischen Druck herzustellen. Bitte warten Sie.«

Kirk stand auf und streckte sich. »Wir sind schon höflicher begrüßt worden.«

McCoy zuckte mit den Schultern. »Wenn unsere Vermutungen in Hinsicht auf die hiesige Situation stimmen, so würde es mich nicht überraschen, wenn hier alle Leute auf dem Kopf stehen und ...« Er unterbrach sich und sah Spock an. »Sagen Sie es nicht.«

»Was meinen Sie, Doktor?« erwiderte der Vulkanier unschuldig.

Bevor McCoy antworten konnte, leuchtete ein grünes Display über der noch geschlossenen Luke des Shuttles — der Druckausgleich war erfolgt.

Kirk winkte. »Gehen wir, meine Herren.« Er streckte die Hand nach den Kontrollen aus und reduzierte langsam die künstliche Gravitation, bis er nur noch die natürliche Schwerkraft des Mondes spürte: null Komma zwei G, etwas mehr als beim Trabanten der Erde. Leonard stöhnte leise, und auch Jim hatte das Gefühl, daß der Magen in Richtung Hals kletterte. Er betätigte eine Taste, und mit einem verhaltenen Summen schwang die Luke auf.

Als Kirk ausstieg, verließen Sulu, Chekov, Uhura und

Palamas die *Galileo.* Jeder von ihnen trug ein oder zwei Behälter mit Datenmodulen und Aufzeichnungseinheiten, die sie vielleicht während der nächsten Stunden benötigten. Kirk wurde sich plötzlich seiner leeren Hände bewußt und nahm Uhura eins der Diagnosegeräte ab, die dazu dienten, Fehlfunktionen zu entdecken — obgleich die Instrumente angesichts der niedrigen Schwerkraft kaum eine Belastung darstellten. Er hielt dies nicht für den geeigneten Zeitpunkt, sich noch einmal an Lieutenant Palamas zu wenden und erneut anzubieten, einen Teil ihrer Sachen zu tragen.

Während die Landegruppe von der *Enterprise* auf das Eintreffen eines EKA-Repräsentanten wartete, blickte sich Sulu anerkennend in der großen Kammer um. Abgesehen vom großen Außenschott und der Tür einer kleineren Personenschleuse bestanden die Wände aus nacktem Fels. Mehrere Dutzend installierte Lichtringe verdrängten die Schatten aus allen Ecken. »Wie konnte ein solcher Stützpunkt konstruiert werden, ohne daß die Talin etwas merkten?«

Erstaunlicherweise kam Palamas einer Antwort Spocks zuvor. »Was die visuelle Astronomie betrifft, müssen sich die Talin mit optischen Instrumenten auf ihrem Planeten begnügen. Das Auflösungsvermögen der Teleskope ist begrenzt: Die kleinsten auf der Mondoberfläche beobachtbaren Objekte durchmessen mehr als einen halben Kilometer.«

»Und in diesem Fall sind die Rotationsperioden von Mond und Planet nicht miteinander synchronisiert«, fügte Spock hinzu. »Was bedeutet: Während eines ›Monats‹ ist der EKA-Stützpunkt etwa dreizehn Tage lang nicht von Talin IV aus zu sehen. Der die Basis betreffende externe Verkehr findet für gewöhnlich während dieser Zeit statt.«

Spocks Bemerkung weckte McCoys Interesse. »Aber jetzt ist diese Seite des Monds dem Planeten zugewandt. Der Umstand, daß man uns trotzdem hierherholte, könnte also ein weiterer Hinweis darauf sein, daß die Zeit drängt.«

Kirk nickte. Palamas runzelte die Stirn, aber bevor sie nach der Bedeutung von Leonards Worten fragen konnte, pfiff Sulu erneut und ging zu einem anderen Teil der Kammer.

»Das nenne ich ›Verkehr‹«, brachte der Steuermann begeistert hervor.

Fünf Atmosphärenshuttles vom Typ Phantom parkten an der gegenüberliegenden Wand. Kirk kannte die technischen Daten, obwohl solche Gefährte bisher an Bord der *Enterprise* gefehlt hatten. Es handelte sich um Maschinen mit stummelförmigen Tragflächen und einem glatt gewölbten Rumpf, wodurch sie wie halb geschmolzen wirkten. Das Transportpotential war nur halb so groß wie im Fall der klobigen Mark 12-Einheiten, eine Kategorie, zu der auch die *Galileo* und *John Burke* gehörten. Die besondere Struktur der Außenhülle — sie wies rippenartige Muster auf und war so schwarz wie das All — absorbierte Ortungssignale und sorgte dafür, daß man diese Shuttles nur mit Hilfe moderner Massedetektoren entdecken konnte. Hinzu kam ein duales Antriebssystem, dem die Phantom-Fähren den Ruf verdankten, daß sie schwer zu fliegen waren — und daß der Pilot mit viel Aufregung rechnen durfte.

»Gefallen sie Ihnen?« erklang eine Stimme, als sich Kirk und die anderen Sulu hinzugesellten, wie er die Phantom-Maschinen bewunderten.

Der Captain drehte sich um und sah eine junge, rothaarige Frau, die einen Piloten-Overall trug. »Ich nehme an, Sie sind Captain Kirk. Ich bin Carole Mallett, verantwortlich für die planetaren Einsätze.« Ihr freundliches Lächeln war eine Überraschung — Kirk hatte mit einem anderen Empfang gerechnet.

Aus einem Reflex heraus glitt sein Blick zu den Ärmeln und Schultern von Malletts Overall, suchte dort nach Rangabzeichen. Dann fiel ihm ein: Das EKA war zwar Teil von Starfleet, aber es verzichtete auf Ränge und unterstand direkt der Admiralität sowie dem Föderationsrat. Er schüttelte die Hand der jungen Frau und stellte seine Begleiter vor.

»Fliegen Sie solche Shuttles?« fragte Sulu und tastete nach der stumpfen Kante einer kurzen Phantom-Tragfläche.

»Von ›Fliegen‹ in dem Sinne kann eigentlich nicht die Rede sein«, erwiderte Mallett. »Wenn der Antigrav-Antrieb aktiviert ist ... Stellen Sie sich vor, mehrmals im freien Fall auf ein Trampolin hinabzustürzen.«

»Der Umgang damit soll ziemlich schwer sein.«

»Das ist die Untertreibung des Jahrtausends«, kommentierte Mallett. »Das EKA braucht Shuttles, die für Untersuchungen bestimmte Proben von isolierten Planeten holen. Ich schätze, andernfalls gäbe es überhaupt keinen Grund, solche Dinger zu bauen.«

»Warum stellen sie etwas Besonderes dar?« erkundigte sich McCoy.

Mallett führte den Arzt zum Heckbereich der ersten Fähre. Dort zeigten sich keine Düsen, nur Impuls-Schubprojektoren. »Nun, im Weltraum unterscheiden sie sich kaum von gewöhnlichen Shuttles. Das kleine Impulstriebwerk ermöglicht eine Höchstgeschwindigkeit von null Komma null null eins *c* — genug, um Talin in einer halben Stunde zu erreichen. Doch sobald wir dort in die obersten Schichten der Atmosphäre gelangen, schalten wir auf Antigrav um. Die Vorteile sind offensichtlich: völlige Lautlosigkeit, keine Abgase, keine Strahlung, keine chemischen Emissionen. Ideale Voraussetzungen für Forschungsflüge, wenn eine Welt den Bestimmungen der Ersten Direktive unterliegt und eine moderne, technisch orientierte Kultur aufweist.«

McCoy ahnte, daß es auch einen Haken gab. »Und die Nachteile?« fragte er.

»Wenn Sie bei Gefechtsmanövern jemals ein Trägheitsmoment gespürt haben, so wissen Sie um die langsame Reaktion künstlicher Schwerkraftfelder Bescheid. Wenn man ein Phantom-Shuttle fliegt, muß man immer fünf Sekunden voraus denken. Im Grunde genommen geht es um folgendes: Man gleitet durch einen teilweise kontrollierten freien Fall und schaltet auf Antigrav, um zurückzuspringen, bevor man auf den Boden prallt. Wenn man landen will, muß man alles genau miteinander abstimmen — um nicht auf der Oberfläche des Planeten zu zerschellen oder wie ein Gummiball auf und ab zu hüpfen.« Die junge Frau seufzte. »Es ist schrecklich, glauben Sie mir.«

»Das klingt nicht schrecklich, sondern aufregend«, entgegnete Sulu.

Mallett lächelte und schüttelte den Kopf. »Das sagen sie alle. Bis sie die Kontrollen eines solchen Shuttles bedienen. Wenn Sie Zeit haben ... Uns steht hier ein Phantom-Simulator zur Verfügung. Sie dürfen ihn benutzen. Vorausgesetzt, Sie bringen Ihre eigenen Tüten mit — falls Ihnen schlecht wird.«

Sulu strahlte und sah zu Kirk, der nur kurz die Schultern hob. Von jetzt an entschied nicht mehr er, sondern das EKA.

»Miss Mallett ...«, sagte er. »Ich glaube, wir sollten zunächst mit Dr. Richter sprechen, um festzustellen, wie wir Ihnen bei Ihrer Mission helfen können. Wir haben den Eindruck gewonnen, daß Sie unter Zeitdruck stehen.«

Mallett nickte, und von einem Augenblick zum anderen wirkte sie sehr besorgt. »Die Leute warten bereits auf Sie, im Bereitschaftszimmer neben dem zentralen Überwachungsraum. Äh, die offiziellen Berichte kennen Sie bereits, aber der Direktor wird Ihnen noch einige zusätzliche Informationen geben.«

»Ist die Situation wirklich so schlimm, wie wir glauben?« fragte Lieutenant Palamas.

»Ganz gleich, *was* Sie glauben ...«, erwiderte Mallett kummervoll. »Die Situation ist *viel* schlimmer.«

Der zentrale Überwachungsraum befand sich im Herzen des EKA-Stützpunkts, fünf Etagen unter der Hangarkammer. Kirk verglich ihn mit einer ums Zehnfache vergrößerten Raumschiffbrücke: rund, ausgestattet mit mindestens fünfzig Substationen und einem zentralen Kommandotisch. Fünf Techniker saßen dort, betätigten ständig Schalter und Tasten, um ihren Audio-Input zu kontrollieren, sahen dabei zu einem Wandschirm, der zweimal so hoch und viermal so breit sein mochte wie das Projektionsfeld im Kontrollraum der *Enterprise.* Aber er zeigte nicht etwa nur eine Szene, sondern war in mehr als hundert kleine und zehn größere rechteckige Bildschirmfenster aufgeteilt. Die Darstellungen vieler Displays blieben ohne Bedeutung für Kirk, aber in einigen Fällen erkannte er erwachsene Talin. In einem der größeren Abschnitte sah er die Nahaufnahme eines Talin und vernahm ein rhythmisches Zischen, synchron zu den Mundbewegungen des Wesens.

»Was hat es damit auf sich?« fragte Kirk. Er war beeindruckt: Hier wurden mehr Informationen angeboten, als von menschlichen Sinnen aufgenommen und verarbeitet werden konnten.

Mallett blieb neben ihm stehen und lächelte. »Sind Sie mit der alten Technik vertraut? Dies nannte man früher ›Fernsehen‹.«

»O natürlich.« Kirk nickte. Er hatte davon gelesen und auf dem Planeten 892-IV entsprechende Anlagen kennengelernt. »Die Übertragung zweidimensionaler Bilder mit Hilfe von ... Analogsignalen aus elektromagnetischer Energie.«

»Das ist der rein technische Aspekt«, sagte Mallett. »Aber wie im späten zwanzigsten Jahrhundert auf der Erde gibt es auch hier eine außerordentlich wichtige kulturelle Komponente. Was eigentlich sehr erstaunlich ist, denn immerhin sind Interaktionen ausgeschlossen.«

Kirk blinzelte. »Soll das heißen, die Talin sehen sich

die Bilder einfach nur an — ohne eine Möglichkeit, Einfluß darauf zu nehmen?«

Mallett nickte.

Der Captain wollte sich nach dem Grund dafür erkundigen, aber er kannte zu viele fremde Welten und Zivilisationen, um sich von den besonderen Traditionen und Bräuchen eines Volkes wirklich überraschen zu lassen.

»In drei jeweils zweihundert Quadratkilometer großen Bereichen dieses Monds haben wir getarnte elektromagnetische Antennen installiert«, fuhr Mallett fort. »Was uns trotz der asynchronen Rotation in die Lage versetzt, ständig Signale vom Planeten zu empfangen. Sie betreffen etwa dreihundert staatliche Fernsehsender und mehr als fünftausend Audio-Kanäle, die man bei uns als ›Radio‹ bezeichnete.« Kirks Nicken deutete darauf hin, daß er diesen Begriff kannte. »Hinzu kommen einige hunderttausend private Kom-Kanäle pro Tag«, fügte die junge Frau hinzu.

In Uhuras Augen leuchtete Interesse. »Pro Tag? Und können Sie die betreffenden Daten in Echtzeit verarbeiten?«

Mallett erkannte eine Gleichgesinnte in der Kommunikationsspezialistin. »Das hiesige Personal kümmert sich um weniger als ein Prozent der Datenkanäle. Der Rest bleibt den Computern überlassen. Sie suchen nach Schlüsselwörtern und speziellen Hinweisen, kennzeichnen jene Datensätze, die eine gründliche Analyse erfordern.«

Uhuras Blick glitt über den großen Wandschirm mit den vielen Displays hinweg. »Die Kommunikation eines ganzen Planeten ...«, murmelte sie. Und etwas lauter: »Welches Verarbeitungssystem benutzen Sie? Wie wird aufgezeichnet und korreliert? Ist der Elaborationskomplex hundertprozentig duotronisch?«

Mallett hob die Hand. »Ich werde Ihnen Gelegenheit geben, mit Mario zu sprechen. Er ist für unser Kom-System zuständig und kann Ihnen die technischen Einzelheiten nennen.«

Als die beiden Frauen ihre Diskussion über die Empfangs- und Verarbeitungskapazität fortsetzten, sah Kirk zu den einzelnen Stationen und versuchte, sie anhand der Kontrollen und angezeigten Daten zu identifizieren. Die Anzahl der militärischen Displays erstaunte ihn. Einige Sekunden später merkte er, daß Spock näher trat.

»Captain, Sie sollten sich das dritte große Bildschirmfenster von rechts ansehen.«

Kirk drehte sich um, ebenso wie die anderen Mitglieder der Landegruppe. Auch Mallett blickte in die entsprechende Richtung.

»Stammt das Bild von einem Sicherheitssensor hier in der Basis?« fragte Jim — es widerstrebte ihm, die andere Möglichkeit in Erwägung zu ziehen.

»Nein«, antwortete Mallett. Sie wirkte jetzt sehr ernst. »Die Szene stammt aus einer Sendung, die Nachrichten bringt — Informationen über das aktuelle Geschehen auf dem Planeten.«

Die ersten Kontakte mit der Basis hatten den Schluß zugelassen, daß im EKA-Stützpunkt erhebliche Anspannung herrschte, und nun verstand Kirk den Grund dafür. Auch die Kom-Blockade ergab plötzlich einen Sinn — wenn auch in einem anderen Zusammenhang als bisher vermutet. In den Talin-Nachrichten wurde das undeutliche, verschwommene Bild eines Phantom-Shuttles gezeigt. Diese Tatsache konnte nur eins bedeuten: Das EKA hatte die Erste Direktive verletzt.

»Ich glaube, wir haben hier genug gesehen«, sagte der Captain. »Es wird Zeit, mit Dr. Richter zu reden.«

Als Kirk Alonzo Richter sah, ging ihm folgender Gedanke durch den Kopf: *Jetzt überrascht mich sein hohes Alter nicht mehr — er sieht so fies aus, daß ihn selbst der Tod scheut.*

Der Mann schien nur aus Haut und Knochen zu bestehen. Der obere Teil des Rückens und die Schultern waren krumm, wodurch sich Hals und Kopf wie herausfordernd nach vorn neigten. Das weiße Haar schien noch kürzer zu sein als bei einem Kadetten, der gerade vom Friseur kam, ein Umstand, der ihm eine strenge, militärische Aura verlieh. Myriaden Falten gaben seinem Gesicht einen fast fratzenhaft finsteren Ausdruck.

In vergangenen Jahrhunderten hatten sich die Menschen mit solchen Folgen des Alterns abfinden müssen, und deshalb war Richters Erscheinungsbild um so erstaunlicher: Er humpelte in den Bereitschaftsraum, stützte sich selbst in der geringen Schwerkraft auf einen Gehstock aus glänzendem Holz. Entweder hatten bei ihm die modernen Verjüngungsmethoden keinen Sinn mehr, oder er lehnte sie ab.

Kirk und die anderen standen respektvoll auf, als sich die Tür hinter dem Greis schloß. Mallett wollte ihn zu seinem Sessel führen, aber er stieß ihre Hand beiseite und pochte mit dem Stock auf den Boden.

»Sie!« keifte er, und in seiner Stimme vibrierte mindestens ebensoviel Zorn wie bei der ersten Kom-Verbindung zwischen dem Raumschiff *Enterprise* und der EKA-Basis. »Glauben Sie etwa, mir fiele nichts auf?«

Köpfe drehten sich, als die Anwesenden dem Blick des Alten zu McCoy folgten.

»Legen Sie das Ding beiseite. Es kann Ihnen nur mitteilen, daß ich sterbe. Und das ist schon seit zwanzig Jahren der Fall, wenn man den Ärzten Glauben schenken darf.«

McCoy desaktivierte den medizinischen Tricorder, mit dem er möglichst unauffällig versucht hatte, Richter zu sondieren.

»Und setzen Sie sich. Sie alle. Ich bin kein *Patak*-Admiral.«

Kirk sah, wie Uhura blinzelte, als sie diesen klingonischen Fluch vernahm. Unmittelbar im Anschluß daran trachtete sie danach, ihre Erheiterung zu verbergen. Richter murmelte einige weitere klingonische Schimpfwörter, als er langsam zu seinem Platz schlurfte. Mühsam nahm er Platz und lehnte sich zurück, wobei seine Züge für einen Sekundenbruchteil so etwas wie Zufriedenheit offenbarten. Nacheinander musterte er die Wartenden, und schließlich verharrte sein Blick auf Kirk.

»Sie sind also der junge Unruhestifter, der versucht hat, den ganzen *Kreldan*-Planeten auf seine Ankunft hinzuweisen.«

Kirk sah kurz zu Uhura, aber ihre einzige Reaktion bestand aus Verwirrung — offenbar hatte sie diesen Fluch noch nie zuvor gehört.

»Ich habe es bereits zu erklären versucht«, erwiderte Kirk geduldig. »Wir wußten nichts von dem Raumschiff der Talin — weil wir keine Mitteilung von diesem Stützpunkt empfingen.«

»Oh, natürlich nicht«, entgegnete Richter. »Fünf Tage lang haben wir betreffende Hinweise gesendet, aber warum sollten wir damit rechnen, daß Sie etwas empfangen?«

Kirk blieb ruhig. »Ich habe meinen Kommunikationsoffizier mitgebracht, um Ihre Kom-Geräte zu überprüfen. Vielleicht liegt eine Fehlfunktion vor.«

Richter schnaubte abfällig und sah zu Uhura. »Mit unseren Geräten ist alles in bester Ordnung. Kehren Sie zu Ihrem Schiff zurück.«

Kirk beugte sich vor. »Dr. Richter, um Zeit zu sparen, schlage ich folgendes vor: Beauftragen wir unsere jeweiligen Kom-Spezialisten damit, den Grund dafür herauszufinden, warum wir Ihre Mitteilung nicht empfingen. Wir müssen unsere Aufmerksamkeit wichtigeren Dingen widmen.«

»In der Tat«, knurrte der Greis. Er hob die Hand zum Mund und hustete. Aus den Augenwinkeln bemerkte Kirk, wie McCoy den Kopf senkte und auf etwas hinabblickte, das sich unter dem Tisch befand — wahrscheinlich versuchte er noch immer, eine Medo-Sondierung vorzunehmen.

Einige Sekunden lang herrschte Stille.

»Nun«, sagte Kirk unsicher, »vielleicht sollte ich beginnen, indem ...«

»Nein«, zischte Richter. »Dies ist ein Stützpunkt des Erstkontakt-Amts. Wir haben es mit einem Planeten zu tun, für den die Erste Direktive gilt. Wir halten uns genau an die Vorschriften. Ausnahmen kommen nicht in Frage. Die Sache ist zu wichtig.«

Spock faltete die Hände auf dem Tisch. »Wir alle wissen um den Ernst der Situation, Dr. Richter.«

Der alte Wissenschaftler schob den Kopf noch etwas weiter vor und blickte so zu Spock, als sähe er ihn jetzt zum erstenmal. »Bei *Ihnen* ist das sicher der Fall. Aber was die *Sal'tasnii* betrifft ...« Er gestikulierte verächtlich. »Zumindest wissen Sie genug, um sich in Geduld zu fassen, bis sowohl der Direktor dieser Basis als auch der Kommunikationsverwalter eintreffen.«

»Natürlich«, sagte Spock.

Darauf warten wir also, dachte Kirk.

»Sie müßten gleich hier sein«, meinte Mallett. »Es ging ihnen nur noch darum, einige Unterlagen vorzubereiten.«

Erneut schloß sich eine Stille an, in der das rasselnde Atmen Dr. Richters immer lauter zu werden schien. Kurz darauf öffnete sich die Tür, und zwei Männer kamen herein.

Mallett erhob sich. »Captain Kirk, ich möchte Ihnen und Ihren Begleitern Zalan Wilforth vorstellen, den Direktor des Stützpunkts, sowie den Kommunikationschef Mario Cardinali.«

Kirk stand ebenfalls auf. Wilforth war ein junger, blasser Terraner, doch der Vorname deutete darauf hin, daß auch centaurisches Blut in seinen Adern floß. Kirk fühlte diese Vermutung bestätigt, als er die Hand des Direktors schüttelte und ein zusätzliches Gelenk im kleinen Finger spürte.

Cardinali war groß und sehr kräftig gebaut, stammte ganz offensichtlich von einer Kolonialwelt mit hoher

Schwerkraft. Seine Koteletten schienen bis zum letzten Millimeter den Akademie-Bestimmungen zu entsprechen. *Er ist nur vorübergehend hier,* dachte Kirk. Auch Mallett wirkte wie jemand, der gerade die Akademie-Ausbildung hinter sich hatte. *Offenbar herrschen in dieser Basis einige besondere Einsatzbedingungen.*

»Sie sind im zentralen Überwachungsraum gewesen und haben dort die Fernsehsendungen der Talin gesehen«, sagte Wilforth ohne Einleitung und nahm rechts von Richter Platz. Cardinali setzte sich auf der anderen Seite des Tisches zu Mallett.

»Wozu auch Bilder vom Phantom-Shuttle gehörten«, entgegnete Kirk. Wilforth runzelte die Stirn und nickte. »Wieviel wissen die Talin?«

»Sie gehen von falschen Vorstellungen aus, Captain«, warf Cardinali ein.

Das bezweifelte Kirk. »Die Talin glauben, daß es sich um die Aufnahme eines fremden Raumschiffs handelt, oder?«

»Wenigstens einige von ihnen sind dieser Ansicht«, erwiderte Cardinali. »Die Erfolge bei der bisherigen orbitalen und lunaren Raumfahrt haben in vielen Talin einen Traum geweckt.« Der Kommunikationsverwalter zuckte mit den Achseln. »*Le rêve d'étoiles*«, kommentierte er und benutzte den Akademie-Ausdruck. *Offenbar hat er eine Starfleet-Ausbildung hinter sich,* fuhr es Kirk durch den Sinn.

»Außerdem: Auch auf Talin erörtert man die Frage, ob es andere Zivilisationen im All gibt«, fuhr Cardinali fort. »Solche Diskussionen finden auf praktisch allen Welten mit raumfahrenden Kulturen vor dem Erstkontakt statt.«

Bei diesen Worten lächelte selbst McCoy, und Kirk wußte: Bestimmt gab es niemanden an diesem Tisch, der sich *nicht* mit einer Welt wie Talin IV verbunden fühlte. Unter gewöhnlichen Umständen und mit ein wenig Glück mochten einige der heute lebenden Talin feststellen, wie der Traum von den Sternen Realität wurde. *Aber wir sind nicht deshalb hier,* erinnerte sich Jim. *Wir haben uns in diesem Raum eingefunden, um über praktischere Dinge zu reden.*

»Existieren weitere Parallelen?« fragte Spock. »Auf vielen Planeten mit raumfahrenden Zivilisationen, die vor der Schwelle des Erstkontakts stehen, gibt es auch erheblichen intellektuellen Widerstand der Vorstellung gegenüber, daß andere Welten vergleichbare Kulturen hervorgebracht haben. Ist das bei Talin IV der Fall?«

»Ja«, antwortete Direktor Wilforth. »Aus einigen Sendungen geht hervor, daß es zwischen den Anhängern beider Gruppen zu Auseinandersetzungen kam. Was besonders bemerkenswert erscheint, da die Talin nicht sehr aggressiv sind.«

»Dennoch droht ein globaler Atomkrieg«, stellte Spock fest.

»Ja«, pflichtete ihm Wilforth bei. »Das ist eins der Probleme, mit denen wir es hier zu tun haben.«

»Es ist *eins* der Probleme?« wiederholte Kirk.

Der Direktor nickte Dr. Richter zu. Wache Aufmerksamkeit glänzte in den Augen des Greises, über denen sich buschige Brauen wölbten. »Deshalb haben wir Alonzo gebeten, zu uns zu kommen. In vielerlei Hinsicht scheinen die Talin ein Musterbeispiel für eine schlichte Kultur der Kategorie Richter F zu sein: terranisches Äquivalent etwa 1975 bis 2000 der alten Zeitrechnung. Vor acht Jahren, als die ersten Analysen beendet wurden, deutete alles auf einen im Gegensatz zur Erde weitgehend reibungslosen Übergang von Richter FF zu G hin. Von dort wären es nur noch ein oder zwei Jahrzehnte bis Richter H gewesen, und dann hätte Starfleet einen offiziellen Kontakt herstellen können. Es gibt mindestens zwanzig andere Welten, die sich in der gleichen vorhersehbaren Situation befinden, und bei Talin IV rechnete niemand mit besonderen Problemen.«

»Was verursachte die hiesigen Schwierigkeiten?«

fragte McCoy. Seine rechte Hand verweilte nach wie vor unter dem Tisch.

Wilforth seufzte. »Wenn wir das wüßten, hätten wir weder Alonzo noch Sie um Hilfe bitten müssen.«

»Die Talin stehen unmittelbar vor einem thermonuklearen Weltkrieg, der ihren ganzen Planeten verheeren würde«, ließ sich Mallett vernehmen. »Aber in ihrer Kulturgeschichte gibt es nicht die geringste Erklärung dafür. Das EKA kennt keine andere Zivilisation, die sich so schnell in Richtung Selbstzerstörung entwickelte.«

Chekov räusperte sich. »Während der eben genannten Zeit auf der Erde kam es zu erheblichen Spannungen zwischen Rußland und den USA.«

»Ja, ja«, schnaufte Richter gereizt. »Aber es gab eine lange Kette aus historischen und kulturellen Ereignissen, durch die jene Konfrontation zur Ausgangsbasis von Frieden und Kooperation wurde — was schließlich eine Weltregierung ermöglichte. Den Talin fehlt ein solcher historisch-kultureller Hintergrund.«

Mißtrauen erwachte in Kirk, als er den Eindruck gewann, daß die EKA-Beamten nicht die ganze Wahrheit präsentierten. *Aber warum?* dachte er. *Was haben sie zu verbergen? Sie sind doch nur Beobachter.* Dann begriff er plötzlich den Grund für die Besorgnis, die er in Wilforth und Richter spürte. Über den Tisch hinweg sah er zu Spock, und seine Lippen formten ein lautloses Wort: »Phantom.« In den Pupillen des Ersten und wissenschaftlichen Offiziers blitzte es, als er sofort zu dem gleichen Schluß gelangte. Kirk nickte, und der Vulkanier beugte sich vor.

»Da Sie der Meinung sind, daß die gegenwärtige Situation auf dem Planeten nicht mit dem kulturell-historischen Hintergrund der Talin erklärt werden kann, gibt es nur einen logischen Schluß: Die normale Entwicklung ist auf irgendeine Weise beeinflußt und verändert worden.«

Kirk beobachtete, wie sich die Falten tiefer in Wilforth' Stirn fraßen. Doch er schwieg, machte keine Anstalten, Spock zu unterbrechen.

»Eine weitere logische Annahme lautet: Das Erstkontakt-Amt trägt zumindest eine gewisse Verantwortung für die Veränderung der normalen Entwicklung, unter anderem vermutlich durch den Umstand, daß ein Phantom-Shuttle von den Talin gesehen und fotografiert wurde.«

»Bei Gott, das EKA könnte einige Vulkanier wie Sie gebrauchen«, stieß Richter hervor. »Sie haben es uns gerade erspart, einen halben Tag lang sogenannten Experten zuzuhören, die ihre Entdeckungen überbewerten und nicht begreifen, daß sie selbst dazu beitragen, den ganzen Planeten in Schutt und Asche zu legen. Ja, bei Gott — mehr Vulkanier.«

Wilforth wandte sich an Spock. »Leider kann ich Ihnen kaum widersprechen.«

»Wann wurde das Shuttle entdeckt?«

»Wir glauben, das aus den Nachrichten bekannte Bild geht auf einen Flug über dem Ozean zurück, der vor etwa sechs Monaten stattfand«, sagte Mallett. Ganz offensichtlich glaubte sie, Verantwortung zu tragen — immerhin leitete sie die planetaren Einsätze. »Es besteht die Möglichkeit, daß die Talin weitere, bisher noch unveröffentlichte Fotos haben.«

»Weshalb sollten sie darauf verzichten, derartige Bilder zu publizieren?« fragte Kirk.

»Die Aufnahmetechnik ist eine Neuentwicklung, und deshalb ...«

»Ja, natürlich!« entfuhr es Kirk. »Angesichts der politischen Situation auf dem Planeten stammen praktisch alle wichtigen technischen Innovationen vom militärisch-industriellen Komplex. Vielleicht hat eine der beiden Seiten beschlossen, nicht noch mehr Bilder zu veröffentlichen, um dem Gegner keine Hinweise auf die hochentwickelte Aufnahmetechnik zu geben.«

»Wenn Sie gestatten ...«, meldete sich Lieutenant Palamas zu Wort. »Betrifft der Konflikt nur zwei Seiten? In diesem Punkt sind die Angaben in den Berichten nicht sehr aufschlußreich.«

»Abgesehen vom Namen des Planeten und wenigen anderen Ausnahmen sind die Phoneme der Talin-Sprache für uns kaum artikulierbar, und daher nennen wir die beiden Kontrahenten Braun und Grün«, sagte Cardinali. »Die Braunen bilden den mächtigsten Staat auf dem primären Kontinent, der zum größten Teil aus Äquatorialwüsten besteht. Die Grünen haben eine Union aus fünf Einzelstaaten geschaffen, und zwar auf dem sekundären Kontinent: Dort ist das Klima milder, was ausgedehnte Wälder und Grasland ermöglicht. Organisationsformen und Politik der beiden Kulturen unterscheiden sich voneinander, aber ein neutraler Beobachter muß den Eindruck gewinnen, daß der Streit in erster Linie ... emotionaler Natur ist.«

Spock drehte den Kopf und richtete einen durchdringenden Blick auf McCoy. Der Arzt rollte mit den Augen.

Kirk achtete nicht darauf. »Gibt es noch weitere Anhaltspunkte dafür, daß die Talin von Ihren Beobachtungen erfahren haben?«

Wilforth schüttelte den Kopf. »Nein. Aber sie verhalten sich so, als sei ihnen unsere Präsenz bewußt. Die Braunen unternehmen ebenso große Anstrengungen wie die Grünen, um ihre Ortungssysteme zu modernisieren: vor allem Geräte, die elektromagnetische Wellen senden und ihre Reflexionen empfangen.«

»Radar?« vergewisserte sich Chekov.

»So lautete eine alte Bezeichnung dafür«, bestätigte der Direktor des EKA-Stützpunkts. »Hinzu kommen einige visuelle Systeme, mit denen es ihnen gelungen ist, unser Phantom-Shuttle zu entdecken. Um ganz ehrlich zu sein, Captain Kirk: Bevor es den Talin gelang, unsere Phantom-Einheit zu fotografieren, konnten sie unmöglich etwas von unserer Präsenz ahnen.«

»Direktor Wilforth«, begann Spock, »ich verstehe

nicht, warum Sie eine vollständige Kom-Blockade angeordnet und alle Materietransmissionen verboten haben, wenn Sie glauben, daß sich das Ortungspotential der Talin aufs elektromagnetische Spektrum beschränkt. Verfügen Sie darüber hinaus über Transtator-Kapazität?«

Kirk spürte, wie sich in seiner Magengrube etwas zusammenkrampfte. Wenn die Bewohner des Planeten noch einige Jahre brauchten, um eigene Transtatoren herzustellen, wenn ihnen aber trotzdem Transtator-Kapazität zur Verfügung stand ... Dafür gab es nur eine entsetzliche Erklärung.

»Direktor Wilforth ...« Jim versuchte, ruhig zu sprechen, aber es fiel ihm schwer. »Hat das EKA technische Komponenten auf Talin IV verloren oder dort zurückgelassen?«

Richter lachte, als er die Empörung in Wilforth' Miene sah. »Natürlich nicht, Captain Kirk. Es erstaunt mich sehr, daß Sie es für notwendig halten, mir eine solche Frage zu stellen ...«

»Sie ist ausgesprochen logisch«, betonte Spock.

»Und wenn schon. Als Direktor dieser Basis versichere ich Ihnen, daß vor, während und nach planetaren Einsätzen nie das Fehlen irgendwelcher Ausrüstungsmaterialien gemeldet wurde.«

»Warum fürchten Sie dann, daß die Talin Subraum-Signale ohne Transtator-Technik orten?« hakte Kirk nach. *Er verschweigt etwas,* dachte er.

Wilforth wechselte einen Blick mit Richter, und seine Augen stellten dabei eine stumme Frage. Der Greis zuckte mit den Schultern. »Wenn man Starfleet nicht trauen kann ...«, brummte er und starrte wieder zu McCoy. »Aber der Quacksalber dort drüben hat eine gehörige Portion Argwohn verdient. Ich weiß, was Sie mit dem Ding unterm Tisch anzustellen versuchen.«

Leonard seufzte und hob beide Hände. Kirk hörte ein Klicken, mit dem ein Tricorder desaktiviert wurde.

»Welche Informationen halten Sie zurück, Direktor?« fragte Spock.

»Soweit wir wissen, besitzen die Talin noch keine Transtator-Technik. Sie haben ein solides Fundament in bezug auf multidimensionale Mathematik, die für Multiphysik erforderlich ist — allerdings sahen sie bisher keine praktischen Anwendungsmöglichkeiten dafür. Außerdem ... Während der Epoche maritimer Forschungsreisen hatten praktisch alle Nationen Zugang zum vierten Kontinent, und dort gibt es recht ungewöhnliche Vorkommen an ... Rubindium.« Wilforth wirkte nun verlegen.

Spock wölbte die Brauen. »Meinen Sie natürliche Rubindiumkristalle?«

»Sie haben's erfaßt!« schnaufte Ritter. »Na, was halten Sie davon?«

»Es ist ... bemerkenswert«, erwiderte der Vulkanier in einem Tonfall, den Kirk kannte. Er bedeutete, daß Spock überrascht war.

Im Gegensatz zu Palamas. »Was hat es mit Rubindiumkristallen auf sich? Warum sind sie so wichtig?«

»Man benötigt sie für die Entwicklung der Subraum-Technik«, erläuterte Chekov. »Sie enthalten eine vierdimensionale molekulare Gitterstruktur, die sich mit der von Dilithium vergleichen läßt. Anders ausgedrückt: Sie sind imstande, Subraum-Strahlung in Transtatorstrom zu verwandeln — so wie Quarzkristalle elektromagnetische Wellen in Piezoelektrizität umformen. Wir verwenden Rubindium in Transporter-Transpondern, die zum Beispiel zur technischen Ausstattung unserer Kommunikatoren gehören. Darüber hinaus können sie in so kleine Stücke geschnitten werden, daß es möglich ist, winzige Kristallsplitter unter die Haut zu injizieren, um ...«

»Ich glaube, Lieutenant Palamas versteht jetzt, Chekov.« Kirk wandte sich wieder an Wilforth. »Wissen die Talin, was sich mit Rubindiumkristallen anfangen läßt?«

»Ihnen ist klar, daß Rubindium keine normale Materie darstellt. Und die gleichen temporalen Anomalien haben sie in zwei bis drei Prozent des natürlichen Quarzes entdeckt.«

Kirk war einige Sekunden lang sprachlos. Nach der Feststellung, daß eine zweite Ebene des Periodensystems existierte und Dilithiumkristalle zu den Elementen dieses zweiten Niveaus gehörten, führten weitere Untersuchungen zu einer Überraschung: Zwei bis drei Prozent des vermeintlichen Quarzes auf der Erde entpuppten sich als Dilithium. Was das äußere Erscheinungsbild von Dilithium betraf, waren verschiedene dreidimensionale Konfigurationen möglich, und dadurch konnte man diese Substanz leicht mit gewöhnlichen Kristallen verwechseln. Einzigartig wurde sie durch den Umstand, daß ein Teil des molekularen Gitters in die vierte Dimension reichte — was sich mit gewöhnlichen physikalischen Analysemethoden nicht verifizieren ließ. Kirk entsann sich daran, von einem wahren Dilithiumrausch gelesen zu haben, der vor rund zweihundert Jahren stattgefunden hatte. Manche Museen wurden praktisch über Nacht reich, weil man in den geologischen Ausstellungsstücken Dilithiumkristalle fand, die seit vielen Generationen mit Quarz verwechselt worden waren.

»Ich verstehe«, sagte Spock. »Wenn die Talin derzeit Rubindium- oder Dilithium-Tests durchführen, so könnten starke Subraum-Aktivitäten in ihrem Sonnensystem Induktionsströme in den Kristallen entstehen lassen. Da bereits ein Fundament aus theoretischer Mathematik für die Multiphysik existiert, wäre es durchaus denkbar, daß Talin-Wissenschaftler auf die Existenz eines interstellaren Kommunikationsnetzes schließen — obgleich ihnen noch die technischen Möglichkeiten fehlen, entsprechende Signale zu empfangen oder selbst zu senden.« Der Vulkanier zögerte kurz. »Ich kenne kein anderes Volk, das jemals in eine solche Situation geriet.«

»Genau, bei *Flaxt'a!*« platzte es glücklich aus Richter heraus. Er schlug mit der flachen Hand auf den Tisch. »Eine ganz neue Kategorie für die Richter-Skala. Mindestens fünf Jahre Arbeit, um das Konzept zu reorganisieren. Es ist wundervoll, einfach wundervoll.«

»Hat das EKA bereits entschieden, welche Konsequenzen sich daraus für die hiesige Anwendung der Ersten Direktive ergeben?« erkundigte sich Kirk beim Direktor.

»Nein, Captain. Das Nichteinmischungsprinzip ist eine der wichtigsten Vorschriften in der Föderation — und gleichzeitig eine der komplexesten. Vermutungen und Schätzungen nützen in diesem Zusammenhang nichts. Entscheidungen können nur auf der Grundlage von präzisen, objektiven Daten getroffen werden.«

»Und die haben Sie nicht.« Kirk wußte, in welche Richtung das Gespräch zielte.

»Nein, die haben wir nicht.«

»Deshalb baten Sie die *Enterprise* hierher: Sie brauchen unsere Hilfe, um Informationen zu sammeln.«

»Ja.«

Kirk lehnte sich zurück. Normalerweise wäre er sofort bereit gewesen, einem beliebigen EKA-Stützpunkt zu helfen. Zu seinen allgemeinen Anweisungen gehörte auch die Kooperationspflicht dem Erstkontakt-Amt gegenüber — immerhin war es Teil von Starfleet. Aber je mehr er über die Situation auf Talin herausfand, desto mehr wuchs die Überzeugung in ihm, daß seine Standardorder hier keine Anwendung fanden.

»Direktor«, sagte er schließlich, »welche präzisen, objektiven Daten liegen Ihnen bisher vor?«

Wilforth schob einige Speichermodule über den Tisch. »Diese Aufzeichnungen wurden von Spezialisten vorbereitet und gehen ins Detail, aber ich nehme an, Sie möchten eine Zusammenfassung, einen groben Überblick. Erstens: Bei der Medienüberwachung und -analyse ergaben sich Hinweise darauf, daß die Talin von der

Existenz heimlicher Beobachter wissen. Die Frage, wie das möglich ist, kann derzeit nicht beantwortet werden. Zur Entdeckung unseres Phantom-Shuttles kam es erst nach der Verbesserung der Ortungssysteme — es handelt sich somit um eine Wirkung, nicht die Ursache.

Zweitens: Die meisten Talin — unter ihnen auch jene Personen, die hohe Ämter bekleiden — glauben nicht, daß sie von fremden Wesen aus dem All beobachtet werden. Die Braunen gehen von der Vermutung aus, daß den Grünen die Entwicklung besserer Kontroll- und Transporttechnik gelungen ist, und umgekehrt verhält es sich ebenso.«

Kirk sah zu Spock. Sie wußten beide, daß die aktuelle Lage für das EKA einem Alptraum gleichkam. »Es besteht also eine gewisse Wahrscheinlichkeit dafür, daß die Aktivitäten des Erstkontakt-Amts zu stärkeren Spannungen zwischen den beiden Mächten geführt und damit zu einer Erhöhung der Kriegsgefahr geführt haben.«

»Ja«, erwiderte Wilforth schlicht. Er schien nicht die Kraft zu haben, noch mehr zu sagen.

»Wie wollen Sie diese Hypothese entweder beweisen oder widerlegen?« fragte Spock.

»Genau an dieser Stelle kommt die *Enterprise* ins Spiel«, sagte Mallett. »Wir brauchen Zugang zu Informationen, die in den Talin-Medien nicht verfügbar sind.«

»Informationen aus militärischen Quellen?«

»Ja, Mr. Spock. Wir müssen die Details der Shuttle-Sichtung in Erfahrung bringen. Wir müssen herausfinden, was die Braunen und Grünen veranlaßte, soviel Mühe in die Verbesserung ihrer Ortungssysteme zu investieren. Und wir müssen feststellen, welche Fortschritte bei den Untersuchungen von Rubindium- und Dilithiumkristallen erzielt worden sind.«

Kirk dachte an die Wünsche des EKA — und an den bevorstehenden Einsatz der *Enterprise.* »Im ersten Bericht wurden vier für das Sammeln von Daten ausgewählte Orte erwähnt. Wahrscheinlich sind es militärische Anlagen, nicht wahr?«

»Das stimmt.«

Kirk sah seine Gefährten an. »Und nach einer gründlichen Analyse der von uns gesammelten Daten entscheidet das EKA, ob es dafür verantwortlich ist, daß auf Talin IV ein Atomkrieg droht?«

»Ja«, sagte Wilforth.

»Und falls eine solche Verantwortung nicht geleugnet werden kann ... Wird das Erstkontakt-Amt dann versuchen, den angerichteten Schaden wiedergutzumachen?«

Der Direktor nickte. »Dazu sind wir entschlossen.«

»Nun, ich schätze, dann erwartet uns eine Menge Arbeit.« Kirk erhob sich.

Wilforth richtete einen hoffnungsvollen Blick auf ihn. »Möchten Sie unsere Leute sofort nach Talin bringen? Unsererseits sind keine besonderen Vorbereitungen nötig, und wir ...«

»Nein«, unterbrach Kirk den Direktor. »Nicht sofort. Sie verstehen das sicher: In einer solchen Situation muß ich Starfleet Command Bericht erstatten und um neue Anweisungen bitten. Es übersteigt meine Befugnisse als Captain und Kommandant, mit der *Enterprise* einen Einsatz zu beginnen, der vielleicht gegen die Erste Direktive verstößt.«

»Sie können Starfleet keinen Bericht übermitteln«, erwiderte Wilforth in einem klagenden Tonfall.

»Ich muß«, beharrte Kirk. »Mir bleibt keine Wahl.«

»Captain, angesichts der Kom-Blockade wären Sie gezwungen, dieses Sonnensystem zu verlassen — ein Flug, der fünf Tage dauert. Nach der Sendung des Berichts müßten Sie mindestens vier Tage lang auf eine Reaktion warten, vorausgesetzt, Starfleet Command ist imstande, sofort zu antworten, ohne zunächst einen Ermittlungsausschuß einzuberufen. Anschließend brauchen Sie noch einmal fünf Tage für die Rückkehr hierher.«

»Die zeitlichen Bedingungen sind mir durchaus klar, Direktor.«

»Nein, Captain, das sind sie nicht.« Wilforth mied Kirks Blick und sah auf den Tisch hinab. »Auf Talin IV spitzt sich die Lage immer mehr zu. Ich halte es für ausgeschlossen, daß sie zwei Wochen lang stabil bleibt. Nein, ich fürchte vielmehr, daß die nächsten drei Tage den Ausschlag geben. Ganz gleich, was die allgemeinen Order von Ihnen verlangen: Sie haben nicht genug Zeit, um sich mit Starfleet Command in Verbindung zu setzen.«

Nur drei Tage? dachte Kirk schockiert. Dann war die Situation viel schlimmer, als es in den bisherigen Berichten zum Ausdruck kam. Oder sie hatte sich in den vergangenen drei Wochen auf dramatische Weise verändert.

»Ich bedauere, daß mich die Umstände zwingen, eine so schwierige Entscheidung von Ihnen zu verlangen, Captain«, fuhr Wilforth fort. »Aber ich weiß: Wenn der Kommandant eines Starfleet-Schiffes agieren muß, ohne genug Zeit zu haben, mit Command Kontakt aufzunehmen, so ist er befugt, auf eine Art und Weise zu handeln, die seiner Meinung nach den besten Absichten der Föderation entspricht.«

Kirk setzte sich wieder. Der Direktor hatte recht.

»Es gilt, sofort etwas zu unternehmen, Captain. Als Kommandant der *Enterprise* sind Sie hier die höchste Autorität und verantwortlich für das, was während der nächsten Stunden und Tage geschehen wird.« Erst jetzt sah Wilforth auf und begegnete Kirks Blick. »Das Schicksal einer ganzen Welt und das Leben von mehr als zwei Milliarden intelligenter Wesen hängen von Ihnen ab.

Wie entscheiden Sie sich?«

KAPITEL 4

Kirk kehrte in die große Hangarkammer zurück, nahm dort in der *John Burke* Platz und dachte über seine Möglichkeiten nach. Es geschah nicht zum erstenmal, daß er ohne direkte Order von Starfleet Command handeln mußte, aber in den meisten Fällen hatte ihn die Situation gezwungen, innerhalb weniger Minuten oder gar Sekunden eine Entscheidung zu treffen. Doch was Talin IV betraf, blieben ihm einige Stunden, um alles reiflich zu überlegen — ein Aspekt, den der spätere Untersuchungsausschuß von Starfleet zweifellos in Erwägung ziehen würde. Und wenn ihm ein Fehler unterlief ... Dann konnte er nicht damit rechnen, daß man ihm mit der gleichen Nachsicht begegnete wie bei jenen Gelegenheiten, als er praktisch innerhalb eines Sekundenbruchteils entscheiden mußte.

Er hörte, wie jemand an die Außenhülle des Shuttles klopfte. Als er den Kopf drehte, sah er McCoy in der offenen Luke.

»Hausbesuch«, meinte der Arzt. »Oder möchtest du lieber allein sein?«

Kirk winkte Leonard herein.

»Es ist nicht leicht, oder?« brummte McCoy und setzte sich. »Wie dem auch sei: Es ergeben sich immer Probleme, wenn man von Starfleet Command abgeschnitten ist.«

Kirk lächelte. »Obwohl mir mein Job gerade dann am besten gefällt.«

McCoy wandte sich in seinem Sessel ein wenig zur

Seite, um den Captain zu mustern. »Eigentlich steht es mir nicht zu, danach zu fragen, aber ... Hast du bereits einen Beschluß gefaßt?«

Kirk öffnete den Mund zu einer Antwort, doch ein neuerliches Klopfen kam ihm zuvor.

»Bitte um Erlaubnis, an Bord kommen zu dürfen«, sagte der vulkanische Erste Offizier förmlich.

»Die Tür ist offen, Mr. Spock«, erwiderte Kirk.

»Verzeihen Sie die Störung, Captain, aber ich würde gern wissen, ob Sie in bezug auf die zu ergreifenden Maßnahmen klare Vorstellungen gewonnen haben.« Spock wählte den Sessel hinter McCoy und wandte sich ebenfalls Kirk zu.

»Zum Teil«, antwortete Jim. »Ich wollte meinen Standpunkt gerade erläutern.«

»Bitte fahren Sie fort.«

McCoy warf Spock einen kurzen Blick zu. »O ja, Captain, bitte fahren Sie fort«, sagte er spöttisch.

Kirk streckte die Beine und schob den einen Arm hinter die Rückenlehne des Pilotensitzes. »Es geht mir in erster Linie darum, bis zur letzten Sekunde alle Möglichkeiten offenzulassen. Je weniger Verpflichtungen ich für die *Enterprise* eingehe, desto unwahrscheinlicher ist es, die Erste Direktive unabsichtlich zu verletzen.«

»Es kann ziemlich riskant sein, mit Kommando-Entscheidungen bis zum letzten Augenblick zu warten, Jim.«

»Aber das Bemühen, die Erste Direktive zu achten, ist durchaus logisch.«

Kirk hatte plötzlich ein seltsames Gefühl: Wenn er jemals eine Entscheidung treffen sollte, die sowohl von Spock als auch von McCoy befürwortet wurde — dann unterlief ihm ein Fehler. »Ich gebe zu, daß es sich um einen Kompromiß handelt. Aber in der Zwischenzeit habe ich Gelegenheit, zusätzliche Informationen zu sammeln, die eine bessere Beurteilung der Situation ermöglichen.« Kirk sah, wie Spock nickte und McCoy die Lippen zusammenpreßte. *Gut,* dachte er. *Sie sind noch immer nicht einer Meinung. Vielleicht hat mein Plan tatsächlich etwas für sich.*

»Den ersten besorgniserregenden Aspekt sehe ich in dem Talin-Schiff, das diesen Mond umkreist«, sagte Jim. »Mit der planetaren Ökonomie steht es nicht zum besten, und außerdem droht ein Weltkrieg. Angesichts solcher Bedingungen ist es sehr unvernünftig, erhebliche finanzielle Ressourcen für lunare Forschungsmissionen zu verwenden.«

»Eine beunruhigende Angelegenheit«, pflichtete Spock dem Captain bei.

»Aus diesem Grund habe ich Scotty per Richtstrahl Anweisungen übermittelt. Wenn der Talin-Raumer das nächste Mal hinter dem Ortungshorizont des Monds verschwindet, soll er die Sensoren darauf richten und mit einem null Komma zwei fünf Sekunden langen Sondierungsimpuls feststellen, ob sich Rubindium oder Dilithium an Bord befindet.«

»Wenn das der Fall ist ...«, murmelte McCoy skeptisch. »Dann leuchten die Kristalle so hell wie eine eingeschaltete Lampe.«

»Aber nur für eine Viertelsekunde, Pille. Und wenn sich bei der Sondierung herausstellt, daß sich solche Kristalle an Bord befinden, wird der Impuls nicht wiederholt. Ich schätze, so etwas läßt sich mit der Ersten Direktive vereinbaren.«

Spock nickte. »Und wenn in dem Schiff weder Rubindium- noch Dilithiumkristalle präsent sind, so besteht bei weiteren Sondierungen nicht die Gefahr, den Argwohn der Talin zu wecken.«

»Genau«, bestätigte Kirk. »In dem Fall nimmt Mr. Scott eine vollständige Untersuchung mit den Sensoren vor — die Subraum-Signale werden von der Mondmasse abgeschirmt, was bedeutet, daß die Basen auf Talin IV nichts orten können. Nun, angesichts der von Chekov gemessenen Strahlungsmuster würde es mich nicht wundern, wenn sich nukleare Sprengköpfe an Bord des Schiffes befinden.«

»Lieber Himmel, warum sollten die Talin Atomwaffen hierherbringen?« fragte McCoy verdutzt. »Sie haben doch gar keine Stützpunkte auf dem Mond.«

»Das EKA wies darauf hin, daß die Talin extraplanetare Beobachter für möglich halten. Und der Mond ist ein idealer Ausgangspunkt für solche Beobachtungen. Die ersten vulkanischen Forschungsmissionen im Sol-System haben den Mond der Erde gelegentlich als Basis benutzt, nicht wahr?«

»In der Tat«, sagte Spock.

»Du hältst das Talin-Schiff also für einen Teil der Kriegsvorbereitungen«, schloß McCoy. »Du glaubst, es ist hierhergekommen, um die ›Invasoren aus dem All‹ zu vernichten.«

»Denk daran, was aus Wilforth' Unterlagen hervorgeht, Pille: Die Regierungen der Talin glauben nicht an die Existenz solcher ›Invasoren‹. Wahrscheinlich ist das Schiff von einem Staat auf Talin IV gestartet worden, um die Mondbasis einer anderen Nation zu finden und zu zerstören. Deshalb müssen wir eine vollständige Sondierung vornehmen. Wenn das Schiff *tatsächlich* mit einer Kriegsmission beauftragt ist, wenn es nicht nur nukleare Sprengköpfe an Bord hat, sondern auch relativ moderne Ortungsinstrumente, mit denen es den EKA-Stützpunkt lokalisieren könnte ... Dann droht dem dort tätigen Personal des Erstkontakt-Amts erhebliche Gefahr.«

McCoy schnitt eine grimmige Miene. »Hier arbeiten mehr als hundert Personen, Jim. Und für die Evakuierung wird ein Schiff wie die *Enterprise* gebraucht. Es gibt keine Möglichkeit, die EKA-Leute in Sicherheit zu bringen, *ohne* die Talin auf unsere Präsenz hinzuweisen.«

»Wenn wir den Außenposten evakuieren müssen, weil die Talin ihn mit Atomwaffen angreifen ... Glaub mir: Dann wissen die Bewohner des Planeten bereits von unserer Existenz.«

»Mit den Sensoren der *Enterprise* können die elektronischen Komponenten der Zünder in den Sprengvorrichtung selektiv neutralisiert werden, Captain«, warf der Vulkanier ein.

»Ich weiß, Spock. Und ich habe Scott gebeten, sich mit Simulationen auf eine solche Möglichkeit vorzubereiten. Aber wenn wir zu einer solchen Maßnahme gezwungen sind ... Dann wissen die Talin ebenfalls von unserer Präsenz — und von unserer technischen Überlegenheit. Was bedeutet, daß nicht nur unsere Mission in einem Fehlschlag endet, sondern auch die des EKA.«

»Soviel zu Talins Mond«, brummte McCoy. »Was willst du in Hinsicht auf den Planeten unternehmen?«

Kirk runzelte die Stirn, Hinweis darauf, daß es in seinem Plan noch einige unklare Stellen gab. »Ich habe Direktor Wilforth versprochen, seine Spezialisten in eine Umlaufbahn über den ausgewählten militärischen Anlagen zu bringen. Erst dann entscheide ich, ob die Leute auf den Planeten gebeamt werden oder nicht.«

»Auf welcher Basis wollen Sie die entsprechenden Entscheidungen treffen?« fragte Spock.

»Viel hängt davon ab, ob es Scott gelingt, die *Enterprise* vor den Sensoren der Talin zu verbergen. Unser Schiff ist kein Shuttle vom Typ Phantom. Und es bleibt auch nicht passiv. In einem so niedrigen Orbit müssen wir die Deflektoren verwenden und einen großen Teil unseres technischen Potentials einsetzen, um eine Ortung zu verhindern.«

McCoy wirkte alles andere als begeistert. »Was meinst du mit ›niedrig‹?«

Kirk zuckte mit den Schultern. »Scott ist noch mit einer Analyse des Problems beschäftigt. Er hält eine Distanz von sechzig bis achtzig Kilometern über der Oberfläche des Planeten für wahrscheinlich.«

»Eine gute Schätzung«, kommentierte Spock.

Ein Schatten fiel auf McCoys Züge. »Verdammt, Jim, die *Enterprise* ist ein Raumschiff, kein Gleiter. Was haben wir in der Atmosphäre von Talin IV zu suchen?«

»Der Sinn besteht darin, die Streustrahlung des Transporters auf ein Minimum zu reduzieren«, erklärte der Vulkanier. »Indem der Transfer auf einem sehr geringen energetischen Niveau stattfindet, das gerade noch ein sicheres Beamen der EKA-Spezialisten garantiert.«

»Spock hat recht«, betonte Kirk. »Wir testen die ganze Sache in einer höheren Umlaufbahn, indem wir einige passive Sensorsatelliten im Orbit positionieren — das EKA hat uns ausdrücklich darum gebeten. Wenn sich dabei keine Schwierigkeiten ergeben — wenn wir nicht entdeckt werden —, überfliegen wir die militärischen Stützpunkte in geringerer Höhe. Falls auch dabei eine Entdeckung ausbleibt, lasse ich den Transfer der Spezialisten zu.«

»Eins steht fest, Jim ...«, sagte McCoy leise. »Wenn wir in so geringer Höhe über dem Planeten fliegen und aus irgendeinem Grund schnell verschwinden müssen, so können wir keinen Warptransit durchführen. So tief in einem Gravitationsschacht ist das völlig ausgeschlossen.«

»Ich weiß, Pille. Und das ist auch Scotty klar. Um überhaupt kein Risiko einzugehen, dürften wir nichts unternehmen. Und selbst mit Inaktivität könnten wir die Bestimmungen der Ersten Direktive verletzen.«

McCoy drehte sich halb um und sah Spock an. »Normalerweise nutzen Sie solche Gelegenheiten, um irgendwelche Wahrscheinlichkeiten zu berechnen.«

»Ich bedauere, Doktor, aber in dieser besonderen Situation sehe ich mich außerstande, alle denkbaren Szenarios zu quantifizieren.«

»Tatsächlich?« Kirks Überraschung war nicht gespielt. »Ich habe mir Input von Ihnen erhofft.«

»Ich stehe nach wie vor zur Verfügung.«

McCoy verlagerte das Gewicht im Sessel. »Was gebietet die Logik? Wie sollte sich der Captain verhalten?«

»Die eben gehörten Ausführungen werden ganz und gar dem Gebot der Logik gerecht. Wir müssen die Erste Direktive achten, während wir ein möglichst geringes Risiko eingehen und gleichzeitig versuchen, ein Maximum an Informationen zu sammeln.«

Kirk deutete eine Verbeugung an. »Es freut mich, daß Sie mir zustimmen, Mr. Spock.«

»Und das ist alles?« fragte McCoy. »Mehr hat die Logik nicht anzubieten?«

»Angesichts der sehr ungewöhnlichen Situation auf Talin gibt es zu viele Variablen. Daher ist es nicht möglich, alternative Strategien ohne zusätzliche Informationen vorzubereiten.«

McCoy lehnte sich an die Wand des Shuttles und lächelte süffisant.

»Pille ...«, begann Kirk. »Dein Gesichtsausdruck deutet darauf hin, daß du ebenfalls Input für mich hast.«

»Und ob«, kam es selbstgefällig von McCoys Lippen. »Ich weiß, warum die Talin von der Existenz extraplanetarer Beobachter überzeugt sind, obgleich das EKA keine Aufmerksamkeit auf sich gelenkt hat.«

»Im Ernst?« erkundigte sich Kirk.

»Bemerkenswert«, ließ sich Spock vernehmen.

»Weil jemand anders den Planeten im Auge behält!« verkündete McCoy stolz.

Kirk wechselte einen kurzen Blick mit Spock.

»In diesem Sonnensystem hält sich sonst niemand auf, Doktor«, sagte der Vulkanier. »Abgesehen von uns beziehungsweise der *Enterprise* gibt es hier weder fremde Lebensformen noch andere interstellare Raumschiffe. Dieses Sonnensystem steht unter dem Schutz des EKA, und das bedeutet: An der Peripherie des Systems sind Dutzende von automatischen Sensorstationen installiert, und seit acht Jahren haben sie nichts geortet.«

»Klingonen oder Romulaner mit Tarnvorrichtungen«,

spekulierte McCoy. Er klang jetzt nicht mehr ganz so überzeugt, und das triumphierende Lächeln auf seinen Lippen verblaßte nach und nach, als Spock eine andere Erklärung anbot.

»Wir sind hier so weit vom Imperium entfernt, daß selbst die Klingonen einsehen müßten: Der organianische Friedensvertrag gibt ihnen kein Recht, Anspruch auf dieses Sonnensystem zu erheben. Auch die Entfernung zum romulanischen Reich ist zu groß. Darüber hinaus bietet das Talin-System nichts Einzigartiges an, das eine fremde Macht veranlassen könnte, ein erhebliches Risiko einzugehen und so tief in den Föderationsraum vorzustoßen. In den Grenzsektoren mangelt es nicht an unbewohnten Sonnensystemen mit viel größeren Ressourcen. Um es noch einmal zusammenzufassen: Außer uns halten sich keine anderen extraplanetaren Lebensformen in der Nähe von Talin auf, und für andere Völker lohnt der Aufwand nicht, den weiten Weg bis hierher zurückzulegen.«

»Aber Sie müssen zugeben, daß es eine gute und sogar logische Hypothese war, Spock.«

»Wenn Ihre Definition von Logik die Nichtbeachtung von unleugbaren Tatsachen einschließt, so sind Ihre Bemerkungen tatsächlich überaus logisch gewesen, Doktor.«

»Danke, Pille«, sagte Kirk hastig, um einer scharfen Antwort des Arztes vorzubeugen. »Ich habe ebenfalls über diese Möglichkeit nachgedacht. Aber nicht einmal eine Tarnvorrichtung könnte die Sensorstationen am Rand dieses Sonnensystems lange genug zum Narren halten, um ein fremdes Schiff bis nach Talin IV zu bringen.«

»Das wär's also?« fragte McCoy. »Das ist der ganze Plan?«

Kirk nickte.

»Es genügt nicht, Jim.«

»Ich weiß — aber unter den gegebenen Umständen

ist einfach nicht mehr möglich. Um ganz ehrlich zu sein: Ich bezweifle, ob ich Wilforth' Leuten erlauben kann, sich auf den Planeten zu beamen. Man stelle sich vor, wie eine zum Atomkrieg bereite Nation mehrere Fremde in einer ihrer militärischen Basen entdeckt — genau das könnte den Ausschlag geben. Und wenn wir auf einen Transfer verzichten ... Im Falle eines Krieges bedeutet es, daß wir vielleicht nie herausfinden, welche Maßnahmen geeignet gewesen wären.«

»Und dann erhalten wir nie eine Antwort auf die Frage, wieso es zur globalen Katastrophe kam«, fügte McCoy kummervoll hinzu.

»Darauf brauchst du mich nicht extra hinzuweisen, Pille. Ganz gleich, was auch geschieht: Ich sehe keinen Ausweg. Ich bin froh, wenn es mir gelingt, die *Enterprise* heil aus der Umlaufbahn zu bringen, um die Sache anschließend Starfleet Command und dem Föderationsrat zu überlassen. Mir liegt nichts daran, wegen Verletzung der Ersten Direktive vor einem Ermittlungskomitee zu erscheinen.«

Spock nickte. »Eine solche Situation bietet keine Erfolgsaussichten, Captain.«

Kirk versuchte vergeblich, den inneren Schmerz aus seiner Miene fernzuhalten.

McCoy wandte sich an den Ersten Offizier. »Mußten Sie das unbedingt sagen?«

»Er hat recht, Pille«, stöhnte Kirk. »Wenn die Lage auf dem Planeten wirklich so schlimm ist, wie es die letzten EKA-Berichte vermuten lassen, so gibt es während der nächsten Tage keine Gewinner. Weder hier noch auf Talin.«

McCoy erhob sich und legte dem Captain die Hand auf die Schulter. »Es passiert nur sehr selten, aber selbst du irrst dich manchmal. Vielleicht ist das auch hier der Fall. Ich hoffe es.«

»Diese Hoffnung teile ich gern«, erwiderte Kirk. Aber tief in seinem Innern wußte er, daß er die Situation richtig eingeschätzt hatte, und in Spocks Augen leuchtete eine stumme Bestätigung.

Zum erstenmal seit fast fünf Jahren schickte sich Kirk an, Schiff und Crew in eine Mission zu führen, die er nicht erfolgreich beenden konnte. Doch um seine Pflicht zu erfüllen, das Gesetz der Föderation zu verteidigen und die Bestimmungen der Ersten Direktive zu achten, blieb ihm nichts anderes übrig, als eine Niederlage hinzunehmen.

Darauf war er weder an der Starfleet-Akademie noch durch seine persönlichen Erfahrungen vorbereitet worden.

KAPITEL 5

Ganz gleich, was Kirk während der nächsten achtundvierzig Stunden erwartete: Der beste Platz, um mit allem fertig zu werden, war die Brücke der *Enterprise.* Als er dorthin zurückkehrte, fühlte er sich von neuer Kraft durchströmt.

Vor ihm öffnete sich die Tür des Turbolifts, und er betrat einen Kontrollraum, in dem rege Aktivität herrschte — die seltsamerweise beruhigend auf ihn wirkte. Scotty saß im Kommandosessel und stand sofort auf, als er den Captain sah.

»Freut mich, daß Sie zurück sind, Sir«, sagte der Chefingenieur.

»Ich freue mich ebenfalls darüber, Mr. Scott.« Kirk verharrte neben dem Befehlsstand, stützte sich an der Rückenlehne ab und ließ den Blick durch sein Reich schweifen. Hinter ihm gingen Uhura und Spock zu ihren Stationen; weiter vorn nahmen Chekov und Sulu an ihren Konsolen Platz.

»Satellitenstatus, Mr. Scott?« fragte Kirk.

»Alle acht Einheiten sind bereit und können jederzeit ausgeschleust werden.«

Jim wandte sich an Uhura. »Hat sich der Hangar schon gemeldet?«

Die dunkelhäutige Frau drehte sich halb um und hob ein Kom-Modul ans Ohr. »Drei Shuttles vom Typ Phantom sind gelandet und verankert, Captain. Alle für den Einsatz bestimmten EKA-Spezialisten befinden sich an Bord.«

»Status des Talin-Schiffes, Mr. Spock?«

»In sieben Minuten fliegt es über den derzeitigen Ortungshorizont hinaus und erreicht damit die von Talin IV abgewandte Seite des Mondes, Captain.«

»Flugzeit bis zum Abfang-Orbit, Mr. Sulu?«

»Sieben Minuten und zehn Sekunden, Sir.«

»Status der nuklearen Sprengköpfe an Bord des Talin-Raumers, Mr. Chekov?«

»Keine Veränderungen, Captain. Zwei geschärft und vier in Bereitschaft.«

Kirk schwieg nachdenklich. Alle Brückenoffiziere sahen zu ihm, warteten auf seine Anweisungen.

Er setzte sich in den Kommandosessel.

»Steuermann, bringen Sie uns zum Abfang-Orbit.«

»Aye-aye, Sir.«

Die *Enterprise* verließ ihre Umlaufbahn, glitt tiefer und wurde schneller, näherte sich dem vergleichsweise primitiven Raumschiff, das einige tausend Kilometer vor ihr flog. Die Mission hatte begonnen.

Sieben Minuten später zeigte der Wandschirm den Talin-Raumer. Er bestand aus einer zentralen, acht Meter durchmessenden Metallkugel, umgeben von den acht glockenförmigen Schubmodulen eines Triebwerkgürtels. Von der Hauptsphäre ging ein zehn Meter langes, röhrenförmiges Gitterwerk aus, das an zwei weiteren Kugeln endete — eine von ihnen wies zusammengeklappte Landebeine auf. Überall waren Kabelstränge zu sehen, und hinzu kamen drei kleine Parabolantennen sowie mehrere asymmetrische Vorwölbungen, die praktisch alles sein konnten: von Manövrierdüsen bis hin zu Instrumentenkammern.

»Womit orten sie, Mr. Chekov?« fragte Kirk.

»Bisher werden bei den Sondierungen nur Radarimpulse verwendet, Captain. Unsere Sensoren sorgen für genau die richtige Phasenverschiebung, um zu vermeiden, daß die *Enterprise* dort drüben auf den Bildschirmen erscheint.«

»Abfang-Orbit erreicht«, meldete Sulu. »Entfernung

zehn Kilometer und konstant, Positionslichter aus.« Vom Talin-Raumer aus war das wesentlich größere Starfleet-Schiff nicht zu sehen: Es schwebte vor dem Hintergrund einer Mondoberfläche, die das Licht der Sonne grell reflektierte.

Scott stand neben dem Befehlsstand und gab ein leises ›Ts-ts‹ von sich.

Kirk lächelte. »Was halten Sie davon, Scotty?«

Der Chefingenieur neigte skeptisch den Kopf zur Seite. »Für ihre Mühe haben die Talin eine Eins verdient, aber mir bleibt schleierhaft, wie es ihnen gelingt, das Innere des Schiffes unter Druck zu halten. Bei den ersten Sondierungen habe ich überhaupt keine magnatomischen Adhäsionsstellen gefunden.«

Spock trat zum Geländer des Oberdecks. »Sie werden feststellen, daß die Besatzungssegmente mit Hilfe von Schweißnähten und Nieten hermetisch geschlossen wurden.«

Scott schüttelte den Kopf. »Dann hat das Ding nicht mehr strukturelle Stabilität als ein aus Holz gebautes Schiff.«

Chekov wandte sich kurz vom großen Projektionsfeld ab. »Werden solche Konstruktionen nur einmal benutzt, Mr. Spock? Keine Komponente dieses Raumschiffs könnte den Wiedereintritt in eine Atmosphäre überstehen.«

»Die derzeitige Raumfahrtstrategie der Talin sieht folgende Methode vor«, antwortete der Vulkanier. »Das Landemodul bleibt in der Umlaufbahn des Planeten, um den Treibstoff zu sparen, der für einen Flug zum Mond und zurück nötig wäre.«

»Aber um später wieder anzudocken, muß ein Bremsmanöver durchgeführt werden«, gab der Chefingenieur zu bedenken. »Und dabei wird eine Menge Treibstoff verbraucht.«

»Die Talin haben viel Geduld, Mr. Scott. Im Anschluß an frühere lunare Missionen haben die Besatzungen eine Woche mit Orbitalsprüngen über dem Planeten verbracht und den Reibungswiderstand der Atmosphäre ausgenutzt, um die Geschwindigkeit zu reduzieren und ihre Umlaufbahn der des Landemoduls anzupassen.«

Scott runzelte die Stirn. »Das bedeutet jedoch: Es müssen zusätzlich Konsumgüter für die Lebenserhaltung mitgenommen werden. Und ein Mehr an Masse hat größeren Treibstoffverbrauch zur Folge.«

»Bei den Talin ist die Lebenserhaltung weitaus weniger aufwendig«, erwiderte Spock. »Was sie ihrer Fähigkeit verdanken, unter bestimmten Bedingungen in einem Kokon zu hibernieren. Wenn Sie sich genauer darüber informieren möchten, so empfehle ich Ihnen ...«

»In einer knappen Stunde wollen wir im Orbit von Talin sein, meine Herren«, sagte Kirk. »Können wir jetzt zur nächsten Phase übergehen?«

»Aye, Captain.« Scott trat zum Vulkanier an der wissenschaftlichen Station. »Die Sensoren sind für Sie vorbereitet, Mr. Spock.«

Der Erste Offizier blieb am Geländer stehen. »Für das, was jetzt erledigt werden muß, bringen Sie bessere Voraussetzungen mit als ich, Mr. Scott. Ihre technischen Erfahrungen sind umfangreicher als meine.«

Dieses Kompliment schien den Chefingenieur sowohl zu überraschen als auch zu freuen. »Ich vertrete Sie gern.«

Spock vollführte eine einladende Geste, die seiner Station galt.

Scott blickte in den Sichtschlitz des Scanners, und blaues Glühen spiegelte sich in seinem Gesicht wider. »Mr. Chekov, bitte transferieren Sie die Kontrolle der Traktorstrahlen zur wissenschaftlichen Station.«

»Transfer erfolgt jetzt, Mr. Scott.«

»Herzlichen Dank. Und nun ... Beginne mit der Suche nach den Zündern ... Langsam ... immer mit der Ruhe ...« Der Schotte führte ein leises Selbstgespräch, als er nicht nur die auf höchste Empfindlichkeit justierten Sensoren einsetzte, sondern auch Traktorstrahlen steuerte. Kirk sah in den gebrummten Worten nur ein Zeichen dafür, daß Scotts Konzentration ganz und gar seiner Aufgabe galt — er durfte sich jetzt von nichts ablenken lassen.

Der Chefingenieur hatte die per Richtstrahl übermittelten Anweisungen des Captains befolgt und einen null Komma zwei fünf Sekunden langen Sondierungsimpuls ausgelöst. Das Ergebnis: An Bord des Talin-Schiffes gab es weder Rubindium noch Dilithium. Die Besatzung konnte also nicht feststellen, ob und wann sie mit Subraum-Signalen gescannt wurde — wobei es darauf zu achten galt, daß die Sensoren auf der dem Planeten abgewandten Seite des Mondes zum Einsatz kamen. Natürlich durchdrangen solche Impulse die lunare Materie, aber wenn man bei der Fokussierung den richtigen Winkel wählte, bestand kaum die Gefahr, daß eventuell auf Talin IV befindliche Detektoren Streustrahlung registrierten. Ganz gleich, welche Fortschritte die Talin bei der Erforschung des zweiten Periodensystems und der Subraum-Resonanzeffekte entsprechender Elemente erzielt hatten: Es trennten sie noch Jahrzehnte von der Entwicklung einer Transtator-Technik, die solche natürlichen Phänomene nutzbar machte. .

Die von Scott durchgeführten genauen Sondierungen des primitiven Schiffes bestätigten Kirks Befürchtungen: Es befanden sich sechs nukleare Sprengköpfe an Bord, installiert in Raketen, die unabhängig voneinander gestartet werden konnten. Dieser Umstand sowie einige Veränderungen der Umlaufbahn, die offenbar dazu dienten, einen möglichst großen Teil der Mondoberfläche ortungstechnisch zu erfassen, bewiesen folgendes: Die Talin-Crew war beauftragt, eine feindliche lunare Basis zu finden und sie zu zerstören.

Außerdem stellte sich heraus, daß der kleine Raumer mit einfachen Massedetektoren ausgerüstet und somit fähig war, Maschinen und Stahlwände des EKA-Außenpostens zu lokalisieren. Die methodischen Veränderungen der Orbitalvektoren ließen den Schluß zu, daß es den Talin innerhalb von zwei Tagen gelingen würde, den Stützpunkt zu entdecken. Kirk durfte natürlich nicht zulassen, daß Direktor Wilforth und seine Mitarbeiter einem Angriff mit Atomraketen zum Opfer fielen, aber ebensowenig konnte er den Befehl erteilen, Phaser oder Photonentorpedos auf das Talin-Schiff abzufeuern. Glücklicherweise war es in diesem besonderen Fall möglich, einen Mittelweg zu beschreiten, und sogar Spock räumte ein, daß sich dadurch kein Konflikt mit der Ersten Direktive ergab.

Während Scott sein leises Selbstgespräch fortsetzte, hörte Kirk, wie sich das Schott des Turbolifts öffnete. Dem leisen Zischen der auseinandergleitenden Türhälften schlossen sich schlurfende Schritte an — ein inzwischen vertrautes Geräusch.

»Dr. Richter ...« Jim stand auf, um den Greis zu begrüßen. »Willkommen an Bord.«

Wilforth, Mallett und Cardinali begleiteten den alten Wissenschaftler.

»Das gilt auch für Sie«, wandte sich Kirk an die beiden Assistenten des EKA-Direktors.

Richter gestikulierte mit seinem Gehstock. »Ist es das?«

»Meinen Sie das Talin-Schiff?« vergewisserte sich der Captain.

Der Greis schnaubte. »Was sollte ich sonst meinen? Etwa einen *razfelsin* weißen Wal?« Er verließ das Oberdeck, suchte mit langsamen Schritten den Kommandobereich der Brücke auf, ohne dabei den Blick vom Wandschirm abzuwenden. Ein Teil der scharfen Strenge wich aus seinen Zügen, und etwas sanfter fügte er hinzu: »Seltsam: Es weist überhaupt keine Hoheitszeichen auf. Und es wirkt so zerbrechlich.«

»Trotzdem birgt es ein großes Vernichtungspotential«, sagte Spock.

Zalan Wilforth sah zum Captain. »Bedeutet das, Ihr Plan läßt sich nicht verwirklichen?«

Kirk zeigte zu Scotty. »Der Chefingenieur ist gerade damit beschäftigt, die Sprengköpfe zu neutralisieren. Wie läuft's, Mr. Scott?«

Der Schotte sah nicht vom Sichtschlitz des Scanners auf. »Eine schwierige Arbeit, für die man viel Fingerspitzengefühl braucht ...« Scotts Finger krochen wie in Zeitlupe über die Kontrollen.

Carole Mallett trat zu Spock. »Woraus besteht die ›schwierige Arbeit‹?«

Spock beobachtete den Chefingenieur. »Er versucht, die Sensoren mit dem Traktorstrahl zu synchronisieren, um direkten Einfluß auf die Schaltkreise in den Zündern zu nehmen.«

»Von hier aus?« fragte Mallett verblüfft.

»Für eine solche Tätigkeit ist außerordentlich viel Geschick erforderlich.«

Scott richtete sich abrupt auf, holte tief Luft und wischte sich Schweiß von der Stirn.

»Scotty ...?« begann Kirk.

»Die vier Raketen in Bereitschaft stellen jetzt keine Gefahr mehr dar, Captain«, sagte der Chefingenieur. »Sie werden wie üblich auf das Signal zum Schärfen reagieren und lassen sich auch starten, aber der Zünder kann den Sprengkopf nicht mehr zur Explosion bringen.«

»Und die beiden anderen Exemplare sind bereits geschärft?« fragte Kirk.

»Aye. Ich nehme sie mir jetzt vor. Aber die Dinger haben's ganz schön in sich. Stecken voller Fehlfunktionsalarme, und hinzu kommen diverse Code-Schaltkreise. Die elektronischen Spezialisten der Talin sind gar nicht so dumm.« Scott beugte sich wieder zum Scanner hinab.

Besorgnis zeigte sich in Malletts Gesicht. »Wenn die Talin ihre Raketen starten und nukleare Detonationen ausbleiben ... Dann müssen sie doch zu dem Schluß gelangen, daß irgend etwas nicht mit rechten Dingen zugeht, oder?«

Spock schüttelte den Kopf. »Wie wir von Dr. Richter wissen, zeichnen sich die Atomwaffen der Talin durch eine Zuverlässigkeitsquote von etwa sechzig Prozent aus. Wenn die Raketen gestartet werden, rechnen die Astronauten an Bord damit, daß mindestens zwei oder drei von ihnen ausfallen. Und wenn die Crew versucht, alle Sprengköpfe einzusetzen ... Dann kann sie anschließend keine Untersuchungen vornehmen und dabei feststellen, daß die Zünderkomponenten verändert wurden.«

Cardinali gesellte sich Mallett und Spock hinzu. »Wenn Sie elektronische Schaltkreise mit Hilfe einer Kombination aus Traktorstrahlen und Sensoren modifizieren — könnte dadurch nicht einer der Detonatoren ausgelöst werden?«

Scott antwortete, ohne vom Scanner aufzusehen. »Die Aktivierung der Zünder ist ganz leicht. Wenn nicht die beiden Talin an Bord wären, hätten wir die Möglichkeit, aus einem sicheren Abstand von fünfhunderttausend Kilometern eine Explosion zu verursachen. Wie dem auch sei: Die entsprechenden Vorrichtungen sind gut geschützt, und deshalb ist das Risiko einer zufälligen Detonation vernachlässigbar gering — solange ich mich darauf beschränke, nur in ihrer *Nähe* Veränderungen vorzunehmen.« Der Chefingenieur seufzte. »So, einer der beiden geschärften Sprengköpfe ist ebenfalls neutralisiert. Irgendwelche Reaktionen im Schiff, Mr. Chekov?«

»Nein, Mr. Scott. Kein Alarm. Keine plötzliche Zunahme der Computeraktivität.«

»Also kommt Nummer zwei an die Reihe«, brummte Scott.

»Ich wußte gar nicht, daß es möglich ist, Traktorstrahlen so genau zu kontrollieren«, sagte Cardinali.

»Mr. Scott hat praktisch alle unsere Bordsysteme verbessert«, erläuterte Spock. »Er ...«

»Erhöhte Computeraktivität an Bord des Talin-Schiffes«, meldete Chekov.

»Ein Alarm des Waffensystems?« fragte Kirk.

»Ich weiß es nicht, Captain.« Chekovs Finger huschten über die Tasten. »Mechanische Systeme werden aktiv. Treibstoffpumpen nehmen Energie auf und ...«

Kirk wirbelte herum. *»Scotty! Traktorstrahl desaktivieren!«*

Auf dem Wandschirm war zu sehen, wie chemisches Feuer in vier Düsen brannte, als das Talin-Schiff beschleunigte und der *Enterprise* entgegenflog. Plötzlich erbebte der kleine Raumer.

»Traktorstrahl desaktiviert!« rief Scott und sprang vom Scanner zurück. Zu spät. Transtatorenergie knisterte übers Pult, als es zwischen Traktorstrahl-Kontrollen und Sensorsystemen zu einem energetischen Feedback kam.

»Das hat die Crew sicher gespürt«, sagte Chekov. »Beim Kurswechsel existierte der Traktorstrahl noch.«

»Kam es zu Schäden an Bord?« erkundigte sich Kirk.

Chekov sah auf die Anzeigen. »Gerade hat eine neue Schubphase begonnen. Der Reservetreibstoff genügt für solche Kurskorrekturen. Luftdruck im Innern des Schiffes stabil.«

Scott war nicht verletzt, und Kirk sah, daß die automatischen Sicherheitssysteme einem Feuer in der Konsole vorgebeugt hatten. Er blickte wieder zum Wandschirm — das Talin-Schiff war verschwunden.

»Wo ist es?« fragte der Captain.

»Achtern«, antwortete Sulu grimmig. »Ist direkt an uns vorbeigesaust. Wir sind jetzt vierzig Kilometer vor dem kleinen Raumer und gleiten langsam aus seinem Orbit.«

Kirk ließ sich in den Kommandosessel sinken. »Sind die Talin bis auf Sichtweite herangekommen?«

»Wenn sie durch die Fenster sahen, könnten sie uns kurz gesehen haben«, erwiderte Sulu.

Wilforth trat vor. »Keine Sorge, Captain. Das passiert bei Erstkontakt-Situationen.«

»Was meinen Sie?«

»Fehler.«

Es blitzte in Kirks Augen, als er diese Worte hörte. »An Bord meines Schiffes darf so etwas nicht passieren. Mr. Chekov, warum waren wir nicht auf den Kurswechsel vorbereitet?«

»Weil er nicht ins bisher beobachtete Schema paßte, Captain. Die nächste Kursänderung hätte erst in zwei Stunden erfolgen dürfen.«

»Sind Mr. Scotts Aktivitäten entdeckt worden?«

»Darauf deutet nichts hin, Sir. Das Schiff wählte einfach nur einen anderen Kursvektor — ganz plötzlich.«

»Und die beiden Talin an Bord spürten eine Erschütterung, die von unserem noch aktiven Traktorstrahl verursacht wurde«, stellte Kirk ernst fest. »Nun, Mr. Wilforth ... Was hält das EKA von solchen Situationen?«

Der Direktor wirkte verlegen. »Wenn Sie meine persönliche Meinung hören wollen: Ich hoffe, man hat uns nicht gesehen.«

»Und wenn doch eine Sichtung erfolgte?«

»Dann hoffe ich, daß keine Fotos existieren.«

»Und wenn es den Talin gelang, Aufnahmen anzufertigen?«

Wilforth zuckte mit den Achseln. »Zwischen 1955 und 2018 gab es auf der Erde mindestens achtzehn authentische, zweidimensionale Fotos von vulkanischen Sonden. Aber man stufte sie alle als Fälschungen ein.« Erneut hob und senkte der Direktor die Schultern. »Die Talin sind ebenso skeptisch wie die damaligen Menschen, Captain. Ein einzelnes Bild von der *Enterprise* — selbst wenn man es für echt hielte — hätte weitaus weniger Bedeutung als wiederholte Sichtungen von Phantom-Shuttles. Ich bin sicher, das EKA ist nicht kompromittiert.«

»Entschuldigen Sie bitte, wenn auch ich skeptisch bin, Direktor«, sagte Kirk. »Aber schon ein einzelnes Bild von der *Enterprise* verriete eine Menge über die für Warp-Balance notwendige Strukturierung — und das fällt in die Kategorie ›fortgeschrittene Technik‹.«

Richter klopfte ihm auf den Arm. »Keine Sorge, Captain. In den meisten Fällen erfolgt die Entwicklung der Technik nach Mustern, wie wir sie von der biologischen Evolution her kennen. Wenn die Talin ihre gegenwärtige politische Situation überleben, kommt es zu einem direkten Kontakt zwischen uns und ihnen, lange bevor sie wissen, was es mit der richtigen Warp-Konfiguration auf sich hat. Die meisten neuen Mitgliedsvölker der Föderation erfahren erst später davon, im Verlauf von wissenschaftlichen Austauschprogrammen.«

Der Umstand, daß Wilforth und Richter mit solcher Gleichgültigkeit über einen Fehler hinweggingen, erfüllte Kirk mit Unbehagen — in diesem Zusammenhang spielte es kaum eine Rolle, daß ihn und seine Offiziere überhaupt keine Schuld traf. Insbesondere die aus Gelassenheit bestehende Reaktion des alten Wissenschaftlers überraschte ihn. »Mr. Chekov, wie ist der gegenwärtige Status des Talin-Schiffes?«

»Es fliegt einen stabilen Kurs in der neuen Umlaufbahn, Captain. Alle Bordsysteme funktionieren auf normalem Aktivitätsniveau.«

»Na bitte«, murmelte Wilforth.

Kirk wandte sich an Scott, der bereits damit beschäftigt war, die beschädigten Komponenten der wissenschaftlichen Station durch neue aus den Ersatzteilfächern der Brücke zu ersetzen. »Können Sie jetzt den letzten Sprengkopf neutralisieren, Scotty?«

»Ich glaube, das habe ich schon, Sir. Es wird sich herausstellen, sobald die Sensoren wieder funktionieren.« Einige Sekunden lang blickte der Chefingenieur auf die

Anzeigen eines Schaltkreisprüfers, und dann hob er langsam den Kopf. »Stimmt was nicht, Captain?«

»Für meinen Geschmack sind es zu viele Zufälle, Mr. Scott.« Kirk musterte Wilforth. »Das Talin-Schiff näherte sich dem Mond, als wir in eine Umlaufbahn schwenkten. Es änderte den Kurs, als unser Traktorstrahl nach dem Zünder eines nuklearen Sprengkopfs tastete. Und es sucht nach dem EKA-Stützpunkt, obwohl der Hinweis darauf nur aus dem Foto eines Phantom-Shuttles besteht.«

Wilforth sah sich auf der Brücke um, doch Kirks Worte galten allein ihm. »Auf was … wollen Sie hinaus?«

»Ich bin mir nicht ganz sicher«, erwiderte Jim. »Was meinen Sie, Spock?«

»Die Talin haben mehr Informationen über das EKA, als der Direktor zugibt. Und vermutlich basieren die betreffenden Daten nicht nur auf Sichtungen.«

Wilforth erbleichte.

»Danke, Mr. Spock«, sagte Kirk.

»Ich bin empört!« brachte der Leiter des EKA-Außenpostens schließlich hervor.

»Tatsächlich?« entgegnete Kirk.

»Zunächst einmal, Captain: Die *Enterprise* und das Talin-Schiff flogen aus dem gleichen Grund zum Mond: wegen der wachsenden Spannungen auf dem Planeten. Warum wundert es Sie so sehr, daß die Ankunft im lunaren Orbit zum gleichen Zeitpunkt erfolgte, wenn man dabei die gleichen Ausgangsbedingungen in Betracht zieht? Zweitens: Der Talin-Raumer sucht nach der Basis eines feindlichen Staates — nicht nach dem Außenposten eines extraplanetaren Volkes. Drittens: Da es sich um eine militärische Mission handelt … Warum erstaunt es Sie, daß er ganz plötzlich den Kurs ändert, um mögliche Verfolger zu verwirren? Eigentlich ist ein derartiges Verhalten durchaus vernünftig.«

Kirk schürzte die Lippen. »Spock?«

»Jede Bemerkung basiert auf Logik, Captain. Aber

wenn sie alle wahr sein sollen, ist eine fragwürdige Kette aus Zufällen erforderlich. Darüber hinaus fehlt noch immer eine Erklärung dafür, warum wir nicht die auf den Notruf-Frequenzen gesendete Warnung des Stützpunkts empfingen. Lieutenant Uhura und Kommunikationsverwalter Cardinali fanden keine Fehlfunktionen, weder an Bord der *Enterprise* noch bei den Kom-Geräten in der Basis.«

Kirk bedachte Wilforth mit einem aufmerksamen Blick. »*Könnte* es einen anderen Grund dafür geben, daß uns Ihre Mitteilung nicht erreichte? Abgesehen von einem technischen Defekt?«

Das Gesicht des Direktors lief rot an, und auf den Wangen zeigten sich sechseckige Fleckenmuster — eine Besonderheit des centaurischen Blutkreislaufs. »Wollen Sie etwa andeuten, das EKA hätte seine hiesige Mission gefährdet?«

»Wie ich schon sagte, Mr. Wilforth: Meiner Ansicht nach haben wir es hier mit zu vielen seltsamen Ereignissen zu tun. Soll ich sie wie Spock für eine ›fragwürdige Kette aus Zufällen‹ halten? Oder wäre es besser, nach einer einzigen Erklärung zu suchen?«

»Nach einer einzigen Erklärung?« wiederholte Wilforth. Er bebte vor Zorn. »Und wie könnte sie lauten?«

»Die Talin wissen vom EKA-Außenposten auf dem Mond, und sie haben ein Schiff geschickt, um ihn zu vernichten. Der Raumer sucht nicht nach der Basis eines feindlichen Staates, sondern nach Ihrem Außenposten.«

»Ich bitte Sie, Captain«, warf Carole Mallett ein. »Das ist ausgeschlossen. Den Talin mag es gelungen sein, gelegentlich ein Phantom-Shuttle zu beobachten und entsprechende Fotos anzufertigen, aber sie können unmöglich von unserem lunaren Stützpunkt wissen.«

Cardinali nickte. »Außerdem deutet in den bisher analysierten Kom-Daten nichts darauf hin, daß die Regierungen der Talin die Existenz von fremden Lebensformen in Erwägung ziehen. Was wir auf dem Planeten beobachten, Captain, ist ein klassischer Fall von Säbelgerassel — das gilt auch für das zum Mond gesandte Schiff.«

Kirk musterte Cardinali und Mallett nacheinander: Sie machten einen aufrichtigen Eindruck. Bei Wilforth wirkte die Verärgerung wie eine Maske. Bezog sich sein Zorn auf etwas, das er für ungerechtfertigte Vorwürfe ihm gegenüber hielt? Oder fürchtete er, daß irgendein Geheimnis gelüftet wurde? Kirk beschloß, Richter auf die Probe zu stellen — schon seit einer ganzen Weile wahrte der Greis ein für ihn untypisches Schweigen.

»Nun, Doktor? Haben Sie den Rechtfertigungen des EKA nichts hinzuzufügen?«

Der Alte schnaufte. »Das ganze Erstkontakt-Amt ist ein naiver Haufen aus *tarfel*-leckenden *Rostonagons.* Schon vor vielen Jahren hätte ich mich vom EKA trennen sollen. Die Erste Direktive ist absoluter Blödsinn — es hat überhaupt keinen Sinn, so viel Mühe darauf zu verwenden, sie zu achten.« Er schüttelte den Kopf. »Aber Wilforth sagt die Wahrheit. Er hat gar nicht genug Grips, um bei einer solchen Sache zu lügen.«

Die letzten hellen Stellen in Wilforth' Gesicht glühten nun ebenfalls. »Alonzo! Was erlauben ...«

»In meinem Alter kann man sich eine Menge erlauben, Zalan. Dann hält man es aus gutem Grund für unsinnig, seine Zeit mit Höflichkeit und falscher Rücksichtnahme zu vergeuden. Ich empfehle Ihnen, still zu sein.« Richter klopfte mit einem Gehstock an Chekovs Sessel. »Wie schnell können Sie das Talin-Schiff wieder auf den Schirm bringen?«

Der Russe wandte sich mit einem fragenden Blick an Kirk und betätigte eine Taste, als der Captain nickte. Sofort erschien der Talin-Raumer auf dem Wandschirm, diesmal von vorn gesehen.

»Ist Ihnen irgend etwas aufgefallen, Dr. Richter?« fragte Kirk. Derzeit gab er sich mit folgender Erkenntnis zufrieden: Wenn in Hinsicht auf die hiesige EKA-Mission Dinge existierten, die man vor ihm zu verbergen versuchte, so wußte der Direktor offenbar nichts davon. Was Richter betraf ... Seine Meinung über die Erste Direktive war zumindest beunruhigend. Allem Anschein nach fühlte er sich nicht voll und ganz den Starfleet-Vorschriften verpflichtet.

»Ich habe noch etwas Seltsames für Sie«, sagte der Greis und hustete laut. Sulu beugte sich vor — offenbar spürte er Richters Atem. »Sehen Sie sich das Schiff genau an, Carole. Es unterscheidet sich von den anderen, die man zum Mond schickte, nicht wahr?«

Mallett blickte zum Projektionsfeld. »Es besteht aus Standard-Komponenten, Dr. Richter. Ich erkenne nur einen Unterschied: Dieser Raumer verfügt über zwei lunare Landemodule. Das bedeutet vermutlich, daß sich die nuklearen Sprengköpfe in der zweiten Kugel befinden.«

»Aye«, bestätigte Scott, der nun wieder die Kontrollen der reparierten wissenschaftlichen Station bediente. »Genau dort befinden sie sich.«

»Es geht mir nicht um die Technik oder dergleichen«, zischte Richter. »Sehen Sie sich das Schiff an! Wo sind die Embleme und Hoheitszeichen?«

Cardinali zuckte mit den Achseln. »Es gibt keine. Aber das spielt kaum eine Rolle. Zweifellos ist es ein Schiff der Braunen. Die Grünen verwenden bei ihren Konstruktionen zylinderförmige Strukturen.«

»Pah!« schnaubte der alte Wissenschaftler. »Wenn das Schiff mit einer Kriegsmission beauftragt ist, sollte es die Kampfsymbole der Braunen aufweisen. Und einen ID-Code am zentralen Kugelsegment. Aber solche Zeichen fehlen an dem verdammten *Nyeem*-Ding.«

»Es transportiert sechs Atomraketen«, stellte Kirk fest. »Und das bedeutet: Es ist bestimmt nicht in einer friedlichen Mission unterwegs. Wie sieht's mit dem zweiten geschärften Sprengkopf aus, Scotty?«

»Alles klar, Captain. Ich hab's schon beim erstenmal

geschafft, ihn zu neutralisieren.« Der Chefingenieur sah vom Scanner auf, streckte sich und schnitt eine Grimasse. »Wie halten Sie es aus, stundenlang über den Sichtschlitz gebeugt zu sitzen, Mr. Spock?«

»Ich beuge mich nicht ›stundenlang‹ darüber«, erwiderte der Vulkanier. »Dr. Richter, wenn diese Talin-Mission aufgrund des ›Säbelgerassels‹ auf dem Planeten mit besonderer Hast vorangetrieben wurde, so hat man vielleicht auf unwesentliche Details verzichtet, unter anderem auch auf Hoheitszeichen und Kampffarben.«

Richter kratzte sich an der Wange. »Farben sind für die Talin sehr wichtig, Mr. Spock. Trotzdem akzeptiere ich Ihre Theorie — bis wir eine Erklärung finden. Irgend etwas sagt mir, daß Sie sich irren.«

»Können Sie uns eine Hypothese anbieten?« erkundigte sich Kirk.

Der Greis schüttelte den Kopf. »Farben haben bei den Talin so große Bedeutung, daß sie kaum etwas veranlassen könnte, ohne entsprechende Symbole aufzubrechen.«

»Soll das heißen, daß es sich vielleicht nicht um eine militärische Mission handelt?« fragte der Erste Offizier.

»Wie der Captain schon sagte, Mr. Spock: Es befinden sich nukleare Sprengköpfe an Bord. Und so etwas gehört nicht zur allgemeinen Erstkontakt-Methodologie in diesem Teil der Galaxis.« Richter hustete erneut.

Kirk sah auf das Chronometer zwischen den Stationen von Chekov und Sulu. In wenigen Minuten erreichten sie wieder die Talin zugewandte Seite des Mondes. »Mr. Scott, können Sie garantieren, daß die Atomraketen keine Gefahr mehr für den EKA-Stützpunkt darstellen?«

»Aye, Sir. Ihr Zerstörungspotential beschränkt sich jetzt allein auf die Masse, und selbst wenn der Aufprall gleichzeitig erfolgt: Die externe Struktur der Basis ist stabil genug, um die kinetische Energie ohne nennenswerte Schäden zu absorbieren. Eine Explosion ist ausgeschlossen — allerdings muß sich nachher ein ›Reinigungstrupp‹ an die Arbeit machen, um verstreutes Plutonium zu beseitigen: Das Zeug hat's in sich, doch individuelle Strahlenschilde sollten ausreichend Schutz gewähren.«

»Gute Arbeit, Scotty«, lobte Kirk. »Mr. Sulu, bringen Sie uns nach Talin IV und steuern Sie uns dort in den für die Sensorsatelliten vorgesehenen Orbit.«

Während der nächsten Minuten entfaltete sich einmal mehr rege Aktivität im Kontrollraum. Zusammen mit Cardinali und Mallett begab sich Scott zum Hangar, um das Ausschleusen der Satelliten vorzubereiten. Chekov übernahm die Kontrollen der Verteidigungssubsysteme, um von dort aus zu verhindern, daß die *Enterprise* geortet wurde. Fähnrich Fischer löste ihn am Navigationspult ab. Drei Sensortechniker überprüften die Reparatur der wissenschaftlichen Konsole. Spock erläuterte Wilforth und Richter die Anzeigen der technischen Station — dort konnten sie den Einsatz der Satelliten beobachten. Uhura programmierte eine vollautomatische Kommunikationssondierung, um in den militärischen Talin-Kanälen nach Hinweisen auf die Sichtung eines nicht identifizierten Raumschiffs zu suchen. Kirk saß im Befehlsstand und beobachtete das allgemeine Geschehen — das ruhige Auge im Zentrum eines Orkans.

Spock trat neben den Kommandosessel, als Talin IV den ganzen Wandschirm füllte. »Systeme und Crew bereit, Sir.«

Kirk nickte. Er hatte nicht daran gezweifelt: Bordsysteme und Besatzung der *Enterprise* waren immer bereit. Irgendwelche Irrtümer oder Fehler bezogen sich nur auf eine Person.

Spock senkte die Stimme. Er flüsterte nicht, sprach jedoch so leise, daß nur der Captain ihn hörte. »Wenn Sie mir diese Bemerkung gestatten ... Sie wirken besorgt.«

Kirk sah zu dem Vulkanier. *Diese Worte stammen nicht*

vom Ersten Offizier, sondern von einem Freund, dachte er. »Ich habe nur über unsere Möglichkeiten nachgedacht.«

»Rechnen Sie mit Komplikationen?«

»Es kam zu Komplikationen, als wir es mit einem vergleichsweise primitiven Raumschiff zu tun hatten, dessen Mannschaft nur aus zwei Personen besteht. Und jetzt sehen wir uns einem ganzen Planeten gegenüber. Sollte ich *nicht* mit Problemen rechnen?«

»Sie haben sich auf alle vorhersehbaren Eventualitäten vorbereitet«, erwiderte Spock.

»Meine Besorgnis gilt den unvorhersehbaren.«

»Es ist unlogisch, sich von etwas beunruhigen zu lassen, das man nicht wissen kann. Sie sollten statt dessen auf Ihre Fähigkeit vertrauen, richtig auf das Unerwartete zu reagieren. In dieser Hinsicht haben Sie schon mehrfach großes Talent bewiesen.«

Kirk wußte, daß Spock ihn aufmuntern wollte, aber wie üblich blieb der Vulkanier bei seinem Bemühen zu ernst. »Ich soll Vertrauen haben? Dabei gibt es doch einen erheblichen ... emotionalen Aspekt, nicht wahr?«

Von einem Augenblick zum anderen wurde Spocks Gesicht völlig ausdruckslos. Kirk wußte aus Erfahrung, daß dieses Gebaren auf Verlegenheit hindeutete.

»Vielleicht habe ich dort einen umgangssprachlichen Ausdruck verwendet, wo gar keiner nötig war. Es ging mir nur um die Feststellung, daß es allen Grund für Sie gibt, sich auf Ihr Geschick zu verlassen.« Spock wandte kurz den Blick ab. »Ich spreche als Freund, nicht als Semantiker.«

»Erstaunlich, Mr. Spock: Sie klingen immer mehr wie Dr. McCoy.«

Nur jemand, der den Vulkanier sehr gut kannte, war imstande, das erschrockene Funkeln in seinen dunklen Augen zu erkennen. »Nichts liegt mir ferner«, entgegnete er und kehrte zu seinem Posten zurück.

»Wir sind jetzt in Ortungsreichweite der militärischen

Basen auf dem Planeten, Captain«, verkündete Chekov. »Die bisher aktiven Talin-Sensoren verwenden nur niederenergetisches Radar. Die passiven Detektoren werden als Teleskope bestätigt.«

»Volle Gegenmaßnahmen, Mr. Chekov«, sagte Kirk.

»Aye, Sir. Keine Überraschungen.«

Kirk sah zu den Substationen an den Wänden der Brücke, hielt dort nach Anzeichen für einen Alarm Ausschau. Doch alle Displays zeigten normale Werte. Für die derzeitige Ortungstechnik der Talin war die *Enterprise* unsichtbar, weil das Starfleet-Schiff alle eintreffenden elektromagnetischen Signale manipulieren konnte. Außerdem: Mit desaktivierten Positionslichtern und abgeschirmten Fenstern war die visuelle Entdeckung in einer so hohen Umlaufbahn praktisch unmöglich.

Ein rhythmisches Pfeifen drang aus dem Lautsprecher der internen Kommunikation. »Scott an Captain. Melde Bereitschaft für die Ausschleusung des ersten Satelliten, Sir.«

»Mr. Chekov?« fragte Kirk.

»Situation normal, Sir.«

»Lieutenant Uhura?«

»Alle militärischen Kom-Kanäle werden überwacht. Keine Veränderung der bisherigen Kommunikationsaktivität.«

Kirk begriff, daß er jetzt eine Entscheidung treffen mußte. Die Sensorsatelliten waren klein und radartransparent. Andererseits sollten sie in Umlaufbahnen ›verankert‹ werden, die auch für Talin-Schiffe zugänglich waren, und die Datenübermittlung fand mit Hilfe von Richtstrahlimpulsen statt. Es spielte kaum eine Rolle, daß ihr Einsatz ausdrücklich vom Erstkontakt-Amt verlangt worden war, wodurch das EKA die volle Verantwortung übernahm. *Die letztendliche Anweisung, sie im planetaren Orbit unterzubringen, stammt von mir,* dachte Kirk. Unbewußt ballte er die Fäuste. Nach wie vor verharrte die Ahnung in ihm, daß Talin noch einige Überraschungen für sie bereithielt. Andererseits gab es keine konkreten Gründe dafür, auf ein Ausschleusen der Satelliten zu verzichten. Ahnungen genügten nicht.

»Starten Sie den ersten Satelliten«, sagte Kirk.

Einige Sekunden verstrichen, und der Captain beobachtete die Anzeigen: Sie teilten ihm mit, was nun im sekundären Rumpf geschah: Das Außenschott des Hangars öffnete sich; der Ausleger mit dem Satelliten am einen Ende neigte sich nach draußen ins All, und die magnetischen Schellen wurden gelöst; ein Traktorstrahl sorgte für das richtige Bewegungsmoment.

Scotts Stimme tönte aus dem Lautsprecher. »Erster Satellit gestartet, Captain.«

»Soll ich die Systeme überprüfen?« fragte Spock.

Kirk winkte ab. »Wir fliegen über einer Welt des Mißtrauens und Argwohns, und deshalb unternehmen wir nichts, bis alle Satelliten ausgeschleust sind. Auf diese Weise können wir wenigstens Daten gewinnen, wenn wir ganz plötzlich verduften müssen.«

»›Verduften‹, Captain?«

»Damit ist ein strategischer Rückzug gemeint, Mr. Spock.«

Sulu drehte sich um. »Fünf Minuten bis zum zweiten Ausschleusungsbereich, Sir.«

Kirk nickte. »Wir setzen den Flug fort, solange die Anzeigen Normwerte präsentieren.« Allerdings: Die Displays reagierten nur auf aktive Sensoren wie Radar, und Spock hatte auf die große Geduld der Talin hingewiesen. *Vielleicht haben uns die Bewohner des Planeten längst entdeckt,* fuhr es Kirk durch den Sinn. *Vielleicht beobachten sie uns mit Hilfe von Teleskopen.* Diese Vorstellung bereitete ihm profundes Unbehagen.

Einige Minuten vor dem Einsatz des achten und letzten Satelliten kam Lieutenant Palamas auf die Brücke. Am einen Ohr hatte sie ein Kom-Modul befestigt, und außerdem trug sie ein kleines Gerät: Es mochte etwa doppelt so groß sein wie der Stift eines elektronischen

Notizblocks — Kirk sah ein solches Instrument jetzt zum erstenmal.

Palamas blieb neben dem Kommandosessel stehen. Die *Enterprise* befand sich jetzt über der Nachtseite von Talin, und der Wandschirm zeigte die Lichter von Städten an den Küsten des primären Kontinents.

»Es sind mehr als zwei Milliarden ...«, murmelte die Anthropologin und Archäologin.

Kirk wußte, was sie nun empfand. Man spürte etwas Göttliches, wenn man unsichtbar und unentdeckt über einer solchen Welt schwebte, in dem Bewußtsein, daß die Macht der *Enterprise* genügte, um die Entwicklung des Planeten in eine ganz neue Richtung zu lenken. Doch in diesem Fall mußte sich die *Enterprise* einer noch größeren Macht beugen: der Ersten Direktive.

»Die Leiter des Talin-Militärs scheinen einigermaßen verantwortungsbewußt zu sein«, sagte Kirk. »Ihnen ist klar, welche Konsequenzen ein nuklearer Krieg hätte, und deshalb führen sie Verhandlungen, um ihn zu verhindern.«

»Ich weiß«, erwiderte Palamas. Sie hob den kleinen Metallzylinder. »Ich habe zugehört.«

»Was ist das?« Kirk nahm den Gegenstand entgegen. An der einen Seite bemerkte er eine EKA-Seriennummer und ein vertrautes, wenn auch erstaunlich kleines Computerdisplay. »Doch kein Translator, oder?« Wenn die Starfleet-Spezialisten mit weiteren Miniaturisierungen begonnen hatten, so blieb ihnen bald nichts anderes übrig, als auch neue kleine Finger mitzuliefern.

»Zumindest kein Translator mit vollem Potential«, antwortete Palamas. »Dieses Gerät ist nur mit den Talin-Sprachen programmiert: achtzehn Hauptfamilien sowie zweihundertsiebenundzwanzig Dialekte.« Sie reichte Kirk ein zweites Kom-Modul. »Die Crew ist sehr an den Ereignissen auf dem Planeten interessiert. Ich habe Berichte für sie vorbereitet.«

Kirk hob das Modul zum Ohr und vernahm eine

Sprachprozessorstimme, die einen Dialog übersetzte — offenbar ging es dabei um die vermeintliche Verletzung des Luftraums. Eine Seite behauptete, ein illegaler Überflug hätte stattgefunden, und die andere betonte, zum betreffenden Zeitpunkt seien im entsprechenden Bereich keine Flugzeuge unterwegs gewesen.

Tief in Kirk krampfte sich etwas zusammen.

»Damit sind nicht zufälligerweise wir gemeint?« Jim wußte natürlich, daß Uhura ihn sofort informiert hätte, aber er wollte ganz sicher sein.

Palamas schüttelte den Kopf. »Zu dem Zwischenfall kam es vor etwa zwei Stunden in der Nähe eines polaren Luftwaffenstützpunkts der Grünen — bevor die *Enterprise* den Orbit des Planeten erreichte. Mr. Cardinali glaubt, daß dabei ein spezielles Spionageflugzeug der Braunen geortet wurde.«

Kirk klopfte auf das Kom-Modul. »Wen hören wir hier?«

»Kommandeure, die für ein bestimmtes Gebiet zuständig sind und eine diplomatische Radiofrequenz benutzen. Allem Anschein nach versuchen beide, die Situation zu entschärfen. Nun, es wäre besser, wenn die Blauen zugäben, daß sich eins ihrer Flugzeuge zu nahe an die Basis der Grünen herangewagt hat.«

Kirk sah die Hoffnung in den großen Augen der Wissenschaftlerin. »Die Dinge sind nur selten das, was sie zu sein scheinen, Lieutenant. Insbesondere bei einer militärischen Konfrontation.«

Palamas ignorierte diese Worte und schob sich etwas näher an den Befehlsstand heran. »Es gefällt mir, wenn Sie mich auf diese Weise ansehen.«

Kirk lächelte, aber nur für einen Sekundenbruchteil. Während der vergangenen Tage hatten sie mehrmals Gelegenheit gefunden, über dieses und jenes zu sprechen. Jim war dankbar für die gemeinsam verbrachte Zeit, aber die Brücke der *Enterprise* war nicht der geeignete Ort, um solchen Erinnerungen nachzuhängen. Er gab der Wissenschaftlerin das Kom-Modul und den Translator zurück. »Wenn wir unsere Mission beendet haben, brauchen wir fünf Tage, um dieses Sonnensystem zu verlassen — darauf freue ich mich schon«, sagte er leise. Deutlicher konnte er seine Empfindungen hier und jetzt nicht zum Ausdruck bringen.

Etwas lauter fügte er hinzu: »Halten Sie mich auf dem laufenden, was die planetare Situation betrifft, Lieutenant.« Damit meinte er den jüngsten Zwischenfall.

»Ich bin selbst gespannt, wie sich die Sache weiterentwickelt«, entgegnete Palamas — ihre Worte bezogen sich auf etwas anderes. Sie wandte sich um und ging zu Uhura.

»Ausschleusungsbereich für den letzten Satelliten«, meldete Sulu.

Chekov hielt sich an die übliche Routine. »Alle Anzeigen normal.«

Und Uhura: »Keine Veränderungen der militärischen Kommunikationsaktivität.«

Kirk gab den Befehl, Sensorsatellit Nummer acht zu starten. Probleme irgendeiner Art blieben aus.

»Soll ich jetzt damit beginnen, die Satellitensysteme zu überprüfen, Captain?« fragte Spock.

»Mr. Sulu, programmieren Sie ein automatisches Warpmanöver, das uns beim ersten Anzeichen einer Entdeckung aus dem Orbit bringt.« Kirk wandte sich an Spock. »Wenn Sulu uns eine Hintertür geöffnet hat, können Sie die ersten Tests vornehmen.«

Wilforth saß neben Dr. Richter an den Monitoren der technischen Subsysteme, und jetzt stand er auf. »Kann ich die Spezialisten für den planetaren Einsatz vorbereiten, Captain?«

Für das zurückhaltende Gebaren der beiden EKA-Repräsentanten gab es einen guten Grund — Richter und Wilforth wußten, daß sich Kirk noch nicht verpflichtet hatte, die Expertengruppe aus einer niedrigen Umlaufbahn auf den Planeten zu beamen.

»Sie können Ihre Leute *vorbereiten,* Mr. Wilforth. Aber die Entscheidung darüber, ob sie transferiert werden, steht mir zu.«

»Diesen Punkt haben wir bereits geklärt, Captain.« Wilforth streckte die Hand aus, um Richter beim Aufstehen zu helfen, aber der Greis winkte mit seinem Gehstock. Der EKA-Direktor wich zurück, hob kurz die Schultern und schritt zum Turbolift.

»Mr. Wilforth ...«, sagte Kirk plötzlich. »Wenn ich die Genehmigung für den Einsatz erteile — wollen Sie sich dann zusammen mit den Spezialisten nach Talin beamen?«

Diese Frage schien den Leiter des EKA-Außenpostens zu überraschen. »Natürlich, Captain. Immerhin bin ich für diese Mission verantwortlich.«

Kirk schüttelte den Kopf. »Da muß ich Ihnen widersprechen. Als Kommandant der *Enterprise* trage *ich* die Verantwortung.«

Es dauerte einige Sekunden, bis Wilforth begriff, worauf der Captain hinauswollte. »Es ... es kann doch wohl nicht Ihre Absicht sein, sich mit uns auf den Planeten zu beamen, oder?«

Mit einer gewissen Genugtuung beobachtete Kirk die Mischung aus Kummer und Ärger in Wilforth' Gesicht. »Ich bitte Sie, Direktor: Es wäre gewiß nicht die erste von mir geleitete Landegruppe.«

»Oh, das ist mir klar«, lautete die Antwort. »Aber es könnte die letzte sein.«

KAPITEL 6

Lieutenant Kyle beugte sich über die Transporterkonsole und betätigte mehrere Tasten. »Bei einem geringeren energetischen Niveau kann ich nach der Entmaterialisierung keine normale Hirnaktivität mehr garantieren, Mr. Spock. Auch so ist der Transfer schon gefährlich genug: Fluktuationen im Sonnenwind oder plötzliche Strahlungsimpulse könnten die Signale verzerren, und dann ...« Er sprach den Satz nicht zu Ende und zuckte mit den Achseln.

Spock blieb unbeeindruckt. »In einer Höhe von dreiundsechzig Kilometern stellt die Atmosphäre des Planeten eine ausreichende Abschirmung vor dem Sonnenwind dar. Störende Strahlungsimpulse können praktisch nur von nuklearen Explosionen verursacht werden, und wenn es auf Talin zu einem Atomkrieg kommt, besteht für uns nicht mehr die Notwendigkeit, den Einsatz des Transporters auf ein geringes energetisches Niveau zu beschränken. Unter den gegebenen Umständen dürfte die gegenwärtige Justierung ein ausreichendes Maß an Sicherheit bieten.«

McCoy stöhnte. »Ein ›ausreichendes Maß an Sicherheit‹? Würden *Sie* sich von dem verdammten Ding auf den Planeten beamen lassen, solange es mit einer solchen Konfiguration programmiert ist?«

Spock sah nicht einmal auf. »Ihre Frage hat keinen Sinn, Doktor. Es wäre töricht vom Captain und dem Ersten Offizier, sich zum gleichen Zeitpunkt dem gleichen Risiko auszusetzen. Captain Kirk hat sich auf sein Kommando-Privileg berufen, um die Landegruppe zu leiten

— was für mich bedeutet, daß ich an Bord bleiben muß.«

McCoy hob die Hand zu den Augen und schüttelte den Kopf. »Jim, das kann doch nicht dein Ernst sein ...«

Kirk trat von der Transporterplattform herunter; dort hatte er zwei mit Ausrüstungsmaterialien gefüllte Zylinder überprüft, die ebenfalls transferiert werden sollten — *falls* er einen Einsatz der Landegruppe beschloß. »Ich habe diesen Apparat schon unter schlechteren Bedingungen benutzt, Pille. Ebenso wie du.«

»Erinnere mich nicht daran«, ächzte Leonard. »Keine Garantie für normale Hirnaktivität ... Lieber Himmel!«

Kirk rollte sich den Ärmel hoch und streckte den Arm aus. »Zeit für den Transponder, Doktor.«

McCoy entnahm der Medo-Tasche einen Injektor und veränderte die Einstellungen des Geräts. »Eines Tages wird Starfleet zur Vernunft kommen und die Vorschriften ändern. Dann muß der Captain die Leitung von Landegruppen seinen Offizieren überlassen.«

Kirk verzog das Gesicht, als sich ein zehn Millimeter langer Transponder unter die Haut des Arms schob. Die EKA-Kommunikatoren sowie die anderen Geräte waren so programmiert, daß sie sich unter bestimmten Bedingungen selbst zerstörten — um den Talin keine technischen Entwicklungssprünge zu ermöglichen. Durch die subkutanen Peiler konnte die *Enterprise* jederzeit feststellen, wo sich die einzelnen Angehörigen der Landegruppe aufhielten.

»Der Captain trägt für jeden Einsatz außerhalb des Schiffes die Verantwortung, Pille. Er ist die maßgebende Autorität an Bord. Wie soll er die Autorität ausüben und seine Verantwortung wahrnehmen, wenn er nicht ständig Herr der Lage ist?«

»Er geht ein viel zu großes Risiko ein, wenn er das Schiff verläßt.«

Kirk rollte den Ärmel wieder herunter. »Bisher hat das System funktioniert.«

McCoy runzelte die Stirn. »Genau da liegt das Problem. Den Tag, an dem das System versagt, kannst du nicht bewußt erleben, weil der verdammte Transporter dein Gehirn mit einer falschen Struktur rematerialisiert hat.«

Kirk klopfte Leonard auf die Schulter. »Ich brauche mir keine Sorgen zu machen — solange ich weiß, daß du hier bist und mich nötigenfalls zusammenflicken kannst.«

Der Arzt setzte zu einer scharfen Antwort an, aber in diesem Augenblick öffnete sich die Tür, und die übrigen Mitglieder der Landegruppe kamen herein: Wilforth, Cardinali und zwei EKA-Techniker, die Kirk nicht kannte. Richter und Mallett begleiteten sie.

»Benötigen Sie Transponder?« fragte McCoy.

Wilforth schüttelte den Kopf. »Das EKA-Personal verfügt über permanente Implantate — aus offensichtlichen Gründen. Wie stellt sich die gegenwärtige Situation dar?«

»Die Auseinandersetzungen in Hinsicht auf den Zwischenfall bei der polaren Luftwaffenbasis scheinen sich zu verschärfen — wenn auch nur langsam. Ansonsten gibt es kaum etwas zu berichten. Es fehlen noch immer Hinweise darauf, daß die Talin uns oder die Satelliten entdeckt haben.«

»Sie erteilen uns also die Erlaubnis für den Transfer?«

»Noch nicht«, erwiderte Kirk. »Sulu steuert die *Enterprise* tiefer und überfliegt die wichtigste Verteidigungsanlage auf dem primären Kontinent — um festzustellen, wie leistungsfähig die Talin-Scanner bei geringeren Entfernungen sind. Wenn wir bei der ersten Passage unbemerkt bleiben, setzen wir Sie beim zweiten Ziel ab.«

»Wahnsinn ...«, murmelte Richter. Er stützte sich auf seinen Gehstock, und diesmal klang seine Stimme weder zornig noch provozierend. »Es ist alles so ungeheuer kompliziert. Die Kategorisierung von Kulturen und

Technologien ... zu viele Möglichkeiten für Fehler. Und zu wenige Gelegenheiten, um zu helfen.«

»Genau deshalb brauchen wir die Erste Direktive«, sagte Kirk. »Weil eine viel zu große Gefahr besteht, unbeabsichtigten Schaden anzurichten. Es ist besser, jeder Welt Gelegenheit zu geben, ihren eigenen Entwicklungsweg zu bestimmen.«

So etwas wie Niedergeschlagenheit kroch durch Richters faltige Züge. »Das sagen Sie nur, weil Sie als Starfleet-Offizier verpflichtet sind, die Erste Allgemeine Direktive zu respektieren.«

»Sie haben recht: Ich bin an meine Befehle gebunden«, bestätigte Kirk. »Aber in diesem besonderen Fall bin ich auch davon überzeugt, daß die Anweisungen richtig und notwendig sind.«

»Denken Sie nur daran, wieviel Zeit und Mühe vergeudet werden, weil wir nicht helfen können.«

»Vielleicht finden wir irgendwann heraus, wie wir anderen Völkern helfen können, ohne dabei zu riskieren, negativen Einfluß auf ihre natürliche Evolution zu nehmen. Bis dahin müssen wir uns einfach in Geduld fassen.«

»Selbst wenn ›Geduld‹ bedeutet, daß eine ganze Welt stirbt, Captain?«

Kirk schüttelte den Kopf. »Diese Welt wird nicht sterben, Dr. Richter. Mit Hilfe des EKA-Translators habe ich bei den Verhandlungen zugehört. Die Talin sind sich durchaus der Gefahr bewußt. Ihnen ist klar, daß sich eine Katastrophe anbahnt, wenn sie aufhören, miteinander zu sprechen.« Er trat wieder auf die Transporterplattform. »Ich empfehle Ihnen, sich ebenfalls die Aufzeichnungen anzuhören. Die Talin haben das Zeug zum Überleben, und in fünfzig Jahren ... Dann fliegt vielleicht ein anderes Föderationsschiff im Orbit dieses Planeten — ohne sich zu verstecken.«

Wilforth, Cardinali und die beiden Techniker gesellten sich Kirk hinzu.

»Warum fünfzig Jahre warten, Captain?« fragte Richter. »Warum nicht jetzt gleich dafür sorgen, daß kein verheerender Atomkrieg stattfinden kann?«

»Wenn die Föderation jetzt einen Kontakt mit den Talin herstellt ... Wir wissen nicht, welche Konsequenzen sich daraus ergeben könnten.« Kirk spürte, wie das ganze Schiff erzitterte, und er streckte die Hand aus, um sich an einem der Ausrüstungszylinder festzuhalten. Es zirpte im Lautsprecher eines nahen Interkoms.

»Sulu hier, Captain. Wir sind jetzt in der Thermosphäre von Talin. Unsere Höhe beträgt einhundertfünf Kilometer. Die Trägheitsabsorber neutralisieren unsere kinetische Energie mit einer gleichmäßigen Absorptionskurve.«

Richter stützte sich erneut auf den Gehstock. »Wenn sich die Föderation in fünfzig Jahren mit Talin in Verbindung setzt — auch dann wissen wir nicht, welche Folgen der Kontakt nach sich ziehen könnte.«

Die Vibrationen des Schiffes wurden stärker und rhythmischer. Kirk hörte das Summen der Impulsgeneratoren, als die Trägheitsabsorber mehr Energie verlangten. »Gleichgültig, zu welchen Kontaktfolgen es in fünfzig Jahren kommt: Verantwortlich dafür ist nicht allein die Föderation, sondern auch das Volk der Talin. Dann übt der interstellare Völkerbund keine Kontrolle aus, sondern bietet als *Partner* Hilfe und Zusammenarbeit an.«

Aus der Niedergeschlagenheit in Richters Zügen wurde tiefe Trauer. Seine Stimme verlor sich fast im lauter werdenden Summen des Impulssystems. »Aber in fünfzig Jahren bin ich tot, Captain. Dann kann ich mich nicht mehr darüber freuen, daß die Talin gleichberechtigte Föderationsmitglieder werden.«

Daraufhin verstand Kirk den Grund für Richters Ungeduld. Doch es war zu spät, um darauf zu reagieren — erneut erklang Sulus Stimme.

»Höhe fünfundachtzig Kilometer, Captain. Wir erreichen jetzt die Mesosphäre. Noch dreißig Sekunden bis zum ersten Ziel.«

Uhuras Bericht folgte: »Keine erhöhte militärische Kommunikationsaktivität, Sir.«

»Alle Anzeigen grün«, fügte Chekov hinzu. »Die Manipulation der elektromagnetischen Signale ist perfekt: Niemand ortet uns.«

Die Vibrationen ließen allmählich nach, als die Atmosphäre dichter wurde, und Sulu reduzierte die Geschwindigkeit — um zu vermeiden, daß sich hinter der *Enterprise* ein Schweif aus ionisiertem Gas formte. Der energetische Aufwand war enorm, aber das Schiff konnte eine Zeitlang in der Lufthülle eines Planeten fliegen — obwohl Scott noch wochenlang darüber klagen würde, welchen Belastungen seine geliebten Maschinen standhalten mußten.

»Primäres Ziel erreicht«, sagte Sulu, und Kirk hörte die Aufregung des Steuermanns.

Sie kam auch in Chekovs Stimme zum Ausdruck. »Alles in Ordnung, Sir. Die Talin bemerken uns nicht.«

»Vierzig Sekunden bis zum zweiten Ziel«, meldete Sulu. »Höhe fünfundsiebzig Kilometer. Wir passieren jetzt die Mesosphäre.«

Kirk fühlte alle Blicke auf sich ruhen.

»Es ist soweit, Captain«, sagte Wilforth. »Die Entscheidung muß jetzt getroffen werden: Findet der Transfer statt oder nicht?«

McCoy schüttelte den Kopf, doch Jim schenkte ihm keine Beachtung. »Mr. Kyle, richten Sie den Fokus auf das sekundäre Ziel, aber leiten Sie die Entmaterialisierung erst auf meinen Befehl hin ein.«

Kyle betätigte mehrere Tasten und wartete.

»Mr. Spock, holen Sie die Landegruppe nach einer Umkreisung des Planeten an Bord.«

Der Vulkanier nickte.

»Aber dadurch haben wir nicht einmal eine Stunde Zeit«, protestierte Wilforth.

»Wenn alles klappt, können wir zurückkehren«, erwiderte Kirk.

»Höhe achtundsechzig Kilometer«, sagte Sulu. »Wir erreichen das sekundäre Ziel in zehn Sekunden.«

Kirk hob die Hand. »Wie sieht's bei Ihnen aus, Mr. Chekov?«

»Noch immer keine Anzeichen dafür, daß uns jemand ortet, Captain.«

»Noch fünf Sekunden bis zum Ziel. Höhe vierundsechzig Kilometer.«

»Also gut.« Kirk sah zu Kyle. »Energie.«

Das Summen der Impulsgeneratoren schien leiser zu werden, als sich der Transportereffekt auswirkte. Kirk beobachtete, wie Kyle, Richter, Spock und McCoy hinter dem Funkeln eines Quantenvorhangs verschwanden. Anschließend lösten sich auch die Konturen des Transporterraums auf, und Jim spürte, wie ein anderer Boden unter seinen Füßen Substanz gewann. Wüstenhitze wehte ihm entgegen, eine Luft, die mit zahlreichen unbekannten Aromen fast einen Schock verursachte. Er stand nun auf einer fremden Welt. Einige Sekunden lang fühlte er Triumph, und dann verflüchtigten sich die Reste des Transportereffekts, was ihn in die Lage versetzte, seine Begleiter zu hören: Aus einem Reflex heraus verlagerten sie ihr Gewicht — die Schwerkraft von Talin IV war etwas höher als die von der *Enterprise* gewohnte Erdnorm.

Kirk blickte sich um. Sie befanden sich in einem langen Zimmer mit hoher Decke. Ein mattes Glühen ging von einigen in die Wände eingelassenen Leuchtflächen aus.

Gute Arbeit, Kyle, dachte Jim. Der Transporterchef hatte die vom Captain geleitete Landegruppe genau an der richtigen Stelle abgesetzt.

Jähe Helligkeit strömte durch den Raum, und Cardinali fluchte. Kirk wandte sich dem Kommunikationsspezialisten zu und überlegte dabei, was geschehen sein mochte.

Er drehte den Kopf — und sah plötzlich, was schiefgegangen war.

Alles.

Zwei Talin standen in der offenen Tür. Ein oder zwei Sekunden lang starrten sie verblüfft — um dann aus vollem Halse zu schreien.

KAPITEL 7

Kirk merkte, wie er alle Einzelheiten mit besonderer Deutlichkeit zur Kenntnis nahm, als sei sein Bewußtsein in der Lage, das Geschehen durch eine Art Lupe zu beobachten. Instinktiv griff er nach dem Kommunikator, um Kyle anzuweisen, die Landegruppe wieder an Bord zu holen. Doch er wußte natürlich, daß die *Enterprise* längst außer Reichweite war.

Eigentlich sollten sich hier überhaupt keine Talin aufhalten, dachte er schlicht. Direktor Wilforth hatte mehrmals betont, daß die für das Sammeln von Daten ausgewählten Einsatzorte verlassen waren. Andernfalls hätte es Kirk gar nicht erst in Erwägung gezogen, eine Landegruppe auf den Planeten zu schicken. *Hat Wilforth gelogen? Brachte er uns hierher, obgleich er wußte, was geschehen würde?*

Blaues Licht umhüllte plötzlich die Talin, und sie sanken zu Boden. Die beiden Techniker, deren Namen Jim noch immer nicht kannte, eilten zu den reglosen Gestalten. Kirk wandte sich an Wilforth. Der EKA-Direktor hielt eine kleine Waffe in der zitternden Hand — einen eiförmigen Intervaller, dessen Emissionskegel noch immer schimmerte. Kirk schlug den Strahler aus Wilforth' Hand.

»Womit haben Sie die beiden Talin außer Gefecht gesetzt?« fragte der Captain. Er versuchte, trotz des Ärgers leise zu sprechen. *Hat man die Schreie gehört?* fuhr es ihm durch den Sinn. *Sind noch andere Talin in der Nähe?*

»Eine niederenergetische elektrische Entladung«,

brachte Wilforth hervor. Der Zorn in Kirks Augen verunsicherte ihn. »Wir … wir konnten keine Phaser riskieren, weil wir nicht wissen, wie der Talin-Metabolismus darauf reagiert. Aber eine neurale Betäubung verursacht keine bleibenden Schäden.«

Kirk erstarrte. »Keine bleibenden Schäden? Und das *wissen* Sie? So etwas passiert also nicht zum erstenmal?«

Wilforth senkte verlegen den Kopf und nickte stumm.

Kirk fühlte Cardinalis Hand auf der Schulter. Es war kein fester Griff, aber Jim wich trotzdem zur Seite.

»Keine Sorge«, sagte der Kommunikationschef in einem beschwichtigenden Tonfall. »Unter solchen Bedingungen kommt es immer wieder zu unbeabsichtigten Kontakten.«

»Was von der Ersten Direktive ausdrücklich verboten wird.«

»Wir mischen uns nicht in die natürliche Entwicklung des Planeten ein, Captain«, entgegnete Wilforth. Seine Stimme vibrierte noch immer. »Es wurde kein Schaden angerichtet. Es sind keine Informationen preisgegeben worden. Unsere Existenz ist nach wie vor ein Geheimnis.«

Kirk deutete zu den Bewußtlosen. Die Techniker untersuchten sie mit Geräten, die wie modifizierte medizinische Tricorder aussahen. »Aber nicht für diese beiden Talin. Was soll mit ihnen geschehen, wenn sie erwachen? Haben Sie vielleicht die Absicht, sie zum EKA-Stützpunkt auf dem Mond mitzunehmen?«

»Beruhigen Sie sich, Captain«, erwiderte Cardinali. »Was haben die Talin gesehen? Sie öffneten die Tür und bemerkten seltsame Schatten im Halbdunkel. Unmittelbar im Anschluß daran wurden sie ohnmächtig. Eine neurale Betäubung hat bei Talin etwa die gleiche Wirkung wie bei Menschen ein Schlag auf den Kopf. Vermutlich werden die Erinnerungen der letzten Sekunden oder Minuten aus dem Kurzzeitgedächtnis gelöscht. Mit anderen Worten: Wenn die Talin erwachen, wissen sie gar nicht mehr, daß sie uns erblickt haben.«

Kirk bemühte sich, seinen Ärger unter Kontrolle zu halten. Er hatte seine Mission — und den ganzen Planeten — in Gefahr gebracht, indem er Wilforth' Ausführungen vertraute. Die speziellen Waffen und modifizierten Tricorder, Cardinalis Wissen in Hinsicht auf die Neurochemie der Talin — alles ließ den Schluß zu, daß man dem Captain nicht die ganze Wahrheit gesagt hatte. Unglücklicherweise war dies nicht der geeignete Zeitpunkt, um festzustellen, wie weit die Täuschung ging.

»Wer ist sonst noch bewaffnet?« fragte Kirk.

Cardinali wußte, was diese Frage bedeutete. Er löste einen Intervaller von seinem Gürtel und reichte ihn Kirk. »Jeder von uns hat einen solchen Strahler, und er kann nur auf betäubende Emissionen justiert werden. Außerdem: Wenn man diesen grünen Knopf drückt und gleichzeitig den Emissionskegel dreht, so werden die internen Schaltkreise zerstört — dann muß selbst eine sorgfältige Untersuchung ohne konkrete Ergebnisse bleiben.«

Kirk nahm den Intervaller entgegen. »Geben Sie mir auch Ihre Waffen«, sagte er zu den beiden Technikern.

Wilforth nickte. »Wir haben jetzt keine Zeit, diese Angelegenheit zu diskutieren. Überlassen Sie ihm Ihre Strahler.«

Kirk hakte sich die Intervaller an den Gürtel. »Wie lange bleiben die Talin bewußtlos?«

»Nicht weniger als zwanzig Minuten, nicht mehr als eine Stunde«, antwortete Cardinali.

Der Captain streckte die Hand aus. »Geben Sie mir Ihren Tricorder.«

Es handelte sich um ein ganz normales Starfleet-Gerät, und Kirk nahm damit eine Sondierung vor, suchte im Umkreis von fünfhundert Metern nach Lebensformen. »Entsprechen diese Werte der Talin-Norm?« fragte er, als ihm das Display fünf Individuen zeigte. Die Entfernung betrug dreihundert Meter.

Cardinali warf einen kurzen Blick auf die Anzeigen. »Ja«, bestätigte er. »Aber die entsprechenden Talin ruhen. Oder schlafen.«

»Deshalb haben wir diesen Ort für sicher gehalten, Captain«, warf Wilforth ein. »Es ist spät in der Nacht, und hier werden nur Datenspeicher gelagert.«

Kirk hielt den Tricorder in der einen Hand und die Waffe in der anderen. Derzeit befand sich die *Enterprise* auf der anderen Seite des Planeten; es dauerte noch eine halbe Stunde, bis sie in Transferreichweite zurückkehrte. »Wie viele Talin haben einen oder mehrere Repräsentanten des EKA gesehen?« Wie oft war die Erste Direktive bereits verletzt worden?

Wilforth seufzte. »Neun, soweit wir wissen.« Er senkte den Blick. »Hinzu kommen jene Personen, die das eine oder andere Phantom-Shuttle beobachtet haben.«

»Neun«, wiederholte Kirk. Neun von zweieinhalb Milliarden. Vielleicht war die Situation nicht ganz so schlimm, wie man zunächst glauben mochte.

»Doch nach diversen Meldungen in den Medien zu urteilen, gibt es mindestens noch vier- oder fünftausend andere, die *behaupten,* uns gesehen zu haben.«

»Wie bitte?«

»Die Talin stehen kurz davor, ihren Planeten zu verlassen, Captain. Sie *möchten* glauben, daß andere Lebensformen existieren. Die Sichtung fremder Raumschiffe und dergleichen geht auf das Phänomen der unterbewußten Wunscherfüllung zurück. Beispiele kennen wir aus der Vergangenheit praktisch aller raumfahrenden Völker, und das gilt auch für die Menschen der Erde.«

»Die Erde wurde von Vulkaniern beobachtet«, stellte Kirk fest.

»Aber ihre Präsenz blieb ohne Auswirkungen auf die terranische Entwicklung«, sagte Cardinali. »Und das ist auch hier der Fall: Es läßt sich gar nicht vermeiden, daß wir gelegentlich die Aufmerksamkeit einiger Talin erregen, aber die Evolution ihrer Kultur wird dadurch nicht beeinflußt. Mit anderen Worten: Den Bestimmungen der Ersten Direktive wird Genüge getan. Niemand kann uns vorwerfen, dem Nichteinmischungsprinzip zuwiderzuhandeln.«

Kirk ließ es dabei bewenden. Sein Problem bezog sich nicht auf Cardinali, sondern auf Wilforth, der Informationen zurückhielt. Und auch auf Richter, der die Erste Direktive als sinnlos erachtete. Doch in diesem Zusammenhang konnte er erst etwas unternehmen, wenn sie sich wieder an Bord der *Enterprise* befanden.

»Na schön, Direktor: Machen Sie sich an die Arbeit. Ich behalte sowohl die beiden Talin als auch den Zugang im Auge.«

Wilforth, Cardinali und die beiden Techniker traten rasch zu den ebenfalls transferierten Ausrüstungszylindern. Eine Berührung genügte, um dafür zu sorgen, daß sie sich metallenen Blütenkelchen gleich öffneten, und zum Vorschein kamen Dutzende von miniaturisierten Sensoren. Einer der namenlosen Spezialisten griff nach einem weißen Stab, der Kirk an Richters Gehstock erinnerte, und damit schritt er langsam an der Wand entlang. Dort ruhten unterarmlange Zylinder in langen Gestellen.

»Datenmodule der Talin«, erklärte Cardinali, als er ein Gerät auf den Boden stellte. Es wirkte wie ein altertümliches Terminal und war fast so groß wie ein Stuhl. »Der Techniker nimmt eine Mikromassenanalyse vor — dadurch können wir später die gespeicherten Wörter und Bilder rekonstruieren.«

»Eine einzelne Untersuchung genügt?« fragte Kirk erstaunt.

»Wir können keine Wunder vollbringen.« Cardinali lächelte. »Es sind mindestens drei Sondierungen erforderlich.«

Kirk sah auch weiterhin zu den Talin. Sie atmeten gleichmäßig, wenn auch schneller als Menschen; ihre Membranen (dort, wo bei Menschen die Ohren sitzen) zitterten, und das hielt Jim für ein gutes Zeichen.

»Was hat es mit diesen Instrumenten auf sich?« fragte er Cardinali.

»Wir haben das Modell eines hier gebräuchlichen Computer-Interfaces gebaut. Dieses Archiv enthält historische Aufzeichnungen einiger Nationen, die mit den Grünen befreundet sind. Ein großer Teil der Informationen unterliegt hiesigen Sicherheitsklassifikationen, was bedeutet: Die Möglichkeiten der Datenabfrage beschränken sich auf das hier installierte Computersystem, und deshalb blieb uns der Zugriff verwehrt.« Cardinali klopfte zufrieden auf das stuhlgroße Gefährt, als der Bildschirm aufleuchtete und Talin-Schriftzeichen zeigte — sie sahen aus wie in Reihen angeordnete Farbspritzer. »Bisher«, fügte der Kom-Spezialist hinzu.

Neben ihm öffnete Cardinali einen Behälter mit mehreren dicken runden Objekten, die etwa fünf Zentimeter durchmaßen. »Das sind Datenmodule, die dem Talin-Standard entsprechen. Wir haben sie in unserem Stützpunkt angefertigt.« Er schob einige davon in passende Öffnungen des Terminals.

Kirk unterbrach seine EKA-Begleiter nicht noch einmal bei der Arbeit, und sie schwiegen die meiste Zeit über, offenbarten ein sicheres Geschick, das auf gute Vorbereitung hinwies. Die Tricorder-Anzeigen in bezug auf die dreihundert Meter entfernten Talin veränderten sich nicht, und die beiden Betäubten lagen auch weiterhin reglos auf dem Boden. Zehn Minuten vor der planmäßigen Rückkehr des Schiffes ließ Kirks Besorgnis allmählich nach, und er begann, einen Erfolg des planetaren Einsatzes für möglich zu halten.

Doch dann vernahm er in der Ferne ein dumpfes Grollen. Sofort wandte er sich an Cardinali. »Wo genau sind wir hier?«

»In einem Lagerbereich, der zum Keller gehört. Etwa fünf Meter unterhalb der Planetenoberfläche. Über uns erstrecken sich drei oder vier Stockwerke.«

»Dann muß das Geräusch draußen wesentlich lauter gewesen sein«, sagte Kirk. »Ein Gewitter?«

»Nicht hier. Nicht in dieser Jahreszeit.«

Das Grollen wiederholte sich, klang jetzt wie eine Explosion. Jim sah auf den Tricorder und stellte fest, daß sich die Bio-Werte der schlafenden Talin veränderten: steigende Temperatur, schnellerer Atemrhythmus, erste Bewegungen. »Die Talin haben es ebenfalls gehört und erwachen.«

Wilforth hatte an den Sensoren eines Ausrüstungszylinders hantiert, und nun drehte er sich um. »Jenes Donnern geht doch nicht auf den Einsatz von Waffen zurück, oder?« fragte er nervös.

Kirk veränderte die Justierung des Tricorders, schaltete von Bio-Signalen auf energetische Emissionen um. »Es gibt einige Energiequellen in der Nähe ... Elektrizität ... Alles unter Kontrolle. Keine Explosivstoffe.« Die Anzeigen veränderten sich jäh, und es donnerte zum dritten Mal.

»Etwas ist über uns hinweggeflogen«, sagte Kirk und betätigte einige Einstellregler. »Zu klein für die *Enterprise* ... Eine Art Flugzeug ...« Dann begriff er plötzlich, was er gehört hatte. »Ein Flugobjekt hat die Schallmauer durchbrochen.«

Cardinali nahm den Tricorder wieder an sich. »Zalan, packen Sie das Terminal ein, während ich diese Sache überprüfe.«

»Was ist los?« Kirk blickte von oben auf das Display und versuchte vergeblich, sinnvolle Einzelheiten zu erkennen.

»Ich möchte feststellen, ob es sich um Raketen oder Flugzeuge handelt. Vielleicht stammte das Grollen von Bombern oder Jagdflugzeugen.«

»Ein Angriff?« erwiderte Kirk erschrocken. Er erinnerte sich an die Verhandlungen: Die Gesprächspartner hatten sehr vernünftig geklungen und schienen auch aufrichtig bestrebt gewesen zu sein, den Frieden zu wahren.

Erneut donnerte es.

»Lebensformen.« Cardinalis Stimme klang gepreßt. »Also sind es Flugzeuge. Und die große Anzahl deutet auf militärische Maschinen hin.«

Kummer und Sorge erfaßten den Captain. Die *Enterprise* war noch fünf Minuten entfernt. Aber spielte das Schicksal der Landegruppe irgendeine Rolle, wenn man es mit der drohenden Vernichtung einer ganzen Welt verglich? »Ist diese Anlage ein Angriffsziel?« erkundigte er sich, obgleich er die Antwort bereits ahnte — immerhin lagerten hier Datenmodule mit geheimen Informationen.

Cardinali nickte langsam. »Ich glaube schon. Sogar ein wichtiges.«

Kirk trat zu den Zylindern. »Dann sollten wir uns in Bereitschaft halten.« Wilforth, Cardinali und die beiden Techniker gesellten sich ihm hinzu.

Sie warteten.

Nach einer Weile hörten sie Schritte im Korridor jenseits der Tür. Kirk bedeutete seinen Begleitern, die Ausrüstungszylinder zum Rand eines Gestells zu schieben und sich dann hinter ihnen zu ducken. Nur noch zwei Minuten bis zum Eintreffen der *Enterprise* ... *Wenn sie überhaupt noch in der Umlaufbahn ist,* dachte Jim. Spock riskierte es bestimmt nicht, sich diesem Ort zu nähern, solange sich Kriegsflugzeuge in der Nähe befanden.

»Geben Sie uns die Intervaller, Captain«, flüsterte Wilforth.

Kirk schüttelte den Kopf. »Wenn diese Basis angegriffen wird und wir einige Talin betäuben ... Dann haben sie keine Möglichkeit, sich in Sicherheit zu bringen. Ich möchte nicht, daß sie völlig hilflos sind.«

Die Tür schwang auf, und einmal mehr flutete helles

Licht herein. Jim spähte durch die Lücke zwischen den beiden Zylindern. Zwei Talin standen im Zugang, ein Mann und eine Frau: zwei echsenartige Wesen, zweieinhalb Meter groß und sehr beeindruckend. Der Blick ihrer großen gelben Augen huschte durch den Raum, und das dichte Haar des Schädelkamms geriet in Bewegung, schien sich wie ein Gefieder zu sträuben. Der größere Talin sah zu den Zylindern, und Kirk bemerkte das kurze blaue Zucken blauer Lider. Der breite, lippenlose Mund des Geschöpfs öffnete sich und offenbarte spitze Zähne. Die sichtbare Haut war dunkelrot, schien regelrecht zu glühen.

Das zweite Wesen pfiff — es hatte die beiden bewußtlosen Talin entdeckt.

Erstaunlich anmutig und geschmeidig eilten die beiden Kreaturen zu ihren Artgenossen und bückten sich, um sie zu untersuchen.

Noch eine Minute bis zur Ankunft der *Enterprise.*

Laß uns nicht im Stich, bat Kirk das Schiff.

Einer der beiden Betäubten gab ein Geräusch von sich, das wie Husten klang, und mit Hilfe des männlichen Talin richtete er sich auf. Jim beobachtete, wie das Geschöpf den Kopf schüttelte, benommen zu den beiden Neuankömmlingen sah und dann in Richtung der Zylinder starrte.

Es hob die mit Klauen ausgestattete Hand und stieß einen schrillen Schrei aus.

»Die Intervaller!« drängte Wilforth.

Der Boden erbebte, und draußen wiederholte sich das Donnern, als ein weiteres Flugzeug die Schallmauer durchbrach.

Kirk hielt sich an den Zylindern fest. *Spock!* riefen seine Gedanken. *Laß dir nicht zuviel Zeit ...*

Der männliche Talin erhob sich. Er griff in einen Beutel, der an dem lätzchenartigen ›Hemd‹ befestigt war, entnahm ihm ein Objekt, das nur eine Projektilschleuder sein konnte.

Wieder bebte der Boden.

Der Talin zielte mit seiner Waffe auf die beiden Ausrüstungszylinder der Landegruppe.

Dann füllte sich der Raum mit dem funkelnden Licht eines Transporterfelds.

KAPITEL 8

Vor Kirk nahm der Transporterraum Konturen an, und er fühlte wieder die vertraute Schwerkraft an Bord der *Enterprise.* Die Gesichter von Spock, McCoy und Kyle waren ebenso willkommen.

Jim sprang von der Plattform herunter und sah, wie Spocks Blick zu den Intervallern an seinem Gürtel glitt.

»Wer greift die Universität an?« fragte er. »Wie ist dort unten die Lage?« Leonards plötzliches Lächeln verwirrte ihn. »Freut mich, dich wiederzusehen, Pille.«

»Die Universität wird nicht angegriffen«, erwiderte McCoy.

»Und die Situation ist recht bemerkenswert«, fügte Spock hinzu.

Kirk musterte die beiden Männer nacheinander. Hinter ihm öffnete Cardinali mit Hilfe der beiden Techniker die Ausrüstungszylinder, um ihnen die Datenmodule zu entnehmen.

»Wir haben Kriegsflugzeuge gehört«, sagte der Captain verwirrt.

»Ja«, bestätigte Spock. »Mehrere hunderte Exemplare sind unterwegs.«

Kirk runzelte die Stirn. Auf der Welt unter ihnen brach der Krieg aus, doch McCoy und der Erste Offizier begegneten der sich anbahnenden Katastrophe mit verblüffender Gelassenheit.

»Sie sind zurückgerufen worden«, meinte Spock.

»Was ist passiert?« fragte Kirk.

McCoy strahlte regelrecht. »Es herrscht Frieden, Jim.

Die Grünen und Braunen ziehen ihre Truppen zurück, überall auf dem Planeten.«

»W-was?« brachte Wilforth hervor. Neben ihm unterbrachen Cardinali und die beiden Techniker ihre Arbeit.

Kirk zögerte und überlegte, ob er weitere Fragen stellen mußte oder hoffen durfte, daß man ihm alles erklärte.

Die Tür des Transporterraums öffnete sich, und Carole Mallett kam mit hastigen Schritten herein. Sie lächelte ebenso erfreut wie McCoy, trat zu Cardinali und umarmte ihn.

»Sie schaffen es!« entfuhr es ihr. »Die Talin schaffen es tatsächlich, den Krieg zu verhindern.«

Bevor sich das Schott wieder schloß, hörte Kirk seltsame Geräusche im Korridor. Es dauerte einige Sekunden, bis es ihm gelang, sie zu identifizieren: Eine Party fand statt.

»Spock ...«

»Wir hatten das Privileg, eine außerordentlich faszinierende Ereigniskette zu beobachten, Captain. Die Talin brachten ihre Zivilisation bis an den Rand des Untergangs.«

»Und genau das war ihre Rettung!« warf McCoy ein. »Sie wagten sich tatsächlich bis zum Rand des Abgrunds vor — und dann traten sie davon zurück.« Der Arzt sprach so aufgeregt und schnell, daß sich sein Südstaatenakzent bemerkbar machte und die Worte miteinander zu verschmelzen schienen. »Wir haben es auf der Brücke gehört. Himmel, nicht nur auf der Brücke, sondern überall im Schiff — Carolyn hat eine Interkom-Verbindung geschaltet.«

»Die Talin *wußten*, daß ihnen nur noch wenige Minuten bis zum sicheren Verderben blieben — und dann beschlossen sie *ganz bewußt*, auf den Krieg zu verzichten.« McCoy schüttelte den Kopf — offenbar konnte er es noch immer nicht fassen. »Sie wählten das Leben.«

Begeisterung erwachte in Kirk. Mit einer solchen Nachricht hatte er nicht gerechnet. »Das ist wundervoll, Pille! Meine Güte, es ist mehr als nur wundervoll!«

»Es ist unglaublich«, sagte Wilforth leise.

»Die Talin haben damit ein hohes Maß an Logik bewiesen«, ließ sich der vulkanische Erste Offizier vernehmen.

McCoy schüttelte erneut den Kopf. »Ersparen Sie uns Hinweise auf Logik, Spock. Die Bewohner des Planeten hatten schlicht und einfach Angst. Und Angst ist ein *Gefühl*. Die Talin sind nicht etwa von Logik gerettet worden, sondern von Emotionen!«

»Es ist den emotionalen Faktoren ihrer Existenz zuzuschreiben, daß sie überhaupt erst in eine derartige Gefahr gerieten ...«

»Spock, Pille ... Bitte hört auf, bevor wir die Unterhändler der Talin an Bord bitten müssen, damit sie zwischen euch vermitteln.« Kirk streckte die Hand nach der Transporterkonsole aus, schien sich auf diese Weise vergewissern zu wollen, daß er nicht träumte. »Warum spitzte sich die Lage so plötzlich zu? Die Situation war doch nicht so kritisch, als wir uns hinunterbeamten, oder?«

»Die Kontroverse in Hinsicht auf den polaren Luftwaffenstützpunkt gab den Ausschlag«, entgegnete Spock. »Das betreffende Gebiet läßt sich kaum überwachen, weil die Magnetosphäre Interferenzen verursacht, und deshalb ...«

»Die Grünen glaubten, daß die Braunen Lücken in der kontinentalen Verteidigung ausnutzen wollten«, sagte McCoy, um einem langen, detaillierten Vortrag des Vulkaniers vorzubeugen. »Die Braunen leugneten, und daraufhin glaubten die Grünen, daß ihre Gegner tatsächlich etwas im Schilde führten. Sie verstärkten ihre Kriegsvorbereitungen, was die Braunen davon überzeugte, daß die Grünen den Zwischenfall im Polargebiet nur als Vorwand für einen Angriff nutzten — was sie ihrerseits zum Anlaß nahmen, ihre Streitkräfte zu mobilisieren. Es war wie bei einer deiner verdammten Schachpartien mit Spock: Keine Seite wollte nachgeben.«

McCoy und der Vulkanier starrten sich an.

»Und ...?« fragte Kirk, der auch den Rest erfahren wollte. »Was geschah dann?«

»Es kam zu einer Intervention der Talin-Unterhändler«, antwortete Spock. »Beide Seiten stellten sich der Erkenntnis, daß der Gegner durch einen Angriff keine Vorteile erringen konnte, woraus der *logische* Schluß folgte: Die jeweiligen Vorwürfe konnten nicht gerechtfertigt sein.«

»Sie schoben alles auf ein Versagen des Kommunikationssystems«, fügte McCoy hinzu. »Um das Gesicht zu wahren. Ein Verhalten, das *nicht* logisch ist, aber trotzdem zu den angestrebten Resultaten führte.«

»Und es gelang ihnen innerhalb so kurzer Zeit, die Streitkräfte zurückzuziehen?« kam es von Kirks Lippen. Es klang noch immer verwundert.

»Bei den Talin gibt es ein sehr komplexes Eid-System«, erläuterte Spock. »Es hat tiefe Wurzeln in der Kultur des Planeten, und niemand kann sich den damit einhergehenden Verpflichtungen entziehen. Die Befehlshaber der Braunen und Grünen haben sich zum erstenmal auf einige jener Eide berufen.«

Wilforth' Mund klappte auf — mit dieser Reaktion erinnerte er Kirk an die beiden Talin, die sich plötzlich der Landegruppe gegenübergesehen hatten. »Haben die Kommandeure der Brauen und Grünen etwa gemeinsame Abstammung und Verwandtschaft erwähnt?«

»Ja«, sagte Spock. »Ich glaube, der Translator verwendete solche Bezeichnungen.«

Kirk befürchtete fast, daß Wilforth in Ohnmacht fiel.

»Vor einer Stunde hätte ich so etwas für völlig ausgeschlossen gehalten«, ächzte der EKA-Direktor. Er sah Kirk an, und Falten formten sich in seiner Stirn. »Wir hätten auch die beiden anderen Talin betäuben sollen. Es war gar nicht nötig, sich in Sicherheit zu bringen.«

Kirk sah die Frage in Spocks Augen. »Zwei Talin entdeckten uns — der Direktor und seine Mitarbeiter schickten sie mit elektrischen Entladungen ins Reich der Träume. Später kamen zwei weitere in den Raum und erblickten uns. Besser gesagt: Sie bemerkten die beiden Ausrüstungszylinder.«

»Solche Überraschungen sind bei planetaren Missionen des EKA nicht ungewöhnlich«, kommentierte der Vulkanier.

»Darauf hat man mich bereits hingewiesen«, erwiderte Kirk trocken.

Cardinali trat näher, den einen Arm um Malletts Taille geschlungen. »Captain, dies ist ein einzigartiger Moment in der Geschichte von Talin. Wenn es schließlich zu einem Kontakt zwischen der Föderation und den Bewohnern des vierten Planeten kommt ... Eins der größten Geschenke, das wir ihnen machen können, besteht vielleicht in einer vollständigen Aufzeichnung der aktuellen Ereignisse. Ich bitte Sie hiermit um Erlaubnis, die Sensorsatelliten mindestens eine Woche lang für umfassende Sondierungen einzusetzen. Ihr Schiff sollte dabei die Kontrolle übernehmen.«

Kirk wollte ablehnen — ihm lag nichts daran, noch mehr Zeit in diesem Sonnensystem zu verbringen.

Doch Cardinalis Enthusiasmus wirkte ansteckend. »Denken Sie daran, wie sehr man auf der Erde die von Vulkaniern zusammengestellten Kom-Berichte zu schätzen wußte. Sie betrafen die letzten zehn Jahre des zwanzigsten Jahrhunderts und beantworteten viele Fragen.«

Kirk wandte sich an Spock. »Wenn wir Richtstrahlen benutzen ... Können wir dann in der Umlaufbahn bleiben, ohne von den Sensoren der Talin erfaßt zu werden?«

Der Erste Offizier nickte. »Das ist sicher möglich.«

»Nun gut«, murmelte der Captain und richtete den Blick auf Cardinali. »Lassen Sie sich von Lieutenant Uhura bei den Vorbereitungen helfen.«

Der Kommunikationschef bedankte sich aufgeregt bei Kirk, und zusammen mit Mallett verließ er den Transporterraum. Als sich die Tür zum zweiten Mal öffnete, schienen die Partygeräusche im Korridor noch lauter geworden zu sein.

»Haben sich während unserer Abwesenheit irgendwelche Probleme angesichts der niedrigen Umlaufbahn ergeben?« erkundigte sich Kirk.

»Die Talin waren zu sehr mit anderen Dingen beschäftigt, um uns Aufmerksamkeit zu schenken.«

Zum erstenmal seit einer ganzen Weile spürte Kirk, wie er sich allmählich entspannte. Zu Beginn der Mission hatte er das Schlimmste erwartet, und nun endete sie mit dem denkbar besten Ergebnis. Er durfte sich nicht zu sehr der Freude hingeben — um zu vermeiden, daß er sich bei den nächsten Einsätzen ähnliche Wunder erhoffte. Nach einigen Sekunden hob er den Kopf, sah seine Freunde an und lächelte. *Ich habe erneut den Sieg errungen,* dachte er. *Obwohl ich diesmal nicht alle Spielregeln kannte.*

»Du weißt sicher, daß es jetzt nur noch eine Sache zu erledigen gilt«, sagte McCoy.

Kirk nickte. »Und ob.«

Einige subtile Anzeichen in Spocks Gesicht verrieten Verwirrung. »Ich verstehe nicht. Mir sind keine anderen Pflichten bekannt.«

»*Natürlich* verstehen Sie nicht.« McCoy schritt zur Tür. »Weil es für *Sie* nichts mehr zu tun gibt.«

Spock blickte zu Kirk, dessen Lächeln in die Breite wuchs. »Pille meint folgendes: Es dauert mindestens noch fünfzig Jahre, bis wir *mit* den Talin feiern können, und deshalb sollten wir die Gelegenheit nutzen, *für* sie zu feiern.«

Spock überlegte. »Heute ist eine Welt gerettet worden. Ein ganzes Volk ist dem Tod entronnen und hat nun die Möglichkeit, irgendwann zu den Sternen zu reisen, andere Planeten zu besiedeln. Ja, ich glaube, unter diesen Umständen ist eine Feier angebracht.«

McCoy musterte den Vulkanier erstaunt. »Da soll mich doch ... Vielleicht besteht tatsächlich noch Hoffnung für Sie, Spock.«

Kirk klopfte Leonard auf den Rücken. »Wenn's die Talin geschafft haben, so sind auch andere Leute dazu imstande. Kommen Sie, Mr. Spock: Eine logische Feier wartet auf uns.«

Kirk las den Bericht des Quartiermeisters und griff geistesabwesend nach der Tasse Kaffee auf dem Tablett des Unteroffiziers. Der QM wies darauf hin, daß der Alkoholkonsum an Bord in einem alarmierenden Maße zugenommen hatte, aber Jim hakte den entsprechenden Hinweis einfach ab. Die gestrige Talin-Feier hatte der Crew zum erstenmal seit langer Zeit Gelegenheit gegeben, sich zu vergnügen. *Und sie hat ein Recht darauf,* dachte Jim. Nach einigen Sekunden merkte er, daß sich seine Hand um leere Luft schloß. Er sah vom elektronischen Notizblock auf, um festzustellen, was mit dem Kaffee geschehen war.

Das Tablett befand sich nicht mehr in Reichweite. Jemand mußte es fortgezogen haben.

»Unteroffizier Frietas, was ... Oh.«

»Hallo, Captain«, sagte Carolyn Palamas. »Möchten Sie Kaffee?« Sie schob das Tablett näher.

Kirk nahm die Tasse. Die *Enterprise* schwebte fünfzigtausend Kilometer über Talin und ›belauschte‹ die Friedensverhandlungen auf dem Planeten — dadurch herrschte auf der Brücke eine ganz andere Atmosphäre. Er freute sich über die Präsenz der jungen Wissenschaftlerin.

»Nun, Lieutenant, ich kann mich gar nicht daran erinnern, Sie zu meinem Adjutanten ernannt zu haben.«

Palamas kam etwas näher. »Ich habe auch keinen entsprechenden Antrag gestellt. Wissen Sie, heute morgen sah ich jemanden, der ohne Frühstück forthastete, und ich dachte mir, daß er jetzt Kaffee vertragen könnte.«

Kirk lächelte. Er erinnerte sich an eine wundervolle Party — und er entsann sich an die noch wundervollere weibliche Gesellschaft, die der Party folgte. »Wenn ich daran denke, daß der Rückflug durchs Sonnensystem fünf Tage dauert ...«

»Ich dachte, es gefällt Ihnen nicht, durch den interplanetaren Raum zu kriechen.« Palamas blieb beim Sie.

»Kommt ganz darauf an, mit wem man die betreffende Zeit verbringen kann«, sagte Kirk. Ihre Blicke trafen sich, übermittelten eine wortlose Botschaft.

»Entschuldigen Sie bitte, Captain«, erklang Spocks Stimme von der wissenschaftlichen Station.

Kirk drehte sich sofort um.

»Sensorsatellit fünf sendet keine Informationen, obwohl jetzt ein automatischer Transfer der gesammelten Daten erfolgen müßte«, meldete der Vulkanier.

Kirk stand auf und nickte Palamas zu, als sie zum Turbolift ging. Sie erwiderte das Nicken und verstand: Die Mission und das Schiff kamen immer an erster Stelle.

Jim blickte auf die Anzeigen der Konsole vor Spock. »Der Satellit befindet sich noch immer in einer stabilen Umlaufbahn. Funktioniert seine interne Energieversorgung?«

»Wir verwenden Richtstrahlen, um die für einen Datentransfer notwendige Verbindung zu schaffen, Captain. Der technische Status läßt sich nur mit Hilfe einer Sensorsondierung feststellen, doch angesichts der geringen Entfernung besteht die Möglichkeit, daß dabei Streustrahlung bis zur Oberfläche des Planeten gelangt und dort entdeckt wird.«

»Geben Sie Scotty Bescheid und bitten Sie ihn, eine Untersuchung vorzunehmen. Er hat die Satelliten für den orbitalen Einsatz vorbereitet und kann sie in Ordnung bringen, falls ein Defekt vorliegt.«

»Wie Sie meinen, Captain. Und wenn wir nicht imstande sind, den Kontakt mit dem betreffenden Satelliten wiederherzustellen?«

Kirk blickte zum Wandschirm, der Talin IV zeigte — eine Welt des Friedens. »Dann sehen wir uns die Sache aus der Nähe an. In Hinsicht auf die Situation dort unten brauchen wir uns jetzt keine Sorgen mehr zu machen.«

Er kehrte zum Kommandosessel zurück, um die Lektüre des QM-Berichts fortzusetzen. Als er sich dem Befehlsstand näherte, sah er kurz in Richtung Turbolift, aber die Tür hatte sich bereits hinter Palamas geschlossen. *Nun, macht nichts,* dachte er. *Bald haben wir fünf Tage für uns.*

Zwei Minuten nach Spocks knapper Interkom-Mitteilung erschien Chefingenieur Scott auf der Brücke. »Die Sache ist mir ein Rätsel«, brummte er, als er die Anzeigen betrachtete. »Am Zustand der Satelliten gab es nichts auszusetzen. Selbst in fünfzig Jahren sollten sie noch einwandfrei funktionieren.«

»Was nichts an der Tatsache ändert, daß ein Exemplar ganz offensichtlich defekt ist«, erwiderte Spock.

»Darauf deutet alles hin. Aber ich finde keinen *Grund* dafür. Wir haben die Ergzellen prästabilisiert und mit zusätzlichen Balancefiltern ausgestattet. Darüber hinaus sind die L-37-Einheiten mit allen duotronischen Komponenten verbunden ...«

Kirk lehnte sich ans Geländer zwischen Haupt- und Oberdeck, während Spock und Scott ein Gespräch führten, in dem jedes zweite Wort ein technischer Fachbegriff zu sein schien. Der Captain kannte zwar die einzelnen Ausdrücke, aber in einer solchen Menge schienen sie immer mehr an Bedeutung zu verlieren — seit den Technikkursen an der Akademie war viel Zeit verstrichen.

Einige Minuten lang fuhren die beiden Männer damit fort, immer komplizierter klingende technische Spezifikationen zu formulieren, und mehrmals rejustierten sie die Instrumente der wissenschaftlichen und technischen Station. Dann schienen Erster Offizier und Chefingenieur in eine Sackgasse zu geraten.

»Sollen wir zu dem Satelliten fliegen, um ihn uns aus der Nähe anzusehen?« fragte Kirk.

»Nicht nötig«, erwiderte Scott. »Das Problem liegt bei der Software.«

»Ich halte eine Untersuchung aus geringerer Entfernung für notwendig«, sagte Spock. »Ganz offensichtlich liegt ein Hardware-Defekt vor.«

Beide Offiziere drehten sich um und sahen Kirk an. *Ich muß einen Kompromiß finden,* dachte Jim. *Was in diesem Fall besonders schwer ist.* »Entschuldigen Sie, Scotty, aber wenn die Möglichkeit besteht, daß der Satellit irgendwie beschädigt wurde ... Wir dürfen nicht riskieren, daß er in die Atmosphäre fällt oder gar auf den Planeten hinabstürzt. Wir fliegen nahe genug an ihn heran, um eine Sensorsondierung vorzunehmen, ohne daß dabei Streustrahlung die Oberfläche von Talin IV erreicht. Nach unserer Rückkehr hierher haben wir Zeit genug, um die Software zu untersuchen.« Kirk hoffte, daß er schnell genug gesprochen hatte.

»Aye, Captain.« Scott wandte sich dem Vulkanier zu und lächelte. »Ich bin gern bereit, Ihnen bei der Neuprogrammierung zu helfen, Mr. Spock.«

»Danke, Mr. Scott, aber das ist sicher nicht erforderlich. Bestimmt genügt eine Reparatur des Satelliten.«

Kirk wandte sich ab und ging zu Sulu, um ihn aufzufordern, eine Kursänderung vorzubereiten. Aber der Steuermann hatte alles gehört und die neuen Orbitaldaten bereits eingegeben.

»Ausgezeichnet, Mr. Sulu. Bringen Sie uns zu dem Satelliten.«

Chekov stand auf und eilte zur Verteidigungsstation,

um von dort aus Maßnahmen zu ergreifen, die eine Ortung des Schiffes verhindern sollten. Fähnrich Leslie verließ seinen Platz an den Ambientenkontrollen, um Chekov am Navigationspult zu vertreten. Kirk lehnte sich im Kommandosessel zurück, als sich die *Enterprise* dem Planeten näherte. Es ergaben sich keine Schwierigkeiten.

Nach einer Weile richtete Jim seine Aufmerksamkeit wieder auf den Bericht des QM-Programms. Darin hieß es unter anderem: ›Wenn sich nichts am gegenwärtigen Konsum ändert, reicht der Vorrat an echter Schokolade nur noch für zwei Monate.‹ Es folgte der Rat, den Verzehr von synthetischer Schokolade zu empfehlen. Kirk schauderte bei dieser Vorstellung, hob den Stift und brachte seine Ablehnung zum Ausdruck, indem er den entsprechenden Hinweis durchstrich.

»Wir nähern uns Satellit fünf«, meldete Sulu.

Jim sah auf. Die untere Hälfte des Planeten füllte den Wandschirm. Bei der gegenwärtigen Auflösung war der kleine Satellit nicht zu erkennen, aber das Sensorecho zeigte sich auf dem Astrogatorschirm. Kirk unterschrieb den Bericht des Quartiermeister-Programms, und eine Sekunde später erschien der wöchentliche Medo-Report im Display.

»In Sensorreichweite, Mr. Spock«, sagte Leslie.

»Sondierung beginnt«, erwiderte der Erste und wissenschaftliche Offizier.

Kirk hakte auch den medizinischen Bericht ab: Er enthielt nur zehn Hinweise darauf, daß sich ein gewisser Kirk, James T., zur bereits längst fälligen Routineuntersuchung in der Krankenstation einfinden sollte; andernfalls erschien sein Name auf der Disziplinarliste des Captains.

»Bei den technischen Komponenten liegt kein feststellbarer Defekt vor«, verkündete Spock.

Kirk hob den Kopf, als er glaubte, so etwas wie Überraschung in der Stimme des Vulkaniers zu hören.

Scotty lächelte. »Und Sie brauchen wirklich keine Hilfe bei der Software?«

Spock schüttelte den Kopf. »Die Programme können wohl kaum für den Defekt verantwortlich sein, Mr. Scott. Sie befinden sich nicht mehr im Speicher des Satellitencomputers.«

Kirk ließ den elektronischen Notizblock sinken.

»Wie bitte, Mr. Spock?« brachte der Chefingenieur verdutzt hervor.

»Sind die Kontrollprogramme gelöscht worden?« fragte Kirk.

Spock nickte. »Es sollte eigentlich völlig unmöglich sein, aber alle Datenspeichermodule des Satelliten sind leer.«

»Erklärung, Mr. Scott?«

»Im Augenblick sehe ich mich außerstande, Ihnen eine anzubieten, Captain. Ich weiß nicht, wie so etwas geschehen kann, ohne ...«

»Ohne was, Mr. Scott?«

»Nun, ohne eine Übermittlung des Kennworts und der verschiedenen Verschlüsselungscodes. Die Satelliten sind gemäß der EKA-Vorschriften modifiziert worden. Es ist praktisch ausgeschlossen, ihnen mit Gewalt gespeicherte Informationen zu entnehmen.«

»Mr. Spock? Irgendwelche Theorien?«

»Nein. Ein starker Subraum-Impuls hätte die Transtator-Schaltkreise zerstören können, aber ein derartiges Phänomen hätte wir zweifellos bemerkt. Ich muß jedenfalls eine gründliche Situationsanalyse vornehmen, um ...«

»Captain!« entfuhr es Chekov. »Ich orte energetische Aktivität auf dem Planeten.«

»Um welche Art von Energie handelt es sich?« Kirk sah zum Wandschirm: Dicht hinter dem Terminator, auf der Nachtseite von Talin IV, bemerkte er einen hellen weißen Fleck. »Vergrößerung, Steuermann. Gehen die Emissionen davon aus, Mr. Chekov?«

Der Navigator blickte ebenfalls zum großen Projektionsfeld. »J-ja, Sir.«

Das Bild auf dem Schirm zitterte kurz, als sich der Vergrößerungsfaktor änderte. Einen Sekundenbruchteil später rückte der weiße Fleck näher, und Kirk beobachtete, wie rote Feuerranken daraus hervorwuchsen. »Was ist das, Fähnrich?«

»Eine ... nukleare Explosion, Captain. Vierzig Megatonnen.«

Kirk fühlte sich so, als hätte die *Enterprise* ganz plötzlich auf Warp neun beschleunigt. »Wo?« fragte er.

Chekov las die Koordinaten. »Die Detonation betrifft den Staat der Grünen«, bestätigte er die Vermutungen des Captains. »Östlicher Verwaltungsdistrikt. Subregion fünf.«

Kirk starrte auf den Fleck und stellte sich sein Vernichtungspotential vor — eine ganze Stadt mochte jetzt in Schutt und Asche liegen.

»Die genannten Koordinaten sind mit denen einer unterirdischen Startrampe für Raketen identisch«, sagte Spock.

Kirk versteifte sich unwillkürlich. Ein militärisches Ziel. Und daraus konnte nur ein Schluß gezogen werden. »Warum sollten die Braunen ausgerechnet jetzt einen Erstschlag beschlossen haben?«

»Und warum sollten sie dabei auch nur einen einzigen nuklearen Sprengkopf verwenden?« fügte Spock hinzu. Er beugte sich über den Sichtschlitz des Scanners.

»Captain!« rief Chekov. »Raketen werden gestartet! Dutzende von Raketen!«

»Lieber Himmel«, hauchte Kirk. Auf dem Kontinent der Grünen bildete sich ein Muster aus roten Punkten: mit atomaren Sprengsätzen ausgestattete Raketen. Und es mußten Hunderte sein.

»Alarmstufe Rot«, sagte der Captain. Die Vorschriften verlangten eine solche Anweisung, obwohl keine Gefahr für das Schiff bestand. Einige Sekunden lang heulten die Sirenen, und auf Kirks Zeichen hin desaktivierte Uhura den akustischen Alarm. Doch das rote Licht pulsierte auch weiterhin.

»Captain«, sagte Spock, »nach den Sensordaten zu urteilen, fand die Explosion tief unter der Oberfläche des Planeten statt.«

»In welcher Tiefe?«

»Sie entspricht der von in Bereitschaft gehaltenen Atomwaffen.«

»Nein!« stöhnte Kirk. Er wandte sich wieder dem Schirm zu und beobachtete noch mehr rote Punkte. Tausende von Raketen, die den Tod in sich trugen. »Es war ein *Versehen!*«

»Hohe Kom-Aktivität bei den Braunen, Captain«, warf Uhura ein. Tränen schimmerten in ihren Augen. »Sie haben die von den Grünen gestarteten Raketen geortet und leiten den Gegenschlag ein.«

»Raketenstarts bei den Braunen!« meldete Chekov. »Raketenstarts bei den Braunen!«

»Es ist ein Versehen, ihr Narren!« Kirk starrte zum Wandschirm und sah eine sterbende Welt. »Spock! Es kann keine Absicht dahinterstecken! Die Sprengköpfe der Talin sind alles andere als zuverlässig — ihre Fehlerquote beträgt vierzig Prozent. Die Grünen waren dabei, ihre Raketen zu demontieren, und dabei haben sie *versehentlich* eine verdammte Atombombe gezündet!«

Spocks Gesicht blieb ausdruckslos, als er ebenfalls zum großen Projektionsfeld blickte. »Das ist die ... logische Erklärung.«

»Ein Versehen!« wiederholte Kirk und schlug mit der Faust auf die Armlehne des Kommandosessels. »Ein ganzer Planet wird vernichtet, nur weil jemandem ein Fehler unterlief. Das darf nicht passieren!«

»Captain?« Spock wölbte eine Braue.

»Ich lasse nicht zu, daß diese Welt stirbt.« Zorn brodelte in Jim. Die Zivilisation von Talin IV mußte überleben — jedes andere Schicksal kam einem persönlichen Affront James T. Kirk gegenüber gleich.

»Uns sind die Hände gebunden, Captain«, entgegnete der Vulkanier. Worte und Tonfall vermittelten zwei verschiedene Botschaften. »Die Erste Direktive verbietet uns ein Eingreifen.«

»Nein!« zischte Kirk. »Die Erste Direktive verbietet uns, Einfluß auf die natürliche Entwicklung eines Planeten zu nehmen. Und sehen Sie sich an, was jetzt passiert. Von einer ›natürlichen Entwicklung‹ kann in diesem Fall sicher nicht die Rede sein. Ganz im Gegenteil: Es ist ein tragischer Unfall. Die unbeabsichtigte Explosion eines nuklearen Sprengkopfs hat eine anomale Ereigniskette ausgelöst. Wir wissen, daß sich die Talin für den *Frieden* entschieden haben.«

So etwas wie Schmerz huschte durch Spocks Züge, bevor der Vulkanier seine Mimik wieder unter Kontrolle brachte. »Ich verstehe, worauf Sie hinauswollen, Captain. Und ich stimme Ihnen zu: Man könnte das aktuelle Geschehen als eine natürliche Katastrophe definieren ... so wie die drohende Kollision mit einem Asteroiden. Trotzdem sehe ich keine Möglichkeit für eine Intervention.«

»Niemand sieht uns, Spock.« Kirks Gedanken rasten. Es mußte einen Ausweg geben. Es gab *immer* einen. Man ändere die Spielregeln, man ändere die Ziele — man unternehme *irgend etwas,* um das Problem zu lösen. »Wir können es schaffen. Die *Enterprise* kann es schaffen. Anschließend wissen die Talin überhaupt nicht, was sie vor dem Verderben bewahrt hat. Es wird ihnen ebenso ein Rätsel sein wie die Ursache der unterirdischen Atomexplosion. Wir mischen uns nicht ein, Spock. Wir geben ihnen nur etwas mehr Zeit. Mehr Zeit, um auf ihrer Welt alles in Ordnung zu bringen. Das ist alles.«

Die Brückenoffiziere erstarrten an ihren Stationen. Sie waren bereit, jeden Befehl des Captains zu befolgen, aber sie wußten auch: Ohne Spocks Einverständnis würde ihnen Kirk nicht die erhoffte Order geben.

Der Vulkanier trat zum Geländer.

Kirk breitete die Arme in einer beschwörenden Geste aus. »Denken Sie darüber nach, Spock. Wir achten die Bestimmungen der Ersten Direktive. Das Geheimnis unserer Präsenz bleibt gewahrt.«

»Ja ...«, erwiderte der Erste Offizier langsam. »Die Erste Direktive ... wird nicht ... verletzt.« Er straffte die Schultern. »Ich berechne die Koordinaten«, fügte er hinzu und kehrte zur wissenschaftlichen Station zurück.

Kirk gab Anweisungen. Die Zeit genügte nicht, um seine Entscheidung noch einmal zu überdenken. Sie reichte nur aus, um aktiv zu werden, um zu handeln, um eine Welt zu retten.

Die *Enterprise* richtete ihre Sensoren auf Talin IV und nahm eine umfassende Sondierung vor, die dem ganzen Planeten galt. Innerhalb weniger Sekunden empfingen die Computer Daten über die Flugbahnen aller gestarteten Raketen.

Scott wußte, wie die Zünder der Sprengköpfe funktionierten. Er beanspruchte fünf Prozent der allgemeinen Elaborationskapazität, um Selbstzerstörungssequenzen zu decodieren und zu senden. Hunderte von roten Ortungsreflexen verschwanden vom Wandschirm.

Uhura kannte die Funk-Codes. Sie verwendete acht Prozent des Computerpotentials, um Sprachprozessoren mit Stimmen zu programmieren und Befehle zu übermitteln, die Bomber, Jagdflugzeuge und Unterseeboote aufforderten, zu ihren jeweiligen Basen zurückzukehren. Die meisten Talin-Kommandanten gehorchten nicht sofort, verzichteten jedoch darauf, die Angriffsmission fortzusetzen — sie setzten sich mit den Einsatzzentralen in Verbindung und baten um Bestätigung der Anweisungen.

Chekov nahm wieder an seiner Konsole Platz und bediente die Kontrollen der Phaser. Vierhundertsiebenundzwanzig Raketen reagierten nicht aufs Scotts Signale, und der Russe holte sie nacheinander vom Himmel, verfehlte nie das Ziel.

Vierzig Minuten verstrichen, und zweimal umkreiste die *Enterprise* den Planeten. Die Raketen der Braunen existierten nicht mehr, ebensowenig die der Grünen. Bombenflugzeuge drehten ab und flogen wieder zu ihren Luftwaffenstützpunkten. Unterseeboote änderten den Kurs und steuerten Häfen an.

Die nukleare Katastrophe fand nicht statt.

Kirk war schweißgebadet und heiser. Nach wie vor pulsierte das Licht der Alarmstufe Rot.

Uhura räusperte sich. »Captain ... Ich höre eine diplomatische Frequenz ab. Die Unterhändler sprechen wieder miteinander. Sie ... entschuldigen sich, Sir. Sie ... Sir, sie danken ihren Göttern dafür, vor den schrecklichen Folgen eines Unfalls bewahrt worden zu sein.« Uhura wischte sich Tränen aus den Augen. »Sie wissen, daß die nukleare Explosion auf einen technischen Defekt zurückging.« Scott ging zu der Kom-Spezialistin und legte ihr den Arm um die Schultern. Das dunkle Haar des Chefingenieurs klebte an der feuchten Stirn.

Kirk blickte noch immer zum Wandschirm. Auf der Nachtseite des Planeten brannten Tausende von kleinen Feuern, verursacht von den brennenden Trümmern der zerstörten Raketen. Aber die Welt und ihre Zivilisation existierten noch. Ein Volk hatte überlebt.

»Lieutenant Uhura ...«, sagte Jim schließlich. »Transferieren Sie die während der letzten Stunde angefertigten Aufzeichnungen zum EKA-Hauptcomputer auf dem Mond. Bringen Sie anschließend Kopien der aufgezeichneten Daten in zwei verschiedenen Nachrichtenkapseln für Starfleet Command unter und veranlassen Sie unverzüglich den Start.«

»Aye-aye, Sir«, bestätigte Uhura.

Die Tür des Turbolifts öffnete sich, und McCoy

stürmte in den Kontrollraum. »Zum Teufel auch, was ist hier eigentlich los?« Er blieb stehen, als er die vielen kleinen Brände auf dem Planeten sah. »Bei allen Raumgeistern ... Was hat das zu bedeuten?« Er sah Kirk an, bemerkte die Erschöpfung des Captains und holte seinen Medo-Scanner hervor. »Was habt ihr angestellt?«

Spock beantwortete die Frage des Arztes, und seine Stimme klang so ruhig wie immer.

»Wir haben unsere Pflicht erfüllt, Doktor.«

KAPITEL 9

Jim trug seine beste Uniform. Eigentlich bestand gar keine Notwendigkeit dazu, aber wenn sich der Untersuchungsausschuß die Aufzeichnung dieser Anhörung ansah, so sollte er wissen: Captain James T. Kirk nahm die ganze Sache sehr ernst und war bereit, sich den Konsequenzen seiner Entscheidungen zu stellen.

Spock, Scott und McCoy saßen zusammen mit Kirk an der einen Seite des Tisches im Konferenzzimmer. Zalan Wilforth, Alonzo Richter und Unteroffizier Jorge Frietas hatten auf der anderen Platz genommen. Die Finger des Unteroffiziers tanzten mit routiniertem Geschick über die Kontrollen des Protokollcomputers.

»Aufzeichnung läuft, Mr. Spock«, sagte Frietas, als die Verifikationslichter glühten. Sie wiesen auf folgendes hin: Der Computer führte in Hinsicht auf die zu speichernden Daten eine sofortige Codierung durch, bei der er so komplexe Algorithmen verwendete, daß eine nachträgliche Manipulation der Daten ausgeschlossen war. Es handelte sich um ein neues System, das Mißbrauch irgendeiner Art verhindern sollte.

Spock faltete die Hände auf dem Tisch und begann mit einer förmlichen Einleitung. »Hiermit eröffne ich die dritte Sitzung des Anhörungsverfahrens, bei dem es um die von Captain James T. Kirk in Hinsicht auf Talin IV ergriffenen Maßnahmen geht. Captain Kirk hat die Anhörung selbst beantragt, weil er fürchtet, daß einige seiner Entscheidungen den Eindruck erwecken könnten, gegen die Erste Allgemeine Direktive Starfleets zu verstoßen. Wir sind hier, um erste Informationen in bezug auf eine potentielle Verletzung der Ersten Direktive zu sammeln. Eventuelle Schlußfolgerungen und Ergebnisse haben keinen endgültigen Charakter, sondern unterliegen einer neuerlichen Analyse durch Starfleet Command.«

Spock legte eine kurze Pause ein. »Ich erteile Ihnen das Wort, Direktor Wilforth«, sagte er dann.

Wilforth rutschte unruhig hin und her. »Oh, äh, ich bin Zalan Ko'askla Wilforth, Direktor des EKA-Außenpostens Siebenundvierzig, Talin-System.« Er richtete einen fragenden Blick auf Spock.

»Bitte fahren Sie fort, Direktor.«

»Äh, ich möchte einen Bericht vorlegen, der von der Kommunikationsabteilung des Stützpunkts Siebenundvierzig vorbereitet wurde. Er betrifft Kom-Mitteilungen und Medien-Meldungen, die wir während der ersten drei Tage nach der Explosion eines nuklearen Sprengkopfs unter der Oberfläche von Talin IV aufgezeichnet haben.« Wilforth hob ein gelbes Speichermodul. »Was ... was fangen wir damit an?«

Kirk blieb ganz ruhig. Dies war eine förmliche Angelegenheit, und er faßte sich in Geduld, um seinen Respekt Starfleet gegenüber zu demonstrieren.

»Schieben Sie das Modul in die Abtastvorrichtung des Protokollcomputers und präsentieren Sie eine Zusammenfassung«, sagte Spock.

Wilforth reichte die Speichereinheit dem Unteroffizier, doch Frietas schüttelte den Kopf. »Das müssen Sie selbst erledigen, Sir. Ich darf das Ding nicht anrühren.«

»O natürlich.« Wilforth beugte sich vor und drückte das Modul in einen breiten Schlitz. Es klickte leise. »Äh, eine Zusammenfassung, ja. Ähem.« Er hustete in die Faust. »Die Stunden unmittelbar nach der unbeabsichtigten Explosion einer Atombombe auf Talin IV werden als ›Wunder der blauen Phase‹ bezeichnet. Äh, die ›blaue Phase‹ entspricht der gegenwärtigen ... Kalenderperiode auf dem Planeten. Nun, wie dem auch sei: Die Bezeichnung ›Wunder‹ ist sehr wichtig für die vom EKA vorgenommene Einschätzung der betreffenden Ereignisse, denn sie weist darauf hin, daß die Talin den Geschehnissen eine fast übernatürliche Bedeutung beimessen. Anders ausgedrückt: Sie argwöhnen nicht die Intervention einer extraplanetaren Macht.

Aus den empfangenen Kom-Meldungen geht folgendes hervor: Die Talin wissen, daß die Explosion des nuklearen Sprengsatzes im Territorium der Grünen durch Zufall erfolgte. Aufgrund der dadurch angerichteten Zerstörungen läßt sich die genaue Ursache der Detonation wahrscheinlich nie feststellen. Darüber hinaus ist den Talin klar: Der Einsatz von etwa fünfundzwanzig Prozent des Arsenals der Grünen geht allein auf automatische Alarmsysteme zurück — die während der nächsten Wochen und Monate demontiert werden sollen.

Ähnlich beschaffene Systeme starteten rund ein Drittel aller den Braunen zur Verfügung stehenden Raketen — ein ausdrücklicher Befehl dazu wurde nicht erteilt.«

Wilforth sah sich am Tisch um und schien seine Nervosität allmählich zu überwinden.

»Als EKA-Direktor kann ich eine Expertenmeinung zum Ausdruck bringen, und sie lautet folgendermaßen: Die Talin glauben als Volk, daß vor drei Tagen ein Zufall globales Verderben heraufbeschwor. Sie sind davon überzeugt, daß ein zweiter Zufall — bestehend aus technischen Fehlfunktionen, Konflikten zwischen Steuerungsprogrammen und sogar besonderen Wetterbedingungen — den nuklearen Holocaust verhinderte.

Um Captain Kirks Ansicht beizupflichten, daß es nicht zu einer Verletzung der Ersten Direktive kam, möchte ich betonen: Durch sein Eingreifen blieb das Funktionspotential des weltweiten Kommunikationssystems der Talin erhalten. Dieser Umstand erlaubte es den militärischen Kommandeuren und Regierungschefs, sofort mit Gesprächen und Verhandlungen zu beginnen, deren Ziel darin besteht, weiteren direkten Konfrontationen vorzubeugen.

Das EKA ist der Meinung, daß Captain Kirks Intervention nur dazu diente, den Talin fünfzehn bis zwanzig Minuten zusätzliche Zeit und damit Gelegenheit zu geben, erneut ihre schon oft von uns beobachtete Friedensbereitschaft unter Beweis zu stellen. Die Talin wurden vor einer Katastrophe bewahrt, für die sie nicht selbst die Verantwortung trugen, und dadurch sind sie nun imstande, ihre natürliche Entwicklung als Volk und Kultur fortzusetzen.

Was noch wichtiger ist: Alle vom EKA-Außenposten auf dem Mond empfangenen Medien-Meldungen deuten darauf hin, daß Captain Kirk eine bemerkenswerte humanitäre Leistung vollbrachte und gleichzeitig das Geheimnis der Präsenz extraplanetarer Beobachter schützte.«

Wilforth räusperte sich noch einmal. »Unserer Ansicht nach sind die Bestimmungen der Ersten Direktive nicht verletzt wurden. Captain Kirk verdient eine offizielle Auszeichnung durch die Föderation: Ohne ihn hätten viele Millionen Talin den Tod gefunden.«

Jim lächelte nicht, zeigte auch sonst keine Reaktion auf die Zusammenfassung des Direktors. Als Berufsoffizier war er daran gewöhnt, von anderen Leuten Lob zu hören — und er wußte auch, wie schnell aus dem Lob Tadel werden konnte. Er begrüßte Wilforth' Ausführungen, weil er fest daran glaubte, daß sie der Wahrheit entsprachen. Doch die letztendliche Entscheidung darüber, ob die Bestimmungen der Ersten Allgemeinen Direktive respektiert worden waren, lag bei Starfleet Command. Allerdings: Diesmal konnte eigentlich kein Zweifel daran bestehen, wie das Oberkommando über den Fall urteilen würde: Captain Kirk hatte eine ganze Welt gerettet, und das mußte selbst die Admiralität zugeben.

»Möchte jemand etwas hinzufügen?« fragte Spock.

Niemand antwortete.

»Dann ist die dritte Sitzung hiermit beendet.«

Wir haben es geschafft, dachte Kirk plötzlich. *Die* Enterprise *hat ein ganzes Volk gerettet, ohne sich dabei entdecken zu lassen.* Triumph prickelte in Jim, doch ein anderer Gedanke hielt dieses Gefühl in Grenzen. *Vor zwei Tagen bin ich Wilforth' Situationsbewertungen gegenüber skeptisch gewesen — warum sollte ich ihm jetzt vertrauen?*

»Ich stelle mir eine Bar vor ...«, sagte Kirk. Er biß vom Sandwich ab und blickte durchs Fenster des Herbariums: Talin war fünfzigtausend Kilometer entfernt und präsentierte dem Schiff seine Tagseite. Jim roch den Duft blühender Rosen — die Gartenanlage der *Enterprise* gehörte zu seinen Lieblingsräumen an Bord. Insbesondere während des Nachtzyklus.

»Du bist doch gar nicht der Barkeeper-Typ«, spottete Palamas. Sie saßen auf der Nachbildung einer Parkbank, und die junge Wissenschaftlerin packte das vorbereitete Picknick aus.

»Nein, nein.« Kirk probierte den Hühnersalat. »An Bord des Schiffes.«

»Eine Bar an Bord eines Starfleet-Schiffes?« fragte Palamas skeptisch.

»Für solche Gelegenheiten.« Kirk wandte sich der jungen Frau zu und lächelte. »Die Mission ist erfolgreich beendet, und es herrscht Frieden. Es müßte einen geeigneten Ort geben, um solche Augenblicke zu genießen. Ein Bereich mit mehr ... Atmosphäre als das Freizeitdeck oder die Messe. Außerdem fällt dann das Warten auf den nächsten Landurlaub nicht so schwer.« Er biß noch einmal vom Sandwich ab. »Ist nur so ein Gedanke.«

»Nun, klingt nicht übel. Manchmal fällt einem selbst an Bord eines Raumschiffs wie der *Enterprise* die Decke auf den Kopf.« Palamas schälte eine Orange und blickte nachdenklich darauf hinab. »Jim ... Was empfindest du angesichts deiner Leistungen?« Es klang ein wenig verlegen. »Ich weiß nicht, wie ich es sonst ausdrücken soll ... Verstehst du, was ich meine?«

Kirk nickte, atmete den Rosenduft tief ein und erinnerte sich dabei an die Farm in Iowa, insbesondere an den Garten seiner Mutter. Er war nicht sehr groß gewesen, bot nur einigen Rosen, Petunien und einem Rhododendronstrauch Platz, der nie blühte. Sein Vater hatte immer die Ansicht vertreten, daß Blumen nicht auf eine Farm gehörten — man konnte sie nicht essen. Trotzdem verbrachte George Kirk damals viel Zeit im Garten und half Jims Mutter dabei, Unkraut zu jäten. Und er lächelte ebenso wie sie.

»Ja, ich weiß, was du meinst«, erwiderte Kirk. »Aber um ganz ehrlich zu sein, Carolyn — ich denke nicht auf diese Weise daran.« Er sah die Verwirrung in den Augen seiner Begleiterin. »Ich habe einfach nur getan, was ich zu dem betreffenden Zeitpunkt für richtig und notwendig hielt. Jetzt ist die Sache erledigt, und neue Aufgaben warten auf mich.«

Palamas schüttelte den Kopf. »Du hast eine ganze Zivilisation gerettet, Jim. Zweieinhalb Milliarden Wesen, ihre Geschichte, ihre Hoffnungen ...«

Kirk legte das Sandwich beiseite und ergriff die Hand der jungen Frau. »Nicht ich habe Talin IV gerettet, sondern die Crew dieses Schiffes. Die *Enterprise.* Ich habe nur im Kommandosessel gesessen, und es gibt viele Leute, die dort meinen Platz einnehmen könnten.«

Palamas blickte Jim tief in die Augen, und in ihrem Gesicht zeichnete sich eine wortlose Frage ab. »Das glaubst du wirklich, nicht wahr? Es ist keine falsche Bescheidenheit, auch nicht die Demut des Eingebildeten ... Du bist tatsächlich davon überzeugt, nichts Außergewöhnliches vollbracht zu haben ...«

Kirk hob die Hand zu ihrem Gesicht, und seine Fingerkuppen strichen über die sanften Konturen von

Wangen und Lippen. Die Mission war erfolgreich beendet, und es herrschte Frieden; er konnte es sich leisten, nur ans Hier und Jetzt zu denken. »Es gibt ein oder zwei außergewöhnliche Dinge, zu denen ich fähig bin«, flüsterte er.

»Ich weiß.« Palamas erwiderte die zärtliche Geste.

Sie küßten sich, umgeben von Rosenduft und angenehmen Erinnerungen.

Zwei Sekunden später schrillten die Sirenen der Alarmstufe Rot.

Ein vertrautes, jetzt unheilvoll klingendes Zirpen drang aus dem Interkom-Lautsprecher.

»Brücke an Captain!« ertönte Chekovs Stimme. »Brücke an Captain! Auf Talin IV werden Raketen gestartet! Es kam bereits zu atomaren Explosionen!«

Kirk sprang vor, als sich die Tür des Turbolifts öffnete, eilte mit langen Schritten zum Befehlsstand.

Der Wandschirm zeigte die schreckliche Wahrheit in allen Einzelheiten. Auf der Tagseite des Planeten glühten überall die Leuchtfeuer von nuklearen Detonationen. Dutzende, Hunderte. Und es wurden immer mehr.

»Warum?« brachte Kirk hervor. Ruckartig drehte er sich zu Uhura um. »Was ist passiert?«

Die Kom-Spezialistin schien der Verzweiflung nahe zu sein. »Ich weiß es nicht, Captain. In den von uns überwachten Kom-Kanälen wurden keine Kriegsvorbereitungen erwähnt.«

»Bringen Sie uns näher heran, Sulu! Volle Impulskraft.«

Der Steuermann bestätigte die Order, und die Planetenkugel im Projektionsfeld schwoll an. Innerhalb weniger Sekunden befand sich die *Enterprise* in einem geostationären Orbit über dem Terminator.

»Chekov! Situationsanalyse!«

Die Hände des Fähnrichs zitterten über den Kontrollen. »Wahnsinn, Captain. Alle atomaren Waffen gelangen zum Einsatz. Ohne Strategie, ohne einen Plan. Es werden einfach nur die Raketen gestartet …«

Kirk glaubte, einen vagen Hoffnungsschimmer zu erkennen. »Soll das heißen, es handelt sich um eine Fehlfunktion? Meinen Sie *das*, Mister? Liegt ein Defekt vor?«

Chekov schüttelte verwirrt den Kopf. »Die Talin können unmöglich so etwas beabsichtigen. Nein, das ist ausgeschlossen. Es muß eine andere Ursache geben.«

Die Tür des Turbolifts öffnete sich erneut, und Spock betrat die Brücke, strich seinen Uniformpulli glatt — offenbar hatte er ihn gerade erst übergestreift. Er klappte den Mund auf, als er das Bild auf dem Wandschirm sah, blieb jedoch stumm.

»Es sind alle Raketen gestartet worden, Spock«, sagte Kirk in einem drängenden Tonfall. »Ohne Strategie, ohne Plan.«

»Das ist unsinnig«, kommentierte der Vulkanier.

»Genau, Spock. Unsinnig. Wir haben es mit einem zweiten Unfall zu tun. Vielleicht steht er mit dem Desaktivieren der automatischen Alarmsysteme in Zusammenhang — es gibt keine andere Erklärung.«

»Ja«, murmelte Spock. Er versuchte, seine Bestürzung zu verbergen, aber Kirk kannte ihn zu gut. »Die Talin sind sicher nicht bestrebt, ihre Welt in eine radioaktive Wüste zu verwandeln. Aber ohne zusätzliche Informationen können wir nicht wissen, was sie dazu veranlaßt hat, ihr ganzes nukleares Potential einzusetzen. Ohne diesbezügliche Daten dürfen wir nicht eingreifen.«

Kirk wandte sich den übrigen Brückenoffizieren zu. »Neutralisieren Sie die Raketen.«

»Nein, Captain«, sagte Spock. »Ohne eine ausreichend stabile Basis aus Anhaltspunkten und Hinweisen sind Sie nicht befugt, eine Intervention anzuordnen.«

»Ich weiß, Spock.« Kirk deutete zum Wandschirm. »Sehen Sie nur, was dort unten geschieht …« Er holte tief Luft und traf eine Entscheidung. »An alle Anwesenden: Ich kann Ihnen nicht befehlen, noch einmal die

Rolle des Beobachters aufzugeben und aktiv einzugreifen — diesmal ist die Situation weitaus komplexer und schwieriger. Aber ich glaube, daß ein externer Faktor die gegenwärtige Ereigniskette auf Talin IV ausgelöst hat. Und daher bin ich der Meinung, daß wir den Bewohnern des Planeten helfen müssen.«

Kirk sah die einzelnen Offiziere der Reihe nach an. »Um es noch einmal zu betonen: Ich kann nicht von Ihnen verlangen, die Bestimmungen der Ersten Direktive zu verletzen.«

Chekov sprach als erster. »Sir, ich erkläre mich hiermit aus freiem Willen dazu bereit, die Raketen abzuschießen.«

»Ich sende Zerstörungs- und Rückruf-Sequenzen«, sagte Uhura.

Sulu änderte den Kurs des Schiffes. »Wir nähern uns dem größten Raketenschwarm.«

»Ziele werden erfaßt«, meldete Spock. Er stand an der wissenschaftlichen Station und blickte durch den Sichtschlitz des Scanners.

McCoy und Wilforth verließen die Transportkapsel des Turbolifts. Richter folgte ihnen in Begleitung von Cardinali und Mallett. Er sah zum Wandschirm — und blieb fassungslos stehen.

»Verdammte Narren!« zischte McCoy.

»Es ist nicht die Schuld der Talin, Pille«, sagte Kirk. »Ganz offensichtlich kam es zu einer fatalen Fehlfunktion. Man hat zu sehr den Computern vertraut. Oder ...«

»Alle Funkfrequenzen sind blockiert, Captain.« Tasten klickten unter Uhuras Fingern. »Die Störungen lassen keine Signale passieren, nicht einmal die der Talin.«

»Können Sie Subraum-Kanäle benutzen und die Codesequenzen jenseits der Störschwelle für normale Funkfrequenzen remodulieren?« fragte Kirk.

Uhura sah zum Ersten Offizier. »Dabei brauche ich Ihre Hilfe, Mr. Spock ...«

»Ich beginne sofort mit der Sensorjustierung«, sagte der Vulkanier.

Kirk starrte zum Wandschirm und versuchte allein mit Willenskraft, das nukleare Feuer vom Planeten zu verbannen. Auf der Nachtseite schien die Atmosphäre zu glühen, und Jim schauderte, als er sich das dort herrschende Chaos vorstellte.

»Was ist mit den Phasern, Mr. Chekov?«

»Die Zielerfassung funktioniert nicht, Sir. Ich bekomme keine Koordinaten.«

Kirk sprang auf. »Die Zielerfassung funktioniert nicht?« wiederholte er verblüfft. »Was soll das heißen?«

»Ich erhalte keine Bestätigungssignale für die Verifizierung der Zielkoordinaten. Vielleicht sind die blokkierten Frequenzen der Grund ...« Chekovs Hände huschten über die Kontrollen, als er immer wieder die Parameter des Waffensystems änderte.

»Aber jene Signale werden durch den Subraum übertragen«, wandte Kirk ein. Er trat zur Station des Russen. »Und Uhura sprach eben von Störungen, die das elektromagnetische Spektrum betreffen.«

»Auch die Subraum-Frequenzen sind blockiert, Captain«, sagte Spock.

»Was? Das ist unmöglich! Die Talin haben überhaupt nicht die dazu notwendige Technik.«

Der Vulkanier sah vom Scanner auf. »Trotzdem betrifft die Störung auch alle Subraum-Kanäle, Captain.«

»Handelt es sich vielleicht um eine Auswirkung der vielen Atomexplosionen?« Noch immer entstanden weitere Miniatursonnen auf Talin IV. Der Planet bot einen gräßlichen Anblick: Magma aus dem flüssigen Kern schien durch zahllose Risse in der Kruste zu quellen.

»Das ist eine mögliche Erklärung, Captain. Aber wir können nicht sicher sein — unsere Sensoren liefern keine Daten.«

»Und wenn wir die Distanz verringern? Wenn wir in geringer Entfernung das energetische Niveau unserer

Subraum-Signale erhöhen, um die Barriere aus Interferenzen zu durchdringen?«

»Das könnte klappen«, räumte Spock ein.

»Sulu! Bringen Sie uns auf die andere Seite der Störungszone.«

Der Steuermann zögerte kurz. »Dann fliegen wir direkt in die Atmosphäre des Planeten, Sir.«

»Geschähe nicht zum erstenmal.« Kirk ballte die Fäuste. »Also los, Sulu.«

Die *Enterprise* fiel dem Planeten entgegen.

Sekunden später tauchte das Schiff in die Lufthülle des Planeten, und erste Vibrationen begannen.

»Versuchen Sie es noch einmal mit den Phasern, Chekov.«

Ein fast schrilles Summen erklang.

»Sie funktionieren!« entfuhr es dem Navigator. »Die Reichweite ist begrenzt, aber sie funktionieren!«

»Uhura, die Codesequenzen.«

»Ja, Sir. Sequenzen werden gesendet ... Bestätigungssignale treffen ein.«

Plötzlich schrie Chekov und fiel aus dem Sessel, als Funken von der Konsole vor ihm stoben. McCoy eilte zu ihm. Richter brummte leise vor sich hin.

»Subraum-Feedback durch das Zielerfassungssystem der Phaser«, erklärte Spock.

Cardinali und Mallett öffneten die Notfallschränke, holten Sauerstoffabsorber daraus hervor und sprühten ihren Inhalt auf das Pult. Sulu blieb an seinem Posten, ignorierte den Qualm und bediente rußgeschwärzte Kontrollen. Die Erschütterungen wurden stärker.

»Von den nuklearen Detonationen hervorgerufene Druckwellen«, sagte er, während seine Finger über die Tasten tanzten. »Genausogut könnte man versuchen, die *Enterprise* unter Wasser zu steuern.«

Uhura schnappte nach Luft und löste das Kom-Modul vom Ohr.

»Subraum-Feedback in allen Kommunikationskanälen«, sagte Spock. »Das ist kein natürliches Phänomen. Es steckt bewußte Absicht dahinter ...«

»Mehrere Raketen fliegen uns entgegen!« rief Sulu.

»Unmöglich!« entfuhr es Kirk.

»Der Anflug gilt uns«, bestätigte der Vulkanier. »Wir sind als Ziel erfaßt worden.«

»Aber in technischer Hinsicht sind die Talin gar nicht in der Lage, uns anzugreifen!« stieß der Captain verblüfft hervor.

Ein Zirpen drang aus dem Interkom-Lautsprecher, und dann ertönte die Stimme des Chefingenieurs. »Scott an Brücke. Wenn Sie mir diese Frage gestatten: Was ist los, zum Teufel?«

»Fünf Sekunden bis zur Zündung der nuklearen Sprengköpfe«, verkündete Spock.

»Volle Energie in die Schilde, Scotty! Sulu, bringen Sie uns weg von ...«

Blendend helles Licht gleißte vom Wandschirm, und die visuellen Kompensatoren reagierten einen Sekundenbruchteil zu spät. Die *Enterprise* erzitterte so heftig, als sei sie gegen einen gewaltigen Felsen geschleudert worden. Uhura verlor den Halt und fiel zu Boden. Spock stieß gegen das Geländer zwischen Oberdeck und Kommandobereich. Richter stöhnte.

Kirk hörte das Heulen des Alarms und hatte das entsetzliche Gefühl, von seinem Schiff im Stich gelassen zu werden.

»Captain!« Sulu hob den Kopf. »Wir haben keine Impulskraft mehr — der freie Fall hat begonnen. In einer Minute prallen wir auf die Oberfläche des Planeten.«

Jim vernahm ein lauter werdendes Pfeifen, das seinen Ursprung jenseits der Außenhülle hatte.

Er glaubte zu spüren, wie sein Herzschlag für einige Sekunden aussetzte. Jetzt gab es nur noch einen Ausweg. *Es ist Wahnsinn,* dachte Kirk. *Absoluter Wahnsinn.*

»Leiten Sie einen Warptransfer ein, Sulu. Und zwar *sofort!*«

Scottys entsetzte Stimme klang aus dem Interkom. »Captain! Wir befinden uns innerhalb der Danylkiw-Grenze. Wenn wir so tief im planetaren Gravitationsschacht in den Warptransit gehen … Dann droht uns allen der Tod!«

»Es ist unsere einzige Chance, Sulu …«

In der Außenhülle des Schiffes knackte und knirschte es, als weitere Raketen an den Deflektoren explodierten. Spock stand wieder auf, und grünes Blut tropfte aus einer Platzwunde in der Stirn. Mallett setzte sich neben den Steuermann und versuchte, Chekovs Navigationskontrollen eine Reaktion abzuringen.

»Dreißig Sekunden bis zum Aufprall!« rief Sulu. »Der Warptransfer beginnt — jetzt!«

Es war wie langsames Sterben.

Schwärze kroch über den Wandschirm, und Dunkelheit wogte durch den Kontrollraum, schluckte das Licht. Schwerelosigkeit herrschte, und es folgte ein endloser Fall durch völlige Finsternis. Dann flackerte die Notbeleuchtung, und Kirk sah sich um: Die Konturen seiner Umgebung schienen mit hoher Frequenz zu vibrieren.

»Reservesystem aktiv«, sagte Spock. Es klang verzerrt. Die Schwerelosigkeit wich geringer Gravitation, und Farbschleier wuchsen aus allen Objekten, als sich die Zeit dehnte.

»Warpgeneratoren destabil«, tönte es aus dem Lautsprecher. Scotts Stimme war kaum wiederzuerkennen. »Sie sind mit einer Singularität verbunden …«

»WARPGONDELN ABSPRENGEN!« Kirk fühlte sich wie in dichter Flüssigkeit gefangen. Die *Enterprise* mußte ihre Warpverbindung mit Talin IV unterbrechen, wenn sie sich nicht in der Ewigkeit verlieren wollte.

»CREW-EVAKUIERUNG KOMPLETT!« krächzte Spock. »STEUERBORD-WARPGONDEL VOM RUMPF GELÖST.«

Irgend etwas schien Kirk wie Gummi in die Länge zu ziehen. Das Bild im zentralen Projektionsfeld zitterte und zeigte den unendlichen fraktalen Alptraum des Wurmlochs, das hungrig vor dem Schiff lauerte. Jim gewann den Eindruck, daß ein Teil von ihm fortglitt, als der lange, geschmeidige Zylinder der Steuerbord-Warpgondel in den Rachen jenes Ungeheuers fiel und dort von den Strudeln höherdimensionaler Realitäten erfaßt wurde.

Die Gravitationsgeneratoren versagten, und Schwerelosigkeit kehrte zurück. Kirk hielt sich am Befehlsstand fest und hakte die Füße unter den Sessel, um nicht fortzuschweben. Es knisterte und prasselte; hier und dort regneten Funken aus Konsolen.

Nein! dachte der Captain. *Ich lasse dich nicht allein. Ich bleibe bei dir.*

»BACKBORD-WARPGONDEL LÄSST SICH NICHT ABSPRENGEN«, meldete Spock.

Jetzt haben wir nur noch eine Chance, fuhr es Kirk durch den Sinn. *Danach kann uns nichts mehr retten.*

Er befahl Spock, den gesamten Wandler-Vorrat an Materie und Antimaterie ins Wurmloch zu schicken. Der Vulkanier erhob keine Einwände. Wenn sich die Singularität durchsetzte, durften sie nicht einmal hoffen, vom Tod erlöst zu werden. Dann trugen sie die Fesseln der Nicht-Zeit, verharrten für immer und ewig unmittelbar vor dem Ende.

Kirk sah zum Wandschirm und beobachtete, wie zwei ionisierte Ströme aus Materie und Antimaterie quälend langsam dem Wurmloch entgegenkrochen. Nach einer halben Ewigkeit trafen sie sich, und es kam zu der erwarteten Reaktion: Vollständige Annihilation setzte unvorstellbare Energiemengen frei.

Schwärze füllte das Projektionsfeld. Die Zeit dehnte sich noch mehr …

Dunkelheit und Vergessen umhüllten Kirks Bewußtsein.

KAPITEL 10

Jim erwachte, als er das Zischen eines Injektors hörte. McCoy blickte auf ihn herab — das Gesicht das Arztes war hohlwangig und blutverschmiert. »Gut«, brummte er und trat fort.

Kirk stemmte sich in die Höhe und stellte fest, daß der Boden des Kontrollraums keine ebene Fläche mehr bildete: Ein falsch justiertes Gravitationsfeld gab ihm einen relativen Neigungswinkel von etwa fünf Grad. Rauch füllte die Luft. Hier und dort erklang leises Stöhnen. Die meisten Bildschirme funktionierten nicht mehr, und die wenigen noch leuchtenden Displays zeigten Daten an, die überhaupt keinen Sinn ergaben. Nur wenige batteriegespeiste Leuchtflächen glühten und schufen mattes Zwielicht auf der Brücke.

Spock wankte zu Kirk. Er trug einen Verband an der Stirn, und grüne Flecken wiesen auf die Wunde darunter hin. »Es hat geklappt«, sagte der Vulkanier heiser. »Die Materie-Antimaterie-Annihilation hat uns über die Danylkiw-Grenze hinaus in den normalen Raum geschoben.«

»Aber das ist noch nicht alles, oder?« fragte Kirk. Um ihn herum starb sein Schiff. »Wie lange bin ich bewußtlos gewesen?«

»Drei Minuten und achtzehn Sekunden«, erwiderte Spock. Er wirkte müde und erschöpft. »Offenbar sind alle Transtator-Schaltkreise an Bord durchgebrannt. Der gegen uns gerichtete Subraum-Impuls muß außerordentlich intensiv gewesen sein.«

»Aber woher kam er?«

»Ich weiß es nicht, Captain.« Spock hustete. »Ich weiß es nicht.«

Kirk bemerkte einen Schatten auf dem Wandschirm: Talin. Der Planet stand in Flammen. Der *ganze* Planet. Langsam glitt er durchs Projektionsfeld und verschwand — die *Enterprise* drehte sich um die eigene Achse, trieb antriebslos im Raum.

Spock kam der Frage des Captains zuvor. »Wir sind praktisch ohne Energie.«

Kirk hörte ein dumpfes Pochen, und wenige Sekunden später löste sich eine Verkleidungsplatte an der Wand neben dem Turbolift. Scott erschien in der Öffnung und hielt eine Taschenlampe in der Hand; ihr Lichtstrahl formte einen Balken in der raucherfüllten Luft.

»Oh, dem Himmel sei Dank, Captain — es ist alles in Ordnung mit Ihnen. Ich wußte nicht, ob hier jemand überlebt hat. Das Interkom-System funktioniert nicht mehr, und die Turbolifte ...« Er sah Talin im Projektionsfeld. »O nein ... Wie konnte das geschehen? Und was ist mit dem Schiff passiert?«

»Wir sind mit Talin-Raketen angegriffen worden«, entgegnete Spock.

Kirk beobachtete Scotts Reaktion auf diesen Hinweis. Der Umstand, daß die Talin das Starfleet-Schiff angegriffen hatten, konnte nur eins bedeuten: Ihnen war bekannt gewesen, daß die *Enterprise* ihren Planeten umkreiste. Mit anderen Worten ... Es konnte kein Zweifel mehr an einer Verletzung der Ersten Direktive bestehen.

Scott war ein guter Offizier — er kannte seine Pflicht.

McCoy trat neben Kirk. »Niemand hat ernste Verletzungen erlitten. Aber von Mallett und Cardinali fehlt jede Spur.«

Wilforth hinkte übers schiefe Deck. »Eben waren sie noch hier«, krächzte er. »Ich habe sie gesehen ...«

»Keine Sorge«, sagte Scott. »Wir sind ihnen im

Schacht begegnet. Sie wollten nach unten, um ihre Ausrüstung zu überprüfen. Mr. Spock ... Sind Sie sicher, daß der Raketenangriff dem Schiff galt?«

Kirk legte dem Chefingenieur die Hand auf die Schulter. »Ja, Scotty. Die Talin wußten von unserer Anwesenheit. Und sie wollten uns vom Himmel holen.«

Scott sah noch einmal zum Wandschirm: Eine Welt starb in der Glut von tausend tödlichen Sonnen. Braunschwarze Wolken verschleierten schon jetzt mehr als die Hälfte des Planeten.

»O Captain ...«, murmelte der Schotte kummervoll. Kirk wußte, daß er verstand: Scott hatte sich nicht im Kontrollraum aufgehalten, was bedeutete, daß er keine Verantwortung trug. Deshalb mußte er diese unerfreuliche Aufgabe wahrnehmen.

»Schon gut, Scotty«, sagte Jim. »Erfüllen Sie Ihre Pflicht.«

»Captain, ich ...«

Kirk brachte es nicht fertig, den Chefingenieur anzusehen. »Verdammt, Scotty ... Sie sind Starfleet-Offizier. Sie *wissen,* was die Vorschriften in einem solchen Fall von Ihnen verlangen.«

Scott nickte. Von den Todesfeuern auf Talin ging ein abscheuliches Licht aus, das der Brücke noch mehr Düsternis hinzuzufügen schien. »Aye«, bestätigte er. »Ich weiß es — leider.«

Chefingenieur Montgomery Scott straffte die Schultern.

»James Kirk, ich berufe mich hiermit auf die Starfleet-Kommandobestimmungen, Abschnitt sieben, Paragraph vier. Die Umstände zwingen mich, in Gegenwart dieser Offiziere als Zeugen Anklage gegen Sie zu erheben.« Scott zögerte kurz und holte tief Luft. »Sir, ich lege Ihnen eine bewußte Verletzung der Ersten Allgemeinen Direktive zur Last. Können Sie etwas zu Ihrer Verteidigung vorbringen?«

Kirk schüttelte den Kopf. Es hatte keinen Sinn zu versuchen, seine Entscheidungen zu rechtfertigen. *Ich habe mein Schiff zerstört.*

Und eine ganze Welt.

»Sie sind Ihres Kommandos enthoben, James Kirk.« Scott starrte einmal mehr zum Wandschirm.

Talin brannte.

»Welche Götter auch immer es geben mag ...«, hauchte der Chefingenieur. »Ich hoffe, sie sind Ihrer Seele gnädig.«

DRITTER TEIL

Talin

KAPITEL 1

Der subtile Duft im Wartezimmer der Botschaft weckte Kindheitserinnerungen in Spock. Seine Mutter hatte damals großen Gefallen an diesem Aroma gefunden, und die Intensität der plötzlichen Reminiszenzen überraschte ihn, ließ eine Erkenntnis in ihm heranreifen: Er wußte nicht, wann er Vulkan wiedersehen würde, und die Vorstellung, nie in die Heimat zurückzukehren, besorgte ihn. Spock begriff, daß es dieser Reaktion an Logik mangelte, und er beschloß, später am Abend zu meditieren, die Ursache dieser Emotionen zu analysieren und unter Kontrolle zu bringen. Doch in der Zwischenzeit roch er den Duft von Kevas und Trillium, entsann sich dabei an das Lächeln seiner Mutter.

Neben Spock gluckste Maritas Baby im Schlaf. Er fragte sich, ob sich das Kind in zehn oder zwanzig Jahren an den Aufenthalt in der Botschaft erinnern würde. Das mochte der Fall sein, wenn es diesen Geruch wahrnahm. Die ältesten Strukturen im Gehirn von Vulkaniern und Menschen wiesen große Ähnlichkeiten auf, und Duft konnte als Schlüssel zu besonders tief verankerten Erinnerungen dienen. Spock hielt den Zusammenhang zwischen Geruchssinn und Gedächtnis für sehr interessant und begann in Gedanken damit, dreidimensionale Luftmoleküle zu manipulieren, um festzustellen, wie sie zu den olfaktorischen Nervenrezeptoren von Menschen paßten. Gleichzeitig bereitete er seine Argumente für die Diskussion vor, von der ihn nur noch wenige Minuten trennten. Weiter hinten, jenseits der

Tür des fast grell erleuchteten Zimmers, erklangen Schritte auf einem Boden, der aus schwarzen Granitfliesen bestand.

»Er kommt«, sagte Spock.

Marita saß neben ihm auf der steinernen Bank und hob verwirrt den Kopf. Sie hatte noch nichts gehört, aber erstaunlicherweise verzichtete sie auf eine Frage — andere Menschen hätten wohl kaum gezögert, einen Kommentar abzugeben. Vielleicht lag es an ihrer Jugend — sie war erst zweiundzwanzig. Zwar zeichnete sie sich durch großes politisches Engagement aus, aber sie besuchte noch immer die Universität, lernte nach wie vor und begegnete neuen Erfahrungen daher mit besonderer Offenheit. In diese Kategorie fiel unter anderem der Umstand, daß ihr ein Vulkanier Gesellschaft leistete, nicht nur hier, sondern auch in ihrer kleinen Studentenwohnung.

Marita strich sich eine Locke des langen braunen Haars aus der Stirn und rückte das Kind im Arm zurecht. Alexander Llorente war fünf Monate alt, und bisher hatte er sich der würdevollen Umgebung gegenüber nicht zu Respektlosigkeiten hinreißen lassen.

»Ich weiß nicht, ob eine solche Bemerkung angemessen ist, Mr. Spock«, sagte die junge Frau. »Wie dem auch sei: Ich wünsche Ihnen viel Glück.«

An einem anderen Ort und unter anderen Umständen wäre Spock vielleicht versucht gewesen, ihr die Sinnlosigkeit eines derartigen Wunsches zu erläutern. Aber er verstand auch die kulturellen Konzepte, auf denen Maritas Worte basierten, und er akzeptierte die darin zum Ausdruck kommende Anteilnahme.

»Danke. Allerdings ... Bei der vulkanischen Diplomatie spielt Glück nur eine untergeordnete Rolle.«

»Dann für die Talin«, erwiderte Marita rasch — sie wollte niemanden beleidigen.

Spock nickte. »Einverstanden. Für die Talin.«

Die beiden Türflügel schwangen auf, drehten sich

an perfekt ausbalancierten Angeln, die ohne Metall konstruiert worden waren. Spock erhob sich, und Marita folgte seinem Beispiel, strich ihren langen Rock glatt.

Spock hob die Hand zum traditionellen Gruß. »Glück und langes Leben, Botschafter Sytok.«

Der vulkanische Botschafter auf der Erde wirkte gebieterisch in seinem schwarzen Umhang, dessen elegante Schlichtheit der von Spocks brauner Kutte entsprach. Der Besucher war enttäuscht, obgleich er sich natürlich nichts anmerken ließ. Sytok hatte offenbar beschlossen, ihm nicht in der Amtstracht des Botschafters gegenüberzutreten, und das bedeutete: Er lehnte es ab, etwas Offizielles in dieser Begegnung zu sehen.

Sytok hob ebenfalls die Hand, um den Gruß zu erwidern. Sein Gesicht war völlig ausdruckslos, und der Haaransatz bildete eine gerade Linie. »›Glück und langes Leben‹, Spock? Müssen Sie eine fremde Sprache benutzen, weil Sie die Bräuche Ihrer Heimat vergessen haben?«

Spock hatte nicht mit einem verbalen Angriff gerechnet und modifizierte seine Strategie. »Meine Begleiterin ist nicht mit den Feinheiten der diplomatischen Dialekte vertraut«, erwiderte er und nickte in Richtung Marita. Sein Hinweis kam einer Untertreibung gleich: Die junge Frau brachte es kaum fertig, in der primären vulkanischen Sprache ›Hallo‹ zu sagen.

»Es freut mich, Sie kennenzulernen, Euer Exzellenz.« Sie deutete eine Verbeugung an.

Sytok musterte sie so, als sähe er sie nun zum erstenmal. Er schwieg, und Maritas Züge machten deutlich, daß sie seinen durchdringenden Blick als unangenehm empfand.

Der Botschafter wandte sich wieder an Spock, ohne die Terranerin zu begrüßen. »Warum haben Sie um eine Audienz gebeten?«

»Der Grund sollte eigentlich offensichtlich sein«, entgegnete Spock unschuldig und erwiderte damit die Unfreundlichkeit des Diplomaten.

»Ihre Verhaltensmuster und Motive haben längst den Bereich des Logischen verlassen, Spock.«

»Logik kann sehr subtil sein. Und wer zu einer begrenzten Perspektive neigt, sieht nicht alle Muster.« Spock beobachtete, wie Sytok die Zeit bis zu seinem nächsten Termin berechnete. Wie lange wollte der Botschafter den unsinnigen Dialog fortsetzen? Ganz gleich, wie die Antwortet lautete: Zumindest in dieser Hinsicht wußte sich Spock im Vorteil. Sytok mußte sich um wichtige Angelegenheiten kümmern, während er selbst Zeit im Überfluß hatte.

»Debatten sollte man Studenten überlassen«, verkündete Sytok. »Ich nehme an, Sie benötigen Hilfe, um nach Vulkan zurückzukehren. Die Botschaft ...«

»Nein«, sagte Spock und verbarg seine Überraschung. War es möglich, daß der Botschafter nicht den wahren Grund für seinen Besuch kannte, obwohl ihn Marita begleitete? Andererseits ... Sytok hatte sich nicht dazu herabgelassen, der jungen Frau vorgestellt zu werden.

»Die Wahrscheinlichkeit dafür, daß Sie finanzielle Unterstützung für Ihre Heimreise nach Vulkan beantragen wollten, betrug fünfundfünfzig Prozent.« Sytoks Stimme klang total unbewegt. »Für Ihre theoretische Absicht, zu einer vulkanischen Kolonialwelt zu fliegen, gibt es eine Wahrscheinlichkeit von dreißig Prozent.«

Spock konnte der Versuchung nicht widerstehen. »Für wie wahrscheinlich halten Sie meine Absicht, auf der Erde zu bleiben?«

Sytok zögerte nur ein oder zwei Sekunden lang. »Eins Komma fünf Prozent.«

Spock neigte wie herablassend den Kopf zur Seite. »Derzeit ist es nicht mein Wunsch, die Erde zu verlassen.«

Sytok schwieg, und Spock vermutete, daß er nicht auf eine solche Möglichkeit vorbereitet war.

»In diesem Zusammenhang bitte ich um die Hilfe der vulkanischen Botschaft.«

»Sie sind noch immer Bürger der Föderation. Sie brauchen keine konsularische Hilfe, um Ihren Aufenthalt auf diesem Planeten fortzusetzen.«

Es verblüffte Spock geradezu, daß der Botschafter noch immer nicht ahnte, auf was er hinauswollte. Sytok gehörte zu den besten Analytikern Vulkans.

»In fünf Tagen findet eine Versammlung des Föderationsrates statt«, sagte Spock.

Sytoks Züge verharrten in Ausdruckslosigkeit, aber bestimmt wußte er jetzt um das Vorhaben des Besuchers.

»Ich möchte zu dem Rat sprechen«, fügte Spock hinzu.

»Das ist völlig ausgeschlossen.«

»Nein.«

Maritas Blick wanderte zwischen den beiden Vulkaniern hin und her — Sytok und Spock blinzelten nicht, während sie sich gegenseitig anstarrten. Alexander öffnete die Augen, als sei er sich ebenfalls der Konfrontation bewußt.

»Diese Botschaft wird Ihnen nicht helfen«, sagte der Diplomat schließlich.

»Ihnen bleibt keine Wahl«, erwiderte Spock. »Sie *müssen* auf mein Anliegen eingehen.«

»Sie haben eine wissenschaftliche Ausbildung hinter sich, Spock. Ich kann nicht von Ihnen erwarten, daß Sie mit dem sehr komplizierten interstellaren Recht vertraut sind ...«

»Ich kenne das Gesetz«, unterbrach Spock den Botschafter. »Wir hatten den gleichen Lehrer.« Sein Vater Sarek hatte Vulkan auf der Erde vertreten und damals gehofft, daß der Sohn in die Fußstapfen des Vaters trat und ebenfalls mit einer diplomatischen Laufbahn begann. Doch Spock entschied sich für Starfleet, was zu einer bitteren Auseinandersetzung mit Sarek führte, die erst nach vielen Jahren beigelegt werden konnte.

Zum erstenmal zeigte sich eine Reaktion in Sytoks Gesicht. Falten bildeten sich in der Stirn, und die Mundwinkel senkte sich um zwei oder drei Millimeter herab.

»Ich bestätige hiermit, daß mir der Rat Ihres Vaters bei meiner Tätigkeit fürs diplomatische Korps häufig eine große Hilfe gewesen ist. Bei drei Babel-Konferenzen bin ich sein Assistent gewesen. Ich respektiere ihn sehr, und genau dieser Respekt Sarek gegenüber hat mich veranlaßt, Sie zu empfangen.«

»Nach dem Gesetz bin ich Vulkanier«, stellte Spock fest. »Und deshalb verpflichtet Sie das Gesetz, mir eine Audienz zu gewähren. Respekt hat nichts damit zu tun.«

»Die entsprechende Warteliste ist mehr als sieben terranische Monate lang. Und seit Ihrem Gesuch sind erst drei Tage vergangen.«

»Ich danke Ihnen dafür, daß Sie so schnell darauf eingegangen sind.«

Sytok runzelte erneut die Stirn. »Ich sehe mich außerstande, Ihnen noch mehr Zeit zu widmen. Meine Aufgaben …«

»Ich möchte zum Föderationsrat sprechen, Botschafter Sytok«, wiederholte Spock förmlich. »Sie haben nicht nur die Möglichkeit, sondern auch die Pflicht, mir dazu Gelegenheit zu geben.«

Sytok schwieg einmal mehr, und Spock sah darin einen Beweis für die Richtigkeit seines Standpunkts.

»Darüber hinaus brauche ich die Hilfe eines Angehörigen Ihres Mitarbeiterstabs, um alle notwendigen Dokumente für das Protokoll der Ratstagung vorzubereiten«, fuhr Spock fort. »Hinzu kommt eine zivile Akkreditierung, sowohl für mich als auch für meine Begleiterin.«

Sytok nahm diese Worte zum Anlaß, sich an Maritas Präsenz zu erinnern. Er sah sie an, und das kleine Kind in den Armen der jungen Frau erwiderte seinen Blick.

»Welchen dieser beiden Menschen meinen Sie?« Ein solcher Sarkasmus war ganz und gar nicht typisch für den Diplomaten. Spock interpretierte ihn als ein Anzeichen für den Ärger, der tief in Sytok brodelte.

»Botschafter... Bitte erlauben Sie mir, Ihnen Marita Llorente vorzustellen.«

Sytok hatte die junge Frau noch nie zuvor gesehen, aber ihren Namen kannte er. Erneut neigten sich die Mundwinkel kaum merklich nach unten.

»Das kann ich unmöglich zulassen, Spock. Diese Person leitet eine Organisation, die häufig versucht hat, Versammlungen des Föderationsrates zu stören und negativen Einfluß auf die legitime Arbeit der Abgeordneten zu nehmen. Ihre Begleiterin darf bei der Tagung des Rates nicht zugegen sein. Selbst mir fehlt die Befugnis, ihre Präsenz zu autorisieren.«

Marita musterte den Botschafter ruhig und nahm seine Ablehnung gelassen hin.

»Aber Sie sind befugt, *mir* eine entsprechende Erlaubnis zu erteilen«, sagte Spock. »Und es liegt allein bei mir, von wem ich mich begleiten lasse.«

Sytok zupfte am Kragen seines Umhangs, blickte an Spock und der Frau vorbei. Alexander gurgelte, und Marita schaukelte ihn sanft.

»Worüber wollen Sie zum Rat sprechen?« erkundigte sich der Botschafter widerstrebend.

»Bei meinem geplanten Vortrag geht es um gewisse juristische Konsequenzen bezüglich der Ereignisse auf und in der Nähe von Talin IV. Meiner Ansicht nach existieren in diesem Zusammenhang Situationsaspekte, die von Starfleet und der Föderation nicht gründlich genug untersucht worden sind.«

»Allein Starfleet hat sich mit den Ereignissen von Talin befaßt. Gerade Sie sollten das wissen. Die Föderation war nie an irgendwelchen ›Untersuchungen‹ beteiligt.«

Alexander gab einen Schrei von sich, den die beiden Vulkanier ignorierten. Marita schaukelte ihren Sohn erneut und flüsterte ihm beruhigende Worte zu.

»Genau aus diesem Grund möchte ich zum Rat sprechen, Botschafter«, sagte Spock. »Um darauf hinzuweisen, daß es noch andere rechtliche Faktoren zu berücksichtigen gilt — abgesehen von Starfleets Zuständigkeit in bezug auf Offiziere, denen man vorwirft, die Erste Direktive verletzt zu haben.«

Sytok schüttelte den Kopf. »Solche rechtlichen Faktoren gibt es nicht.«

»Botschafter... Wenn Sie nichts von ihrer Existenz wissen, dann ist es noch wichtiger, daß ich vor den Ratsmitgliedern spreche, die über weitaus weniger juristische Fachkenntnisse verfügen.«

Sytok schien unruhig zu werden, als Marita hin und her schritt, dabei leise zu ihrem Kind sprach. »Würden Sie mir bitte erklären, woraus die von Ihnen erwähnten mysteriösen Faktoren bestehen?«

Spock griff unter seine Kutte und holte ein Bündel aus bedruckten Blättern hervor. »Ich halte es für besser, derzeit noch keine Auskunft über die Details zu geben. Wenn ich schon jetzt den Kern meines Anliegens preisgäbe, so müßte ich mir später vielleicht den Vorwurf gefallen lassen, die Zeit der Ratsdelegierten zu vergeuden — indem ich ihnen Dinge erläutere, von denen sie bereits gehört haben.«

»Auf diese Weise ginge alles schneller«, meinte Sytok.

»Aber Genauigkeit und Sorgfalt litten darunter«, wandte Spock ein. »Nun, diese Unterlagen sollten Ihren Assistenten die Aufgabe erleichtern, alle erforderlichen Dokumente vorzubereiten.«

Sytok nahm die Papiere entgegen, warf jedoch keinen Blick darauf. »Warum sollte ich zusätzliche Belastungen für meine Mitarbeiter schaffen, indem ich Ihren Antrag, in fünf Tagen vor dem Föderationsrat zu sprechen, Priorität verleihe?«

»Wenn Sie ihm *keine* Priorität verleihen, dauert es mindestens ein Standardjahr, bis ich vor dem Rat sprechen kann. Ich bin mir der üblichen Wartezeit durchaus bewußt.«

»Haben Sie die Tugend der Geduld vergessen, Spock? Darin bestand eine der wichtigsten Lektionen Ihres Vaters.«

»Was mich selbst und meine berufliche Zukunft betrifft, besteht kein Anlaß zu Eile. ›Denn das Leben ist lang, und durch ruhige Kontemplation gibt es viel zu lernen‹«, zitierte Spock. »Wenn ich darauf hinweise, daß es keine Zeit zu verlieren gilt, so nehme ich damit die Interessen anderer Personen wahr.«

Sytok sah zu der Frau — sie hob das Kind und küßte es. Der Botschafter schloß die Augen und seufzte. »Für Menschen muß immer alles so schnell gehen ...«

»Das menschliche Leben ist im Vergleich mit unserem sehr kurz«, erwiderte Spock. »Aber ich meine keine Terraner, sondern jene Bewohner von Talin IV, die bei der nuklearen Katastrophe nicht den Tod gefunden haben.«

Sytok hielt es für angebracht, in seinem Gesicht für einige Sekunden rituellen Kummer erscheinen zu lassen — ein Mensch hätte die mimische Veränderung überhaupt nicht bemerkt. »Ihnen kann nicht geholfen werden, Spock.«

»Ich bin vom Gegenteil überzeugt. Bitte lesen Sie meine Notizen, Botschafter.«

Sytok blätterte in den Papieren. »Diese Thesen kennen wir bereits — sie werden auch von Llorentes Organisation vertreten. Es handelt sich um einen weiteren Versuch, radikale und schlecht durchdachte Konzepte mit dem Ziel zu verbreiten, die Erste Direktive außer Kraft zu setzen oder sie zu umgehen. Es soll der Föderation möglich sein, allen Welten Hilfe zu gewähren, auch jenen Planeten, zu denen noch kein Kontakt hergestellt wurde. Als einziges Kriterium dient der Umstand, daß sich die betreffenden Kulturen auf einem niedrigeren Entwicklungsstand befinden als eine durchschnittliche Zivilisation des interstellaren Völkerbundes. Eine derartige Politik hätte zweifellos Tragödien und Chaos zur Folge.«

Bei Sytoks letzten Worten kehrte Marita zu den beiden Vulkaniern zurück, und Zorn blitzte in ihren Augen. »Sie irren sich, Botschafter. Die Föderation hat mehr als genug Ressourcen, um sie mit anderen, weniger entwickelten Welten zu teilen. Die Erste Direktive ist ein in moralischer Hinsicht nicht zu rechtfertigender Versuch einiger mächtiger Regierungen, den Reichtum von tausend Planeten unter Kontrolle zu halten.«

Sytok wandte sich an Sareks Sohn. »Ich kann nicht genug Zeit erübrigen, um diese Angelegenheit mit einem Kind zu erörtern«, sagte er kühl. »Sie haben mehr Zeit als ich, und deshalb bitte ich Sie, Ihrer Begleiterin folgendes zu erklären: Die Erste Direktive ist ein Grundpfeiler der Föderation.«

»Marita Llorente hat recht«, sagte Spock.

Erneut zeichnete sich fast so etwas wie Verblüffung in Sytoks Zügen ab. »Was?«

»Man kann tatsächlich die Meinung vertreten, daß die Erste Direktive in moralischer Hinsicht bedenklich ist und nicht länger Gesetz sein sollte.«

Der Botschafter blinzelte zweimal. »Spock … Diese Bemerkung widerspricht den Prinzipien des Friedens und der Gleichheit, den wichtigsten Grundsätzen der Föderation. Sie geben damit die Ideale auf, die Vulkan veranlaßten, sich mit anderen Welten zum interstellaren Völkerbund zusammenzuschließen. Eine derartige Einstellung leugnet die Geschichte und ist nicht … logisch.«

»Trotzdem hat sie etwas für sich.«

Sytok blickte dem Besucher tief in die Augen, und

Spock bereitete sich auf eine psychische Abschirmung vor, falls sein Gegenüber eine plötzliche Mentalverschmelzung versuchen sollte. Der Botschafter schien geradezu erschüttert zu sein.

»Hassen Sie Starfleet so sehr, Spock? Sind Sie aufgrund Ihrer jüngsten Erfahrungen so verbittert, daß Sie sich an der Föderation rächen wollen?«

»Ich hasse weder Starfleet noch die Föderation. Es geht mir einzig und allein um Verbesserung.«

Sytok zerknüllte die Papiere. »Ich werde Ihnen nicht erlauben, daß Sie mit vagen, absurden Vorwürfen Ehre und Würde des Rats in Frage stellen.«

»Von ›vagen‹ und ›absurden‹ Vorwürfen kann nicht die Rede sein. Ich beabsichtige vielmehr, ganz konkrete Anklagen zu erheben, und zwar gegen jene Personen, die Talin zerstört haben — weil sie versuchten, die Erste Direktive zu achten.«

Sytoks Lippen zitterten. »Soll das vielleicht ein menschlicher Scherz sein? Wollen Sie *sich selbst* anklagen?«

Spock nickte. »Die Logik läßt mir keine andere Wahl.«

»Die Logik?« erwiderter Botschafter fassungslos. »Sie wagen es, in diesem Zusammenhang von Logik zu sprechen? Wenn Sie Ihre Absicht verwirklichen, Spock ... Dann weisen Sie alle Welten darauf hin, daß Sie Ihr vulkanisches Erbe aufgeben. Erinnern Sie sich an die Kontroverse, zu der es in der Heimat kam, als Sie Starfleet wählten? Die Ältesten haben davor gewarnt, daß Sie durch die Nähe zu Menschen Ihr vulkanisches Wesen verlieren könnten. Wenn Sie mit diesem Unsinn fortfahren, erbringen Sie den Beweis dafür, daß jene mahnenden Stimmen recht hatten.« Sytok hob die Papiere und bot sie dem jüngeren Vulkanier an. »Als Freund Ihres Vaters bitte ich Sie, noch einmal gründlich über Ihr Anliegen nachzudenken. Stellen Sie sich vor, was man über Sie sagen wird.«

Spock verbarg seine wahren Gedanken und Empfindungen. »Als ich eine berufliche Laufbahn bei Starfleet wählte, war es mir gleich, was die Leute dachten. Und das ist auch jetzt der Fall.« Er legte die Hände auf den Rücken und weigerte sich mit dieser Geste, die Unterlagen zurückzunehmen. »Botschafter Sytok, sind Sie bereit, meine Referenzen vorzubereiten, damit ich als Bürger Vulkans und der Föderation mein Recht wahrnehmen kann, zum Rat zu sprechen?«

Aus den Augenwinkeln bemerkte Spock Maritas triumphierendes Lächeln. Ihre offene Emotionalität half Sytok, sich wieder zu fassen.

»Ja, Spock«, sagte der Diplomat monoton. In seiner Stimme erklang jetzt nicht einmal mehr ein Hauch von Zorn. »Ich sorge dafür, daß man Ihre Referenzen vorbereitet, damit Sie in fünf Tagen Gelegenheit haben, zum Föderationsrat zu sprechen. Aber ich gebe dabei folgendes zu bedenken: Wenn Marita Llorentes Name in den Formularen erscheint, entscheidet der Rat vielleicht, die Sitzung zu vertagen — um Ihre Begleiterin daran zu hindern, störenden Einfluß zu entfalten.«

Perfekt, dachte Spock. Der Plan hatte funktioniert. Sytok ließ sich von seinen eigenen Emotionen ablenken und merkte gar nicht, daß er manipuliert wurde.

»Botschafter ... Darf ich vorschlagen, daß Ihre Assistenten die betreffenden Formulare ausfüllen, ohne Miß Llorentes Namen zu erwähnen? Soweit ich weiß, haben Sie die Möglichkeit, Blanko-Referenzen für mich und andere, ›später zu benennende‹ Personen herauszugeben.«

»Ja«, sagte Sytok. »Dazu bin ich ermächtigt, weil nie ein Vulkanier das System mißbraucht hat. Allem Anschein nach wollen Sie diese Tradition beenden.«

»Bitte glauben Sie mir, Botschafter: Mir liegt nichts an irgendeinem Mißbrauch des Systems.«

Sytok ließ die Papiere rascheln. »Und doch geben Sie mir das hier.«

Spock trat zurück und hob die Hand zum vulkanischen Gruß. »Glück und langes Leben, Botschafter. In vier Tagen komme ich noch einmal hierher, um die Referenzen abzuholen.«

Sytok erwiderte den Gruß nicht. »Ich warne Sie, Spock: Wenn Sie nach der Katastrophe von Talin IV eine Sitzung des Föderationsrates stören, so erklärt man Sie vielleicht zur unerwünschten Person und läßt Sie deportieren.«

Spock zuckte mit den Schulter. »Dann habe ich wenigstens vor dem richtigen Forum gesprochen.« Er wandte sich zum Gehen.

»Und wenn es selbst auf Vulkan keinen Platz mehr für Sie gibt?« fragte Sytok.

Wieder hob und senkte Spock die Schultern, als sei es ihm völlig gleichgültig.

Und daraufhin schöpfte der Botschafter Verdacht. Spock wußte es sofort: Sytok ahnte plötzlich, daß er getäuscht worden war.

Nachdenklich blickte der Diplomat auf die Papiere. »So etwas sieht Ihnen gar nicht ähnlich, Spock. Eine derartige Verhaltensweise entspricht nicht dem Sohn Sareks.« Er sah auf. »Sie haben etwas anderes geplant ...«

Spock begriff, daß er sofort etwas unternehmen mußte — es ging darum, den Botschafter noch einmal abzulenken. Er streckte der Terranerin die Hand entgegen: Zeige- und Mittelfinger nach vorn geneigt, die anderen gekrümmt.

»Marita ...«, sagte er.

Die junge Frau lächelte verführerisch und streckte ihrerseits die Hand, berührte Spocks Finger in einer Geste, deren terranisches Äquivalent eine liebevolle Umarmung war.

Spock hörte, wie die Papiere in Sytoks Faust knisterten, als er sie noch mehr zerknüllte. Eine Mischung aus Fassungslosigkeit und Empörung verschlug ihm die Sprache — Spocks Taktik hatte funktioniert.

An Maritas Seite schritt Sareks Sohn zum Ausgang der Wartekammer. Die beiden Hälften des großen Portals schwangen lautlos auf.

»Spock!« Die Stimme des Botschafters hallte durch den Raum.

Der Besucher blieb stehen und sah über die Schulter hinweg zum Repräsentanten Vulkans.

Sytok schüttelte den Kopf. »Was würde Ihr Vater dazu sagen?«

Spock wölbte eine Braue. »Vermutlich würde er mir viel Glück wünschen.«

KAPITEL 2

Lieutenant Kyle schob den Kopf unter der Konsole im Transporterraum vier hervor. Das blonde Haar war zerzaust, und blaues Kühlmittel hatte Flecken an den Wangen hinterlassen.

»Ich glaube, das wär's, Mr. Scott.«

Der Chefingenieur stand neben dem Pult und benutzte einen Transtator-Tester, um verschiedene Schaltkreise zu überprüfen. Es überraschte ihn, schon jetzt das Okay von Kyle zu hören. »Schnelle Arbeit«, kommentierte er. Und er ahnte auch den Grund dafür.

Kyle kroch nun ganz unter der Konsole hervor. »Es war nur das Hauptmodul. Mit den sekundären Komponenten ist alles in bester Ordnung.«

Scott befestigte eine Verkleidungsplatte. »Wie bei den Phasern«, murmelte er. Es klang kummervoll.

»Und wie bei den Photonenkatapulten«, fügte Kyle hinzu. »Und bei den Fokussierungseinheiten für die Sensoren.«

Scott blickte zu den Energieversorgungskabeln, die aus einer Öffnung in der Decke herabhingen. Ganz zu Anfang hatte eine erste, von den Starbase-Technikern vorgenommene Untersuchung ergeben, daß alle Transtator-Schaltkreise in der *Enterprise* durchgebrannt wären. Doch als sich Scott und Kyle die Sache aus der Nähe ansahen, stellten sie fest, daß der Subraum-Impuls nur knapp zwanzig Prozent der Transtator-Elemente zerstört hatte. Normalerweise sollte sich Scott darüber freuen: Wenn Starfleet Command eine Reparatur beschloß, brauchten die Instandsetzungsroboter nur ein

Fünftel der Zeit, um die defekten Schaltkreise im Schiff auszutauschen. Doch die Besorgnis des Chefingenieurs wuchs, und dafür gab es einen guten Grund. Bei fast allen beschädigten Komponenten handelte es sich um Hauptmodule. Er wußte natürlich, daß Transtatoren ziemlich empfindlich auf hochenergetische Subraum-Impulse reagierten, aber in diesem Fall beschränkten sich die Konsequenzen allein auf die wichtigsten Bestandteile des allgemeinen technischen Systems.

»Die Sache gefällt mir nicht«, brummte Scott. »Nein, sie gefällt mir ganz und gar nicht.«

Kyle klopfte sich Staub vom blauen Overall, und sein Gesichtsausdruck wies darauf hin, daß er die Besorgnis des Chefingenieurs teilte. Seit zwei Wochen befanden sich Starbase-Drohnen an Bord, um beschädigte Aggregate zu bergen, und während dieser Zeit hatten Scott und Kyle oft über das Phänomen der *selektiven* Zerstörung gesprochen. Die für den Einsatz der Drohnen zuständigen Techniker waren erstaunt gewesen, als sie feststellten, wie wenige Geräte es zu bergen galt. Nun, die Schäden mochten geringer sein, als man zunächst erwartet hatte, aber sie genügten trotzdem, um das Schiff in ein Wrack zu verwandeln.

»Es ist mir nach wie vor ein Rätsel, wie *etwas* einen Subraum-Impuls so genau fokussieren kann, um allein die Hauptmodule außer Gefecht zu setzen«, sagte Kyle. »Es muß ein Zufall sein, Sir. Oder es liegt an einer besonderen Übertragung des Impulses durchs hiesige Schaltkreissystem. Vielleicht bildeten sich in den Hauptmodulen destruktive Interferenzen, weil es dort zu einer Frequenzüberlagerung kam, und deshalb ...« Es mangelte ihm an Überzeugung, um den Satz zu beenden.

Scott schüttelte den Kopf. »Denken Sie daran, mit wem Sie reden, Mr. Kyle. Kommen Sie mir nicht mit dem Unsinn, an den nur Technikstudenten des ersten Semesters glauben. Wie auch immer der Impuls beschaffen gewesen sein mag — jemand setzte ihn als *Waffe* gegen uns ein. Jemand, der genau wußte, welche Konsequenzen sich dadurch ergaben.«

Kyle schnitt eine Grimasse. »Wollen Sie noch einmal versuchen, Lieutenant Styles darauf hinzuweisen?«

»Ich bezweifle, ob er imstande wäre, mich zu verstehen. Der Kerl ...« Ein disharmonisches Schrillen drang aus dem Interkom-Lautsprecher, und Scott zuckte unwillkürlich zusammen. »Was haben die Banausen mit dem internen Kom-System angestellt?«

»Kommunikationszentrum Brücke an Chefingenieur Montgomery Scott.« Styles. Daran konnte überhaupt kein Zweifel bestehen.

Scott lehnte sich an die Transporterkonsole, sah Kyle an und rollte mit den Augen. »Aye, Lieutenant Styles.«

»Das Shuttle des Vizeadmirals Hammersmith befindet sich im Anflug, Mr. Scott. Ist der Transporter einsatzbereit?«

»Die einzelnen Schaltkreise sind in Ordnung, aber wir hatten noch keine Gelegenheit, die Anlage zu testen.«

»Beeilen Sie sich, Mann. Ich habe dem Vizeadmiral versprochen, daß wir ihn an Bord *beamen*. Ich gebe Ihnen zehn Minuten Zeit. Kommunikationszentrum Brükke Ende.«

Statik knisterte im Lautsprecher, und dann herrschte Stille.

Kyle öffnete einen Wandschrank und holte mehrere Testobjekte hervor: leere Behälter aus nur wenige Moleküle dickem Metall. Wenn es bei der Justierung des Transporters Fokussierungsprobleme gab, so führte die Rematerialisierung dazu, daß Flecken an den glatten Flächen der würfelförmigen Gegenstände entstanden. Mit dem Transfer solcher Objekte stellte man fest, ob ein repariertes Transportersystem zuverlässig funktionierte.

Kyle betrachtete die Würfel aufmerksam. »Wissen

Sie, Mr. Scott... Diese Dinger sehen ziemlich mitgenommen aus. Ich entdecke hier einige Beulen und Dellen, die vielleicht das Diffraktionsmuster beeinflussen: Sie könnten dafür sorgen, daß die Testobjekte den Eindruck erwecken, vollkommen in Ordnung zu sein — obwohl das Gegenteil der Fall ist. Ich glaube nicht, daß sie sich für eine Funktionskontrolle eignen.«

Scott überlegte. Es mußte gewährleistet sein, daß der Transporter richtig funktionierte; ohne einen erfolgreich durchgeführten Test lehnte es der Chefingenieur ab, den Transfer von Menschen zu erlauben. Nach einigen Sekunden hob er die Hand. »Ich glaube, ich habe eine Lösung gefunden, Mr. Kyle. Warten Sie hier.« Er verließ den Raum durch eine gewaltsam geöffnete Tür. Die wenigen nicht blockierten Schotten an Bord zeichneten sich durch eine gehörige Portion Eigensinn aus: Alle Personen im Schiff zögerten erst vor geöffneten Türen — um dann praktisch über die Schwelle zu *springen*. Sie wollten vermeiden, zwischen zwei Schotthälften eingeklemmt zu werden. Scott begegnete diesem Problem, indem er einfach die Zugänge aller Räume blockierte, in denen er tätig wurde. Er hielt es für seltsam, daß die Techniker der Starbase nicht auf die gleiche Idee gekommen waren — drei von ihnen hatten sich Beulen an Türen geholt, die nicht auf ihre Präsenz reagierten und geschlossen blieben. Ein solcher Anblick gehörte zu den wenigen erfreulichen Dingen im derzeitigen Leben des Chefingenieurs, das durch Hammersmith' Reaktion auf seine Kom-Mitteilung noch unerquicklicher geworden war.

Es dauerte nicht lange, bis Scott mit einer kleinen Demontierungsdrohne zurückkehrte. Die Gleisketten der Maschine surrten, und ihre Greifzangen tasteten hin und her. Dieser Apparat sowie zweihundertzweiundzwanzig andere an Bord wurde von einem mobilen Reparaturcomputer im Maschinenraum kontrolliert. Während der letzten beiden Wochen waren die Drohnen überall in der *Enterprise* unterwegs gewesen. Ihr Summen und Klicken ging dem Chefingenieur immer mehr auf die Nerven, und deshalb bereitete ihm diese Sache eine nicht unerhebliche Genugtuung.

Scott trug den kleinen Roboter zur Plattform und setzte ihn auf dem mittleren Transferfeld ab. Die Maschine glitt einige Sekunden lang hin und her, kippte dann die Greifzangen und tastete damit über die Fokussierungseinheit, auf der sie hockte.

Scotty trat zurück. »Also los, Mr. Kyle — bevor der Kontrollcomputer im Maschinenraum den Aufenthaltsort dieses Apparats feststellt. Leiten Sie den Transfer ein.«

Die kleine Maschine gab ein leises Pfeifen von sich und verschwand in einer Wolke aus funkelnder Energie.

»Matrix ist gespeichert.« Kyle sah auf die Anzeigen der Konsole. »Strukturstabilität einhundert Prozent. Energieverbrauch normal.« Er blickte zu Scott und lächelte. »Scheint alles bestens zu sein, Sir.«

»Wollen wir hoffen, daß der Schein nicht trügt.« Scott wandte sich wieder der Plattform zu. »Na schön, geben Sie dem Ding wieder Substanz.«

Das Summen des Transporters wurde lauter — und wich einem unregelmäßigen Klirren und Klappern, als Maschinenteile auf die Plattform herabregneten.

Scott lächelte zufrieden.

»Äh, offenbar haben wir ein Fokussierungsproblem«, sagte Kyle.

»Glauben Sie?« Der Chefingenieur schritt zum Interkom. »Nun, in seinem aktuellen Zustand eignet sich der Transporter zwar nicht für den Transfer eines Vizeadmirals, aber ich hätte kaum Bedenken, damit einen gewissen Lieutenant wegzubeamen.« Er betätigte die Aktivierungstaste. »Chefingenieur Montgomery Scott an Kommunikationszentrum Brücke. Ich fürchte, der Transporter muß gründlich rejustiert werden, bevor wir ihn einsetzen können. Dem Vizeadmiral wird nichts anderes übrigbleiben, als sein Shuttle in unserem Hangar zu parken.« Scott zwinkerte Kyle zu.

In Lieutenant Styles' Stimme erklang genau die Entrüstung, mit der Scotty gerechnet hatte. »Chefingenieur! Ich habe dem Vizeadmiral zugesagt, daß wir ihn an Bord beamen, und deshalb *werden* wir ihn mit dem Transporter an Bord holen.«

»Lieutenant Styles, Sir, wir können den Vizeadmiral durchaus mit dem Transporter an Bord holen — vorausgesetzt, Sie tragen ihn anschließend in mehreren Eimern fort. Wenn Sie verstehen was ich meine, Sir.« Scott lächelte, als Kyle eine Hand zum Mund hob, um nicht laut zu lachen.

Ein rhythmisches Pochen drang aus dem Interkom-Lautsprecher, und diese seltsame Interferenz verwirrte den Chefingenieur — bis er den Grund dafür erkannte. Styles schlug mit seinem verdammten Offiziersstöckchen an die Seite des Kommandosessels.

»Mr. Scott ...« Der Lieutenant sprach nun im Tonfall eines nörgelnden Kinds. »Ich ziehe Sie persönlich zur Verantwortung und teile dem Vizeadmiral mit, warum er die Unannehmlichkeiten eines Shuttle-Transfers ertragen mußte.« Poch-poch-poch-poch. »Kommunikationszentrum Brücke Ende.«

»Gut«, brummte Scotty. »Vielleicht nimmt Hammersmith dann endlich Vernunft an und läßt mich gehen.«

Kyle öffnete wieder die Kontrollkonsole. »Ist das noch immer Ihre Absicht?«

Scott biß die Zähne zusammen, und in seinen Wangen mahlten die Muskeln. »Wenn Hammersmith die Trennung der Backbord-Warpgondel — beziehungsweise ihrer Reste — vom Schiff befürwortet und die *Enterprise* nachher noch existiert ... Dann kann sich jemand anders um sie kümmern.«

Kyle konzentrierte sich einmal mehr auf die Schaltkreise. Er hob nicht den Kopf, als er erwiderte: »Aber die *Enterprise* braucht Sie, Sir.«

»Ich weiß. Wie dem auch sei: Die *Enterprise* ist weit mehr als nur ein Schiff, und unter den gegebenen Umständen könnte ich ihr durch meine Abwesenheit mehr helfen.«

Kyle rührte sich nicht von der Stelle. »Glauben Sie, daß mit dem Captain alles in Ordnung ist?«

»Natürlich ist mit ihm alles in Ordnung«, sagte Scott, obgleich tief in ihm Zweifel wohnte. »Wenn ich in der Lage wäre, das Schiff zu verlassen ... Dann könnte ich zu Jim Kirk und feststellen, wie es ihm geht.«

Kyle nickte, während sich das blaue Glühen eines Modifikators in seinem Gesicht widerspiegelte. Auch darüber hatten sie oft gesprochen.

Scott hielt es für besser, den Hangar aufzusuchen, um dort unangenehmen Überraschungen in Hinsicht auf das Außenschott vorzubeugen. Er konnte Carole Mallett und Mario Cardinali noch immer nicht verzeihen, was sie kurz nach der Katastrophe von Talin im Shuttle-Hangar angerichtet hatten.

Bevor er den Transporterraum verließ, kam eine junge Frau herein. Sie trug die Uniform eines Fähnrichs, mit den Insignien der Starbase 29, und in der rechten Hand hielt sie einen Orter.

»Entschuldigen Sie bitte«, sagte die Technikerin ernst. »Ist Ihnen vielleicht eine Demontierungsdrohne aufgefallen? Wir haben eine verloren, und zwar in diesem Bereich des Schiffes.«

»Aye«, erwiderte Scotty fröhlich. »Hier trieb sich tatsächlich einer Ihrer Roboter herum. Offenbar litt das Ding an einer kleinen Fehlfunktion.«

Die Frau nickte. »Ja, eine kleine Fehlfunktion. So was passiert ab und zu.« Sie hielt den Blick auf Scott gerichtet, obwohl der Chefingenieur schwieg. »Äh, ich bitte noch einmal um Entschuldigung ... Können Sie mir vielleicht sagen, wo sich der Roboter jetzt befindet?«

»Er ist dort drüben, Teuerste.« Scotty deutete zur Plattform. »Hoffentlich haben Sie einen Besen mitgebracht.« Er beobachtete, wie die junge Frau verblüfft zum Schrotthaufen auf dem Transferfeld starrte und sich vermutlich fragte, was Scott unter einer *großen* Fehlfunktion verstand. Dann wandte er sich um und ging in Richtung Hangar. Vielleicht gelang es ihm diesmal, Vizeadmiral Hammersmith davon zu überzeugen, daß es bei Starfleet für einen aufsässigen Chefingenieur keinen Platz gab.

Das große, gewölbte Außenschott des Hangars öffnete sich jetzt nur noch zur Hälfte. Scott beobachtete teilweise geborstene und verbogene Segmente, erinnerte sich dabei an den Grund für diese Beschädigungen: Ein Shuttle war gestartet, ohne zu warten, bis sich das breite Schott öffnete. Die Starbase-Techniker hatten die Löcher mit Dichtmasse gestopft, damit in dem großen Raum normaler Luftdruck wiederhergestellt werden konnte.

Scott verstand noch immer nicht, warum sich die beiden EKA-Repräsentanten auf diese Weise verhalten hatten. Seine Gedanken glitten einmal mehr in die Vergangenheit ... Dreißig Minuten nach dem Warptransfer, der die *Enterprise* aus der Atmosphäre von Talin IV in den Raum geschleudert hatte. Das Schiff trieb antriebslos und manövrierunfähig, aber es bestand keine unmittelbare Gefahr für die Besatzung — immerhin gab es keine Lecks. Darüber hinaus enthielten die Lager genug Batterien und Akkumulatoren, um Lebenserhaltungssysteme und Gravitationsgeneratoren wochenlang mit Energie zu versorgen. Und wenn die ausgeschleuste Kom-Kapsel den EKA-Außenposten erreichte, konnte von dort aus per Richtstrahl ein Notruf zur Starbase 29 geschickt werden — dann dauerte es höchstens vier Tage, bis Rettungsschiffe eintrafen. Wenn man diese Umstände berücksichtigte, stellte sich die Frage: Warum hatten Mallett und Cardinali ihre berufliche Zukunft bei Starfleet aufs Spiel gesetzt, indem sie den Hangar der

Enterprise praktisch zerstörten und dadurch eine schnelle Evakuierung der Crew unmöglich machten?

Scott war ihnen im Schacht begegnet, als er mit einigen Medo-Technikern zur Brücke kletterte. Die Pilotin und der Kommunikationsverwalter teilten ihm mit, daß alle Brückenoffiziere lebten, und anschließend wiesen sie auf ihre Absicht hin, die EKA-Ausrüstung zu überprüfen. Angesichts des allgemeinen Durcheinanders achtete der Chefingenieur kaum auf die Panik in den Gesichtern seiner Gesprächspartner. Nicht eine Sekunde lang zog er in Erwägung, daß sie versuchen wollten, die *Enterprise* zu verlassen. Doch genau darin bestand ihre Absicht.

Im Hangar standen drei spezielle Shuttles vom Typ Phantom: Bei ihrer Konstruktion hatte man darauf geachtet, daß sie im Falle eines Absturzes möglichst wenige Hinweise auf moderne Technik lieferten. Zwar verfügten sie über gut abgeschirmte Antigrav-Generatoren und einen miniaturisierten Subraum-Kommunikator, aber es gab nicht einen einzigen Transtator an Bord. Wodurch auch immer die *Enterprise* in ein Wrack verwandelt worden war — die drei Phantom-Maschinen blieben davon unbetroffen.

Soweit Scott es später feststellen konnte, geschah folgendes. Cardinali und Mallett streiften Schutzanzüge über und programmierten den Autopiloten eines Shuttles, durchs geschlossene Außenschott zu fliegen, das zu jenem Zeitpunkt nicht von den Kontrollkonsolen aus geöffnet werden konnte. Es existierten weder interne noch externe Deflektoren, die Schutz gewährten: Die mittleren Bereiche des Schotts platzten, und es kam zu einer explosiven Dekompression. Cardinali und Mallett nahmen eine zweite Raumfähre, steuerten sie durch die Öffnung und kehrten zum Stützpunkt auf dem Mond zurück. Einige Wochen später, als das Personal die Basis bereits verlassen hatte, erfuhr Scott von den angeblichen Motiven der Phantom-Pilotin und des Kommunikationschefs: In ihrem Aussageprotokoll fand sich der Hinweis, es sei ihnen darum gegangen, so schnell wie möglich dem EKA-Außenposten Bescheid zu geben. Doch diese Erklärung erschien Scott nicht stichhaltig genug.

Als der Zorn schließlich aus ihm wich, vermutete er, daß schlicht und einfach Furcht dahintersteckte. Aufgrund des beschädigten Hangarschotts konnte die Evakuierung nicht mit Hilfe von Shuttles erfolgen, und deshalb brauchten die Rettungsschiffe mehr als einen Tag, um alle Besatzungsmitglieder der *Enterprise* in Sicherheit zu beamen. Furcht war eine Sache, die Gefährdung von Personen eine andere. Scott hoffte, daß er eines Tages die Möglichkeit bekam, Cardinali und Mallett seine Meinung zu sagen. Doch zunächst stand ihm eine Begegnung mit Hammersmith bevor, und auch in dieser Hinsicht lagen ihm einige scharfe Bemerkungen auf der Zunge: Er wollte deutlich darauf hinweisen, was er von einem Vizeadmiral hielt, der nicht zuließ, daß jemand den Dienst quittierte.

Scott stand in der oberen Beobachtungsgalerie des Hangars, als das Shuttle hereinschwebte und dort landete, wo man freien Platz auf dem Deck geschaffen hatte. Als sich das Außenschott wieder schloß, trat Lieutenant Styles zu dem Chefingenieur.

»Was machen Sie hier?« fragte er. »Sie sollten die Zeit nutzen, um den Transporter zu reparieren.«

Scott versuchte nicht mehr, Styles gegenüber höflich zu sein. Er gehorchte ihm, weil er vom Vizeadmiral das Kommando über die *Enterprise* bekommen hatte. Er erledigte seine Arbeit. Aber inzwischen gab er nicht mehr vor, den Narren zu respektieren.

»Ich wollte mich nur davon überzeugen, daß der Vizeadmiral sicher an Bord eintrifft und nicht von plötzlich entweichender Luft ins All gerissen wird. Jene hirnlosen Dummköpfe, die von Ihnen den Auftrag erhielten, die Druckkontrollen zu justieren ... Ich traue es ihnen zu, die Schaltungen für ›Vakuum‹ und ›Standard-Luftdruck‹ zu verwechseln.«

Styles hob seinen Stock, schlug damit mehrmals auf die flache linke Hand. »Mr. Scott, es ist mir ein Rätsel, warum Sie Ihr von Insubordination geprägtes Verhalten mir gegenüber fortsetzen. Womit habe ich solche Unverschämtheiten Ihrerseits verdient?«

Womit du so etwas verdient hast, du inkompetenter und arroganter Angeber? Sieh dich an Bord um — der derzeitige Zustand des Schiffes dürfte deine Frage beantworten. »Leider weiß ich nicht, was Sie meinen, Lieutenant. Vielleicht sind wir Veteranen nach vielen Jahren im All etwas schroffer, als Sie es nach Ihren drei kurzen Monaten an Bord der *Monitor* erwarten.«

»Auch ich habe mehrere Jahre im Weltraum verbracht, Mr. Scott. Und ich höre nun zum erstenmal, daß ein gut ausgebildeter Starfleet-Techniker andere gut ausgebildete Starfleet-Techniker als ›hirnlose Dummköpfe‹ bezeichnet.«

»Nun, es ist ein Beispiel dafür, daß selbst Leute wie Sie noch etwas dazulernen können, Sir.«

Das Stock klatschte erneut auf die linke Hand herab, und diesmal schlossen sich die Finger darum. »Mr. Scott, ich habe mich bemüht, Ihnen gegenüber geduldig zu sein. Ich kann mir vorstellen, was Sie fühlen: So lange an Bord eines Raumschiffs wie der *Enterprise* zu arbeiten und dann zu erleben, wie es fast zerstört wird, noch dazu vom Größenwahn des Kommandanten ...«

»Sprechen Sie nie wieder so von meinem Captain!« Scott hätte Styles am liebsten erwürgt. »Lieutenant, Sir, ich bin Starfleet-Offizier, und Sie sind mein Vorgesetzter. Es ist meine Pflicht, Ihnen zu gehorchen. Aber es gibt Grenzen, Sir, und ich bin nicht bereit, ruhig zuzuhören, wie Sie einen guten Freund von mir beleidigen. Unter Offizieren, Sir: Ich bitte Sie, Ihre Meinungen für sich zu behalten, damit ich auch weiterhin in der Lage bin, den Erfordernissen meiner Arbeit gerecht zu werden.«

Scott hatte diese Worte gerade erst ausgesprochen, als er begriff, daß ihm ein Fehler unterlaufen war. Styles konnte nicht *vollkommen* unfähig sein — *immerhin ist es ihm gelungen, in der Flotte einen Offiziersrang zu bekommen.* Man durfte ihm nur Unaufmerksamkeit vorwerfen. Doch jetzt hatte ihm Scott einen unübersehbaren Hinweis auf seinen schwachen Punkt geliefert, und der Lieutenant zögerte nicht, den Vorteil zu nutzen.

»Mr. Scott, gewisse Leute mögen Ihre unangebrachte Bewunderung in bezug auf den früheren Captain dieses Schiffes für ehrenhaft halten, aber ich möchte es ganz deutlich betonen: James Kirk hat Starfleet und die Föderation verraten. Und ich lasse nicht zu, daß man an Bord *meines* Schiffes Verräter respektiert.«

Der Chefingenieur gab es auf. Er sah keinen Sinn darin, den verbalen Kampf gegen einen so engstirnigen Offizier fortzusetzen. *Soll es ruhig sein Schiff sein,* dachte er. *Was spielt's für eine Rolle? Er ist nur eine von den vielen Drohnen, die hier überall summen und gegen Hindernisse stoßen.*

»Ich entschuldige mich für mein ungebührliches Benehmen«, brachte er zwischen zusammengebissenen Zähnen hervor. Ganz deutlich hörte er die Unaufrichtigkeit in seiner Stimme.

»Schon besser, Mr. Scott.« Styles schwang wieder sein Offiziersstöckchen. »Ich schlage vor, daß Sie nun zum Transporterraum zurückkehren.«

»Verzeihen Sie bitte, Sir, aber ich möchte einige Dinge mit dem Vizeadmiral besprechen.«

Styles neigte den Stock nach oben, kratzte sich damit an der Wange. Das Glühen der roten und grünen Bereitschaftslichter strich ihm über die Haut. »Was für ›Dinge‹ meinen Sie, Mr. Scott?«

»Er hat mir mehrmals die Genehmigung verweigert, den Dienst zu quittieren, und ich möchte ihn nach dem Grund dafür fragen.«

»Sie wollen den Dienst quittieren? Warum denn? Sie

haben doch gar nichts mit der Katastrophe von Talin zu tun.«

Ich bin Starfleet-Offizier, dachte Scott. *Ich bin Starfleet-Offizier.* »In diesem Zusammenhang trifft mich ebensowenig Schuld wie James Kirk, Mr. Spock, Uhura, Chekov, Sulu und Dr. McCoy.«

»Wenn Sie Starfleet verlassen ...« Styles unterstrich jedes einzelne Wort, indem er seinen Stock an Scotts Brust pochen ließ. »Dann glaubt man vielleicht, daß Sie die gleiche Verantwortung tragen wie die Fünf von der *Enterprise.*«

Eine plötzliche Inspiration prickelte in dem Chefingenieur. »Aye, Sir«, sagte er und grinste breit. »Das wird man glauben.« Er griff nach dem Offiziersstöckchen und zerbrach es überm Knie.

Styles' Augen traten aus den Höhlen, und seine Kinnlade klappte nach unten, als er auf die beiden Teile des geliebten Objekts hinabstarrte.

Was Scott betraf ... Zum erstenmal seit Monaten fühlte er sich frei. Er fragte sich, ob auch McCoy auf diese Weise empfunden hatte, als er Hammersmith in dem Wissen schlug, eine unwiderrufliche Entscheidung getroffen zu haben. »Wenn Sie mich entschuldigen würden, Sir ... Ich spreche jetzt mit dem Vizeadmiral, der schon seit fünf Minuten im Hangar auf das Begrüßungskomitee wartet.«

Scott lächelte süffisant, als er sah, wie die Bereitschaftslichter an den Resten des Stocks erloschen. Dann drehte er sich um und ging, glaubte dabei, Styles schluchzen zu hören.

Vizeadmiral Hammersmith erwies sich als kräftig gebauter Terraner, dessen Haut noch dunkler war als die Uhuras. Sein goldgelber Uniformpulli spannte sich über dicken Muskelsträngen, und es beeindruckte Scott, daß McCoy ausgerechnet gegen diesen Mann die Faust erhoben hatte. *Aber vielleicht ist genau das der Grund,* fuhr es ihm durch den Sinn. *Vielleicht hat sich der Doktor für*

Hammersmith entschieden, weil er ihn überhaupt nicht verletzen konnte.

Der Vizeadmiral lächelte, als Scott auf ihn zutrat. »Ah, Lieutenant Commander Montgomery Scott, nehme ich an.« Er sprach mit tiefer Stimme und streckte eine prankenartige Hand aus.

»Vizeadmiral Hammersmith ...« Der Chefingenieur ergriff die ihm dargebotene Hand. »Willkommen an Bord der *Enterprise.*«

Hammersmith wich beiseite, als drei Assistenten in der geöffneten Luke des Shuttles erschienen und damit begannen, Ausrüstungsbehälter zu entladen. Er bedeutete Scott, ihm zu folgen, sah sich in der großen Hangarkammer um und versuchte, einen ersten Eindruck zu gewinnen. »Die meisten Schäden sind nur oberflächlicher Natur«, sagte er. »Risse aufgrund der explosiven Dekompression ... So etwas läßt sich relativ leicht in Ordnung bringen.«

Scott nickte erstaunt. »Das stimmt, Sir.«

»Ich habe alle Ihre Berichte gelesen«, fuhr Hammersmith fort. »Nicht nur Ihren Antrag auf Erlaubnis, den Dienst zu quittieren.« Er sah sich erneut um. »Wo ist Lieutenant Styles?«

»Ich habe gerade einen Gegenstand beschädigt, der zu seinem persönlichen Besitz gehört«, erwiderte Scott wahrheitsgemäß. »Vermutlich ist er noch immer sehr aufgebracht und kommt erst, wenn er die Fassung wiedergewonnen hat.«

Hammersmith schüttelte den Kopf. »Was ist nur los mit den Offizieren der *Enterprise?*« Er hob die Hand. »Nein, verzichten Sie besser auf eine Antwort. Ob Sie's glauben oder nicht, Chefingenieur: Ich verstehe Ihren Wunsch, den aktiven Dienst zu verlassen. Und ich bin bereit, Ihren Antrag zu genehmigen.«

Damit hatte Scott nicht gerechnet. »Oh. Vielen Dank, Sir.«

»Aber nicht jetzt sofort.«

Natürlich nicht, dachte der Schotte enttäuscht. »Wann bekomme ich Ihre Erlaubnis, Sir?«

»Das liegt bei Ihnen, Chefingenieur. Wie schnell können Sie das Schiff wieder einsatzbereit machen?«

Scott befürchtete eine weitere Machbarkeitsstudie und stöhnte innerlich. Er fand Gefallen daran, mit Maschinen zu arbeiten, aber er verabscheute den Papierkram. »Haben Sie in bezug auf die Reparatur eine Entscheidung getroffen, Sir?«

Er erlebte eine neuerliche Überraschung, als Hammersmith nickte. »Deshalb bin ich hier. Morgen schleppen wir die *Enterprise* in den interstellaren Raum, um die Backbord-Gondel zu lösen.«

»Und wenn sie noch immer durch eine Warpreaktion mit dem Gravitationsschacht des Planeten verbunden ist?« fragte Scott. »Vielleicht kommt es zu einer Katapult-Reaktion.«

Es funkelte in den Augen des Vizeadmirals. »Dutzende von Experten haben ein Phänomen untersucht, das sie als ›überdimensionale Verdunstung der Warpgondel‹ bezeichnen, und angeblich besteht eine Wahrscheinlichkeit von fünfundachtzig Prozent dafür, daß es tatsächlich zu einem Katapult-Effekt kommt. Man hat mir folgendes Szenario beschrieben: Unmittelbar nach der Trennung vom Rumpf verschwindet die Gondel vollständig in der Cochrane-Teilmenge, und zwar mit Warpfaktor acht Komma sieben. Der Rest des Schiffes wird auf die gleiche Geschwindigkeit beschleunigt, allerdings innerhalb des normalen dreidimensionalen Raums, wo ein solches Tempo den Naturgesetzen widerspricht.« Hammersmith lachte leise. »Nach Meinung der Fachleute dehnt sich die *Enterprise,* bis sie fast eine Lichtminute lang ist — die optischen Begleiterscheinungen sollen ziemlich spektakulär sein. Im Anschluß daran kommt es zu einer sogenannten ›explosiven Transformation‹, wobei niemand weiß, was vom Schiff übrigbleibt. Was diesen Punkt betrifft, sind sich die Physiker nicht einig. Manche von ihnen kündigen eine Masse-Umwandlung in Neutrinos an, doch andere tippen eher auf Tachyonen.«

Scott hatte genug von diesem Unsinn. »Glauben Sie den Spezialisten?«

»Ich glaube daran, daß Spezialisten auf eine bestimmte Sache spezialisiert sind, Chefingenieur. Und ich glaube an die Tugend, vorbereitet zu sein.«

»Sir?«

»Die *Exeter* fliegt von der Erde aus mit Warp sechs hierher. Sie kommt mit einer Fracht ganz besonderer Art: zwei Warpgondeln, geeignet für ein Schiff der Constitution-Klasse, eigentlich vorgesehen für die *Intrepid II*.«

Scott spürte, wie Aufregung in ihm zitterte. Die beiden Gondeln konnten das *Wrack* namens *Enterprise* wieder in ein Raumschiff verwandeln. »Vielleicht ist dieses Schiff längst ein Haufen Neutrinos, wenn die *Exeter* eintrifft.«

»Wie ich vorhin schon sagte, Chefingenieur: Ich habe alle Ihre Berichte gelesen. An die technischen Details erinnere ich mich nicht mehr, aber eine Bemerkung hat einen festen Platz in meinem Gedächtnis gefunden: ›Schnee in der Hölle ist wahrscheinlicher als ein *teilweiser* Warptransit.‹«

»Aye, so lauteten meine Worte. Und ich stehe nach wie vor zu ihnen, Sir.«

Hammersmith bedachte Scott mit einem durchdringenden Blick. »Der Umstand, daß ich die *Exeter* hierherkommen lasse und dadurch den Konstruktionsplan der *Intrepid II* über den Haufen werfe ... Damit riskiere ich eine Menge. Weil ich nicht weiß, was morgen geschieht, wenn wir die Warpgondel lösen.«

»Ich verstehe, Sir. Und glauben Sie mir: Es ist kein Risiko.«

»Dieser Punkt gehört zu den Dingen, die ich mit Ihnen erörtern wollte. Was veranlaßt Sie zu der Annahme, daß *Sie* mehr wissen als zwanzig der besten Starfleet-Wissenschaftler?«

Scott zuckte mit den Achseln. »Es sind Wissenschaftler, Sir. Und ich bin Techniker. Seit fast fünf Jahren arbeite ich jeden Tag mit den Anlagen und Installationen dieses Schiffes. Ich brauche nur dem Summen der Generatoren zuzuhören, um festzustellen, ob sie einwandfrei funktionieren. Und ich befand mich an Bord der *Enterprise*, als sie angegriffen wurde.«

»Nun, wenigstens *damit* kenne ich mich aus. Nukleare Explosionen haben keine derartigen Folgen für ein Schiff, nicht einmal dann, wenn sie in der Atmosphäre eines Planeten stattfinden.« Hammersmith winkte, und seine Geste galt beiseite geräumten Kunststoff- und Metallfragmenten, geöffneten Wartungsnischen in den Wänden und aus der Decke herabbaumelnden Kabelsträngen.

»Dieses Schiff ist nicht nur mit Atomraketen angegriffen worden, Sir.« *Soll ich ihm auch den Rest erzählen?* überlegte Scott. Wahrscheinlich bot sich ihm jetzt zum letztenmal die Chance, seine Theorie einem intelligenten Vorgesetzten zu präsentieren, der kein persönliches Interesse am Kommando über die *Enterprise* hatte.

Der Vizeadmiral kaute auf der Unterlippe. »Nicht nur mit Atomraketen? In Ihren Berichten fehlt ein solcher Hinweis, oder?«

»Ja, Sir.«

»Interessant. Nun, welche Waffen sind außerdem gegen die *Enterprise* eingesetzt worden?«

Scott holte tief Luft. »Einige hochenergetische und genau fokussierte Subraum-Impulse, die selektive Schäden in unserem Schaltkreissystem bewirkten: Alle Hauptmodule brannten durch.«

Hammersmith schloß die Augen und rieb sich den Nasenrücken. »Ein solcher Angriff geht weit über die technischen Möglichkeiten der Talin hinaus, nicht wahr?«

»Aye, Sir. Das stimmt.«

»Und auch *uns* fehlt die notwendige Technik, um eine solche Attacke zu planen und durchzuführen, oder?«

»Ich glaube, da haben Sie recht, Sir.«

Der Vizeadmiral schritt zum Shuttle. Seine drei Assistenten hatten inzwischen alle Ausrüstungsbehälter entladen und sprachen mit einigen Starbase-Technikern, die eigentlich den Shuttle-Lift reparieren sollten — mehrere Bereitschaftskammern unter dem Hangar enthielten Raumfähren, die derzeit nicht eingesetzt werden konnten. Einmal mehr beobachtete Scotty: Die Leute von der Starbase hatten es bei der Instandsetzung nicht annähernd so eilig wie jene Personen, die zur Besatzung der *Enterprise* gehörten.

Hammersmith gab den Assistenten mit einer knappen Geste zu verstehen, daß er sie im Augenblick nicht brauchte. Er öffnete einen der kleineren Behälter und entnahm ihm ein mobiles Terminal. »Warum wurde der Angriff mit Subraum-Impulsen nicht vor dem Untersuchungsausschuß erwähnt?«

»Weil wir noch nichts davon wußten, als das Ermittlungskomitee tagte«, erwiderte Scott. »Da die Hauptmodule durchgebrannt sind, muß bei einer allgemeinen Sondierung der Eindruck entstehen, daß praktisch alle Transtatoren an Bord zerstört wurden. Als die Demontierungsdrohnen damit begannen, angeblich defekte Komponenten auszutauschen ... Daraufhin stellten wir fest, daß die *Enterprise* nicht annähernd so stark beschädigt ist, wie wir zunächst annahmen.«

»Wir?« wiederholte Hammersmith. »Weiß Styles über diese Sache Bescheid?«

»Nein, Sir. Die Vergangenheit scheint ihn kaum zu interessieren. Er denkt nur daran, möglichst bald zum Kommandanten dieses Schiffes zu werden.«

»An Ehrgeiz gibt es nichts auszusetzen, Mr. Scott. Wen meinen Sie mit ›wir‹?«

»Mich selbst und den Transporterchef Lieutenant Kyle, Sir. Jemand aus der ursprünglichen Crew.«

Hammersmith betätigte einige Tasten des mobilen Terminals. »Und er teilt Ihre Ansicht in Hinsicht auf einen Angriff mit selektiven Subraum-Impulsen?«

Scott suchte nach geeigneten Worten, um die Situation zu beschreiben. »Um ganz ehrlich zu sein, Sir... Er kennt das wahre Ausmaß der Schäden und bestätigt das seltsame Muster der Defekte. Aber er glaubt, daß die Ursache ein Zufall sein könnte, zum Beispiel spezielle Interferenzen.«

Hammersmith blickte einige Sekunden lang auf den Bildschirm, bevor er Scott ansah. »Und Sie, Chefingenieur? Was halten Sie davon?«

»Ich glaube, daß bewußte Absicht dahintersteckt, Sir. Die Beschädigungen gehen auf den Einsatz einer uns unbekannten Waffe zurück.«

Der Vizeadmiral musterte den Chefingenieur. »Wenn Sie recht haben... Ist Ihnen klar, welche Konsequenzen sich daraus ergeben könnten?«

Scott spürte, wie sich jähe Hoffnung in ihm regte. War das möglich? Stand er jemandem gegenüber, der die Bereitschaft mitbrachte, sich eingehender mit der Katastrophe von Talin zu befassen? »Aye, Sir. Ich weiß, welche Folgen sich aus einer Bestätigung meiner Theorie ergeben könnten.«

»Gut«, sagte der Vizeadmiral. »Gut. Dann nehme ich hiermit Bezug sowohl auf Ihre Loyalität dem früheren Captain der *Enterprise* gegenüber als auch auf Ihr Bestreben, ihn zu verteidigen. Unter diesen Umständen bin ich zu Skepsis gezwungen, wenn Sie mir von Neuigkeiten berichten, die geeignet wären, James T. Kirk zu entlasten.«

Nein, dachte Scott. *Warum muß es immer auf diese Weise enden? Gibt es niemanden in Starfleet, der bereit ist, an Kirks Schuld zu zweifeln?*

Hammersmith klopfte aufs Display des mobilen Terminals. »Lieutenant Kyle gehört seit Beginn der fünfjährigen Mission zur Besatzung der *Enterprise,* und daher bin ich verpflichtet, auch seine Auskünfte mit Vorsicht zu genießen. Aber wenn Sie jemanden wie Styles dazu bringen könnten, Ihren Standpunkt zu unterstützen ... Dann wäre es vielleicht möglich, den Fall noch einmal zu untersuchen.«

Verzweiflung erfaßte Scott. *Jemand wie Styles,* dachte er. Typisch. Vermutlich plante der Lieutenant gerade seine Rache ...

»Gibt es keine andere Möglichkeit, Sir?« Der Chefingenieur fragte sich, warum ihn das Schicksal so hart bestrafte.

»Nun, das liegt bei Ihnen.«

»Wie bitte, Sir?«

Hammersmith schaltete das Terminal aus. »Wenn Sie dafür sorgen, daß dieses Schiff morgen die Trennung von der Warpgondel übersteht ... Dann haben Sie eine Woche bis zum Eintreffen der *Exeter.* Ich schlage folgendes vor: Wenn Sie mir Ihre volle Kooperation bis zur endgültigen Instandsetzung der *Enterprise* versprechen, so können Sie die Woche nutzen, um die Bordsysteme auseinanderzunehmen und Ihre Theorie zu beweisen.«

Scott schüttelte den Kopf. »Ich fürchte, Lieutenant Styles würde das nie erlauben, Sir. Er hat schon so mehr als genug für mich zu tun.«

»Na schön: Eine Woche lang sind Sie nicht mehr dem Lieutenant gegenüber verantwortlich, sondern unterstehen direkt meinem Kommando. Darüber hinaus sorge ich dafür, daß Ihnen das ganze Schiff zur Verfügung steht.« Hammersmith streckte die Hand aus. »Einverstanden?«

Scott zögerte. »Die *Enterprise* ist ziemlich groß, Sir.«

»Kyle kann Ihnen helfen.« Der Vizeadmiral hielt die Hand ausgestreckt.

»Eine Woche reicht nicht aus. Zumindest nicht für Kyle und mich.«

Hammersmith blickte zur Decke des Hangars. »Sie sind ein schwieriger Verhandlungspartner, Chefingenieur. Dies ist mein letztes Angebot: Ich kann Ihnen nicht mehr Zeit geben, aber wenn Sie zusätzliche Mitarbeiter benötigen, so lasse ich die betreffenden Leute hierherbringen. Nennen Sie mir einfach nur die Namen.«

»Und es ist Ihnen völlig gleichgültig, wessen Hilfe ich in Anspruch nehmen möchte?« fragte Scott.

»Es kommt natürlich nur Starfleet-Personal in Frage«, schränkte Hammersmith ein.

Der Chefingenieur ergriff die Hand des Vizeadmirals. »Abgemacht, Sir.«

»In Ordnung. Sie haben eine Woche, wenn die *Enterprise* morgen noch existiert.«

KAPITEL 3

Sulu trat aus der Luftschleuse, und die plötzliche Schwerelosigkeit wirkte wie ein warmes Bad: Alle Muskeln entspannten sich. Profunde Erleichterung veranlaßte den Steuermann zu einem Stöhnen.

»Stimmt was nicht?« drang Chekovs Stimme aus dem Kom-Lautsprecher im Raumhelm.

Sulu gab mit den Manövrierdüsen Schub und drehte sich um die eigene Achse. Chekov befand sich noch immer in der offenen Luftschleuse der *Queen Mary.* Seine Haltung brachte Sorge zum Ausdruck — und die Bereitschaft, dem Freund zu Hilfe zu eilen.

»Kommen Sie«, sagte Sulu. »Hier draußen ist alles bestens.« Wie in Zeitlupe hob er den Arm und winkte. Krulmaddens Schiff verfügte über ein ausgezeichnetes Impulstriebwerk, aber die Raumanzüge schienen aus einer ganz anderen Epoche zu stammen.

Chekov beugte sich vor, und Sekunden später schwebte er im freien Fall. Er seufzte hingebungsvoll, als er das 2 G starke Gravitationsfeld der *Queen Mary* verließ.

»Oh, das fühlt sich herrlich an«, brachte der Russe hervor und klappte den Kontrollbügel an der Seite seines Raumanzugs herunter. Ein Tastendruck aktivierte die Düsen, und langsam näherte er sich Sulu, der etwa zehn Meter vom Schiff entfernt im Nichts hing.

Krulmaddens Stimme donnerte aus den Helm-Lautsprechern. »Ihr Säugetiere mehr Freude habt an Vakuum als an Sklavenmädchen. Was die *F'deraxt'la*-Ausbildung mit euch angestellt hat?«

Der Orioner sprach jetzt wieder so schlecht Föderationsstandard wie in der Taverne auf Rigel VIII.

»Wir haben Sie mehrmals darauf hingewiesen, Kapitän«, erwiderte Sulu. »Ihre künstliche Schwerkraft ist zu hoch für uns.«

Krulmadden schnaubte. »Soll heißen, ihr zu schwach seid. Braucht mehr *Ur'eon*-Bewegung.«

Das Schiff umkreisten einen roten Riesen, und das düstere Licht der Sonne durchdrang die transparente Scheibe von Chekovs Helm — Sulu sah deutlich, wie der Navigator eine Grimasse schnitt.

»Wir benötigen Erdnorm-Gravitation in unserem Quartier«, sagte Chekov.

»Zuviel Energie, zu teuer«, grollte der Orioner. »Immer ihr wollt ausgeben mein Geld. Ihr verdienen Credits; dann ihr könnt bezahlen Energie für geringere Schwerkraft. Und jetzt ... An die Arbeit. Oder ich lasse euch dort draußen.«

Sulu hörte ein leises Klicken — Krulmadden hatte die Kom-Verbindung unterbrochen. »Also los«, wandte er sich an Chekov.

Der Russe deutete mit dem Daumen nach oben, und Sulu betätigte erneut die Kontrollen der Manövrierdüsen. Einmal mehr drehte er sich und schwebte dann an der *Queen Mary* ›empor‹ in Richtung Impulsmodul.

Die Außenhülle des Schiffes glühte im Widerschein des zwei Astronomische Einheiten entfernten roten Riesen. Krulmadden hatte nicht den Namen des Sterns genannt, aber es war Sulu trotzdem gelungen, ihn zu identifizieren: TNC-5527 im Minotaurus-Haufen — eine alte Sonne, die schon vor langer Zeit alle ihre Planeten verloren hatte. Hier gab es nichts Wertvolles, und das mochte der Grund dafür sein, warum sich der Orioner hier sicher fühlte.

Krulmadden versteckte sich, und zwar aus gutem Grund.

Sulu aktivierte den am Helm befestigten visuellen

Sensor und begann damit, Bilder von den Beschädigungen des Impulsgehäuses aufzuzeichnen. Schwarze Streifen zeigten sich dort, wo die Phaserstrahlen der Grenzpatrouille die Deflektoren durchdrungen hatten. Wie auch immer der Waffenoffizier an Bord der Fregatte hieß: Er verstand sein Handwerk. Jene Schmuggelroute konnte der Orioner nie wieder benutzen, und der Verkauf seiner lebenden Fracht mußte verschoben werden.

Statisches Knistern drang aus dem Kom-Lautsprecher, aber Sulu hörte trotzdem, wie Chekov leise pfiff. »Kritische Energiestärke«, kommentierte er. »Eine weitere halbe Sekunde Entladungsdauer, und die *Queen Mary* wäre auseinandergebrochen.«

Es lief Sulu kalt über den Rücken. Er wußte, daß es sie bei der Konfrontation mit der Grenzpatrouille fast erwischt hätte, aber erst jetzt wurde ihm klar, *wie* knapp sie davongekommen waren.

»Kapitän Krulmadden«, sagte er und wartete darauf, daß der kleine Computer des Raumanzugs einen externen Kom-Kanal öffnete.

»Ja, Säugetierchen?«

»Der vordere Teil des oberen Impulsgehäuses weist einen fünf Meter langen sekundären Riß auf. Ich weiß, daß Sie uns möglichst wenig von Ihrer Antriebskonfiguration verraten wollen, aber wir könnten den Reparaturauftrag weitaus besser erfüllen, wenn wir wüßten, welche Systeme sich unter dem beschädigten Bereich befinden.«

Sulu schwebte gelassen neben dem Schiff. Es machte ihm nichts aus, daß sich der Orioner mit der Antwort viel Zeit ließ. Krulmadden zeigte eine Menge Humor, wenn es darum ging, die Crew aufzumuntern und bei Laune zu halten, doch die vergangenen drei Wochen hatten Sulu gelehrt: Der Kapitän begegnete dem Rest des Universums mit Argwohn, traute nicht einmal seinen Vettern Artinton und Lasslanlin, die schon seit zwanzig Jahren für ihn arbeiteten.

»Wählen Sie Sensorjustierung dreiundzwanzig«, sagte Krulmadden schließlich. Es klang gerade so, als gäbe er die Kombination für den Safe in seiner Kabine preis.

Sulu beobachtete, wie Chekov der an seinem Bein befestigten Instrumententasche einen Sensorstab entnahm. Der Navigator brauchte fünf Minuten, um die Einstellung des Geräts zu verändern – Krulmaddens Raumanzüge waren mindestens hundert Jahre alt und verurteilten den Benutzer zu unbeholfener Schwerfälligkeit.

Als Chekov den Sensor richtig justiert hatte, richtete er den Stab auf den Riß im Impulsgehäuse. Eine Sekunde später stieß er einen erschrockenen Schrei aus.

»Was ist los, Chekov?« fragte Sulu und schwebte näher.

»Ionisierungsstrahlung! Überall um uns herum!« Der Russe drehte mühsam den Kopf im Helm, um Sulu anzusehen. »Wir müssen weg von hier!«

Chekov gab Schub und glitt fort vom Schiff, rotierte dabei und versuchte, die Taumelbewegung mit Hilfe der Korrekturdüsen zu neutralisieren. Sulu plante seinen Kurs etwas sorgfältiger, bevor er dem Gefährten folgte. Zweihundert Meter von der *Queen Mary* entfernt holte er ihn ein.

»Wir hätten die andere Seite des Schiffes aufsuchen können«, meinte der Steuermann.

»Ich bin nicht an den Umgang mit diesen Manövriereinheiten gewöhnt.«

Plötzlich tönte wieder Krulmaddens Stimme aus dem Lautsprecher. »Was macht ihr? Wo seid ihr? Was habt ihr mit meinem Juwel angestellt?«

Sulu wandte sich dem Schiff zu, das inzwischen geschrumpft zu sein schien. Er schluckte, als er sich vorstellte, wie der Orioner einfach den Warptransfer einleitete, ohne Chekov und ihn an Bord zu holen. *Dann umkreisen unsere Leichen bis in alle Ewigkeit den roten Riesen.*

Er beschloß, den Zorn zu unterdrücken und freundlich zu sein.

»Entschuldigen Sie bitte, Kapitän. Uns hat die Intensität der Ionisierungsstrahlung überrascht, die aus dem Riß im Impulsgehäuse dringt.« Sulu gab sich alle Mühe, in einem unbesorgten Tonfall zu sprechen. »Wir dachten, daß es sich um den Beginn einer Materie-Antimaterie-Reaktion handelt.«

Der Steuermann runzelte verwundert die Stirn, als der Orioner lachte. »Warum glauben die dummen Säugetiere, Krulmadden Antimaterie in seinem Juwel hat? Wo er sie unterbringen sollte?«

Sulu sah zu Chekov, doch das Gesicht des Navigators verbarg sich hinter roten Lichtreflexen, die auf seinem Helmvisier funkelten. »In einer Magnetflasche?«

»Ha!« donnerte der Kapitän. Sulu stellte sich vor, wie der Bauch des grünhäutigen Sklavenhändlers in fast lautlosem Lachen erbebte. »Ihr nicht kennt den Preis von Magnetflaschen? Denkt an Abschirmung. Denkt an Supraleiter. Denkt an Wartung alle hundert Lichtjahre.«

Aufregung mischte sich in Sulus Verwirrung. Krulmadden neigte dazu, illegale Technik zu kaufen. Bestand die Möglichkeit, daß er eine Methode kannte, Antimaterie ohne die Verwendung von Magnetflaschen zu lagern?

»Bitte um Verzeihung, Kapitän, aber wo *befindet* sich die Antimaterie der *Queen Mary?*«

»Welche Antimaterie?« grollte Krulmadden. »Ihr mich für einen Narren haltet?«

Chekov drehte sich und gestikulierte — offenbar wußte er ebenfalls nicht, wovon der Orioner sprach.

»Aber woher nehmen Sie die Energie für Ihr Warptriebwerk?« fragte der Russe.

»Benutze Technik meiner Eltern und der Eltern meiner Eltern«, verkündete Krulmadden stolz. »Materie des ersten Periodensystems. Spaltbares Material!«

Natürlich, dachte Sulu. *Kein Wunder, daß er sich dau-*

ernd über Energieverbrauch und Treibstoffkosten Sorgen macht. Die längst veralteten Kernreaktoren arbeiteten nicht annähernd so effizient wie Materie-Antimaterie-Wandler — das Verhältnis betrug eins zu hundert. *Vermutlich ist das auch die Erklärung für zusätzliche Masse und verborgene Bereiche an Bord: Abschirmungen aus molekularverdichtetem Blei, um ›Fracht‹ und Treibstoffreserven zu schützen. Krulmadden braucht mehrere hundert Tonnen spaltbares Material, um seinem Schiff eine Minimalreichweite von hundert Lichtjahren zu geben.*

Dann begriff er plötzlich — die Abschirmung.

»Kapitän?« Sulu trachtete danach, die Ruhe zu bewahren. »Haben Sie uns mit der Untersuchung des Schadens beauftragt, obwohl Sie wußten, daß wir dabei starker Ionisierungsstrahlung ausgesetzt werden?«

»Natürlich«, bestätigte Krulmadden sofort. Er schien sich ganz und gar nicht schuldig zu fühlen.

In Chekovs Stimme vibrierte Ärger. »Warum haben Sie keine Roboter geschickt? Warum müssen wir unser Leben riskieren?«

Das Erstaunen in der Stimme des Orioners deutete darauf hin, daß ihm der Grund für Verärgerung des Navigators ein Rätsel blieb. »Wenn Roboter ich geschickt hätte, um zu analysieren den von der *Stator*-Grenzpatrouille angerichteten Schaden — dann die wertvollen Maschinen vielleicht wären in Mitleidenschaft gezogen worden durch Strahlung. *Deshalb* hat Krulmadden die beiden neuen Mitglieder seiner Crew beauftragt. Klug von ihm, nicht wahr, Säugetierchen?«

Sulu hob umständlich den Arm und gab Chekov zu verstehen, daß es besser schweigen sollte. Sie waren zweihundert Meter von der einzigen Möglichkeit entfernt, in den Föderationsraum zurückzukehren, und daher wollte er es vermeiden, Krulmadden zu verstimmen.

»Kapitän ...«, sagte er besänftigend. »Wissen Sie nicht, daß auch Chekov und ich durch Ionisierungsstrahlung ›in Mitleidenschaft gezogen‹ werden können?« *Vielleicht sind Orioner von Natur aus immun dagegen,* dachte er.

»Natürlich Krulmadden das wissen. Krulmadden guter Kapitän!« Die Stimme des Orioners wurde plötzlich lauter, und vor seinem inneren Auge sah Sulu, wie er sich im Kontrollraum der *Queen Mary* zum Kommunikator vorbeugte. »Wenn Säugetierchen durch Strahlung beschädigt, dann Krulmadden sie behandeln läßt in Medo-Nischen — keine Kosten. Wenn Roboter durch Strahlung beschädigt, Krulmadden muß zurück nach Rigel VIII und bezahlen andorianischen Verbrechern und Wucherern zuviel Geld für Reparatur.« Der Kapitän lachte schallend. »Säugetierchen sind billiger.«

Und entbehrlich, nicht wahr? Sulu behielt diesen Gedanken für sich.

»Äh, Kapitän?« fragte Chekov höflich. »Sind Sie sicher, daß Ihre Medo-Nischen auch bei Menschen funktionieren?«

»Das an eurer Stelle ich hoffen würde!« Sulu hörte, wie auch Artinton und Lasslanlin lachten. »Bitte melden, wenn Riß in Impulsgehäuse geschlossen. Vielleicht funktioniert dann Luftschleuse.«

Es knackte, als Krulmadden den Kom-Kanal schloß.

Sulu aktivierte die Manövrierdüsen und gab mehrmals Schub, bis er genau vor Chekov im All schwebte. Sein Körper schirmte den Russen vom Glanz der Sonne ab, und dadurch verschwand das rote Glitzern vom Helmvisier — die beiden Männer konnten sich wieder in die Augen sehen. »Sind wir sehr intensiver Strahlung ausgesetzt gewesen?«

»Der Sensorstab ist nicht auf menschliche Bio-Werte programmiert. Wie dem auch sei: Die Emissionen gingen über den Meßbereich hinaus. Was sollen wir jetzt unternehmen?«

»Ich schätze, uns bleibt nichts anderes übrig, als den Schaden zu reparieren«, erwiderte Sulu resigniert. »Sie haben ja gehört, was Krulmadden gesagt hat. Er läßt uns nur ins Schiff zurückkehren, wenn wir den Riß im Impulsgehäuse schließen.«

Sulu sah, wie Chekov überrascht blinzelte, als die Stimme des Kapitäns aus dem Helmlautsprecher flüsterte. »Völlig recht ihr habt. Und je länger ihr braucht, desto mehr Zeit ich habe, um zu entscheiden, euch dort draußen zu lassen.«

Prächtig, dachte Sulu. *Er hört dauernd mit.* Mit einer derart ausgeprägten Paranoia des Orioners hatten sie nicht gerechnet, und daraus ergab sich ein weiteres Problem: Sie konnten es nicht wagen, einen Plan für die Übernahme des Schiffes zu erörtern. Aber ganz abgesehen davon: Angesichts der hohen Schwerkraft an Bord waren die beiden Menschen inzwischen so sehr geschwächt, daß ihnen selbst der genialste Plan kaum mehr etwas nützte — weil sie ihn nicht in die Tat umsetzen konnten.

Sulu fügte sich dem Unvermeidlichen. »Wir kehren zum Riß in der Hülle zurück.«

Als er den Kopf senkte, um nach den richtigen Tasten am Kontrollbügel Ausschau zu halten, klopfte Chekov an die Seite seines Helms. Sulus Lippen formten eine stumme Frage: »Was ist denn?«

Der Navigator lächelte und nickte mehrmals. Sein Mund bewegte sich, und Sulu erahnte ein Wort: »Genau.« Dann klappte Chekov die Brustplatte des Raumanzugs auf und drückte einen Schalter, der die Energieversorgung unterbrach. Der Steuermann rechnete rasch und gelangte zu dem Schluß, daß ihnen etwa zehn Minuten blieben, bevor die Sauerstoff-Recycler reaktiviert werden mußten. Er folgte Chekovs Beispiel, betätigte ebenfalls den Aus-Schalter und beobachtete nicht ohne eine gewisse Besorgnis, wie die Kontrollampen im Innern des Helms erloschen. *Es ist ein ziemlich alter Schutzanzug,* dachte er. *Hoffentlich läßt er sich wieder einschalten.*

Chekov ergriff Sulu an den Schultern und neigte den

Oberkörper nach vorn, wodurch die beiden Helme aneinanderstießen. Der Steuermann erstarrte unwillkürlich und lauschte, ob Luft entwich. Statt dessen hörte er Chekovs leise, blechern klingende Stimme. Es handelte sich um einen Low-Tech-Trick, den man an der Akademie lehrte: Der Kontakt zwischen den Raumhelmen erlaubte die Übertragung von Schallwellen.

»Ja ... ich ... kann ... Sie ... hören«, beantwortete Sulu die Frage des Russen. Er sprach laut und betonte jedes einzelne Wort.

»Alles ... ist ... in ... bester ... Ordnung!« brachte Chekov aufgeregt hervor.

»Das ... haben ... Sie ... auch ... beim ... letztenmal ... gesagt! Wir ... verdanken ... es ... Ihrer ... Idee ... daß ... wir ... hier ... sind.«

Chekov nickte mit solchem Nachdruck, daß sich Sulu durchgeschüttelt fühlte. Er grinste vom einen Ohr bis zum anderen. »Jetzt ... habe ... ich ... eine ... neue ... Idee!«

Kapitän Krulmadden verwendete einen Ultraschall-Zahnstocher, um Essensreste zwischen den Kristallen an Ober- und Unterkiefer zu entfernen. Wenn er die vibrierende Nadel zu den Zähnen hob, erklang ein Schrillen, das Chekov schaudern ließ. Unglücklicherweise bemerkte der Orioner diese Reaktion und fand offenbar Gefallen daran: Immer wieder hielt er sich das kleine Gerät an den Mund, um zu beobachten, wie Chekov zusammenzuckte. Abgesehen von dem unangenehmen Geräusch herrschte Stille in der kleinen Messe des Schiffes — die Anwesenden warteten auf Krulmaddens Antwort.

Statt dessen sagte er skeptisch: »Sie nicht gewesen sind *F'deraxt'la*-Admiral in *Stator*flotte.«

Lasslanlin und Artinton schienen diese Bemerkung für einen Witz zu halten, denn sie lachten laut.

»Deshalb ihr nicht Bescheid wissen könnt über solche

Geheimnisse.« Einmal mehr hob der Kapitän den Ultraschall-Zahnstocher und preßte ihn so fest an den Mund, daß die Lippen bebten. »Soll ich euch töten, weil ihr gelogen habt?«

Chekov schüttelte den Kopf und holte tief Luft, um noch einmal alles zu wiederholen. Krulmadden schien gerade phänomenal schwer von Begriff zu sein, woraus sich die Frage ergab: Wie war es ihm gelungen, so lange die Kontrolle über das Schiff zu behalten?

»Offenbar habe ich mich nicht klar genug ausgedrückt«, sagte der Navigator. Vier Stunden Reparaturarbeit am Impulsgehäuse, anschließend die Rückkehr in ein Gravitationsfeld, das ihm doppelt soviel Gewicht gab wie auf der Erde, das automatische Medo-Modul am Arm ... Allmählich wurde es ihm zuviel. Neben ihm saß Sulu am stählernen Tisch und ließ die Schultern hängen. Dunkle Ringe lagen unter seinen Augen, und seine Lider sanken immer wieder herab: Zur normalen Erschöpfung gesellten sich jetzt auch noch die Müdigkeit induzierenden Nebenwirkungen von Strahlungsmedikamenten. Auch an seinem Arm war ein leise summendes Medo-Modul befestigt.

»Wir haben Zeit, Zeit, Zeit«, sagte Krulmadden und dehnte jedes Wort. »Zeit genug für Säugetiere, sich klarer auszudrücken.«

»Zunächst einmal: Ich habe kein Geheimnis preisgegeben«, sagte Chekov.

Der Kapitän spuckte auf den Boden. »Eine Million Tonnen spaltbares Material, und ein solcher Schatz einfach so herumliegt, ohne daß jemand ihn nimmt? Es *muß* ein Geheimnis sein.«

»Nein«, widersprach Chekov. »Bei uns gelten solche Substanzen nicht als sehr wertvoll. Starfleet hat den Planeten isoliert — deshalb kann dort niemand landen und sich das Zeug holen.«

»Praktisch alle Schiffe der Flotte sind mit Materie-Antimaterie-Wandlern ausgestattet«, meinte Sulu.

»Starfleet braucht deshalb überhaupt kein spaltbares Material.«

Krulmadden sah zu den beiden anderen Orionern.

»Sie lügen«, sagte Lasslanlin.

»Also töten wir sie«, fügte Artinton hinzu.

Chekov wollte verärgert abwinken, aber die Hand klebte am Tisch fest — er konnte sie nicht heben. »Wie können Sie mich als Lügner bezeichnen, obgleich Sie nicht einmal zu dem Planeten fliegen und nachsehen wollen?«

»Planet ist interessant für uns, wenn Terraner sagen die Wahrheit«, brummte Lasslanlin nachdenklich.

Artinton lächelte. »Wir erst töten die beiden Menschen und dann fliegen zu der Welt.«

Sulu schüttelte den Kopf. »Nein. Wenn Sie uns jetzt umbringen, haben Sie keine Möglichkeit, eine Lücke in der Blockade zu finden. Nur wir kennen die Starfleet-Codes und Patrouillenmuster. Sie brauchen unsere Hilfe, um den Planeten zu erreichen und das betreffende Sonnensystem später wieder zu verlassen.«

»Und wenn wir töten die Menschen nachher?« erkundigte sich Artinton hoffnungsvoll. »Vielleicht nur einen von ihnen?«

Krulmadden legte die Hände auf den Tisch, und das Metall der Ringe kratzte über den Stahl, quietschte wie Fingernägel auf Schiefer. Chekov fragte sich, wieviel seine Ohren noch ertragen konnten.

»Dies Krulmaddens Problem«, polterte der Kapitän. »Ihr stehlen möchtet von *Stator*flotte. Na schön. Krulmadden versteht das. Ihr wollt Schande bringen über sie, und Krulmadden nichts dagegen einzuwenden hat, nein, nein, nein. Aber Talin IV man auch nennt Kirks Welt, ja?«

»Talin IV ist Talin IV«, erwiderte Sulu grimmig.

»Wie auch immer. Die Welt mit vielen Namen zerstört wurde von Atomwaffen. In Nachrichten die Rede war von *allen* Raketen. Die Einheimischen alle Raketen haben gestartet, als *Enterprise* kam und erschreckte. Nukleare Sprengköpfe explodierten und zerstörten Zivilisation. Bumm. Nichts mehr übrig.«

»Stimmt haargenau«, sagte Chekov. »Wo liegt das Problem?«

»Explosion aller nuklearen Sprengköpfe bedeutet: Kein spaltbares Material mehr existiert. Krulmadden kennt Uniphysik. Es gibt nicht Schatz auf Talin IV. Eure Lügen mich halten zum Narren, und deshalb muß ich töten euch. Nichts Persönliches. Artinton, gib mir ein Messer mit kurzer Klinge.«

Krulmadden streckte die Hand aus, wirkte in dieser Haltung wie ein Chirurg, der darauf wartete, daß man ihm ein Laserskalpell reichte. Artinton öffnete seine Weste und suchte in den Taschen. Chekov hörte das Klirren von Metall.

»Warten Sie!« stieß Chekov hervor. »Hören Sie endlich einmal genau zu!« Er wollte aufstehen, schaffte es jedoch nur, sich halb in die Höhe zu stemmen.

Krulmadden zuckte mit den breiten Schultern und ließ die Hand sinken. »In Ordnung«, sagte er.

Chekov starrte verwirrt zu dem Kapitän, in dessen Gebaren es einmal mehr zu einer ebenso plötzlichen wie krassen Veränderung gekommen war. Von einem Augenblick zum anderen riß der Geduldsfaden des Navigators. Er vergaß einfach, daß ihn Sulu mehrmals aufgefordert hatte, unter allen Umständen ruhig zu bleiben, gab der tief in ihm brodelnden Wut nach. »Hör mal, du gehirnamputierter Fettwanst. Ich hab's euch Blödmännern schon tausendmal gesagt, und ich wiederhole es jetzt noch einmal, bevor ich dir die Diamanten, Smaragde und was weiß ich aus dem Maul schlage!« Chekov schenkte Sulus Stöhnen keine Beachtung. »Nicht alle nuklearen Sprengkörper der Talin sind explodiert. Die Atomraketen wiesen eine Fehlerquote von vierzig Prozent auf. Mit anderen Worten: Vierzig Prozent des globalen Arsenals an spaltbarem Material existieren noch. Und auf dem Planeten gibt es niemanden, der euch daran hindern könnte, die Frachtkammern der *Queen Mary* mit dem Zeug zu füllen.«

Krulmadden nickte langsam. »Wenn Sie es so ausdrücken, klingt es wie der Vorschlag zu einem guten Geschäft.«

Chekov hätte am liebsten den Kopf auf den Tisch gelegt und ein Jahr lang geschlafen. »Ich habe Ihnen keine neuen Informationen angeboten«, entgegnete er verdutzt.

»Nein, das nicht«, grollte Krulmadden anerkennend. »Aber diesmal Ihre Worte viel leidenschaftlicher klangen.« Er ballte die Faust und schlug auf den Tisch. »Also gut. Dieses Juwel wird nach Talin IV fliegen, um es den Zwergen von *Stator*flotte zu zeigen!«

»Nicht den ›Zwergen‹ von Starfleet, sondern den *Schergen*«, korrigierte Sulu.

»Meinetwegen. Zeigen werden wir's ihnen, jawohl, und anschließend holen wir uns genug spaltbares Material vom Planeten, um Krulmadden zum reichsten Händler des himmlischen Harems zu machen.« Der Kapitän sah Chekov an und präsentierte ihm ein im wahrsten Sinne des Wortes strahlendes Lächeln. »Wenn ihr beiden *Tislins* die Behandlung überlebt, zwei Prozent ihr bekommt.« Er hob den dicken Zeigefinger, kam damit einer Bemerkung des Navigators zuvor. »Mein erstes und letztes Angebot — es sei denn ihr habt eigene Medo-Nischen, die ihr benutzen möchtet.«

»Zwei Prozent.« Chekov hoffte, daß er angemessen zerknirscht wirkte.

»Braves Säugetierchen.« Krulmadden beugte sich vor, streckte die Hand aus und zwickte die Wange des Menschen.

Chekov wich zurück, stieß mit dem Kopf an die Rükkenlehne des Stuhls. *Auf Talin entspricht die Schwerkraft fast der Erdnorm,* dachte er. *Dort können wir neue Kraft schöpfen.* Er versuchte, die Schultern zu straffen. »Soll ich einen Anflugkurs programmieren, der es uns gestattet, den Patrouillenschiffen Starfleets auszuweichen?«

»Keine Eile«, brummte Krulmadden.

»Wir könnten Talin in fünf Tagen erreichen«, sagte Sulu.

Es blitzte in den Augen des Kapitäns. »Ah, ihr wißt also, wo wir sind. Habt es herausgefunden selbst ohne Karten. Krulmadden ist beeindruckt. Aber Krulmadden muß sich auch um andere Dinge kümmern. Und Talin IV läuft nicht weg. Wir fliegen dorthin. In einem Monat. In einem Jahr. Irgendwann.«

Es hat schon einmal geklappt, dachte Chekov. *Vielleicht funktioniert es auch jetzt.* »Wie dumm muß ein Kapitän sein, um zu entscheiden, ein Vermögen in Form von spaltbarem Material einfach zu ignorieren?«

Krulmadden sah zu Artinton, der daraufhin wieder die Weste öffnete und nach einem Messer suchte.

»Nur ein sehr dummes Säugetier nicht verstehen: Es muß erst eine Fracht entladen werden, bevor aufgenommen werden kann neue. Verabscheut ihr *Tislins* die Sklavenmädchen so sehr, daß ihr veranlassen wollt mich, sie einfach über Bord zu werfen?«

Chekov deutete auf das Medo-Modul am Arm. »Es liegt an den Arzneien«, sagte er in einem entschuldigenden Tonfall und versuchte, trotz der hohen Schwerkraft mit den Schultern zu zucken.

»Hofft nur, daß ihr auch weiterhin bekommt die Medikamente«, sagte Krulmadden. Die Drohung war unmißverständlich. »In der Zwischenzeit ... Ich bin Kapitän und bestimme, wohin fliegt Schiff. Hiermit entscheide ich nun: Dieses Schiff bringt uns zum Schwarzen Zorn, um abzuschließen gute Geschäfte.«

»Was ist der Schwarze Zorn?« fragte Chekov, um den Orioner abzulenken. Niedergeschlagen dachte er daran, daß es vielleicht noch einige Monate dauerte, bis sie nach Talin gelangten.

»Schwarzer Zorn ein Wer, Säugetierchen. Handelt

mit grüner Haut. Und im Gegensatz zu eurem freundlichen, verständnisvollen Kapitän Krulmadden ist Schwarzer Zorn ein sehr furchterregender und gefährlicher *Raumpirat.*«

»Ich dachte, diese Beschreibung träfe auf Sie zu«, seufzte Sulu.

»Auf mich?« donnerte Krulmadden. »Ich soll furchterregend und gefährlich sein?« Er beugte sich vor, rümpfte die Nase und wölbte buschige Brauen. »Wieviel ihr noch lernen müßt, Säugetierchen. Und wie sehr es mir wird gefallen, euch Lektionen zu erteilen.«

KAPITEL 4

Was ist mit den Astronauten geschehen?« fragte Anne Gavreau.

»Mit wem?« erwiderte Kirk. Er beobachtete, wie Nogura vorsichtig und mit zuckendem Schwanz über die Ambientenkontrollen kletterte. Jim hatte schon vor einer ganzen Weile herausgefunden, daß die wichtigsten Schaltvorrichtungen mit transparenten Abdeckungen geschützt waren.

Anne griff nach der Katze und nahm sie von der Konsole. »Lautet so nicht die früher verwendete Bezeichnung für Raumfahrer? Man nannte sie Astronauten oder Kosmonauten. Ich meine die beiden Talin in dem primitiven Raumschiff. Befanden sie sich noch immer im lunaren Orbit, als es auf ihrer Heimatwelt zur Katastrophe kam?«

Es klang neutral. Nichts in Gauvreaus Stimme deutete darauf hin, daß sie glaubte, Kirk sei für den nuklearen Holocaust auf Talin IV verantwortlich.

»Ich weiß es nicht«, erwiderte er, streckte sich im Sessel, sah zum Bildschirm und beobachtete, wie Sterne vorbeiglitten. Die *Shelton* flog nach wie vor mit Warp vier. Nur noch zwei Tage bis nach Hanover — inzwischen wußte Gauvreau praktisch alles über Kirk und Talin. Zwei Wochen an Bord eines Frachters mit automatischen Systemen konnten tatsächlich ziemlich lang sein. »Ich erfuhr kaum etwas von den Ereignissen der nächsten beiden Tage. Die Rettungs-Shuttles der Starbase Neunundzwanzig suchten auch nach dem Talin-Schiff, aber ich habe keine Ahnung, ob die ›Astronauten‹ gefunden und in Sicherheit gebracht wurden.«

Gauvreau kraulte Nogura unter dem Kinn und blickte zu einem Monitor, der über die zur Verfügung stehenden Verbrauchsgüter Auskunft gab. Kirk bewunderte ihre Fähigkeit, Informationen aus mehreren verschiedenen Quellen entgegenzunehmen. Dazu mußten gute Offiziere auf der Brücke eines Raumschiffs in der Lage sein. Die für Personalressourcen zuständigen Starfleet-Spezialisten sprachen in diesem Zusammenhang von ›menschlichem Multitasking‹.

»Vielleicht sind sie abgestürzt«, spekulierte die Kommandantin. »Mit Absicht, meine ich. Nachdem sie beobachten mußten, wie ihre Welt unterging.«

Komacks Kopf kam hinter der Impuls-Station zum Vorschein, und die Ohren zitterten kurz, neigten sich dann nach hinten. Kirk kannte die Geschöpfe gut genug, um zu wissen, daß diese Katze nach einem Schoß Ausschau hielt.

»Ich bezweifle, daß überall auf dem Mond nach den Trümmern eines kleinen abgestürzten Raumschiffs gesucht wurde. Vielleicht landeten die Talin. Wie dem sei: Nichts deutet darauf hin, daß sie den Versuch unternahmen, zum Planeten zurückzukehren.« Komack trat zwischen die Impuls-Kontrollen und richtete einen durchdringenden Blick auf Kirk. »Deshalb kann man ihnen wohl kaum einen Vorwurf machen.«

Gauvreau kam näher und schob Komack beiseite, um sich anschließend an die Konsole zu lehnen. Noch immer streichelte sie Nogura, und hinter ihr leuchteten die Sterne im Projektionsfeld.

»Es ist nicht Ihre Schuld.«

»Danke«, entgegnete Kirk. Sie kannte jetzt die ganze Geschichte, und daher akzeptierte er Gauvreaus Bereitschaft, ihn für unschuldig zu halten.

»Pech für Sie, daß ich nicht zum Untersuchungsausschuß gehörte.« Sie lächelte und versuchte, ihn zu einer von Humor und Heiterkeit geprägten Reaktion zu veranlassen. Während der vergangenen Tage an Bord hatte er oft nachgedacht oder sogar gegrübelt, und mit seiner Stimmung stand es auch jetzt nicht zum besten.

»*Davon* haben Sie mir bisher kaum etwas erzählt«, meinte die Frau.

»Weil es nicht viel zu erzählen gibt. Die Mitglieder des Ermittlungskomitees konnten mit Hilfe der Logbücher einen Eindruck von der Situation gewinnen. Die Aufzeichnungen betrafen den Zeitraum bis zu unserem Warptransfer in der Atmosphäre ...« Kirk sah, wie Gauvreau bei den letzten Worten schauderte. »Sie wußten also, was geschehen war. Sie sahen und hörten sich alles an, stellten außerdem einige Fragen in Hinsicht auf unsere geistige Verfassung. Im Anschluß daran fällten sie ihr Urteil.«

»Ein Urteil oder zwei?« fragte die Kommandantin.

»Fünf, um ganz genau zu sein«, antwortete Kirk. »Eins für jeden von uns ...«

»Nein, ich meine nicht die betroffenen Besatzungsmitglieder – die ›Fünf von der *Enterprise*‹ wurden häufig genug erwähnt. Es geht mir um folgendes: Betraf das Urteil nur Ihren zweiten Versuch, einen Atomkrieg auf Talin IV zu verhindern, oder bezog es sich auch auf jene erste Intervention, die nach der zufälligen Explosion eines unterirdisch gelagerten Sprengkopfs erfolgte?«

»Der Untersuchungsausschuß vertrat die Ansicht, daß es sich um zwei voneinander abhängige Ereignisse handelte. Wenn ich nicht das erstemal eingegriffen hätte, so argumentierten sie, wäre der zweite und viel massivere nukleare Schlagabtausch ausgeblieben.«

Nogura sprang zu Boden, zögerte kurz, miaute leise und lief dann zum Verbindungsschacht zwischen den Decks. Gauvreau nahm Kirk gegenüber im Navigationssessel Platz, beugte sich vor und stützte den Ellenbogen aufs Knie.

»Welche Umstände veranlaßten das Komitee zu einer solchen Schlußfolgerung?« fragte sie.

Diesmal lächelte Kirk. »Mein wissenschaftlicher Offizier wies sogar auf die Logik in der Argumentation hin.«

»Jetzt bin ich wirklich neugierig«, kommentierte Gauvreau.

Kirk sah zu den Sternen auf dem Bildschirm. Für ihn waren es schmerzvolle Erinnerungen, aber er wußte auch, daß er sich ihnen stellen mußte.

»Man ließ drei Kulturexperten vom Richter-Institut aussagen. Sie meinten, die vom EKA-Außenposten gesammelten Daten wiesen darauf hin, daß die Talin globalen Frieden anstrebten.«

»Obgleich sie bis an die Zähne bewaffnet waren?«

»Viele Welten sind in ähnlichen Situationen gewesen und haben überlebt. Nach Ansicht der Spezialisten hatten die Talin gute Chancen, die kritische Phase in ihrer Entwicklung ohne einen verheerenden Krieg hinter sich zu bringen.«

So etwas wie Empörung zeigte sich in Gauvreaus Gesicht. »Es steckte keine Absicht hinter der unterirdischen Atomexplosion. Und sie hätte alle Hoffnungen der Talin auf eine friedliche Zukunft zerstört, wenn Sie nicht zum Handeln bereit gewesen wären.«

»Ich schildere Ihnen nur die Entscheidungen des Ermittlungskomitees«, sagte Kirk. »Es kam zu folgendem Schluß: Ein erster nuklearer Konflikt hätte den Talin ein Beispiel für die katastrophalen Folgen eines planetenweiten Atomkriegs gegeben, und dadurch wären sie zu ernsthaften Abrüstungsverhandlungen bereit gewesen.«

»Oh, ich verstehe«, murmelte Gauvreau. »Der Untersuchungsausschuß fand, daß Sie den Talin die Möglichkeit zu einer wichtigen Erfahrung nahmen.«

»Ja«, bestätigte Kirk. »Wenn ich bei den ersten Raketenstarts nichts unternommen hätte, wären zwar Dutzende von Städten in Schutt und Asche gelegt, aber nicht die ganze Zivilisation zerstört worden. Und angeblich hätte ein derartiges Trauma genügt, um ähnlichen Katastrophen vorzubeugen.«

Gauvreau runzelte ungläubig die Stirn. »Gehörten Vulkanier zum Komitee?«

»Zwei. Als zivile Mitglieder. Und sie pflichteten dem Urteil bei.«

»Der Grund dafür ist mir ein Rätsel.«

Kirk schloß die Augen und sah sich selbst vor dem Untersuchungsausschuß. Er entsann sich an jedes Wort — weil ihm jede einzelne Silbe einen Teil seines Traums nahm.

»In der Urteilsbegründung hieß es, ich hätte verhindert, daß die Talin aus ihren eigenen Fehlern lernen konnten. Sie mußten nicht mit den Konsequenzen einer durch Zufall ausgelösten nuklearen Explosion fertig werden, und daher waren einige von ihnen verantwortungslos genug, noch größere Risiken einzugehen. Ich nahm Einfluß auf ihre natürliche Entwicklung, und dadurch wurde eine Ereigniskette ausgelöst, die zur Zerstörung der ganzen Kultur führte. Ein klassisches Beispiel dafür, was passiert, wenn man die Bestimmungen der Ersten Direktive verletzt.« Kirk hob die Lider.

Gauvreau wandte den Blick von ihm ab. »Konnten Sie Ihr Verhalten nicht irgendwie rechtfertigen?«

»Hätte ich es abgelehnt, den Dienst zu quittieren, wären Kriegsgerichtsverfahren gegen die einzelnen Brükkenoffiziere eingeleitet worden. Bei den entsprechenden Verfahren hätten wir uns verteidigen können, aber es drohten Verurteilungen zu jeweils zwanzig Jahren Haft. So etwas durfte ich auf keinen Fall zulassen.«

»Für die Freiheit Ihrer Freunde und Kollegen haben Sie einen hohen Preis bezahlt.«

»Das ist nicht wichtig.«

»Was *ist* wichtig?«

»Die Talin.«

»Aber wenn Sie glauben, nicht gegen die Erste Direktive verstoßen zu haben ... Warum verschwenden Sie dann Gedanken an das Schicksal der Talin?«

Kirk drehte den Kopf und musterte Gauvreau. Es war untypisch für sie, so kalt und herzlos zu sein. »Eins möchte ich klarstellen, Captain: Als ich nach bestem Wissen und Gewissen beschloß, mich nicht länger auf die Rolle des Beobachters zu beschränken, war ich fest davon überzeugt, meiner Pflicht zu genügen. In der Rückschau betrachtet gelang es mir vielleicht nicht, die Erste Direktive zu achten — trotz meiner besten Absichten. Aber ganz gleich, was auf Talin IV geschah, ganz gleich, ob mir Fehler unterliefen oder nicht: Ich trage zumindest einen Teil der Verantwortung für die Katastrophe.« Kirks Blick klebte an den Zügen der Kommandantin fest, und er fragte sich, ob sie das besondere Konzept der Pflicht verstand, das diesen Bemerkungen zugrunde lag. »Wenn ich den Talin irgendwie geschadet habe, so muß ich alles versuchen, ihnen jetzt zu helfen und damit meine Schuld zu sühnen — ganz gleich, wie schwer es ist und wie lange es dauert.«

Gauvreau stand auf und schob die Hände tief in die Taschen ihrer Pilotenjacke. »Und das sagen Sie, obgleich Ihnen von Starfleet solches Unrecht widerfuhr?«

»Alle Starfleet-Angehörigen, die an den Ermittlungen in bezug auf Talin beteiligt waren, ließen sich vom Gebot ihrer Pflicht leiten. Ich hege keinen Groll gegen die betreffenden Personen. Mir geht es in erster Linie um eine Antwort auf die Frage nach dem Warum.«

Die Kommandantin blinzelte verwirrt und verärgert. »Wenn Sie wirklich keinen Groll gegen die Leute vom Untersuchungsausschuß hegen ... Auf wen sind Sie dann sauer? Von Anfang an habe ich heißen Zorn in Ihnen gespürt und befürchtet, daß Sie irgendwann nach meinen Katzen treten. Wenn Sie nichts gegen Starfleet und das verdammte Ermittlungskomitee haben ... Wer hat dann Ihre Wut zu fürchten?«

»Captain Gauvreau …«, erwiderte Kirk ernst. »Ich gebe Ihnen Auskunft, sobald wir Talin erreichen. Denn gleichgültig, auf wen ich sauer bin — dort befinden sich die wahren Schuldigen.«

Zwei Tage später stand Kirk in einer leeren Frachtkammer der *Ian Shelton* und klemmte sich die Reisetasche unter den Arm. Wenn Gauvreau zurückkehrte und ihn für seine Tätigkeit als Frachtaufseher bezahlte, konnte er sich zum Raumdock von Hanover beamen und dort einen Shuttleflug zu den Verladestationen buchen. Anschließend wollte er versuchen, noch einmal einen Job als Frachttechniker zu finden. Vielleicht fand er einen Transporter, der ihn noch etwas näher zum Talin-System bringen konnte. Und wenn nicht … Es spielte keine Rolle: Jim hielt in jedem Fall an seiner Entschlossenheit fest, zu jenem Planeten zurückzukehren, der ihn die *Enterprise* und den Rang des Captains gekostet hatte.

Nach einer Weile hörte er das Echo seines Namens in der großen Kammer, drehte sich um und sah Gauvreau am Beobachtungsfenster neben dem Kontrollabteil. Sie winkte ihm zu.

Wird auch Zeit, dachte Kirk. *Jetzt können wir es endlich hinter uns bringen.* Zwei Wochen hatte er mit dieser Frau im All verbracht, aber er wußte noch immer nicht, was er von ihr halten sollte. Gehörte sie aufgrund ihrer Kompetenz in den Kommandosessel eines Starfleet-Schiffes? Oder verbarg sich in ihr eine gefühllose, egoistische Perfektionistin, für die es keinen Platz in der Flotte gab?

An der zur Beobachtungsplattform emporführenden Leiter stellte Kirk zufrieden fest: Unter den Behältern und Taschen, die Gauvreau mitgebracht hatte, befand sich auch das Zahlmeister-Terminal der *Shelton*. Bargeld verlor auf vielen Föderationswelten immer mehr an Bedeutung, weil die Produktionstechnik zunehmend automatisiert wurde — bis sich Fabriken und ähnliche Anlagen selbst warteten und reparierten. Wenn die notwendigsten Dinge zum Leben keinen Wert mehr besaßen und fast unerschöpfliche interplanetare Ressourcen zur Verfügung standen, um praktisch alle Wünsche der Bevölkerung zu erfüllen ... Unter solchen Voraussetzungen entstand ein System des Tauschhandels, das auf Geld verzichtete. Aber auf Randwelten in den peripheren Bereichen der Föderation sah die Sache anders aus: Das Handelsvolumen dort war derart gering, daß man auf Bargeld als Zahlungsmittel nicht verzichten konnte.

Gauvreau trat zurück, und Kirk kletterte die Leiter hoch. Die drei Katzen hockten im Kontrollabteil und starrten durchs Fenster. Ganz gleich, wie sehr sie miauten und ihre Rücken an der Luftschleuse rieben — ihre Herrin weigerte sich, sie in die Frachtkammer zu lassen.

»Tut mir leid, daß es so lange gedauert hat«, sagte die Kommandantin. »Es freut Sie sicher zu hören, daß der Frachttransfer ohne irgendwelche Schäden bewerkstelligt wurde. Dafür bekomme ich einen Bonus, an dem ich Sie beteilige.«

»Danke«, sagte Kirk. Eins stand fest: Anne Gauvreau war fair. »Hatten Sie Gelegenheit, sich nach dem öffentlichen Transportersystem zu erkundigen?«

»Ja«, lautete die Antwort. »Ich kann Ihnen alle Verbindungen nennen. Aber vorher ... Warum kommen Sie nicht für einige Minuten herein?« Gauvreau deutete zur Schleuse des Kontrollabteils.

Kirk hatte es eilig, und er versuchte nicht, seine Unruhe zu verbergen.

Doch die Frau wirkte recht entschlossen. Sie hob ein kleines braunes Paket, und ein charakteristischer Geruch wies auf den Inhalt hin. »Echter Kaffee«, verkündete Gauvreau in einem triumphierenden Tonfall. »Stasis-Bohnen von der Erde. Hier geröstet. Ein solches Angebot können Sie unmöglich ablehnen.«

Damit behielt sie recht. Kirk folgte ihr in die Mannschaftssektion des Schiffes.

Als der Duft von frisch gekochtem Kaffee durch den kleinen Aufenthaltsraum wehte, griff Gauvreau nach einem anderen Paket und öffnete es. »Es hat deshalb länger gedauert, weil ich versucht habe, Zugang zum Starfleet-Nachrichtenkanal zu bekommen.« Sie sah kurz auf. »Das ist keineswegs illegal. Immerhin handelt es sich um einen öffentlichen Kom-Kanal.«

Das stimmte. Aber um entsprechende Sendungen zu empfangen, brauchten Zivilisten von Starfleet lizenzierte Kommunikatoren, und an Bord der *Shelton* gab es kein solches Gerät.

»Ich habe noch immer einige Freunde in der Flotte«, fuhr Gauvreau fort. »Einer von ihnen arbeitet im Starfleet-Büro des Raumdocks. Er erlaubte es mir, diverse Update-Dateien zu speichern.«

Kirk hörte, wie der Kaffee durch den Osmose-Umkehrer blubberte. Seine Reaktion auf die Aussicht, die neuesten Starfleet-Nachrichten kennenzulernen, erstaunte ihn: Es war weder interessiert noch desinteressiert, spürte fast so etwas wie Gleichgültigkeit. Allerdings: Eine subtile Veränderung in Gauvreaus Gesichtsausdruck deutete darauf hin, daß sie wichtige Neuigkeiten für ihn hatte.

»Hat sich in der Galaxis etwas Besonderes ereignet?« fragte er wie beiläufig.

»Sie kennen die Antwort bereits.«

Kirk hatte immer wieder die Gelegenheit genutzt, Updates zu lesen, und daher wußte er: Seit der von Starfleet verhängten Blockade — sie diente dazu, Plünderer fernzuhalten — war im Talin-System nichts geschehen. Die letzten Berechnungen ließen den Schluß zu, daß der Planet mindestens fünfhundert Jahre lang isoliert bleiben mußte — so lange würde es dauern, bis die Bewohner wieder das ursprüngliche technische Entwicklungsniveau erreichten. Während der letzten beiden Monate war Talin nur dann in den öffentlichen Nachrichten erwähnt worden, wenn es um die Bereitstellung finanzieller Mittel für Systemblockaden ging. Starfleets Plan, diesen speziellen Fall zu den Akten zu legen, ohne etwas zu verschleiern, war ganz und gar erfolgreich gewesen.

Doch jetzt schien Gauvreau der Meinung zu sein, daß sich daran etwas geändert hatte.

»Was ist los?« fragte er.

»›Ein guter Kommandant bringt soviel wie möglich in Erfahrung‹«, zitierte die Frau. »›Um anschließend alle Informationen zu nutzen.‹«

»Wovon berichten die Update-Dateien?« Kirk wollte sich keine Akademie-Weisheiten anhören, sondern die *Shelton* verlassen.

»Offenbar sind Sie nicht der einzige, der nach Talin zurückkehren möchte.« Gauvreau nahm ein Datenmodul und schob es in den Abtaster des Tischterminals. »Kennen Sie diese Namen? Palamas, Carolyn. Frietas, Jorge. Und weiter: M'Benga, Chapel, Fisher ... Außerdem noch etwa hundert andere.«

Kirk sah auf den Bildschirm. Zwar fehlte ein Flottensymbol, aber die Namen betrafen ausschließlich Angehörige von Starfleet — frühere Besatzungsmitglieder der *Enterprise.*

»Was hat es damit auf sich?« fragte Kirk und fühlte, wie Ärger in ihm keimte. Es gefiel ihm ganz und gar nicht, wenn sich etwas anbahnte, ohne daß er darüber Bescheid wußte. »Dies stammt wohl kaum von einem öffentlichen Kom-Kanal.«

»Es ist eine Rückrufliste. Die hier genannten Offiziere und Spezialisten werden zu ihren früheren Posten zurückbeordert.«

In Kirk erstarrte etwas. »Meinen Sie die *Enterprise?*« hauchte er. Aber wenn sein Schiff überhaupt noch existierte, so nur als Wrack. Er hatte es zerstört.

Gauvreau nickte.

»Wer hat den Rückruf angeordnet? Und wo befindet sich die *Enterprise?*«

Gauvreau fügte dem ersten Datenmodul ein zweites hinzu. »Unterzeichnet wurde die Order von Vizeadmiral Hammersmith, Starbase 29. Unter der Rubrik ›Antragsteller‹ wird ein gewisser Lieutenant Commander Scott genannt, Chefingenieur der *Enterprise,* derzeit stationiert im Talin-System.«

Kirk las die Daten des zweiten Speichermoduls, und seine Hände zitterten plötzlich. »Man hat mir gesagt, das Schiff sei nicht mehr zu reparieren«, brachte er hervor. »Es hieß, die *Enterprise* würde nie wieder fliegen ...« Aber warum befand sich Scott selbst jetzt noch an Bord, fast vier Monate später? Dafür konnte es nur eine Erklärung geben ...

»Woher haben Sie diese Aufzeichnungen? Wie alt sind sie?«

»Höchstens einige Tage, Kirk. Und meine Quelle in der Kommunikationsabteilung von Starfleet kann ich nicht preisgeben. Ich bekomme nie als geheim eingestufte oder militärische Informationen, doch die eine oder andere Frage beantwortet man mir — vor allem dann, wenn ich mich dafür mit echtem Kaffee erkenntlich zeigen kann.«

Kirk blickte zu den Datenmodulen, die Gauvreau ihm noch nicht gegeben hatte. Als Zivilistin war es ihr verboten, solche Dinge zu besitzen, aber in diesem besonderen Fall ...

»Keine Bestechung?« vergewisserte er sich. »Kein Verrat von Geheimnissen?«

»Zumindest nicht von wichtigen«, entgegnete die Frau. »Eigentlich ist es kaum mehr als der Klatsch in einer Bar.«

Kirk nahm die übrigen Speichereinheiten entgegen. Gauvreau und ihre Freund hatten sich ganz offensichtlich große Mühe gegeben, um alle Info-Dateien zu speichern, in denen die Stichwörter ›*Enterprise*‹ oder ›Talin‹

erschienen. Dutzende von Nachrichten erfüllten diese beiden Bedingungen und erzählten eine verblüffende Geschichte.

»Man hat die Backbord-Warpgondel vom Rumpf gelöst«, las Kirk. »Mir gegenüber behauptete man, das sei völlig unmöglich.« Er betätigte Tasten und blätterte durch die Bildschirmseiten. »Aus den von Scott übermittelten Berichten geht hervor, daß es nicht zu einem Katapult-Effekt kam. Neue Warpgondeln sind unterwegs ... Die Crew wird zurückgerufen ...« Einige Sekunden lang stockte ihm der Atem. »Die *Enterprise* ... Sie ...«

Gauvreau berührte Jims Hand. »Ich weiß«, sagte sie sanft. »Jemand anders bekommt das Kommando über Ihr Schiff.«

Kirk zog die Hand zurück. Es war eine Sache, sowohl den Rang des Captains *als auch* die *Enterprise* verloren zu haben — was nützte ihm das eine ohne das andere? Aber als er sich nun vorstellte, wie jemand anders seinen Platz im Kommandosessel einnahm ... Er spürte eine schier unerträgliche Mischung aus Neid und Eifersucht.

»Angeblich waren alle Transtatoren an Bord durchgebrannt. Es hieß, die Backbord-Gondel zöge allmählich das ganze Schiff in den Warpraum ...«

»Hier ist eine von Scott erstellte Schadensanalyse«, sagte Gauvreau und reichte Kirk ein weiteres Datenmodul.

Kirk schob es in den Abtaster und sah zum Schirm. »Nur zwanzig Prozent aller Schaltkreise defekt ... Selektiv fokussierter Subraum-Impuls ...« Er sah auf, und in seinen Augen funkelte es. »Es war ein Angriff. Ein Angriff, der weit über die technischen Möglichkeiten der Talin hinausging.« Jim richtete seine Aufmerksamkeit wieder auf das Ergebnis der Analyse. Es fehlte Hammersmith' Unterschrift, und es wurde deutlich darauf hingewiesen, daß es sich um einen vorläufigen Bericht handelte, aber er bedeutete: Vielleicht gab es einen anderen Grund für das, was mit der *Enterprise* und Talin IV geschehen war. »Wie konnte dieses Schadensmuster überhaupt entdeckt werden?« fragte er. »Jemand hätte durch alle Wartungsschächte des Schiffes kriechen müssen ...«

Plötzlich wußte er, warum sich der Chefingenieur nach wie vor an Bord befand. *Scotty hat nie aufgegeben ...*

Die übrigen elektronischen Dokumente betrafen Versorgungsgüter, Ausrüstungsmaterialien und den Personaltransfer. Kirk überflog sie, gewann allmählich eine Vorstellung von Hammersmith' Zeitplan und preßte die Lippen zusammen. Es dauerte nur noch eine knappe Woche, bis die *Enterprise* wieder einsatzfähig war. Mit anderen Worten: Ihm blieben weniger als sieben Tage, um Talin zu erreichen, bevor jemand anders mit seinem Schiff aufbrach, um die beiden neuen Warpgondeln zu synchronisieren.

»Danke, Captain«, sagte Kirk und stand mit einem Ruck auf. »Ich weiß, was dies alles bedeutet.«

»Ich habe Ihr Gesicht gesehen, als Sie begriffen, daß Sie die *Enterprise* einem anderen Kommandanten überlassen müssen. Ich kann mir vorstellen, was Sie dabei empfinden.«

»Meine Gefühle sind nicht wichtig«, erwiderte Kirk. »Im Gegensatz zu Scotts Bericht. Wenn die *Enterprise* tatsächlich von einem genau fokussierten Subraum-Impuls außer Gefecht gesetzt wurde, so gibt es noch einen weiteren Faktor, der bisher unberücksichtigt blieb.« Er hob seine Reisetasche. »Kann ich mich von der Brücke aus mit dem Transporterzentrum des Raumdocks in Verbindung setzen?«

Gauvreau ging zum Osmose-Umkehrer und füllte zwei Tassen mit Kaffee. »Setzen Sie sich. *Noch* besteht kein Grund für Sie, irgendeinen anderen Ort aufzusuchen.« Sie kehrte zum Tisch zurück und reichte Kirk eine der beiden Tassen.

»Sie verstehen nicht: In spätestens einer Woche muß ich im Talin-System sein.«

»Die *Shelton* kann es in fünf Tagen erreichen.«

»Ich muß unbedingt … Was?«

»Starren Sie mich nicht so an, Kirk. Muß ich mich noch deutlicher ausdrücken? Ich bin der Captain dieses Schiffes, und hiermit entscheide ich: Unser nächstes Ziel heißt Talin IV.«

Jim stellte seine Kaffeetasse ab. Er hatte es jetzt nicht mehr annähernd so eilig wie vorher, den Frachter zu verlassen — zuerst wollte er herausfinden, was Gauvreau plante. »Das Talin-System ist isoliert.«

Die Frau öffnete eine kleine Tasche und entnahm ihr zwei kleine, gelbe Datenscheiben. »Diese hier enthalten Meldungen des öffentlichen Nachrichtenkanals.« Gauvreau hob die kleinen Scheiben, machte jedoch keine Anstalten, sie Kirk zu geben. »Wissen Sie, im Starfleet-Büro konnte ich eine Suche veranlassen, die allen Informationen in Zusammenhang mit Ihrem Schiff oder Talin IV galt — beides fällt in den Zuständigkeitsbereich der Flotte. Doch was die sogenannten ›Fünf von der *Enterprise*‹ betrifft, mußte ich auf die Dienste der öffentlichen Update-Zentren zurückgreifen.«

Sie ließ die Datenscheiben sinken und blickte darauf hinab. Kirk widerstand der Versuchung, die Hand danach auszustrecken. Er wollte der Frau noch ein oder zwei Minuten lang gestatten, ihr Spiel fortzusetzen — ganz deutlich erinnerte er sich daran, was es bedeutete, ein fasziniertes Publikum zu haben.

»In Hinsicht auf Chekov ergab sich nicht viel«, sagte Gauvreau. »Er hat den Dienst quittiert, und zum letztenmal sah man ihn an Bord eines Kreuzfahrtschiffes, das nach Eisners Welt flog. Sulu leistete ihm Gesellschaft und verschwand zusammen mit dem früheren Navigator der *Enterprise.* Die Kommunikationsspezialistin Uhura wurde nach drei Monaten Haft auf dem Mond entlassen und traf sich mit … Leonard McCoy —

jenem Mann, der Hammersmith einen Fausthieb verpaßte. Sie begaben sich erst zur Erde und dann zum Mars. Im Anschluß daran reisten sie ausgerechnet nach Rigel II — um dann ebenso spurlos zu verschwinden wie zuvor Chekov und Sulu.«

»Damit bleibt nur Spock übrig«, stellte Kirk fest.

»Und Sie«, fügte Gauvreau hinzu. »Nun, James Kirk hat man praktisch auf allen Randwelten gesehen, und wenn man den Gerüchten glauben kann, nimmt er jeden Job an. Mit zwei Ausnahmen: Asteroidenmontage und das Verstauen von Fracht. Da Sie gerade Spock erwähnt haben ... Er ist einer der Gründe dafür, warum bald die Blockade des Talin-Systems aufgehoben werden könnte.« Erst jetzt überließ sie Jim die Datenscheiben.

Kirk nahm sie ruhig entgegen und versuchte, nicht zu deutlich zu zeigen, wie sehr er sich Nachrichten in bezug auf seinen vulkanischen Freund wünschte. Er gab das Modul in den Abtaster und beobachtete, wie die ersten Worte auf dem Bildschirm erschienen ...

Einige Sekunden später riß er die Augen auf. Dreimal las er den Bericht — und konnte es selbst dann noch nicht fassen.

»Spock *verklagt* die Föderation?«

»Darauf wies er in der Medienkonferenz hin.«

»Und auch *Starfleet?*« Kirk blinzelte mehrmals. »Im Namen der Studenten für Sterne und freie Völker? Was soll das denn bedeuten?«

»Lesen Sie den letzten Abschnitt«, sagte Gauvreau. »Die SFSFV — offenbar eine radikale Studentenorganisation in Berkeley.«

»Berkeley?« wiederholte Kirk. Seine Verwirrung wuchs. »Auf der anderen Seite der Bucht von San Francisco — Berkeley?«

Gauvreau nickte.

»Aber das ist in unmittelbarer Nähe der Starfleet-Akademie. Und seit mehr als hundert Jahren gilt Berkeley als eine der konservativsten Universitäten auf der Erde. Warum sollte sich Spock auf ... so etwas einlassen?«

»Auf ›so etwas‹? Meinen Sie damit Dilettanten und Amateure?«

»Ja.«

»Nach dem, was Sie mir von Spock erzählt haben ... Vermutlich hat er gute Gründe für seine derzeitigen Aktivitäten.«

»Davon bin ich überzeugt.« Kirk las den Bericht zum vierten Mal.

»Die Sache hat eine Menge Staub aufgewirbelt«, sagte Gauvreau. »Überall finden Diskussionen über den Sinn der Ersten Direktive statt, und es werden Stimmen laut, die Hilfe für Talin verlangen.«

Kirk lehnte sich zurück und fühlte sich von den vielen Neuigkeiten fast überwältigt. Er war so sehr darauf konzentriert gewesen, nach Talin IV zu gelangen, daß er gar nicht mehr daran gedacht hatte, wie sehr er die Crew und seine Freunde vermißte.

»Wenn Spock mit seiner Initiative dafür sorgen will, daß Talin IV Hilfe bekommt ...« Jim schüttelte skeptisch den Kopf. »In diesem Zusammenhang ist es völlig gleichgültig, welches Ereignis den Ausschlag gab: Der Planet wurde von den Waffen der Bewohner in ein nukleares Inferno verwandelt. Weder Starfleet noch die Föderation werden zulassen, daß man erneut die Bestimmungen der Ersten Direktive verletzt.«

»Vielleicht haben Sie recht«, erwiderte Gauvreau. »Aber Sie könnten sich auch irren. Ich persönlich neige dazu, die zweite Möglichkeit für wahrscheinlicher zu halten. Und deshalb setze ich mein Geld auf Spock.« Sie aktivierte das Zahlmeister-Terminal und drückte die Taste für den aktuellen Kontostand — der Bildschirm zeigte nur einige wenige Credits an.

»Auf der Haben-Seite müßte eine sechsstellige Zahl stehen«, sagte Kirk. Er hatte das Frachtdokument und die Versicherungsbestätigung von Lloyds gesehen.

»Das Geld ist bereits überwiesen, um unsere neue Ladung zu bezahlen«, erklärte Gauvreau. »Sie müßte innerhalb der nächsten Stunde im Raumdock eintreffen.«

»Was haben Sie gekauft?« erkundigte sich Kirk.

»Notausrüstungen. Hauptsächlich Medo-Artikel: Medikamente zur Behandlung von Strahlungsfolgen, Trinkwasserfilter und so weiter. Dafür sollte es einen guten Markt geben, wenn Starfleet die Blockade aufhebt.«

»Sie meinen es ernst, nicht wahr?«

»Nicht nur ich, wie aus den letzten Nachrichten hervorgeht. Etwa zweihundert Schiffe sind bereits nach Talin unterwegs. Hinzu kommen die von Starfleet angeforderten Patrouillenboote — sie sollen den Verkehr regeln. Alles deutet darauf hin, daß die Isolation des Talin-Systems bald zu Ende geht, und wenn es soweit ist ... Dann sind nicht nur wir zur Stelle, sondern auch die meisten Besatzungsmitglieder der *Enterprise.*«

Gauvreau schaltete das Terminal aus. »Trinken Sie jetzt Ihren Kaffee, damit ich mir keine Klagen mehr über geschmacklose Syntho-Würfel anhören muß.«

Kirk hob die Tasse zu den Lippen und genoß das würzige Aroma der schwarzen Flüssigkeit. *Scott hat nicht aufgegeben,* überlegte er. Spock unternahm etwas Haarsträubendes. McCoy, Uhura, Chekov und Sulu waren verschwunden — Jim hielt die Annahme für plausibel, daß sie irgendwo zusammen waren und etwas planten. Ein Lächeln zuckte in seinen Mundwinkeln, als er an die jüngsten Ereignisse dachte. Er hatte beschlossen, allein nach Talin zurückzukehren, weil er von seinen Gefährten nicht erwarten konnte, daß sie die Risiken einer solchen Reise mit ihm teilten. Aber sie alle waren zu den gleichen Schlußfolgerungen gelangt wie er — und machten sich ebenfalls auf den Weg. *Wir bleiben selbst dann ein Team, wenn wir voneinander getrennt sind.*

Kirk schnupperte an dem Kaffee. Echte Bohnen,

frisch geröstet. Eine wahre Köstlichkeit — die jedoch nicht halb so gut schmeckte wie der synthetische Kaffee an Bord der *Enterprise.*

Irgend etwas sagte ihm, daß er sein Schiff nicht verloren hatte, daß es noch eine Chance gab, es zurückzubekommen.

KAPITEL 5

Spock stand neben dem kleinen Fenster an der Wand: Von dieser Position aus konnte er die anderen Türme des Wohnkomplexes für Studenten und einige Streifen des blauen Himmels über San Francisco sehen. Er horchte in sich hinein, um festzustellen, wie die menschliche Hälfte seines Wesens auf diesen Anblick reagierte, aber sie nahm die Präsenz des terranischen Firmaments mit erstaunlicher Gelassenheit hin. Seltsamerweise erging es dem anderen Teil seines Ichs in Hinsicht auf den roten Himmel Vulkans ähnlich — keine der beiden Welten konnte allen Erfordernissen des Begriffs ›Heimat‹ genügen.

Hinter Spock führten fünf Menschen in der kleinen Studentenwohnung zwei verschiedene Gespräche, und beide betrafen ihn. Es fiel ihm leicht, den Diskussionen zu folgen, während er gleichzeitig an die Himmel der vielen anderen ihm bekannten Welten dachte — unter welchem davon hatte er sich zu Hause gefühlt?

Nach einer Weile zeichnete sich eins der Gespräche durch zunehmende Emotionalität aus.

»Das solltest du nicht *mich* fragen, sondern *ihn*«, sagte Marita Llorente verärgert.

»Ich fürchte, das hätte keinen Sinn«, erwiderte der andere Mensch. »Sieh ihn nur an. Ich glaube, er meditiert oder so.«

»Nein«, widersprach Spock. Der Klang seiner Stimme genügte, um auch das zweite Gespräch zu unterbrechen. »Ich meditiere nicht. Was möchten Sie mich fragen?« Er wandte sich vom Fenster ab. Der Himmel seiner wahren Heimat, so vermittelte ihm eine erste Erkenntnis, war schwarz. *Mein Zuhause ist das All,* dachte er. *Und bald kehre ich dorthin zurück.*

Maritas Diskussionspartner hieß Penn Grossman, ein junger Orientale, der dieses Quartier mit ihr teilte. Nur selten hatte Spock ein so nervöses Geschöpf gesehen. Penn verhielt sich wie jemand, der glaubte, daß sich alle Ereignisse des Universums direkt auf ihn auswirkten, wobei die Konsequenzen meistens negativer Natur waren. *Nun, wenn sich diese Einstellung auf meine Präsenz in seinem Leben bezieht, hat der junge Mann durchaus recht.*

»Warum haben Sie die Medien auf Ihre Absicht hingewiesen, die Föderation und Starfleet zu verklagen?« Penn rutschte auf einer alten Couch hin und her. Die einzelnen Polsterflächen konnten auseinandergeklappt werden, um eine Liege zu schaffen — dort ruhte Spock des Nachts. »Eine derartige Effekthascherei könnte alles ruinieren.«

Der Vulkanier legte die Hände auf den Rücken, und seine Miene blieb unbewegt, als er sich die Signifikanz der Bezeichnung ›Effekthascherei‹ ins Gedächtnis zurückrief. »Es ging mir nicht darum, mich ›in Szene zu setzen‹ — wenn Sie das meinen. Ich wollte nur dafür sorgen, daß über diese spezielle Versammlung des Föderationsrates noch ausführlicher als sonst berichtet wird, damit möglichst viele Personen von unseren Bemühungen erfahren.« Spock hatte schon nach kurzer Zeit eine recht genaue Vorstellung von Maritas Organisation gewonnen. Typisch für Menschen, daß sie ihre politischen Ziele mit Rebellion in Verbindung brachten. Vielen vulkanischen Gelehrten erschien es noch immer rätselhaft, daß sich die terranische Kultur zur Demokratie entwickelt hatte, obgleich es ihr so sehr an Logik mangelte.

Penn gestikulierte fahrig. »Marita hat mir von Ihrer... Unterredung mit dem Botschafter Vulkans erzählt. Sytok meinte folgendes: Wenn der Rat herausfindet, daß Marita Llorente einen Redner begleitet ... Dann vertagt er die Sitzung vielleicht, damit sie keinen ›störenden Einfluß‹ oder so entfalten kann.«

»Zunächst einmal möchte ich Sie an unsere Vereinbarung erinnern, die einen Verzicht auf Störungen jeder Art vorsieht. Ich trage unsere Angelegenheit den Ordnungsregeln der Föderation entsprechend vor.«

»Ja, ja, ich weiß«, brummte Penn unhöflich.

»Zweitens: Während der Medienkonferenz habe ich nicht ein einziges Mal darauf hingewiesen, daß Marita zu meinen Begleitern gehört. In den späteren Meldungen hieß es nur, daß ich im Namen der Studenten für Sterne und freie Völker sprechen werde, um die Unsinnigkeit der Ersten Direktive zu proklamieren.

Wenn die Ratsmitglieder vorher das Thema meines Vortrags in Erfahrung gebracht hätten, wäre es ihnen leicht möglich gewesen, die Sitzung zu vertagen. Aber jetzt weiß die Öffentlichkeit Bescheid, und deshalb kann die Versammlung nicht verschoben werden, ohne heftige Kritik herauszufordern und eine Debatte über den Nutzen der Ersten Direktive auszulösen. Mit der Medienkonferenz habe ich die Delegierten gezwungen, den bereits verabschiedeten Zeitplan einzuhalten.«

Marita klatschte in die Hände. »Ausgezeichnet, Mr. Spock.« Sie warf Penn einen verächtlichen Blick zu. »Na bitte. Ich habe dir ja gesagt, daß ein Plan dahintersteckt. Du hättest das Gesicht des Botschafters sehen sollen, als Mr. Spock meine Finger berührte. Ich betone es noch einmal: Er weiß, wie das System funktioniert. Die SFSFV brauchen jemanden wie ihn, einen Insider, der sich mit der moralischen Verdorbenheit der Föderation auskennt.«

Penn lehnte sich jetzt zurück und verschränkte die Arme. »Was die Sache mit den Fingern betrifft ... Ich dachte, so etwas ist nur bei verheirateten Vulkaniern üblich.«

»Ich versichere Ihnen, Penn: Jene Geste diente allein

dem Zweck, Botschafter Sytok abzulenken. Abgesehen davon kommt ihr keine Bedeutung zu.«

Einer der drei anderen Studenten im kleinen Zimmer lachte. »He, Penn ist eifersüchtig auf einen Vulkanier!«

Der junge Mann verzog empört das Gesicht. »Das stimmt nicht! Es ist nur ...« Er starrte Spock an. »Wir kamen auch gut allein zurecht. Es gefällt mir nicht, daß plötzlich jemand kommt und den ganzen Laden übernimmt.«

Spocks Züge verharrten in Ausdruckslosigkeit, während er seine Einschätzung in bezug auf Penn modifizierte: Trotz seiner Nervosität schien er recht aufmerksam zu sein.

Marita gab Penn einen Stoß. »Mr. Spock hat nicht den ›Laden‹ übernommen — er hilft uns. Studentenversammlungen zu organisieren und Dateien mit Protest-Texten durchs globale Kom-Netz zu schicken ist eine Sache, aber jetzt ... Zum erstenmal haben wir nun die Unterstützung einer Person, die aus dem *Innern* des Systems kommt. Die Erste Direktive muß aus dem Gesetzeskatalog der Föderation verschwinden, und Mr. Spock kann dafür sorgen, daß wir dieses Ziel erreichen.« Die junge Frau sah den Vulkanier an und lächelte. »Habe ich recht?«

»Ich weiß nicht, ob ich den Rat von der Notwendigkeit überzeugen kann, die Direktive aufzuheben«, erwiderte Spock ehrlich.

»Hast du gehört?« Penn gestikulierte fahrig. »Er gibt ganz offen zu, daß er gar nicht imstande ist, uns zu helfen.«

Marita stand auf und nahm einige Teller von einem nahen Tisch. »Er weist nur darauf hin, daß er nichts *garantieren* kann. Mit anderen Worten: Er sagt die Wahrheit. Du weißt doch, daß Vulkanier nicht lügen können.« Sie trug die Teller zur kleinen automatischen Küche in der einen Ecke des Raums. Als das Geschirr im Reinigungsgerät klirrte, hörte Spock im Schlafzimmer das erste Murmeln des erwachenden Kinds. Niemand sonst bemerkte etwas davon.

Penn richtete erneut einen durchdringenden Blick auf den früheren Ersten Offizier der *Enterprise.* »Stimmt das? Können Vulkanier tatsächlich nicht lügen?«

Spock deutete ein dünnes Lächeln an. »Wenn Sie die Antwort wirklich nicht kennen und gründlich über Ihre Frage nachdenken, müßten Sie eigentlich zu dem Schluß gelangen, daß Ihnen eine diesbezügliche Auskunft von mir keine nützlichen Informationen liefert.« Es erfüllte ihn mit Zufriedenheit, daß er Penns Frage nicht direkt und unmittelbar beantworten mußte. Die Wahrheit lautete: Vulkanier strebten aus prinzipiellen Gründen danach, fast um jeden Preis Lügen zu vermeiden. Allerdings konnte es geschehen, daß bestimmte Umstände danach verlangten, die Wahrheit zu verschleiern. Spock geriet nie in einen Gewissenskonflikt, wenn er Klingonen oder andere Wesen belog, die zu Gewalt Unschuldigen gegenüber neigten. Er hatte auch keine Bedenken, Marita und die übrigen Studenten der SFSFV zu belügen. Was auch immer sie denken mochten, wenn sie seine wahren Motive erfuhren: Es ging ihm nicht darum, persönliche Vorteile zu erzielen. Er hoffte, daß Marita und die anderen ihn irgendwann verstanden und ihm verziehen.

Jener Student, der Penn als eifersüchtig bezeichnet hatte, erhob sich nun. Die beiden neben ihm auf dem Boden sitzenden Freunde streckten ihre Beine, und einer von ihnen stieß dadurch einen Stapel Musikwürfel um. Spock stellte mißbilligend fest, daß die meisten Würfel nicht in ihren Schutzhüllen ruhten.

»Und wann kommt der andere ach so wichtige Insider?« fragte der stehende Student. Er hieß Lowell und hatte von seiner Absicht erzählt, Jura zu studieren. Spock spürte eine Mischung aus Ordnung und Disziplin in seinem Bewußtsein, und er war dankbar dafür, daß nicht etwa Lowell die Gruppe leitete. Diese Aufgabe nahm Marita wahr, und zwar in erster Linie aufgrund einer schier unerschöpflichen Energie — ihre Organisationsfähigkeiten spielten nur eine untergeordnete Rolle. Hinzu kam, daß sie ein Kind zur Welt gebracht hatte, obgleich sie noch ihr Studium beenden mußte — eine solche Wahl trafen heutzutage nur wenige Studenten, was zusätzliche Publicity bedeutete.

»Mein Gast müßte bald eintreffen«, erwiderte Spock.

Lowell trat neben Spock ans Fenster und schien herausfinden zu wollen, was der Vulkanier beobachtet hatte. »Ein weiterer Starfleet-Typ, dem hinsichtlich der Ersten Direktive plötzlich ein Licht aufgegangen ist und der die Galaxis verbessern möchte?«

Der Jura-Student teilte Penns Skepsis in bezug auf Spocks Motive. Aber im Gegensatz zu ihm schien er bereit zu sein, die Hilfe des Vulkaniers zu akzeptieren, solange sich dadurch ein Vorteil für die SFSFV ergab. *Oder solange er* glaubt, *daß sich Vorteile ergeben.*

»Die Beschreibung ›Starfleet-Typ‹ halte ich für unangemessen«, erwiderte Spock. »Und durch ihn bekommt Ihre Organisation noch mehr öffentliche Aufmerksamkeit als durch mich.«

»Das kann ich mir kaum vorstellen.« Lowell wandte den Blick vom Fenster ab. »Sie waren der erste Vulkanier, der sich für eine berufliche Laufbahn bei Starfleet entschied. Und Sie sind der erste Vulkanier, der den Dienst quittierte. Weil Sie dazu beitrugen, eine Welt zu vernichten.« Lowell hielt nach einer Reaktion Ausschau.

Doch Spock blieb ruhig und gelassen. Inzwischen war er an die Vorwürfe und irrtümlichen Annahmen gewöhnt, empfand nicht mehr das Bedürfnis, sich zu rechtfertigen. »Ich glaube, Alexander erwacht«, sagte er zu Marita.

Die Frau stand am Recycler, drehte sich um und lächelte. »Würden Sie sich bitte um ihn kümmern? Sie kommen so gut mit ihm zurecht.«

Spock nickte. Seit er die Starfleet-Uniform abgelegt

und sich den Studenten für Sterne und freie Völker angeschlossen hatte, um auf diese Weise die Fehler der Vergangenheit zu korrigieren, lehnten es Marita und Penn ab, Geld für Unterkunft und Verpflegung zu nehmen. Aus diesem Grund fühlte er die Verpflichtung, sich auf andere Weise erkenntlich zu zeigen, zum Beispiel dadurch, daß er einen Teil seiner Zeit dem kleinen Alexander widmete. Er entschuldigte sich nun bei den Studenten und suchte das kleine Schlafzimmer auf.

Das Krippenmodul hing neben einem größeren Bett. Zweidimensionale Bilder schmückten die Wände, gedruckt auf Papier und dünnem Kunststoff. Spock hielt es für seltsam, daß die meisten Darstellungen unberührte Landschaften völlig fremder Welten zeigten. Ahnte Marita nicht einmal, wie sich diese Szenen verändern mochten, wenn die Erste Direktive tatsächlich aufgehoben wurde? Spock dachte in diesem Zusammenhang an terranische Beispiele, an das Schicksal der nordamerikanischen Urbevölkerung. Die europäischen Kolonisten kamen nicht als Repräsentanten einer besseren Kultur — sie waren nur aggressiver. Und deshalb fielen ihnen die einheimischen Zivilisationen zum Opfer. Der Föderationsrat mußte unter allen Umständen verhindern, daß sich solche Greuel in einem interstellaren Ausmaß wiederholten. Daraus folgte für Spock: Es galt, seinen Auftritt vor dem Rat sorgfältig zu planen, da er damit rechnen mußte, daß die meisten Delegierten nichts von seinem — vermeintlichen — Standpunkt hielten.

Alexander verstummte, als er hörte, wie Spock das dunkle Zimmer betrat. Kurz darauf sah das Kind ein ihm vertrautes Gesicht, und daraufhin gluckste es glücklich.

Der Vulkanier kehrte in den Hauptraum zurück, mit einem kleinen Jungen in den Armen, der sich ihm an die Schulter schmiegte und nach einem spitz zulaufenden Ohr tastete.

Penn kam näher, als Spock das Kind sanft wiegte und darauf wartete, daß Marita ihre Arbeit an der Küchennische beendete. »Ich dachte immer, es gefiele Vulkaniern nicht, von Menschen berührt zu werden«, sagte er giftig.

Ein plötzlicher physischer Kontakt mit Terranern oder anderen emotionalen Geschöpfen führte zu einer telepathischen Verbindung, die einem Vulkanier erhebliches Unbehagen bereiten konnte. Doch das galt nicht für Babys.

»Die Selbstsphären kleiner Kinder sind nur selten so komplex strukturiert, daß sie bei einem mentalen Kontakt verwirrend wirken«, entgegnete Spock. »Sie können sogar recht erfrischend sein.« Er rückte Alexander ein wenig zur Seite, um zu verhindern, daß der Knabe an seinem Ohr saugte.

Kurze Zeit später summte der Türmelder. Die Wohnung befand sich in einem alten Gebäude, und deshalb mußte Marita den Zugang manuell öffnen.

Lowell war der einzige, der Spocks Gast erkannte.

»Alonzo Richter?« brachte der Student voller Ehrfurcht hervor.

Der alte Wissenschaftler verscheuchte Marita von der Tür, indem er mit seinem Gehstock fuchtelte.

»Glaubst du vielleicht, ein Gespenst zu sehen, Lümmel?« schnaubte Richter. Er schlurfte ins Zimmer, blickte sich um und schüttelte den Kopf. »*Bage g'l*, was für ein Dreckloch. Und Sie *wohnen* hier, Spock?« Er hustete laut.

Alexander drehte sich im Arm des Vulkaniers und spähte neugierig zu dem Besucher. Richter streckte dem Kind die Zunge aus, und daraufhin begann der kleine Junge zu weinen.

Marita nahm Spock ihren Sohn ab und wich beiseite, als die anderen Studenten den Greis umringten. Sie alle kannten seinen Namen, obgleich sie ihn jetzt zum erstenmal sahen.

»Dr. Richter, Ihre Arbeit ist das Fundament für die Erste Direktive«, sagte Lowell. »Wollen Sie jetzt wirklich gegen das sogenannte Nichteinmischungsprinzip Stellung beziehen?«

Richter runzelte die Stirn und schnitt eine Grimasse, die ganz offensichtlich dem weinenden Kind galt. »Ich teile Spocks Ansicht ohne irgendwelche Einschränkungen«, verkündete er. »Und ich habe einen weiten Weg hinter mir, um darauf hinzuweisen, da kannst du *vrelq* sicher sein, Bürschchen.«

In der Küchennische läutete eine elektronische Glokke, und aus Alexanders Weinen wurde lautes Heulen. Marita schaukelte ihn energischer und begegnete dem Chaos mit einem sanften Lächeln. »Die Toasts sind fertig, Mr. Spock. Wenn Sie so nett wären ...«

Der Vulkanier nickte, trat pflichtbewußt zur automatischen Küche und öffnete dort mehrere Backfächer.

»Wenn Sie schon dabei sind, Spock ...!« rief Richter. »Ich möchte ein Bier.«

Während Spock mit ruhiger Effizienz arbeitete, wählte er in Gedanken bereits Formulierungen für seine Rede vor dem Föderationsrat. Ganz gleich, ob der Plan funktionierte, den er zusammen mit Richter entwickelt hatte: Er mußte ins All zurück.

Erneut summte der Türmelder, und wieder schrie Alexander. Zwei andere Stimmen verlangten Bier, und jemand schob einen Musikwürfel ins Abspielgerät.

Für Spock gab es keinen Zweifel mehr: Er mußte wieder ins All, und zwar so schnell wie möglich.

KAPITEL 6

Sulu zuckte zusammen und versuchte aufzuspringen, als die Stimme des Kapitäns aus dem Deckenlautsprecher donnerte. Doch er hatte die hohe Schwerkraft an Bord der *Queen Mary* vergessen. In seinem Hals knackte es, und mit einem dumpfen Stöhnen sank er auf die Koje zurück.

»Klagen Sie nicht«, ertönte Chekovs Stimme von der anderen Liege her. »Sie können sich wenigstens noch bewegen.«

»Achtung, *Tislins*«, polterte Krulmadden. »Dieses prächtigste Juwel zwischen den Sternen gleich den Warptransfer unterbricht. Vielleicht euch noch bleiben Zeit genug, um zur Brücke zu kriechen.« Der Orioner summte die Melodie eines Konzerts. »Das ist alles.«

Sulu rollte sich auf die Seite, sah zu Chekov und hob die Brauen, obgleich sie mindestens hundert Kilo zu wiegen schienen. »Und Kadetten halten *Starfleet*-Kommandeure für verrückt.«

Chekov schob die Beine über den Rand der Liege und setzte sich langsam auf. »Warum nennt er uns immer wieder *Tislins?*«

Sulu spannte die Nackenmuskeln, um zu vermeiden, sich irgend etwas zu verrenken. Dann zwang er den Oberkörper nach oben. *Wenigstens einen Vorteil hat der Aufenthalt an Bord dieses Schiffes,* dachte er. *Wenn wir es verlassen, haben wir Muskeln wie Stahl.*

»Kennen Sie die Bedeutung dieses Wortes?« fragte Chekov.

Sulu nickte behutsam.

»Nun?« drängte der Navigator.

»Vielleicht kommen Sie allein dahinter. Einen ersten Hinweis bietet der Umstand, daß wir uns nicht mit den Sklavenmädchen einlassen wollten.«

»Na und? Wir sind eben Gentlemen.«

»Nun, die Bezeichnung *Tislins* läuft auf folgendes hinaus: Wir *könnten* uns selbst dann nicht mit den Sklavenmädchen einlassen, wenn wir es *wollten.*«

Chekov wartete gespannt auf weitere Erklärungen.

»Haremswächter«, fügte Sulu hinzu. Zeige- und Mittelfinger der rechten Hand formten eine Schere. »Schnipp-schnapp.«

»Oh«, hauchte der Russe, als er schließlich verstand. »Meine Güte ...«

Die Vibrationen des Decks veränderten sich plötzlich, und Sulu hörte, wie das Impulstriebwerk zu summen begann. Die *Queen Mary* war viel kleiner als die *Enterprise,* und dadurch gewannen alle Geräusche an Bord eine deutlichere Ausprägung.

»Der Warptransfer ist gerade zu Ende gegangen«, stellte Chekov fest.

Sulu seufzte. »Bald lernen wir den Schwarzen Zorn kennen. Ich schätze ... Himmel!«

Sowohl Chekov als auch Sulu verloren den Halt, rutschten von ihren Kojen und fielen zu Boden.

»Wo hat Krulmadden seine Gravitationsgeneratoren gekauft?« ächzte er. »Besser gesagt: Wo hat er sie gestohlen? Eine so schlimme Fehlfunktion habe ich nicht mehr gespürt seit ...«

»Einen Augenblick.« Sulu bewegte sich versuchsweise — es kostete ihn weitaus weniger Mühe als vorher, die Arme zu heben. »Das ist keine Fehlfunktion. Das Schwerkraftfeld wurde rejustiert. Jetzt herrscht eine wesentlich geringere Gravitation an Bord ... Sie scheint kaum höher zu sein als auf dem Mars.«

Chekov erhob sich geschmeidig, griff nach einem Stiefel, hob ihn über den Kopf und ließ ihn los. »Sehen

Sie nur, wie schnell er fällt. Dies ist keine Mars-Schwerkraft, sondern Erdnorm. Wir sind nur nicht mehr daran gewöhnt.«

Sulu stieß sich vom Boden ab und gewann den Eindruck, nach oben zu *schweben*. Dies war noch besser als Mars-Gravitation. Er fühlte sich so leicht wie auf dem Mond.

»Warum hat Krulmadden die Bordschwerkraft verändert?« fragte Sulu.

Einmal mehr tönte die Stimme des Kapitäns aus dem Lautsprecher in der Decke. »Weil unsere Gäste kommen von einem Planeten mit geringerem G-Faktor. Krulmadden freundlich und entgegenkommend ist, jawohl.«

»Auch wir stammen von einer Welt mit niedrigerer Gravitation«, grummelte Chekov.

»Aber ihr nicht seid Gäste an Bord der *Queen Mary*«, erwiderte der Orioner. »Ihr Mitglieder der Besatzung, und daher kein freundliches Entgegenkommen notwendig. Und nun ... Wenn ihr nicht bald eintrefft in Kontrollraum, ich feststellen werde, wie sich auswirkt Jupiter-Schwerkraft auf eure schwachen Knochen.«

Chekov ließ sich auf die Kante seiner Koje sinken und zog die Stiefel an. »Hoffen wir, daß die ›Gäste‹ lange an Bord bleiben.«

Sulu hielt es für besser, nicht mit laut ausgesprochenen Worten auf seine Hoffnungen hinzuweisen. Krulmadden hätte an entsprechenden Bemerkungen sicher keinen Gefallen gefunden ...

Die Brücke des orionischen Schiffes entsprach der Standard-Konfiguration: rund, gesäumt von einzelnen Stationen, ein großer Wandschirm vor zwei Navigationskonsolen, außerdem ein zentraler Befehlsstand. Ganz und gar außergewöhnlich waren die Verzierungen aus goldgelb und silbern glänzenden Metallstreifen, die überall das grelle Licht — es entsprach der Rigel-Norm — widerspiegelten. Wohin Chekov auch sah: Er mußte dauernd die Augen zukneifen, um nicht geblendet zu werden. Sulu erging es ebenso.

Als die beiden Terraner den Kontrollraum betraten, drehte Krulmadden einen Kommandosessel, der mehr wie ein Thron wirkte. Die große Masse des Kapitäns ruhte in einer Art Skulptur, die offenbar einer exotischen Blüte nachempfunden war.

»Ah!« schnaufte Krulmadden. »Die *F'deraxt'l*-Säugetiere *können* also aufrecht gehen, wie ganz normale Zweibeiner.«

Chekov ließ seinen Blick über die Brücke schweifen, um festzustellen, ob der berühmt-berüchtigte Schwarze Zorn bereits eingetroffen war. Aber er sah nur Lasslanlin an einem Schaltpult. Artinton schien sich in einem anderen Bereich des Schiffes aufzuhalten.

»Wenn Sie für Ihren Geschäftspartner die Schwerkraft verändert haben ...«, sagte der Russe. »Vielleicht sollten Sie auch die Beleuchtung anpassen.«

»Was für Schwächlinge ihr seid«, höhnte Krulmadden. »Aber ich gewährleisten möchte, daß furchterregender Pirat sich wohl fühlt hier.« Er strich mit dem dikken Zeigefinger über einen Teil des Sessels, der keine erkennbaren Kontrollen aufwies, und daraufhin trübte sich das Licht, wurde ein wenig erträglicher. *Ebenso erträglich wie der Sonnenschein mittags auf dem Merkur,* dachte Chekov. Aber das Brennen in seinen Augen ließ nach. Die nicht gekennzeichneten Schaltvorrichtungen des Befehlsstands waren der bisher deutlichste Beweis für die Paranoia des Kapitäns. Selbst wenn es jemandem gelang, ihm das Schiff zu stehlen: Der Dieb brauchte Tage, um herauszufinden, wie man die Funktionen der Bordsysteme regelte. Andererseits ... Artinton und Lasslanlin mochten bereit sein, die Geheimnisse der *Queen Mary* zu lüften — wenn der Preis stimmte.

»Was soll das denn sein?« fragte Sulu. »Ein Ziel für Gefechtsübungen?« Es klang so, als hätte der Steuermann am liebsten schallend gelacht.

Chekov blickte zum Wandschirm und sah ein Raumschiff, das noch absurder anmutete als die *Queen Mary.* Der zentrale Rumpf schien aus der Zeit der alten DY-500-Modelle zu stammen, als man ausgediente U-Boote zu kryogenischen Frachtern für den interstellaren Transport organischer Materialien umbaute. Das oben angeflanschte Warpmodul wirkte wie der fast verzweifelte Versuch, über ein mindestens zwanzig Jahre altes Shuttle vom Typ Mark-II hinwegzutäuschen.

»Das soll der Raumer eines gefürchteten Piraten sein?« brachte Chekov hervor. Er wechselte einen Blick mit Sulu und grinste.

»Es ist gute Tarnung«, sagte Krulmadden. »Wer ahnt, daß Schwarzer Zorn fliegt mit altem Frachter, der nur noch hat Schrottwert? Jetzt die kleinen *Tislins* vielleicht verstehen, warum Schwarzer Zorn ist so klug und gerissen.« Der Kapitän berührte eine andere Stelle des Kommandosessels, und in der einen Ecke des Wandschirms leuchtete ein taktisches Display. »Lasslanlin! Volle Sensorsondierung der *Herz des Sturms!*«

Chekov beobachtete, wie die Sensoren der *Queen Mary* aktiviert wurden, und anschließend wartete er darauf, daß die Ergebnisse des Scans im Bildschirmfenster erschienen.

»Gute Ausrüstung, ja-nein?« brummte Krulmadden anerkennend. »Sondierungssignale blockiert werden. Starfleet-Deflektoren. Sehr teuer. Könnte sich alles verbergen hinter ihnen.« Er wandte sich an die beiden Menschen. »Krulmadden hat Geschichten gehört. *Herz des Sturms* ist angeblich ebenso Betrug wie Impulsgehäuse der *Queen Mary.*«

»Sie meinen nicht Betrug, sondern Täuschung«, erwiderte Sulu. »Die bewußte Absicht, einen falschen Eindruck zu erwecken ...«

»Wie auch immer. Draußen alt, innen neu und modern.« Krulmaddens Augen wurden größer, und es funkelte in ihnen. »Kapazität für Warpfaktor neun, hat

Krulmadden gehört. Traktorstrahlen mit Reichweite von zwei Lichtsekunden. Außerdem Frachttransporter, die ...«

Ein taktischer Alarm erklang, und der Kapitän klappte den Mund zu, blickte wieder zum Wandschirm. Dort war nun das Shuttle der *Queen Mary* zu sehen — es glitt der *Herz des Sturms* entgegen.

Jetzt wissen wir, wo sich Artinton aufhält, dachte Chekov. *Aber warum schickt Krulmadden eine Raumfähre, obgleich er die Piraten einfach an Bord beamen könnte?*

»Warp neun?« wiederholte Sulu. »Mit dem Ding? Das soll wohl ein Witz sein.«

»Kom-Kanal wird geöffnet«, meldete Lasslanlin. Das Bild im Projektionsfeld zitterte kurz und verflüchtigte sich dann. Neue Konturen entstanden und zeigten ... den Schwarzen Zorn.

»Ich grüße Sie, o ehrenwerte Geißel des Todes und der Zerhörung«, hauchte Krulmadden.

»Zerstörung«, flüsterte Sulu.

»Beordern Sie sofort Ihr Shuttle zurück, oder wir eröffnen das Feuer.« Schwarzer Zorn schien ein Humanoide zu sein, aber er trug einen weiten Umhang mit vielen Falten, und deshalb blieb ein großer Teil seiner Gestalt verborgen. Er benutzte eine silbergraue Translatormaske, die Mund und Nase bedeckte, jede einzelne Silbe verzerrte und keine Rückschlüsse auf seine Identität ermöglichte. Lange Strähnen aus schwarzem und weißem Haar säumten die Maske. Eine pechschwarze Kombination aus Kampfhelm und Strahlenbrille verwehrte den Blick auf die obere Hälfte des Gesichts.

Ein Klingone, dachte Chekov. Darauf deutete auch der Name des Schiffes hin: *Herz des Sturms.* Der Schwarze Zorn kam vermutlich aus dem Imperium.

»Ich wollte meinen Gast abholen lassen«, sagte Krulmadden und breitete die Arme zu einer Geste der Freundschaft aus.

»Der Schwarze Zorn reist nicht wie Fracht an Bord eines schäbigen Shuttles«, knurrte der Pirat. »Beamen Sie meinen Maat und mich an Bord.«

Ein Klingone, ich bin ganz sicher, dachte Chekov.

»Hinweisen muß ich den Verderblichen auf folgendes«, antwortete Krulmadden, und Sulu kommentierte die Ausdrucksweise des Orioners mit einem leisen Stöhnen. »Der Transporter an Bord des Shuttles sich befindet, und zu meiner Schande ich eingestehe, daß beschränkt ist seine Reichweite. Grund dafür sind die hohen Kosten moderner Technik. Außerdem: Um Sie an Bord zu beamen, Sie müssen senken Ihre Schilde.«

Chekov wußte nun, was die zusätzlichen Installationen im Heckbereich des Shuttles bedeuteten. Offenbar legte Krulmadden großen Wert auf eine Fluchtmöglichkeit, die ihm auch Transporterpotential zur Verfügung stellte. Aber er hatte nicht noch mehr Geld für eine zweite Anlage an Bord der *Queen Mary* ausgeben wollen.

»Der Schwarze Zorn ist nicht so dumm, seine Deflektoren für *Ur'eon*-Abschaum zu desaktivieren!« Der Raumpirat drehte den Kopf. »Crew! Phaser-Akkumulatoren laden! Zielerfassung: Brücke des Rosthaufens dort drüben!«

Krulmadden erbebte am ganzen Leib und hob die Hand. »Nein, nein, bitte nicht. Benutzen Ihren eigenen Transporter Sie. Oder eigenes Shuttle. Schwimmen Sie an Bord, wenn das entspricht Wunsch Ihrem.«

Worauf auch immer Schwarzer Zorn saß: Er lehnte sich zurück, und für ein oder zwei Sekunden sah Chekov eine andere Person im Hintergrund: eine Frau mit Schleier, gekleidet in ein bis zum Boden reichendes, rot schimmerndes Gewand. Rasch trat sie aus dem Erfassungsbereich des visuellen Sensors.

»Wir sollen uns also an Bord Ihres Schiffes beamen«, sagte der Schwarze Zorn. »Bedeutet das, Krulmadden ist bereit, auf seine Schilde zu verzichten?«

Lasslanlin wandte sich halb um und deutete auf die

Anzeigen seiner Konsole. Der Kapitän schenkte ihm keine Beachtung.

»Oh ...«, intonierte Krulmadden in einem klagenden Tonfall, »leider bei unseren Deflektoren zu einer Fehlfunktion es gekommen ist. Ich bedauere sehr, Ihnen müssen mitzuteilen, daß wir die Schilde nicht können desaktivieren.«

Chekov überlegte, wie es Kriminelle fertigbrachten, sich lange genug zu vertrauen, um Geschäfte abzuschließen. Wenn es schon so schwierig war, auch nur ein Treffen zu vereinbaren ... Wie lange brauchten die beiden Piraten, um erst eine Übereinkunft zu treffen und dann eine Antwort auf die Frage zu finden, wie Krulmaddens Sklavinnen zur *Herz des Sturms* transferiert werden sollten? Chekov bedauerte, daß Sulu und er keine Gelegenheit hatten, die gefangenen Orionerinnen zu befreien. Nur eine Genugtuung blieb ihnen: Ihre Informationen reichten aus, um die Föderationsbehörden zu veranlassen, die Fahndung nach dem Kapitän einzuleiten und ihn früher oder später vor Gericht zu stellen.

»Kapitän Krulmadden ...«, zischte der Schwarze Zorn. »Sie wissen, wer ich bin, nicht wahr? Sie kennen meinen Ruf, oder?«

»Wer nicht hat gehört vom gefürchteten Schwarzen Zorn, o Schwarzer Zorn?« Krulmadden schüttelte die Faust, während Lasslanlin noch immer versuchte, seine Aufmerksamkeit zu wecken.

Die Gestalt auf dem Wandschirm beugte sich vor, füllte nun das ganze Projektionsfeld. »Dann dürfte Ihnen auch klar sein, was passiert, wenn Sie mein Vertrauen mißbrauchen, oder?«

»Ich nicht einmal wage es mir vorzustellen. Ohne Zweifel mein Leben völlig verwirkt wäre.«

Der Schwarze Zorn erhob sich nun, griff mit in schwarzen Handschuhen steckenden Händen nach einem schwarzen Gürtel. Ein schwarzes Cape umhüllte seine Schultern. *Seltsam,* dachte Chekov. *Das Ding sieht genauso aus wie der Umhang, den ich im Souvenirladen auf Rigel VIII gekauft habe, kurz bevor ich Sulu in der Taverne traf.*

»Na schön, *Ur'eon*-Hund. Sie können meinen Maat und mich in Ihr Shuttle und von dort aus an Bord Ihres Schiffes beamen. Aber wenn irgend etwas schiefgeht, wenn Sie mich zu hintergehen versuchen ... Dann richten meine Leute Traktorstrahlen auf Sie und werfen Ihren Kahn in die nächste Sonne! Wir schaffen nun eine Strukturlücke in unseren Schilden — richten Sie den Transferfokus exakt auf diese Koordinaten.« Tasten klickten, und auf Lasslanlins Konsole glühte eine blaue Kontrollampe.

»Wir empfangen Ihre Koordinaten, Schwarzer Zorn. Der Pilot meines Shuttles leitet den Transfer ein.«

Das Bild auf dem Wandschirm wechselte, zeigte nun die Raumfähre der *Queen Mary.*

»Kapitän!« schrillte Lasslanlin, als die Kom-Verbindung unterbrochen war. »Kapitän!«

»Was ist denn, Plagegeist von Vetter?«

»Als der Schwarze Zorn befahl, zu laden Phaser-Akkumulatoren ...«, begann Lasslanlin aufgeregt. »Sondierungssignale hätten durchdringen müssen Deflektoren, um Waffenoffizer der *Herz des Sturms* Anpeilung unseres Schiffes zu erlauben, aber es nicht gab Signale dieser Art.«

Krulmadden rieb sich das Mehrfachkinn, und die vielen Ringe an den wurstartigen Fingern glänzten. »Aber warum sollte bluffen der Pirat? Es praktisch überhaupt nichts kostet, um Waffensysteme zu beschicken mit Energie und Drohung zu machen glaubwürdiger.«

Lasslanlin sah kurz zu Sulu und Chekov, senkte die Stimme und flüsterte: »Und wenn er gar nicht hat solche Systeme?«

»Was?«

Lasslanlin verzog das Gesicht. »Vielleicht dem Zorn

nur zur Verfügung steht Sensor-Neutralisator. Vielleicht besitzt er nicht überlegene Waffen und Frachtkammern mit unsynthetischem Metall.«

»Keine Frachtkammern mit …?« schnaubte Krulmadden empört. »Aber wie will er dann bezahlen für Sklavenmädchen?«

»Vielleicht er gar nicht hat im Sinn Bezahlung.«

Der Kapitän sprang auf, und die geringere Gravitation brachte ihn einen Meter weiter nach oben, als er erwartet hatte. Trotzdem gelang ihm eine elegante Landung.

»Er ist Pirat!« entfuhr es Krulmadden. »Was sollte ihm daran gelegen sein, uns zu belügen? Das ganze Universum den Schwarzen Zorn kennt!«

Chekov räusperte sich. »Wenn Sie mir diese Bemerkung gestatten, Kapitän: Ich habe noch nie von ihm gehört.«

»Ich ebenfalls nicht«, warf Sulu ein. »Obgleich wir an Bord der *Enterprise* immer die neuesten Nachrichten in Hinsicht auf Piraten und Schmuggler bekamen.«

Mit dem Fingernagel kratzte Krulmadden an einem Smaragd, der fast einen ganzen Zahn ersetzte. Nach einigen Sekunden wandte er sich an Lasslanlin. »Hat Vetter nicht schon sein ganzes Leben lang schreckliche Geschichten über den abscheuerlichen Piraten namens Schwarzer Zorn gehört?«

»Abscheulich«, murmelte Sulu. »Nicht abscheuerlich.«

Lasslanlin schüttelte den Kopf, und dadurch klirrten seine Ohrringe. »Höre sie erst seit einem Zehntag, Kapitän. Viele, viele Subraum-Sendungen.«

Krulmadden zog etwas Faseriges zwischen zwei Zähnen hervor, betrachtete es und steckte es wieder in den Mund. »Was zeigt, wie guter Pirat er sein muß. Hat prächtig verstanden es, seine Verbrechen zu verbergen.«

Wenn er sich auf einem Planeten befindet und mit einem

Shuttle starten möchte ..., dachte Chekov. *Wahrscheinlich hat er Mühe, oben von unten zu unterscheiden.*

Plötzlich strahlte Krulmadden. »Aber auch Kapitän dieses Juwels hat für sich behalten viele Verbrechen!«

Das Verhalten des Kapitäns schien Lasslanlin noch mehr zu verwirren als sonst.

Auf dem Bildschirm drehte sich das Shuttle und kehrte zur *Queen Mary* zurück. Artintons Stimme drang aus dem Lautsprecher der externen Kommunikation.

»Gäste an Bord, Kapitän. Lege an.«

»Zur Brücke beamen!« befahl Krulmadden. »Wir keine Geheimnisse haben vor Schwarzem Zorn und seinem Maat. Sei vorsichtig — bei Transfer nichts übersehen.«

»An Bord dieses Schiffes höre ich jetzt zum erstenmal die Aufforderung, vorsichtig zu sein«, sagte Sulu.

Chekov zuckte mit den Achseln. Er hatte längst den Versuch aufgegeben, Krulmadden oder die anderen Orioner zu verstehen. In ihm regte sich nun die Hoffnung, daß der Schwarze Zorn nach dem Retransfer einen Streit begann, der zu einem Kampf führte. Mit einem Klingonen konnte man wenigstens vernünftig reden, in gewisser Weise.

Ein Transporterfeld surrte, und Chekov beobachtete, wie vor der Navigationsstation Gestalten materialisierten. Krulmaddens und Lasslanlins Aufmerksamkeit galt allein dem Retransfer, und der Russe nutzte die Gelegenheit, sich Sulu zu nähern.

»Wir sollten bereit sein, jeden Vorteil zu nutzen«, flüsterte er.

Chekov wartete keine Antwort ab, verließ die Rampe und näherte sich dem Befehlsstand.

Der Schwarze Zorn gewann Substanz, ebenso sein Begleiter — bei dem es sich überraschenderweise nicht um einen Offizier der Crew handelte, sondern um die Frau im schimmernden roten Gewand. Trotz des Schleiers sah Chekov funkelnde blaue Augen, umgeben von dunkler Haut. Die Unbekannte starrte ihn groß an — *vermutlich ist sie angesichts der Präsenz von zwei Menschen an Bord dieses Schiffes verblüfft.*

Der Schwarze Zorn trat vor und stützte sich mit beiden Händen an Lasslanlins Konsole ab. »Nun, Krulmadden ...«

Die von der Translatormaske verzerrte Stimme verklang, als ein zweites Transporterfeld summte — vor Krulmaddens Füßen erschienen einige Objekte. Schwarzer Zorn und die Frau wirkten plötzlich nervös und betasteten ihre Taschen, so als hätten sie etwas verloren.

Der Kapitän drehte sich zu Chekov um und bedeutete ihm, die Gegenstände aufzuheben — er hielt es für unter seiner Würde, sich selbst zu bücken.

Chekov griff zögernd nach den materialisierten Gegenständen und geriet dabei in große Versuchung, irgend etwas zu unternehmen. Er sah vier Phaser, Modell 1, zwei Betäubungsstäbe und einen Intervaller. Alle Waffen schienen häufig verwendet und repariert worden zu sein.

Krulmadden betrachtete sie einige Sekunden lang und schüttelte dann den Kopf. Er nahm die Strahler und Stunner von Chekov entgegen, legte sie in den Kommandosessel und behielt nur einen Phaser. Anschließend wandte er sich Schwarzer Zorn sowie der Frau zu und lächelte.

»Sie mitgebracht haben Waffen an Bord dieses Juwels des Friedens. Krulmadden vergießt viele Tränen des Kummers für Ehre, die heute hier gestorben ist, ja.«

Schwarzer Zorn richtete sich zu seiner vollen Größe auf und hob den Handrücken zur Translatormaske. »*Herz des Sturms*«, knurrte er. »Phaser auf die Triebwerke dieses Schiffes richten.«

Krulmadden sah traurig zu Lasslanlin. »Vetter, Zielerfassung *Herz des Sturms* für Intervallerkanone.«

Die beiden Piraten starrten sich an, und Chekov beobachtete das Geschehen fasziniert. Was auch immer jetzt passierte: Es konnte kaum schlimmer werden als während der vergangenen Tage und Wochen. Es sei denn, die *Herz* eröffnete das Feuer auf ihren eigenen Kommandanten. Und das war durchaus möglich, wenn es sich um Klingonen handelte.

»Sollen wir dieses Spiel fortsetzen, Schwarzer Zorn, von dem bis vor kurzer Zeit niemand hat etwas gehört?«

»Ich spiele nicht mit Abschaum«, lautete die verächtliche Antwort.

Krulmadden schloß beide Hände um den Phaser, hielt ihn so behutsam wie ein zerbrechliches Objekt. »Sie recht haben, Gefürchteter. Auch Krulmadden keinen Gefallen findet an diesem Spiel.« Er zuckte mit den Schultern und lächelte erneut.

Schwarzer Zorn erweckte den Eindruck, erleichtert zu sein, und er ließ die Hand von der Translatormaske sinken.

»Vetter Lasslanlin, zerstöre das Schiff.«

Krulmadden hatte das letzte Wort noch nicht ganz ausgesprochen, als ein blauer Energiestrahl durchs All raste. Einen Sekundenbruchteil später platzte die *Herz des Sturms* auseinander, und glühende Trümmerstücke trieben durchs Nichts.

Schwarzer Zorn und sein ›Maat‹ drehten sich um und starrten zum Wandschirm. Die Frau wirkte sehr erschrocken.

»Keine Leichen«, stellte Lasslanlin fest. »Keine Besatzung.«

»Vetter Artinton ...«, sagte Krulmadden. »Halte in Bereitschaft dich, bis ich gebe Order für Andocken. Unsere Gäste haben beschlossen, zu bleiben und in Anspruch zu nehmen unsere Gastfreundschaft. Aber vielleicht möchten sie ganz plötzlich zurückgebeamt werden zu Resten Ihres Schiffes.« Er deutete eine Verbeugung vor Schwarzer Zorn und der Frau an. »Wie nett von Ihnen, anzunehmen die noch nettere Einladung des Kapitäns.«

Chekov applaudierte, und Krulmadden sprang so jäh zurück, als rechnete er mit einem Angriff. »Sie sind ein ausgezeichneter Kapitän«, lobte der Russe.

»Und du armseliger Lügner«, schnaubte der Orioner. »Du wolltest, daß Schwarzer Zorn böse ist zu Kapitän und die Recycler mit ihm füttert, damit Säugetierchen selbst verkaufen können die Grünhäute.«

Chekov lächelte gewinnend. »Warum überrascht Sie das? Sie sind ein guter Kapitän und ein noch besserer Lehrer. Wir haben viel von Ihnen gelernt.«

Tiefe Furchen bildeten sich in Krulmaddens Stirn. »Na schön. Ich euch geben drei Prozent von spaltbarem Material auf Talin, weil ihr seid solche Speichellecker. Jetzt holt Fesseln für Ex-Piraten und seine Begleiterin.«

»Es gibt eine bessere Möglichkeit, um sie gefangenzuhalten«, sagte Chekov im Tonfall der Verschlagenheit.

Krulmadden wartete.

»Ich meine die Methode, die Sie uns gegenüber benutzt haben«, erklärte Chekov. »Das Gravitationsfeld!« Aus den Augenwinkeln sah der Russe, wie Entsetzen durch Sulus Züge huschte.

Krulmadden deutete mit dem dicken Zeigefinger auf ihn. »Du schlaues kleines Säugetier. *F'deraxt'l* und *Stator*flotte haben nicht völlig ruiniert dich. Obgleich dir nichts an der Gesellschaft von Sklavenmädchen liegt, was mich erstaunt noch immer sehr.« Er kehrte zum Kommandosessel zurück und berührte eine bestimmte Stelle an der Innenseite der Armlehne. Chekov wandte den Blick nicht vom Kapitän ab, und gleichzeitig versuchte er, sich den betreffenden Kontrollbereich zu merken. Die Schwerkraft auf der Brücke nahm zu, was dem Navigator bestätigte, daß zumindest dieser Teil des Plans funktionierte. *Jetzt hängt alles davon ab, ob ich mich trotz der höheren Gravitation schnell genug bewegen kann.*

Krulmadden sprang vom einen Bein aufs andere.

»Ah, fühlt sich gut an, fast wie zu Hause.« Er lachte grollend. »Soll es sich anfühlen *doppelt* so gut!«

Chekov atmete tief durch und bereitete sich auf eine Schwerkraft vor, die dem Vierfachen der Erdnorm entsprach.

Er hörte ein dumpfes Pochen und drehte den Kopf: Der Schwarze Zorn war auf die Knie gesunken. Mit den Händen stützte er sich am Boden ab, und die Arme zitterten. Neben ihm taumelte die Frau und gab ebenfalls dem Zerren der Schwerkraft nach.

»Ha-ha!« donnerte Krulmadden. »Fühlt sich *wirklich* gut an, nicht wahr?«

Chekov wankte zum Befehlsstand, hielt sich daran fest und glaubte zu hören, wie es in seinen Kniegelenken knirschte. Sulu wich zurück und stützte sich ans Geländer.

»Übung!« lachte Krulmadden. »Gute *Ur'eon*-Übung für meine Säugetierchen. Jetzt ich sehen, was für ein Schwächling Schwarzer Zorn ist.« Er fletschte die Edelsteinzähne und bedachte Chekov mit einem finsteren Blick. »Du solltest nicht anstellen Dummheiten.«

Chekov rang sich ein Lächeln ab, was fast einen Krampf in den Wangenmuskeln zur Folge gehabt hätte. Das Herz konnte nicht mehr genug Blut ins Gehirn pumpen, und eine der Konsequenzen bestand aus imaginären Sternen, die vor ihm glitzerten und funkelten. *Jetzt oder nie,* dachte er, beugte sich über die Armlehne des Kommandosessels und tastete nach den verborgenen Kontrollen.

Doch der krumme Rücken konnte dem vervierfachten Gewicht des Oberkörpers nicht standhalten: Chekov verlor das Gleichgewicht, fiel und prallte aufs harte Polster der Sitzfläche. Die dort liegenden Waffen schienen sich ihm ins Gesicht zu bohren. Er schmeckte Blut, und der eigene Pulsschlag dröhnte ohrenbetäubend laut.

Blindlings streckte er die Hand nach den Gravitationskontrollen aus. Die Finger berührten das glatte

Metall der Armlehne, und plötzlich gleißte grelles Licht — die Helligkeit des Rigel-Standards. *Falscher Schalter,* fuhr es Chekov durch den Sinn. Er vernahm Krulmaddens überraschtes Schnaufen.

Die Hand kroch weiter, und Verzweiflung erfaßte den Russen. *Der Regler muß hier irgendwo sein. Ich habe genau gesehen, auf welche Weise Krulmadden die Schwerkraft erhöht hat.* Er spürte einen kleinen Vorsprung im ansonsten völlig glatten Metall, strich mit der Fingerkuppe darüber hinweg …

Ein fast explosionsartiges Zischen erklang, und Chekov kannte auch die Ursache: Er hatte die falsche Kontrolleinheit betätigt und die Gravitation noch mehr erhöht, was ihm von einem Augenblick zum anderen die Luft aus den Lungen preßte. Und jetzt war der Finger zu schwer, um ihn zu bewegen.

Die Armlehne übte einen unerträglichen Druck an Chekovs Bauch aus. Er versuchte vergeblich, die Lungen wieder mit Luft zu füllen. Das Gravitationsfeld hatte eine solche Intensität gewonnen, daß selbst der viel kräftiger gebaute orionische Kapitän kriechen mußte. Aber er *konnte* kriechen, und das Funkeln in seinen Augen wies auf den in ihm brennenden Zorn hin.

»Unartiges Säugetierchen«, brummte Krulmadden. Die dicke Unterlippe hing so sehr nach unten, als zögen unsichtbare Stricke daran. »Ich dich zermalmen zu Brei für Brotaufstrich.«

Chekov schloß die Augen. Zu einem letzten Atemzug fehlten ihm Zeit und Kraft. *Für Captain Kirk,* dachte er und konzentrierte sich ganz darauf, die Hand zur Seite zu schieben.

Erneut berührte er das Metall der Armlehne. Krulmaddens heißer Atem strich ihm übers Gesicht, als er eine andere Schaltkomponente betätigte.

Freier Fall …

Der Kapitän stieß einen verblüfften Schrei aus und glitt fort vom Befehlsstand. Der Phaser rutschte ihm aus der Hand. Chekov hatte mit der plötzlichen Schwerelosigkeit gerechnet — besser gesagt: Er hatte sie sich erhofft —, und deshalb gelang es ihm, sich am Kommandosessel festzuhalten. Jetzt lastete kein Druck mehr auf ihm, und endlich konnte er wieder atmen. In den Ohren rauschte es noch immer, und vor seinen Augen drehte sich alles, aber allmählich stabilisierten sich die Konturen.

Er sah zu Sulu. Der Steuermann hatte die Arme ums Geländer geschlungen und schien gegen die Böen eines Sturms anzukämpfen.

»Achtung!« rief Sulu. »Über Ihnen!«

Chekov drehte den Kopf — Krulmadden hatte sich offenbar von der Brückendecke abgestoßen und sauste nun zu ihm herab. Der Zeigefinger des Russen tastete erneut nach dem Gravitationsschalter, und die Flugbahn des orionischen Kapitäns veränderte sich jäh, als ein Schwerkraftfeld von dreifacher Erdnorm entstand.

»Noch einmal!« rief Sulu.

Chekov verstand und nickte. Indem er die Gravitation ein- und ausschaltete, prallte Krulmadden mehrmals wie ein Gummiball aufs Deck, bis er schließlich die Augen verdrehte. Daraufhin wählte der Russe eine G-Einstellung, die dem terranischen Standard entsprach, griff nach einem Phaser und stand auf. Einige Sekunden lang schwankte er hin und her, hatte dabei das Gefühl, als neige sich der Boden unter seinen Füßen von einer Seite zur anderen. Aber in dieser Hinsicht spielten ihm die Sinne ganz offensichtlich einen Streich, denn Krulmadden lag völlig reglos, rührte sich nicht von der Stelle.

In der Mitte des Kontrollraums erklang dumpfes Stöhnen, als Lasslanlin versuchte, unter der Navigationskonsole hervorzukriechen — dort hatte er Zuflucht gesucht, als die heftigen Gravitationsfluktuationen begannen. Chekov lehnte sich an den Befehlsstand und vergewisserte sich, daß der Strahler auf Betäubung justiert war. Als er zielte, zuckten Lasslanlins Lider, und der Vetter des Kapitäns sackte bewußtlos in sich zusammen.

Sulu trat steifbeinig zu seinem Gefährten. »Gute Arbeit. Gestatten Sie mir eine Frage?«

»Natürlich.«

»Ist Ihnen eigentlich klargewesen, auf was Sie sich einließen?«

Chekov gab sich alle Mühe, empört zu wirken. »Ich habe alles sorgfältig geplant.«

»Davon bin ich überzeugt.« Sulu klopfte dem Russen auf die Schulter und wandte sich ab.

Krulmadden stöhnte, und beide Männer drehten sich zu ihm um.

Für ein oder zwei Sekunden vergaß Chekov fast, wo er sich befand. Der Schwarze Zorn und die Frau in Rot standen neben dem orionischen Kapitän — zwei Gestalten, die irgend etwas Vertrautes hatten. Die Frau hob die Hände, schien ihre Fingernägel in die Augen zu bohren ...

Sie zog zwei Linsen fort.

»Braucht er medizinische Hilfe?« erkundigte sich die Fremde.

Chekovs Kinnlade klappte nach unten. Er kannte diese Stimme.

»Woher soll ich das wissen?« Der Schwarze Zorn richtete sich auf, nahm Strahlenbrille und Translatormaske ab. »Immerhin bin ich Pirat und kein Arzt.«

»Dr. McCoy?« brachte Chekov hervor.

»Uhura?« fragte Sulu verblüfft.

Uhura warf die Kontaktlinsen weg und zog den Schleier fort. McCoy hob den Kampfhelm, und darunter kam zerzaustes Haar zum Vorschein.

»Ich hoffe, Sie wissen, wie man dieses verdammte Schiff fliegt«, sagte McCoy. »Der blöde Kerl hier hat dafür gesorgt, daß meine ganzen Ersparnisse zum Teufel sind.«

»Sie haben für den Schrotthaufen namens *Herz des Sturms* bezahlt?« Sulu konnte es kaum fassen.

»Können Sie sich vorstellen, wieviel es kostet, ein gebrauchtes Raumschiff zu kaufen und stundenlang Subraum-Mitteilungen zu senden, um die Legende vom Schwarzen Zorn zu schaffen?«

Chekov und Uhura sahen sich an und kicherten, als McCoy jammerte.

»Was ist denn so komisch, Fähnrich?«

»O nichts, Doktor«, erwiderte Chekov. »Ich bin nur sehr froh, Sie wiederzusehen.«

Diesmal erklang *menschliches* Gelächter im Kontrollraum der *Queen Mary.*

KAPITEL 7

Donnernder Applaus hallte im Flur vor dem Tagungssaal des Föderationsrates wider. Der breite, mit weißen Marmorfliesen ausgelegte Korridor war leer, und daher erschienen die durch das breite, aus massivem Holz bestehende Portal filternden Geräusche seltsam fehl am Platz.

Spock saß reglos auf der gepolsterten Sitzbank neben dem Eingang, den für gewöhnlich der Vorsitzende benutzte. Er ahnte den Grund für die Ovationen: Vermutlich hatte die Delegierte der antarischen Korona-Welten gerade verkündet, daß ihr System die neuen landwirtschaftlichen Vorschläge des Ressourcenkomitees der Föderation befürwortete. Die antarische Zustimmung war notwendig, um in Zukunft jene Transportprobleme zu vermeiden, die maßgeblich zur Fast-Hungersnot auf Shermans Planet beigetragen hatten. Erneut kamen sich die Welten des interstellaren Völkerbunds ein wenig näher; erneut wurde die Föderation stärker.

Spock rief sich die Tagesordnung ins Gedächtnis zurück. Nach der antarischen Erklärung wollte der Abgeordnete vom Centaurus-Concordium vorschlagen, daß der Rat Hudsons Welt zum Anlaß der fünfzigjährigen Unabhängigkeit offizielle Glückwünsche übermittelte — Spock zweifelte nicht daran, daß dem Antrag einstimmig stattgegeben würde. Im Anschluß daran kamen Petitionen von Privatpersonen an die Reihe, wobei Autorisierungen der jeweiligen Botschaften vorliegen mußten. Spock stand als dritter Sprecher auf der Liste, aber er wußte inzwischen, daß seine beiden Vorredner nicht mehr beabsichtigten, vor dem Rat zu erscheinen.

Deshalb schätzte er, daß es nur noch vier Minuten und dreißig Sekunden dauerte, bis man ihn in den Saal bat. Er vertraute darauf, daß auch Dr. Richter zu solchen Berechnungen imstande war.

Penn Grossman näherte sich dem Vulkanier. Seine neuen Schuhe quietschten auf dem Marmorboden, und alles deutete darauf hin, daß er sich in dem Anzug nicht wohl fühlte. Er hatte die Hände tief in die Taschen geschoben, ruinierte damit die Eleganz seiner Kleidung.

»Finden Sie sich damit ab, Mr. Spock«, sagte der Student. »Er kommt nicht.«

»Und er kommt doch«, zischte Marita, bevor Spock etwas erwidern konnte. Sie verzog das Gesicht und hob ihren kleinen Sohn. »Nicht wahr, Alexander? Was meinst du?« Das Kind gluckste. »Na bitte. Alexander weiß, daß uns Dr. Richter nicht im Stich läßt.«

Penn trat einige Schritte fort, drehte sich um und kehrte zurück. Nervös strich er sich übers kurze Haar. »Wie kannst du nur so ruhig sein, Marita? Begreifst du denn nicht, daß man uns hereingelegt hat?«

Spock schwieg. Schon dreimal hatte er versucht, dem jungen Mann alles zu erklären. Es mangelte Penn nicht an Intelligenz, aber unglücklicherweise gab es in seinem Charakter einen ausgeprägten Sturheitsfaktor. Diese menschliche Eigenschaft konnte besonders problematisch sein, wie der Vulkanier aufgrund seiner Erfahrungen mit Dr. McCoy wußte.

»Mr. Spock hat gute Gründe dafür, Penn. Ich bin ihm nicht böse.«

»Aber du verpaßt die Chance, vor dem Föderationsrat zu sprechen! Weißt du eigentlich, wie viele Milliarden Bürger sich die Nachrichten über die heutige Versammlung des Rates ansehen werden?« Penn wischte sich die schweißfeuchten Hände an der Hose ab.

»Man wird Dr. Richter weitaus aufmerksamer zuhören als mir«, entgegnete Marita.

Das Begriffsvermögen der jungen Frau erstaunte

Spock. Als er vorgeschlagen hatte, daß Dr. Richter ihren Platz als noch zu benennender Begleiter einnehmen sollte … Daraufhin verstand sie sofort, daß dies von Anfang an Spocks Plan gewesen war.

»Deshalb haben Sie mich zur vulkanischen Botschaft mitgenommen, nicht wahr?« fragte Marita nach der ersten Begegnung mit Richter. »Sie rechneten mit dem Hinweis des Botschafters, daß Sie besser darauf verzichten sollten, meinen Namen in den Referenzen nennen zu lassen. Es ging Ihnen vor allem um eine Blanko-Akkreditierung, die *Dr. Richter* Gelegenheit geben soll, vor dem Rat zu sprechen. In den Unterlagen darf er nicht erwähnt werden, weil er der Starfleet-Autorität untersteht — man hätte ihn daran hindern können, als Redner aufzutreten. Raffiniert von Ihnen, Spock. Und sehr logisch.«

Spock hatte sich das Kompliment angehört, ohne die falschen Annahmen Maritas zu korrigieren.

Doch Penn lehnte es ab, die veränderte Situation einfach so zu akzeptieren. »Du magst diesen Außerirdischen für deinen Kumpel halten, Marita, aber eins steht fest: Mr. Spock, der Vulkanier, hat dich *belogen.* Er brauchte die Hilfe der SFSFV, um seinen Forderungen Nachdruck zu verleihen, vor dem Rat zu sprechen. Es ging ihm einzig und allein darum, uns zu *benutzen.*«

»Er hat nicht gelogen, Penn. Wir haben nur nicht die ganze Wahrheit von ihm gehört.«

»Oh, was für ein Unterschied!«

Marita ließ Alexander auf dem einen Knie reiten. »Mr. Spock, wenn Sie sich an die Delegierten des Rates wenden … Beziehen Sie dann Stellung gegen die Erste Direktive?«

»Ja.«

»Im Ernst?« fragte Penn.

»Ich bedauere sehr, darauf hinweisen zu müssen, daß Sie während der vergangenen Tage nichts dazugelernt haben. Ihre Frage zeichnet sich durch ein hohes Maß an

Sinnlosigkeit aus, aber ich bin trotzdem bereit, sie zu beantworten. Ja, es ist mein Ernst; ich werde gegen die Erste Direktive sprechen.«

Erneut ertönte Applaus hinter dem Portal: Der Rat hatte gerade den erwarteten einstimmigen Beschluß gefaßt. Nach Spocks Berechnungen blieben ihm jetzt nur eine Minute und zehn Sekunden.

»Und wenn Dr. Richter das Wort ergreift …«, fuhr Marita fort. »Beabsichtigt er, die Erste Direktive zu kritisieren und ihre Abschaffung zu verlangen?«

»Ich rechne nicht damit, daß Dr. Richter eine lange Rede hält, aber allein seine Präsenz wird genügen, um meinen Ausführungen Nachdruck zu verleihen.«

Marita bedachte Penn mit einem mißbilligenden Blick. »Na bitte. Es spielt keine Rolle, *wer* den Erfolg erzielt — es kommt nur darauf an, daß wir unser Ziel erreichen. Penn Grossman, dein Problem besteht darin, daß du eifersüchtig bist.«

Der Student hob die Hand zur Stirn und starrte so verblüfft durch den Flur, als hätte er gerade einen romulanischen Spion gesehen. »Lieber Himmel, warum wirft man mir immer wieder Eifersucht vor?«

Weil Sie an einem solchen Syndrom leiden, dachte Spock. In diesem Fall hatte er nichts dagegen einzuwenden: Penns intensive Emotionen lenkten ihn davon ab, weitere Fragen zu stellen.

Spock stand auf, und wenige Sekunden später öffnete sich die Tür des Vorsitzenden. Eine Ratsbedienstete trat in den Flur, und ihre Kleidung wurde der Tradition gerecht: ein graues Kostüm, dazu ein weißer Schal. Der Vulkanier reichte ihr das Datenmodul mit den elektronischen Dokumenten der Botschaft.

»Die Akkreditierungsunterlagen enthalten keine Namen, was mir das Recht gibt, beliebige Begleiter zu benennen«, betonte Spock.

Die Bedienstete schob das Modul in einen Scanner und blätterte durch die Bildschirmseiten. Sie wirkte nicht überrascht; vermutlich war sie gut informiert und daher auf diese Begegnung vorbereitet. »Gehören diese beiden Personen zu Ihren Begleitern?« fragte sie.

»Ja«, antwortete Spock. »Sie werden nicht vor dem Rat sprechen, sind jedoch berechtigt, den Saal zusammen mit mir zu betreten.«

»Was ist mit dem Kind?« erkundigte sich die Bedienstete skeptisch.

»Ich lasse meinen Sohn nicht hier im Flur zurück«, sagte Marita.

»Wie Sie meinen.« Die Frau im grauen Kostüm hob einen an der Tür angebrachten Messingklopfer, und ein verborgener Mechanismus öffnete den Zugang. Ein seltsames Rauschen erklang: das Geräusch von mehr als hundert flüsternden Stimmen.

»Da wäre noch eine Sache«, sagte Spock. »Einige Mitglieder meiner Gruppe haben sich verspätet. Bitte gewähren Sie ihnen Einlaß, sobald sie hier sind.«

Die Bedienstete sah noch einmal auf das Display des Scanners und nickte. »In Ordnung. Wie viele Personen sind es?«

»Fünf«, sagte Spock und betrat den Saal.

Was die stimmberechtigten Abgeordneten betraf, bestand der Föderationsrat aus Tausenden von Delegierten. Jede Gemeinschaft hatte das Recht, im Rat vertreten zu sein: einzelne Welten und Kolonien, LaGrange-Außenposten, die Völker von Planeten, auf denen mehrere intelligente Spezies lebten. Aber um die Effizienz der routinemäßigen Verwaltungsarbeit zu erhöhen, teilte sich der große Föderationsrat in Hunderte von kleinen Komitees auf, deren Angehörige sich mit lokalen und regionalen Problemen befaßten. Nur selten kam es zu Versammlungen, an denen alle Abgeordneten teilnahmen.

Für dringende Angelegenheiten brauchte der interstellare Völkerbund die Möglichkeit, innerhalb kurzer Zeit wichtige Entscheidungen zu treffen. Diesem Zweck diente der sogenannte Zentralrat. Die Delegiertengruppen aus einzelnen Bereichen — in den meisten Fällen handelte es sich dabei um Sonnensysteme — wählten einen Repräsentanten für den Zentralrat, der aus insgesamt knapp zweihundertfünfzig Abgeordneten bestand, mehr als die Hälfte von ihnen Nichtmenschen. Bei diesen Personen konzentrierte sich die Macht der erfolgreichsten Union in der Geschichte von tausend Welten. Und Spock schickte sich nun an, zu ihnen zu sprechen.

Der Versammlungssaal erwies sich als bemerkenswert schlicht: zwei einander zugewandte Bereiche mit Sitzbänken, eine Kommunikationswand und eine Gästesektion — dort stand Botschafter Sytok. Hinzu kam ein Redner-Segment, von dem aus Personen, die keine Ratsmitglieder und vielleicht nicht einmal Bürger der Föderation waren, zu den Delegierten sprechen konnten.

Spock wartete im zuletzt genannten Bereich, während der Vorsitzende des Rates Spocks konsularische Referenzen der Tagungspräsidentin Sukio Hirashito vorlas. Marita, die ihren Sohn in den Armen hielt, und Penn standen einige Meter entfernt, dicht vor der Tür.

Der Vorsitzende — ein hochgewachsener Maori im traditionellen Parlamentsumhang — kehrte zu Spock zurück und reichte ihm die Unterlagen. Dann wandte er sich an die Abgeordneten.

»Das Wort hat Spock, Bürger von Vulkan, Bürger der Vereinten Föderation der Planeten. Alle Anwesenden sind hiermit aufgefordert, ihm zuzuhören.« Der Vorsitzende legte eine kurze Pause ein, als mindestens hundert Translatoren summten und seine Worte in fremde Sprachen übersetzten. »Bitte treten Sie vor und sprechen Sie nun zum Rat, Mr. Spock.«

Der Vulkanier ging einige Schritte und erahnte die Gedanken der Ratsmitglieder. Sie alle glaubten, genau zu wissen, worüber er reden wollte. Und sie alle irrten sich.

»Sehr geehrte Präsidentin, sehr geehrter Vorsitzender, ehrenwerte Delegierte des Zentralrates … Ich bin hier, um auf ein großes Unrecht hinzuweisen, das der Vereinten Föderation der Planeten durch die Föderation selbst widerfuhr. Es sind sofortige Maßnahmen nötig, um den Frieden zu wahren.«

Einige Delegierte beugten sich überrascht vor oder sprachen leise und aufgeregt miteinander. Mit einer solchen Einleitung hatten sie nicht gerechnet. Der Hinweis auf ein Unrecht, das der Föderation durch die Föderation widerfahren war, diente normalerweise dazu, vor einer Gefahr zu warnen, die dem inneren Frieden drohte. Und die letzte Krise dieser Art lag mehrere Jahrzehnte zurück …

Der Vorsitzende näherte sich Spock, und die Sensormikrofone in der Decke folgten seinen Bewegungen, um auch weiterhin die Stimme zu empfangen und zu Dutzenden von Lautsprechern weiterzuleiten. »Sie wollten über die Erste Direktive sprechen, Spock.«

»Soweit ich weiß, binden mich die Referenzen und Akkreditierungen nicht an ein bestimmtes Thema«, erwiderte der Vulkanier. »Und ich habe das Wort.«

Der Vorsitzende blickte zur Präsidentin, die kurz nickte.

»Spock, Ihre einleitenden Worte lassen den Schluß zu, daß Sie rechtliche Angelegenheiten erörtern möchten.«

»In der Tat.«

»Aber dies ist ein Bürgerforum, für die Diskussion allgemeiner Dinge bestimmt. Wenn Sie Rechtsangelegenheiten zur Sprache bringen möchten, so muß ich Sie fragen, auf welche Gesetze Sie sich berufen.«

Gut, dachte Spock. Ohne diese Frage hätte er seine Rede nicht wie geplant fortsetzen können. Jetzt war der Weg frei.

Er sprach laut, damit ihn alle hören konnten. »Als rechtliche Bezugsbasis nenne ich hiermit die Basiserklärungen der marsianischen Kolonien.«

Daraufhin blieb kein Abgeordneter still. Zwei Tellariten sprangen auf, und der Vorsitzende sah sich gezwungen, die Versammelten mehrmals zur Ordnung zu rufen. Niemand wußte, was sich nun anbahnte, und dieser Umstand weckte allgemeine Nervosität.

»Ich habe noch immer das Wort, oder?« fragte Spock.

Der Vorsitzende nickte und wich zurück.

»Ein Gründungsprinzip der Föderation gibt jedem Volk die Möglichkeit, aufgrund seiner individuellen Bedürfnisse und Wünsche den eigenen Entwicklungsweg zu bestimmen. Die Erste Direktive ist eine direkte Erweiterung dieses Grundsatzes.« Hier und dort erklang zufriedenes Murmeln, als Spock etwas ansprach, das alle Abgeordneten für sein Hauptthema hielten.

»Doch die Maxime der Selbstbestimmung führt unweigerlich zu gewissen Ungerechtigkeiten. Zum Beispiel können technisch höher entwickelte Zivilisationen mehr natürliche Ressourcen beanspruchen, als ihnen eigentlich zustehen.« Das Murmeln wurde lauter — was hatte dies alles mit Rechtsangelegenheiten oder der Ersten Direktive zu tun?

»Dieser Konflikt fand zum erstenmal Ausdruck in der Basiserklärung der marsianischen Kolonien. Dabei trafen die Signatare folgende Übereinkunft: Da die Kolonien nur über ein beschränktes Bergbaupotential verfügten, wurde ein Teil des Asteroidengürtels zum Treuhandvermögen erklärt und für den Mars reserviert.

Diese erste interplanetare Anerkennung der Relevanz von Ressourceneinteilung hat inzwischen in allen Gesetzen der Föderation Niederschlag gefunden. Es gibt kein einziges Mitglied des interstellaren Völkerbunds, das *nicht* vertraglich geregelten Anspruch auf zukünftige Ressourcen irgendeiner Art hat. Diese Kontigentierung findet automatisch statt, und jedes neue Mitglied der Föderation hat ein Recht darauf.«

Ein Tellarit hob zwei Hufe zum schnauzenartigen Mund und rief: »Kommen Sie endlich zur Sache!«

»Ursprünglich bezogen sich jene Ansprüche in erster Linie auf den Abbau von Rohstoffen, aber heute schließt man extraplanetare Kolonisierung mit ein. Wenn Welten gerade erst mit der Raumfahrt begonnen haben, so fehlen ihnen fast immer die Mittel, benachbarte Sonnensysteme zu kolonisieren. Aus diesem Grund reserviert die Föderation innerhalb ihrer Grenzen geeignete Planeten, um sie den entsprechenden Völkern später zur Verfügung zu stellen.«

Eine Bedienstete reichte dem Vorsitzenden einen Zettel. Der Maori las die Nachricht, nickte der Präsidentin zu und wandte sich dann noch einmal an Spock.

»Der Rat hat gerade erfahren, daß Ihrer Gruppe noch einige andere Personen angehören, die bisher nicht eingetroffen sind. Wir müssen daraus schließen, daß Ihr unangebrachter historischer Vortrag allein dem Zweck dient, Zeit zu gewinnen. Falls das stimmt, so können Sie wegen Mißachtung der Würde des Rates aufgefordert werden, den Saal zu verlassen.«

Spock hatte diese Mahnung schon vor zwei Minuten erwartet. Vielleicht war es ihm gelungen, das Interesse der Delegierten zu wecken.

»Alle bisher von mir erwähnten Punkte stehen in unmittelbarem Zusammenhang mit der Problematik, die ich hier präsentieren möchte«, erwiderte er. »Bitte geben Sie mir fünf Minuten Zeit, um den Beweis dafür zu erbringen.«

Der Vorsitzende musterte Spock und suchte in seinem unbewegten Gesicht nach Anzeichen für Unaufrichtigkeit. Offenbar fand er keine. »Nun gut. Sie haben fünf Minuten, mehr nicht.«

Spock hatte die notwendige Dauer berechnet: Er benötigte nur drei Minuten.

»Im Falle des Planeten Talin IV...«

Von einem Augenblick zum anderen ging es im Saal drunter und drüber.

»Zerstörer!«

»Weltenmörder!«

Andere Beschimpfungen kamen hinzu, in vielen verschiedenen Sprachen. Spock versuchte mehrmals, seinen Vortrag fortzusetzen, aber der von den Delegierten verursachte Lärm übertönte ihn. Der Vorsitzende brauchte den größten Teil der fünf versprochenen Minuten, um die Ruhe im Saal wiederherzustellen. Die Reaktion der Abgeordneten war weitaus intensiver als angenommen, und Spock nahm das zum Anlaß, seine Schilderungen in Gedanken zu redigieren. Er strich einige Bemerkungen aus dem mentalen Manuskript, damit sich in Hinsicht auf das Timing keine Schwierigkeiten ergaben.

»Talin IV ist Heimat einer Spezies, von der die Föderation glaubte, daß sie innerhalb der nächsten fünfzig bis hundert Standardjahre mit der interstellaren Kolonisierung beginnen würde. Die Kontingentierung zugunsten der Talin besteht aus achtundvierzig Welten im Umkreis von fünfundzwanzig Parsec.« Spock legte eine Pause ein, und diesmal blieb alles still. Allem Anschein nach wollten die Delegierten vermeiden, noch einmal vom Vorsitzenden gerügt zu werden. Ganz deutlich spürte der Vulkanier ihre Feindseligkeit.

»Auf Talin ist es vor einigen Monaten zu einer schrecklichen Katastrophe gekommen, und angesichts der eben genannten Regelung fordere ich die Föderation auf, dem Planeten kurz- und langfristige Hilfe zu gewähren, die Überlebenden in dem Bemühen zu unterstützen, mit den Folgen der Tragödie fertig zu werden.«

Einige Sekunden lang erklang lauter Protest, und dann beschloß die Präsidentin, sich nicht mehr allein auf die Rolle des Zuhörers zu beschränken. Sie öffnete eine kleine Schatulle, die vor ihr auf dem Tisch stand, entnahm ihr eine altmodische Brille und wartete, bis der Tagungsvorsitzende wieder für Ruhe gesorgt hatte.

»Mr. Spock ...«, begann sie, und in ihrer Stimme erklang selbstbewußte Autorität, »der Planet Talin IV steht unter dem Schutz der Ersten Direktive. Daher können wir ihm nicht helfen. Ihr Antrag überrascht mich — der Sohn von Sarek sollte es eigentlich besser wissen.«

Spock trat vor, ins Zentrum des Saals. »Madame Präsident, mit allem Respekt: Ich behaupte hiermit, daß die Erste Direktive gar nicht auf Talin IV anwendbar ist.«

Die Präsidentin rückte ihre Brille zurecht. »Spock, Sie sollten sich nicht von Verzweiflung zu Dingen hinreißen lassen, die Sie später bereuen. Dadurch bringen Sie Schande über sich selbst und auch über Ihre Heimat. Die Erste Direktive ist auf alle Welten anwendbar, die nicht zur Föderation gehören.«

Spock trat noch etwas näher. »Madame Präsident, mit allem Respekt: Ich behaupte hiermit, daß Talin IV bereits zur Föderation gehört.«

Sukio Hirashito verlor die Fassung, schnappte unwillkürlich nach Luft und starrte den Vulkanier groß an. »Und worauf gründet sich diese Behauptung?« Der Vorsitzende konnte die Delegierten nicht mehr unter Kontrolle halten. Dreißig oder mehr riefen ähnliche Fragen.

Spock hob die Stimme. »Für den Planeten Talin IV sind achtundvierzig Welten für zukünftige Kolonisierung kontingentiert worden, was bedeutet: Er hat bereits die Rechte und Privilegien einer Mitgliedswelt der Föderation. Es handelt sich um eine *de facto* Mitgliedschaft, *und deshalb kann die Erste Direktive nicht angewandt werden.*«

Fast zweihundertfünfzig Abgeordnete ignorierten den Vorsitzenden und die Präsidentin, verstummten erst, als Botschafter Sytok zu Spock trat. Diesmal trug er offizielle Kleidung: Die Kristalle von Orden und Auszeichnungen glänzten an seinem Umhang.

»Madame Präsident, Vorsitzender …« Sytok hob die Hand zum Gruß. »Ich beanspruche das Recht, mit Spock zu sprechen, einem Bürger des Planeten Vulkan. Ich werfe ihm vor, seine Referenzen und Akkreditierungsunterlagen mit falschen Erklärungen beantragt zu haben.«

Spock schenkte dem Botschafter keine Beachtung. »Mit allem Respekt, Madame Präsident: Der Rat hat noch nicht auf meine Forderung reagiert, den Talin unverzüglich Hilfe zu schicken.«

»Mr. Spock!« Ganz plötzlich herrschte Stille im Saal. Der Anblick und die Stimme eines *verärgerten* Vulkaniers schockierten die Abgeordneten. Sytok sah sich um, begriff seinen Fehler und faßte sich. »Madame Präsident, bitte erlauben Sie mir, auf Spocks Anliegen einzugehen.«

»Ich bitte Sie darum«, erwiderte Sukio Hirashito und lehnte sich zurück.

»Mr. Spock …«, begann Sytok und sprach ruhiger als vorher, »ich gebe zu, daß Ihre Ausführungen eine gewisse Logik enthalten. Man könnte tatsächlich zu dem Schluß gelangen, daß Talin IV aufgrund der bereits erfolgten Kontingentierung als Mitglied der Föderation anerkannt wurde.«

»Danke«, sagte Spock. Ob Absicht dahintersteckte oder nicht: Mit dieser Bemerkung hatte Sytok sichergestellt, daß die Talin Hilfe bekamen.

»Doch abgesehen von dieser oberflächlichen Argumentation läßt Ihre Logik sehr zu wünschen übrig«, fügte Sytok hinzu.

»Ich bin gern bereit, mich von Ihnen korrigieren zu lassen«, erwiderte Spock mit dem rhetorischen Respekt eines Schülers dem Lehrer gegenüber.

Sytok holte tief Luft. »Sie haben nicht die Akkreditierung, um vor diesem Rat Hilfe für eine Mitgliedswelt der Föderation zu beantragen.« Der Diplomat vollführte eine Geste, die allen Delegierten galt. »Wenn Talin wirklich zum Völkerbund gehört — wo sind dann die offiziellen Gesandten? Nur ein von den Bewohnern des Planeten entsandter Botschafter kann um Hilfe bitten.«

»Allein das hindert uns daran, den Überlebenden zu helfen? Das Fehlen eines förmlichen Antrags?«

Sytok griff nach dem Kragen seines Umhangs. »Es ist nicht viel«, sagte er. »Aber es genügt.« Er wandte sich um und ging fort.

Spock sah zum Wartebereich an der Tür. Marita und Penn standen dort, mit einem stummen Vorwurf in den Augen. Der Vulkanier hatte tatsächlich gegen die Erste Direktive gesprochen, aber nur in bezug auf einen einzelnen Planeten. Er musterte Marita und wußte: Sie war fähig, ihn zu verstehen. Mit einem Wink bedeutete er ihr, die Tür zu öffnen.

Sie nickte, hob Alexander etwas höher an die Schulter und zog an dem Messingklopfer. Der Zugang schwang auf, und Spock stellte fest, daß im Flur jene fünf Personen standen, die er für den Abschluß seines Vortrags brauchte.

»Botschafter!« rief er.

Sytok blieb ganz kurz stehen und sah über die Schulter, drehte sich dann langsam um. Für einen Vulkanier ganz und gar untypisches Erstaunen zeichnete sich in seinem Gesicht ab, und die gleiche Verblüffung kam im lauter werdenden Raunen der Delegierten zum Ausdruck.

Spock sah zu den übrigen Angehörigen seiner Gruppe. Als erster kam Dr. Richter herein; sein Gehstock klackte auf dem Marmor. Es folgten Carole Mallett und Mario Cardinali vom EKA — sie führten zwei große Gestalten, die lange graue Umhänge trugen und deren Bewegungen auf Kraft und Eleganz hindeuteten.

»Ich möchte dem Rat zwei Gesandte vorstellen«, sagte Spock. »Die Botschafter Seerl ti'La und Orr ni'Li ...«

Alle Abgeordneten sprangen auf und kommentierten das Geschehen in ihren jeweiligen Sprachen.

Spock unterbrach sich nicht. Seine nächsten Worte galten vor allem den automatischen Protokollgeräten. »Es sind die Repräsentanten der beiden größten Nationalstaaten auf Talin IV, bekannt unter der Bezeichnung Grün und Braun ...«

Mallett und Cardinali verharrten, als sie Spock erreichten. Muskulöse Arme mit gefleckter Haut ragten aus den Ärmeln der Gäste-Umhänge, als die beiden großen Gestalten Klauenhände hoben und ihre Kapuzen zurückstrichen.

Seerl ti'Las Haarkamm richtete sich auf, und seine Haut gewann eine scharlachrote Tönung, als er die vielen fremden Wesen sah. Neben ihm glänzte Orr ni'Lis Haut in einem dunklen Türkis, und ihre großen gelben Augen blinzelten. Die Köpfe der beiden Geschöpfe bewegten sich ruckartig, in der Art von Vögeln. Mallett und Cardinali berührten ihre beiden Begleiter an den Armen, um sie zu beruhigen.

»*Ich werfe Ihnen vor, diese beiden Kreaturen entführt zu haben!*« rief Sytok. »*Welch eine Schande!*«

Die Talin drängten sich aneinander — das Chaos im Saal verunsicherte sie ganz offensichtlich. Spock bemerkte kleine, silbrig glänzende Translatoren an ihren Hörmembranen, und er fragte sich, was die Apparate angesichts des enormen akustischen Durcheinanders im Saal übersetzen konnten. Nun, der Vulkanier hatte bereits ein langes, ausführliches Gespräch mit den beiden Talin geführt, und daher wußten sie, welche Worte er nun an den Rat richten würde.

»Aus freiem Willen haben sie ihren Heimatplaneten verlassen, in einem Raumschiff, das ihr Volk ohne Hilfe von Außenweltlern baute«, sagte Spock und wies damit auf die Unsinnigkeit von Sytoks Anklage hin. Er hob die konsularischen Dokumente hoch über den Kopf. »Durch diese von der vulkanischen Botschaft zur Verfügung gestellten Blanko-Akkreditierungen werden Seerl ti'La und Orr ni'Li Botschafter einer Mitgliedswelt der Föderation. Und sie nehmen ihr *Recht* wahr, den Rat um Hilfe für ihre Heimat zu bitten.«

KAPITEL 8

Die *Ian Shelton* flog mit vierundsechzigfacher Lichtgeschwindigkeit, aber für James Kirk war das nicht schnell genug. Er saß an der Navigationskonsole, als könnte er den Triebwerken von dort aus noch etwas mehr Leistung entlocken. *Noch drei Tage bis nach Talin,* dachte er. *Du bist zu sehr an Schiffe wie die* Enterprise *gewöhnt und mußt mehr Geduld haben.*

Kirk hörte ein Geräusch, das von mehreren kleinen Pfoten verursacht wurde, und aus einem Reflex heraus spannte er die Muskeln, um für den Aufprall gewappnet zu sein. Nogura erreichte ihn als erster und sprang auf den Schoß. Fitzpatrick und Komack begnügten sich zunächst damit, ihm ums Bein zu streichen.

»Aha«, sagte Gauvreau, als sie ihren Lieblingen auf die Brücke folgte. »Der Captain und seine ihm treu ergebene Crew.«

Kirk schob Nogura beiseite und hielt die beiden anderen Katzen auf Distanz, indem er näher an die Konsole heranrückte. Auch im Kontrollraum der *Enterprise* war er schon einmal in eine solche Situation geraten — aber Tribbles konnten wenigstens nicht springen.

Gauvreau trat an seine Seite. »Was soll ich mir ansehen?«

Kirk deutete auf ein Sensor-Display, das zwar zur Navigationskonsole gehörte, aber nicht dem Standard entsprach. Die Online-Handbücher lieferten keine Hinweise, und er konnte nicht feststellen, auf welchen Systemen die Funktion des Anzeigefelds basierte. Nun, bis vor einigen Minuten war es ihm gleichgültig gewesen, was es mit diesem besonderen Display auf sich hatte, doch jetzt erwachte es plötzlich zu elektronischem Leben. Wellenförmige Linien wanderten über den kleinen Bildschirm, begleitet von Kombinationen aus Zahlen und Buchstaben.

»Was auch immer dieses Ding orten soll«, sagte Kirk. »Ich glaube, es ist fündig geworden.«

Gauvreau nickte zufrieden. »Willkommen in der allein von Geld bestimmten Welt eines Frachterkapitäns. Das ist mein Bergungsscanner. Hält immer nach Wracks, alten Sonden und so weiter Ausschau.«

In den Innensektoren der Föderation mochte ein solcher Scanner durchaus sinnvoll sein, fand Kirk. Aber hier draußen in den peripheren Bereichen waren nicht so viele Raumschiffe unterwegs, und die meisten von ihnen flogen in genau festgelegten Kurskorridoren, wie die *Shelton.*

»Haben Sie schon mal etwas gefunden?« fragte Jim skeptisch. »Hier in den Außenquadranten?«

»Und ob.« Gauvreau veränderte die Justierung des Bergungsscanners. »Dauernd stoße ich auf alte Sonden von der Erde, vom Typ Voyager und Nomad. Wissen Sie, nach vier oder fünf Jahren mit voller Impulskraft bei null Komma neun neun *c* hatten die Dinger eine Chance von fünfzig Prozent, in den Warpraum zu tunneln. Deshalb gingen so viele von ihnen verloren. Deshalb erscheinen sie manchmal Tausende von Lichtjahren entfernt.« Die Kommandantin betätigte eine Taste. »Bisher habe ich drei Exemplare dem Smithsonian verkauft.«

Kirk beobachtete, wie sich Konturen auf dem Display formten. »Und das hier?« Der Scanner arbeitete nicht mit einem so hohen Auflösungsvermögen wie die Sensoren der *Enterprise.* Das geortete Objekt konnte eine alte Sonde sein — oder ein Asteroid.

»Die Entfernung ist zu groß für eine Identifizierung«, erwiderte Gauvreau. Mit den Händen an den Hüften trat sie zurück. »Ein relativ kleines Objekt, das zum größten Teil aus Metall besteht. Es könnte ein Schiff sein ... Aber es fehlen energetische Emissionen.« Sie schürzte die Lippen. »Für jene Sonden habe ich fünfzigtausend Credits pro Stück bekommen.«

Kirk überprüfte die Koordinaten und schätzte, daß ein fünf Flugstunden langer Umweg die *Shelton* nahe genug an das rätselhafte Objekt heranbrachte, um genauere Daten zu gewinnen. Gauvreau schien ihm die Entscheidung zu überlassen, und diesen Umstand wußte er zu schätzen. *Es sind nur fünf Stunden,* dachte er und hoffte, daß Scott nicht schon wieder ein Wunder vollbrachte. Wenn er die *Enterprise* früher als geplant aus dem Talin-System in den interstellaren Raum steuerte ...

»Na schön«, sagte Kirk. »Ich schlage vor, wir ändern den Kurs und sehen uns die Sache aus der Nähe an.« Er wartete keine Antwort ab, gab die neuen Daten ein und sah zu den vorbeigleitenden Sternen im großen Projektionsfeld.

Viereinhalb Stunden später kannte Jim den Bergungsscanner gut genug, um ihn mit den Hauptsensoren zu verbinden und dadurch eine Leistungssteigerung von dreißig Prozent zu erzielen.

»Nicht übel«, sagte Gauvreau, als sie die neuen Schaltungen und Programmierungen überprüfte. »Solche Tricks lehrt man nicht an der Akademie.«

»Bei Patrouillen im Bereich der Föderationsgrenzen muß man lernen zu improvisieren«, erwiderte Kirk und nahm einige letzte Justierungen vor. »Wenn wir nach Talin gelangen, sollten wir Mr. Scott bitten, sich Ihren Materie-Antimaterie-Wandler anzusehen. Ich bin sicher, er könnte noch einen zusätzlichen halben Warpfaktor aus Ihrem Triebwerk herausholen, ohne daß der Energieverbrauch steigt.« Mit einem Tastendruck schickte er die Sensordaten zum Projektionsfeld, und dort verwandelte der Computer sie in ein Bild. »Jetzt müßte sich eigentlich herausstellen, was wir gefunden haben.«

Der Schirm zeigte eine sich langsam ausdehnende Gaswolke, in der Trümmer dahintrieben.

Gauvreau schnitt eine Grimasse. »Die Reste eines Schiffes.«

»Und es wurde erst vor kurzer Zeit zerstört«, fügte Kirk hinzu. »Vor einem knappen Tag.« Die Gaswolke hatte sich nur zweihundert Kilometer weit ausgedehnt, und der Abstand zwischen den einzelnen Metallfragmenten war gering genug, um aus größerer Entfernung den Eindruck zu erwecken, daß es sich um eine einheitliche Masse handelte. Andernfalls hätte der Bergungsscanner überhaupt nicht reagiert. Kirk wies den Computer an, die größten Trümmerstücke zu sondieren und von ihrer Form auf die Struktur des Schiffes zu schließen.

Es dauerte nicht lange, bis sich ein entsprechendes Muster auf dem großen Bildschirm bildete.

»*Merde*«, fluchte Gauvreau, als sie die noch unvollständige Grafik erkannte. »Ein Frachter.«

»Ein ziemlich alter«, bestätigte Kirk. »Aus der DY-Serie.« Solche Transporter waren ihm recht vertraut.

Gauvreau schaltete die Sensoren um und begann mit einer Suche nach organischer Materie. Der Scan lieferte ein negatives Ergebnis. »Vermutlich ein Robotraumer.« Sie seufzte erleichtert. »Keine Hinweise auf Leichen.«

Kirk konnte sich nicht dazu durchringen, ihre Erleichterung zu teilen. »Die Gaswolke enthält viel Sauerstoff. Und eine derartige Atmosphäre ist nur an Bord eines bemannten Schiffes notwendig.«

Gauvreau begann mit einer neuerlichen Rejustierung der Sensoren. »Suche nach Überlebenskapseln und Shuttles.«

Kurz darauf erklang ein rhythmisches Summen. »Positiver Kontakt«, stellte die Frau fest. Sie schob sich etwas näher an die Navigationskonsole heran, bediente zusammen mit Kirk die Kontrollen. Die drei Katzen sahen von den Sesseln der anderen Stationen aus zu.

»Es ist keine Überlebenskapsel«, sagte Jim. »Und auch kein Shuttle.« Tasten klickten unter seinen Fingern. »Eine Emissionsspur ...«

Gauvreau nickte. »Radioaktiv.« Und etwas leiser: »Energie aus spaltbarem Material.«

Kirk fühlte sich von jähem Zorn erfaßt. Er wußte, welche Schiffe eine solche Strahlungsspur hinterließen. »Orionische Piraten.«

»Verdammte Mistkerle!« kommentierte Gauvreau.

»Mit welchen Waffen ist die *Shelton* ausgestattet?« fragte Kirk.

Die Kommandantin wandte den Blick von ihm ab. »Sie wissen doch, daß ein Frachter keine Waffensysteme haben darf.«

Jim maß sie mit einem durchdringenden Blick.

»Photonentorpedos«, sagte Gauvreau schließlich. »Keine besonders modernen. Aber ihr energetisches Niveau beträgt siebzig Prozent.«

»Wie viele?«

»Drei.« Es klang verlegen.

»Und wie werden sie gestartet?«

»Ich habe die, äh, vordere Abfallröhre mit dem betreffenden Katapult modifiziert.«

Kirk nickte und richtete den Blick wieder auf die Anzeigen des Navigationspults.

»Einen Augenblick ...«, brachte die Frau hervor. »Sie sollten die *Shelton* nicht mit der *Enterprise* verwechseln. Wir können kein Piratenschiff angreifen. Das ist völlig ausgeschlossen.«

Kirk sah nicht von den Kontrollen auf. »Keine Sorge. Aber wir müssen nahe genug an den Orioner heran, um sein ID-Muster zu erfassen — und es Starfleet zu übermitteln, sobald wir Talin erreichen.«

Gauvreau entspannte sich, aber nur für einige Sekunden. »Warum haben Sie sich dann nach den Waffen erkundigt?«

Kirk programmierte den neuen Kurs. *Gut*, dachte er.

Der Pirat fliegt ebenfalls in Richtung Talin. Wir verlieren also keine Zeit.

»Warum wollten Sie wissen, über welche Waffen die *Shelton* verfügt?« wiederholte Gauvreau.

Kirk stand auf und streckte sich. »Ich schätze, in drei Stunden sind wir in Sensorreichweite des Piraten.«

»Und?«

»Es könnte bedeuten, daß uns die orionischen Sensoren in *zweieinhalb* Stunden erfassen.« Jim lächelte, um die Kommandantin zu beruhigen. »Seien Sie unbesorgt. Mir fällt es leichter, die Flucht zu ergreifen, wenn ich weiß, daß ich mich nötigenfalls zur Wehr setzen kann.«

Die Sorge verharrte in Gauvreaus Zügen. »Erzählen Sie mir mehr von der Flucht«, entgegnete sie.

Zwei Stunden und vierzig Minuten später deuteten die Anzeigen auf folgendes hin: Das orionische Schiff wurde langsamer und änderte den Kurs.

»Wird auch Zeit, daß du mal nach hinten siehst«, murmelte Kirk und betrachtete den Ortungsreflex auf dem Schirm.

Gauvreau saß an der Ambientenstation — von dort aus ließ sich die modifizierte Abfallröhre kontrollieren. »Dreht der Raumer bei?«

»Noch nicht«, erwiderte Jim. »Wir sind mitten in der Emissionsspur, und die Entfernung ist noch groß genug, um uns für ein Echo zu halten. Der Kurswechsel soll uns zu einer Reaktion veranlassen. Wenn wir nichts unternehmen, glaubt man vielleicht, daß wir eine energetische Resonanz sind.«

»Also unternehmen wir nichts, oder?«

»Derzeit warten wir ab.« Kirk beobachtete, wie das Schiff vor ihnen um fünf Grad vom ursprünglichen Kurs abschwenkte, um nach einigen Sekunden zum vorherigen Flugvektor zurückzukehren. »Alles klar«, verkündete Kirk. »Man hält uns für ein Echo. Was bedeutet: Wir haben noch mindestens zwanzig Minuten, bis ...«

Er unterbrach sich, als ihm die Sensoren folgende Botschaft vermittelten: Der fremde Raumer hatte den Warptransfer ganz plötzlich unterbrochen und die Geschwindigkeit auf Relativnull reduziert. Jim betätigte rasch eine Taste, desaktivierte damit das Warptriebwerk der *Shelton.* Als der Frachter in den Normalraum fiel, raste das andere Schiff mit Warp drei und in einem Winkel von neunzig Grad zum bisherigen Kurs davon.

Kirk fluchte, und Gauvreau musterte ihn erschrocken. »Was hat der Orioner angestellt? Werden wir angegriffen?«

»Der Kerl ist schlauer, als ich dachte«, erwiderte Jim. »Er hat jetzt eine genaue Anpeilung vorgenommen. Verdammt! Ich wußte gar nicht, daß dieses Manöver auch bei den Orionern bekannt ist.«

»Und jetzt?«

»Die Burschen dort drüben wissen, daß wir hier sind. Wir brauchen uns also nicht zu verstecken.« Kirk aktivierte das Triebwerk wieder, und die *Shelton* setzte den Flug mit Warp vier fort.

»Die Orioner haben den anderen Frachter zerstört«, warnte Gauvreau.

»Genau«, pflichtete ihr Kirk bei. »Ich bringe uns nur nahe genug heran, um das ID-Muster zu erfassen. Anschließend geht's mit Volldampf nach Talin. Ich will mich nicht auf eine Konfrontation einlassen.« Er hob den Kopf, als Gauvreau zur Leiter ging. »Was haben Sie vor?«

»Ich bringe die Katzen in einer Überlebenskapsel unter. Geben Sie mir Bescheid, wenn wir der klingonischen Armada begegnen.«

»Die Daten bleiben völlig sinnlos«, sagte Kirk nach einer Stunde, als er eine weitere Sensorsondierung einleitete. »Man könnte fast meinen, daß die Orioner ihre eigenen Sensoren so manipuliert haben, daß sie uns falsche und widersprüchliche Informationen liefern.«

»Warum erstaunt Sie das so sehr?« fragte Gauvreau. »Über diese Strategie weiß selbst ich Bescheid.«

Die Kommandantin der *Shelton* saß wieder an der Ambientenstation, gekleidet in einen Druckanzug. Außerdem hatte sie einen orangefarbenen Overall übergestreift, der vor Mikrometeoriten schützen sollte. Der Helm hing an einem über die Armlehne des Sessels geschlungenen Riemen. Kirk bot ein ähnliches Erscheinungsbild. Gauvreau hatte ihn an die geringe Energiestärke der Deflektoren erinnert, und daraufhin hielt er gewisse Vorsichtsmaßnahmen für angemessen. Falls es zu einer plötzlichen Dekompression kommen sollte, gaben ihnen die Druckanzüge genug Zeit, um die Rettungskapseln zu erreichen.

»Eine Strategie ist gut und schön«, brummte Kirk, während er Schieberegler betätigte. »Aber für die praktische Anwendung müssen die Schaltkreise der Kom-Anlagen mit den Sensoren verbunden werden. Ich weiß nicht, wie die Orioner das innerhalb so kurzer Zeit bewerkstelligt haben. Dazu brauchten sie die Hilfe einiger Kommunikationsgenies ...«

»Vielleicht wurde die Modifikation schon früher vorgenommen«, spekulierte Gauvreau. »Bevor uns die Piraten orteten.«

»Möglich«, räumte Kirk ein. »Aber unwahrscheinlich. Warum sollten die Orioner die Leistungsfähigkeit ihres Kom-Systems so drastisch einschränken? Mit dem Schiff da draußen stimmt was nicht ... Verdammt!«

»Was ist?«

Jim schlug mit der flachen Hand auf die Konsole. »Sie sind verschwunden ... Und jetzt sind sie wieder da. He, das glaube ich einfach nicht. Sie haben es geschafft, eine perfekte Phasenverschiebung zu senden, und dadurch waren unsere Sensoren einige Sekunden lang ›blind‹.« Er drehte den Kopf und sah Gauvreau an. »Seit wann sind Orioner so gerissen?«

»Sie sollten damit aufhören, sie zu unterschätzen.

Was halten Sie davon, ihnen ebenfalls eine Überraschung zu bescheren?«

Kirk lächelte — diese Vorstellung gefiel ihm. Er machte sich sofort an die Arbeit.

Nur noch dreißig Minuten trennten die beiden Schiffe voneinander, und die *Shelton* flog mit Höchstgeschwindigkeit. Plötzlich unterbrach sie den Warptransfer, ging jäh auf Gegenschub und öffnete bei null Komma neun neun *c* die Ventilkammern des Impulstriebwerks. Als sich die relativistisch komprimierte Gaswolke verflüchtigte, driftete der Frachter antriebslos und mit desaktivierten Positionslichtern durchs All.

Auf der Brücke wagte es Gauvreau, ihre verkrampften Finger von den Armlehnen des Sessels zu lösen. Die Trägheitsabsorber der *Shelton* waren nicht imstande gewesen, alle Vektorwechsel zu kompensieren. Und das galt auch für den Magen der Kommandantin.

»Gut«, sagte Kirk. »Ausgezeichnet.«

»Was ist so gut daran? Falls ich jemals Gelegenheit bekommen sollte, die Katzen aus der Überlebenskapsel zu holen ... Bestimmt verweigern sie einen Monat lang die Nahrung.« Gauvreau rieb sich Tränen aus den Augen.

Kirk konnte es ihr kaum verdenken — die heftigen Erschütterungen hätten ihn fast aus dem Sessel geschleudert. »Unsere Freunde dort draußen müßten nun zu dem Schluß gelangen, daß die *Shelton* gerade ihre Warpkapazität verloren hat. Eine Gaswolke aus den Ventilkammern, das wesentlich geringere energetische Niveau, außerdem die taumelnde Eigenrotation ... Ihr Frachter wirkt jetzt wie ein Wrack.«

»Und das ist wünschenswert?«

»Ich denke schon«, bestätigte Kirk fröhlich. »Senden Sie jetzt ein Notsignal. Und unterbrechen Sie es nach wenigen Wiederholungen.«

»Wunderbar«, murmelte Gauvreau. »Dann findet uns nie jemand.«

»Keine Sorge. Die Orioner halten uns für erledigt und

nähern sich. Wir erfassen ihr ID-Muster, schicken ihnen einen Photonentorpedo und verschwinden durch den Warpraum.«

»Ich weiß nicht, Kirk ... Das bisherige Verhalten der Piraten deutet darauf hin, daß sie sich nicht so einfach hereinlegen lassen.«

Jim kratzte sich dicht über dem engen Kragen des Schutzanzugs am Hals. »Warum sind Sie so pessimistisch? Schließlich haben wir es hier nicht mit Leuten von der Akademie zu tun.«

»Wirklich nicht?« Gauvreau deutete auf den Schirm. »Sehen Sie sich das an.«

Der Bildschirm zeigte einen bunten Streifen: Das orionische Schiff setzte den Flug fort.

»Sondierungssignale, Kirk. Unsere ›Freunde‹ haben einen kompletten Scan vorgenommen.«

»Und jetzt kehren sie zurück.« Jim starrte auf die Kurs-Indikatoren. »Halten Sie den Photonentorpedo in Bereitschaft, während ich das ID-Muster speichere.«

Der orionische Raumer fiel direkt neben der *Shelton* aus dem Warptransit. Ihr Navigator war entweder furchtlos oder ein Idiot.

»Gleich ist es soweit«, hauchte Kirk. »Katapult bereit ...«

»Der Torpedo nützt uns nicht viel. Sehen Sie nur, was die Burschen jetzt anstellen.« Gauvreau deutete zum Bildschirm.

Jim brauchte einige Sekunden, um zu verstehen, was die Frau an seiner Seite meinte. So cleveren Piraten begegnete er jetzt zum erstenmal — von derart gewieften Orionern hatte er noch nicht einmal *gehört.* Die Entfernung betrug nur einen halben Kilometer, und das orionische Schiff paßte sich den Taumelbewegungen der *Shelton* exakt an, wahrte dabei einen rechten Winkel zur Abfallröhre.

»Solange sie diese Position halten, kann ich keine Zielerfassung vornehmen«, klagte Gauvreau.

»Macht nichts«, erwiderte Kirk. »Das ID-Muster ist jetzt gespeichert. Starfleet kann den Raumer identifizieren, um die Leute an Bord zur Rechenschaft zu ziehen.«

Die Kommandantin starrte zum Projektionsfeld. »Das nützt uns kaum etwas. Die orionischen Scanner ›sehen‹ jetzt unser unbeschädigtes Warptriebwerk. Wenn wir nicht schleunigst einen Torpedo einsetzen, um unsere Freunde dort draußen abzulenken ... Dann bekommen wir gar keine Gelegenheit, das ID-Muster Starfleet zu übermitteln.«

Die Bewegungen des anderen Raumers blieben exakt mit denen der *Shelton* synchronisiert. Er schien zu warten — aber worauf?

»Katapultbereitschaft für den Torpedo«, sagte Kirk. »Ich benutze die Manövrierdüsen, um unsere Rotation zu beschleunigen und die Abfallröhre auf das Ziel zu richten.«

»Torpedo bereit«, meldete Gauvreau.

Jim betätigte die Manöverkontrollen, und das orionische Schiff verschwand vom Bildschirm, als die Rotationsgeschwindigkeit der *Shelton* zunahm. »Feuer!«

Der Frachter erzitterte, als das Katapult den Torpedo ins All schleuderte. Kirk streckte die Hand zur Warp-Taste aus, aber der Orioner ging zuerst in den Transfer, raste ganz dicht sowohl über das Geschoß als auch die *Ian Shelton* hinweg. Gauvreaus Transporter verharrte im Normalraum: Sicherheitsprogramme hinderten ihn daran, in unmittelbarer Nähe eines Warpfelds den Transit einzuleiten. Das orionische Schiff befand sich nun auf der anderen Seite des Frachters, und der Photonentorpedo explodierte Hunderte von Kilometern entfernt im Nichts.

»Dort drüben muß ein Wahnsinniger an den Kontrollen sitzen«, preßte Kirk hervor.

»Eine Intervallerkanone wird mit Energie beschickt!« entfuhr es Gauvreau. »Und wir befinden uns im Emissionsfokus.«

»Torpedo Nummer zwei vorbereiten«, sagte Jim. Mit Wahnsinnigen hatte er es nicht zum erstenmal zu tun.

»Wenn ich das Katapult auslöse, schickt uns der Intervaller ins Jenseits!«

»Lassen Sie nur die Abfallröhre offen — den Rest erledige ich.« Kirks Finger schwebten über den Tasten, als er leise zählte.

»Torpedo bereit.«

»Drei ... zwei ... eins ... Feuer!« Kirk führte mehrere Schaltungen durch, und die *Shelton* sprang durch den Weltraum, dem orionischen Schiff entgegen. Gleichzeitig verwendete Jim die bugwärtigen Traktorstrahlen, um den Torpedo aus der Röhre zu ziehen und vor dem Frachter zu positionieren, ohne daß eine Explosion erfolgte.

Zehn Meter vor dem orionischen Raumer sank die Geschwindigkeit der *Shelton* auf Relativnull. Die Trägheitsabsorber beschwerten sich mit einem fast ächzend klingenden Summen, und im Rumpf des Frachters knirschte es.

»Ich fasse es nicht«, sagte Gauvreau leise. »Die Orioner haben darauf verzichtet, von ihrer Intervallerkanone Gebrauch zu machen.«

»Natürlich«, entgegnete Kirk. »Weil sie das dort getroffen hätten.«

Der Bildschirm zeigte das lange, dünne und silbrig glänzende Gehäuse eines Photonentorpedos, der zwischen den beiden Schiffen schwebte, jeweils fünf Meter von den Außenhüllen entfernt.

»Großartig«, kommentierte Gauvreau. »Sobald jemand etwas unternimmt, geht das Ding hoch.«

Kirk schüttelte den Kopf. »Bei Klingonen müßten wir mit einer solchen Möglichkeit rechnen. Aber wer auch immer jenes Schiff fliegt — ich habe den Eindruck, daß er nicht sterben möchte. Wir müssen verhandeln, um einen Ausweg zu finden.«

Gauvreau löste den Helm vom Halteriemen und legte ihn auf den Schoß, nur für den Fall.

An der Kommunikationskonsole blinkte eine Kontrollampe.

»Darum kümmere ich mich«, sagte die Kommandantin, ging zum Kom-Pult und nahm den Helm mit. »Halten Sie sich in Bereitschaft. Wenn sich die Chance ergibt, von hier zu verschwinden, müssen wir sie sofort nutzen.«

Kirk sah zum Schirm, als das Abbild des Raumers einer Darstellung der Brücke wich.

»Wer ist der Verrückte, der den Befehl über Ihr Schiff führt?« knurrte der orionische Pirat. Er trug einen schwarzen Kampfhelm und eine schwarze Strahlenbrille. Hinzu kam eine die Stimme verzerrende Translatormaske vor Mund und Nase. »Ich bin der Schwarze Zorn. Senken Sie die Schilde, damit sich meine Leute zu Ihnen beamen können, um Ihr Schiff zu übernehmen. Wenn Sie sich weigern, bleibt von Ihnen nur glühende Schlacke übrig! Ergeben Sie sich, wenn Sie nicht tausend Tode sterben wollen!«

Gauvreau hatte nur auf Empfang geschaltet. »Hören Sie sich das an, Kirk ... Der Kerl scheint völlig übergeschnappt zu sein.«

Jim stand auf und blickte weiterhin zum Bildschirm. »Schon gut, Captain. Ich glaube, damit werde ich fertig. Öffnen Sie einen Kanal.«

»Wie Sie meinen.« Gauvreau biß sich auf die Lippe. »Kanal geöffnet.«

»Ich warte auf eine Antwort, Abschaum der Sterne«, knurrte der Schwarze Zorn. »Oder möchten Sie vielleicht, daß ich Sie aufschneide und Ihnen nacheinander die Organe aus dem Leib ziehe?«

Plötzlich beugte sich der Pirat ruckartig vor und starrte verblüfft zu dem Mann, der sich nun auf dem Wandschirm seiner Brücke zeigte.

Kirk runzelte die Stirn. »Ich gebe zu, daß meine nächste Untersuchung längst überfällig ist, aber ich schätze, jetzt übertreibst du dein berufliches Engagement, Pille.«

Der Schwarze Zorn griff nach Strahlenbrille und Translatormaske.

»Jim?« erwiderte McCoy und riß die Augen auf.

Chekov, Sulu und Uhura gesellten sich ihm hinzu.

Ich wußte es, dachte Kirk. *Wir sind wieder zusammen, Und wir fliegen nach Talin.*

Jetzt fehlten nur noch Spock und die *Enterprise.* Aber bestimmt dauerte es nicht lange, bis die Gemeinschaft vollständig war.

KAPITEL 9

Scotts Schritte hallten durch die leeren Korridore des EKA-Außenpostens Neunundvierzig. Hundertzwanzig Personen hatten hier gearbeitet, und fünf Tage nach der Katastrophe von Talin waren sie zurückbeordert worden. Seitdem hielt sich niemand in der Basis auf. *Bis zur letzten Woche,* dachte der Chefingenieur. *In der vergangenen Woche hat sich alles verändert. Und vielleicht kommt es morgen noch einmal zu einem Wandel.*

»Aye«, murmelte Scott, als er mit drei Ausrüstungsbehältern durch den Korridor schritt. »Und Lieutenant Styles bleibt selbst dann ein Schwein, wenn ihm plötzlich Flügel wachsen.«

Er setzte den Weg fort und erinnerte sich an den Gesichtsausdruck des Lieutenants, als die *Enterprise* das Separationsmanöver überstand, ohne von der Triebwerksgondel in den Warpraum gerissen zu werden. Jenes Ereignis lag jetzt eine Woche zurück, aber Scott entsann sich an jedes Detail in Styles' Miene, an eine seltsame Mischung aus Freude und Enttäuschung. Für die Freude gab es einen guten Grund: Das Raumschiff ging nicht verloren, und deshalb durfte Styles auch weiterhin hoffen, irgendwann Captain der *Enterprise* zu werden. Was die Enttäuschung betraf … Er hatte die Trennung von Bord der *Exeter* aus beobachtet, in der Gesellschaft von Scott und mehr als zwanzig Starfleet-Experten. Nun, normalerweise neigte der Chefingenieur nicht zur Rechthaberei, aber als die *Enterprise* auch weiterhin friedlich im All schwebte, ohne ihre Backbord-Warpgondel, konnte er es sich nicht verkneifen, Styles mit einem genüßlichen ›Ich hab's Ihnen ja gesagt‹ zu demütigen.

Scott sah nur seine Erwartungen bestätigt, doch die sogenannten Experten waren bestürzt. Sie standen plötzlich wie Narren da: Immerhin hatte man sich auf ihren Rat hin die Mühe gemacht, das Schiff zum Rand des Talin-Systems zu schleppen.

Während der Chefingenieur nun durch den EKA-Stützpunkt schritt, glitten seine Gedanken noch einmal in die Vergangenheit ...

Als die Trennung der Warpgondel unmittelbar bevorstand, versammelten sich aufgeregte Gruppen an Fenstern und Bildschirmen. Es befanden sich keine Besatzungsmitglieder mehr an Bord der *Enterprise.* Vier unbemannte, ferngesteuerte Shuttles befestigten spezielle Leinen am Triebwerksmodul, und achtundzwanzig weitere automatische Fähren verankerten sich mit Grav-Haken am Rumpf des Schiffes. Der Plan sah vor, daß die Shuttles in entgegengesetzte Richtungen zogen, um auf diese Weise die Sprengladungen in den Bolzen des Verbindungsstutzens auszulösen. Die Starfleet-Spezialisten sahen gespannt zu und wagten kaum zu atmen, rechneten jeden Augenblick mit dem bunten Leuchten eines Warptransits, der nicht nur die Gondel zerstörte, sondern auch die *Enterprise.* Scott hingegen war nur ungeduldig.

Als sich die Leinen spannten und das Schiff langsam in Richtung der achtundzwanzig Shuttles driftete, blitzte es im Bereich des Verbindungsstutzens. Einige der Experten duckten sich unwillkürlich — als befürchteten sie, von einer Druckwelle erfaßt zu werden —, und ihre Kollegen schnappten ungläubig nach Luft, als die *Enterprise* auch weiterhin ruhig durchs All trieb, während der Abstand zur Warpgondel allmählich wuchs.

Eine Stunde später stellte sich bei einer Sensorsondierung heraus, daß die warpkomprimierte Spitze der

Gondel noch immer Molekül für Molekül ›verdunstete‹. Einer der enttäuschten Experten nahm diesen Umstand zum Anlaß, die langsame Desintegration des Triebwerksmoduls mit einer neuen Theorie zu erklären. Vielleicht sei das Metall der Außenhülle durch die von den Atomexplosionen ausgelöste Strahlungsflut in Mitleidenschaft gezogen, hieß es. Möglicherweise verflüchtigte sich in der molekularen Struktur enthaltenes Gas, ein Phänomen, für das die Space Shuttles aus den Anfängen der terranischen Raumfahrt ein gutes Beispiel boten: Bei ihnen war es zu einem Masse-Verlust im Hitzeschild gekommen. Scott stöhnte, als er diese Ausführungen vernahm. »Auch darauf habe ich gleich zu Anfang hingewiesen«, stöhnte er, doch die Wissenschaftler ignorierten ihn, befaßten sich mit historischen Aufzeichnungen und benutzten sie als Grundlage für Hypothesen. Der separierten Warpgondel schenkten sie überhaupt keine Beachtung mehr.

Da die Theoretiker anderweitig beschäftigt waren, konnten sie Scott wenigstens nicht stören, als er die Installation jener Triebwerkseinheiten kontrollierte, die von der *Exeter* im Orbit des Talin-Mondes zurückgelassen worden waren. Man schleppte die *Enterprise* wieder in die lunare Umlaufbahn, um die Reparaturarbeiten dort fortzusetzen, und eine Woche später gab es kaum mehr etwas zu tun. Zumindest das erfüllte Scott mit Dankbarkeit.

Der Chefingenieur kehrte geistig in die Gegenwart zurück, als er eine Tür mit der Aufschrift ›Einsatz- und Planungszentrum‹ erreichte. Die beiden Schotthälften glitten vor ihm auseinander, und dabei knirschte es mehrmals — dieser Zugang war zu lange nicht benutzt worden. In dem großen Raum saßen mehrere Personen an einem Tisch, auf dem Dutzende, wenn nicht gar Hunderte von Datenmodulen und Ausdrucken lagen. Es gab noch immer viel Arbeit, und außerdem bestand die Möglichkeit, daß ihre Bemühungen nicht zu dem angestrebten Ergebnis führten. Trotzdem spürte Scott, wie sich neue Hoffnung in ihm regte, als er diese vertrauten Gesichter sah. Vizeadmiral Hammersmith hatte sein Versprechen eingelöst: Schon mehr als die Hälfte der *Enterprise*-Crew war bereits zurückgekehrt, um bei den Reparaturen zu helfen. Die derzeit noch fehlenden Besatzungsmitglieder trafen sicher während der nächsten Tage ein.

Carolyn Palamas trat dem Chefingenieur entgegen und nahm ihm die Behälter ab. »Danke, Scotty. Wir haben gerade das nächste Terminal installiert.«

»Vorsichtig«, sagte Scott, als er die kleinen Kisten aus der Hand gab. In ihrem Innern klirrte etwas.

»Ich weiß, was sie enthalten«, erwiderte Palamas sanft und ging fort.

Scott sah ihr nach, und Erinnerungsbilder zogen an seinem inneren Auge vorbei. Einmal wären Carolyn und er fast mehr gewesen als nur Kollegen, doch die Ereignisse von Pollux IV zogen einen Schlußstrich unter diese Entwicklung, was der Chefingenieur keineswegs bedauerte. Dadurch hatte er Mira Romaine kennengelernt, als die *Enterprise* sie nach Memory Alpha brachte, und ...

»Ich benötige Ihre Hilfe, Mr. Scott.«

Scott gewann den Eindruck, ganz plötzlich in der Zeit zurückversetzt worden zu sein. Erst jetzt begriff er, wie sehr er diese Stimme vermißt hatte. »Aye, Mr. Spock.«

Selbst nach einer vier Monate langen Trennung bemerkte Scott keine Veränderungen an Spock, als sich der frühere Erste und wissenschaftliche Offizier der *Enterprise* vor einigen Stunden an Bord des Schiffes gebeamt hatte — sah man einmal von dem Umstand ab, daß er zivile Kleidung trug. Der Chefingenieur war zuerst recht überrascht gewesen, als Vizeadmiral Hammersmith den Vulkanier zu Scotts Kabine führte. Andererseits: Die per Subraum-Kommunikation übermittelten neuesten Nachrichten wiesen deutlich auf das von

Spock angerichtete politische Durcheinander hin, und deshalb zweifelte Scotty kaum daran, daß Spock früher oder später im Talin-System erschien. Die Logik verlangte von ihm, vorbereitet zu sein, wenn der Föderationsrat eine Entscheidung traf und umfassende Hilfsmaßnahmen in bezug auf Talin IV beschloß.

Spock gab durch nichts zu erkennen, daß ihn Scotts Präsenz an Bord der *Enterprise* erstaunte, und er brachte auch keine Freude über das Wiedersehen zum Ausdruck. Nach einer kurzen Begrüßung sagte er, ihm ginge es darum, Außenposten Siebenundvierzig wieder in Betrieb zu nehmen. Er brauchte jemanden, der sich um die technischen Aspekte kümmerte, und Hammersmith meinte, er sei gern bereit, Scott ›auszuleihen‹ — falls er damit einverstanden war. Der Chefingenieur zögerte natürlich nicht, sich der Gruppe des Vulkaniers anzuschließen.

»Wie läuft's, Spock?«

Der Vulkanier sah von einer großen Konsole auf. Einer der Bildschirme vor ihm zeigte etwas, das wie Farbspritzer aussah: Schriftzeichen der Talin. »Wie läuft was, Mr. Scott?«

Ich habe seine Stimme vermißt, dachte der Chefingenieur. *Aber nicht unbedingt seine Bemerkungen.*

»Funktionieren die modifizierten Terminals so, wie es Ihren Wünschen entspricht?«

»Ja«, antwortete Spock. »In Hinsicht auf die Veränderung der Geräte haben uns die Botschafter sehr geholfen.«

Scott sah zu Seerl und Orr. Die Talin-Gesandten arbeiteten mit einigen Menschen zusammen, unter ihnen Mario Cardinali, der frühere Kommunikationschef des EKA-Außenpostens. Auf zwei langen Tischen und auch auf dem Boden ruhten insgesamt fünfzig Computerterminals; bei den meisten von ihnen gaben geöffnete Gehäuse den Blick auf Schaltkreise frei.

Einer der beiden Talin — Scott konnte sie nur dann

identifizieren, wenn Orrs Haut einen blauen Ton gewann — wanderte mit würdevoller Eleganz zwischen den teilweise demontierten Komponenten, hob dabei die Beine wie ein umherstolzierender Reiher. Das Wesen beaufsichtigte die Arbeit einiger Terraner, die ganz gewöhnliche Starfleet-Terminals so modifizierten, daß sie von Talin stammenden Datenmodulen Informationen entnehmen konnten. Scott hatte erfahren, daß es sich bei den jungen Männern und Frauen um Universitätsstudenten handelte. Ihre Kleidung gefiel dem Chefingenieur nicht sonderlich. *Zu meiner Zeit haben sich Studenten wesentlich vernünftiger gekleidet,* dachte er.

Der zweite Talin stand etwas abseits des Arbeitsbereichs, benutzte einen kleinen Translator und unterhielt sich mit einer Frau, die Teller auf Tabletts stellte. Scott hatte viele seltsame Dinge gesehen, aber dieser Anblick gehörte zweifellos zu den sonderbarsten Szenen: ein großes, saurierartiges Wesen, das ein menschliches Kleinkind in den Armen hielt. Scott beobachtete die beiden so unterschiedlichen Gestalten und spürte eine entspannte Atmosphäre zwischen ihnen — sie überzeugte ihn davon, daß die Föderation eine große Zukunft hatte. Wenn der Rat doch nur endlich begreifen würde, was den Bürgern längst klargeworden war ... Warum zögerte er noch immer, eine offizielle Hilfsmission zu beschließen?

»Wie kann ich Ihnen zu Diensten sein?« wandte sich der Schotte an Spock.

»Ich brauche unbeschränkten Zugang zur Computerkapazität der zentralen Kom-Installation. Mr. Cardinali kann Ihnen die Einzelheiten nennen.«

»Entschuldigen Sie bitte, Spock, aber derzeit lohnt es sich kaum, nach irgendwelchen Kom-Signalen Ausschau zu halten.«

»Das stimmt«, erwiderte der Vulkanier. »Aber im Verlauf von acht Jahren sind viele derartige Signale aufgezeichnet worden, und eine sorgfältige Analyse ermöglicht vielleicht neue Erkenntnisse. Dafür eignet sich in erster Linie der Überwachungsraum.«

»Ich packe die Sache sofort an.« Scott sah, wie ein Schatten auf Spocks Züge fiel, und er fügte rasch hinzu: »Äh, Sie wissen ja, wie es gemeint ist.«

Als sich Scott in Begleitung von Cardinali der Tür zuwandte, erschien Vizeadmiral Hammersmith im Zugang.

»O Chefingenieur ... Bin froh, daß ich Sie treffe. Lieutenant Styles hat mir berichtet, daß die Konstruktionsdrohnen alle durchgebrannten Transtatoren ersetzt haben. Die Warpgeneratoren in den neuen Gondeln können mit Energie beschickt werden.«

Scott zögerte. »Nun, Sir ... Es bedeutet, die *Enterprise* kann das Talin-System verlassen, nicht wahr?«

»Natürlich müssen zunächst einige Testflüge durchgeführt werden«, sagte der Vizeadmiral. »Während der nächsten Wochen geht es darum, das Warptriebwerk richtig zu justieren, damit Starfleet das Schiff als voll raumtüchtig erklärt. Wie dem auch sei: Styles meint, daß es für die *Enterprise* möglich ist, den lunaren Orbit in sechs Stunden zu verlassen.«

»Ich verstehe, Sir.«

Hammersmith legte Scott die Hand auf die Schulter. »Wir haben eine Übereinkunft getroffen, Chefingenieur. Ich habe fast alle früheren Besatzungsmitglieder hierher zurückgebracht, und außerdem hatten Sie mehr als nur eine Woche Zeit, um Beweise für Ihre Vermutung zu sammeln, daß die *Enterprise* angegriffen wurde. Dafür sind Sie nun zu Gegenleistungen verpflichtet.«

Scott drehte den Kopf und beobachtete das organisierte Chaos im großen Raum. *Hoffentlich gelingt es Spock, etwas zu entdecken,* dachte er verzweifelt.

»Haben Sie Indizien gefunden, die Ihre Theorie stützen, Chefingenieur?«

»Nein, Sir. Aber jetzt ist Spock hier, und das bedeutet ...«

Hammersmith schüttelte den Kopf. »Tut mir leid. Spock befindet sich aus ganz anderen Gründen hier. Er gehört nicht mehr zu Starfleet. Er konnte die Blockade nur deshalb passieren, weil die Talin-Botschafter ihn und die anderen Leute zu Konsularbeamten ernannt haben.«

»Aber dies ist ein Starfleet-Stützpunkt«, wandte Scott ein. Er konnte sich kaum einen Spock vorstellen, für den es in der Flotte keinen Platz mehr gab.

»Nicht mehr«, widersprach Hammersmith. »Der Mond gehörte zur Kontingentierung für Talin IV, und die beiden Botschafter haben offiziell Anspruch darauf erhoben. Was uns die hiesige Basis kostete.«

»Aber ...«

»Mr. Scott, bei der Reparatur des Schiffes ergaben sich keine nennenswerten Probleme, und deshalb konnte ich Sie Mr. Spocks Gruppe zuweisen — als eine Geste des guten Willens den Talin gegenüber. Zu mehr bin ich nicht imstande, bis der Rat eine Entscheidung trifft. Die Föderation besteht aus mehr als nur einem Planeten. Wir brauchen die *Enterprise* — und wir brauchen Sie an Bord.«

»Vizeadmiral, Sir, wenn Sie mir noch einige zusätzliche Tage Zeit geben ...«

»Lieutenant Commander Scott, Sie haben von mir mehr Spielraum bekommen, als es meine Order zulassen. In sechs Stunden melden Sie sich bei Lieutenant Styles, dem derzeitigen Kommandanten der *Enterprise.* Anschließend treffen Sie alle notwendigen Vorbereitungen für Testflüge zu dem Zweck, die neuen Warpgeneratoren zu justieren. Haben Sie verstanden, Mr. Scott?«

Der Chefingenieur ließ die Schultern hängen, als sich seine letzten Hoffnungen verflüchtigten. »Aye, Vizeadmiral. In sechs Stunden melde ich mich an Bord der *Enterprise.* Danke für Ihre Geduld, Sir.«

»Schon gut.« Hammersmith überlegte. »Nun, wenn Sie innerhalb der nächsten Stunden irgend etwas finden ... Ich bin durchaus bereit, meine Meinung zu ändern.«

»Aye, Sir«, sagte Scott niedergeschlagen. »Danke, Sir.«

Hammersmith nickte und betrat die große Kammer. Der Schotte und Cardinali setzten den Weg zum Überwachungsraum fort.

»Wieso verlangt der Vizeadmiral einen Beweis dafür, daß die *Enterprise* angegriffen wurde?« fragte Cardinali. »Aus den automatischen Aufzeichnungen geht doch hervor, daß die Atomraketen gestartet wurden, um das Schiff zu zerstören.«

»Aye, aber bei dem Gespräch ging es gar nicht um Raketen.« Scott erklärte das sonderbare Zerstörungsmuster in Hinsicht auf die Transtatoren der *Enterprise.* Nur zwanzig Prozent der Schaltkreise waren zerstört worden — die Hauptmodule —, und der Rest blieb unbeschädigt.

»Und Sie glauben, daß man einen fokussierten Subraum-Impuls als Waffe einsetzte?« vergewisserte sich Cardinali.

»Sie sind Kommunikationsspezialist. Was halten Sie von der Sache?«

Cardinali blieb im Korridor stehen und rieb sich das Kinn. »Theoretisch ergibt es durchaus einen Sinn. Aber mir ist nicht bekannt, wie man einen solchen Impuls erzeugen kann, ohne daß alle Energiesensoren von hier bis zur Neutralen Zone auf ihn reagieren. Wenn Sie tatsächlich recht haben, so steckt eine mir unbekannte Technik dahinter.« Er zuckte mit den Achseln und ging weiter.

Scott mußte sich beeilen, um mit dem hochgewachsenen Mann Schritt zu halten. »Wobei helfen Sie Mr. Spock eigentlich? Ich dachte, er hätte meinen Bericht über den Subraum-Impuls gelesen und sei gekommen, um Nachforschungen anzustellen.«

»Davon hat er nichts gesagt.« Cardinali verharrte vor

dem Zugang des Überwachungsraums und schob die Tür auf. »Seerl und Orr teilten uns folgendes mit: Ihre jeweiligen Staaten beschlossen eine gemeinsame lunare Mission, weil sie glaubten, daß auf dem Mond irgend etwas nicht mit rechten Dingen zuging. Es überrascht mich, daß Dr. Richter nicht sofort zu einem entsprechenden Schluß gelangte — immerhin trug das Schiff keine Hoheitszeichen. Soweit ich weiß, geht es Spock um die Feststellung, was den Einsatz des gesamten nuklearen Potentials der Grünen und Braunen ausgelöst hat.

Seerl und Orr möchten Aufschluß erlangen, weil sie noch immer nicht daran glauben können, daß ihre Staaten ganz bewußt einen Krieg begannen. Wenn Spock den Talin die gewünschten Antworten liefert ... Vielleicht glaubt er, damit gleichzeitig beweisen zu können, daß die *Enterprise* keine Schuld an der Katastrophe hat. Einzelheiten sind mir nicht bekannt.«

Scott hob und senkte die Schultern. »Nun, wenigstens haben wir das gleiche Ziel — auch wenn wir unterschiedliche Wege beschreiten, um es zu erreichen.« Er sah sich in dem großen, runden Überwachungsraum um; im Vergleich zu diesem Saal wirkte die Brücke der *Enterprise* wie ein Zimmerchen. Alle Bildschirme waren dunkel.

»Na schön.« Der Chefingenieur seufzte. »Mir bleiben noch sechs Stunden Zeit. Wo ist der On-Schalter für diesen ganzen Kram?«

Mehr als fünf Stunden später kam Spock in den Überwachungsraum. Scott und Cardinali arbeiteten am zentralen Kommandopult vor dem Hauptschirm; sie bemerkten den Vulkanier erst, als er direkt neben ihnen stand.

Spock sah sich anerkennend um: Alle Displays funktionierten. Auf dem großen Schirm leuchteten hundert Fokusmuster, die auf Input warteten.

»Wir können jetzt Daten empfangen«, sagte Scott.

»Bitte aktivieren Sie Input-Kanal fünfundvierzig«, erwiderte Spock.

Cardinali betätigte einige Tasten, und zehn kleine Fensterbereiche des Hauptschirms wuchsen zu einem Darstellungsfeld zusammen, das eine Computergrafik zeigte. Scott nahm an, daß es sich um eine Illustration der Orbitalmechanik von Talin IV und dem Mond handelte. Er bemerkte auch einige kleine Objekte in der Umlaufbahn des Planeten.

»Gute Arbeit, Mr. Scott. Ich transferiere die übrigen Dateien, sobald die anderen hier sind.«

»Die anderen?« wiederholte Scott.

»Ja«, bestätigte Spock. »Wenn meine Berechnungen stimmen, müßten sie jeden Augenblick eintreffen.«

»Wen meinen Sie?«

Spock wandte sich dem Chefingenieur zu, doch bevor er antworten konnte, erklang das Summen eines Transporterfelds. Scott blinzelte verblüfft, als drei Gestalten materialisierten.

Spock begrüßte sie. »Dr. Richter, Miss Mallett, Mr. Wilforth — ich heiße Sie willkommen.«

Die frühere Leiterin für planetare Einsätze trat zum Kommandopult. Hinter ihr klopfte der alte Wissenschaftler mit seinem Gehstock auf den Boden und rümpfte die Nase. »Pah. Vier Monate sind vergangen, und hier stinkt's noch immer nach *Fladge.* Hallo, Mr. Spock.« Er sah zum Chefingenieur. »Was? Auch Sie haben Ihren *Narflin*-Job verloren, Mr. Scott?«

»Leider nicht, Dr. Richter.« Der Schotte stand auf und streckte die Hand aus, doch der Greis ignorierte sie. Mallett und Cardinali umarmten sich.

Wilforth blickte sich wie verträumt um und faltete die Hände. »Ich hätte nicht gedacht, diesen Raum noch einmal wiederzusehen.«

»Wie geht es Seerl und Orr?« fragte Mallett.

»Sie haben die erste Anpassungsphase gut überstanden«, entgegnete Spock. »Mit ihrer Hilfe konnten wir mehr als vierzig Prozent der aufgezeichneten Daten als wertlos eliminieren. Offenbar hat das EKA hier auch Nachrichtensendungen empfangen und ausgewertet, die bei den Talin in dem Ruf standen, es mit der Wahrheit nicht besonders genau zu nehmen.«

»In dieser Hinsicht kennen Sie sich aus, nicht wahr, Mr. Spock?« erklang eine Stimme.

Scott drehte sich um und erkannte jene Frau wieder, die im anderen Raum Teller auf Tabletts gestellt hatte. Diesmal trug sie ihr Kind selbst. Neben ihr schritten die mit Translatoren ausgerüsteten Talin-Botschafter.

»Ich möchte Ihnen Marita Llorente vorstellen, Mr. Scott«, sagte Spock. »Sie leitet eine unter der Bezeichnung Studenten für Sterne und freie Völker bekannte Organisation.«

Marita hielt ihren kleinen Sohn in der einen Armbeuge, als sie die Hand ausstreckte. »Und offizielle Beraterin der Talin-Botschaft«, fügte sie hinzu. »Ein Titel, der nicht nur mir zusteht, sondern auch vielen anderen der hier tätigen Menschen.«

»Es ist mir ein Vergnügen«, kommentierte Scott.

Marita wich zurück, und daraufhin traten die beiden Talin vor, streckten große Klauenhände aus.

Sie ahmen Maritas Verhalten nach, dachte Scott. Zwar sah er die Talin nicht zum erstenmal, aber bisher war er ihnen noch nicht vorgestellt worden. Er ergriff die Hand des nächsten Wesens und stellte erstaunt fest, wie weich sich die rötliche, ledrig aussehende Haut anfühlte. Die Klauen hingegen waren noch spitzer, als er vermutet hatte: Als er dem zweiten Talin die Hand schüttelte, ließ er mehr Vorsicht walten.

Das kleinere der beiden fremden Wesen — es überragte Scott nur um wenige Zentimeter — sprach in den Translator, mit einer Stimme, die wie ein melodisches Pfeifen klang. Ein Sprachprozessor übersetzte:

»Willkommen auf unserem Mond.«

Der zweite Talin sagte: »Sie tragen einen Pulli, der einem Mann gebührt.«

Dieses Kompliment entlockte dem Chefingenieur ein Lächeln. Der rote Teil seiner Uniform schien dem Geschöpf zu gefallen.

Der erste Talin blickte sich im Saal um, und seine Haut veränderte sich: Nach wenigen Sekunden schimmerte sie himmelblau. *Also ist das die Frau namens Orr,* dachte Scott.

»Sind wir von hier aus beobachtet worden?« klang es aus dem Lautsprecher von Orrs Translator.

»Ja«, erwiderte Spock. »Praktisch alle Kommunikationskanäle Ihres Planeten wurden von diesem Ort überwacht.«

Seerl hob sein Übersetzungsmodul zum breiten Mund. »Und doch haben Sie noch keine Erklärung gefunden.«

»Es dauert nicht mehr lange«, versprach der Vulkanier.

Scott sah auf die Anzeige eines Chronometers — ihm blieben noch vierzig Minuten, bis er zum Schiff zurückkehren mußte. »Was für eine Erklärung?« fragte er.

»Die gleiche, nach der Sie suchen. Gemeint ist eine Antwort auf die Frage, wer die *Enterprise* und Talin angriff.«

»Einen Augenblick«, warf Marita ein. »Talin hat sich selbst zerstört. Die Atomraketen kamen nicht aus dem Weltraum. Gerade aus diesem Grund muß die Erste Direktive endlich aufgehoben werden. Damit die Föderation nicht mehr gezwungen ist, solchen Tragödien hilflos zuzusehen.« Sie sah den Vulkanier an. »Habe ich recht, Mr. Spock?«

»Miß Llorente, bitte«, sagte Wilforth kummervoll. Er stand auf der einen Seite, und seine Haltung machte deutlich, daß er Konfrontationen irgendeiner Art vermeiden wollte.

Die letzten Worte Maritas verwirrten Scott. »Teilen

Sie etwa den Standpunkt der jungen Dame, Mr. Spock?« Hatte sich der frühere Erste Offizier in nur vier Monaten so sehr verändert?

»Nein, Mr. Scott. Marita weiß um die Unterschiede zwischen unseren Ansichten. Ich gebe zu, daß ich die Ressourcen ihrer Organisation als ein Mittel zum Zweck verwendet habe: Es ging mir in erster Linie darum, vor dem Rat über Talin IV zu sprechen. Darüber hinaus gestehe ich ein, daß ich in Aussicht gestellt habe, gegen die Erste Direktive Stellung zu beziehen.«

Marita rückte ihren Sohn vom einen Arm zum anderen. »Sie haben tatsächlich gegen das Nichteinmischungsprinzip gesprochen — aber nur in bezug auf Talin. Keine Lüge, aber auch nicht die volle Wahrheit. Ganz in der Art eines Vulkaniers.«

»Und deshalb sind Sie ihm nicht böse?« fragte Scott.

»Es ist ein Anfang«, sagte Marita. »Ein kleiner Schritt in die richtige Richtung. Durch Spocks Rede vor dem Föderationsrat hat die Erste Direktive ein wenig an Bedeutung verloren. Irgendwann verschwindet sie ganz aus dem Gesetzeskatalog des interstellaren Völkerbunds.«

Spock verschränkte die Arme. »Ich habe schon einmal darauf hingewiesen, Marita: Die Erste Direktive hätte erst gar nicht auf Talin IV angewandt werden dürfen, und deshalb bleiben die jüngsten Ereignisse ohne Konsequenzen für das Nichteinmischungsprinzip. In den kommenden Jahren wird sich die Signifikanz dieses Gesetzes keineswegs verringern. Ich rechne sogar damit, daß es an Bedeutung *gewinnt*, als politische Maxime und Ideal.«

Marita blickte auf ihr Kind hinab. »Nun, wir werden sehen, nicht wahr, Alexander?«

Die Talin erkundigten sich nach technischen Einzelheiten des Überwachungsraums, und Scott winkte Spock von den anderen fort. »Ich bin angewiesen, zur *Enterprise* zurückzukehren«, erklärte der Chefingenieur.

»Vielleicht vergehen einige Wochen, bevor wir erneut Gelegenheit erhalten, miteinander zu sprechen.«

»Was möchten Sie mir sagen?«

Eines Tages lernt er es vielleicht, nicht mehr so direkt zu sein. »Sie erwähnten vorhin einen Angriff auf das Schiff und Talin IV. Haben Sie einen Beweis dafür, daß es einen dritten Faktor gibt?«

»Die Nachforschungen sind noch nicht beendet, Mr. Scott.«

»Besteht die Möglichkeit, daß Ihre Untersuchungen innerhalb der nächsten dreißig Minuten zu einem konkreten Ergebnis führen?«

»Zweifellos«, erwiderte der Vulkanier.

Scott schnappte überrascht nach Luft. »Wie bitte? Im Ernst? In einer halben Stunde haben Sie die Antwort?«

»Zumindest einen Teil davon, Mr. Scott.« In der Mitte des Saals erklang erneut das Summen eines Transporterfelds. Es war lauter als vorher, stammte offenbar von mehreren Transferstrahlen.

»Ich schätze, jetzt treffen die anderen ein«, fügte Spock hinzu.

Scott drehte sich um und beobachtete, wie sich im energetischen Funkeln die Konturen von fünf Gestalten formten. Nach zwei oder drei Sekunden sah der Chefingenieur vertraute Gesichter.

»*Captain Kirk!*« entfuhr es ihm erfreut.

Das Gleißen verblaßte, und Kirk blickte zu Scotty, hob die Hand zum Gruß. Chekov, McCoy, Sulu und Uhura folgten seinem Beispiel.

»Sie sind zurück!« rief der Chefingenieur. »Sie alle!« Er klopfte Spock auf den Rücken und juchzte.

Der Vulkanier erstarrte, den Oberkörper aufgrund des kräftigen Schlags nach vorn geneigt.

»Oh, äh, Entschuldigung, tut mir leid«, sagte Scott hastig und streckte die Hand nach Spocks Schulter aus. Eine Sekunde später fiel ihm ein, daß es Vulkanier nicht mochten, von so emotionalen Wesen wie Menschen berührt zu werden. »Entschuldigung«, wiederholte er und eilte den Freunden entgegen. Kirk und seine Begleiter gehörten jetzt ebenfalls zum Mitarbeiterstab der Talin-Botschafter. Dieser Status war von Spock offiziell bestätigt worden, als die beiden Schiffe SS *Ian Shelton* und RRN *Queen Mary* vor einigen Stunden den Rand des Talin-Systems erreicht hatten.

Uhuras Umarmung gehörte zu den angenehmsten Grüßen, die Scott jetzt empfing. Ihm fiel plötzlich ein, daß er diese Frau von allen am meisten vermißt hatte. Er verdrängte den Gedanken sofort wieder, um sich ganz der Wiedersehensfreude hinzugeben.

Spock stand abseits des allgemeinen Geschehens, so unbewegt wie eine Statue, während sich Richter, Cardinali, Mallett und Wilforth der *Enterprise*-Gruppe hinzugesellten.

Kirk wandte sich als erster an die Talin. »Sie sind die zum Mond geschickten Astronauten, nicht wahr?«

»Es heißt ›Kosmonauten‹, Captain«, ließ sich Chekov vernehmen.

Kirk achtete nicht auf diesen Einwand und schüttelte die Klauenhände der Echsenwesen. Anschließend wanderte sein Blick zu Mallett und Cardinali. »Deshalb haben Sie das Außenschott des Hangars demoliert, stimmt's? Sie wollten diese beiden Talin retten, bevor sie auf die planetare Katastrophe reagieren konnten.«

»Es war Dr. Richters Plan«, sagte Mallett.

»Schlug er auch vor, die Astronauten zur Erde zu bringen, für ihren großen Auftritt vor dem Föderationsrat?« erkundigte sich Kirk.

»Ich weiß nicht mehr, wer die Idee hatte«, antwortete Mallett. »Mario und ich brachten die Talin in den Stützpunkt und verbargen sie dort, bevor die Rettungsgruppen von der Starbase Neunundzwanzig eintrafen. Während der nächsten Tage herrschte ein solches Durcheinander, daß wir uns an Bord des privaten Raumers beamen konnten, der Dr. Richter zum Institut zurückbringen sollte. Von dort aus setzten wir uns dann mit Mr. Spock in Verbindung, der den Rest des Plans entwikkelte.«

Kirk nickte. »Als ich das Update über die Ratsversammlung las, glaubte ich, Spocks Flair fürs Dramatische zu erkennen.«

»Niemand von uns blieb passiv«, sagte Mallett ernst. »Jeder leistete einen Beitrag. Als sich der Planet in eine nukleare Hölle verwandelte ... Mario und ich beschlossen sofort, die beiden Talin im Raumschiff nicht dem Tod zu überlassen. Auch ohne Dr. Richter hätten wir irgendeine Möglichkeit gefunden, sie zu retten.«

»Sie hätten ihre Gesichter sehen sollen, als unser Phantom-Shuttle neben ihrem Raumschiff erschien«, meinte Cardinali. »Doch die Überraschung dauerte nur wenige Sekunden — sie schienen auf uns gewartet zu haben.«

Orr näherte sich. »Wir haben tatsächlich auf Sie gewartet«, tönte es aus dem Lautsprecher des Translators. »Unser ganzes Leben lang.«

Seerl trat an Orrs Seite. »Aber wir haben mit besonderer Aufmerksamkeit gewartet, nachdem unser Massendetektor auf Ihren Traktorstrahl reagierte und dadurch ein automatisches Ausweichmanöver veranlaßte.«

Cardinali lachte und klopfte Seerl auf den Rücken. Es verblüffte Scott, wie normal und natürlich diese Geste wirkte, selbst bei Mensch und Echsenwesen. Vielleicht bestand darin die wahre Bedeutung der Raumfahrt: In einer Umgebung, die nur aus Fremdem und Unbekanntem bestand, wurden Gemeinsamkeiten wichtiger als alles andere — Kooperation siegte über den Konflikt.

McCoy wandte sich an den Vulkanier. »Nun, Mr. Spock, wenn ich es nicht besser wüßte ... Man könnte fast meinen, daß Sie es bedauern, mich wiederzusehen.«

»In der Tat, Doktor.« Spocks Worte beendeten die

übrigen Gespräche. »Ich habe eine Wahrscheinlichkeit von fünfundsiebzig Prozent dafür berechnet, daß Cap ...« Er zögerte kurz und entschied dann, Kirk auch weiterhin ›Captain‹ zu nennen. »... daß Captain Kirk innerhalb von hundertzwanzig Standardtagen nach unserer Abreise zum Talin-System zurückkehren würde — was hiermit geschehen ist.«

Kirk gab sich enttäuscht. »Nur fünfundsiebzig Prozent, Spock?«

»Es bestand eine Wahrscheinlichkeit von fünfundzwanzig Prozent dafür, daß Sie ums Leben kamen — durch einen Unfall, der manuelle Arbeit beziehungsweise das Verladen von Fracht betraf.«

»Oh«, murmelte Kirk.

Scott machte sich eine gedankliche Notiz: Er wollte den Captain später fragen, wie er die letzten Monate verbracht hatte.

»Bei Chekov sprach eine Wahrscheinlichkeit von fünfzig Prozent für eine Rückkehr innerhalb der gleichen Zeitspanne«, fuhr der Vulkanier fort. »Vermutlich in der Gesellschaft von orionischen Piraten. Bei Sulu waren es achtundvierzig Prozent, unter den gleichen Voraussetzungen.«

»Warum sind's bei mir zwei Prozent weniger als bei Chekov?« fragte Sulu und heuchelte Empörung.

»Weil ich bei Ihnen eine zwei Prozent große Chance dafür sah, daß Sie selbst zu einem Piraten wurden.«

Chekov lachte schallend. Sulu schwieg und verzichtete darauf, irgendwelche Einwände zu erheben.

»Was Uhura angeht ...« Erneut legte Spock eine kurze Pause ein. »Dr. Richter teilte mir mit, daß Mallett und Cardinali die Talin-Astronauten zur Erde gebracht hatten. Aus diesem Hinweis ergab sich die Notwendigkeit, meinen Plan zu modifizieren; eine der Konsequenzen bestand darin, daß ich keinen Kontakt mehr zu Personen herstellen konnte, die in irgendeiner Verbindung mit der Talin-Katastrophe standen. Nun, Uhura, ich habe eigentlich erwartet, daß Sie nach der Haftentlassung als Teilnehmerin an einer zivilen Hilfsmission eintreffen.«

»Und was ist mit mir, Spock?« fragte McCoy. »Was haben Ihre Berechnungen in Hinsicht auf mein Verhaltensmuster prophezeit?«

Spock bedachte den Arzt mit einem durchdringenden Blick. »Es bestand eine Wahrscheinlichkeit von fünf Prozent dafür, daß in Ihrem Fall gewissenloser Leichtsinn zu einem tödlichen Camping-Unfall führte. Weitere zehn Prozent sprachen dafür, daß Vizeadmiral Hammersmith seine Einstellung Ihren Tätlichkeiten gegenüber änderte und Sie verhaften ließ.«

»Und der Rest?« hakte McCoy nach. »Es bleiben fünfundachtzig Prozent übrig. Was hat es damit auf sich?«

Spock sah zur Seite. »Eine Wahrscheinlichkeit von fünfundachtzig Prozent postulierte Ihr Erscheinen an diesem Ort.«

Verwirrungsfalten entstanden in McCoys Stirn. »Jetzt bin ich hier, was bedeutet: Sie hatten recht. Warum bedauern Sie es trotzdem, mich wiederzusehen?«

»Doktor, es gab eine Wahrscheinlichkeit von fünfundachtzig Prozent dafür, daß Sie *in einem Monat* hier eintreffen würden. Als ich heute Captain Kirks Kom-Nachricht von der *Ian Shelton* bekam ... Es überraschte mich sehr zu erfahren, daß Sie zu seinen Begleitern gehörten.«

McCoy grinste vom einen Ohr bis zum anderen. »Sie haben mich unterschätzt, Spock! Daran werde ich Sie während der nächsten Monate — während der nächsten *Jahre* — immer wieder erinnern!«

»Ich weiß, Doktor. Und aus diesem Grund bedauere ich unser Wiedersehen.«

Alle lachten, abgesehen von Spock und den beiden Talin. Nach einigen Sekunden piepte Scotts Kommunikator.

Er klappte das Gerät auf. »Hier Scott.«

»Hier spricht Lieutenant Styles, derzeitiger Kommandant der USS *Enterprise*. Ihre Zeit ist abgelaufen. Beamen Sie sich an Bord.«

Kirks Miene verfinsterte sich. »Styles?« wiederholte er voller Abscheu. »Der aufgeblasene Möchtegern-Napoleon hat den Befehl über *mein* Schiff?«

»Wie bitte, Scott?« erklang Styles' Stimme. »Ihre letzten Worte habe ich nicht verstanden.«

Scott hielt den Zeitpunkt für gekommen, seine Auffassung zu verdeutlichen. »Ähm, leider sehe ich mich außerstande, jetzt sofort die *Enterprise* aufzusuchen, Lieutenant.«

»Was hindert Sie daran, dem Befehl eines Vorgesetzten zu gehorchen?«

»Wir haben hier eine Art Notfall.«

»Meine Güte ...« Styles seufzte. »Halb Starfleet befindet sich über Ihnen in der Umlaufbahn. Wie kann es unter diesen Umständen zu einem Notfall kommen, noch dazu in einer EKA-Basis?«

»Die Probleme betreffen unser Kommunikationssystem«, sagte Scott, ließ den Kommunikator fallen und zerstampfte ihn mit dem Fuß.

Kirk trat zu dem Chefingenieur und legte ihm die Hand auf die Schulter. »Styles mag ein angeberischer und unausstehlicher Hampelmann sein, Scotty — aber er bekleidet einen höheren Rang als Sie.«

Das war dem Chefingenieur inzwischen gleichgültig. »Aye, ich weiß, Captain. Aber ich habe drei Monate damit verbracht, das Schiff auseinanderzunehmen, um festzustellen, was geschehen ist. Und erst jetzt sind wir durch Mr. Spocks Ankunft dazu imstande, eine Antwort zu finden. Wenn wir den Beweis dafür erbringen können, daß ein Angriff mit Hilfe eines Subraum-Impulses erfolgte ... Dann erlaubte mir der Vizeadmiral bestimmt, hierzubleiben und die Untersuchungen fortzusetzen.«

Kirk wandte sich an den Vulkanier. »Was meinen Sie,

Spock? Können Sie beweisen, daß Scottys Vermutungen mehr sind als nur eine Theorie?«

»Ich denke schon, Captain.«

»Gut«, sagte Kirk leise. »Bei Ihnen kommt das einer Garantie gleich.«

Scott bemerkte eine subtile Veränderung in Kirks Zügen: Für einen Sekundenbruchteil war er nicht mehr der Anführer, sondern eine Person unter vielen, jemand, der sich kaum von den anderen unterschied.

»Danke, Captain«, entgegnete Spock. »Wenn Sie sich jetzt zum zentralen Bildschirm umdrehen würden... Ich mache Sie mit dem aktuellen Stand unserer Erkenntnisse vertraut.«

Scott rechnete jeden Augenblick damit, das Summen eines Transporterfelds zu hören und zu beobachten, wie Styles zusammen mit einigen Sicherheitswächtern materialisierte. Andererseits... Bestimmt wartete der Lieutenant lieber eine Stunde lang im Orbit, als Hammersmith mitzuteilen, daß er den Kontakt zum Chefingenieur der *Enterprise* verloren hatte. Wenn Spock keine Zeit vergeudete, indem er sich auf einen Streit mit McCoy einließ, sollte Scott eigentlich imstande sein, sich die ganze Präsentation anzusehen. Vielleicht erfuhr er dann, woran der Vulkanier seit sechs Stunden arbeitete.

Spock aktivierte den ersten vorbereiteten Datenkanal, woraufhin sich ein großes Bildschirmfenster öffnete und ein Phantom-Shuttle zeigte. Von dieser besonderen Darstellung hatte der Schotte gehört. *Eine von den Talin angefertigte Aufnahme,* dachte er.

»Von Seerl und Orr wissen wir, daß dieses Bild auf Talin als Fälschung bezeichnet wurde«, sagte Spock. »Angeblich stammt es von Leuten, die glauben, daß Talin Besuch aus dem Weltraum erhielt.«

»Wir kennen das Foto, Mr. Spock«, sagte der frühere Direktor des EKA-Außenpostens. »Und wir wissen auch, daß es den Talin nichts über uns verriet.«

»Mag sein, Mr. Wilforth. In diesem Zusammenhang

kommt es nur darauf an, welche Informationen *wir* durch das Bild bekommen. Damit meine ich insbesondere den Entwicklungsstand der visuellen Aufzeichnungstechnik. Shuttles der Kategorie Phantom sind aufgrund ihrer Konstruktionsstruktur nahezu ›unsichtbar‹. Doch diese Aufnahme beweist, daß die Talin zu entsprechenden Ortungen in der Lage waren.«

Spock bat Cardinali, den nächsten Datenkanal zu öffnen, und andere Szenen glitten über den Schirm, eine Mischung aus Grafiken und realen Bildern. Sie zeigten überaus seltsam anmutende Flugmaschinen.

»Von diesen ›extraplanetaren Raumschiffen‹ wurde in Nachrichtensendungen auf Talin berichtet.«

»Das EKA hat sorgfältige Analysen vorgenommen«, sagte Wilforth. »Und dabei stellte sich heraus, daß es keine Fotografien von unseren Shuttles sind.«

»Das stimmt«, bestätigte Spock. »Carolyn Palamas hat mit Hilfe der Talin einige Grafikcomputer darauf programmiert, die Bilder zu sortieren und nur jene auszuwählen, die tatsächlich unbekannte Raumschiffe zeigen.«

»Diese Möglichkeit haben wir ebenfalls genutzt«, brummte Wilforth.

»Und das sind die von Lieutenant Palamas erzielten Resultate.« Die sonderbaren Gebilde auf dem Schirm — einige von ihnen waren scheibenförmig, andere rund wie Ballons; in manchen Fällen ließen sich Kanten erkennen, die auf Tragflächen hinzudeuten schienen — formten immer kleinere Gruppen, die sich schließlich ganz auflösten.

Wilforth nickte. »Das gleiche Ergebnis wie bei uns. Worauf wollen Sie hinaus, Mr. Spock?«

Der Vulkanier trat zum Kommandopult, drehte sich dort um und sah zu seinem Publikum. »Talin IV besaß die notwendige Technik, um Bilder von Objekten aufzuzeichnen, die sich sehr schnell bewegten und dazu *konstruiert* waren, keine Aufmerksamkeit zu erregen. Unter solchen Voraussetzungen halte ich es für unlogisch und extrem unwahrscheinlich, daß es den Talin nur ein einziges Mal gelang, ein Phantom-Shuttle zu fotografieren.«

»Unsere Computer haben alle Bilder analysiert, Spock. Ohne etwas zu finden.«

»Nein, Mr. Wilforth. Ihre Computer konnten nicht *alle* Bilder analysieren, sondern nur solche, die dem EKA zur Verfügung standen.« Und zu Cardinali: »Bitte schalten Sie auf Datenkanal zweihundert um.«

Zwölf neue Darstellungen leuchteten auf dem Bildschirm, und sie alle präsentierten Föderationsshuttles vom Typ Phantom bei Flügen durch die Atmosphäre eines Planeten.

»Diese Bilder konnte das EKA nicht untersuchen, weil sie fürs Militär reserviert blieben und als geheim eingestuft wurden«, erläuterte Spock.

Richter klopfte mit seinem Gehstock ans Pult. »Wenn das EKA diese *Snorl*-Bilder gar nicht bekommen konnte ... Wie zum *Ziq* ist es dann möglich, daß wir sie jetzt betrachten?«

Spock stützte sich mit einer Hand an der Konsole ab. »Diese visuellen Aufzeichnungen sind Teil jener Daten, die von der Einsatzgruppe der *Enterprise* auf dem Planeten gesammelt wurden. Kurze Zeit später erfolgte die Katastrophe, und anschließend wurde der EKA-Stützpunkt geschlossen. Es ergab sich gar keine Gelegenheit, das Datenmaterial auszuwerten — bis heute. Die Bilder lassen nur einen Schluß zu: Auf Talin wußte man von der Existenz extraplanetarer Beobachter.«

Eine tiefe Stimme hallte durch den großen Raum. »Ganz ausgezeichnet, Mr. Spock«, sagte Hammersmith. Scott versuchte, möglichst unauffällig zu bleiben. Styles und drei Sicherheitswächter begleiteten den Vizeadmiral.

»Ich bin noch nicht fertig, Sir.« Spock schritt am Kommandopult vorbei.

Hammersmith sah anerkennend zum Bildschirm. »Wenn mir das Projektionsfeld zeigt, daß die Talin-Streitkräfte EKA-Einsätze beobachtet haben, Mr. Spock ... Dann weiß ich, daß Sie fertig sind. Sie erbrachten gerade den Beweis dafür, daß nicht nur die *Enterprise* für die Katastrophe auf dem Planeten verantwortlich ist. Sie teilt ihre Schuld mit diesem Stützpunkt.«

»Nein«, widersprach Mallett verärgert. »Insgesamt führte das EKA nur zwanzig planetare Einsätze durch. Es ist völlig ausgeschlossen, daß es den Talin gelang, Bilder in Hinsicht auf dreizehn Flüge anzufertigen!«

»Diese Bildschirmdarstellungen vermitteln eine unmißverständliche Botschaft«, erwiderte Hammersmith. »Mir scheint, Starfleet muß weitere Ermittlungen durchführen, um die Verantwortung besser zu verteilen. Und nun ... Wo versteckt sich Lieutenant Commander Scott?«

»Vizeadmiral ...«, sagte Spock mit Nachdruck. »Was Sie auf dem Bildschirm sehen, ist nur ein Teil der ›unmißverständlichen Botschaft‹, wie Sie es nannten. Mr. Cardinali, bitte öffnen Sie Datenkanal zweihunderteins.«

Andere Bilder erschienen im Projektionsfeld und zeigten Flugapparate ohne Tragflächen: lang, stromlinienförmig, mit schmalen Mittelsektionen und tiefen Furchen in den bugwärtigen Bereichen. Scott versuchte, sie zu zählen, gab es jedoch schon nach kurzer Zeit auf — es waren zu viele. Sie beanspruchten nicht die ganze Bildschirmfläche, und deshalb wußte er, daß es weniger als hundert sein mußten, aber ihre Anzahl entsprach mindestens dem Fünffachen der bis eben sichtbaren Shuttle-Aufnahmen.

Scott hatte nicht die geringste Ahnung, worum es sich handelte.

Und das galt auch für Hammersmith. »Was soll das sein, Mr. Spock?«

»In Ermangelung einer besseren Bezeichnung nenne ich die Objekte Beobachtungsshuttles.«

»Solche Maschinen hat das EKA nie eingesetzt«, protestierte Wilforth.

»Sie flogen nicht im Auftrag des Erstkontakt-Amts zum Planeten«, sagte Spock. »Und sie stammen von keinen bekannten Welten innerhalb — oder außerhalb — der Föderation.«

Scott bemerkte Aufregung in Kirks Augen. »Ja, genau. Das ist die Erklärung.«

Hammersmith verstand noch immer nicht, und aufkeimender Zorn vibrierte in seiner Stimme. »Worauf wollen Sie hinaus, Mr. Spock?«

»Aus den heute analysierten geheimen Daten geht folgendes hervor: Seit fünfzehn Jahren erhält Talin IV Besuch von jenen Raumschiffen. Sie fanden und benutzten die gleichen Lücken im Radarnetz des Planeten wie das EKA. Nun, die Fremden kamen so oft, daß die Talin ein Programm zur Verbesserung ihrer Ortungstechnik einleiteten. Man entdeckte die vom hiesigen Stützpunkt ausgesandten Shuttles nicht etwa deshalb, weil die Talin nach ihnen Ausschau hielten. Sie wurden von speziellen militärischen Sensoren lokalisiert, die allein dem Zweck dienten, jene fremden Shuttles zu orten.« Der Vulkanier streckte die Hand aus und deutete zum Bildschirm.

Wilforth gestikulierte vage. »Einen Augenblick, Mr. Spock. Das ergibt doch keinen Sinn. Die verschiedenen Regierungen auf Talin stritten die Existenz von extraplanetaren Besuchern ab. Warum sollten sie trotzdem erhebliche finanzielle Mittel für die Entwicklung neuer Sensoren und Scanner bereitstellen?«

Spock bat um die Aktivierung von Datenkanal zweihundertzehn, und Scott öffnete ihn. Eine geopolitische Karte von Talin IV erschien, und wenige Sekunden später blinkten auf ihr Hunderte von grünen Punkten.

»Die Punkte markieren wichtige militärische Basen,

Luftwaffenstützpunkte, Startrampen und Atomkraftwerke.« Spock beugte sich zur Konsole vor und drückte eine Taste — dem pulsierenden Grün gesellte sich eine wahre Flut aus roten Dreiecken hinzu. »Diese neuen Kennzeichnungen weisen auf Sichtungen fremder Raumschiffe hin. Eine direkte Verbindung mit den militärischen Installationen wird sofort deutlich.«

Hammersmith trat zu dem Vulkanier ans Pult. »Der Versuch, militärische und industrielle Kapazitäten zu analysieren, ist keineswegs außergewöhnlich, Mr. Spock — und dabei spielt es kaum eine Rolle, auf wessen Initiative die Analysebestrebungen zurückgehen.«

Spock deutete erneut zum Projektionsfeld. »Achten Sie auf die Häufigkeit der Sichtungen, Vizeadmiral. Es sind zu viele, um mit dem Bedürfnis einzelner Nationen erklärt zu werden, die militärische Stärke des Gegners herauszufinden. Ich bin sicher, die fremden Raumschiffe kamen mit einer ganz bestimmten Absicht: Sie wollten auf dem Planeten eine allgemeine Aufrüstung provozieren, die schließlich außer Kontrolle geriet.«

»Behaupten Sie etwa, daß fremde Wesen aus dem All versuchten, einen Krieg mit den Talin zu beginnen?« fragte Hammersmith ungläubig.

»Nicht *mit* den Talin«, entgegnete Spock. »Es ging um einen nuklearen Schlagabtausch auf dem Planeten. Als die *Enterprise* Satelliten in der Umlaufbahn von Talin IV ausschleuste, kam es im Polargebiet zu einer Krise: Ein Flugkörper drang in den Luftraum eines Militärstützpunkts vor. Mit ziemlicher Sicherheit handelte es sich dabei um eine bewußte Provokation der Fremden.«

Hammersmith schüttelte den Kopf. »Das klingt absurd, Mr. Spock. Es kann unmöglich der Wahrheit entsprechen ...«

»Sie irren sich, Vizeadmiral!« entfuhr es Kirk. Er stand jetzt neben dem Vulkanier und Hammersmith. »Was auch immer Sie von der Existenz eines unbekannten dritten Faktors halten — mit seinen Schlußfolgerungen hat Spock völlig recht. Die Daten stammen von den Talin, und deshalb dürfen sie nicht ignoriert werden. Jemand wollte die Bewohner des Planeten dazu bringen, ihre Welt zu zerstören.«

»Dann wurden die Bestimmungen der Ersten Direktive überhaupt nicht verletzt!« rief McCoy. Er setzte sich in Bewegung, um nach einigen Schritten neben Kirk und Spock zu verharren. Die drei Männer sahen Hammersmith an, dessen Blick jedoch allein dem Arzt galt. Scott konnte es dem Vizeadmiral kaum verdanken, als er sich an die frühere Auseinandersetzung mit McCoy erinnerte.

»Das stimmt, Vizeadmiral«, sagte Kirk. »Die Erste Direktive hat hier keine Gültigkeit. Die normale Entwicklung von Talin IV ist bereits gestört wurden — durch das Bestreben fremder Wesen, die politischen und militärischen Spannungen zu erhöhen. Das Eingreifen der *Enterprise* war *richtig*. Der nukleare Schlagabtausch ging auf extraplanetare Einmischung zurück, und die Erste Direktive verlangte von uns, etwas dagegen zu unternehmen.«

Hammersmith wirkte jetzt sehr nachdenklich. »Wem sollte daran gelegen sein, eine ganze Welt ins atomare Inferno zu treiben? Warum, Kirk? Aus welchem Grund wollte jemand alles Leben auf dem Planeten eliminieren?«

Spock betätigte einen weiteren Schalter. »Nicht alles Leben auf Talin wurde vernichtet, Vizeadmiral.«

Ein neues Bild erschien im Projektionsfeld. Es handelte sich um eine Echtzeit-Aufnahme, übermittelt von einem Orbitalsatelliten: Sie zeigte die Tagseite des Planeten. Scott preßte die Lippen zusammen, als er den unverschämten Titel las: KIRKS WELT. Hinter ihm gaben die beiden Talin-Botschafter kummervolle Geräusche von sich, die keine Übersetzung erforderten.

Die dichten Wolken aus Rauch und radioaktivem Staub hatten sich inzwischen zum größten Teil aufgelöst, und darunter kamen Wunden zum Vorschein, deren Heilung Jahrhunderte, wenn nicht gar Jahrtausende dauern würde. Die Landmassen wiesen schwarze und braune Streifen auf. Eine graue Patina aus Asche bedeckte die einst weißen Eiskappen an den Polen. Die einzigen Anzeichen von Leben ließen sich in den Meeren beobachten: Dort gedieh ein purpurner, algenartiger Organismus, der sich einige Tage nach der globalen Katastrophe zum erstenmal gezeigt hatte — offenbar eine Mutation.

»Was könnte dort unten noch leben?« ächzte Hammersmith.

»Mr. Cardinali ...«, sagte Spock. »Bitte projizieren Sie die vor einem Monat gespeicherten Aufnahmen.«

Die Darstellung veränderte sich, präsentierte nun dichtere Wolken. Doch am Erscheinungsbild der Kontinente und Meere änderte sich praktisch nichts.

»Noch einen Monat zurück«, sagte der Vulkanier.

Es flackerte auf dem Bildschirm, und dann ... Ein brauner Sturm wütete über der primären Landmasse. Zwischen dem Purpur in den Ozeanen wurden hier und dort einige blaue Flecken sichtbar. Fallout-Wolken bedeckten mehr als die Hälfte des Planeten.

»Zwei Wochen nach den nuklearen Explosionen.«

Ein schwarzes Leichentuch umhüllte Talin IV. Die Wolkendecke schien fast massiv zu sein; an einigen Stellen glühte der Widerschein von Feuer hindurch.

»Zwei Tage.«

Die Welt kam einer Hölle gleich.

»Mr. Cardinali ... Weisen Sie den Computer zu einer Elaboration der Daten an, die den aktuellen Aufzeichnungstag betreffen. Eine spezielle Filterung der Bildinformationen sollte es uns ermöglichen, die Oberfläche des Planeten zu sehen.«

Tasten klickten, und allmählich verschwanden die Wolken aus dem Projektionsfeld, als der Computer die Daten mehrerer Aufnahmen nutzte, um neue visuelle

Strukturen zu berechnen und darzustellen. Die Ruinen der Städte an den Küsten brannten; ausgedehnte Wälder standen in Flammen.

Kurz darauf glaubte Scott, daß dem Computer ein Fehler unterlief, als die Meere in Sicht gerieten: Ganz deutlich erkannte er die ersten Ansammlungen der mutierten Algen. Andere Bereiche der Ozeane offenbarten weitere Blütezonen.

Es lief ihm kalt über den Rücken, als sich die Darstellung ausdehnte und auch die übrigen Regionen von Talin IV umfaßte. An verschiedenen Stellen in den Meeren gediehen Algen, *und die einzelnen Wachstumsgebiete bildeten ein regelmäßiges, geometrisches Muster.*

»Lieber Himmel«, hauchte McCoy.

»Nein«, stöhnte Hammersmith.

»Genau«, kommentierte Spock ruhig. »Der algenartige Organismus, der inzwischen das ganze maritime Ökosystem des Planeten übernommen hat, ist keine durch radioaktive Strahlung verursachte Mutation. Er stellt vielmehr eine künstliche Lebensform dar, die nicht von Talin stammt und von Fremden ›ausgesät‹ wurde. Von jenen Fremden, die eine nukleare Katastrophe herbeiführten, um die richtigen Wachstumsbedingungen für das extraplanetare Leben zu schaffen.«

Scott schauderte innerlich, als er diese Worte vernahm. Die Talin wimmerten leise, als die Translatoren Spocks Ausführungen übersetzten.

Rote Flecken der Empörung bildeten sich auf McCoys Wangen. »Wer ist dazu imstande, Spock?«

Der Vulkanier bediente die Kontrollen des Kommandopults, und daraufhin zeigte das Projektionsfeld wieder die stromlinienförmigen Raumschiffe mit den Rillen und Furchen. »Hier sehen Sie die Verantwortlichen, Doktor.«

Kirks Züge verhärteten sich. »Wer sind die Fremden, Spock? Und wo befinden sie sich jetzt?«

»Um diese Fragen zu beantworten, brauchen wir

doppelte Hilfe.« Der Vulkanier sah Hammersmith an. »Mit der *Enterprise* sollten wir in der Lage sein, die Fremden zu finden.« Er wandte sich an Richter. Der Greis war bleich, und Schweiß glänzte auf seiner Stirn.

»Was das Warum betrifft ...«, sagte Spock. »Vielleicht kann uns Dr. Richter Auskunft geben, denn er hat die ganze Zeit über gewußt, daß die Fremden existierten.«

KAPITEL 10

Eine seltsame Art von Erleichterung durchströmte McCoy, als er Hammersmith' Hand auf der Schulter spürte. Er hatte gewußt, daß ihm diese Konfrontation bevorstand, und er war froh, daß die Zeit des angespannten Wartens nun zu Ende ging.

»Bitte warten Sie in meinem Büro«, wandte sich der Vizeadmiral an Kirk und Spock, die sich Wilforth und Richter anschlossen. »Der Doktor und ich kommen gleich nach.«

Jim warf Leonard einen kurzen Blick zu, der ihn fragte: *Brauchst du Hilfe, Pille?* McCoy schüttelte stumm den Kopf und beobachtete, wie die vier Männer hinter einer Ecke des Korridors verschwanden.

»Keine Sorge, Doktor«, sagte Hammersmith, als sie allein waren. »Ich verlange nicht von Ihnen, daß Sie sich entschuldigen.«

Dazu wäre ich auch nicht bereit gewesen, dachte McCoy.

»Vermutlich hätte es auch gar keinen Sinn«, fuhr der Vizeadmiral fort. »Ich möchte nur wissen: Zum Teufel auch, warum sind Sie hierhergekommen?«

Leonard versteifte sich und versuchte, den Ärger im Zaum zu halten. »Ich bin hier, um etwas zu erledigen, woran Sie mich zu hindern versuchten. Es geht mir darum, dem ganzen Schlamassel auf den Grund zu gehen.«

Hammersmith schüttelte den Kopf. »Ich habe nicht versucht, Sie an irgend etwas zu hindern, Doktor.«

»Sie haben Spock und mich nach San Francisco versetzt«, sagte McCoy hitzig. »Sie vermieden es, offiziell

Anklage zu erheben — weil Ihnen nichts an einer peinlichen Verhandlung lag. Sie ...«

Hammersmith hob den Zeigefinger, und der Arzt unterbrach sich sofort. »Es *hat* eine Verhandlung stattgefunden, Doktor. Starfleet verzichtete darauf, Anklage zu erheben, als Kirk ankündigte, den Dienst zu quittieren. Und wohin hätte ich Sie sonst versetzen sollen? Vielleicht an Bord eines Raumschiffs, das auf der anderen Seite des galaktischen Arms Patrouille fliegt? Zu einer Starbase an der Föderationsperipherie? Glauben Sie vielleicht, dort wären Sie in der Lage gewesen, den Talin irgendwie zu helfen?«

McCoy starrte den Vizeadmiral groß an. »Und in San Francisco? Was haben Sie auf der Erde von mir erwartet?«

»Ich habe Sie zu Starfleet Command geschickt, Doktor, zum Föderationsrat und zu den zentralen Niederlassungen der meisten Nachrichtenagenturen. Halten Sie das nicht für einen der besten Orte, um etwas in Hinsicht auf Talin IV zu unternehmen? Bei Mr. Spock hat diese Taktik gut funktioniert.«

McCoy glaubte, seinen Ohren nicht trauen zu können. »Soll das heißen, Sie haben uns *absichtlich* zur Erde versetzt? Weil sich uns dort die besten Möglichkeiten boten, zugunsten der Talin aktiv zu werden?«

Hammersmith' Gesicht verwandelte sich in eine ausdruckslose Maske. »Natürlich nicht, Doktor. So etwas gehört nicht zu meinen Befugnissen als Kommandant der Starbase Neunundzwanzig.«

McCoys Verwirrung wuchs.

»Hören Sie, Doktor ...« Der Vizeadmiral senkte die Stimme. »Ich weiß, warum Sie mir in der Starbase einen Fausthieb verpaßten. Ich weiß auch, warum Sie das am liebsten wiederholen möchten. Weil Ihnen die Argumente ausgegangen sind. Und die Argumente sind Ihnen ausgegangen, weil ich recht habe. Was Ihnen ganz und gar nicht gefällt.«

»He, einen Augenblick ...«

Hammersmith ließ den Arzt nicht zu Wort kommen. »Nein, Doktor, diesmal sperren *Sie* die Ohren auf. Ich habe viele Jahre gebraucht, um meinen derzeitigen Rang zu erreichen, und ich bin Vizeadmiral geworden, weil ich es werden *wollte.* Um maßgeblich an der Gestaltung der Zukunft mitwirken zu können. Um Einfluß zu nehmen. Um Verantwortung zu tragen. Und in diesem Zusammenhang wiederhole ich: Es ist mir ein Rätsel, warum Sie hier sind.«

»Ich bin hier, um dabei zu helfen, daß sich Gerechtigkeit durchsetzt.«

»Mit ›hier‹ meine ich nicht den Mond, sondern Starfleet.« Hammersmith hob die Hand, um einem Einwand des Arztes zuvorzukommen. »Ich habe mir Ihre Personalakte angesehen, Doktor. Sie waren ein hervorragender Medizinstudent. Im privaten Sektor hätten Sie es weit bringen und reich werden können. Aber aus irgendeinem Grund entschieden Sie sich für Starfleet, für das All. Ich weiß, was der Medo-Dienst an Bord eines Raumschiffs bedeutet. Die meiste Zeit haben Sie überhaupt nichts zu tun, weil Ihre potentiellen Patienten zu den gesündesten Leuten überhaupt zählen. Oder Sie sehen sich plötzlich Krankheiten und Giften gegenüber, über die keine medizinische Datenbank Auskunft geben kann.«

McCoy hörte jetzt aufmerksam zu und mußte zugeben, daß Hammersmith' Worte durchaus etwas für sich hatten. *Aber mir bleibt schleierhaft, worauf er hinauswill.*

»Nun, Doktor, in Ihrem Wesen verbirgt sich ein mit Pioniergeist ausgestatteter Rebell, und das ist einer der Gründe dafür, warum Sie Starfleet wählten. Ich habe beobachtet, wie Sie sich in Gegenwart Ihrer Freunde verhalten, und daher ist mir klar: Sie beneiden Mr. Spock um seine Logik, um die Fähigkeit, Rationalität und Vernunft nicht von Gefühlen beeinflussen zu lassen. Mit ähnlichem Neid begegnen Sie Kirks Fähigkeit, intuitiv die richtigen Entscheidungen zu treffen, aus dem Stegreif heraus zu handeln — und anschließend recht zu behalten. Ich frage mich, was passieren könnte, wenn Sie sich jeweils einen Teil von Kirks Spontaneität und von Spocks Logik aneignen.«

Die Ausführungen des Vizeadmirals verblüfften McCoy, und er versuchte, seinen Zügen die gleiche maskenhafte Starre zu geben. Aber es fehlte ihm an Übung.

Hammersmith entdeckte etwas in Leonards Augen. »Haben Sie das schon versucht?« fügte er hinzu. »Haben Sie bereits auf der Grundlage von Anteilnahme und Logik gehandelt — um anschließend festzustellen, daß es die schlimmste Entscheidung Ihres Lebens war?«

»Ich gehöre nicht mehr zu Starfleet«, brummte McCoy. »Deshalb brauche ich mir das nicht anzuhören.«

Der Vizeadmiral zuckte mit den Achseln. »Natürlich brauchen Sie es sich nicht anzuhören. Weil Sie bereits darüber Bescheid wissen.«

McCoy wandte sich ab.

»Als wir uns in der Starbase stritten, Doktor ...«, sagte Hammersmith ungerührt. »Als wir versuchten, uns gegenseitig mit Hinweisen und Einwänden zu übertreffen ... Einige Male fühlte ich mich ziemlich in die Enge getrieben, und daraufhin strengte ich mich noch mehr an, um Sie zu überzeugen — von etwas, das nicht nur für Sie am besten war, sondern auch für Starfleet.

Als Sie plötzlich schwiegen und zuschlugen ... Da begriff ich, daß Sie verloren hatten. Sie gaben auf.«

McCoy blieb stehen und drehte den Kopf. »Sie irren sich, wenn Sie einen Sieg für sich beanspruchen. Ich habe den Dienst quittiert.«

»Offenbar haben Sie zuviel Zeit in Kirks Gesellschaft verbracht, Doktor. Es ging mir nicht um einen Sieg. Manchmal ist das Gewinnen weniger wichtig als der Umstand, nicht zu verlieren. Und ich habe nicht verloren. Die Starfleet-Vorschriften verlangten Ihre Versetzung, und ich schickte Sie dorthin, wo Ihre Aktivitäten den größten Nutzen bringen konnten. Aber um ganz ehrlich zu sein: Ich hätte nicht gedacht, jemals wieder von Ihnen zu hören.«

»Offenbar verstehen Sie mich nicht annähernd so gut wie Sie glauben«, erwiderte McCoy mit beißendem Sarkasmus.

Hammersmith ging einige Schritte auf ihn zu und verharrte neben dem Arzt. »Ich verstehe Sie sehr gut, Doktor — weil Sie Starfleet und der Föderation ähneln. Menschen auf der einen Seite, Vulkanier auf der anderen — und die Flotte in der Mitte versucht, einen Ausgleich zu schaffen. Ich darf Ihnen versichern: Zwar gewinnen wir nicht jeden ›Kampf‹, aber wir verlieren *nie*.«

Hammersmith setzte den Weg durch den Korridor fort, und McCoy vermutete, daß die Lektion vorbei war.

Doch der Vizeadmiral hatte noch einen letzten Hinweis für ihn. »Bevor ich's vergesse, Doktor. Ich bin alles andere als nachtragend, aber wenn Sie noch einmal versuchen, mich zu schlagen, passieren zwei Dinge.

Erstens: Dann bekomme ich eine neue Trophäe für die Wand in meinem Starbase-Büro. Zweitens: In einem solchen Fall verbringen Sie die nächsten sechs Monate in einem Regenerationsmodul, um sich neue Lungen wachsen zu lassen.« Hammersmith klopfte McCoy auf den Arm. »Ich verstehe Sie, Doktor. Und Sie sollten versuchen, auch mich zu verstehen.«

Spock kannte den Grund für Zalan Wilforth' Nervosität. Seine Unruhe basierte nicht nur auf dem Umstand, daß die EKA-Mission im Talin-System von Anfang an gefährdet war; sie ging auch auf den Konflikt zwischen den beiden verschiedenen Wesensaspekten zurück. Die unterdrückte menschliche Seite in Wilforth wollte schreien und Alonzo Richter zur Rechenschaft ziehen, doch der Centaurier in seinem Innern schreckte vor einer Konfrontation zurück. Der frühere Direktor des EKA-Außenpostens fühlte sich hin und her gerissen zwischen der falschen Lösung einerseits und gar keiner andererseits. Spock überlegte, ob er Wilforth mit einer angemessenen Bemerkung helfen sollte, sein emotionales Chaos zu überwinden, aber er wußte aus Erfahrung, daß derartige Interventionen nur selten zum angestrebten Resultat führten. Deshalb beschränkte er sich darauf, Wilforth stumm inneren Frieden zu wünschen, um anschließend Hammersmith in den Fokus seiner Aufmerksamkeit zu rücken. Der Vizeadmiral bot ihm vertrauteres Terrain.

Hammersmith saß hinter dem einstigen Schreibtisch Wilforth', lehnte sich im Sessel zurück und betrachtete die Daten auf dem Terminalschirm. Er wirkte völlig entspannt, aber Spock sah, wie sich seine Augen bewegten — ihm entgingen keine Details der Bildschirmdarstellung.

Nach einer Weile hob der Vizeadmiral den Kopf und wandte sich den übrigen Personen zu. McCoy saß in der einen Ecke, die Arme wie trotzig verschränkt. Kirk stand reglos neben der Tür, und Richter hatte auf einem Stuhl Platz genommen, starrte wortlos zu Boden.

Anteilnahme erklang in Hammersmith' Stimme, aber auch leiser Ärger. »Seit wann wissen Sie von den Fremden, Dr. Richter?«

Der greise Wissenschaftler atmete rasselnd. »Ich habe ihre Präsenz *vermutet* ... Seit ich vor sechs oder sieben Jahren die erste Skala-Einstufung von Talin IV sah.«

Hammersmith rieb sich eine Braue. »Wie kann die Richter-Skala der Kultur auf die Anwesenheit extraplanetarer Beobachter hinweisen?«

Richter sah auf. Seine Augen waren gerötet, die Lippen feucht. Bleiche, fast farblose Haut spannte sich über den Wangenknochen. »Ich habe das Ding *erfunden*. Und daher weiß ich genau, wie man es interpretieren muß.«

Er schloß die Hand fester um den Gehstock, klopfte einmal auf den Boden. »Sie sollten sich folgender Erkenntnis stellen: Leben ist immer gleich — es spielt keine Rolle, woher es kommt. Es zeichnet sich durch verschiedene Farben, verschiedene Formen und verschiedene chemische Strukturen aus, aber in Hinsicht auf die Motive gibt es kaum Unterschiede.« Der Greis blickte zu Spock. »Selbst Vulkanier haben die gleichen Bedürfnisse und Emotionen wie die Angehörigen anderer Völker — sie üben nur eine bessere Kontrolle darüber aus.«

Spock wußte, daß der Vizeadmiral unter erheblichem Zeitdruck stand, aber er versuchte ganz offensichtlich, höflich zu bleiben. »Für eine genauere Erklärung wäre ich Ihnen sehr dankbar.«

»Das Leben ist berechenbar. Die Entwicklung der Kultur, einer Zivilisation ... Mir gelang es, sie in Form einer Gleichung zum Ausdruck zu bringen, aus der sich die nach mir benannte Skala ergab. Aber die Talin paßten nicht in das Schema.«

»Wieso nicht?«

Richter hustete, und Spock schloß aufgrund des Geräuschs, daß die Kongestion in den Lungen des alten Wissenschaftlers schlimmer geworden war. »Wenn Sie zwanzig Jahre Zeit hätten, könnte ich es Ihnen vielleicht erklären. Und wenn *mir* noch zwanzig Jahre zur Verfügung stünden ... Die Zivilisation der Talin entsprach im großen und ganzen der von vielen hundert anderen Völkern. Aber wenn man sowohl ihr Wissen über das Universum als auch das technische Niveau berücksichtigte, dachten sie zu sehr über die Sterne nach. Bei ihnen gewann der Wunsch, ins All zu gelangen, eine anomal starke Ausprägung.«

»Wie meinen Sie das, Dr. Richter?« fragte Hammersmith.

»Die Talin sahen etwas. Sie wußten, daß es jenseits der Atmosphäre ihres Planeten mehr gab als nur Leere, und daraus ergab sich ein Empfinden, das alle Bereiche der Kultur erfaßte: Literatur, Kunst und so weiter. Der intensive Wunsch, in den Kosmos vorzustoßen, obwohl die technologischen Grundlagen dafür fehlten... Dadurch geriet die Richter-Skala aus den Fugen.« Der Alte versuchte, seine Worte zu unterstreichen, indem er seinen Gehstock erneut auf den Boden pochen ließ, aber dadurch wäre er ihm fast aus der Hand gerutscht. »Das ist kein leeres Gerede. Auch andere Leute sahen das Problem bei der Einstufung, und deshalb wandte sich Starfleet an mich. Deshalb bin ich hier. Alle Fachleute erkannten das Problem, aber nur ich ahnte den Grund dafür.«

Spock bemerkte, daß Kirk erstaunlich viel Geduld zeigte. Einem jüngeren Wissenschaftler gegenüber hätte er bestimmt nicht darauf verzichtet, eine Frage nach der anderen zu stellen.

»Warum haben Sie Starfleet nicht auf Ihren Verdacht hingewiesen?« erkundigte sich Hammersmith.

Richter murmelte etwas Unverständliches.

»Wie bitte, Doktor?«

»Die Erste Direktive«, schnaufte der Greis. »Die verdammte Erste Direktive ist der Grund.«

Falten fraßen sich in Hammersmith' Stirn. »Verstehe ich das richtig? *Sie* wollten nicht eingreifen?«

»Nein! *Natürlich* wollte ich intervenieren. Ich hasse die Direktive. Durch sie vergeuden wir wertvolle Zeit. Durch sie bekommen wir keine Gelegenheit, Geheimnisse zu lüften. Sie behindert unsere Forschungen. Sie ...« Er erlitt einen Hustenanfall. McCoy sprang auf, hielt einen medizinischen Scanner über den Rücken des alten Wissenschaftlers und preßte ihm einen Injektor an den Arm, bevor Richter protestieren konnte.

Der Greis atmete tief durch — die Lungenkongestion hatte erheblich nachgelassen. »Was konnte ich unternehmen?« fuhr er fort und winkte McCoy verärgert beiseite. »Ein Wissenschaftler unter vielen... Und alle fühlten sich ganz und gar dem Nichteinmischungsprinzip verpflichtet. Alle zogen es vor, einfach nur zuzusehen und passiv zu bleiben.«

Einmal mehr klopfte Richter mit seinem Gehstock auf den Boden, und diesmal hielt er ihn fest in der Hand. »Aber die anderen, die Fremden … Sie gaben sich nicht mit der Rolle von Beobachtern zufrieden, sondern nahmen direkten Einfluß. Das Warum war mir ebenso rätselhaft wie das Wie. Aber darauf kam es gar nicht an. Die Talin sahen jene Besucher, sprachen über sie und versuchten, sie zu lokalisieren. Ich ging von folgender Annahme aus: Wenn ich mein Wissen für mich behielt, wenn ich zuließ, daß die Kontroverse in bezug auf die Skala-Einstufung andauerte, so würde es den Talin irgendwann gelingen, eins der fremden Raumschiffe — oder vielleicht ein Phantom-Shuttle des EKA — zu erbeuten.«

»Das *erhofften* Sie sich?« fragte der Vizeadmiral vorwurfsvoll.

»Ja«, bestätigte Richter. »Denn dann hätten die Talin gewußt, daß es außer ihnen noch andere Zivilisationen in der Galaxis gibt. Und dann wäre es nicht mehr erforderlich gewesen, die Bestimmungen der Ersten Direktive zu achten. Von einer derartigen Entwicklung versprach ich mir die Möglichkeit, einen Kontakt herzustellen, zu lernen, neues Wissen zu sammeln …« Richter schloß die Augen, und Spock beobachtete, wie Tränen der Enttäuschung unter den Lidern hervorquollen. »Sie ahnen nicht, wieviel es zu lernen gibt — und wie wenig Zeit einem dafür bleibt.« Er hob die Hände vors Gesicht.

»Dr. Richter …«, begann Kirk. Es klang sanft und gleichzeitig besorgt. »Wenn Sie so sehr bestrebt waren, die Erste Direktive zu umgehen — wieso sind Sie dann ganz außer sich geraten angesichts der Möglichkeit, daß die *Enterprise* von den Talin-Astronauten gesichtet wurde?«

Der Greis sah nicht auf. »Wenn die Erste Direktive

durch Sie oder das EKA verletzt worden wäre, hätte Starfleet den lunaren Stützpunkt geschlossen und das Sonnensystem isoliert. Aber eine Entdeckung der Fremden oder unserer Shuttles durch die Talin, aufgrund ihrer eigenen Bemühungen … Dann wäre der Planet nicht länger vom Rest des Universums getrennt gewesen.« Richter hob den Kopf und sah zu Kirk. »Dann hätten wir zu den Talin gehen können, um sie mit offenen Armen im interstellaren Völkerbund zu empfangen. Und zwar sofort, ohne Zeit zu vergeuden.«

Hammersmith sah einige Sekunden lang auf den Schreibtisch. »Dr. Richter … Indem Sie entschieden, nicht mit dem Erstkontakt-Amt Starfleets zusammenzuarbeiten und den Bestimmungen der Ersten Direktive keine Beachtung zu schenken, haben Sie vielleicht zu der Katastrophe auf dem Planeten beigetragen.«

»Das lag nicht in meiner Absicht«, erwiderte Richter leise und bestürzt.

»Niemand von uns beabsichtigt so etwas, Doktor. Und genau deshalb haben wir die Erste Direktive. Damit wir nichts überstürzen. Damit wir nicht übereilt handeln, wenn eine ganze Welt auf dem Spiel steht.«

»Die Zeit ist so knapp«, flüsterte der alte Wissenschaftler.

»Vielleicht für Sie und mich«, entgegnete Hammersmith. »Aber nicht für die Föderation, Dr. Richter. Die Föderation kann es sich leisten, geduldig zu sein.«

Spock wartete mit Kirk und Hammersmith außerhalb des Büros, während McCoy den erschöpften Richter behandelte.

»Und nun?« fragte Jim ernst.

»Keine Ahnung.« Hammersmith wirkte besorgt. »Was Richter vorhin sagte — und Wilforth' Eingeständnis, daß er darauf verzichtete, den alten Wissenschaftler unter Druck zu setzen, obgleich er ahnte, daß er ihm wichtige Informationen vorenthielt …« Der Vizeadmiral holte tief Luft. »Ich schätze, Starfleet muß ganz neue Ermittlungen einleiten. Vielleicht dauert es Jahre, um Ordnung in dieses Durcheinander zu bringen ...« Er schüttelte den Kopf.

Mit dieser Antwort wollte sich Kirk nicht abfinden. »Was für ein Durcheinander meinen Sie? Fremde Wesen haben die natürliche Entwicklung von Talin IV beeinflußt, um spezielle Algen oder was weiß ich in den Ozeanen wachsen zu lassen. Die Sache ist doch ganz klar.«

Hammersmith bedachte Jim mit einem finsteren Blick. »Klar ist hier überhaupt nichts. Ich weiß, wie Sie sich fühlen, Kirk. Sie haben Ihr Kommando verloren. Vielleicht durch Ihre eigene Schuld, vielleicht auch nicht. Wie dem auch sei: Hier geht es um mehr.«

»Alles läuft auf die Erste Direktive hinaus. Und die Präsenz von anderen Fremden bedeutet: Die Bestimmungen des Nichteinmischungsprinzips können hier nicht angewandt werden.«

»Von welchen Fremden sprechen Sie, Kirk? Sie haben Richter selbst gehört. Er hat die Präsenz von uns unbekannten extraplanetaren Beobachtern *vermutet*. Wir haben es hier nur mit Mutmaßungen zu tun.«

»Und die Bilder von Talin?«

»Was soll schon damit sein? Es sind Computerdaten von einer verheerten Welt. Die Speichermodule erreichten eine EKA-Basis, zu deren Personal ein Wissenschaftler gehörte, der die Erste Direktive verabscheut. Es gibt tausend Möglichkeiten, um solche Informationen zu manipulieren, und wahrscheinlich brauchen die Starfleet-Spezialisten viele Monate, um festzustellen, ob die Daten authentisch sind. Im *Anschluß* daran bekommen wir vielleicht die Möglichkeit, irgendwelche Maßnahmen zu ergreifen.«

Kirk starrte den Vizeadmiral verblüfft an.

Dem Vulkanier hatte es nicht die Sprache verschlagen. »Entschuldigen Sie bitte, Sir, aber ich glaube, wird sind schon jetzt imstande, diese Angelegenheit endgültig zu klären.«

»Wie denn, Mr. Spock?«

Kirk verstand sofort. »Indem wir die fremden Wesen finden, auf deren Einwirken die nukleare Katastrophe zurückgeht.«

Hammersmith breitete die Arme aus. »Wenn es sie wirklich gibt ... Es würde bedeuten, daß sie acht Jahre lang in diesem Sonnensystem aktiv gewesen sind, ohne daß die EKA-Basis etwas von ihnen bemerkte. Wie viele Jahre brauchen Sie, um die mysteriösen Unbekannten zu entdecken?«

»Es dürfte etwa drei Stunden dauern, um ihren genauen Aufenthaltsort festzustellen«, sagte Spock.

Hammersmith und Kirk musterten ihn verblüfft.

Der Vulkanier wölbte die Brauen. »Ich weiß, wie wir die Fremden lokalisieren können.«

Sie betraten ein anderes Büro, und dort schaltete Spock das Tischterminal ein, drehte den Schirm so, daß Kirk und Hammersmith die Darstellungen im vergleichsweise kleinen Projektionsfeld sehen konnten. Mit einigen Tastenbefehlen öffnete er Datenkanal Nummer fünfundvierzig, woraufhin eine Grafik von Talin IV und dem Mond erschien.

»Eine gewöhnliche Orbitalkarte«, brummte der Vizeadmiral. »Was beweist das?«

»Für sich genommen gar nichts«, erwiderte Spock. »Sie dient nur als Grundlage für weitere Informationen.« Er übermittelte dem Computer eine Anweisung, und ein kleines rotes Dreieck blinkte auf dem Planeten.

»Ist das eine weitere militärische Basis?« fragte Hammersmith.

»Nein«, sagte Kirk. »Ich kenne die Koordinaten. Das Dreieck kennzeichnet den unterirdischen Raketenbunker, in dem der Sprengkopf explodierte.«

»In der Tat«, bestätigte Spock. Wieder drückte er eine

Taste, und ein blauer Punkt leuchtete im Orbit über Talin IV.

»Das ist eine geostationäre Umlaufbahn«, stellte Kirk fest. »Ich nehme an, es handelt sich um einen der von uns ausgeschleusten Satelliten.«

»Ja, Captain.«

Jim beugte sich vor, stützte dabei die Hände auf den Tisch. »Ist das zufälligerweise Sensorsatellit Nummer fünf?«

Spock trat zurück. Kirk hatte bereits verstanden — ihm brauchte er nichts mehr zu erklären.

»Warum soll Nummer fünf so wichtig sein?« erkundigte sich Hammersmith.

Kirk betätigte die Kontrollen, und daraufhin rotierte die Grafik. »Beim fünften Satelliten kam es zu einer Fehlfunktion. Die Transtatoren verloren alle in ihnen gespeicherten Informationen.«

»Das müßte eigentlich unmöglich sein, nicht wahr?« erwiderte der Vizeadmiral. »Immerhin verfügen EKA-Satelliten über zusätzliche Abschirmungen.«

»Er befand sich *tatsächlich* über dem betreffenden Gebiet!« entfuhr es Kirk aufgeregt.

»Was meinen Sie?« Hammersmith' Verwirrung nahm immer mehr zu.

»Ja, das ist es.« Erneut justierte Kirk die Darstellung. »Sehen Sie sich das an. Wir haben den Satelliten fast genau über dem Raketenbunker ausgeschleust. Welches Signal auch immer hinuntergeschickt wurde … Es passierte den Satelliten und löschte den Inhalt der Speicherzellen.«

Der Vizeadmiral konnte Kirk nicht ganz folgen. »Es wurde ein Zündsignal aus dem All übermittelt? Um den nuklearen Sprengkopf zur Explosion zu bringen?«

»Nein«, sagte Kirk. »Die Atombombe ging lange nach der vermeintlichen Fehlfunktion des Satelliten hoch. Das Signal veränderte die Schaltkreise — der Sprengkopf sollte detonieren, wenn die Talin versuchten, ihn zu entschärfen. Scotty hat eine ähnliche Methode benutzt, um die Raketen an Bord des lunaren Raumschiffs unschädlich zu machen.« Er schnippte mit den Fingern. »Spock! Wenn so starke Signale nicht fokussiert sind und sich im ganzen Sonnensystem ausbreiten ...«

Der Vulkanier nickte. »Sie würden alle Subraum-Kommunikationskanäle blockieren. Das könnte erklären, warum wir die Notfall-Meldungen vom Außenposten Siebenundvierzig nicht empfingen.«

»Aber woher stammte das Signal?« warf Hammersmith ein.

Kirk trat vom Tisch zurück und beobachtete, wie der Computer dem Bild letzte Details hinzufügte. »Es kam vom logischsten aller Orte, nicht wahr, Spock?«

»Ja, Captain.«

Auf dem Bildschirm entstand eine Linie, die von der unterirdischen Raketenbasis zum Sensorsatelliten fünf führte — und von dort aus zum Mond von Talin IV.

KAPITEL 11

Der Staub auf der Oberfläche von Talins Mond geriet in Bewegung, als er vom energetischen Strudel eines Transporterfelds erfaßt wurde. Einige Sekunden später zeichneten sich Kirks Fußspuren darin ab.

Jim blickte durchs Visier seines Schutzanzugs und über eine Landschaft, die das Licht der Sonne reflektierte. Spock hatte nicht drei, sondern nur eine Stunde für die Berechnungen gebraucht, deren Genauigkeit sich nun bestätigte.

»Kirk an *Exeter.*« Der Helm veränderte den Klang seiner Stimme. »Die Koordinaten sind perfekt.«

Die Stimme des Transporterchefs an Bord der *Exeter* drang aus dem Kom-Lautsprecher. »Energie.«

Drei funkelnde Säulen entstanden, und in ihnen materialisierten Spock, McCoy und Uhura.

Kirk hörte, wie Uhura überrascht nach Luft schnappte.

Spock hob einen vor dem Vakuum geschützten Tricorder. »Faszinierend.«

McCoy nahm eine Sondierung mit Bio-Scannern vor und brummte ungläubig. »Sparen Sie sich Ihr ›faszinierend‹, Mr. Spock«, brummte er. »Wie wär's statt dessen mit einem ›unmöglich‹?«

Auf den nackten Felsen von Talins Mond, der gnadenlosen, ungefilterten solaren Strahlenflut und dem Vakuum des Alls ausgesetzt, gab es … Leben.

Die niedrige Gravitation befähigte Kirk zu langen, sprungartigen Schritten, und er näherte sich etwas, das offenbar eine Art Basis darstellte.

Ein Teil davon war fremdartig, ein anderer zwar nicht vertraut, aber zumindest verständlich. Kirk sah etwa zwanzig der zylinderförmigen, in der Mitte wie zusammengeschnürt wirkenden Shuttles im Schatten eines Felsüberhangs. Jeder Flugapparat mochte etwa zehn Meter lang sein, aber sie alle wiesen mehr oder weniger geringfügige Unterschiede auf. Einige standen nebeneinander; andere waren aufeinander gestapelt, wie besonders große Scheite Feuerholz. Der Überhang hatte sie bisher vor direkter Beobachtung durch die Talin oder das EKA geschützt, aber Kirk fragte sich, warum der Rest des Stützpunkts nicht längst von den Fernbereichssensoren des Erstkontakt-Amts entdeckt worden war. Das gilt insbesondere für die Aliens.

Die Körper der fremden Wesen erinnerten Kirk an Wespen. Allerdings gab es in diesem Fall nur zwei Segmente, und die Haut wies schwarze sowie silbrig glänzende Flecken auf. Die allgemeine Form entsprach den Konturen der Shuttles, aber die Länge beschränkte sich auf ein bis zwei Meter. Zur Fortbewegung dienten zwei Paare aus jeweils vier spindeldürren Beinen: Das erste Paar wuchs aus dem vorderen Körperteil, das zweite aus dem hinteren. Der Leib hing zwischen den Beinen, unterhalb der obersten Gelenke, wie bei einer Spinne.

Die Füße erwiesen sich als flach und schüsselförmig — dadurch liefen die Geschöpfe keine Gefahr, im Mondstaub zu versinken. Einige Wesen bewegten sich langsam, wie träge, während andere hin und her sausten, manchmal zehn Meter weit sprangen.

Kirk näherte sich vorsichtig, während die Aliens bei den Shuttles und einigen großen, silberschwarzen Kuppeln rege Aktivität entfalteten. Bisher deutete nichts darauf hin, daß sie ihn und die anderen Transferierten bemerkt hatten, aber Jim hielt den Phaser trotzdem einsatzbereit. *Diese Geschöpfe haben eine ganze Welt vernichtet,* erinnerte er sich.

Zehn Meter vor der nächsten Kuppel blieb er stehen:

Das Gebilde sah aus, als sei metallhaltige Lava aus dem Boden gequollen und dann erstarrt. Die Wesen krochen pausenlos darüber hinweg und daran vorbei. Ihre vorderen Beine tasteten an den schimmernden Außenflächen der Kuppel entlang, während die hinteren sie über den lunaren Boden trugen. Aus den Augenwinkeln sah Kirk, daß seine Begleiter die Distanz zu ihm verkürzten.

»Tragen sie Druckanzüge, Spock?« fragte er.

»Nein«, erwiderte der Vulkanier. »Die externen Schalen scheinen genügend Schutz vor dem Vakuum und der Strahlung zu gewähren.«

»Sind es Maschinen?« erkundigte sich Uhura. Sie bediente die mobile Kontrolleinheit eines Computers — die Tasten waren besonders groß, damit sie auch von in Handschuhen steckenden Fingern betätigt werden konnten.

»Es ist unglaublich«, sagte McCoy und überprüfte die Anzeigen der Bio-Scanner. »Das Körperinnere besteht aus organischen Komponenten mit Blasen, die unter Druck stehendes Gas enthalten — fragt mich jetzt bloß nicht, wie so etwas möglich ist. Wasser kommt hinzu. Und eine hohe Stoffwechselrate. Es würde mich kaum wundern, wenn die Geschöpfe irgendwie von der solaren Strahlung leben.«

Die Beine der fremden Wesen faszinierten Kirk — sie schienen aus Metall zu bestehen. »Sind sie künstlichen Ursprungs, Spock? Organe in einer mechanischen Hülle?«

»Ich sehe keine Anzeichen für irgend etwas Künstliches in ihrer Struktur, Captain. Alles deutet auf lebende Geschöpfe hin, die entweder durch genetische Manipulationen entstanden oder sich durch natürliche Evolution an die Existenz im Vakuum anpaßten.«

»Sir ...«, erklang Uhuras Stimme. »Ich empfange intensive niederenergetische Statik. Und sie scheint von diesen ... Dingen zu kommen.«

»Versuchen Sie eine genaue Lokalisierung.« Kirk beobachtete, wie eins der Geschöpfe in einer Entfernung von nur zwei Metern an ihm vorbeieilte. Es trug einen Felsbrocken. »Haben Sie eine Vorstellung von den Sinnesorganen, Spock?«

»Nein, Captain. Ich nehme auch weiterhin Sondierungen vor.«

Ein zweiter Alien schlug den gleichen Weg ein wie der erste und trug ebenfalls einen großen Stein. Kurz darauf folgte ein dritter. Kirk trat auf den von runden Fußabdrücken markierten Pfad, und wenige Sekunden später sauste ein viertes Wesen heran, stieß ihn fast von den Beinen. Der Aufprall ließ Jim erzittern, aber es gelang ihm, das Gleichgewicht zu wahren.

»Seien Sie vorsichtig, Captain«, riet Spock. »Die Beine sind sehr dünn, aber ganz offensichtlich können sie bemerkenswert viel Kraft entfalten.«

Kirk verharrte in Reglosigkeit, als das Geschöpf vor ihm den Stein beiseite legte und sich aufrichtete, bis die Körpersegmente auf einer Höhe mit der Taille des Menschen waren. Dann neigte es den vorderen Bereich nach oben, und die entsprechenden Beine tasteten wie Insektenfühler.

»Spock an *Exeter*«, tönte es aus dem Kom-Lautsprecher in Jims Helm. »Richten Sie den Transporterfokus auf Captain Kirk und seien Sie bereit, einen unverzüglichen Transfer einzuleiten.«

»Schon gut, Spock«, sagte Kirk. Er rührte sich nicht von der Stelle, als die Beine des Wesens über seinen Schutzanzug und die externen Geräte krochen. »Die vorderen Beine stellen die Sinnesorgane der Fremden dar. Ich werde jetzt einer ›Karte‹ der Umgebung hinzugefügt.«

Nach einer Weile sank der vordere Teil des Geschöpfs wieder nach unten — es hob den Stein auf und setzte den Weg fort, wich dem Menschen aus. Erleichtert drückte Kirk den Phaser an die Haftstelle des Gürtels.

»Was ist mit Ihrer Druckanzeige, Captain?« fragte

Spock. »Hat das Wesen irgendwelche Löcher verursacht?«

Kirk betrachtete die Indikatoren im Helminnern. »Alles in Ordnung. Sie können der *Exeter* mitteilen, daß der Transpo ...«

Er unterbrach sich, als ihm ein fünfter Alien entgegenraste. Doch es kam nicht zu einem Aufprall. Das Wesen wich ihm ebenso mühelos aus wie jenes Exemplar, von dem er eben abgetastet worden war.

»Faszinierend«, sagte Spock. »Offenbar sind sie trotz des Vakuums zur Kommunikation imstande.«

Kirk hatte eine Idee, aber sie erschien ihm absurd — ebenso absurd wie die Existenz dieser Lebensformen. »Uhura ... Verständigen sich die Geschöpfe vielleicht mit Hilfe von Funksignalen?«

»Ich, äh ... Warum nicht? Ich versuche, eine Verbindung herzustellen.« Uhura näherte sich einer kleinen, silbrig glänzenden Blase, die den Eindruck erweckte, direkt aus dem Boden gewachsen zu sein. Zwei Wesen befanden sich in der Nähe. Das eine sonderte eine trübe, breiartige Masse aus einer Öffnung im vorderen Körpersegment ab und strich sie auf die Blase. Das andere Geschöpf schien in der Nähe bereitgelegte Steine zu verspeisen. Kirk fragte sich, ob sie beobachteten, wie die Aliens Baumaterial herstellten.

In der niedrigen Schwerkraft hüpfte er zu Spock und McCoy zurück. »Was hat es mit den Blasen auf sich?« fragte er. »Woraus bestehen sie?«

»Aus der gleichen Substanz wie die Schalen der Wesen und die Außenhüllen der Shuttles. Darüber hinaus entspricht die Zusammensetzung praktisch der chemischen Struktur des hiesigen Mondgesteins.« Spock blickte auf die Anzeigen seines Tricorders. »Captain, ich glaube, es sind verschiedene Versionen der gleichen Lebensform. Oder vielleicht unterschiedliche Spezies mit der gleichen evolutionären Vergangenheit.«

»Soll das heißen, die Shuttles sind *lebendig?*«

Spock richtete die Sensoren des Tricorders auf jene Gebilde, die sie bisher für kleine Raumschiffe gehalten hatten. »Offenbar schlafen sie im Schatten des Überhangs. Form und Farbe bilden Parallelen zu den kleineren Geschöpfen.«

»Jim, ich empfange stärkere Bio-Signale«, sagte McCoy plötzlich. »Von dem Etwas dort drüben.«

Zwei lange Schritte, und Leonard landete neben einer Blase mit einem Umfang von fast fünf Metern. Die Oberfläche ähnelte den Schalen der kleinen Wesen, wies silberne und schwarze Flecken auf. An einigen Stellen schimmerte sie, und an anderen wirkte sie stumpf.

»Handelt es sich vielleicht um Eier?« fragte Kirk. »So wie bei Hortas?«

»Zu Anfang habe ich das ebenfalls vermutet«, erwiderte McCoy und veränderte die Justierung seines Scanners. »Die Lebensindikatoren reagieren darauf, aber sie ermitteln andere Werte als bei den mobilen Wesen.«

»Seltsam.« Spock betrachtete die Displays seines Tricorders. »Der Innenbereich scheint gut isoliert zu sein. Die Blase enthält nicht nur Gas, sondern auch Flüssigkeit.«

»Und die Bio-Signale?« fragte Kirk.

»Sie stammen von einem nicht sehr komplexen Pflanzen-Analogon, Captain.«

»Pflanzen?« wiederholte Jim. »Sind Sie ganz sicher, daß die Blase kein höher entwickeltes Leben enthält?«

»Ja«, bestätigte der Vulkanier schlicht.

Kirk nahm seinen Phaser, modifizierte die Emissionsstärke, legte an und feuerte, bevor Spock und McCoy irgendwelche Einwände erheben konnten.

Ein kleines Loch entstand in der Blase, und grauweißer Dampf drang daraus hervor. Das Gas kondensierte sofort zu winzigen Kristallen, und einige Sekunden lang schien es zu schneien. Kurz darauf verflüchtigte sich die

Wolke, und eine zähflüssige Masse quoll aus dem Loch, gefror zu faustgroßen Brocken. Unter einer weißen Patina aus Rauhreif zeigte sich purpurner Glanz.

»Die Alge, nicht wahr?« fragte Kirk. »Der gleiche Organismus wie in den Ozeanen von Talin IV.«

Spock hielt seinen Tricorder über die breiige Masse, die sich noch immer aus dem Loch schob. »In der Tat, Captain. Aber aus welchem Grund haben Sie so etwas vermutet? Es ist keine offensichtliche Schlußfolgerung.«

McCoy vertrat eine andere Ansicht. »Wieso denn nicht, Spock? Es liegt doch auf der Hand: Die Wesen lassen ihre Nahrung auf dem Planeten wachsen.«

»Aus den Anzeigen unserer Instrumente geht hervor, daß diese Geschöpfe keine Nahrung im üblichen Sinn benötigen. Die Strahlung aus dem Raum liefert ihnen Energie. Mit den Algen können sie nichts anfangen.«

Kirk bemerkte eine Bewegung und sah sich um: Zwanzig Wesen näherten sich der Blase mit dem Loch. »Treten Sie zurück, meine Herren. Der Reparaturtrupp trifft gerade ein.«

Die drei Männer wichen beiseite, als die Geschöpfe zur Blase hasteten und darüber hinwegkletterten. Fast sofort entdeckten sie das Leck und strichen gefrorene Algenmasse fort. Am Rand der ›Reparaturgruppe‹ erschienen kleinere Aliens, deren Schalen heller schimmerten. Die größeren Wesen formten eine Kette und reichten die kleineren Exemplare von einem Rücken zum nächsten, setzten sie schließlich neben der Blase ab. Die Fußteller der Neuankömmlinge hatten einen mindestens doppelt so großen Durchmesser wie bei den übrigen Geschöpfen, und sie begannen zu glühen, als sie am Rand des Lochs rieben und so die Haut der Blasen schmolzen, um das Leck zu schließen.

»Ich hoffe, Sie haben das aufgezeichnet, Spock«, brummte McCoy. »Weil ich's einfach nicht glauben kann.«

»Captain!« rief Uhura, und Kirk sah sich nach ihr um.

»Wo sind Sie?« fragte er.

»An der Ostseite des Überhangs. Sie haben richtig getippt, Sir. Die Verständigung der Wesen findet tatsächlich mit Hilfe von Funksignalen statt.«

Uhura hatte die Kontrolleinheit des Computers auf einen großen Felsen gelegt. Zwei Aliens befanden sich in der Nähe, und der eine zerlegte den anderen. Das zweite Wesen versuchte nicht zu entkommen, und Kirk bemerkte einige weitere ›demontierte‹ Geschöpfe.

Uhura betätigte Tasten. »Ich verbinde den Hauptkanal mit unseren Helmlautsprechern, Sir. Ein Organ im vorderen Körpersegment gibt den Wesen offenbar die Möglichkeit, Funkwellen mit geringer Frequenz zu modulieren. Die Reichweite ist nicht besonders groß.«

McCoy trat vor, um das Geschöpf aus der Nähe zu betrachten, und dadurch fiel sein Schatten darauf. »Wie kann gewöhnliche Evolution ein Organ hervorbringen, das Funkwellen erzeugt?«

»Das Leben verändert sich ständig, um alle Möglichkeiten des jeweiligen Ambiente zu nutzen, Doktor«, antwortete Spock. »Unsere Augen nehmen elektromagnetische Strahlung in einem bestimmten Frequenzbereich wahr, und Funkwellen sind ebenfalls elektromagnetische Strahlung — nur auf einer anderen Frequenz. Eine derartige Entwicklung mag unwahrscheinlich sein, aber sie ist keineswegs unmöglich.«

Plötzlich knisterte, knackte und rauschte es in Kirks Helmlautsprecher.

»Das ist die Sprache der Fremden?« fragte McCoy.

»So klingen die Signale für unsere Ohren«, entgegnete Uhura. »Ich schalte nun das Elaborationspotential des Translators hinzu.«

»In Hinsicht auf diese Sprache sind in den automatischen Übersetzungsmodulen keine Daten gespeichert, Captain«, sagte Spock. »Daher dürfte es einige Stunden dauern, bis der Translator die ersten Wortäquivalente liefern kann. Ich schlage vor, wir kehren zur *Exeter* zurück, um unseren Sauerstoffvorrat zu erneuern.«

»Gute Idee. Anschließend ...«

»Seltsames Leben blockiert Nahrung«, verkündete eine monotone Prozessorstimme. *»Seltsames Leben blockiert Nahrung hier hier.«*

McCoy lächelte süffisant. »Einige Stunden, wie? Vermutlich haben Sie es versäumt, sich über die letzten Innovationen in Hinsicht auf unsere Translatoren zu informieren, Mr. Spock.«

»Nein, Doktor«, warf Uhura ein. »Normalerweise dürfte das Übersetzungsmodul noch nicht in der Lage sein, den Signalen einen Bedeutungsinhalt zuzuordnen.« Sie rückte die Kontrolleinheit des Computers zurecht und drückte Tasten. »Ich verabscheue diese Handschuhe ...«

Unterdessen erklang auch weiterhin die elektronische Stimme des Translators. *»Seltsames Leben blockiert Nahrung hier hier. Seltsames Leben ...«*

»Was könnte es damit auf sich haben, Mr. Spock?«

»Ich analysiere noch, Captain.«

McCoy gab einen überraschten Schrei von sich, und Jim drehte sich unbeholfen um. Vier Geschöpfe hatten Leonards Beine gepackt. »Kirk an *Exeter!«* sendete er und griff nach seinem Phaser. Die Wesen zerrten McCoy an den Füßen fort, und dadurch wirbelte Jahrmilliarden alter Mondstaub auf.

Dann ließen sie ihn plötzlich los.

Kirk sprang näher. »Alles in Ordnung, Pille?«

»Ja«, brummte der Arzt. Er erhob sich, und dunkle Flecken klebten an seinem Schutzanzug — sie stammten vom schwarzen lunaren Boden. »Übrigens: Besten Dank für Ihre Hilfe, Mr. Spock. Sie müßten die Geschöpfe schon von weitem gesehen haben.«

»Das war tatsächlich der Fall, Doktor.«

»Trotzdem hielten Sie keine Warnung für notwendig?« fragte Kirk.

»Die Wesen reagierten nur auf den Hilferuf ihres Artgenossen. Dr. McCoys Schatten fiel auf jenes Exemplar, das wir beobachteten, und dadurch wurde die Nahrungsmittelversorgung unterbrochen: Das Geschöpf empfing keine solare Strahlung mehr. Inzwischen hat es die Sendung eingestellt.«

McCoy hüpfte zu Uhura und Spock zurück. »Sie hätten mir trotzdem einen Hinweis geben können.«

»Ja«, sagte Spock. »Dazu wäre ich durchaus in der Lage gewesen. Vielleicht treffe ich beim nächsten Mal eine entsprechende Entscheidung.«

Kirk wandte sich an Uhura. »Gute Arbeit. Was hat eine so schnelle Übersetzung ermöglicht?«

»Die Wesen benutzen eine Sprache, die bereits zum Programm des Translators gehört, Sir.« Das dunkle Gesicht hinter dem Helmvisier brachte Verwirrung zum Ausdruck. »Ich meine die primäre Sprache der Talin.«

»Was halten Sie davon, Spock?« fragte Kirk verdutzt. Die Geschöpfe konnten sich unmöglich auf dem Planeten entwickelt haben. Und den Talin fehlten die gentechnischen Werkzeuge, um solche Lebensformen zu schaffen.

»Wenn die Ergebnisse einer ersten Analyse stimmen, so haben wir es hier nicht mit intelligenten Lebensformen zu tun. Die Wesen sind vielmehr mit Insekten vergleichbar, die sich durch eine kollektive Identität auszeichnen, wie eine Art Bienenschwarm. Das Kollektiv hat auf Talin IV neue Umweltbedingungen geschaffen, die das Wachstum der Algen begünstigen. Nun, die Gemeinschaft entwickelte keine eigene Sprache, aber sie ist imstande, Funksignale zu senden und zu empfangen. Ich nehme an, daß sie über Jahre hinweg den planetaren Kom-Sendungen lauschte und sich im Lauf der Zeit die Sprache der Talin aneignete.«

»›Jahre‹, Spock?« fragte McCoy.

»Der EKA-Außenposten hat nie fremde Raumschiffe in diesem Sonnensystem geortet, was bedeutet: Die

Aliens müssen bereits hiergewesen sein, noch bevor das Erstkontakt-Amt die lunare Basis konstruierte.«

»Ja«, murmelte Kirk nachdenklich. »Sie befanden sich hier, auf dem gleichen Mond. Und niemand wußte von ihnen.«

»Die Schalen der Geschöpfe bestehen aus dem gleichen Material wie das Mondgestein. Daher erscheint es wahrscheinlich, daß die Fortpflanzung der Wesen durch Duplikation erfolgt, wobei die zur Verfügung stehenden Substanzen genutzt werden. Aus diesem Grund konnten die Sensorsondierungen des EKA die Aliens nicht von der Umgebung unterscheiden. Ich werde Starfleet vorschlagen, bei zukünftigen Untersuchungen in bezug auf atmosphärelose Planetoiden auch potentielle Lebensformen in anorganischen Hüllen zu berücksichtigen.«

Kirk beobachtete, wie einige Wesen einen Artgenossen zerrissen. Das Opfer setzte sich nicht zur Wehr. *Nein, es ist kein Opfer,* dachte Jim. Dieser Vorgang gehörte zum normalen Lebenszyklus der fremden Geschöpfe. Als die Einzelteile des ersten Alien beiseite geräumt waren, eilte ein zweiter herbei, um sich ebenfalls demontieren zu lassen. Eins seiner Beine schien verletzt — beziehungsweise beschädigt — zu sein. *Ausgesprochen effizient,* fuhr es Kirk durch den Sinn, und er spürte einen Hauch Unbehagen.

McCoys Aufmerksamkeit galt noch immer Spocks Erklärung in Hinsicht auf die Sprache. »Soll das heißen, diese Biester sind wie Papageien, die einfach nachplappern, was sie hören?«

»Ganz und gar nicht, Doktor. Der Umstand, daß ein Wesen über den von Ihnen projizierten Schatten klagte, beweist folgendes: Der Gemeinschaft ist es gelungen, zumindest einen Teil des Bedeutungsinhalts der Sprache zu erfassen. Ich möchte in diesem Zusammenhang auf einige terranische Primaten hinweisen, die zwar in der Lage sind, Symbolsprachen zu erlernen, jedoch keine eigenen entwickelt haben.«

Kirk überprüfte die Sauerstoffanzeige. In zwanzig Minuten mußten sie sich zur *Exeter* beamen, und dann hatten Spock und McCoy genug Zeit, ihre Diskussion fortzusetzen. »Auf die Details kommt es derzeit nicht an«, sagte er. »Wichtig ist nur: Die Wesen haben eine Sprache, die wir ebenfalls benutzen können.«

»Zu welchem Zweck?« erkundigte sich McCoy.

»Um mit ihnen zu reden«, erwiderte Kirk.

Er näherte sich dem Geschöpf, das McCoys Schatten zum Anlaß genommen hatte, einige Artgenossen um Hilfe zu rufen. Mit den Vorderbeinen griff es nach einem Teil des zu demontierenden Wesens und drehte die Komponente mehrmals in die gleiche Richtung — wie eine Schraube, die aus einer Maschine gedreht wurde —, bis sie sich schließlich löste. Der betreffende Alien ließ alles geduldig mit sich geschehen und schien nicht zu leiden.

»Können Sie mir eine Verständigung mit diesem Wesen ermöglichen, Uhura?« fragte Jim.

Die Kommunikationsspezialistin kam mit der Kontrolleinheit des Computers. »Aye, Sir. Ich synchronisiere die Frequenzen.« Eine kurze Pause. »Alles klar.«

Kirk trat vor, und dadurch fiel sein Schatten auf das Geschöpf.

Sofort knackte es im Kom-Lautsprecher. *»Seltsames Leben blockiert Nahrung hier hier. Seltsames Leben blockiert Nahrung.«*

»Möchtest du wieder Nahrung bekommen?« fragte Kirk.

»Ja Nahrung essen.« Die von Uhura vorbereitete Signalverbindung funktionierte also in beiden Richtungen.

Jim wich zur Seite, und nach einigen Sekunden konfrontierte er das Wesen erneut mit seinem Schatten. Prompt wiederholte es seinen Hinweis.

»Möchtest du wieder Nahrung bekommen?« fragte Kirk noch einmal.

»*Ja Nahrung essen.*«

»Dann sag mir, wer du bist.«

Das Geschöpf protestierte nicht und gab bereitwillig Auskunft. »*Wir sind die Vielen.*«

Erleichterung durchströmte Jim. Er hatte befürchtet, daß seine Worte an Bedeutung verloren, wenn sie von Standard in Talin übersetzt wurden, um dem Geschöpf anschließend in Form von Funksignalen übermittelt zu werden. Allem Anschein nach hatte Dr. Richter recht. Das Leben war tatsächlich überall gleich, ungeachtet seiner Struktur.

»Weißt du, wer ich bin?« fuhr er fort.

»*Du bist seltsames Leben. Gib jetzt Nahrung zurück.*« Das Wesen hörte damit auf, den Artgenossen zu demontieren — vielleicht wurde seine Energie knapp.

Kirk trat einmal mehr zur Seite, damit der Alien solare Strahlung aufnehmen konnte. Er setzte sich praktisch sofort wieder in Bewegung.

»Weißt du, wo du bist?« Jim ging bei der Befragung Schritt für Schritt vor.

»*Hier*«, entgegnete das Wesen. Offenbar war keine Drohung mit Nahrungsentzug nötig, um es zu veranlassen, Antwort zu geben. Doch mit so schlichten Auskünften konnte Kirk kaum etwas anfangen.

»Was machst du hier?«

»*Arbeit*«, erwiderte das Geschöpf und löste ein Bein vom reglosen Artgenossen.

»Welche Arbeit erledigst du?«

Der Alien schwieg.

»Captain ...«, tönte Spocks Stimme aus dem Helmlautsprecher. »Wenn das Bewußtsein des Wesens kaum über das Niveau des Instinkts hinaus entwickelt ist, so kann es komplexere Konzepte wie Motivation nicht verstehen. Genausogut könnten Sie ein Pantoffeltierchen fragen, warum es Nahrung aufnimmt — es ist keine bewußte Entscheidung.«

»Aber hier muß irgendwo eine zielstrebige Intelligenz

am Werk sein«, sagte Kirk. »Denken Sie nur daran, was die Geschöpfe in Hinsicht auf Talin IV anstellten. Sie manipulierten das ganze planetare Verteidigungssystem. Sie veränderten die Schaltkreise in den Zündvorrichtungen der Atomsprengköpfe. Sie blockierten unsere Sensoren und Deflektoren, griffen uns mit Talin-Raketen an. Wie kann das alles ohne *Planung* möglich gewesen sein?«

»Die Aliens bewerkstelligten die von Ihnen genannten Dinge, indem sie das Funktionspotential von elektronischen Bausteinen und Transtator-Prozessoren manipulierten, Sir. Dabei genügte eine Veränderung der entsprechenden Daten.« Kirk hörte, wie Spock tief durchatmete. Es klang wie ein Seufzen. »Captain... Vögel fliegen, ohne die Gesetze der Aerodynamik zu kennen. Viren können die komplexe Chemie des Wirtskörpers reprogrammieren. Diese Wesen sind offenbar imstande, einen planetaren Atomkrieg zu provozieren, ohne bewußt an die betreffende Zivilisation zu denken.«

McCoy hielt Spocks Beispiele für unangebracht. »Es ist ein großer Unterschied, ob jemand mit den Flügeln schlägt oder einen ganzen Planeten ins nukleare Inferno treibt.«

»Der Unterschied betrifft allein den Entwicklungsstand, Doktor. Bei unseren Forschungsreisen haben wir folgende Erkenntnis gewonnen: Wenn man der Evolution genug Zeit gibt, bringt sie immer erstaunlichere Eigenschaften hervor. Und wenn man Lebensformen genug Zeit gibt, so können sie jede nur erdenkliche Verhaltensweise erlernen.«

Kirk beobachtete den Vorgang der Demontage. »Es geschieht nicht zum erstenmal, oder?«

Spock wußte, was er meinte. »Nein, Captain. Wahrscheinlich hat es sich millionenfach wiederholt, bevor die Wesen eine solche Perfektion erreichten. Einen Hinweis darauf bietet der Umstand, daß es ihnen gelang, alle Hauptmodule im Transtator-System der *Enterprise* zu finden.«

Kirk stöhnte innerlich, als er sich vorstellte, wie vielen Welten diese Geschöpfe den Tod gebracht hatten — um auf radioaktiv verseuchten Planeten Nahrung wachsen zu lassen, mit der sie selbst nichts anfangen konnten. Allein willkürliches Verhalten sollte dafür verantwortlich sein? Jim schüttelte den Kopf. Nein, abgesehen von evolutionären Mustern, mußte es noch eine andere Erklärung geben.

Er trat vor, und sein Schatten hinderte das Geschöpf erneut daran, solare Strahlung aufzunehmen.

»Warum arbeiten die Vielen?« fragte er.

Schweigen.

»Das Geschöpf kann Ihnen nicht antworten, Captain«, meinte Spock.

»Hast du *gehört?*« fuhr Jim fort. »*Warum arbeiten die Vielen?*« Mit dem Fuß wirbelte er Staub auf, aber der Alien reagierte nicht.

»Laß nur«, sagte McCoy. »Spock hat recht. Genausogut könntest du ein Kind befragen.«

Ein Kind, wiederholte Kirk in Gedanken. Er starrte auf das Wesen hinab, betrachtete silbergraue und schwarze Flecken an der Schale. Er sah zu den Blasen mit den Algen — Blasen, die aus Mondgestein *geschaffen* worden waren. Er blickte zu den im Schatten ruhenden Shuttles: die gleiche Form, die gleiche Substanz, die gleiche ... Spock hatte von verschiedenen Versionen der gleichen Spezies gesprochen, beziehungsweise von unterschiedlichen Spezies mit gemeinsamen Vorfahren. *Das ist die Antwort,* dachte Jim. *Das* muß *sie sein.*

»*Was* ist deine Arbeit?« fragte er und versuchte es mit einer neuen Taktik.

Das Geschöpf verharrte nun, als Kirks Schatten zu einem Mangel an Energie führte.

»*Was* ist deine Arbeit?« betonte Jim noch einmal.

»*Die Saat des Lebens auszubringen*«, war die Antwort.

»Warum?«

»Damit Nahrung wächst.«

Aber diese *Nahrung braucht ihr nicht,* überlegte Kirk. *Euch genügt die Strahlung aus dem All.*

»*Warum* sorgen die Vielen dafür, daß Nahrung wächst? Welchem *Zweck* dient die Nahrung?«

Tellerfüße zitterten, als das Wesen versuchte, aus dem Schatten zu kriechen. Jim folgte den Bewegungen, damit der Alien auch weiterhin im Schatten blieb — das Gespräch hinderte ihn daran, auf der gleichen Frequenz um Hilfe zu rufen.

»Warum lassen die Vielen Nahrung wachsen?«

»Die Vielen lassen die Nahrung für den Einen wachsen«, antwortete das Wesen schließlich.

Kirk blieb ruckartig stehen. »Für den Einen? Wer ist der Eine?«

»Der Eine ist der, der die Nahrung braucht.«

Die hiesigen Geschöpfe sind bestimmt nicht mit dem Einen identisch, dachte Jim. *Sie bilden ein Kollektiv, ein Gruppen-Ich, und deshalb können sie überhaupt nichts von Individualität wissen.* Er spürte eine sonderbare Anspannung — die ersten Anzeichen von Besorgnis.

»Wann nimmt der Eine die Nahrung auf?« fragte er.

»Sobald der Eine hier eintrifft.«

»Wo befindet sich der Eine jetzt?«

Statisches Rauschen und Knistern drang aus dem Lautsprecher.

»Uhura?« Kirk sah zu der Kommunikationsspezialistin. »Was hat das Wesen gesagt? Benutzte es vielleicht eine andere Sprache?«

Uhura sah auf die Anzeigen der Kontrolleinheit. »Es war keine Sprache, Sir. Es handelte sich um …« Sie drehte sich langsam um.

»Sir, das Geschöpf hat Koordinaten gesendet.«

KAPITEL 12

»Habe ich das richtig verstanden?« fragte Styles. »Sie und die *Enterprise* sind völlig unschuldig, weil insektenartige Wesen — erstaunlicherweise atmen sie Vakuum und verspeisen Mondgestein — die Talin irgendwie dazu brachten, sich gegenseitig in die Luft zu jagen?« Der Lieutenant verbarg seinen Sarkasmus nicht. »Sie haben sich einmal zu oft gebeamt, Kirk. Ich wußte, daß es früher oder später geschehen würde.«

Kirk und Styles befanden sich im EKA-Außenposten Siebenundvierzig, saßen im Büro des Direktors und durchbohrten sich gegenseitig mit finsteren Blicken. Beide erinnerten sich an ihre erste — und letzte — Mission mit der *Farragut*.

Doch dem Vizeadmiral ging es um andere Dinge. »Hören Sie auf, Lieutenant. Und Sie ebenfalls, Kirk.« Hammersmith sah auf Wilforth' Schreibtisch hinab und betrachtete einmal mehr die Datenfolie mit den Koordinaten des *Einen*. »Woher kennen die Wesen unser Koordinatensystem?«

»Der Translator übersetzte die entsprechenden Begriffe in das astronomische Bezugssystem der Talin, und daraus konnten für uns vertraute Angaben in bezug auf Quadranten und Sektoren abgeleitet werden«, antwortete Uhura.

Hammersmith sah zu Spock. »Halten Sie diese Daten für zuverlässig?«

»Die Drohnen hatten keinen Grund, uns zu belügen — vorausgesetzt, daß sie überhaupt dazu fähig sind, falsche Auskünfte zu geben. Allerdings kann ich nicht mit Sicherheit voraussagen, was wir bei den betreffenden Koordinaten finden werden.«

Hammersmith schob die Folie beiseite. »Aber Sie haben eine Theorie, nicht wahr?«

»In der Tat, Sir.«

Eine lange Pause folgte, und schließlich brummte McCoy: »Um Himmels willen, Spock ... Spannen Sie uns nicht noch länger auf die Folter.«

»Ich glaube, an dem angegebenen Ort sind ähnliche Geschöpfe präsent. Und sie ernähren sich von den Algen, die derzeit in den Ozeanen von Talin IV wachsen.«

McCoy schüttelte den Kopf. »Ähnliche Geschöpfe? Nein, das bezweifle ich. Bei dieser Sache gibt es irgendwo einen Einflußfaktor namens Intelligenz und Bewußtsein. Ich halte das Gebaren der sogenannten Saatdrohnen für viel zu komplex, als daß es allein auf Zufall beruhen könnte. Der ›Eine‹ ist vermutlich ein Kolonieschiff, das die Wesen auf der Mondoberfläche vorausgeschickt hat, um eine geeignete Welt für die Besiedlung vorzubereiten. Die Drohnen sind keine natürlich entstandenen Organismen, sondern bilden eine Art lebende Terraforming-Maschine. Der es allerdings nicht darum geht, Talin IV in eine zweite Erde zu verwandeln.«

Spock schloß wie verzweifelt die Augen. »Doktor, wenn Sie sich genug Zeit nähmen, die *Fakten* einer sorgfältigen Analyse zu unterziehen ...«

»Ich *kenne* die Fakten, Spock, und deshalb ...«

»Mr. Kirk ...« Hammersmith hob die Stimme, um den Streit zu beenden. »Was ist mit Ihnen? Wie lautet Ihre Theorie?«

Jim mochte es ganz und gar nicht, mit ›Mister‹ angesprochen zu werden, aber er verbarg seinen Ärger, in erster Linie, um vor Styles das Gesicht zu wahren. »Ich habe keine. Theorien können warten, bis wir uns den Einen aus der Nähe angesehen haben.«

Hammersmith nickte. »Ja, ich schätze, darin besteht der nächste Schritt.«

»Gut«, sagte Kirk. »Dann bitte ich Sie hiermit um ...«

»Ich werde Starfleet Command in meinem Bericht einen diesbezüglichen Vorschlag unterbreiten«, fügte Hammersmith hinzu.

Kirk blinzelte. »Was?«

»Sie haben den Vizeadmiral gehört«, sagte Styles. »Er beachtet den Dienstweg. Wissen Sie noch, was das bedeutet, *Mr.* Kirk?«

»Styles ...«, warnte Hammersmith.

»Warum wollen Sie Zeit mit einem Bericht vergeuden, obwohl Sie einen unmittelbaren Eindruck von dem Etwas gewinnen könnten?« fragte Kirk.

»Es ist nur ein halbes Lichtjahr entfernt«, warf McCoy ein.

»Mit Warp sechs brauchen wir nicht einmal einen Tag, um jene Koordinaten zu erreichen«, verkündete Spock.

Der Vizeadmiral hob die Hände. »Niemand fliegt irgendwohin! Ist das klar?«

»Ja, Sir«, sagte Styles sofort.

»Mehr als vierhundert private Schiffe warten am Rand des Sonnensystems«, fuhr Hammersmith fort. »Starfleet hat Greenpeace und die Planetare Gesellschaft am Hals. Die halbe Galaxis schickt sich an, Talin IV Hilfe zu schicken, und mir fehlen Schiffe und Personal, um die Blockade aufrechtzuerhalten.«

»Inzwischen müßte der Föderationsrat die Debatte beendet und eine Entscheidung getroffen haben«, stellte Spock fest.

»Selbst wenn das der Fall ist — eine Subraum-Nachricht braucht etwa zwei Tage, um uns zu erreichen.« Hammersmith' Stimme klang jetzt fast entschuldigend. »Ich lasse nicht zu, daß die angeordnete Isolation des Planeten aufgehoben wird — es sei denn, ich bekomme den ausdrücklichen Befehl, die Patrouilleneinheiten zurückzuziehen.«

McCoy schnitt eine Grimasse. »Sie *wissen*, wie der

Rat abstimmen wird! Es bleibt den Delegierten gar nichts anderes übrig, als sich für Talin zu entscheiden.«

Hammersmith stand auf und beugte sich über den Schreibtisch vor. »Nein, ich weiß es nicht, Doktor. Der Föderationsrat diskutiert keine Kriege, die von Saatdrohnen ausgelöst werden, damit sie Algennahrung für den Einen wachsen lassen können — wer auch immer das sein mag. Die Debatte betrifft vielmehr ein von Spock aufgeworfenes rechtliches Problem: War Talin *de facto* ein Mitglied der Föderation, als es zur Katastrophe kam? In dieser Hinsicht gibt es eine Riesenlücke im Gesetz, und das Abstimmungsergebnis steht keineswegs fest.«

Spock versuchte, in die Rolle des Schlichters zu schlüpfen. »In diesem Punkt stimme ich Ihnen zu, Vizeadmiral. Allerdings sollten Sie auch folgendes berücksichtigen: Wenn Starfleet die uns vorliegenden Informationen in Hinsicht auf fremde Wesen erhält, die unmittelbaren Einfluß auf die Entwicklung der Talin-Kultur genommen haben ... Dann braucht das Problem der Ersten Direktive überhaupt nicht mehr vor dem Rat erörtert zu werden. Weil sie gar nicht auf Talin IV angewendet werden kann.«

»Ja, Spock. *Wenn* Starfleet die Informationen erhält und sie als Fakten *anerkennt* — dann kann über Fortsetzung oder Aufhebung der Blockade entschieden werden.«

»Der Vizeadmiral hat absolut recht«, proklamierte Styles.

»Halten Sie die Klappe!« forderte Kirk den Lieutenant auf. Und zu Hammersmith: »Hören Sie ... Eine ganze Welt stirbt. Hunderte, vielleicht sogar Tausende von Personen wollen versuchen, sie zu retten. Geben Sie ihnen die Möglichkeit dazu. Beenden Sie die Isolation des Planeten.«

Hammersmith sah sich mit einem gräßlichen Dilemma konfrontiert. »Glauben Sie mir, Kirk: Ich weiß, wie's auf Talin IV aussieht. Himmel, ich wünschte, es gäbe einen Ausweg. Aber es könnte so viel schiefgehen … Ich sehe keine Rechtfertigung dafür, Befehle zu ignorieren. Sie haben durch diese Angelegenheit Ihre Karriere ruiniert, Kirk. Bitte verlangen Sie nicht von mir, daß ich mir ein Beispiel daran nehme.«

Jim preßte kurz die Lippen zusammen und wandte sich ab. Wenn Hammersmith Hilfe verweigerte, wollte er keine Zeit mehr mit ihm verlieren. »Spock, Pille … Wir verlassen das Sonnensystem mit der *Ian Shelton.* Der Frachter bringt uns zu den Koordinaten und …«

»Die *Ian Shelton*«, sagte Hammersmith. »Meinen Sie Anne Gauvreaus Schiff?«

»Ja«, bestätigte Kirk argwöhnisch.

»Dann bleibt die *Shelton* hier. Sie ist in der Föderation registriert: Starfleet hat den Frachter beschlagnahmt und setzt ihn beim Patrouillendienst ein.«

»Dann nehmen wir eben die *Queen Mary*«, schlug McCoy vor. »Zwar sind einige unangenehme Erinnerungen damit verbunden …«

»Das orionische Schiff ist ebenfalls requiriert«, unterbrach Hammersmith den Arzt. »Fliegt Patrouille wie die *Shelton.* Finden Sie sich damit ab, meine Herren: Sie können dieses Sonnensystem nicht verlassen. Alle Raumer mit voll einsatzfähigem Warppotential werden hier gebraucht, um Blockadebrecher abzufangen.«

Von einem Augenblick zum anderen hatte Kirk eine Idee. »Alle Schiffe mit *einsatzfähigem Warppotential,* Vizeadmiral? So lautet die Order?«

Hammersmith nickte und musterte Kirk mit besonderer Wachsamkeit.

»Die *Enterprise* fällt nicht in diese Kategorie«, sagte Jim.

»Was soll das heißen?« entfuhr es Styles. »Ich habe die letzten drei Monate damit verbracht, das Warppotential der *Enterprise* wiederherzustellen. Sie hat neue Triebwerksgondeln und …«

Hammersmith wirkte sehr nachdenklich. »Nagelneue, bisher noch nicht getestete Warpgondeln. Sie müssen erst noch synchronisiert werden, und zwar weit entfernt vom Gravitationsschacht eines Sterns — schließlich soll das reparierte Schiff nicht in ein Wurmloch fallen.«

»Mit anderen Worten: Die *Enterprise* hat derzeit kein Warppotential, das sich *in* diesem Sonnensystem einsetzen ließe«, folgerte Kirk. »Sie nützt Ihnen nichts.«

»Das ist doch lächerlich!« Styles kochte.

Jim lächelte. »Vorhin haben Sie sich einen Ausweg gewünscht, Vizeadmiral. Mir scheint, einer starrt Ihnen direkt in die bugwärtigen Sensoren.«

Hammersmith erwiderte das Lächeln. »Aber wer könnte das Schiff in den interstellaren Raum steuern?«

»Entschuldigen Sie bitte, Vizeadmiral ...«, begann Styles schüchtern.

Hammersmith lehnte sich zurück. »Ich meine, Sie, Kirk, gehören nicht mehr zu Starfleet, sondern zum Mitarbeiterstab der Talin-Botschaft. Sie haben diplomatischen Status.«

Styles versuchte es erneut. »Vizeadmiral Hammersmith?« fragte er zaghaft.

»Chefingenieur Scott«, sagte Kirk. »Genau der richtige Offizier, um die *Enterprise* bei ihrem ersten Probeflug nach der Instandsetzung zu kommandieren.«

»Vizeadmiral Hammersmith.« Styles hob nun die Stimme. »Sie haben *versprochen,* mir das Kommando über die *Enterprise* zu geben.«

»Beim ersten Warptransfer halte ich eine relativ kurz Strecke für angemessen«, fügte Jim hinzu. »Zum Beispiel ein halbes Lichtjahr.«

Hammersmith nickte langsam, und seine Züge entspannten sich. Kirk hatte den ersehnten Kompromiß gefunden. »Außerdem bitte ich Mr. Spock, einige von der Talin-Botschaft entsandte Beobachter mitzunehmen. Ich danke Ihnen.«

»Das ist ausgeschlossen!« platzte es aus Styles heraus. »Sie haben mehrmals darauf hingewiesen, daß *ich* den Befehl über die *Enterprise* erhalte!«

Hammersmith drehte wie in Zeitlupe den Kopf. »Wie bitte, *Lieutenant?*«

Styles' Mund öffnete und schloß sich mehrmals, ohne daß er einen Ton hervorbrachte.

»Wollten Sie einem Vizeadmiral vorschreiben, was er zu tun und zu lassen hat?« Hammersmith stand langsam auf.

Styles war kalkweiß, und Wut blitzte in seinen Augen, als er Jim ansah. »Eines Tages erwische ich Sie, und dann ...«

Kirk lachte. »Mag sein. Aber ›eines Tages‹ ist nicht heute, und nur darauf kommt es an.«

KAPITEL 13

Die *Enterprise* flog mit voller Impulskraft durchs All, nur etwas langsamer als das Licht, und schließlich blieb der letzte kalte Planet des Talin-Systems hinter ihr zurück.

Auf der Brücke nannte Lieutenant Kyle die aktuellen Koordinaten und fügte hinzu: »Wir befinden uns nicht mehr im Sonnensystem, Mr. Scott.«

Der Chefingenieur stand auf. »Aye, wird auch Zeit.« Er drehte sich zu Kirk, Spock und McCoy um, die auf dem Oberdeck an der wissenschaftlichen Station standen. »Wenn Sie bitte Platz nehmen würden, Captain Kirk ...« Stolz deutete er in Richtung Kommandosessel.

Kirk starrte zum Befehlsstand. Seit vier Monaten träumte er des Nachts immer wieder davon, dort zu sitzen — und zu spüren, wie sich der Sessel des Kommandanten unter ihm auflöste. »Derzeit bin ich nicht der Captain, Mr. Scott.«

»Bestimmt erhalten Sie den Rang bald zurück.«

Kirk schüttelte den Kopf. *Dafür haben wir später noch Zeit genug,* dachte er. Wenn es ein Später gab ...

Scott musterte Jim mit geheuchelter Verärgerung.

»Captain Kirk, Sie lassen mir keine Wahl. Als derzeitiger Kommandant dieses Schiffes *befehle* ich Ihnen, dort Platz zu nehmen.«

Kirk sah zu Spock. »Er kann einem Zivilisten doch keine Anweisungen erteilen, oder?«

Spock wölbte eine Braue. »Er hat den Befehl über das Schiff.«

McCoy seufzte. »Wenn du dich dort nicht hinsetzt,

könnte *ich* in Versuchung geraten, Scottys Angebot anzunehmen. Also los!«

Leonard gab Kirk einen Stoß, und daraufhin trat dieser vom Oberdeck herunter. »Ich versuche, Ihnen das Schiff in einem Stück zurückzugeben.«

»Das weiß der Vizeadmiral sicher sehr zu schätzen.« Scott sah sich auf der Brücke um. »Jetzt fehlen nur noch die anderen drei.«

Zwölf Stunden später raste die *Enterprise* durch den Warpraum und näherte sich den von der Saatdrohne gesendeten Koordinaten.

»Es befindet sich *tatsächlich* etwas vor uns«, sagte Chekov und sah auf die Navigationskontrollen. Scott hatte ihm ›befohlen‹, wieder seine früheren Pflichten wahrzunehmen; das galt auch für Sulu und Uhura.

Kirk beugte sich vor. Es erstaunte ihn jetzt nicht mehr, daß einige seiner Brückenoffiziere zivile Kleidung trugen. Er dachte nur daran, was sie bei den Koordinaten des Einen erwarten mochte.

»Die Sensoren bestätigen es, Captain«, erklang Spocks Stimme von der wissenschaftlichen Station.

»Was ist es, Spock?« fragte McCoy, der mit verschränkten Armen neben dem Kommandosessel stand. »Ein Raumschiff, nicht wahr?«

»Wir sind noch zu weit entfernt, Doktor. Aber wenn es sich um ein Schiff handelt, so ist es größer als alle anderen, denen wir je begegnet sind.«

Kirk drehte sich halb um. »Wir haben einige ziemlich große Schiffe gesehen.«

»Eine derartige Erfahrung steht uns erneut bevor.«

Kirk blickte wieder zum Wandschirm, der nur dahingleitende Sterne zeigte — eine vom Computer stammende Darstellung. »Wie lange dauert es noch bis zum Ziel, Mr. Sulu?«

»Gut zwei Stunden mit dem gegenwärtigen Warpfaktor, Captain.«

Kirk betätigte eine Taste in der Armlehne des Sessels. »Wie funktionieren die Warpgeneratoren, Mr. Scott?«

Die Stimme des Chefingenieurs drang aus den Lautsprechern der internen Kommunikation. »Im Vergleich mit unserem alten Triebwerk gibt es erhebliche Veränderungen, Sir.«

»Ist das positiv oder negativ gemeint?«

»Captain, wenn etwas nicht defekt ist — warum es reparieren?«

McCoy und Kirk lächelten. »Werden Sie damit fertig, Scotty?«

Stille folgte.

»Sind Sie noch da, Mr. Scott?«

»Aye, Captain. Sie möchten wissen, ob ich mehr Leistung aus den Dingern herauskitzeln kann, oder?«

McCoy mußte sich sehr beherrschen, um nicht laut zu lachen.

»Darüber würde ich mich freuen«, sagte Kirk.

Scott seufzte. »Geben Sie mir einige Minuten Zeit, um festzustellen, ob ich Ihren Wunsch erfüllen kann.«

»Offenbar ist wieder alles so wie früher«, kommentierte McCoy.

Kirk lehnte sich zurück und deutete auf das bunte Hemd des Arztes. »Nur unsere Kleidung ist noch nicht normal.«

Bevor McCoy antworten konnte, kam es in der allgemeinen Geräuschkulisse zu subtilen Modifikationen. Während der vergangenen Stunden war das Summen nicht immer gleichmäßig gewesen — das energetische Niveau des neuen Warptriebwerks mußte häufig verändert werden, um eine Synchronisierung der Gondelaggregate zu ermöglichen. Doch jetzt gesellte sich eine kaum merkliche Vibration hinzu.

»Wir werden schneller, Captain«, sagte Sulu. »Mr. Scott hat unsere Warpkapazität erhöht. Die geschätzte Ankunftszeit beträgt jetzt nicht mehr zwei Stunden, sondern nur noch fünfzehn Minuten.«

Spock sah in den Sichtschlitz des Scanners. »Welchem Objekt auch immer wir uns nähern, Captain — es ist gewiß kein Raumschiff.«

»Was soll es sonst sein, zum Teufel?« brummte McCoy. Kirk hörte die Enttäuschung in der Stimme des Arztes, als sich seine Theorie als falsch herausstellte. Es machte Leonard kaum etwas aus, sich dann und wann zu irren; allerdings gefiel es ihm nicht, wenn Spock dadurch recht behielt.

»Vielleicht eine Ansammlung von Lebensformen, so wie die Saatdrohnen?« spekulierte Kirk. Der Wandschirm war auf maximale Vergrößerung geschaltet und präsentierte einen grauen Fleck in der Mitte.

»Unsere Lebensindikatoren reagieren auch auf die Bio-Signale solcher Drohnen, Sir. Aber sie allein können wohl kaum die enorme Masse des Objekts erklären.«

Unbehagen erfaßte Kirk. Im Lauf der Jahre hatte er gelernt, geringfügige Unterschiede in der Stimme des Vulkaniers zu erkennen und zu interpretieren. Jetzt verriet der Tonfall folgendes: Was auch immer Spock im Projektionsbereich des Scanners sah — es weckte Besorgnis in ihm.

»Was hat es mit der Masse auf sich?«

Spock sah zum Wandschirm. »Die bisherigen Daten deuten darauf hin, daß wir uns einem Planeten nähern, Captain. Einer Welt, die etwas größer ist als Talin IV.«

»Captain ...«, ließ sich Chekov vernehmen. »Das Objekt — der Planet — ändert den Kurs. Es ... es kommt jetzt direkt auf uns zu, Sir.«

Es ändert den Kurs? dachte Kirk. *Dann* muß *es ein Schiff sein.* »Spock, können Sie herausfinden, welches Antriebssystem für ein so massives Etwas verwendet wird?«

»Die Sensoren registrieren keine Emissionen«, antwortete der Vulkanier. »Es erfolgte einfach nur ein Kurswechsel.«

Jim versuchte sich vorzustellen, wieviel Energie erforderlich war, um den Kurs eines planetengroßen Objekts zu verändern — eines Planeten, der bereits schnell genug durch den interstellaren Raum glitt, um das halbe Lichtjahr bis zum Talin-System in knapp sechzig Jahren zurückzulegen.

»Alarmstufe Rot, Lieutenant Uhura.«

»Aye-aye, Sir.« Sirenen heulten, und rotes Licht pulsierte.

»Mr. Chekov, Mr. Sulu ... Bereiten Sie Phaser und Photonentorpedos vor.«

McCoy wirkte plötzlich sehr ernst. »Hältst du das für klug, Jim?«

»Die unbekannten Herren jenes ... Dings dort draußen haben eine Vorhut geschickt, der es gelang, eine ganze Zivilisation zu vernichten. Darüber hinaus steht ihnen ein Antriebssystem zur Verfügung, das eine planetengroße Masse ohne energetische Emissionen bewegen kann.« Kirk runzelte die Stirn. »Meine Anweisung mag nicht klug sein, Pille, aber sie wird dem Gebot der Vorsicht gerecht.«

Er öffnete einen Kom-Kanal zum Maschinenraum. »Scotty, unmittelbar nach dem Retransfer brauchen wir volle Energie für die Schilde. Gleichzeitig möchte ich, daß wir praktisch von einem Augenblick zum anderen einen neuen Warptransit einleiten können.«

Scott seufzte erneut. »Die Generatoren müssen erst noch vollständig synchronisiert werden, Captain. Wenn sie der plötzlichen Belastung nicht gewachsen sind, enthalten die Gondeln anschließend nur noch Schrott.«

Kirk blickte zum Schirm, als das fremde Objekt anschwoll. Einzelheiten wurden nicht sichtbar, nur ein graues Wabern, wie von den Wolken einer Atmosphäre. »Keine Sorge, Mr. Scott. Die beiden Triebwerkseinheiten stehen noch unter Garantie. Wenn sie versagen, schicken wir sie der Fabrik zurück.«

»Vorausgesetzt, wir erhalten überhaupt Gelegenheit dazu«, entgegnete Scott.

»Wir haben Sondierungsdistanz erreicht, Captain«, meldete Sulu. Das Objekt füllte jetzt die Hälfte des zentralen Projektionsfelds. Es war kugelförmig wie ein Planet — und in dunklen Nebel gehüllt.

»Gehen Sie auf Impulskraft, Mr. Sulu. Und wahren Sie einen ausreichend großen Sicherheitsabstand.«

Die *Enterprise* erbebte, als sie mit nicht perfekt synchronisierten Warpgeneratoren in den Normalraum zurückkehrte. An der Funktion des Impulstriebwerks gab es nichts auszusetzen.

Kirk erhob sich und trat etwas näher an den Wandschirm heran. Wenn er sich jetzt außerhalb des Schiffes aufgehalten hätte, wäre er überhaupt nicht imstande gewesen, das Objekt zu sehen — wegen der großen Entfernung zum nächsten Stern gab es nicht genug Licht. Die von den Sensoren ermittelten Daten wurden vom Computer verarbeitet, und nur dadurch konnten die Brückenoffiziere nun das unbekannte Etwas beobachten.

»Das ist er, Pille — der Eine«, sagte Jim.

McCoy blieb ungerührt. »Sieht wie ein schmutziger Schneeball aus.« Er wandte sich an Spock. »Wie kann ein Planet im interstellaren Raum eine Atmosphäre haben? Hier müßte es doch viel zu kalt sein.«

»Das Wabern geht keineswegs auf ein atmosphärisches Phänomen zurück, Doktor. Es stammt vielmehr von Drohnen, die das Objekt umkreisen. Von Milliarden Drohnen.« Selbst Spock klang beeindruckt.

Kirk dachte daran, was so viele Drohnen mit einer Welt anrichten konnten.

»Empfangen Sie Funksignale, Uhura?« fragte er.

»Ja, Sir. Und zwar so viele, daß der Computer nicht zu einer Analyse imstande ist. Ich versuche, den Fokus auf die stärksten Signale zu richten und anschließend den Translator hinzuzuschalten, aber ich kann nichts versprechen.«

»Geben Sie sich Mühe«, sagte Kirk. »Spock, wenn die

Wolken aus Drohnen bestehen ... Was verbirgt sich unter ihnen?«

»Vielleicht gar nichts«, meinte McCoy. »Vielleicht ist es wie bei einem Bienenstock. Im Winter formen die Bienen eine Kugel, um nicht zuviel Wärmeenergie zu verlieren. Sie hängen im Stock und verändern langsam ihre Position, damit jede Biene möglichst wenig Zeit an der kalten Außenseite verbringen muß.«

»Ein guter Vergleich, Doktor, aber in diesem Fall nicht korrekt. Die von den Sensoren ermittelten Daten lassen den Schluß zu, daß sich Materie unter den Drohnen befindet. Allerdings können Struktur und Beschaffenheit der entsprechenden Substanzen derzeit noch nicht festgestellt werden.«

Kirk sah, wie Sulu die Impulskontrollen bediente. »Führt das Objekt einen neuerlichen Kurswechsel durch?« erkundigte er sich.

»Nein, Sir. Aber es beschleunigt, wenn auch nur mit fünf Metern pro Sekunde. *Noch* fällt es uns nicht schwer, den Abstand konstant zu halten.«

Statisches Rauschen drang aus den Lautsprechern. »Ich habe ein besonders starkes Signal fokussiert«, sagte Uhura. »Es wird jetzt durch den Translator geleitet.«

Das Rauschen metamorphierte zu rhythmischem Knistern und Knacken, wich schließlich einer elektronisch modulierten Stimme. *»Kalt kalt kalt kaltkaltkaltkaltk ...«* Ein Pfeifen folgte, und dann herrschte wieder Stille.

»Entschuldigen Sie bitte«, sagte Uhura. »Feedback im Übersetzungsmodul. Zu viele gleiche Mitteilungen innerhalb zu kurzer Zeit. Ich versuche es mit einem Filter.«

Kirk betrachtete das Wimmeln und Wogen der Drohnen über dem Objekt. »Wie ist die Temperatur dort draußen, Spock?«

Der Vulkanier sah nicht vom Sichtschlitz des Scanners auf. »Weniger als dreißig Grad Kelvin.«

Das ergibt doch keinen Sinn, dachte Kirk. »Die Saatdrohne auf Talins Mond wurde sofort langsamer, als mein Schatten auf sie fiel. Wieso sind diese Geschöpfe ohne Sonnenlicht aktiv?«

»Offenbar beziehen sie ihre Energie aus einer anderen Quelle«, erwiderte Spock.

»Sir ...«, warf Uhura ein. »Auf den gewöhnlichen Frequenzen empfange ich keine Mitteilungen, die einen Sinn ergeben. Aber im Kurzwellenbereich gibt es ein Signal, das allem Anschein nach direkt von dem Objekt kommt.«

»Hören wir es uns an.«

Ein auf- und abschwellendes Summen drang aus den Lautsprechern der externen Kommunikation. »Die Modulationen sind anders als bei der Drohnensprache, aber vielleicht kann der Translator trotzdem etwas damit anfangen.«

Das Summen wurde leise, und eine Stimme ertönte. *»Hunger. Seltsames Leben. Hunger. Seltsames Leben aufnehmen. Hunger. Schneller. Hunger.«*

Kirk nickte langsam. »Die Saatdrohne bezeichnete uns als seltsames Leben. Und dieses Ding hat ganz offensichtlich die Absicht, das ›seltsame Leben‹ zu verspeisen. Mr. Sulu, beschleunigt das Objekt noch immer?«

»Ja, Sir. Sehr langsam.«

McCoy stützte sich mit einer Hand an der Rückenlehne des Kommandosessels ab. »Glaubst du, das Etwas da draußen will uns fressen?«

»Ja, genau das glaube ich.« Kirk ging zur wissenschaftlichen Station. »Mr. Spock, halten Sie es für möglich, daß unter den Drohnen eine andere Lebensform existiert?«

»Die Sondierungssignale der Sensoren können die Masse der vielen Saatgeschöpfe kaum durchdringen. Ihre Schicht scheint mehr als tausend Kilometer dick zu sein.«

»Tausend Kilometer«, wiederholte Kirk und blickte einmal mehr zum Wandschirm. »Wie eine Isolierung, die vor der Kälte des Weltraums schützt. Eine lebende Isolierung ...« Er schritt zu Uhura. »Öffnen Sie einen Kanal mit der Subraum-Frequenz, auf der Sie die Signale empfangen.«

Nach einigen Sekunden nickte die Kommunikationsspezialistin.

»Wer bist du?« fragte Kirk und ignorierte die Falten in McCoys Stirn — irgendwo mußte er anfangen.

»Ich bin hungrig.«

»Ich«, sagte Kirk. »Nicht ›wir‹. Also kein Gruppen-Ich wie bei den Drohnen, sondern ein Individuum. Der *Eine.*« Er erinnerte sich an sein Gespräch mit dem Wesen auf Talins Mond. »Was ist deine Arbeit?« fragte er und ahnte die Antwort.

»Leben aufzunehmen.«

Jim drehte sich zu Spock um. »Die Vielen bringen die Saat des Lebens aus. Und der Eine nimmt Leben auf. Es sind Symbionten, Spock.«

»Ja«, erwiderte der Vulkanier. »Diese Erklärung erscheint mir durchaus sinnvoll.«

»Sinnvoll?« schnaubte McCoy. »Ich kann bei der ganzen Sache nicht den geringsten Sinn erkennen.«

»Wohin bist du unterwegs?« fragte Kirk den Einen.

»Zu Nahrung.«

»Und wo befindet sie sich?«

»Dort.«

Jetzt zweifelte Kirk nicht mehr daran, das Rätsel gelöst zu haben. »Der Eine kommuniziert mit den Saatdrohnen auf Talins Mond. Die in den Transtator-Schaltkreisen der *Enterprise* angerichteten Schäden beweisen, daß diese Wesen auch hochenergetische Subraum-Impulse senden können.«

»Aber woher willst du wissen, daß dieses Objekt mit den Wesen auf dem Mond in Kontakt steht?« Die Falten fraßen sich tiefer in McCoys Stirn.

»Als ich die Saatdrohne nach ihrem Aufenthaltsort fragte, antwortete sie ›hier‹. Und das Planetengeschöpf hat eben darauf hingewiesen, daß sich die Nahrung ›dort‹ befindet. Die einfachen Konzepte einer rudimentären Denkweise.«

»Captain ...«, sagte Chekov. »Es erfolgt eine Konfigurationsveränderung. Das Wesen modifiziert seine Struktur.«

Sofort kehrte Kirks Blick zum Wandschirm zurück. Das graue Wabern bildete nun einen Strudel, der die Hälfte des ›Planeten‹ erfaßte. Der Rand des immensen Wirbels wich vom Zentrum fort, wie Ton auf der Scheibe eines Töpfers, und die Innenflächen wölbten sich nach unten, der verborgenen Oberfläche des Objekts entgegen.

»Mr. Spock?« fragte Kirk, als er am tiefsten Punkt des Strudels ein rötliches Glühen bemerkte.

»Die Orbitalschicht der Drohnen wird dünner, Captain. Die Sondierungssignale der Sensoren erreichen jetzt den planetaren Körper.«

Die Erscheinung im Projektionsfeld war nicht mehr kugelförmig. Sie öffnete sich, und tentakelartige Fortsätze wuchsen aus der Peripherie. Das rote Glühen im Innern wurde intensiver und begann zu pulsieren.

»Das Ding hat den Rachen geöffnet«, sagte McCoy. Es klang erstaunlich ruhig. »Um uns zu verschlingen.«

»Es beschleunigt nach wie vor, Captain«, berichtete Sulu.

»Lassen Sie die Tentakel nicht zu nahe herankommen«, erwiderte Kirk. Und zu Spock: »Was zeigen die Sensoren? Was befindet sich unter den Drohnen?«

Der Vulkanier wandte sich vom Scanner ab, und sein Gesicht verharrte in der üblichen Ausdruckslosigkeit. »Es kann nicht der geringste Zweifel daran bestehen, daß es sich um ein lebendes Geschöpf handelt, Captain.« Spock zögerte. Der tiefe rote Tunnel, der sich in dem Wesen geöffnet hatte, glühte noch heller. Hier und dort flackerten energetische Entladungen, die weite, elegant geschwungene Bögen formten.

»Bei den Tentakeln haben die Sensoren eine spezielle Außenschicht festgestellt: Sie ist imstande, die in den Ozeanen von Talin IV wachsenden Algen aufzunehmen und in Energie umzuwandeln«, fuhr der Vulkanier fort.

»Eine Außenschicht?« Kirk betrachtete die Pseudopodien auf dem Schirm: Sie schienen aus glühendem Gas zu bestehen. »Setzen sie sich aus fester Materie zusammen?«

Spock stand am Geländer des Oberdecks und blickte ebenfalls zum Projektionsfeld. »Ja, Captain. Allerdings stammt diese Materie nicht aus unserem Universum. Sie enthält subatomare Partikel, die unseren Quarks ähneln, jedoch ganz anders miteinander interagieren.«

»Kommt der Eine aus einer anderen Dimension, Spock?«

Der wissenschaftliche Offizier schüttelte stumm den Kopf, und Kirk fragte sich, was ihn so sehr beeindruckt hatte. Ein oder zwei Sekunden später hörte er, wie das Summen des Impulstriebwerks etwas lauter wurde — das riesenhafte Geschöpf beschleunigte erneut.

»Für alle bisher beobachteten extradimensionalen Erscheinungen gelten die gleichen grundlegenden Gesetze in Hinsicht auf Wechselwirkungen zwischen Energie und Materie. Damit meine ich jene Naturgesetze, die während der ersten Nanosekunden nach dem Urknall entstanden. Aber sie beziehen sich nicht auf das Wesen dort draußen.«

McCoy starrte den Vulkanier groß an. »Soll das heißen, der Eine kommt aus einem anderen Universum?«

»Aus einem *früheren* Universum, Doktor. Aus einem Kosmos, der vor unserem existierte.«

Kirk beobachtete das Etwas auf dem Wandschirm: Es bildete nun einen brodelnden Mahlstrom aus ... Hunger. Aus einer viele *Milliarden* Jahre alten Gier. Ein vergleichsweise einfach strukturierter Organismus, der im

Verlauf von zahllosen Äonen die beste aller Fähigkeiten erlernt hatte: Er konnte den Untergang eines Universums überleben.

»Wie?« hauchte Kirk. Plötzlich wußte er, wie sich Richter fühlte. Es gab tatsächlich viel zuwenig Zeit, um zu verstehen.

»Captain, wir haben es hier mit einem Wesen zu tun, das den Hitzetod eines Universums überstehen kann, das imstande ist, die unendliche Kompression während des Kollapses von Energie und Materie auszuhalten, anschließend auch das energetische Chaos eines neuen Urknalls ... Unsere Wissenschaft ist nicht einmal annähernd in der Lage, dafür eine Erklärung anzubieten.«

Kirk bedeutete Uhura, die Kom-Verbindung mit dem Einen wiederherzustellen. »Wie alt bist du?« brachte er hervor, obgleich er nicht wußte, ob das Wesen eine solche Frage verstehen konnte.

»*Hunger*«, tönte es aus den Lautsprechern. Der Schlund auf dem Wandschirm erzitterte, als er sich vergeblich der *Enterprise* entgegenstreckte. Sulu sorgte für einen weiterhin konstant bleibenden Abstand.

»Woher kommst du?«

»*Aufnehmen. Muß Nahrung aufnehmen. Schneller. Schneller.*«

»Warum?« fragte Kirk.

Diesmal schwieg die Sprachprozessorstimme des Translators.

»Instinkt«, sagte Kirk, während er zum Wandschirm sah. »Spock hat recht. Genausogut könnte man ein Pantoffeltierchen fragen, warum es frißt. Es ist keine bewußte Entscheidung. Und dies ist keine in unserem Sinne intelligente Lebensform.«

Er drehte sich um und ging zum Befehlsstand.

»Nun, Pille ...«, sagte er, als er sich in den Kommandosessel sinken ließ. »Jetzt haben wir wenigstens eine Vorstellung davon, wieviel Zeit dem Einen und den Vielen zur Verfügung stand, um so komplexe Verhaltensmuster zu entwickeln. Wenn dieser Organismus den Kollaps eines Universums überleben kann … Dann hat er die Möglichkeit, in Myriaden von Kosmen zu existieren. Dann ist er im wahrsten Sinne des Wortes unsterblich, für immer und ewig.«

McCoy war sprachlos.

Kirk atmete tief durch. »Mr. Sulu, vergrößern Sie die Entfernung über jene Distanz hinaus, bei der Mr. Chekov den Kurswechsel des Objekts meldete.«

Der Rachen des Einen wich auf dem Wandschirm zurück, und kurz darauf schloß er sich langsam. Das Wesen hüllte sich wieder in eine Wolke aus Drohnen, um vor der Kälte des interstellaren Alls geschützt zu sein. Als der Abstand noch etwas mehr zunahm, wies Sulu auf einen neuerlichen Kurswechsel hin: Das Geschöpf flog nun wieder in Richtung Talin-System.

»Wir sind jetzt nicht mehr in Phaser-Reichweite, Captain«, sagte Chekov. »Soll ich die Photonentorpedos mit Energie beschicken?«

»Wenn der Eine einen Urknall überstehen kann, so machen ihm unsere Torpedos sicher nichts aus«, entgegnete Kirk.

»In seiner derzeitigen Gestalt kann das Wesen die Entstehung unseres Universums nicht überlebt haben«, wandte Spock ein. »Und das bedeutet: Mit unseren Waffensystemen *läßt* sich etwas dagegen ausrichten.«

»Danke, Mr. Spock. Ich glaube jedoch, das ist nicht nötig. Uhura, beenden Sie Alarmstufe Rot.«

McCoy trat verdutzt auf Kirk zu. »Es soll nicht nötig sein, von unseren Waffen Gebrauch zu machen? Lieber Himmel, Jim: Das Ding kommuniziert mit den Drohnen, die Talin IV zerstört haben. Wahrscheinlich plant es, sich den ganzen Planeten einzuverleiben.«

»Es *plant* nichts, Pille. Dazu fehlt dem Wesen die notwendige Intelligenz.«

Spock gesellte sich McCoy hinzu. »Wie dem auch sei, Doktor … Angesichts der geringen Geschwindigkeit des Geschöpfs hat Starfleet Zeit genug, um es entweder einzufangen oder zu eliminieren.«

Kirk schüttelte den Kopf. »Starfleet wird keine dieser beiden Möglichkeiten nutzen. Warum auch?«

»Um das Wesen daran zu hindern, weitere Welten zu vernichten«, erwiderte Spock.

Jim wandte sich an McCoy. »Die Absicht, es zur Rechenschaft zu ziehen, wäre völlig sinnlos. Es hat nicht bewußt *beschlossen,* irgendwelche Welten zu zerstören. Denk in diesem Zusammenhang an einen Hai, der nicht den Unterschied zwischen Fischen und schwimmenden Menschen kennt.« Er sah den Vulkanier an. »Es mangelt nicht an Planeten, Spock. In weniger als zwei Jahrzehnten haben rein instinktiv handelnde Drohnen auf Talin IV Umweltbedingungen geschaffen, die für das Wachstum der Algen ideal sind. Stellen Sie sich vor, was ein Föderationsteam aus Öko-Experten in *sechzig* Jahren leisten könnte. Es sollte eigentlich möglich sein, einen der Gasriesen im Talin-System für das Wesen dort draußen vorzubereiten.« Kirk legte die Hände auf die Armlehnen des Kommandosessels, blickte einmal mehr zum Wandschirm und beobachtete, wie das wogende Grau zu einem vagen Fleck schrumpfte. »Das Universum ist groß, meine Herren. Es hat genug Welten und Zeit für uns alle.«

Er musterte seine Freunde. Spock und McCoy wirkten nicht besonders zufrieden, und ihre Reaktion erfüllte Jim mit Genugtuung. Sie bewies ihm, daß er die richtige Entscheidung getroffen hatte.

Es gab keine Feinde im All. Nur Rätsel und Wunder.

Die *Enterprise* leitete den Warptransfer ein, um ihre Mission fortzusetzen.

VIERTER
TEIL

Die neue Mission

KAPITEL 1

Schon seit einer ganzen Weile befand sich die *Enterprise* im Standardorbit von Talin IV, und an Bord entfalteten zurückgekehrte Besatzungsmitglieder rege Aktivität. Kirk ging mit langen, energischen Schritten durch die Korridore und spürte, wie ihm die Crew mit ihrem Tatendrang neue Kraft verlieh. Das Schiff gehörte wieder ihm. Erneut trug er einen goldgelben Uniformpulli und hatte dadurch das Gefühl, zu Hause zu sein. Dieser Eindruck täuschte nicht.

In der zum Frachttransporter führenden Passage schloß ein ernst dreinblickender Lieutenant zu ihm auf. Die Insignien von Starfleet Command glänzten an seinen blauen Ärmeln, und er trug einen dicken Stapel Ausdrucke sowie einen elektronischen Notizblock. Die letzten Reste seines braunen Haars waren zerzaust, und dadurch wirkte er wie jemand, der sich die ganze Nacht um die Ohren geschlagen hatte. *Es geht nicht ihm allein so,* dachte Kirk. *Vermutlich hat die Hälfte von Starfleet Command seit Tagen keine Ruhe mehr gefunden.*

Der Lieutenant holte zu Jim auf und gab sich Mühe, mit ihm Schritt zu halten. »Captain Kirk ...« Es klang atemlos — die Stimme eines Mannes, der es sehr eilig hatte. »Ich bin Peter Bloch-Hansen, Sir. Von der Starfleet-Abteilung für Rettungsmissionen.«

Kirk blieb nicht stehen. Überall eilten Besatzungsmitglieder umher, trugen Geräte und Ausrüstungsbehälter. Es gab eine Menge zu tun. Zuviel Zeit war vergeudet worden. Jim dachte an Richter, der noch immer an Bord der *Exeter* behandelt wurde — er verstand ihn nun.

»Ist der Befehl eingetroffen?« fragte Kirk und hielt sich nicht mit irgendwelchen Höflichkeitsfloskeln auf.

»Nein, Sir, Captain«, erwiderte Bloch-Hansen.

Jim verzichtete darauf, den jungen Mann zu korrigieren: Bis die Anweisungen übermittelt wurden, blieb er ein ›Mister‹. Aber zweifellos rasten Noguras Order bereits in Form von Subraum-Signalen in Richtung Talin-System — die jüngsten Ereignisse konnte nicht einmal Starfleet ignorieren. Und wenn der Befehl eintraf … Dann sollte besser eine förmliche Entschuldigung den ›Fünf von der *Enterprise*‹ gegenüber dazugehören.

Wahrscheinlich fiel es Command nicht weiter schwer, die Sache in Ordnung zu bringen. Nur in Uhuras Fall gab es einige Probleme: Eine Verurteilung mußte rückgängig gemacht werden, und dieser Vorgang erforderte die Einberufung eines Ermittlungsausschusses. Die anderen Offiziere hatten den Dienst quittiert, und die Starfleet-Vorschriften erlaubten es ihnen, ihre Entscheidung innerhalb von sechs Monaten zu revidieren. Mit einigen bürokratischen Tricks mochte es sogar möglich sein, alle Hinweise auf den Zwischenfall aus den jeweiligen Personalakten zu tilgen.

»Ich habe jetzt die neuen Zahlen für Sie, Sir«, fuhr Bloch-Hansen fort. Er blätterte in den Ausdrucken, wich einigen Angehörigen der Crew aus und gesellte sich rasch wieder an Kirks Seite. »Vor zwanzig Minuten befanden sich fünfhundertzwölf Raumschiffe in verschiedenen Umlaufbahnen von Talin IV. Es sind einzelne Schichten eingeteilt worden, um die Ausrüstungs- und Versorgungsgüter zur *Enterprise* und zur *Exeter* zu transferieren, damit sie zentral auf den Planeten gebeamt werden können. Hier ist die Übersicht, aus der Sie das Verhältnis Tonnen pro Zeiteinheit ersehen können …« Er hob den Notizblock.

Kirk achtete nicht darauf und blieb in Bewegung. »Erzählen Sie mir von den Talin. Hatte Spock mit der Überlebensrate recht?«

Der Lieutenant wählte einen anderen Ausdruck — er war auf alles vorbereitet. »Mr. Spocks Berechnungen stimmen *tatsächlich*, Sir. Es ist erstaunlich: Bei jenen Talin, die sich nicht in den Explosionszentren aufhielten und dem Feuer entkommen konnten, wurde der Kokon-Reflex ausgelöst. Nach den letzten Schätzungen haben gut zwei Milliarden Talin überlebt, und fünfundneunzig Prozent von ihnen befinden sich in der Hibernation.«

Kirk verharrte und bedachte Bloch-Hansen mit einem erleichterten Blick. Niemand hatte zu hoffen gewagt, daß es so viele Überlebende gab.

»Es sind etwa drei Jahre nötig, um alle Hibernierenden zu wecken«, fuhr der Lieutenant fort. »Bis dahin dürfte es auch gelungen sein, die von den Drohnen gesäten Fremdorganismen aus den Meeren zu entfernen.«

»Wie kommt das Kontaktteam zurecht?« Kirk und Bloch-Hansen brachten die letzte Ecke hinter sich. Weiter vorn standen mehrere Personen im Zugang des Frachttransporterraums, einige von ihnen Besatzungsmitglieder, die anderen Zivilisten.

»Innerhalb der nächsten Woche beginnt die Gruppe mit dem Transfer der Drohnen auf dem Mond, Sir. Die Talin-Botschafter haben offiziell gestattet, den achten Planeten dieses Sonnensystems — einen Gasriesen — für den Einen vorzubereiten. Sechzig Jahre genügen völlig, um ihn in eine geeignete Nahrungsmittelquelle zu verwandeln.«

Kirk schob sich an den anderen Personen vorbei. »Gute Arbeit, Lieutenant. Geben Sie mir Bescheid, sobald die Order kommt.«

Bloch-Hansen blieb am Rand der Menge stehen. »Oh, bestimmt erfahren Sie sofort davon, Sir.«

Als die Leute merkten, wer den Raum betreten wollte, wichen sie hastig beiseite. Kirk trat an den Konsolen vorbei — die dort sitzenden Koordinatoren nickten ihm zu — und erreichte den freien Bereich vor der Plattform mit den einzelnen Transferfeldern.

Chekov und Sulu standen in der Nähe, halfen Christine Chapel dabei, einen Behälter mit Medo-Tricordern zu überprüfen. Jim hörte, wie sie sich über Lieutenant Styles' Versetzung unterhielten: Er hatte den Auftrag erhalten, die requirierte *Queen Mary* nach Starbase 29 zu bringen. Gelächter erklang, als Sulu darauf hinwies, daß der Gravitationsgenerator des orionischen Schiffes eine seltsame Fehlfunktion aufwies. Er konnte nur noch ein Schwerkraftfeld der dreifachen Erdnorm erzeugen, und durch eine energetische Verbindung mit dem Warptriebwerk ließ er sich nicht desaktivieren. »Zweifellos findet der Lieutenant großen Gefallen an seiner gewichtigen neuen Aufgabe«, sagte Chekov.

Kirk hielt in dem Durcheinander aus Personen und Containern nach Spock Ausschau. Langsam drehte er sich um die eigene Achse — und stieß gegen McCoy. Der Arzt trug jetzt wieder die Uniform der wissenschaftlichen und medizinischen Abteilung.

»Hast du Spock gesehen, Pille?« fragte Jim.

»Nein. Wahrscheinlich versteckt er sich vor mir.« Ohne irgendeine Vorwarnung preßte McCoy einen Injektor an den Arm des Captains. Die Ladekapsel leerte sich mit einem leisen Zischen. »So, das wär's. Jetzt kannst du Plutonium zum Frühstück essen.«

Kirk rieb sich die prickelnde Stelle am Arm. »Wirkt das Strahlenabsorptionsmittel auch bei den Talin?«

»Es mußte einigen besonderen metabolischen Faktoren angepaßt werden, aber inzwischen hat Dr. M'Benga mit der Produktion begonnen.«

»Ausgezeichnet, Pille. Oder soll ich dich jetzt ›Schwarzer Zorn‹ nennen?« Kirk lachte leise, als er die Verlegenheit des Arztes bemerkte. »Wie bist du ausgerechnet *darauf* gekommen?«

McCoy runzelte die Stirn. »Eines Tages erzähle ich dir vielleicht von meinen berühmt-berüchtigten Vorfahren. Bei passender Gelegenheit.« Um das Thema zu wechseln, fragte er: »Ist der Befehl eingetroffen?«

Kirk sah sich in dem großen Raum um. Mindestens zwanzig verschiedene Gespräche fanden statt, und hinzu kam das laute Summen von Antigravmodulen, mit denen schwere Behälter zur Transferplattform gebracht wurden. »Noch nicht.« *Vermutlich geht's hier drunter und drüber, wenn wir die Einsatzorder empfangen.* »Wo könnte Spock stecken?«

Jemand berührte Jim an der Schulter, und als er den Kopf drehte ... Anne Gauvreau stand neben ihm. Ihre Pilotenjacke wies vorn ein neues Emblem mit den seltsamen Schriftzeichen der Talin auf.

Kirk sah zu den Kisten auf der Plattform — die meisten waren mit einem roten Kreuz markiert. »Von der *Shelton,* nicht wahr?«

Gauvreau klopfte auf einen der Behälter. »Ja. Die Starfleet-Abteilung für Rettungsmissionen wollte nicht auf den offiziellen Befehl warten und kauft alle verfügbaren medizinischen Ausrüstungen. Es heißt, wenn die Dinge hier nicht gebraucht werden, könnten sie woanders nützlich sein.«

»Wir *werden* dieses Material auf Talin verwenden«, sagte Kirk. Feste Entschlossenheit erklang in seiner Stimme. »Ich schätze, ihr Frachterkapitäne verlaßt das Sonnensystem mit leeren Nutzlastkammern.«

Gauvreau lächelte. »Die anderen vielleicht, aber ich nicht.« Sie sah zu Leonard und zwinkerte. »Dank der Vermittlungen Dr. McCoys habe ich von der Stiftung T'Prar den Auftrag erhalten, sechsundzwanzig Orionerinnen zu einem Rekonvaleszenzzentrum auf Delta Triciatu zu bringen.«

»Delta?« Kirk hob die Brauen.

»Deltanische Männer werden offenbar nicht von orionischen Pheromonen beeinflußt. Also ist es ein geeigneter Ort für die ehemaligen Sklavinnen, um ein neues Leben in Freiheit zu beginnen. Außerdem ... Ich wollte jener Welt schon immer mal einen Besuch abstatten.« Gauvreau errötete. »Ich muß jetzt den Orbit verlassen, damit ein anderes Schiff auf Transporterreichweite herankann.« Sie beugte sich vor und hauchte Kirk einen Kuß auf die Wange. »Danke dafür, daß Sie mir das Gefühl gaben, wieder zu Starfleet zu gehören.«

»Danke dafür, daß Sie mich zurückbrachten.« Kirk beobachtete, wie sich Anne Gauvreau einen Weg durch die Menge bahnte. Er hoffte, sie eines Tages wiederzusehen.

»Was ist mit den Piraten geschehen?« fragte er McCoy.

»Sie befinden sich an Bord der *Exeter,* in der Arrestzelle. Wie ich hörte, hat Krulmadden versucht, dem Captain das Schiff abzukaufen.«

»Zum Glück ist er nicht hier — sonst könnte er mit Chekov reden.« Kirk sah interessiert auf, als sich ein Besatzungsmitglied näherte, das eine Antigrav-Palette mit visuellen Sensoren schob. Es handelte sich um eine Frau, und sie hieß Carolyn Palamas.

»Willkommen daheim, Captain Kirk«, sagte sie. »Die Rosen des Herbariums blühen wieder. Ich habe mich selbst davon überzeugt.«

Kirk suchte nach passenden Worten, aber Palamas wartete keine Antwort ab und ging weiter. Als sich Jim an McCoy wandte, formten die Lippen des Arztes ein bedeutungsvolles Lächeln. »Spar dir deinen Kommentar.«

Leonards Grinsen wich einem verwirrten Gesichtsausdruck, und unmittelbar darauf sah Kirk den Grund dafür. Spock trat auf sie zu, trug ebenfalls seine Uniform — und eine vertraut anmutende grüne Flasche.

»Ist das etwa Whisky, Mr. Spock?« fragte Jim amüsiert.

Der Vulkanier hob die Flasche und las das Etikett. »Ja«, gestand er. »Mr. Scott hat sie mir gegeben.«

»Nannte er einen Grund dafür?«

»Er sprach von einem … Geburtstagsgeschenk.«

»Aber heute ist doch gar nicht Ihr Geburtstag, Spock«, sagte McCoy überrascht.

»In der Tat, Doktor. Ich wies Mr. Scott darauf hin, doch er offenbarte in diesem Zusammenhang eine recht ausgeprägte Emotionalität. Seine Antwort lautete: ›Was spielt's für eine Rolle, ob heute Ihr Geburtstag ist oder nicht?‹ Und dann fragte er mich, wann die Party stattfindet.«

McCoy streckte die Hand aus. »Ich schlage vor, Sie entschuldigen sich, indem Sie mir die Flasche geben. Anschließend können Sie damit aufhören, sich vor mir zu verstecken.«

»Ich verstecke mich keineswegs vor Ihnen, Doktor. Und ich entsinne mich nicht an irgendwelche Aspekte meines Verhaltens, die eine Entschuldigung Ihnen gegenüber erfordern.«

McCoy gab sich entrüstet. »Ich habe Aliens erwähnt, erinnern Sie sich? Als wir über die Talin-Kultur sprachen. Bei unserer Diskussion meinte ich, es sei völlig klar, daß es auch noch andere extraplanetare Beobachter geben mußte, aber Sie lehnten diese Vorstellung strikt ab. Im Sonnensystem existiere nichts Einzigartiges, das fremde Wesen interessieren könnte. Und die ganze Zeit über waren die Drohnen damit beschäftigt, etwas Einzigartiges zu schaffen: den purpurnen Brei. Das Zeug wuchs und gedieh, aber Sie bemerkten nichts davon. Im Gegensatz zu mir. Ich ...«

Kirk unterbrach McCoy, indem er die Hände hob — er schien bereit zu sein, dem Arzt den Mund zuzuhalten.

»Wenn du so weitermachst, Pille ... Dann verstecken sich bald *alle* vor dir.«

McCoy verschränkte die Arm und lächelte selbstgefällig.

»Und wenn schon. Wichtig ist nur, daß ich absolut recht hatte ...«

»Wenn ich mich recht entsinne, galten Ihre Spekulationen Klingonen mit romulanischen Tarnvorrichtungen«, sagte Spock ruhig.

»Meine Überlegungen bezogen sich auf *Aliens*«, beharrte McCoy.

»Mit Ihrem Gedächtnis scheint etwas nicht zu stimmen. Sie ...«

»Was *ist* überhaupt mit den fremden Wesen?« fragte Kirk den Vulkanier. »Hat der EKA-Computer inzwischen unsere Sensordaten analysiert?«

Spock und McCoy sahen sich auch weiterhin an. »Eine klassische Symbiose, Captain. Offenbar hat Dr. Richter recht, wenn er postuliert, das Leben sei überall gleich — selbst wenn es aus einem anderen Universum stammt. Der Computer hat das Modell einer logischen Beziehung zwischen den beiden Lebensformen berechnet. Die Drohnen säen den purpurnen Organismus auf geeigneten Planeten, und innerhalb kurzer Zeit wird die ganze Biosphäre von einem radioaktiven Algen-Analogon übernommen. Wenn der Eine die betreffende Welt erreicht, so umschließt er sie und nimmt die Biosphäre in sich auf. Er trägt die Drohnen von Sonnensystem zu Sonnensystem, gibt ihnen im interstellaren Raum genug Energie, um ihr Überleben zu gewährleisten. Einige seiner symbiotischen Partner schickt er auf kleinen Brocken beschleunigter Materie voraus — wie Pflanzen, die Sporen ausbreiten.«

»Auf welche Weise werden die Planeten ausgewählt?« erkundigte sich Kirk.

»Ich glaube nicht, daß man von einer ›Auswahl‹ in dem Sinne sprechen kann. Auch in diesem Fall steckt keine bewußte Entscheidung dahinter, einzig und allein Instinkt. Vielleicht gibt es in Tausenden von Sonnensystemen dieser Galaxis kleine Kolonien schlafender Drohnen, die darauf warten, von den elektromagnetischen Impulsen einer Atomexplosion geweckt zu werden. Das wäre ein Hinweis darauf, daß auf einem nahen Planeten bald nukleare Sprengköpfe produziert werden — was eine Manipulation der Bewohner ermöglicht, um die Biosphäre mit Strahlung zu verseuchen. Wodurch günstige Wachstumsbedingungen für den algenartigen Mechanismus entstehen. Wenn die Drohnen Aktivität entfalten und *instinktiv* damit beginnen, in der Kultur der betreffenden Welt Spannungen zu schaffen, schicken sie dem Einen Signale und teilen ihm mit, daß die Saat beginnt.«

McCoy hantierte mit Tricorder und Medo-Tasche. »Ich verstehe noch immer nicht, wie irgend etwas Tod und Geburt eines Universums überstehen kann.«

»Dieser Umstand erscheint insbesondere dann sonderbar, wenn bei der Geburt ein Arzt zugegen ist, der...«

»Ich bitte Sie, meine Herren«, warf Kirk ein. »Wir sollten uns einfach damit abfinden, daß es im Universum — beziehungsweise in den Universen — Rätselhaftes gibt.« Er lächelte. »Lassen wir einige Mysterien für andere Forschungsschiffe übrig.«

Bevor McCoy oder Spock antworten konnte, erklang ein rhythmisches Summen aus den Interkom-Lautsprechern. Von einem Augenblick zum anderen wurde es still im Frachttransporterraum — man hörte nur noch das Surren der Geräte und Maschinen.

Uhuras Stimme erklang. »Achtung, an alle Besatzungsmitglieder. Achtung, an alle Besatzungsmitglieder. Die USS *Enterprise* als Flaggschiff der Rettungsmission Talin ...« Kirk spürte ein Prickeln tief in seinem Innern, und einige Anwesende schnappten nach Luft. Die große Ansammlung von Raumschiffen aller Art hatte gerade einen Namen bekommen: Rettungsmission Talin. Den Rest konnte sich Uhura sparen. Alle wußten: Es war offiziell.

»... hat folgendes Subraum-Kommuniqué von Admiral Nogura, Starfleet Command, bekommen.« Eine kurze Pause. »Mit der heutigen Sternzeit werden die Ergebnisse der Ermittlungen in Hinsicht auf Talin IV für nichtig erklärt. Darüber hinaus entschuldigt sich Starfleet in aller Form bei folgenden Offizieren ...« Donnernder

Applaus erklang im Transporterraum, und Kirk spürte, wie man ihm auf den Rücken klopfte. Er versuchte, die nächsten Worte Uhuras zu hören — zu lange hatte er auf sie gewartet.

»Mit Bezug auf die Starfleet-Vorschriften und insbesondere die Erste Allgemeine Direktive wird hiermit festgestellt, daß die normale Entwicklung von Talin IV durch einen extraplanetaren Faktor beeinflußt wurde. Daher ist die Erste Direktive in diesem Fall nicht anwendbar.« Das ganze Schiff schien zu erbeben, als erneut Applaus erklang, überall an Bord. Uhuras Stimme verlor sich fast in dem Lärm.

»Das Starfleet-Personal wird hiermit aufgefordert, alle notwendigen Maßnahmen einzuleiten, um den angerichteten Schaden wiedergutzumachen. Da der Föderationsrat Talin IV als Mitglied des interstellaren Völkerbunds akzeptiert hat, gilt dieser Appell auch allen Föderationsbürgern ...«

Der Applaus wurde noch lauter, und diesmal konnte ihn Uhura nicht mehr übertönen. McCoy wölbte die Hände trichterförmig vorm Mund und schrie ein »Hurra!« nach dem anderen. Aus den Augenwinkeln sah Kirk, wie Spock kurz lächelte, bevor vulkanische Ausdruckslosigkeit in sein Gesicht zurückkehrte.

Schließlich verklangen die Ovationen, doch sie wichen keiner Fortsetzung der vorherigen Gespräche. Statt dessen herrschte eine Stille, die Kirk zuerst verwirrte. Doch nach einigen Sekunden verstand er.

»Captain ...«, sagte Spock. »Die Crew erwartet Ihre Befehle.«

»Jetzt bist du wirklich zurück«, fügte McCoy hinzu.

Captain James T. Kirk zögerte nicht länger, trat auf die Transporterplattform und wandte sich den anwesenden Besatzungsmitgliedern zu. Er sah Kyle an und erteilte ihm die Anweisung, die er schon seit einer ganzen Weile herbeigesehnt hatte:

»Energie.«

KAPITEL 2

Der Schleier aus funkelnder Transporterenergie löste sich auf, und Kirk sah die Stadt der Toten.

Rauchschwaden zogen umher, und es stank nach Fäulnis. Eine leichte Brise wehte vom Meer, und der Captain beobachtete purpurne Wellen, die über einen schwarzen Strand rollten, tote Fische und die Kadaver von anderen maritimen Geschöpfen mit sich trugen. Selbst der durch die Wolken filternde Sonnenschein wirkte trüb und grau.

Kirk trat auf die Asche einer Welt, die für kurze Zeit seinen Namen getragen hatte. Weiter vorn befand sich die größte Ansammlung von nicht hibernierenden Überlebenden auf dem ganzen Planeten: knapp vierhundert Personen.

Eine alte Talin sah ihn zuerst. Sie hatte nur noch einen Arm, und das lätzchenartige Gewebe auf der Brust hing in Fetzen. Unter der rissigen, hier und dort blutenden Haut zeichneten sich deutlich die Knochen ab.

Die Frau gab einen Schrei von sich, der wie ein heiseres, röchelndes Pfeifen klang. Hinter ihr kletterten andere Talin aus den Trümmern, zwischen denen sie Zuflucht gesucht hatten. Einige hundert Meter entfernt bemerkte Kirk Hunderte, vielleicht sogar Tausende von rußgeschwärzten Kokons, wie Feuerholz aufeinandergestapelt. Die darin schlafenden Talin warteten darauf, daß sich ihre Welt von der Katastrophe erholte.

Kirk war gekommen, um das Leid möglichst schnell zu beenden. Er sah sich um, erblickte überall Verheerung und Trostlosigkeit: die Ruinen einst stolzer Gebäude, geborstene Mauern, verbrannte Felder.

Das Ergebnis eines Fehlers. Der atomare Holocaust war nur möglich gewesen, weil es noch zu viele Rätsel gab, zuviel Unbekanntes. *Aber dies wird sich nicht wiederholen,* dachte Kirk. Die Föderation lernte, und beim nächsten Mal wußte sie, wonach es Ausschau zu halten galt. Die schmerzliche Lektion von Talin IV bewahrte andere Welten vor einem ähnlichen Schicksal. Ja, der interstellare Völkerbund würde lernen und stärker werden.

Ein Dutzend Talin standen nun vor Kirk und starrten verblüfft. Einige bedeckten ihre Augen — sein fremdartiges Erscheinungsbild war offenbar zuviel für sie. Andere streckten zitternde Klauenhände aus, wagten es jedoch nicht, den Fremden zu berühren.

Das Summen eines Transporterfelds erklang, und die Talin vor ihm seufzten voller Ehrfurcht. Weitere Echsenwesen kamen aus den Ruinen, und manche von ihnen sanken auf die Knie, als goldener Glanz sie erfaßte.

Schritte knirschten hinter Kirk. Er sah über die Schulter: Spock und McCoy näherten sich, begannen bereits mit ersten Tricorder-Sondierungen. Diverse Kisten mit Versorgungsgütern materialisierten.

Wieder schrie ein Talin, als das energetische Zirpen mehrerer Transporterfelder ertönte. Überall bildeten sich glitzernde Energiesäulen: In dem Schimmern nahmen entweder Menschen oder Container Gestalt an.

Chekov kam mit Sulu und Uhura. Scott erschien, begleitet von Apparaturen, die Trinkwasser aus der Luft gewinnen konnten. Neben ihm traten M'Benga, Chapel und Palamas aus dem schillernden Gleißen. Sie alle hatten den Wunsch, Hilfe zu bringen.

Die erwachsenen Talin schwankten hin und her, glaubten offenbar, ihren Augen nicht trauen zu können. Dann löste sich ein Mädchen aus der Menge. Schmutz klebte an der grünen Haut, doch die gelben Augen blickten neugierig und durchdringend.

Nur diese kleine Talin brachte den Mut auf, Kirk entgegenzutreten.

Kirk drehte den Einstellregler des mitgebrachten Translators.

»Ich bin James Kirk«, sagte er langsam und deutlich. »Captain des Raumschiffs *Enterprise.*«

Das Übersetzungsmodul wiederholte die Worte in der Talin-Sprache: Unterschiedliche Pfeiftöne drangen aus dem Lautsprecher.

Die Pupillen des Kindes weiteten sich. Es hob den Kopf, sah zum Himmel. Sein Blick reichte durch die Wolken, und es wiederholte ein Wort, das der Translator für Kirk übersetzte:

»Enterprise.«

Tränen rannen über die Wangen des Mädchens. Es wandte sich den anderen Talin zu und rief das Wort, deutete dabei zum Firmament, zu den Sternen.

»Enterprise«, klang es aus dem kleinen Lautsprecher des Translators, als die Echsenwesen flüsterten. *»Enterprise.«*

Das Kind trat noch etwas näher an Kirk heran und hob die Arme. Im Gesicht des Mädchens bemerkte Jim nun etwas, das er vor langer Zeit auf der Erde in den Augen einer Frau gesehen hatte — und in denen einer kleinen Tellaritin, vor wenigen Wochen.

Er griff nach den Händen der Talin. Anfang und Ende von bestimmten Dingen ließen sich manchmal nicht unterscheiden, aber in diesem Fall handelte es sich um einen Anfang — da war er ganz sicher.

»Wir sind gekommen, um zu helfen«, sagte Kirk. »Jetzt wird alles gut.«

EPILOG

DER TRAUM VON DEN STERNEN

Die *Enterprise* umgibt ihn, trägt ihn durchs All, und in ihrem Schutz schläft er.

Um von Iowa zu träumen.

Er ist ein Junge und läuft mit seinem Hund durch ein Kornfeld, nimmt dabei die Aromen des Wachsens und Lebens wahr.

Abends spürt er die rauhe Hand seines Vaters, während sie durch die gleichen Felder wandern.

Der Knabe sieht nach oben und bestaunt die Schwärze des Nachthimmels, die hellen Sterne. Sein Vater nennt ihre Namen, und es klingt wie Magie für Jims Ohren, für sein Herz, für etwas in seinem Innern, das er noch nicht versteht.

Rigel, sagt sein Vater. Aldebaran. Antares.

Ja, erwidert der Junge. Er hört die Namen jetzt zum erstenmal, aber trotzdem klingen sie vertraut. Er lauscht ihnen fasziniert, vergißt alles andere. Die Mutter wartet im nahen Haus, und Lampenlicht strahlt durch die Fenster, so hell wie Sternenglanz.

Der Junge sieht auch weiterhin nach oben. Ich möchte zu ihnen, sagt er und streckt die Arme aus. Auch das Gesicht des Vaters ist dem Himmel zugewandt, der Hitze von tausend Sonnen, sichtbar und verborgen, bekannt und unbekannt.

Der fünfjährige Jim fühlt dumpfen Schmerz in der Brust, verursacht vom Gewicht der Jahrtausende. Die ganze Menschheit scheint bestrebt gewesen zu sein, diesen speziellen Augenblick zu erreichen, um dem Jungen eine Botschaft zu vermitteln.

Ich muß zu den Sternen, sagt der Knabe. Ich weiß, antwortet sein Vater. Er bückt sich, hebt den Sohn hoch, hält ihn liebevoll an der Brust. In seinen Armen ist der Junge den Sternen etwas näher. Irgendwann fliegst du zu ihnen, Jimmy, verspricht er. Wenn du groß bist.

Das Herz des Jungen klopft schneller. Wenn ich groß bin, flüstert er und schmiegt sich an den Vater. Dunkelheit, Kühle der Nacht, Entfernung vom Haus ... Das alles weckt vage Furcht in ihm. Aber gleichzeitig sehnt er sich nach mehr. Nach Herausforderungen und Verlokkungen, nach einer ganz besonderen Liebe. Diese Empfindungen schlugen an jenem Abend Wurzel in ihm, als er zu den Sternen sah und sein Schicksal erahnte.

Am gleichen Abend, als der Junge zu Bett geht, umgibt ihn das Haus, trägt ihn durch die Dunkelheit. In seinem Schutz schläft er.

Und träumt von den Sternen.

STAR TREK™

in der Reihe
HEYNE SCIENCE FICTION & FANTASY

Vonda N. McIntyre, Star Trek II: Der Zorn des Khan · 06/3971
Vonda N. McIntyre, Der Entropie-Effekt · 06/3988
Robert E. Vardeman, Das Klingonen-Gambit · 06/4035
Lee Correy, Hort des Lebens · 06/4083
Vonda N. McIntyre, Star Trek III: Auf der Suche nach Mr. Spock · 06/4181
S. M. Murdock, Das Netz der Romulaner · 06/4209
Sonni Cooper, Schwarzes Feuer · 06/4270
Robert E. Vardeman, Meuterei auf der Enterprise · 06/4285
Howard Weinstein, Die Macht der Krone · 06/4342
Sondra Marshak & Myrna Culbreath, Das Prometheus-Projekt · 06/4379
Sondra Marshak & Myrna Culbreath, Tödliches Dreieck · 06/4411
A. C. Crispin, Sohn der Vergangenheit · 06/4431
Diane Duane, Der verwundete Himmel · 06/4458
David Dvorkin, Die Trellisane-Konfrontation · 06/4474
Vonda N. McIntyre, Star Trek IV: Zurück in die Gegenwart · 06/4486
Greg Bear, Corona · 06/4499
John M. Ford, Der letzte Schachzug · 06/4528
Diane Duane, Der Feind — mein Verbündeter · 06/4535
Melinda Snodgrass, Die Tränen der Sänger · 06/4551
Jean Lorrah, Mord an der Vulkan Akademie · 06/4568
Janet Kagan, Uhuras Lied · 06/4605
Laurence Yep, Herr der Schatten · 06/4627
Barbara Hambly, Ishmael · 06/4662
J. M. Dillard, Star Trek V: Am Rande des Universums · 06/4682
Della van Hise, Zeit zu töten · 06/4698
Margaret Wander Bonanno, Geiseln für den Frieden · 06/4724
Majliss Larson, Das Faustpfand der Klingonen · 06/4741
J. M. Dillard, Bewußtseinsschatten · 06/4762
Brad Ferguson, Krise auf Centaurus · 06/4776
Diane Carey, Das Schlachtschiff · 06/4804
J. M. Dillard, Dämonen · 06/4819
Diane Duane, Spocks Welt · 06/4830
Diane Carey, Der Verräter · 06/4848
Gene DeWeese, Zwischen den Fronten · 06/4862
J. M. Dillard, Die verlorenen Jahre · 06/4869
Howard Weinstein, Akkalla · 06/4879
Carmen Carter, McCoys Träume · 06/4898
Diane Duane & Peter Norwood, Die Romulaner · 06/4907
John M. Ford, Was kostet dieser Planet? · 06/4922
J. M. Dillard, Blutdurst · 06/4929
Gene Roddenberry, Star Trek (I): Der Film · 06/4942
J. M. Dillard, Star Trek VI: Das unentdeckte Land · 06/4943
Barbara Paul, Das Drei-Minuten-Universum · 06/5005
Judith & Garfield Reeves-Stevens, Das Zentralgehirn · 06/5015
Mel Gilden, Baldwins Entdeckungen · 06/5024
D. C. Fontana, Vulkans Ruhm · 06/5043

STAR TREK™

Judith & Garfield Reeves-Stevens, Die erste Direktive · 06/5051
Michael Jan Friedman, Das Doppelgänger-Komplott · 06/5067
Judy Klass, Der Boacozwischenfall · 06/5086
Julia Ecklar, Kobayashi Maru · 06/5103 (in Vorb.)
Peter Morwood, Angriff auf Dekkanar · 06/5147 (in Vorb.)
Carolyn Clowes, Das Pandora-Prinzip · 06/5167 (in Vorb.)

STAR TREK: DIE NÄCHSTE GENERATION:

David Gerrold, Mission Farpoint · 06/4589
Gene DeWeese, Die Friedenswächter · 06/4646
Carmen Carter, Die Kinder von Hamlin · 06/4685
Jean Lorrah, Überlebende · 06/4705
Peter David, Planet der Waffen · 06/4733
Diane Carey, Gespensterschiff · 06/4757
Howard Weinstein, Macht Hunger · 06/4771
John Vornholt, Masken · 06/4787
David & Daniel Dvorkin, Die Ehre des Captain · 06/4793
Michael Jan Friedman, Ein Ruf in die Dunkelheit · 06/4814
Peter David, Eine Hölle namens Paradies · 06/4837
Jean Lorrah, Metamorphose · 06/4856
Keith Sharee, Gullivers Flüchtlinge · 06/4889
Carmen Carter u. a., Planet des Untergangs · 06/4899
A. C. Crispin, Die Augen der Betrachter · 06/4914
Howard Weinstein, Im Exil · 06/4937
Michael Jan Friedman, Das verschwundene Juwel · 06/4958
John Vornholt, Kontamination · 06/4986
Peter David, Vendetta · 06/5057
Peter David, Eine Lektion in Liebe · 06/5077
Howard Weinstein, Die Macht der Former · 06/5096
Michael Jan Friedman, Wieder vereint · 06/5142 (in Vorb.)
T. L. Mancour, Spartacus · 06/5158 (in Vorb.)

STAR TREK: DIE ANFÄNGE:

Vonda N. McIntyre, Die erste Mission · 06/4619
Margaret Wander Bonanno, Fremde vom Himmel · 06/4669
Diane Carey, Die letzte Grenze · 06/4714

STAR TREK: DEEP SPACE NINE:

J. M. Dillard, Botschafter · 06/5115
Peter David, Die Belagerung · 06/5129 (in Vorb.)
K. W. Jeter, Die Station der Cardassianer · 06/5130 (in Vorb.)

DAS STAR TREK-HANDBUCH:

überarbeitete und aktualisierte Neuausgabe!
von *Ralph Sander* · 06/4900 und 06/5150 (in Vorb.)

Diese Liste ist eine Bibliographie erschienener Titel
KEIN VERZEICHNIS LIEFERBARER BÜCHER!